WINKLER SONDER-
AUSGABE

GUSTAVE FLAUBERT

Lehrjahre des Herzens

L'éducation sentimentale

WINKLER VERLAG MÜNCHEN

Vollständige Ausgabe
Aus dem Französischen übertragen von Walter Widmer

Verlegt 1957 im Winkler Verlag, München
Schutzumschlag und Einband: Meike Harms
Gesamtherstellung: Graphischer Großbetrieb
Friedrich Pustet, Regensburg
Printed in Germany 1979
ISBN 3 538 06558 6

ERSTER TEIL

1

Am 15. September 1840 gegen sechs Uhr früh wirbelte von der »Ville-de-Montereau«, die abfahrbereit am Quai Saint-Bernard lag, dichter Rauch auf.

Atemlos kamen Reisende angerannt. Stückfässer, Taurollen und Wäschekörbe sperrten den Weg; die Matrosen gaben keinem Menschen Antwort, alles drängte und hastete. Die Gepäckstücke türmten sich zwischen den Radkasten, und der Lärm verlor sich im Zischen des Dampfes, der durch die Blechbeschläge ausströmte und alles in weißliche Dunstwolken hüllte; indes läutete vorn am Bug die Glocke unablässig und gellend.

Endlich fuhr der Dampfer ab, und die Ufer mit den vielen Speichern, Bauplätzen und Fabriken glitten vorüber wie zwei breite Bänder, die sich entrollen.

Ein junger achtzehnjähriger Mann mit langen Haaren stand, ein Album unterm Arm, unbeweglich neben dem Steuerrad. Durch den Nebel blickte er auf Kirchtürme und Gebäude, deren Namen er nicht kannte. Dann umfaßte er mit einem letzten Blick die Insel Saint-Louis, die Altstadt, Notre-Dame. Und als Paris in der Ferne entschwand, seufzte er tief auf.

Monsieur Frédéric Moreau hatte vor kurzem seine Reifeprüfung abgelegt und kehrte nach Nogent-sur-Seine zurück, wo er vor dem Beginn seines Rechtsstudiums zwei langweilige Monate verbringen sollte. Seine Mutter hatte ihn, knapp mit dem nötigsten Geld versehen, zu einem Onkel nach Le Havre geschickt, dessen Erbschaft sie für ihren Sohn erhoffte. Erst tags zuvor war er von diesem Onkel losgekommen, und so hielt er sich für den entgangenen Aufenthalt in der Hauptstadt dadurch schadlos, daß er auf großen Umwegen in seine Heimat zurückreiste.

Das lärmende Treiben legte sich; jeder hatte seinen Platz eingenommen. Einzelne Passagiere umstanden die Maschine und wärmten sich. Der Schornstein spie langsam und stoßweise und keuchend einen Helmbusch von schwarzem Rauch aus. An den Kupferröhren rieselten Wassertropfen nieder. Das Deck zitterte unter der leisen Erschütterung, die aus dem Innern kam, und die beiden Schaufelräder drehten sich rasch und peitschten das Wasser.

Flache, sandige Ufer säumten den Fluß. Man begegnete Flößen, die auf den Wellen des Kielwassers zu schaukeln begannen, dann einem Kahn, in dem ein Mann saß und fischte. Der Nebel lichtete sich allmählich; die Sonne brach hervor; der Hügelzug zur Rechten der Seine wurde immer niedriger, und auf dem gegenüberliegenden Ufer tauchte, näher noch, ein neuer Höhenzug auf.

Bäume krönten ihn; sie standen zwischen niedrigen Häusern mit Dächern nach italienischer Bauart. Davor lagen Gärten, die sich zum Ufer hinabzogen und mit neu aufgeführten Mauern abgegrenzt waren; und Eisengitter, Rasenflächen, Treibhäuser, Geranientöpfe verteilten sich regelmäßig über die Terrassen und lockten zum Verweilen. Manch einer, der diese anmutigen Landsitze so friedlich daliegen sah, mochte den Wunsch verspüren, eins dieser Häuschen zu besitzen und mit einem guten Billard, einem Segelboot, einer Frau oder anderem Erträumten sein Leben darin zu beschließen.

Das ungewohnte Vergnügen einer Dampferfahrt lud zu zwangloser Geselligkeit. Die Spaßvögel fingen mit ihren Scherzen an. Viele sangen. Alle waren heiter, und der und jener schenkte ein Gläschen Schnaps ein.

Frédéric dachte an das Zimmer, in dem er zu Hause wohnen sollte, dachte an den Plan eines Dramas, an Vorwürfe für Gemälde, an künftige Leidenschaften. Er fand, das Glück, das er seiner überragenden Eigenschaften wegen verdient hätte, lasse allzu lange auf sich warten. Er sprach wehmütige Verse vor sich hin, ging mit raschen Schritten das Deck auf und ab, gelangte zum Vorderschiff, wo die Glocke hing – und sah in einem Kreis von Matrosen und Passagieren einen

Herrn, der mit einer Bäuerin schäkerte und mit dem goldenen Kreuz spielte, das sie auf ihrem Busen trug. Er war ein fröhlicher Mensch um die Vierzig, mit krausem Haar. Seine stämmige Gestalt füllte die schwarze Samtjacke; zwei Smaragde blitzten an seinem Batisthemd, und seine weite weiße Hose fiel auf sonderbare rote Stiefel aus Juchtenleder mit auffallend blauen Mustern.

Frédérics Gegenwart störte ihn nicht. Er wandte sich mehrmals nach ihm um und zwinkerte ihm verständnisinnig zu. Dann bot er allen Umstehenden Zigarren an. Aber offensichtlich langweilte ihn die Gesellschaft, und er suchte sich einen andern Platz. Frédéric ging ihm nach.

Sie sprachen anfangs über die verschiedenen Tabaksorten und dann, wie nicht anders zu erwarten, über die Frauen. Der Herr in den roten Stiefeln gab dem jungen Mann Ratschläge; er ließ sich über allerlei Theorien aus, erzählte Anekdoten, nannte sich selbst als Beispiel. Dies alles tat er in väterlichem Ton und, bei aller Verderbtheit, mit amüsanter Ungezwungenheit.

Er war Republikaner, weit gereist, kannte alle Theater, Restaurants und Zeitungen, kannte alle berühmten Künstler und stand mit ihnen auf du und du. Frédéric vertraute ihm bald seine Pläne an, und er bestärkte ihn darin.

Plötzlich brach er mitten im Gespräch ab und beobachtete den Schornstein, und, vor sich hinmurmelnd, überschlug er schnell, »wieviel jeder Kolbenstoß bei soundso vielen in der Minute ergab«, et cetera. Als er das Ergebnis gefunden hatte, bewunderte er wieder die Landschaft. Er sei glücklich, sagte er, den Geschäften entronnen zu sein.

Frédéric empfand eine gewisse Hochachtung vor ihm und konnte dem Verlangen, seinen Namen zu erfahren, nicht widerstehen. Ohne eine Atempause antwortete der Unbekannte: »Jacques Arnoux, Inhaber von *Kunst und Gewerbe*, Boulevard Montmartre.«

Ein Bedienter mit einer Goldborte um den Mützenrand trat auf ihn zu und meldete: »Wollen der Herr nicht hinuntergehen? Das Fräulein weint.«

Arnoux ging.

Kunst und Gewerbe war ein Zwitterunternehmen, das eine Fachzeitschrift für Malerei herausgab und gleichzeitig eine Bilderhandlung betrieb. In seinem Heimatort hatte Frédéric diesen Namen schon verschiedentlich im Schaufenster des Buchhändlers auf riesigen Prospekten gelesen, wo sich der Name Jacques Arnoux großartig ausnahm.

Die Sonne brannte senkrecht hernieder und ließ die Eisenringe an den Masten, die Messingplatten der Reling und den Spiegel des Wassers aufblitzen; der Bug des Schiffes zerteilte ihn, so daß zwei Wellen bis an den Rand der Uferwiesen ausliefen. Bei jeder Biegung des Flusses fand man wieder dieselben Reihen fahlgrüner Pappeln. Sonst war die Gegend flach und öde. Kleine weiße Wolken hingen reglos am Himmel, und die Eintönigkeit, die über allem lag, schien die Fahrt des Schiffes zu verlangsamen und die Gesichter der Reisenden noch ausdrucksloser zu machen.

Die Passagiere waren, von einigen Bürgern abgesehen, die erster Klasse reisten, Arbeiter und kleine Ladenbesitzer mit Frau und Kind. Da es zu jener Zeit noch Brauch war, für eine Reise möglichst abgetragene Kleider anzuziehen, trugen die meisten alte Kappen oder verschossene Hüte und ärmliche schwarze, auf Kontorstühlen abgenützte Anzüge oder Überröcke, die allzu lange in Läden und Magazinen strapaziert worden waren, so daß die stoffüberzogenen Knöpfe abgewetzt waren und das Metall durchschimmerte. Da und dort sah man unter einer gestrickten Weste ein baumwollenes Hemd voller Kaffeespritzer, talmigoldene Nadeln, die in zerschlissenen Krawatten staken, und billige Tuchschuhe, die nur noch von den angenähten Hosenstegen festgehalten wurden. Zwei, drei lichtscheue Kerle, die ihre Bambusstöcke an den ledernen Schlingen baumeln ließen, sahen mit verdächtigen Blicken umher; und Familienväter rissen, wenn sie nach etwas fragten, gewichtig die Augen auf. Sie unterhielten sich stehend oder hockten auf ihrem Gepäck; andere schliefen in einem Winkel, manche aßen. Nußschalen, Zigarrenstummel, Birnenpellen, Abfälle von Fleischwaren, die man, in Papier eingewickelt, mitgenommen hatte, lagen über das Deck verstreut. Vor dem Ausschank hatten sich drei Tischler in Arbeitsblusen niedergelassen. Ein zerlumpter Harfenspieler döste, auf sein Instrument gestützt. Von Zeit zu Zeit hörte man das Poltern der Steinkohlen, die geschürt wurden, manchmal einen Ruf, ein Lachen; und auf der Kommandobrücke ging der Kapitän rastlos von einem Radkasten zum andern. Frédéric stieß das Gitter zur ersten Klasse auf, um wieder an seinen Platz zu gehen, und störte dabei zwei Jäger mit ihren Hunden.

Da traf es ihn wie eine jähe Erscheinung.

Sie saß in der Mitte der Bank, ganz allein; vielleicht konnte er auch, vom Glanz, den ihre Augen ausstrahlten, geblendet, sonst niemanden erkennen. Als er vorüberging, hob sie den Kopf. Unwillkürlich verbeugte er sich; und als er sich auf derselben Seite in einiger Entfernung niedergesetzt hatte, sah er sie an.

Sie trug einen breitrandigen Strohhut mit blaßroten Bändern, die über ihrem Rücken im Winde flatterten. Ihr schwarzes, glattgescheiteltes Haar fiel tief in die Stirn und war über den Schläfen hochgekämmt, so daß es schien, als schmiegte sich das Haar zärtlich an das Oval ihres Gesichtes. Ihr helles getupftes Musselinkleid bauschte sich in unzähligen Falten. Sie stickte; und ihre gerade Nase, ihr Kinn, ihre ganze Gestalt hoben sich klar vom Blau des Himmels ab.

Da sie unbeweglich in der gleichen Haltung verharrte, ging er mehrmals von rechts und von links an ihr vorüber, um sein Vorhaben zu verschleiern. Dann aber blieb er nahe bei ihrem Sonnenschirm, der gegen die Bank gelehnt war, stehen und tat, als beobachte er ein Boot auf dem Fluß.

Noch nie hatte er solch eine bräunlich schimmernde Haut, eine solch verlockende Gestalt gesehen, noch nie so zarte Finger, durch die das Licht schien. Er blickte staunend auf ihren Nähkorb wie auf ein Wunderding. Wie mochte ihr Name sein? Ihre Wohnung, ihr Leben, ihre Vergangenheit? Er hätte gerne die Möbel ihres Zimmers gekannt, alle Kleider, die sie je getragen, die Leute, mit denen sie verkehrte. Und selbst das Begehren, sie körperlich zu besitzen, schwand unter einer größeren Sehnsucht, unter einer Wißbegier, die keine Grenzen hatte.

Eine Negerin, mit einem Seidenschal um den Kopf, führte an der Hand ein Mädchen herbei, das schon ziemlich groß war. Das Kind, in dessen Augen Tränen standen, schien eben aufgewacht; sie nahm es auf den Schoß.

»Das kleine Fräulein war nicht artig und ist doch bald sieben Jahre alt! Die Mutter kann es ja so nicht liebhaben; zu schnell verzeiht man ihm seine Unarten.« Als Frédéric das hörte, freute er sich, als hätte er eine Entdeckung gemacht, ein Geschenk erhalten.

Seiner Vermutung nach war sie Andalusierin, vielleicht Kreolin. Die Negerin hatte sie wohl aus den Kolonien mitgebracht.

In ihrem Rücken hing ein langer Schal mit breiten violetten Streifen über den messingbeschlagenen Schiffsrand. Wie oft wohl hatte sie ihn an feuchten Abenden auf hoher See um sich gelegt, ihre Füße damit bedeckt, darin geschlafen? Da glitt der Schal, vom Gewicht der Fransen gezogen, langsam weiter über den Schiffsrand und wäre ins Wasser gefallen, wenn nicht Frédéric hinzugesprungen wäre und ihn festgehalten hätte.

»Ich danke Ihnen, Monsieur«, sagte sie.

Ihre Augen trafen sich.

»Frau, bist du bereit?« rief Arnoux, der unterm Dach der Treppe auftauchte.

Mademoiselle Marthe lief zu ihm, umklammerte seinen Hals und zupfte ihn an seinem Schnurrbart. Harfentöne erklangen, und sie wollte die Musik sehen. Der Musikant erschien gleich darauf, von der Negerin herbeigerufen, auf dem Deck der ersten Klasse. Arnoux erkannte in ihm ein ehemaliges Modell und duzte ihn zur Überraschung der Umstehenden. Schließlich warf der Harfner seine langen Haare in den Nacken und fing mit ausgestreckten Armen zu spielen an.

Es war eine orientalische Romanze, in der von Dolchen, Blumen und Sternen die Rede war. Der zerlumpte Musikant sang sie mit schriller Stimme; das Stampfen der Maschine zerhackte die Melodie im falschen Takt. Da riß er stärker an den Saiten: sie erzitterten, und ihre metallischen Töne schienen aufzuschluchzen wie die Klage einer stolzen, bezwungenen Liebe. Zu beiden Seiten des Flusses zogen sich nun Wälder bis an den Uferrand hinunter; ein frischer Lufthauch strich vorüber. Madame Arnoux schaute blicklos in die Ferne. Als die Musik verstummte, bewegte sie die Lider, als erwache sie aus einem Traum.

Unterwürfig näherte sich der Harfenspieler. Während Arnoux Kleingeld hervorklaubte, streckte Frédéric die geschlossene Hand nach der Mütze des Harfners aus, öffnete sie verschämt und ließ einen Louisdor in die Kappe fallen. Es war nicht Eitelkeit, die ihn trieb, dieses Almosen vor ihren Augen zu geben, sondern Dankbarkeit, in die er sie mit einschloß, eine beinahe fromme Regung.

Arnoux lud ihn herzlich ein, mit hinunterzukommen, und zeigte ihm den Weg. Frédéric beteuerte, er habe eben erst gegessen, war aber in Wirklichkeit fast am Verhungern; und er hatte keinen Centime mehr in seiner Börse.

Schließlich fiel ihm ein, er habe so gut wie jeder andere das Recht, sich im Speiseraum aufzuhalten.

Rings um einige runde Tische saßen Gäste beim Essen; ein Kellner ging herum und bediente sie. Rechts im Hintergrund saßen Monsieur und Madame Arnoux. Frédéric setzte sich auf die lange mit Samt bezogene Bank, nachdem er eine Zeitung, die dort lag, weggenommen hatte.

In Montereau wollten die beiden die Post nach Châlons nehmen. Ihre Reise in die Schweiz sollte etwa einen Monat dauern. Madame Arnoux warf ihrem Gatten vor, er sehe dem Kind zu viel nach. Er aber flüsterte ihr etwas ins Ohr, offensichtlich etwas Nettes, denn sie mußte lächeln. Darauf erhob er sich, um hinter ihr die Fenstervorhänge zuzuziehen.

Die niedrige weißgestrichene Decke warf das Licht grell zurück. Frédéric, der Madame Arnoux gegenübersaß, nahm deutlich den Schatten ihrer Wimpern wahr. Sie nippte an ihrem Glas und zerkrümelte eine Brotrinde zwischen den Fingern. Das Medaillon aus Lapislazuli, das sie an einem goldenen Kettchen um ihr Handgelenk trug, schlug von Zeit zu Zeit klingend gegen ihren Teller. Den andern Anwesenden schien sie nicht weiter aufzufallen.

Zuweilen sah man durch die Fensterluken ein Boot an das Schiff heranrudern; es legte an, nahm Passagiere auf und setzte welche ab. Die Leute an den Tischen beugten sich dann aus den Fenstern und nannten die Ortschaften am Ufer mit Namen.

Arnoux schimpfte über die Küche; er beschwerte sich über die Höhe der Rechnung und erreichte, daß sie herabgesetzt wurde. Dann nahm er den jungen Mann mit aufs Vorderschiff, um mit ihm einige Gläser Grog zu trinken. Bald aber kehrte Frédéric unter das Sonnendach zurück, wo Madame Arnoux wieder Platz genommen hatte. Sie las in einem schmalen Buch mit grauem Einband. Für Augenblicke hoben sich in einem Lächeln ihre Mundwinkel, und ein freudiges Aufleuchten erhellte ihr Gesicht. Voll Neid dachte er an den Mann, der das, was sie offensichtlich fesselte, geschrieben hatte. Je länger er sie anblickte, desto deutlicher fühlte er, wie sich eine Kluft zwischen ihr und ihm auftat. Er dachte daran, daß er sie nun bald verlassen mußte, unwiderruflich und ohne ihr ein Wort entlockt zu haben, ja ohne ihr eine Erinnerung zu hinterlassen.

Am rechten Ufer dehnte sich flaches Land aus; zur Linken zogen sich Wiesen einen Hügel hinan, auf dem man Weingärten und Nußbäume wahrnahm. Mitten im Grünen lag eine Mühle, und dahinter schlängelten sich auf dem weißen Felsen, der den Himmel zu berühren schien, schmale Wege empor. Welch ein Glück müßte es sein, neben ihr, den Arm um ihre Hüfte, unter dem Strahlen ihrer Augen dort hinaufzuwandern und ihrer Stimme zu lauschen, während ihr Kleid über die welken Blätter fegte! Das Schiff konnte ja anlegen, und sie brauchten nur auszusteigen! Und doch war dies einfache Unterfangen ebenso schwierig, wie die Sonne aus ihrer Bahn zu lenken.

In einiger Entfernung lag ein Schloß mit spitzem Dach und viereckigen Türmen. Vor seiner Fassade waren Blumenbeete angelegt, und Wege führten unter hohe Linden, so daß sie dunklen Gewölben glichen. Frédéric stellte sich vor, wie sie an den Buchenhecken entlangschritt. Im selben Augenblick traten eine junge Dame und ein junger Mann zwischen die

Orangenbaumkübel auf der Freitreppe. Plötzlich war wieder alles vorüber.

Die Kleine spielte in seiner Nähe. Frédéric wollte sie küssen. Sie verbarg sich aber hinter dem Rücken der Kinderfrau, und ihre Mutter schalt sie, weil sie gegen den Herrn, der ihren Schal festgehalten hatte, so unfreundlich war. Sollte das etwa eine Annäherung sein?

Wird sie mich nun endlich ansprechen? fragte er sich.

Die Zeit drängte. Wie konnte er eine Einladung zu Arnoux erhalten?

Es fiel ihm nichts Besseres ein, als ihn auf die herbstlichen Farben aufmerksam zu machen, und er fügte dann hinzu: »Bald wird es Winter und Zeit für Bälle und Festlichkeiten.«

Arnoux aber war vollauf mit seinem Gepäck beschäftigt. Das Ufer von Surville kam in Sicht. Die beiden Landebrücken näherten sich; das Schiff glitt an einer Seilerei vorüber, dann an einer Reihe niedriger Häuser mit Teerkesseln davor und Holzspänen auf der Erde. Gassenjungen liefen im Ufersand herum und schlugen rad. Frédéric erkannte einen Mann in einer Weste mit langen Ärmeln und rief ihm zu: »Beeile dich!«

Der Dampfer legte an. Mit Mühe konnte Frédéric Arnoux im Gedränge der Passagiere entdecken, und dieser schüttelte ihm die Hand: »Wiedersehen, Monsieur!«

Als Frédéric am Ufer war, wandte er sich um. Sie stand neben dem Steuerrad. Er blickte zu ihr hinauf und versuchte, alles in diesen Blick zu legen, was er für sie empfand. Sie verharrte, wo sie stand, als wäre nichts geschehen. So wandte er sich dem Diener zu, ohne dessen Gruß zu beachten, und fragte: »Warum hast du den Wagen nicht hierhergebracht?«

Der Diener entschuldigte sich.

»Wie dumm! Gib mir Geld!« Er betrat ein Wirtshaus, um zu essen.

Eine Viertelstunde später kam ihn die Lust an, so von ungefähr in den Hof der Poststation zu gehen. Vielleicht konnte er sie noch einmal sehen?

Wozu aber? dachte er.

Und der Wagen trug ihn fort. Die Pferde gehörten nicht

beide seiner Mutter. Sie hatte ein Pferd von Monsieur Chambrion, dem Steuereinnehmer, geliehen, um es mit dem ihren zusammen einzuspannen. Schon tags zuvor war Isidore aufgebrochen, hatte in Bray bis zum Abend gerastet und dann in Montereau übernachtet, so daß die ausgeruhten Pferde flink ausgriffen.

Endlos zogen sich Stoppelfelder hin. Zwei Baumreihen säumten die Straße, ein Steinhaufen folgte dem andern. Nach und nach erinnerte sich Frédéric wieder der ganzen Reise; Villeneuve-Saint-Georges und Ablon, Châtillon, Corbeil und die andern Gegenden standen so klar vor seinen Augen, daß ihm plötzlich neue, intimere Einzelheiten einfielen: Unterm Saum ihres Kleides sah ihr Fuß in einem winzigen kastanienbraunen Seidenschuh hervor. Das Sonnendach aus Zwilch bildete einen weiten Baldachin über ihrem Haupt, und die kleinen roten Troddeln, die es säumten, bewegten sich unaufhörlich im leichten Wind.

Sie glich den Frauen in romantischen Büchern. Nichts hätte er von ihrer Person hinwegdenken mögen, nichts ihr hinzufügen. Mit einmal hatte sich die Welt geweitet, und sie war der strahlende Punkt, auf den alles zustrebte ... Und vom Schaukeln des Wagens leicht eingewiegt, die Lider halb geschlossen, blickte er in die Wolken und überließ sich grenzenloser, träumerischer Freude.

In Bray wartete er nicht ab, bis die Pferde ihren Hafer bekommen hatten; ganz allein ging er auf der Straße voraus. Arnoux hatte sie Marie gerufen. »Marie!« schrie er, so laut er konnte. Seine Stimme verlor sich in der Weite.

Am westlichen Horizont flammte ein breiter Streifen purpurn auf. Hohe Kornschober, die mitten in den abgeernteten Feldern aufragten, warfen riesige Schatten. In einem entfernten Gehöft schlug ein Hund an. Ihn schauderte; grundlose Unruhe hatte ihn befallen.

Als ihn Isidore eingeholt hatte, nahm er auf dem Bock Platz und ergriff selbst die Zügel. Sein Schwächeanfall war vorüber. Er war fest entschlossen, sich wie auch immer Zutritt im Hause der Arnoux zu verschaffen und sich mit ihnen anzufreunden. Sicher war ihr Haus unterhaltsam; außerdem gefiel ihm Arnoux. Und dann, wer weiß? Das Blut schoß ihm ins Gesicht; seine Schläfen hämmerten. Er knallte mit der Peitsche und klatschte die Zügel auf die Pferde, daß sie in scharfen Trab fielen, und der alte Kutscher wiederholt rief: »Langsam! Langsam! Sie fahren sie mir ja zuschanden!«

Nach und nach beruhigte sich Frédéric und hörte zu, was der Diener sagte.

Man erwarte den jungen Herrn mit großer Ungeduld. Mademoiselle Louise habe geweint, weil sie auch mitfahren wollte.

»Wer ist Mademoiselle Louise?«

»Die Kleine von Monsieur Roque, Sie wissen doch!«

»Ah«, erwiderte Frédéric obenhin, »fast hätte ich vergessen.«

Aber die Pferde konnten kaum mehr weiter. Beide lahmten, und es schlug neun Uhr von Saint-Laurent, als sie auf dem Paradeplatz vor dem Hause seiner Mutter anlangten. Dieses geräumige Haus mit einem Garten, der nach den Feldern zu lag, hob das Ansehen Madame Moreaus, die die geachtetste Person im Lande war.

Sie entstammte einem alten, nun erloschenen Adelsgeschlecht. Ihr Gatte, ein Bürgerlicher, den sie nach dem Willen ihrer Eltern geheiratet hatte, war während ihrer Schwangerschaft an einem Degenstoß gestorben und hatte sie in zerrütteten Vermögensverhältnissen zurückgelassen. Dreimal wöchentlich hatte sie Gäste, und von Zeit zu Zeit gab sie ein großes Diner. Aber die Anzahl der Kerzen war im voraus berechnet, und ungeduldig erwartete sie die Pachtzinse. Diese bedrängte Lage, die sie wie ein Laster verheimlichte, machte eine ernste Frau aus ihr. Sie war hilfsbereit, ohne sich zu brüsten und ohne verbittert zu sein. Noch ihre bescheidensten Wohltaten glichen großen Almosen. Bei der Wahl der Dienstboten, für die Erziehung junger Mädchen, ja für die Kunst des Einkochens holte man ihren Rat ein, und der hochwürdige Herr Bischof stieg auf seinen dienstlichen Reisen bei ihr ab.

Madame Moreau hegte hochfliegende Pläne für ihren Sohn. In einer Art vorausschauender Klugheit hörte sie es nicht gern, daß die Regierung bekrittelt wurde. Zunächst brauchte er Protektion; dann konnte er – dank seinen Fähigkeiten – Staatsrat, Gesandter, Minister werden. Seine glänzenden Erfolge auf dem Gymnasium in Sens rechtfertigten diese stolzen Erwartungen; der Ehrenpreis war ihm zuerkannt worden.

Als er den Salon betrat, erhoben sich alle Anwesenden geräuschvoll und begrüßten ihn, und mit den Stühlen und Sesseln bildete man einen großen Halbkreis um den Kamin. Monsieur Gamblin fragte ihn sofort nach seiner Meinung über Madame Lafarge*. Dieser Prozeß, der damals größtes Aufsehen erregte, rief eine hitzige Auseinandersetzung hervor; Madame Moreau jedoch machte ihr zum Leidwesen Monsieur Gamblins ein Ende. Der Herr war nämlich der Meinung gewesen, dem jungen Mann, der ja angehender Jurist war, sei ein Gespräch wie dieses von Nutzen; gekränkt verließ er den Salon.

Nichts durfte bei einem Freunde des alten Roque überraschen. Nun der Name Roque gefallen war, kam man auf Monsieur Dambreuse zu sprechen, der kürzlich das Gut La Fortelle erworben hatte. Der Steuereinnehmer hatte unterdessen Frédéric beiseite genommen und wollte wissen, wie er über das jüngste Werk Monsieur Guizots denke. Alle waren neugierig, etwas über Frédérics Angelegenheiten zu erfahren. Und Madame Benoît stellte es geschickt an und fragte ihn nach seinem Onkel. Wie ging es diesem teuren Verwandten? Er lasse nichts von sich hören. Hatte er nicht in Amerika einen weitläufigen Vetter?

Die Köchin meldete, die Suppe für Monsieur sei aufgetragen. Die Gäste zogen sich rücksichtsvoll zurück. Als er allein mit seiner Mutter im Eßzimmer war, meinte sie leise: »Nun?«

Der alte Herr hatte ihn sehr herzlich aufgenommen, aber von seinen Absichten nichts durchblicken lassen.

Madame Moreau seufzte.

Wo wird sie nun sein? dachte er.

* Madame Lafarge war angeklagt, ihren Mann vergiftet zu haben. Nach einer aufregenden Verhandlung wurde sie zu lebenslänglicher Zwangsarbeit verurteilt (Anm. des Übers.).

Die Postkutsche rollte dahin, und in ihren Schal gehüllt, lehnte sie wohl ihren schönen Kopf im Schlaf ans Polster des Wagens.

Sie wollten eben in ihre Zimmer gehen, als ein Bote aus dem *Cygne de la Croix* ein Briefchen abgab.

»Was ist denn?«

»Deslauriers möchte mich noch sprechen«, erwiderte er.

»Ah! dein Freund!« meinte Madame mit verächtlichem Lächeln. »Er konnte wahrlich keine gelegenere Stunde wählen.«

Frédéric zögerte. Dann war die Freundschaft doch stärker. Er nahm seinen Hut.

»Bleib wenigstens nicht lange!« rief ihm die Mutter nach.

2

Charles Deslauriers' Vater, ehemaliger Hauptmann der Infanterie, hatte 1818 seinen Abschied genommen, war nach Nogent gezogen und hatte sich dort verheiratet. Mit der Mitgift seiner Frau hatte er das Amt eines Gerichtsvollziehers erworben, dessen Ertrag kaum zum Leben ausreichte. Von dauernden Ungerechtigkeiten verbittert, von den Schmerzen alter Wunden gepeinigt, trauerte er immer noch dem Kaiser nach und ließ die Wut, die ihn zu ersticken drohte, an seiner Umgebung aus. Wenige Kinder wurden ärger geschlagen als sein Sohn. Aber trotz den Schlägen fügte sich der Junge nicht. Suchte seine Mutter sich ins Mittel zu legen, wurde sie mißhandelt wie er. Schließlich steckte ihn der Hauptmann in seine Kanzlei und zwang ihn, über sein Pult gebeugt, den ganzen Tag Akten abzuschreiben, so daß seine rechte Schulter sichtlich stärker wurde als die linke.

Wie es ihm der Gerichtspräsident nahegelegt hatte, verkaufte der Hauptmann 1833 seine Kanzlei. Seine Frau starb an Krebs. Er siedelte nach Dijon über; später ließ er sich in Troyes nieder und beschaffte Ersatzleute für Rekruten. Charles brachte er, nachdem er ein Stipendium für ihn erwirkt hatte, auf das Gymnasium nach Sens, wo Frédéric die

Bekanntschaft mit ihm erneuerte. Doch war Frédéric zwölf, Charles fünfzehn Jahre alt, und tausend Verschiedenheiten in Herkunft und Charakter trennten die beiden.

Frédéric verwahrte in seiner Kommode Leckereien und andere begehrte Dinge wie zum Beispiel sein Toiletten-Necessaire. Er liebte es, bis tief in den Morgen zu schlafen, den Schwalben nachzustaunen und Theaterstücke zu lesen, und fand, da er diese Annehmlichkeiten des Elternhauses entbehren mußte, das Schulleben unerträglich.

Dem Sohn des Gerichtsvollziehers hingegen kam es angenehm vor. Er arbeitete so fleißig, daß er am Ende des zweiten Jahres in die dritte Klasse übertreten konnte. Trotzdem, mochte nun seine Armut schuld sein oder seine Streitsucht, war er von stummem Übelwollen umgeben. Aber als ihn einmal ein Schuldiener vor seinen Mitschülern Lumpenkind schimpfte, sprang er ihm an die Kehle und hätte ihn erwürgt, wenn nicht drei Lehrer der Anstalt dazwischengetreten wären. Frédéric schloß ihn voll Bewunderung in die Arme. Von diesem Tag an waren sie unzertrennlich. Ohne Zweifel schmeichelte dem Kleinen die Zuneigung des »Großen«, und dieser nahm die dargebotene Ergebenheit als ein beglückendes Geschenk an.

Während der Ferien ließ sein Vater Charles in der Anstalt. Zufällig schlug er eine Platonübersetzung auf und war davon begeistert. Von da an vertiefte er sich in metaphysische Studien; er machte rasche Fortschritte, da er mit jugendlicher Kraft arbeitete und mit dem ganzen Stolz eines Verstandes, der seine Fesseln sprengt. Er las Jouffroy und Cousin, Laromiguière, Malebranche, die Schotten, alles, was die Bibliothek enthielt. Er war gezwungen, den Schlüssel zu entwenden, um sich die Bücher zu verschaffen.

Frédérics Beschäftigung während seiner Mußezeit war weniger ernsthaft. In der Rue des Trois-Rois zeichnete er den Stammbaum Christi ab, der in eine Holzsäule geschnitzt war, und auch das Portal der Kathedrale. Nach den mittelaltertümlichen Dramen nahm er die Denkwürdigkeiten von Froissart, Comines, Pierre de l'Estoile, Brantôme vor.

Die Bilder, die diese Lektüre in seinem Geist erweckte,

verfolgten ihn so sehr, daß er den Drang verspürte, sie wiederzugeben. Er wollte dereinst der Walter Scott Frankreichs werden. Deslauriers brütete über einem umfassenden System der Philosophie, das unabsehbare Anwendungsmöglichkeiten haben sollte.

Sie besprachen dies während der Pausen im Hof angesichts der erbaulichen Inschrift, die unter die Uhr gemalt war; sie unterhielten sich flüsternd darüber in der Kapelle vor Ludwig dem Heiligen; sie träumten davon im Schlafsaal, dessen Fenster auf einen Friedhof hinausblickten. An den Tagen, an denen sie spazierengeführt wurden, hielten sie sich hinter den andern und führten endlose Gespräche.

Sie sprachen davon, was sie später, wenn sie erst die Schule hinter sich hätten, tun wollten. Mit dem Geld, das Frédéric bei seiner Großjährigkeit von seinem Erbe im voraus erhalten sollte, wollten sie erst eine weite Reise unternehmen; dann wollten sie nach Paris zurückkehren, wollten zusammen arbeiten und einander nie verlassen; und um sich von ihrer Arbeit zu erholen, wollten sie in seidenbespannten Gemächern der Liebe zu Prinzessinnen huldigen oder mit berühmten Kurtisanen unerhörte Orgien feiern. Zweifel folgten oft solchem Hoffnungstaumel. Und sie verfielen in tiefes Schweigen nach diesen Höhepunkten redseliger Freude.

An Sommerabenden, wenn sie lange auf steinigen Wegen Weinberge entlanggeschritten oder auf Landstraßen durch die Umgegend gewandert waren, wenn die Kornfelder in der Sonne wogten und die Düfte der Engelwurz in der Luft hingen, übermannte es sie wie eine Beklemmung, und, wie betäubt, wie trunken streckten sie sich auf dem Rücken ins Gras. Die andern spielten Barlaufen oder ließen Drachen steigen. Der aufsichtführende Lehrer rief sie. Man kehrte zurück, an Gärten vorbei, die von kleinen Bächen durchzogen waren, und die Boulevards entlang im Schatten der alten Mauern; in den öden Straßen hallten ihre Schritte; das Torgitter öffnete sich, man stieg die Treppen hinan; und sie waren traurig wie nach maßlosen Ausschweifungen.

Ihr Rektor behauptete, sie steigerten sich gegenseitig in diese Stimmungen hinein. Doch wenn Frédéric in den höheren Klassen überhaupt arbeitete, so nur auf die Ermahnungen seines Freundes hin. In den Ferien des Jahres 1837 nahm er ihn mit zu seiner Mutter.

Madame Moreau mißfiel der junge Mann. Er aß wie ein Scheunendrescher, weigerte sich, der Sonntagsmesse beizuwohnen, und hielt republikanische Brandreden; schließlich glaubte sie zu wissen, daß er ihren Sohn in anrüchige Lokale mitgenommen habe. Man überwachte ihre Beziehungen. Sie liebten sich nur um so mehr; und als Deslauriers im Jahr darauf von der Schule abging, um in Paris die Rechte zu studieren, war der Abschied schmerzlich. Frédéric beabsichtigte, ihn dort wiederzutreffen.

Sie hatten einander nun schon zwei Jahre nicht gesehen; und nach der ersten stürmischen Begrüßung gingen sie zu den Brücken, um ungestört plaudern zu können.

Der Hauptmann, jetzt Inhaber eines Billardsaales in Villenauxe, hatte getobt, als sein Sohn eine Abrechnung über sein Erbteil forderte, und ihm kurzerhand jeglichen Zuschuß gesperrt. Deslauriers, der sich später einmal um eine Professur an der Hochschule bewerben wollte, nun aber völlig mittellos war, hatte bei einem Anwalt in Troyes die Stelle eines ersten Schreibers angenommen. Er hoffte, durch eine haushälterische Lebensführung viertausend Franken zu ersparen; und sollte er vom mütterlichen Erbteil nichts zu sehen bekommen, so konnte er immerhin drei Jahre unabhängig arbeiten und sich dann nach einer Stellung umtun. Allerdings mußten sie ihren alten Plan, zusammen in der Hauptstadt zu leben, vorerst aufgeben.

Frédéric war enttäuscht. Sein erstes Luftschloß brach zusammen.

»Tröste dich«, sagte der Sohn des Hauptmanns, »das Leben ist lang; wir sind jung. Ich komme nach! Denk nicht weiter daran!«

Er faßte seine Hände und rüttelte ihn auf, und um ihn abzulenken, fragte er ihn über seine Reise aus.

Frédéric wußte nicht viel zu erzählen. Aber mit der Erinnerung an Madame Arnoux verflog sein Kummer. Ein gewisses Schamgefühl hielt ihn ab, sie zu erwähnen. Dafür sprach er viel von Arnoux, erzählte von seinen Gesprächen, seinem Benehmen, seinen Beziehungen; und Deslauriers riet ihm dringend, diese Bekanntschaft weiter zu pflegen.

Frédéric hatte in der letzten Zeit nichts mehr geschrieben; seine literarischen Ansichten hatten sich gewandelt: Leidenschaft galt ihm alles. Werther, René, Franck, Lara, Lélia und weniger bedeutende Gestalten begeisterten ihn fast gleich stark. Zuweilen schien es ihm, daß allein die Musik imstande sei, seine innere Unruhe auszudrücken: er erträumte Sinfonien; oder das Äußere mancher Dinge fesselte ihn, und er wollte malen. Dennoch hatte er Verse geschrieben; Deslauriers fand sie sehr schön, begehrte aber keine weiteren zu hören.

Deslauriers befaßte sich nicht mehr mit Metaphysik. Nationalökonomie und die Französische Revolution beschäftigten ihn ausschließlich. Er war jetzt ein lang aufgeschossener magerer Kerl von zweiundzwanzig Jahren, mit breitem Mund und entschiedenem Auftreten. An diesem Abend trug er einen leichten, schäbigen Wollmantel, und seine Schuhe waren weiß von Staub, denn er hatte den Weg von Villenauxe hierher zu Fuß zurückgelegt, nur um Frédéric zu sehen.

Isidore kam auf sie zu. Madame bitte Monsieur, nach Hause zu kommen, und schicke ihm aus Besorgnis, er möchte sich sonst erkälten, seinen Mantel.

»Bleib doch noch!« bat Deslauriers.

Und sie schritten wieder vom einen Ende der beiden Brükken, deren Pfeiler auf der von Fluß und Kanal gebildeten schmalen Insel ruhten, zum andern.

Gingen sie Nogent zu, hatten sie ein Häusergewirr vor sich, das sich leicht abschüssig hinzog. Zur Rechten ragten hinter den Sägemühlen, deren Wehre geschlossen waren, die Umrisse der Kirche auf, und das linke Ufer säumten von Buschhecken eingefaßte Gärten, die kaum mehr zu erkennen waren. Gegen Paris hin aber führte die Straße schnurgerade abwärts, und in der Ferne verloren sich die Wiesen im Dunst der Nacht. Es war ruhig und der Himmel von fahler Helle. Der Geruch feuchten Laubes stieg zu ihnen empor; hundert

Schritte entfernt floß das Wasser am Wehr vorüber mit jenem weithin vernehmbaren sanften Rauschen, das fließenden Gewässern in der Dunkelheit eigen ist.

Deslauriers blieb stehen und sagte: »Komisch, wie ruhig die guten Leute schlafen! Doch Geduld, ein neues 89 bereitet sich vor! Man hat die Verfassungen satt und die Charten, die Spitzfindigkeiten und Lügen! Oh! Hätte ich eine Zeitung, eine Rednertribüne, wie würde ich euch alle aufrütteln! Doch man braucht Geld, um etwas tun zu können, gleichgültig was! Welch ein Fluch, der Sohn eines Schankwirts zu sein und seine Jugend vergeuden zu müssen auf der Suche nach dem täglichen Brot!«

Er senkte den Kopf und biß sich auf die Lippen; vor Kälte zitterte er in seinen dünnen Kleidern.

Frédéric warf ihm die Hälfte seines Mantels um die Schultern. Beide hüllten sich darein, und sie schritten Seite an Seite weiter, eng umschlungen.

»Wie soll ich dort nur leben ohne dich?« sagte Frédéric. Die Bitterkeit des Freundes hatte seine Traurigkeit wieder wachgerufen. »Mit einer Frau, die mich liebte, hätte ich etwas erreichen können . . . Warum lachst du? Die Liebe ist Nahrung und Atemluft des Genies. Außergewöhnliche Gefühle schaffen große, erhabene Werke. Doch ich gebe es auf, die Frau zu suchen, die ich brauche! Und finde ich sie dennoch, wird sie mich zurückweisen. Ich bin vom Geschlecht der Enterbten und werde im Besitz eines Schatzes sterben, der aus Straß bestand oder Diamanten, ich weiß es nicht.«

Ein menschlicher Schatten wuchs immer länger vor ihnen auf der gepflasterten Straße, und zur gleichen Zeit hörten sie sagen: »Ihr Diener, meine Herren.«

Der sie ansprach, war ein kleiner Mann in einem weiten braunen Überrock. Er trug eine Mütze, unter deren Schild eine spitze Nase hervorsah.

»Monsieur Roque?« fragte Frédéric.

»Ebender!« erwiderte die Stimme.

Der Mann aus Nogent rechtfertigte seine Gegenwart, indem er erzählte, er habe die Fuchseisen in seinem Garten am Fluß unten nachgesehen und komme eben zurück.

»Und nun sind Sie wieder im Lande? Schön! Ich hatte es bereits von meiner kleinen Tochter erfahren. Immer gesund, hoffentlich? Sie verlassen uns doch nicht gleich wieder?«

Und er ging seines Wegs; offenbar hatte ihn Frédérics Empfang von längerem Verweilen abgehalten.

Auch verkehrte Madame Moreau nicht mit ihm; der alte Roque lebte mit seiner Haushälterin in wilder Ehe, und man achtete ihn deshalb sehr wenig, obwohl er Wahlagent und Verwalter bei Monsieur Dambreuse war. »Der Bankier in der Rue d'Anjou?« fragte Deslauriers. »Weißt du, was du tun solltest, mein Lieber?«

Isidore unterbrach sie abermals. Er habe Weisung, unter allen Umständen Frédéric mit nach Hause zu bringen. Madame ängstige sich über sein Ausbleiben.

»Gut, gut! Wir kommen ja«, sagte Deslauriers; »er wird nicht über Nacht fortbleiben.« Und als der Diener gegangen war: »Du solltest den Alten bitten, dich bei Dambreuse einzuführen; nichts ist von größerem Vorteil, als in einem reichen Hause zu verkehren! Du hast ja einen Frack und weiße Handschuhe, mach dir's doch zunutze! Du mußt in diesen Kreisen verkehren. Später wirst du mich mitnehmen. Ein Mann, der millionenschwer ist, denk doch! Sieh zu, daß du ihm gefällst, und seiner Frau auch. Du mußt ihr Geliebter werden!«

Frédéric fuhr entrüstet auf.

»Aber ich sage dir doch altbekannte Dinge, etwa nicht? Denk an Rastignac in der *Menschlichen Komödie!* Du wirst dein Glück machen, davon bin ich überzeugt!«

Frédéric hatte so großes Vertrauen zu Deslauriers, daß er schwankend wurde. Er vergaß Madame Arnoux oder bezog die Weissagung, die der andern galt, auch auf sie und konnte sich eines Lächelns nicht erwehren.

»Ein letzter Rat«, fügte der Schreiber hinzu, »bestehe deine Prüfungen! Ein Titel hat immer sein Gutes; und laß endlich von deinen katholischen und satanischen Dichtern, die in der Pilosophie nicht weiter sind, als man's im 12. Jahrhundert war. Deine Verzweiflung ist albern. Bedeutende

Männer hatten es in ihren Anfängen weit schwerer, denk nur an Mirabeau. Auch wird unsere Trennung nicht so lange dauern. Mein Vater, der Gauner, muß das Geld herausrücken. Es ist höchste Zeit, daß ich heimgehe, leb wohl! Hast du fünf Franken, daß ich mein Essen zahlen kann?«

Frédéric gab ihm zehn Franken, den Rest der Summe, die er am Morgen von Isidore bekommen hatte.

Auf dem linken Ufer leuchtete, etwa vierzig Meter von den Brücken entfernt, Licht aus dem Dachfenster eines niedrigen Hauses.

Deslauriers bemerkte es. Da riß er seinen Hut vom Kopf und rief mit übertriebenem Pathos: »Venus, Königin des Himmels, ergebener Diener! Aber die Not ist die Mutter der Weisheit. Daß sich Gott erbarm! Wie hat man uns deshalb verschrien!«

Diese Anspielung auf ein gemeinsames Erlebnis versetzte sie in ausgelassene Stimmung. Laut lachend gingen sie durch die Straßen.

Deslauriers beglich seine Rechnung im Gasthaus und begleitete dann Frédéric bis zur Straßenkreuzung beim Krankenhaus; nach einer langen Umarmung schieden die beiden Freunde.

3

Zwei Monate später traf Frédéric eines Morgens in der Rue Coq-Héron ein, und sein erster Gedanke galt dem wichtigen Besuch.

Der Zufall war ihm zu Hilfe gekommen. Der alte Roque hatte ihn aufgesucht und ihm eine Rolle Dokumente übergeben mit der Bitte, sie persönlich Herrn Dambreuse einzuhändigen; er hatte der Sendung ein unversiegeltes Briefchen beigelegt, worin er seinen jungen Landsmann empfahl.

Madame Moreau war von diesem Schritt überrascht. Frédéric verhehlte das Vergnügen, das er ihm bereitete.

Monsieur Dambreuses wahrer Name war Graf d'Ambreuse; doch seit 1825 hatte er nach und nach Adel und Parteifreunde aufgegeben und sich der Industrie zugewandt. Da er sein Ohr in allen Amtsstellen, seine Hand in allen Unternehmungen hatte und immer auf der Lauer nach günstigen Gelegenheiten, dabei durchtrieben wie ein Grieche und arbeitsam wie ein Auvergnate war, hatte er ein, wie man sagte, ansehnliches Vermögen zusammengerafft. Zudem war er Offizier der Ehrenlegion, Mitglied des Generalrats des Departements Aube, Abgeordneter und demnächst wohl Pair von Frankreich. Da er sich im übrigen gerne hilfsbereit zeigte, behelligte er den Minister fortwährend mit seinen Bitten um Beistand, Orden und Tabakvertriebe; in seinem Unmut über die Regierung neigte er zur Linken des Zentrums. Seine Frau, die hübsche Madame Dambreuse, die man öfters in Modeblättern erwähnte, war Vorsitzende der Wohltätigkeitsausschüsse. Sie hofierte den Herzoginnen, beschwichtigte damit den Groll des vornehmen Faubourg und hielt so den Glauben wach, daß Monsieur Dambreuse reumütig umkehren und sich wieder nützlich machen könne.

Auf dem Wege zu ihnen war dem jungen Mann unbehaglich zumute.

Ich hätte doch besser den Frack angezogen. Man lädt mich wohl für die nächste Woche zum Ball ein? Was wird man mir sagen?

Sein Selbstvertrauen erwachte wieder, als er daran dachte, daß ja Monsieur Dambreuse auch ein Bürgerlicher war, und behend sprang er aus dem Kabriolett aufs Trottoir der Rue d'Anjou.

Er öffnete eines der beiden Einfahrtstore, schritt über den Hof, stieg die Freitreppe empor und betrat eine Vorhalle, die mit farbigem Marmor ausgelegt war.

Eine gerade Doppeltreppe mit rotem Läufer und Messingstangen führte zwischen den hohen, mit hellem Stuck verzierten Wänden nach oben. Am Fuß der Treppe stand ein Bananenbaum, dessen breite Blätter auf den Samt des Geländers niederhingen. Von zwei Bronzekandelabern hingen an dünnen Ketten Porzellankugeln herunter; aus den weit offenen Zuglöchern der Heizanlage strömte stickige Luft, und man hörte nur das Ticken einer großen Standuhr, die am andern Ende der Vorhalle unter einer Waffengarnitur aufgestellt war.

Eine Glocke schrillte; ein Diener erschien und führte Frédéric in ein kleines Gelaß, in dem zwei Geldschränke sowie Regale voller Aktendeckel standen. In der Mitte saß Monsieur Dambreuse vor einem Schreibtisch und schrieb.

Er überflog den Brief des alten Roque, schnitt mit seinem Federmesser die Leinwandhülle auf, mit der die Dokumente umwickelt waren, und prüfte sie eingehend.

Von weitem ließ ihn seine hagere Gestalt noch jung erscheinen. Die spärlichen weißen Haare jedoch wie auch seine schwachen Gliedmaßen und die leichenhafte Blässe seines Gesichts verrieten, daß seine Gesundheit zerrüttet war. Unerbittliche Tatkraft sprach aus seinen meergrünen Augen, die kälter blickten als Glasaugen. Die Backenknochen traten stark hervor, und seine Hände wiesen Gichtknoten auf.

Endlich erhob er sich und fragte den jungen Mann nach Leuten aus ihrem Bekanntenkreis, nach Nogent, nach seinen Studien; dann verabschiedete er ihn mit einer Verbeugung. Frédéric ging durch eine andere Tür hinaus und stand unversehens hinten im Hof neben den Wagenremisen.

Ein blaues Coupé, mit einem Rappen bespannt, hielt vor der Freitreppe. Der Schlag wurde geöffnet, eine Dame stieg ein, und der Wagen rollte mit dumpfem Knirschen über den Kies.

Gleichzeitig mit dem Wagen, doch von der andern Seite her, kam Frédéric ans Tor. Die Ausfahrt war schmal, und er mußte warten. Die junge Frau beugte sich aus dem Wagenfenster und sprach leise mit dem Hausschließer. Frédéric sah nur ihren Rücken, den ein violetter Mantel einhüllte. Er betrachtete jedoch eingehend das Innere der Kutsche, die mit blauem Rips, seidenen Borten und Fransen ausgeschlagen war. Die Kleider der Dame füllten es aus; dem seidengepolsterten Wagen entströmte der Duft eines Irisparfüms und ein vager Wohlgeruch weiblicher Toilettenkünste. Der Kutscher ließ die Zügel locker, das Pferd bog plötzlich haarscharf um den Eckstein, und alles verschwand.

Frédéric ging zu Fuß über die Boulevards nach Hause.

Es tat ihm leid, daß er Madame Dambreuse nicht hatte sehen können.

Wenig oberhalb der Rue Montmartre bewog ihn eine Wagenstockung, sich umzusehen; und gegenüber, auf der andern Seite der Straße, las er auf einem Marmorschild:

JACQUES ARNOUX

Wie war es möglich, daß er nicht früher an sie gedacht hatte? Daran war Deslauriers schuld. Frédéric ging zu dem Laden hinüber, trat aber nicht ein, sondern wartete, ob er sie nicht zu Gesicht bekam.

Die hohen Schaufenster zeigten eine geschmackvolle Anordnung von Statuetten, Zeichnungen, Radierungen, Katalogen und einzelnen Heften der Zeitschrift *Kunstgewerbe*; und die Preise des Abonnements waren an der Tür, die in der Mitte die Initialen des Verlegers zierten, ein weiteres Mal aufgeführt. An den Wänden drinnen gewahrte man große Bilder, deren Firnis glänzte; im Hintergrund des Raumes führte eine schmale Treppe, die oben eine Samtportiere abschloß, zwischen zwei Truhen empor, die mit Porzellanfiguren, Bronzen und verlockenden Raritäten überladen waren; ein Leuchter aus Meißner Porzellan, ein grüner Teppich auf dem Boden und ein eingelegter Tisch gaben dem Innern dieses Ladens eher den Anstrich eines Salons.

Frédéric tat, als betrachte er die Zeichnungen. Nach langem Zögern trat er ein.

Ein Angestellter hob die Portiere und gab Bescheid, Monsieur komme nicht vor fünf Uhr »ins Geschäft«. Wenn er aber etwas ausrichten könne ...

»Nein, ich spreche wieder vor«, entgegnete Frédéric leise.

Die folgenden Tage gingen mit der Suche nach einer Wohnung hin; er entschied sich für ein Zimmer im zweiten Stockwerk eines Hotel garni in der Rue Saint-Hyacinthe.

Mit einer funkelnagelneuen Schreibmappe unterm Arm ging er in die erste Vorlesung. Dreihundert junge Leute saßen barhaupt in einem halbkreisförmigen Hörsaal, in dem ein alter Herr in rotem Talar mit monotoner Stimme vortrug. Federn kratzten übers Papier. In diesem Saal fand er den

Staubgeruch der Klassenzimmer wieder, dasselbe Katheder, dieselbe Langeweile! Vierzehn Tage lang besuchte er die Vorlesungen. Aber man war noch nicht bei Artikel 3, als er das Studium des Zivilrechts aufgab, und Justinians *Institutiones* ließ er bei der *Summa divisio personarum* liegen.

Die erhofften Freuden blieben aus; und als er sich durch eine ganze Leihbibliothek hindurchgelesen und die Sammlungen des Louvre besichtigt hatte, auch mehrmals nacheinander im Theater gewesen war, verfiel er völlig dem Müßiggang.

Tausend neue Dinge verschlimmerten noch seine Niedergeschlagenheit. Er mußte seine Wäsche haushälterisch einteilen und sich mit dem Concierge gut stellen, einem Grobian mit dem Gehaben eines Krankenwärters, der jeden Morgen brummend kam, nach Alkohol roch und notdürftig sein Bett richtete. Sein Zimmer mit der Alabasteruhr gefiel ihm nicht. Die Wände waren dünn; er hörte die Studenten nebenan ihren Punsch brauen und lachen und singen.

Des Alleinseins müde, suchte er einen alten Bekannten namens Baptiste Martinon auf; er fand ihn in einer kleinbürgerlichen Pension der Rue Saint-Jacques, wie er vor einem Steinkohlenfeuer saß und die Prozeßordnung büffelte.

Ihm gegenüber saß eine Frau in einem Kattunkleid und stopfte Socken.

Martinon war, was man einen schönen Mann nennt: groß, mit pausbäckigem, regelmäßigem Gesicht und hellblauen Glotzaugen; sein Vater, ein wohlhabender Landwirt, hatte ihn für den Richterstand bestimmt, und da er schon gesetzt wirken wollte, trug er einen Seemannsbart.

Frédérics mißmutige Stimmung schien keine vernünftige Ursache zu haben, und er konnte sich auch auf kein besonderes Mißgeschick berufen; deshalb begriff Martinon sein Jammern über das Dasein nicht recht. Er selber ging jeden Morgen ins Kolleg, bummelte anschließend im Luxembourg, trank abends sein Täßchen Kaffee und war so, mit fünfzehnhundert Franken im Jahr und mit der Liebe dieser Näherin, restlos glücklich.

Was für ein Glück! dachte Frédéric.

Im Kolleg hatte er noch die Bekanntschaft Monsieur de Cisys gemacht. Er war der Sohn einer vornehmen Familie und wirkte durch sein anmutiges Benehmen wie ein Mädchen.

Monsieur de Cisy befaßte sich mit Zeichnen und schwärmte für die Gotik. Mehrere Male besuchten sie gemeinsam die Sainte-Chapelle und Notre-Dame und standen voll Bewunderung davor. Aber unter der vornehmen Lebensart des jungen Aristokraten verbarg sich eine mehr als dürftige Intelligenz. Alles erstaunte ihn; über den harmlosesten Scherz lachte er sich krumm und legte eine derart verblüffende Naivität an den Tag, daß Frédéric ihn zunächst für einen Spaßvogel hielt, schließlich aber doch für einen Strohkopf ansah.

So hatte er niemanden, mit dem er sich aussprechen konnte, und er wartete immer noch auf eine Einladung von den Dambreuses.

Zum Neujahrstag sandte er ihnen Visitenkarten, aber von ihnen erhielt er keine.

Noch ein zweitesmal hatte er im *Kunstgewerbe* vorgesprochen.

Er versuchte es ein drittesmal und sah endlich Arnoux, der sich mit fünf oder sechs Personen herumstritt und seinen Gruß kaum erwiderte; Frédéric war gekränkt. Gleichwohl überlegte er, wie er zu ihr gelangen konnte.

Erst wollte er sich häufiger dort einfinden, um Bilder einzuhandeln. Dann dachte er daran, »glänzende« Artikel in den Briefkasten der Zeitschrift einzuwerfen und dadurch nähere Beziehungen herbeizuführen. Vielleicht war es am Ende das beste, gerade auf das Ziel loszusteuern und ihr seine Liebe zu erklären. Er verfaßte einen zwölfseitigen Brief voll lyrischer Ergüsse und Anreden; aber er zerriß ihn und tat nichts, unternahm keinen weiteren Versuch – gelähmt von der Furcht vor einem Mißerfolg.

Im ersten Stock über Arnoux' Laden befanden sich drei Fenster, die jeden Abend erleuchtet waren. Schatten bewegten sich dahinter, besonders einer: es war ihr Schatten. Um zu den Fenstern hinaufblicken und diesen Schatten betrachten zu können, scheute er den weiten Weg nicht.

Eine Negerin, der er eines Tages in den Tuilerien begegnete und die ein Mädchen an der Hand führte, erinnerte ihn an Madame Arnoux' Dienerin. Wie die andern kam auch sie vermutlich hierher; ging er durch die Tuilerien, klopfte sein Herz jedesmal, weil er hoffte, ihr zu begegnen. An sonnigen Tagen dehnte er seinen Spaziergang bis ans Ende der Champs-Elysées aus.

Frauen, lässig in ihren Kaleschen zurückgelehnt, fuhren an ihm vorüber, und ihre Schleier flatterten im Winde. Bei dem kräftigen Schritt der Pferde schaukelten die Wagen leicht, so daß die lackierten Ledergeschirre knarrten. Die Wagen wurden zahlreicher; vom Rond-Point an verlangsamten sie ihre Fahrt und nahmen die ganze Breite der Straße ein. Mähne war an Mähne, Laterne an Laterne; die stählernen Steigbügel, die silbernen Kinnketten, die Messingschnallen blinkten da und dort zwischen den Kniehosen, den weißen Handschuhen und dem Pelzwerk auf, das über die Wappen der Wagenschläge niederhing. Frédéric fühlte sich wie in eine fremde Welt versetzt. Seine Augen irrten über die Frauenköpfe hin, und die entferntesten Ähnlichkeiten erinnerten ihn an Madame Arnoux. Er stellte sie sich unter den andern vor, in einer dieser zierlichen Kutschen, wie Madame Dambreuse eine besaß. – Aber die Sonne neigte sich allmählich tiefer, und ein kalter Wind wirbelte Staub hoch. Die Kutscher vergruben das Kinn in ihren Halsbinden, die Räder drehten sich schneller, der Straßenbelag knirschte, und alle die Equipagen fuhren in scharfem Trab die lange Avenue hinunter, streiften und überholten sich, drängten einander beiseite und zerstreuten sich dann auf der Place de la Concorde. Hinter den Tuilerien färbte sich der Himmel schiefergrau. Die Bäume des Parks wuchsen zu zwei riesigen, in den Wipfeln violetten Massen zusammen. Die Gaslaternen leuchteten auf; und die fahlgrünen Wasser der Seine brachen sich in silbrigem Gischen an den Brückenpfeilern.

Er ging in das Restaurant in der Rue de la Harpe, wo er als ständiger Gast für dreiundvierzig Sous speiste.

Mit Widerwillen betrachtete er das alte Mahagonibüfett, die schmuddeligen Mundtücher, das schmierige Besteck und die Hüte an den Wänden. Die Gäste ringsum waren Studenten wie er. Sie unterhielten sich über die Professoren, über ihre Geliebten. Was gingen ihn die Professoren an! Hatte er etwa eine Geliebte? Um ihrer Fröhlichkeit zu entgehen, kam er immer so spät wie möglich hierher. Speisereste lagen auf allen Tischen. Die beiden Kellner dösten vor Übermüdung in ihren Winkeln, und ein muffiger Geruch nach Küche, Öllampen und Tabakrauch erfüllte den verlassenen Gastraum.

Langsam ging er durch die Straßen heim. Die Metallspiegel der Laternen schwankten hin und her, daß die gelben Lichtstreifen auf dem Straßenschmutz erzitterten. Schattengestalten unter Regenschirmen huschten auf den Randsteinen die Trottoirs entlang. Das Pflaster war schlüpfrig. Nebel stieg auf, und ihm war, als senke sich die feuchte Dunkelheit, die ihn umgab, ohne Ende in sein Herz.

Sein Gewissen regte sich. Er besuchte wieder die Vorlesungen. Da er aber von dem vorgetragenen Stoff keine Ahnung hatte, setzten ihn die einfachsten Dinge in Verlegenheit.

Er begann einen Roman zu schreiben mit dem Titel *Sylvio, der Sohn des Fischers*. Die Handlung spielte in Venedig. Der Held war er selbst, die Heldin Madame Arnoux. Er nannte sie Antonia, und um sie zu besitzen, brachte er mehrere Edelleute um, steckte einen Teil der Stadt in Brand und sang unter ihrem Balkon, wo die roten Damastvorhänge vom Boulevard Montmartre im Winde flatterten. Die allzu häufigen Reminiszenzen, über denen er sich ertappte, entmutigten ihn jedoch; er schrieb nicht weiter, und sein Müßiggang wurde noch schlimmer.

Er bat daraufhin Deslauriers dringend, zu ihm zu ziehen und mit ihm das Zimmer zu teilen. Sie würden es schon so einzurichten wissen, daß sie mit seinen zweitausend Franken auskämen; alles sei besser als dies unerträgliche Dasein. Deslauriers aber konnte Troyes noch nicht verlassen. Er riet ihm, sich zu zerstreuen und mit Sénécal zu verkehren.

Sénécal war Nachhilfelehrer für Mathematik, ein kluger Kopf und Republikaner aus Überzeugung, ein künftiger Saint-Just, wie der Schreiber sagte. Frédéric stieg dreimal die fünf Treppen zu ihm hoch, ohne daß der andere den Besuch erwidert hätte. Er ging nicht wieder hin.

Frédéric wollte sich amüsieren. Er nahm an den Bällen der Oper teil. Aber schon unter der Tür widerte ihn die lärmende Ausgelassenheit an. Auch fürchtete er große Geldausgaben, da er glaubte, daß ein Souper mit einem Domino beträchtliche Auslagen mit sich bringe und ein kostspieliges Abenteuer sei.

Und doch schien ihm, daß man ihn lieben müsse. Oft wachte er mit einem Herzen voll Hoffnung auf, kleidete sich sorgfältig wie zu einem Stelldichein und lief stundenlang durch Paris. Bei jeder Frau, die vor ihm herging oder auf ihn zukam, sagte er sich: Sie ist es! Es war jedesmal eine neue Enttäuschung. Der Gedanke an Madame Arnoux verschlimmerte seine Anfechtungen. Vielleicht traf er sie auf seinem Weg; und er dachte sich verwickelte Fügungen aus, um sie ansprechen zu können, und unerhörte Gefahren, aus denen er sie retten würde.

Die Tage vergingen so in der ewigen Wiederholung der gleichen Verdrießlichkeiten, der gleichen angenommenen Gewohnheiten. Er blätterte in Broschüren unter den Arkaden des Odeon, las im Café die *Revue des Deux Mondes*, besuchte eine Vorlesung im *Collège de France*, hörte für eine Stunde Chinesisch oder Nationalökonomie. Jede Woche schrieb er einen langen Brief an Deslauriers, speiste ab und zu mit Martinon und sah hin und wieder Monsieur de Cisy.

Er mietete ein Klavier und komponierte deutsche Walzer.

Eines Abends erblickte er im Theater des Palais-Royal Arnoux neben einer Dame in einer Proszeniumsloge. War sie es? Ein grüner Taftschirm auf der Brüstung der Loge verdeckte ihr Gesicht. Endlich ging der Vorhang hoch; der Schirm wurde heruntergeklappt. Es war eine große verblühte Person, etwa dreißigjährig, mit dicken Lippen, die beim Lachen prachtvolle Zähne entblößten. Sie plauderte vertraulich mit Arnoux und schlug ihm zuweilen leicht mit ihrem Fächer auf die Finger. Ein blondes Mädchen, dessen Augen wie vom Weinen rot umrändert waren, setzte sich zwischen sie. Arnoux saß von da an halb über ihre Schulter gebeugt und sprach mit ihr, und sie hörte ihm zu, ohne zu antworten. Frédéric versuchte zu erraten, welchem Stand die beiden Frauen in den bescheidenen dunklen Kleidern mit den Umlegekragen angehörten.

Am Schluß der Vorstellung lief er eilends in den Gang hinaus, wo sich die Menschen drängten. Vor ihm ging Arnoux Arm in Arm mit den beiden Frauen Stufe um Stufe die Treppe hinab.

Plötzlich fiel das Licht einer Gaslampe auf ihn. Er trug einen Trauerflor um seinen Hut. War sie gestorben? Dieser Gedanke quälte Frédéric so sehr, daß er am andern Morgen ins *Kunstgewerbe* eilte und, während er einen der im Schaufenster ausgestellten Stiche bezahlte, den Gehilfen fragte, wie es Monsieur Arnoux gehe.

»Aber ausgezeichnet!« erwiderte der Gehilfe.

»Und Madame?« fügte Frédéric hinzu und erbleichte.

»Madame ebenfalls!«

Frédéric vergaß, den Stich mitzunehmen.

Der Winter ging zu Ende. Im Frühjahr war er weniger schwermütig; er bereitete sich auf das Examen vor und reiste, nachdem er es mit Müh und Not bestanden hatte, nach Nogent.

Um die abfälligen Bemerkungen seiner Mutter zu vermeiden, suchte er seinen Freund in Troyes nicht auf. Nach seiner Rückkehr gab er in Paris seine Wohnung auf und mietete am Quai Napoléon zwei Zimmer, die er selbst möblierte. Die Hoffnung, von Dambreuse noch eingeladen zu werden, hatte er aufgegeben; seine große Leidenschaft für Madame Arnoux begann zu schwinden.

4

Eines Morgens im Dezember, als er auf dem Weg in die Vorlesung über Prozeßordnung war, schien ihm, es herrsche in der Rue Saint-Jacques regeres Leben als sonst. Die Studenten kamen aus den Kaffeehäusern gerannt oder riefen einander aus den offenen Fenstern von Haus zu Haus etwas zu. Die Ladeninhaber standen mitten auf dem Trottoir und sahen sich beunruhigt um. Die Fensterläden wurden geschlossen, und als Frédéric in die Rue Soufflot gelangte, erblickte er rings um das Pantheon einen großen Menschenauflauf.

Junge Leute zogen in ungleichen Rotten, fünf bis zwölf zusammen, straßauf, straßab; sie hatten einander untergefaßt und gesellten sich zu den größeren Gruppen, die da und dort herumstanden. Im Hintergrund des Platzes bei den Gittertoren hielten Männer in Blusen wild erregte Reden, während Polizeibeamte, den Dreispitz auf dem Ohr und die Hände auf dem Rücken, ziellos an den Mauern entlanggingen, so daß unter ihren derben Stiefeln das Pflaster dröhnte. Alle trugen eine geheimnisvolle, verdutzte Miene zur Schau. Es lag offenbar etwas in der Luft, und man wartete, bis es zum Ausbruch kam. Jeder hatte eine Frage auf den Lippen.

Frédéric stand neben einem jungen blonden Mann von einnehmendem Äußerem, der mit Schnurrbart und Bocksbärtchen wie ein Stutzer aus der Zeit Ludwigs XIII. aussah. Ihn fragte er nach dem Anlaß dieses Aufruhrs.

»Keine Ahnung!« erwiderte der andere. »Die da wissen es auch nicht! Das ist jetzt so Brauch! Was für ein Heidenspaß!«

Und er brach in schallendes Gelächter aus.

Die Petitionen für die Wahlreform, für die in der Nationalgarde Unterschriften gesammelt wurden, zusammen mit den neuen Steuermaßnahmen des Finanzministers Humann nebst noch andern Vorfällen führten in Paris seit einem halben Jahr immer wieder zu unerklärlichen Zusammenrottungen, die sich sogar so häufig wiederholten, daß die Zeitungen nicht mehr darüber berichteten.

»Das hat nicht Form noch Farbe«, fuhr Frédérics Nachbar fort. »Mich deucht, vieledler Herre, wir sind arg auf den Hund gekommen. Zur guten alten Zeit Ludwigs des Elften, ja sogar zu Lebzeiten Benjamin Constants waren Aufruhr und Empörung unter den Scholaren häufiger anzutreffen. Mir kommen sie friedsam wie Hammel vor, dumm wie Hornvieh und so recht für den filzigen Krämerstand tauglich, Gotts Blitz und Donner! Und so was nennt sich nun die Jugend der Hochschulen!«

Er breitete weit die Arme aus, wie Frédérick Lemaître in *Robert Macaire*.

»Jugend der Hochschulen, ich segne dich!«

Hierauf raunzte er einen Lumpensammler an, der am Randstein vor einer Kneipe in einem Häuflein Austernschalen herumstocherte: »Gehörst du auch dazu, zu dieser Jugend der Hochschulen, sag einmal?«

Der Alte hob sein abstoßend häßliches Gesicht empor, und man sah in einem struppigen grauen Bart eine rote Schnapsnase und zwei blöde Säuferaugen.

»Nein, mir scheint, du bist eher einer *von jenen Männern mit Galgengesichtern, die man jetzt allenthalben das Gold mit vollen Händen säen sieht* ... Ja, säe nur aus, ehrwürdiger Greis im Silberhaar, säe! Verknechte mich mit Albions Schätzen! *Are you English?* Ich weise Artaxerxis Geschenke nicht von mir! Unterhalten wir uns ein bißchen über die Zollunion.«

Frédéric spürte, wie ihn jemand an der Schulter berührte; er wandte sich um. Da stand Martinon, totenbleich im Gesicht.

»Da haben wir's«, sagte er mit einem tiefen Seufzer, »schon wieder ein Aufruhr!«

Er hatte Angst, mit hineingezogen zu werden, und erhob ein bitteres Gejammer. Die Männer in den Blusen waren ihm vor allem unheimlich; er hielt sie für Angehörige von Geheimbünden.

»Gibt es überhaupt Geheimbünde?« fragte der schnurrbärtige junge Mann. »Das ist doch ein altes Ammenmärchen der Regierung, mit dem sie die Spießer ins Bockshorn jagt!«

Martinon bedeutete ihm, er solle leiser sprechen. Er hatte Angst vor der Polizei.

»Glauben Sie noch an die Polizei? Wissen Sie überhaupt, ob ich nicht selbst ein Spitzel bin?«

Und nun blickte er Martinon so sonderbar an, daß der in seiner Aufregung zuerst den Scherz gar nicht begriff. Die Menge schob sie vorwärts, und sie waren alle drei gezwungen, sich auf die kleine Treppe zu flüchten, die durch einen Gang zum neuen Hörsaal führte.

Bald danach bildete sich eine Gasse in dem Gedränge. Verschiedene Leute lüfteten die Hüte. Man begrüßte den berühmten Professor Samuel Rondelot, der, in seinen dicken

Überrock gehüllt, die silberne Brille hoch in die Luft gestreckt, asthmatisch keuchend daherkam und gelassenen Schrittes zu seiner Vorlesung ging. Dieser Mann war eine der juristischen Berühmtheiten des 19. Jahrhunderts, Männern wie Zachariae und Ruhdorff ebenbürtig. Seine neue Würde als Pair von Frankreich hatte seine Lebensweise in nichts verändert. Man wußte, daß er arm war, und zollte ihm allseits höchste Achtung.

Vom Platz her wurden Rufe laut: »Nieder mit Guizot!«

»Nieder mit Pritchard!«

»Nieder mit den bestochenen Verrätern!«

»Nieder mit Louis-Philippe!«

Die Menge wogte auf und nieder und flutete gegen das geschlossene Hoftor, und so war es dem Professor unmöglich weiterzugehen. Er blieb vor der Treppe stehen. Bald darauf sah man ihn auf der obersten der drei Stufen. Er fing an zu reden. Ein dumpfes Murmeln übertönte seine Stimme. Eben hatte man ihn noch geliebt, und jetzt haßten ihn alle, weil er die Staatsgewalt verkörperte. Jedesmal, wenn er sich Gehör verschaffen wollte, brach das Gejohle von neuem los. Er breitete beschwörend die Arme aus und forderte die Studenten damit auf, ihm zu folgen. Ein allgemeines Hohngeschrei antwortete ihm. Da zuckte er verächtlich die Achseln und verzog sich in den Gang. Martinon hatte sich einen günstigen Platz zunutze gemacht und war gleichzeitig mit ihm verschwunden.

»Was für ein feiger Kerl!« meinte Frédéric.

»Er ist eben vorsichtig!« versetzte der andere.

Die Menge brach in ein begeistertes Beifallsgeschrei aus. Der Rückzug des Professors kam für sie einem Siege gleich. Zu allen Fenstern sahen schaulustige Gaffer heraus. Etliche stimmten die Marseillaise an, andere machten den Vorschlag, man müsse vor Bérangers Haus ziehen.

»Auf zu Laffitte!«

»Zu Chateaubriand!«

»Auf zu Voltaire!« grölte der junge Mann mit dem blonden Schnauzbart.

Die Polizisten versuchten, sich einen Weg zu bahnen, und

sagten so freundlich wie möglich: »Gehen Sie jetzt weiter, meine Herren! Weitergehen! Gehn Sie doch heim!«

Da brüllte einer: »Nieder mit den Totschlägern!«

Seit den Septemberwirren war das ein geläufiger Schimpfname. Alle nahmen den Ruf auf und gaben ihn weiter. Man johlte und pfiff die Polizei aus. Die Polizisten wurden allgemach bleich; einer von ihnen verlor die Nerven und stieß einen jungen Mann, der zu nahe an ihn herantrat und ihm dreist ins Gesicht lachte, so grob zurück, daß er ein paar Schritte rückwärts taumelte und gerade vor der Weinkneipe auf den Rücken fiel. Alles wich zurück. Aber fast im gleichen Augenblick kugelte der Polizist selber zu Boden. Ein herkulisch gebauter Mann, dessen Haarmähne wie ein Büschel Werg unter der Wachstuchmütze hervorquoll, hatte ihn niedergeschlagen.

Der Mann hatte schon seit ein paar Minuten an der Ecke der Rue Saint-Jacques gestanden. Er hatte geschwind eine große Pappschachtel, die er unterm Arm trug, hingeworfen und sich auf den Polizisten gestürzt. Jetzt kniete er auf ihm und bearbeitete sein Gesicht mit kräftigen Faustschlägen. Die andern Polizisten kamen herbeigerannt. Der schreckliche Geselle war so bärenstark, daß es mindestens vier Mann brauchte, um ihn zu bändigen. Zwei schüttelten ihn am Kragen, zwei andere rissen ihn an den Armen, ein fünfter stieß ihm in einem fort mit dem Knie ins Kreuz, und alle schimpften ihn einen Spitzbuben, Mörder und Aufrührer. Die Kleider hingen ihm in Fetzen vom Leib, seine Brust war völlig nackt, und er beteuerte unablässig seine Unschuld; er habe nicht kalten Blutes mit ansehn können, wie man ein Kind schlage.

»Ich heiße Dussardier; bei Gebrüder Valinçart, Spitzen und Modewaren, Rue de Cléry. Wo ist meine Schachtel? Ich will meine Schachtel wiederhaben!«

Immer wieder fing er an: »Dussardier! . . . Rue de Cléry! Meine Schachtel!«

Schließlich beruhigte er sich und ließ sich mit stoischer Miene zum Polizeiposten in der Rue Descartes abführen. Ein Strom von Menschen folgte ihm. Frédéric und der schnurrbärtige junge Mann schritten dicht hinterher. Sie waren voll Bewunderung für den Laufburschen und empört über die Gewalttätigkeit der Machthaber.

Je weiter sie kamen, desto mehr lichtete sich die Menge.

Von Zeit zu Zeit drehten sich die Polizisten mit grimmigen Gesichtern um, und da die Krakeeler nichts mehr zu tun, die Schaulustigen nichts mehr zu gaffen hatten, verlief sich das Volk allmählich. Die Leute, an denen sie vorbeikamen, starrten Dussardier neugierig an und ließen vernehmlich allerhand abfällige und unflätige Bemerkungen fallen. Ein altes Weib, das unter seiner Tür stand, schrie sogar, er habe ein Brot gestohlen. Diese ungerechte Anschuldigung empörte die beiden Freunde maßlos. Endlich langte die Schar vor dem Wachlokal an. Es waren nur noch etwa zwanzig Neugierige übrig. Der Anblick der Soldaten genügte, um auch sie noch auseinanderzutreiben.

Frédéric und sein Begleiter forderten kühn die Freilassung des Mannes, den man soeben ins Gefängnis gesteckt hatte. Der Wachtposten drohte, wenn sie weiter darauf bestünden, werde er sie selber einsperren. Sie verlangten den diensttuenden Beamten zu sehen, gaben ihre Namen an sowie, daß sie Studenten der Jurisprudenz seien, und versicherten, der Verhaftete sei ihr Studienkamerad.

Man führte sie in einen völlig kahlen Raum, wo längs der weißgetünchten, verräucherten Wände vier Bänke aufgestellt waren. Ein Schiebefenster im Hintergrund tat sich auf, und das kraftvolle Gesicht Dussardiers wurde sichtbar. Unter der wirren Haarmähne gemahnte es mit den treuherzigen Augen und der vorne flachen Nase entfernt an die Physiognomie eines gutmütigen Hundes.

»Erkennst du uns denn nicht?« fragte Hussonnet.

So nämlich hieß der junge Mann mit dem Schnurrbärtchen.

»Aber . . .« stammelte Dussardier.

»Spiel doch nicht länger den Dummkopf«, erwiderte Hussonnet. »Man weiß doch bereits, daß du Student der Jurisprudenz bist wie wir.«

Obwohl die beiden ihm zuwinkerten, wurde Dussardier aus ihren Reden nicht klug. Er dachte sichtlich angestrengt nach; dann fragte er unvermittelt: »Hat man meine Schachtel gefunden?«

Frédéric gab die Hoffnung auf und blickte zur Decke empor. Hussonnet aber entgegnete: »Aha, deinen Karton, in dem du deine Notizen aus den Vorlesungen aufbewahrst? Ja, ja, der ist gefunden, du kannst ganz beruhigt sein!«

Und dann zwinkerten sie ihm doppelt eifrig und bedeutsam zu. Endlich begriff Dussardier, daß sie ihm helfen wollten, und sagte kein Wort weiter, aus Angst, er könnte sie sonst bloßstellen. Überdies schämte er sich fast, als er sich dergestalt in die höhere Gesellschaftsschicht der Studenten emporgehoben und von diesen feinen jungen Herrchen mit den weißen Händen ganz wie einer ihresgleichen behandelt sah.

»Möchtest du irgendwem etwas ausrichten lassen?« fragte Frédéric.

»Nein, danke schön, niemandem!«

»Aber deine Angehörigen? . . .«

Er ließ den Kopf hängen und gab keine Antwort. Der arme Kerl war ein uneheliches Kind. Die beiden Freunde standen über sein Schweigen betroffen da.

»Hast du etwas zum Rauchen?« fragte Frédéric weiter.

Er tastete seine Taschen ab und kramte schließlich zuunterst aus seiner Hosentasche die Trümmer einer Pfeife hervor. Es war eine wunderschöne Meerschaumpfeife gewesen mit einem Rohr aus schwarzem Holz, silbernem Deckel und einem Mundstück aus Bernstein.

Seit drei Jahren bemühte er sich, daraus ein Meisterstück zu machen. Den Pfeifenkopf hatte er immer sorgsam in einem gemsledernen Futteral aufbewahrt, er hatte ihn so langsam wie möglich angeraucht, hatte ihn nie auf Marmor gelegt und jeden Abend über seinem Bett, oben am Kopfende, aufgehängt. Jetzt hielt er die Scherben in seiner Hand, deren Nägel bluteten. Das Kinn tief auf die Brust herabgedrückt, glotzte er mit starren Augen und weit offenem Mund, mit einem Blick voll unsagbarer Traurigkeit auf die Trümmer seiner Freude.

»Wie wär's, wenn wir ihm ein paar Zigarren zusteckten?«

fragte Hussonnet leise und griff in seine Tasche, als wollte er ein paar hervorholen.

Aber schon hatte Frédéric sein volles Zigarrenetui auf das Brett vor dem Schiebefenster gelegt.

»Nimm doch! Leb wohl und laß den Kopf nicht hängen!«

Dussardier warf sich über die beiden Hände, die ihm entgegengestreckt wurden. Er drückte sie krampfhaft und stammelte mit tränenerstickter Stimme: »Was? das alles ist für mich?«

Die beiden Freunde entzogen sich seiner stürmischen Dankbarkeit. Sie verließen das Gefängnis und gingen miteinander zum Mittagessen ins Café Tabourey gegenüber dem Luxembourg.

Während Hussonnet sein Beefsteak zerlegte, erzählte er seinem Begleiter, er arbeite für verschiedene Modezeitschriften und schreibe Reklametexte für das *Kunstgewerbe*.

»Für Jacques Arnoux?« fragte Frédéric.

»Kennen Sie ihn?«

»Ja. Oder nein. Das heißt, ich habe ihn schon gesehen, bin ihm einmal begegnet.«

Ganz beiläufig fragte er Hussonnet, ob er Madame Arnoux hier und da sehe.

»Ab und zu«, erwiderte der Künstler.

Frédéric getraute sich nicht, weitere Fragen zu stellen. Dieser junge Mann nahm seit einem Augenblick in seinem Leben einen ungeheuer wichtigen Platz ein. Er beglich die Rechnung für das Essen, ohne daß der andere dagegen Einspruch erhob.

Ihre Sympathie war gegenseitig. Sie tauschten ihre Adressen aus, und Hussonnet lud Frédéric herzlich ein, ihn bis zur Rue de Fleurus zu begleiten.

Sie waren in der Mitte des Gartens angelangt, als Arnoux' Mitarbeiter mit einemmal den Atem anhielt, das Gesicht zu einer abscheulichen Fratze verzerrte und wie ein Hahn zu krähen anfing. Und alle Hähne rings in der Runde gaben ihm mit einem langgezogenen Kikeriki Antwort.

»Ein Signal!« erklärte Hussonnet.

Sie blieben in der Nähe des Bobino-Theaters vor einem

Hause stehen, zu dem man über einen Gartenweg gelangte. In einem Dachfenster zwischen Kapuzinerkresse und Wicken zeigte sich eine junge Frau. Sie war barhaupt, hatte nur ein Mieder an und stützte beide Arme auf den Rand der Dachrinne.

»Guten Tag, mein Schatz! Guten Tag, mein Herzensengel!« rief Hussonnet hinauf und warf ihr Kußhände zu. Dann stieß er das Gatter mit einem Fußtritt auf und verschwand.

Frédéric wartete die ganze nächste Woche auf ihn. Er wagte es nicht, zu ihm zu gehen. Er wollte nicht, daß es aussah, als wolle er seinerseits zum Mittagessen eingeladen werden. Aber er suchte ihn überall im ganzen Quartier Latin. Endlich traf er ihn eines Abends und schleppte ihn mit in sein Zimmer am Quai Napoléon.

Sie hatten ein langes Gespräch miteinander, schütteten sich gegenseitig ihr Herz aus. Hussonnet hatte den ehrgeizigen Wunsch, beim Theater Ruhm und Reichtum zu erringen. Er arbeitete an allerhand Singspielen mit, die niemals zur Aufführung angenommen wurden, er hatte eine Unmenge Pläne, schrieb sogar Schlager, von denen er ein paar zum besten gab. Dann entdeckte er auf einem Bücherbrett einen Band Hugo und einen andern mit Werken von Lamartine, und nun erging er sich in bissigen Spötteleien über die romantische Schule. Diese Dichterlinge verfügten weder über gesunden Menschenverstand, noch konnten sie richtiges Französisch schreiben. Und vor allem: sie waren keine Franzosen! Er brüstete sich mit seiner meisterlichen Sprachbeherrschung und zerpflückte die schönsten Satzgebilde mit der hämischen Unduldsamkeit, mit dem akademischen Dünkel, wie sie übermütig gestimmten Leuten eigen sind, sobald sie auf ernste Kunst zu sprechen kommen.

Frédéric fühlte sich in seinen Lieblingsgedanken zutiefst verletzt. Er hatte nicht übel Lust, jeden Verkehr mit ihm aufzugeben. Aber warum sollte er nicht jetzt sofort kühn jenes Wort aussprechen, von dem sein ganzes Glück abhing? Er fragte also den angehenden Literaten, ob er ihn nicht bei Arnoux einführen könne.

Das sei leicht zu machen, meinte der, und sie verabredeten sich für den folgenden Tag.

Hussonnet erschien nicht zu dieser Verabredung; auch drei weitere hielt er nicht ein. Eines Sonnabends tauchte er gegen vier Uhr auf. Da er aber den Wagen ausnützen wollte, ließ er zuerst beim Théâtre-Français haltmachen, um sich eine Logenkarte zu sichern; dann ließ er sich bei einem Schneider, hernach bei einer Näherin absetzen. In den Portierslogen schrieb er Briefchen. Endlich langten sie am Boulevard Montmartre an. Frédéric ging durch den Laden nach hinten und stieg die Treppe hinauf. Arnoux erkannte ihn im Spiegel, der seinem Schreibtisch gegenüberhing, und reichte ihm, während er weiterschrieb, die Hand über die Schulter.

Fünf, sechs Personen standen in dem engen Raum umher und füllten ihn ganz aus. Ein einziges Fenster, das auf den Hof hinausging, spendete spärliches Licht. Ein Ruhebett, mit braunem Wolldamast überzogen, stand im Hintergrund in einer Nische zwischen zwei Portieren aus dem gleichen Stoff. Auf dem mit ganzen Stößen von Papieren überladenen Kamin stand eine Venus aus Bronze; zwei Leuchter mit rosaroten Kerzen rahmten sie ein. Rechter Hand, vor einem Gestell mit Pappschubfächern, las ein Mann in einem Lehnstuhl die Zeitung. Er hatte den Hut auf dem Kopf behalten. Vor lauter Stichen und Gemälden, wertvollen Gravüren oder Skizzen zeitgenössischer Meister, geschmückt mit Widmungen, die von aufrichtiger Wertschätzung für Jacques Arnoux zeugten, sah man die Wände kaum mehr.

»Geht es immer gut?« fragte Arnoux und wandte sich an Frédéric.

Und ohne seine Antwort abzuwarten, fragte er Hussonnet leise: »Wie heißt er schon, Ihr Freund?«

Dann fuhr er laut fort: »Nehmen Sie doch eine Zigarre, dort aus der Schachtel auf dem Regal.«

Das *Kunstgewerbe* war wegen seiner Lage im Zentrum von Paris ein höchst bequemer Treffpunkt, ein neutraler Boden, wo allerhand Rivalitäten miteinander in engste Berührung kamen. An jenem Tag waren da Antenor Braive zu sehen, der so manche königliche Hoheit porträtiert hatte, dann Jules Burrieu, der mit seinen Zeichnungen viel zur Volkstümlichkeit der Kämpfe in Algier beitrug, der Karikaturist Sombaz, der Bildhauer Vourdat und noch andere. Doch kein einziger von ihnen entsprach den Erwartungen des Studenten. Ihr Benehmen war ungekünstelt, ihre Reden höchst frei. Der Mystiker Lovarias erzählte eine reichlich schlüpfrige Geschichte, und der berühmte Dittmer, der Entdecker der orientalischen Landschaft, trug unter seiner Weste ein gestricktes Leibchen und fuhr im Omnibus nach Hause.

Zuerst war die Rede von einer gewissen Apollonia, einem ehemaligen Modell, von der Burrieu behauptete, er habe sie auf dem Boulevard in einem Vierspänner gesehen. Hussonnet erklärte diese Wandlung mit der langen Reihe ihrer Liebhaber.

»Wie sich der Blitzkerl unter den Pariser Nutten auskennt!« grinste Arnoux.

»Nach Ihnen, wenn noch etwas übrigbleibt, Majestät!« versetzte der Künstler und grüßte militärisch, wie seinerzeit der Grenadier, als er dem Kaiser Napoleon seine Feldflasche darbot.

Hierauf kam man auf ein paar Bilder zu sprechen, zu denen Apollonias Kopf als Modell gedient hatte. Die abwesenden Kollegen wurden nach Strich und Faden durchgehechelt. Man staunte über die Preise ihrer Werke, und alle beklagten sich darüber, daß sie nicht genug verdienten. Da kam ein mittelgroßer Mann hereingestürmt, den Rock mit nur einem Knopf zugeknöpft, mit lebhaft blitzenden Augen und einem leicht überspannten Gehaben.

»Was seid ihr doch für eine Bande von Spießern!« rief er. »Was ist da schon dabei, zum Teufel?! Die Alten malten ihre Meisterwerke und kümmerten sich einen Deut darum, ob sie ihnen Millionen einbrachten. Correggio, Murillo . . .«

»Pellerin nicht zu vergessen!« höhnte Sombaz.

Doch der überhörte diese anzügliche Bemerkung und schwätzte so hemmungslos weiter, daß Arnoux ihm zweimal mahnend zurufen mußte: »Meine Frau braucht Sie am Donnerstag, vergessen Sie's ja nicht.«

Diese Worte lenkten Frédérics Gedanken wieder auf Madame Arnoux. Wahrscheinlich gelangte man durch das kleine Gemach neben dem Ruhebett zu ihr. Arnoux hatte vorhin dort ein Taschentuch geholt und dabei die Tür offen gelassen. Hinten in der Kammer hatte Frédéric einen Waschtisch stehen sehen. Aber aus der Kaminecke ließ sich nun ein knurrendes Gebrumm vernehmen. Es rührte von dem Manne her, der dort im Lehnstuhl saß und die Zeitung las. Er war nahezu sechs Fuß hoch, hatte müde herabhängende Augenlider, graue Haare und ein überaus würdevolles Gebaren. Er hieß Regimbart.

»Was gibt es denn, Bürger?« fragte Arnoux.

»Schon wieder ein neues Schurkenstück der Regierung!«

Es handelte sich um die Amtsenthebung eines Schullehrers. Pellerin zog weiterhin seine Vergleiche zwischen Michelangelo und Shakespeare. Dittmer verabschiedete sich. Arnoux holte ihn wieder herein und drückte ihm zwei Banknoten in die Hand. Da hielt Hussonnet den Augenblick für günstig und fragte: »Könnten Sie mir nicht einen Vorschuß gewähren, mein hochverehrter Herr Brotgeber?«

Doch Arnoux hatte sich wieder hingesetzt und kapitelte einen alten, recht schmierig aussehenden Mann ab, der eine blaue Brille trug.

»Ja, Sie sind mir ein sauberer Pfuscher, Papa Isaak! Die drei Bilder sind futsch und hin, endgültig verpfuscht und in Verruf! Alle Welt macht mich zum Gespött! Jetzt kennt man sie doch! Was soll ich denn nun damit anfangen? Höchstens noch nach Kalifornien kann ich sie schicken! . . . Zum Teufel! Halten Sie den Mund!«

Die besondere Fertigkeit des alten Mannes bestand im Aufmalen von Signaturen alter Meister auf solche Fälschungen. Arnoux weigerte sich schlankweg, seine Arbeit zu bezahlen, und wies ihm grob die Tür. Dann begrüßte er in ganz verändertem Ton einen feierlich steifen Herrn, der ein Ordensbändchen im Knopfloch, einen Backenbart und eine weiße Halsbinde trug.

Den Ellbogen auf den Fensterriegel aufgestützt, redete er lange mit honigsüßer Miene auf ihn ein. Schließlich brach er los: »Ei, ich bin keineswegs um Makler verlegen, Herr Graf!«

Daraufhin sah der adlige Herr, daß nichts zu machen war, und Arnoux zahlte ihm fünfundzwanzig Louis aus. Kaum war er zur Tür hinaus, wetterte er: »Zum Aus-der-Haut-Fahren sind sie, diese hochadligen Herrschaften!«

»Samt und sonders erbärmliche Lumpen!« brummte Regimbart vor sich hin.

Je weiter die Stunde vorrückte, um so betriebsamer und geschäftiger wurde Arnoux. Er ordnete Artikel ein, riß Briefumschläge auf, schrieb lange Zahlenreihen hin; als er im Packraum hämmern hörte, lief er hinaus, um beim Einpacken ein wachsames Auge auf die Arbeiter zu haben, und dann ging er wieder an seine Arbeit. Und während seine Feder kratzend über das Papier hinglitt, wußte er auf jeden anzüglichen Witz eine schlagende Antwort zu geben. Am Abend hatte er noch ein Nachtessen bei seinem Anwalt vor, und am nächsten Tag mußte er nach Belgien verreisen.

Die andern unterhielten sich über allerhand Tagesereignisse, über Cherubinis Porträt, das neue Wandgemälde im Palais des Beaux-Arts, die nächste Ausstellung. Klatschgeschichten und ernsthafte Gespräche wechselten in kunterbuntem Durcheinander ab. Das Zimmer mit seiner niedrigen Decke war derart vollgepfropft, daß man sich kaum rühren konnte, und der Schein der rosaroten Kerzen leuchtete schwach durch den Zigarrenqualm wie Sonnenstrahlen durch Nebeldünste.

Die Tür neben dem Diwan ging auf, und eine große, schlanke Dame trat mit so hastig-fahrigen Bewegungen ein, daß auf ihrem schwarzen Taftkleid alle Anhängsel an der Uhrkette klirrten.

Es war die Frau, die Frédéric im vergangenen Sommer im Palais-Royal gesehen hatte. Ein paar von den anwesenden Herren begrüßten sie mit ihrem Namen und wechselten einen Händedruck mit ihr. Hussonnet hatte endlich doch noch fünfzig Franken ergattert. Die Wanduhr schlug sieben, und alle empfahlen sich.

Arnoux bat Pellerin, noch dazubleiben, und führte Fräulein Vatnaz ins Nebenzimmer.

Frédéric konnte nicht hören, was sie miteinander sprachen; sie tuschelten leise zusammen. Doch mit einemmal sagte die weibliche Stimme laut und vernehmlich: »Seit einem halben Jahr ist die Sache nun schon erledigt, und ich warte noch immer!«

Dann blieb es eine geraume Weile still; Mademoiselle Vatnaz kam wieder herein. Offenbar hatte sie Arnoux erneut vertröstet.

»Oh! Später dann. Wir werden ja sehen!«

»Leben Sie wohl, Sie glücklicher Mann!« sagte sie im Weggehn.

Arnoux lief geschwind wieder ins Kabinett, drückte ein wenig Bartwichse auf seinen Schnurrbart, zog seine Hosenträger straff, um die Hosenstege anzuspannen, und sagte, während er sich die Hände wusch: »Ich brauche zwei Supraporten zu zweihundertfünfzig Franken das Stück, Genre Boucher. Abgemacht?«

»Einverstanden«, erwiderte der Künstler, feuerrot im Gesicht.

»Gut also! Und vergessen Sie meine Frau nicht.«

Frédéric begleitete Pellerin bis ans Ende des Faubourg Poissonnière und bat ihn um die Erlaubnis, ihn hie und da besuchen zu dürfen, und diese Gunst wurde ihm huldvollst gewährt.

Pellerin las sämtliche Werke über ästhetische Fragen, um darin die einzig wahre Theorie des Schönen zu entdecken. Er war überzeugt, wenn er sie erst gefunden hatte, dann konnte er Meisterwerk um Meisterwerk schaffen. Er türmte rings um sich alle erdenklichen Hilfsmittel auf, Zeichnungen, Gipsabgüsse, Modelle, Stiche, und suchte und forschte und mühte sich ab. Er schob die Schuld auf das Wetter, seine Nerven, sein Atelier, ging auf die Straße hinunter, um eine Eingebung zu finden, und zitterte am ganzen Leibe, wenn er sie erhascht zu haben glaubte. Dann ließ er sein Werk wieder stehn und liegen und brütete über einem neuen, das noch schöner werden sollte. So quälte er sich selbst mit seiner Sucht nach Ruhm und Geltung und vertat seine Zeit mit unfruchtbaren Redereien; er glaubte an tausenderlei alberne Hirngespinste, an Systeme und kritische Auslassungen, an die Wichtigkeit einer Regelung oder einer Reform künstlerischer Belange, und so hatte er mit fünfzig Jahren bisher nichts geschaffen als lauter unfertige Entwürfe. Sein unverwüstlicher Stolz hielt ihn ab, jemals der Entmutigung zu verfallen; aber er war in einem fort gereizt und in dem gleichzeitig künstlich hervorgerufenen und natürlichen Erregungszustand, der den Komödianten ausmacht.

Wenn man seine Wohnung betrat, so fielen einem sogleich zwei große Leinwände in die Augen. Darauf waren die ersten Farbtöne hier und dort aufgetragen und stachen als braune Tupfen, als rote und blaue Flecken aus dem weißen Leinwandgrund heraus. Darüber war ein ganzes Netz von Kreidestrichen kreuz und quer hingezeichnet wie die Maschen eines zwanzigmal geflickten Netzes. Es war gänzlich ausgeschlossen, daraus klug zu werden. Pellerin erklärte, was die beiden Entwürfe darstellen sollten, und deutete dabei mit dem Daumen auf die noch fehlenden Teile. Das erste sollte den *Wahnsinn Nebukadnezars*, das andere *Nero als Brandstifter* vorstellen. Frédéric äußerte sich voll Bewunderung über die beiden Gemälde.

Er bewunderte auch Aktzeichnungen von Frauen mit wirr aufgelösten Haaren, Landschaften, auf denen es von sturmgepeitschten und krumm gebogenen Baumstrünken nur so wimmelte, und vor allem Federzeichnungen, schrullige Phantasiestücke, in denen der Einfluß Callots, Rembrandts oder Goyas unverkennbar war. Frédéric kannte freilich diese Vorbilder nicht. Pellerin hatte nicht mehr viel für seine Jugendarbeiten übrig. Jetzt neigte er eher zum erhabenen Stil und brachte mit großer Beredsamkeit allerlei geschwollenes, schulmeisterliches Zeug über Phidias und Winckelmann vor. Seine ganze Umgebung unterstrich noch die Macht seines Phrasenschwalls. Man sah einen Totenschädel auf einem Betstuhl, daneben hingen türkische Dolchmesser und eine Mönchskutte. Frédéric zog sie an.

Jedesmal, wenn er frühzeitig hinkam, fand er ihn noch in seinem armseligen Gurtenbett, das hinter einem zerfetzten Wandbehang halb versteckt stand. Pellerin ging als eifriger Theaterbesucher immer spät zu Bett. Den Haushalt besorgte ihm ein altes, zerlumptes Weib, die Mahlzeiten nahm er in einer Garküche ein, und eine Geliebte hatte er nicht. Sein Wissen, das er, wie's gerade kam, aufgeschnappt und zusammengelesen hatte, machte seine paradoxen Sprüche ganz amüsant. Sein Haß gegen den gemeinen Mob und die Spießer entlud sich oftmals in ätzendem Hohn und galligen Ausfällen von geradezu erhabenem Schwung, und für die alten Meister hegte er eine derart gläubige Verehrung, daß er sich dadurch beinahe bis zu ihnen emporhob.

Warum aber sagte er überhaupt nie etwas von Madame Arnoux? Ihren Mann nannte er bald einen gutmütigen Kerl, ein andermal wieder einen Schwindler und Hochstapler. Frédéric wartete auf den Augenblick, da er ihm sein Herz ausschütten würde.

Eines Tages blätterte Frédéric in seinen Mappen und fand dabei die Porträtskizze einer Zigeunerin, die, wie er fand, eine sprechende Ähnlichkeit mit Fräulein Vatnaz hatte. Da ihn diese Frau interessierte, wollte er Näheres über ihre Lebensumstände wissen.

Genaues wußte Pellerin auch nicht. Sie sei zunächst, glaube er, irgendwo in der Provinz Lehrerin gewesen. Jetzt erteile sie Stunden und versuche, in allerhand kleinen Blättern Beiträge anzubringen.

So wie sie sich Arnoux gegenüber benehme, könne man annehmen, sie müsse seine Geliebte sein, meinte Frédéric.

»Ach was! Der hat genug andere!«

Da wandte der junge Mann, flammend rot vor Scham über seinen niederträchtigen Gedanken, das Gesicht ab und warf in schnoddrigem Ton hin: »Seine Frau zahlt es ihm wohl weidlich heim?«

»Ganz und gar nicht! Sie ist durch und durch anständig.«

Frédéric taten seine Worte bitter leid, und von nun an zeigte er sich häufiger im *Kunstgewerbe*.

Die großen Lettern, mit denen Arnoux' Name auf der Marmortafel über dem Laden prangte, muteten ihn ganz eigenartig an, sie dünkten ihn bedeutungsschwer wie eine geheiligte Schrift. Das breite, abfallende Trottoir beschleunigte seinen Gang, die Tür ging beinahe wie von selbst auf, und ihre Klinke fühlte sich mit ihrer angenehmen Glätte fast wie eine Hand an, die verständnisinnig in der seinen ruhte. Unmerklich stellte er sich so pünktlich dort ein wie Regimbart.

Tag für Tag setzte sich Regimbart in seinen Armstuhl beim Kamin, nahm den *National* in Beschlag und gab ihn nicht mehr aus der Hand. Während er las, verlieh er den Gedanken, die ihn dabei bewegten, mit den verschiedensten Ausrufen oder auch mit bloßem Achselzucken Ausdruck. Von Zeit zu Zeit wischte er sich mit seinem zu einer Wurst zusammengeknüllten Taschentuch die Stirn ab; er pflegte es zwischen zwei Knöpfen seines grünen Gehrocks auf der Brust mit sich herumzutragen. Er trug lange Hosen mit Bügelfalten, hohe Schuhe mit Litzen, eine lange Krawatte; und an seinem Hut mit dem aufgekrempten Rand war er schon von weitem sogar mitten in einem Volksauflauf zu erkennen.

Um acht Uhr morgens stieg er von den Höhen des Montmartre herab, um in der Rue Notre-Dame-des-Victoires seinen Schoppen Weißwein zu trinken. Sein Mittagessen, nach dem er regelmäßig mehrere Partien Billard spielte, füllte die Zeit bis drei Uhr aus. Hernach wandte er seine Schritte nach der *Passage des Panoramas* und nahm dort seinen Absinth. Anschließend an den Besuch bei Arnoux begab er sich ins Estaminet Bordelais, um einen Wermut zu trinken. Anstatt nun nach Hause zu seiner Frau zu gehen, speiste er häufig lieber für sich allein in einem kleinen Kaffeehaus an der Place Gaillon, wo man ihm auf seinen Wunsch hin lauter »hausgemachte Gerichte, unverfälschte Kost« vorsetzte. Schließlich verzog er sich in eine andere Kneipe und blieb dort sitzen bis um Mitternacht, ja bis um ein Uhr, so lange, bis das Gaslicht ausgedreht und die Läden geschlossen wurden und der Wirt, todmüde und schlaftrunken, ihn anflehte, nun endlich heimzugehen.

Was den Bürger Regimbart zu diesen Lokalen hinzog, war nicht etwa der Hang zum Trinken, sondern seine alteingefleischte Gewohnheit, hier seinen politischen Kannegießereien zu frönen. Mit zunehmendem Alter war ihm freilich sein feuriger Schwung abhanden gekommen, geblieben war nur noch eine wortkarge Verdrossenheit. Wenn man sein mürrisches Gesicht ansah, konnte man wahrhaftig meinen, er wälze die ganze Welt in seinem Kopfe. Aber nach außen drang gar nichts von alledem; und kein Mensch, nicht einmal seine besten Freunde, wußte, was er eigentlich trieb, obschon er sich als »Vermittler und Geschäftsagent« ausgab.

Arnoux schätzte ihn anscheinend hoch. Eines Tages sagte er zu Frédéric: »Der weiß eine ganze Menge, glauben Sie mir! Er ist ein Mordskerl!«

Ein andermal breitete Regimbart auf seinem Pult verschiedene Dokumente aus, die irgendwelche Kaolingruben in der Bretagne betrafen; Arnoux verlasse sich darin völlig auf seine Sachkenntnis.

Von nun an gab sich Frédéric im Umgang mit Regimbart viel förmlicher, ja er ging so weit, ihn hier und da zu einem Absinth einzuladen. Und wenn er ihn auch für einen engstirnigen Hohlkopf ansah, so blieb er doch stundenlang mit ihm zusammen, einzig und allein, weil er Jacques Arnoux' Freund war.

Der Kunsthändler hatte zuerst verschiedene zeitgenössische Meister in ihren Anfängen tatkräftig gefördert, hernach hatte er sich als aufstrebender Mann darauf verlegt, bei aller Wahrung seiner künstlerischen Allüren seine gewinnbringenden Geschäfte tunlichst auszudehnen. Die Künste unters Volk zu bringen, das wahrhaft Schöne zu wohlfeilem Preis, das war das Ziel, das er sich gesteckt hatte. Das gesamte Pariser Luxusgewerbe geriet unter seinen Einfluß, der sich in Kleinigkeiten wohltuend, in großen Dingen aber verheerend auswirkte. Mit seiner leidigen Sucht, der Öffentlichkeit zu Willen zu sein und um ihre Gunst zu buhlen, machte er tüchtige Künstler ihrer wahren Berufung abspenstig, verdarb die Starken, beutete die Schwachen bis zum Weißbluten aus und verhalf lauter mittelmäßigen Gesellen zu Ruhm und Erfolg. Seine Beziehungen und seine Zeitschrift machten sie ihm alle gefügig und willfährig. Die pinselfertigen Sudler und angehenden Kunstmaler setzten ihren Ehrgeiz darein, ihre Werke in seinem Schaufenster ausgestellt zu sehen, und die Tapezierer bezogen bei ihm Vorlagen für Inneneinrichtungen. Frédéric schätzte ihn zugleich als Millionär, als Kunstliebhaber und als betriebsamen Tatmenschen. Manche Dinge befremdeten ihn freilich; der biedere Arnoux war nämlich reichlich gerissen in seinem Geschäftsgebaren.

So erhielt er, angeblich irgendwoher aus Deutschland oder Italien, ein Bild, das er in Paris für fünfzehnhundert Franken gekauft hatte, dann wies er eine Rechnung vor, die auf viertausend Franken lautete und verkaufte das Gemälde, rein aus Gefälligkeit, für dreitausendfünfhundert. Eine seiner üblichen Gaunereien, die er sich mit den Künstlern leistete, bestand darin, daß er von ihnen, sozusagen als Dreingabe, eine verkleinerte Kopie ihres Gemäldes verlangte, vorgeblich weil er danach einen Stahlstich herausbringen wollte. Die Kopie verkaufte er jedesmal, aber der Stich erschien nie. Beklagte sich einer über diese Ausbeuterei, so erhielt er als einzige Antwort einen Klaps auf den Bauch. Im übrigen war er ein prachtvoller Mensch, er verschenkte aufs freigebigste Zigarren, duzte Leute, die er überhaupt nicht kannte, konnte sich für ein Werk oder einen Menschen lichterloh begeistern, und dann ging er für ihn durch dick und dünn, kannte keine Bedenken, sparte nicht mit Geld und Zeit, legte sich mächtig ins Zeug mit Laufereien, schrieb zahllose Briefe und zog eine gewaltige Reklame auf. Er hielt sich selber für einen redlichen Ehrenmann und plauderte in seinem hemmungslosen Mitteilungsdrang ganz naiv seine unsaubern Geschäftchen aus.

Einmal wollte er einem Geschäftsfreund, der eine andere Kunstzeitschrift mit einem großen Festmahl einweihte, einen Streich spielen und bat Frédéric knapp vor dem Fest, unter seinen Augen Briefchen zu schreiben, in denen die Gäste wieder ausgeladen wurden.

»Das ist nichts Ehrenrühriges, müssen Sie wissen!« grinste er.

Und der junge Mann getraute sich nicht, ihm diesen Dienst abzuschlagen.

Als Frédéric am nächsten Tag mit Hussonnet sein Büro betrat, sah er durch die Tür, die auf die Treppe hinausführte, den Saum eines Frauenkleides verschwinden.

»Bitte tausendmal um Entschuldigung!« feixte Hussonnet. »Hätte ich gewußt, daß Sie Damenbesuch haben . . .«

»Oh, das ist nicht weiter schlimm«, erwiderte Arnoux. »Das war bloß meine Frau. Sie ist im Vorbeigehn auf einen Sprung zu Besuch gekommen.«

»Wieso?« fragte Frédéric erstaunt.

»Ja doch! Jetzt geht sie wieder heim, nach Hause.«

Mit einem Schlag verloren die Dinge ringsum allen Reiz für Frédéric. Alles, was er dumpf und verworren hier überall gegenwärtig gespürt hatte, war nun verflogen oder vielmehr: es war überhaupt nie dagewesen. Er empfand eine tiefe, unsagbare Bestürzung und litt, als hätte ihn ein schmerzlicher Verrat getroffen.

Arnoux kramte in seinem Schubfach und lächelte. Machte er sich am Ende über ihn lustig? Der Angestellte kam und legte einen Stoß druckfeuchter Papierbogen auf den Tisch.

»Aha! Die Plakate!« rief der Kunsthändler. »Heute komme ich erst spät zum Abendessen!«

Regimbart griff nach seinem Hut.

»Sie wollen doch nicht schon fortgehen?«

»Es ist sieben Uhr!« gab ihm Regimbart zu bedenken.

Frédéric begleitete ihn.

An der Ecke der Rue Montmartre blickte er sich um. Er schaute hinauf zu den Fenstern im ersten Stockwerk, und dann mußte er innerlich vor Mitleid über sich selber lachen, wenn er daran zurückdachte, wie liebestrunken er oft dort hinaufgestarrt hatte! Wo lebte sie nur eigentlich? Wie konnte er ihr begegnen? Und wiederum tat sich um seine Sehnsucht die Einsamkeit auf, unabsehbarer, grenzenloser denn jemals!

»Kommen Sie mit, einen kippen?«

»Kippen? Was denn?«

»Einen Absinth natürlich!«

Frédéric gab seinem beharrlichen Drängen nach und ließ sich von ihm ins Estaminet Bordelais mitschleppen. Während sein Begleiter mit aufgestemmten Ellbogen auf die Wasserkaraffe starrte, blickte er sich überall um. Da gewahrte er Pellerins Profil draußen auf dem Gehsteig und klopfte geschwind an die Fensterscheibe. Kaum aber saß

Pellerin bei ihnen am Tisch, so fragte ihn Regimbart, warum man ihn eigentlich nie mehr im *Kunstgewerbe* zu sehen kriege.

»Ich will verrecken, wenn ich je dorthin zurückgehe!« tobte Pellerin. »Ein Rohling ist das, ein Pfahlbürger! Ein Schuft, ein elender Lump!«

Diese Schimpfwörter taten Frédérics zorniger Erbitterung wohl, und doch fühlte er sich irgendwie dadurch verletzt, denn es war ihm, als werde auch Madame Arnoux ein wenig mit betroffen.

»Was hat er Ihnen denn zuleide getan?« wollte Regimbart wissen.

Pellerin gab ihm keine Antwort. Er stampfte bloß auf und schnaufte vernehmlich.

Er gab sich für allerlei nicht ganz einwandfreie Aufträge her, die er unter der Hand erledigte: zweifarbige Kreidebildnisse oder Fälschungen nach Gemälden alter Meister für sachunkundige Liebhaber. Und da ihn solche Arbeiten wurmten und beschämten, schwieg er sich meistens darüber aus. Aber Arnoux, »dieser Schmutzkerl«, wie er sich ausdrückte, hatte ihn gar zu maßlos aufgebracht. Nun machte er seinem Herzen Luft.

Er hatte ihm auf Grund eines Auftrags, den er ihm in Frédérics Beisein erteilt hatte, zwei Bilder überbracht. Da hatte sich der Kunsthändler verschiedene nörgelnde und abfällige Bemerkungen herausgenommen. Er hatte die Komposition bemängelt, an Farbe und Zeichnung, vor allem an der Zeichnung, allerhand auszusetzen gefunden, kurzum, er hatte das Bild um keinen Preis abnehmen wollen. Da hatte Pellerin, der durch einen fälligen Wechsel in arger Bedrängnis war, die beiden Schwarten dem Juden Isaak abgetreten, und vierzehn Tage später verkaufte sie Arnoux, jawohl, Arnoux persönlich, an einen Spanier für zweitausend Franken!

»Keinen Sou weniger! So ein niederträchtiges Schurkenstück! Und er hat noch ganz andere Gemeinheiten auf dem Kerbholz, weiß Gott! Wir werden's noch erleben, und zwar recht bald, daß er eines schönen Morgens vors Schwurgericht kommt!«

»Wie Sie wieder übertreiben!« wandte Frédéric schüchtern ein.

»Soso! Ich übertreibe also!« brüllte der Künstler und schlug dröhnend mit der Faust auf den Tisch.

Bei diesem Wutausbruch fand der junge Mann seine ganze Selbstsicherheit wieder. Gewiß, Arnoux hätte sich schon anständiger und nobler benehmen können; wenn er nun aber die beiden Bilder ...

»Wenn er sie schlecht fand! Sagen Sie's doch gradeheraus! Kennen Sie denn die Bilder? Verstehen Sie etwas davon? Sind Sie vielleicht vom Fach? Sie wissen ja, mein Junge, Kritik von Kunstliebhabern – so was zieht bei mir nicht!«

»Nun, mich geht's ja auch nichts an«, begütigte Frédéric.

»Was liegt Ihnen denn soviel an seiner Verteidigung?« versetzte Pellerin kühl.

Da stotterte der junge Mann verlegen: »Weil ... weil ich mit ihm befreundet bin!«

»Dann bestellen Sie ihm einen Kuß von mir! Gute Nacht!« Und wütend stürmte der Künstler hinaus, selbstverständlich ohne seine Zeche zu begleichen.

Während Frédéric für Arnoux eintrat, hatte er sich selber in eine feurige Parteinahme hineingeredet und war schließlich überzeugt, es geschehe ihm Unrecht. In der Hitze seiner Verteidigungsrede überkam ihn urplötzlich eine geradezu zärtliche Stimmung für den gescheiten, gutherzigen Mann, den seine eigenen Freunde verleumdeten und der jetzt ganz allein und verlassen arbeitete. Er konnte dem sonderbaren Drang, jetzt auf der Stelle zu ihm zu gehen, nicht widerstehen. Zehn Minuten später stieß er die Tür zu seinem Laden auf.

Arnoux entwarf zusammen mit seinem Ladengehilfen riesige Plakate für eine Gemäldeausstellung.

»Nanu, was führt Sie denn nochmals her?«

Diese naheliegende Frage setzte Frédéric in böse Verlegenheit. Da er keine Antwort wußte, fragte er, ob nicht zufällig sein Notizbuch, ein kleines, in blaues Leder gebundenes Notizbuch, gefunden worden sei.

»Das Büchlein, in dem Sie Ihre Liebesbriefe aufbewahren?« höhnte Arnoux.

Frédéric lief glutrot an wie eine zimperliche Jungfrau und verwahrte sich gegen eine solche Unterstellung.

»Dann also Ihre Gedichte?« fragte der Kunsthändler weiter.

Er kramte in den ausgebreiteten Probedrucken und erörterte Form, Farbe und Umrahmung. Frédéric fühlte sich je länger je gereizter angesichts seiner wichtigtuenden Denkermiene und vor allem, weil ihm seine Hände, fleischige, ein bißchen schwammige Hände mit flachen Nägeln, auf die Nerven gingen. Endlich stand Arnoux auf, erklärte: »So, fertig!« und faßte ihn dabei vertraulich unters Kinn. Diese plump zudringliche Gebärde stieß Frédéric ab, und er wich zurück. Dann überschritt er, zum letztenmal in seinem ganzen Leben, davon war er überzeugt, die Schwelle des Büros. Der Mann war dermaßen vulgär, daß seinetwegen auch Madame Arnoux sozusagen an Zauber einbüßte.

In der gleichen Woche erhielt er einen Brief, in dem Deslauriers ihm ankündigte, er werde am nächsten Donnerstag nach Paris kommen. Nun klammerte er sich mit allen Fasern seines Wesens an diese verläßlichere und edlere Neigung. Ein solcher Mann wog alle Weiber auf. Jetzt brauchte er auch Regimbart, Pellerin und Hussonnet nicht mehr, er hatte keinen Menschen mehr nötig! Um seinen Freund bequemer unterbringen zu können, kaufte er eine eiserne Bettstelle sowie einen zweiten Lehnstuhl und teilte sein Bettzeug in zwei gleiche Teile. Zeitig am Donnerstagmorgen kleidete er sich eben an, um Deslauriers entgegenzugehen, da schrillte die Klingel draußen an der Tür. Arnoux trat ein.

»Nur auf ein Wort! Gestern hat man mir aus Genf eine Prachtforelle geschickt. Wir zählen auf Sie, heute abend pünktlich um sieben ... Rue Choiseul, 24 *bis*. Vergessen Sie's nicht!«

Frédéric mußte sich hinsetzen. Seine Knie wankten. In einem fort sagte er vor sich hin: Endlich! Endlich! Dann schrieb er seinem Schneider, seinem Hutmacher und seinem Schuster und ließ die drei Briefchen durch drei verschiedene

Dienstmänner bestellen. Da wurde der Schlüssel im Schloß umgedreht, und der Concierge erschien mit einem Koffer auf der Schulter.

Als Frédéric Deslauriers vor sich stehen sah, fing er an zu zittern wie eine Frau, die von ihrem Gatten beim Ehebruch ertappt wird.

»Was ist denn mit dir los?« fragte Deslauriers. »Hast du meinen Brief eigentlich nicht bekommen?«

Frédéric brachte eine Lüge nicht über die Lippen. Er breitete die Arme aus und warf sich seinem Freund an die Brust.

Dann erzählte der Kanzleischreiber, wie es ihm seither ergangen war. Sein Vater hatte über die von ihm verwalteten Mündelgelder nicht abrechnen wollen, weil er der irrigen Ansicht war, daß solche Abrechnungen nach zehn Jahren verjährten. Aber Deslauriers, der in Rechts- und Verfahrensfragen gut beschlagen war, hatte ihm schließlich sein ganzes mütterliches Erbteil mit List und Gewalt abgenommen, runde siebentausend Franken, die er in einer alten Brieftasche bei sich trug.

»Ein kleiner Notpfennig, wenn mir je etwas Menschliches zustoßen sollte. Ich muß nun schleunigst überlegen, wie ich sie anlegen kann, und dann muß ich mir eine Stelle suchen, und zwar gleich morgen früh. Heute aber schlage ich mir den Tag um die Ohren und richte mich ganz nach dir, mein Lieber.«

»Oh, tu dir meinetwegen bloß keinen Zwang an!« meinte Frédéric. »Wenn du vielleicht für heute abend irgend etwas Wichtiges vorhast ...«

»Wo denkst du hin! Ich wäre ja ein rechter Schuft ...«

Diese beiläufig hingeworfene Bemerkung traf Frédéric mitten ins Herz wie eine Anspielung, die bewußt beleidigen sollte.

Der Concierge hatte auf den Tisch neben dem Ofen ein paar Schüsseln mit Koteletts, Sülze, einer Languste, einer Süßspeise nebst zwei Flaschen Bordeaux hingestellt. Ein derart fürstlicher Empfang rührte Deslauriers.

»Du bewirtest mich ja wie einen König, mein Ehrenwort!«

Sie plauderten über Vergangenes, über Zukunftspläne,

und dann und wann faßten sie einander über den Tisch weg bei den Händen und blickten sich eine Weile voll Rührung in die Augen. Doch da kam ein Dienstmann und brachte einen neuen Hut. Deslauriers äußerte laut und unverhohlen seine Bewunderung für die nagelneu glänzende Kopfbedeckung.

Hierauf erschien der Schneider in eigener Person und lieferte den Rock ab, den er vorher noch aufgebügelt hatte.

»Man könnte ja meinen, du machst Hochzeit«, staunte Deslauriers.

Eine Stunde später stellte sich ein dritter Lieferant ein und zog aus einem großen schwarzen Tuchsack ein Paar neue spiegelblanke Lackstiefel. Während Frédéric sie anprobierte, begutachtete der Schuster mit hämischen Seitenblicken das Schuhwerk des Provinzlers.

»Braucht der Herr vielleicht auch etwas?«

»Nein, danke«, erwiderte der Kanzleischreiber und versteckte seine ausgetragenen Schnürschuhe unter dem Stuhl.

Diese herabsetzende Anzüglichkeit war Frédéric peinlich. Er schob sein Geständnis weiter hinaus. Schließlich rief er, als wäre es ihm ganz unvermittelt eingefallen: »Ach ja, zum Donnerwetter, da hätte ich's beinah vergessen!«

»Was denn?«

»Ich esse heute abend in der Stadt.«

Er speise nicht bei den Dambreuses, sondern bei Arnoux, erklärte ihm Frédéric.

»Da hättest du mich vorher verständigen sollen«, meinte Deslauriers, »dann wäre ich einen Tag später gekommen.«

»Unmöglich!« fertigte ihn Frédéric schroff ab. »Ich bin ja erst heute vormittag, gerade vorhin, eingeladen worden!«

Und um sein rücksichtsloses Benehmen wiedergutzumachen und seinem Freund darüber hinwegzuhelfen, ging er eifrig daran, die verhedderten Stricke an dessen Koffer aufzuknüpfen; er räumte ihm seine Sachen in der Kommode ein, wollte ihm sein eigenes Bett abtreten und in der kleinen Kammer nächtigen, wo er sonst sein Brennholz aufbewahrte. Schon um vier Uhr begann er dann, sich für den Abend herzurichten.

»Du hast noch reichlich Zeit!« wandte der andere ein.

Schließlich kleidete er sich an und ging fort.

So sind die reichen Leute! dachte Deslauriers.

Und er ging zum Nachtessen in ein kleines Gasthaus an der Rue Saint-Jacques, dessen Wirt er kannte.

Frédéric blieb auf der Treppe mehrmals stehen, so stürmisch klopfte sein Herz. Einer von seinen Handschuhen, der zu eng war, platzte, und während er den Riß unter dem Hemdärmel zu verstecken suchte, ergriff ihn Arnoux, der hinter ihm die Treppe heraufkam, beim Arm und schob ihn vor sich her in die Wohnung.

Im Vorzimmer, das im chinesischen Geschmack ausgestattet war, hing eine bunte Laterne von der Decke herab, und in den Ecken standen Bambusmöbel. Als Frédéric durch den Salon ging, stolperte er über ein Tigerfell. Die Leuchter waren noch nicht angezündet, nur ganz hinten im Boudoir brannten zwei Lampen.

Mademoiselle Marthe kam und bestellte, ihre Mama sei noch beim Ankleiden. Arnoux hob sie bis zu seinem Mund empor und küßte sie. Dann erklärte er, er müsse noch gewisse Flaschenweine persönlich im Keller aussuchen, und ließ Frédéric mit dem Kind allein.

Seit der Reise nach Montereau war sie stark gewachsen. Ihre braunen Haare fielen in langen Ringellocken bis auf die bloßen Arme herab. Das Kleidchen bauschte sich stärker als das Röckchen einer Ballettänzerin und ließ ihre rosigen Waden sehen. Das ganze niedliche Persönchen wirkte frisch wie ein Blumenstrauß. Sie nahm die Komplimente des fremden Herrn mit altkluger Koketterie entgegen, maß ihn mit ernsten, tiefen Augen und huschte dann geschmeidig wie ein Kätzchen zwischen den Möbeln hindurch und verschwand.

Er war nicht im geringsten mehr befangen. Die kugelrunden Lampen, mit Papierspitzen verhängt, verbreiteten ein milchig weißes Licht, welches den Farbton der mit malvenblauem Satin bespannten Wände angenehm dämpfte. Zwischen den Stäben des Kamingitters, das die Form eines großen Fächers hatte, sah man die Kohlenglut im Kamin. Vor der Stutzuhr stand ein Kästchen mit silbernen Beschlägen. Da und dort lagen allerhand Dinge, Gebrauchsgegenstände des intimen Familienlebens, herum. Mitten auf dem Sofa lag eine Puppe, ein Halstuch hing über einer Stuhllehne, und auf dem Nähtischchen sah man eine Strickarbeit, aus der zwei elfenbeinerne Nadeln mit der Spitze nach unten herausguckten. Der Raum wirkte ausgesprochen gemütlich, ehrbar und traulich.

Arnoux kam wieder herein, und durch die andere Portiere trat Madame Arnoux ein. Sie stand im Dunkeln, und darum sah er zunächst nur ihren Kopf. Sie trug ein schwarzes Samtkleid und im Haar ein langes rotes algerisches Haarnetz, das sich um ihren Kamm wand und auf die linke Schulter niederhing.

Arnoux stellte Frédéric vor.

»Oh, ich weiß noch genau, wer der Herr ist«, erwiderte sie.

Dann kamen, fast alle zur gleichen Zeit, die übrigen Gäste: Dittmer, Lovarias, Burrieu, der Komponist Rosenwald, der Dichter Theophil Lorris, zwei Kunstkritiker, Kollegen Hussonnets, ein Papierfabrikant und schließlich der berühmte Peter-Paul Meinsius, der letzte Vertreter der großen Malerei, der in unverwüstlicher Rüstigkeit seinen Ruhm, seine achtzig Jahre und seinen Schmerbauch trug.

Als man ins Speisezimmer hinüberging, nahm Madame Arnoux seinen Arm. Ein Stuhl war für Pellerin frei geblieben. Arnoux mochte ihn gut leiden, wenn er ihn auch in einem fort ausnützte. Zudem fürchtete er seine böse Zunge und hatte sogar einmal im *Kunstgewerbe* sein Bild mit einer übertriebenen Lobhudelei veröffentlicht, um ihn sich ein für allemal günstig zu stimmen. Und Pellerin, der für Ruhm empfänglicher war als für Geld, erschien gegen acht Uhr, ganz außer Atem. Frédéric wollte es scheinen, als hätten sie sich längst wieder ausgesöhnt.

Die Tischgesellschaft, die Speisen, alles sagte ihm zu. Das Eßzimmer war wie ein mittelalterlicher Kloster-Sprechsaal mit gepreßtem Leder ausgeschlagen. Eine holländische Etagere stand vor einem Gestell mit türkischen Pfeifen. Und rings auf dem Tisch standen verschiedenfarbige böhmische

Gläser und nahmen sich inmitten der Blumen und der Früchte wie eine Illumination in einem Garten aus.

Frédéric hatte die Wahl unter zehnerlei Senf. Er aß die erlesensten Leckerbissen, Daspachio, Curry, Ingwer, korsische Amseln, römische Lasagne. Er trank seltene Weine, Liebfrauenmilch und Tokayer. Arnoux setzte seinen Ehrgeiz darein, seine Gäste gut zu bewirten. Er stellte sich mit allen Paketpostschaffnern gut, damit sie ihm auserlesene Delikatessen besorgten; auch mit den Köchen der großen Häuser hatte er sich angefreundet, und sie verrieten ihm ihre Soßenrezepte.

Vor allem aber machten Frédéric die Tischgespräche Spaß. Seinem reiselustigen Naturell sagte es ungemein zu, als Dittmer von seinen Erlebnissen im Orient berichtete. Rosenwald wußte allerhand Interessantes von der Oper zu erzählen, und Frédéric konnte seine rege Wißbegier nach Theaterluft und Kulissengeheimnissen stillen. Das harte, kaum menschenwürdige Dasein der Künstlerwelt kam ihm geradezu komisch vor, während er Hussonnet zuhörte, der mit unverwüstlichem Humor zum Greifen anschaulich schilderte, wie er einmal einen ganzen Winter lang ausschließlich von Edamer Käse gelebt habe. Dann entspann sich zwischen Lovarias und Burrieu eine hitzige Auseinandersetzung über die Florentiner Schule, und er gewann dabei neue Einsichten in Meisterwerke, und ungeahnte Horizonte taten sich ihm auf. Nur schwer konnte er vor Begeisterung an sich halten, als Pellerin ausrief: »Ach, laßt mich in Frieden mit eurer scheußlichen Wirklichkeitstreue! Was heißt denn überhaupt Wirklichkeitstreue? Manche sehen schwarz, andere wieder blau, und die große Menge sieht dumm. Michelangelo ist so unrealistisch wie irgend möglich, und doch ist er unerhört stark! Das emsige Bemühen um äußere Wahrheit beweist den Tiefstand unserer Zeit, und wenn man's so weitertreibt, wird die Kunst am Ende noch irgend so ein Mumpitz, der sich an poetischem Gehalt mit der Religion nicht messen kann und kaum soviel Interesse bietet wie die Politik. Ihr werdet nie und nimmer ihren Zweck erreichen – jawohl, ihren Zweck! –, der darin besteht, uns in eine unpersönliche

Verzückung zu versetzen, nie werdet ihr das mit euern mickrigen Stümpereien zustande bringen, all eurer ausgetiftelten Mache zum Trotz! Da habt ihr beispielsweise die Bilder unseres Bassolier. Wie hübsch, niedlich, sauber ist so was – und wiegt nicht schwer. Man kann es in die Tasche stecken und mit auf Reisen nehmen. Für solche Schmarren legen kunstliebende Notare gut und gern zwanzigtausend Franken bar auf den Tisch, und doch stecken für keine drei Fünfer Ideen darin. Aber ohne Idee gibt es nichts Großes! Ohne Größe keine Schönheit! Der Olymp ist ein himmelragender Berg! Das kühnste Bauwerk von Menschenhand werden doch immer die Pyramiden bleiben. Besser noch Überfülle als nur Geschmack, besser die Wüste als ein Gehsteig und lieber ein Wilder als ein Haarkräusler!«

Während Frédéric all dem zuhörte, verwandte er kein Auge von Madame Arnoux. Was da gesprochen wurde, fiel in sein Herz wie Metall in einen Schmelzofen, vermengte sich mit seiner Leidenschaft und wurde zu Liebe.

Er saß drei Plätze von ihr entfernt am untern Ende der Tafel auf derselben Tischseite. Dann und wann beugte sie sich leicht vor, wandte den Kopf zur Seite und richtete ein paar Worte an ihr Töchterlein. Und da sie dabei lächelte, bildete sich in ihrer Wange ein Grübchen, so daß ihr Gesicht den Ausdruck zärtlicher Güte bekam.

Als die Liköre herumgereicht wurden, verschwand sie. Nun riß ein bedenklich ungezwungener Gesprächston ein; Arnoux tat sich besonders hervor, und Frédéric staunte über die zynisch rohe Gesinnung dieser Männer. Da sich aber ihr ganzes Denken und Trachten um die Frau drehte, so schuf das zwischen ihnen und ihm eine Art Gleichstellung, die ihn in seiner Selbstachtung hob.

Er ging wieder in den Salon hinüber und nahm, um sich Haltung zu geben, ein Album zur Hand, das unter andern auf dem Tisch lag. Sämtliche bedeutenden zeitgenössischen Künstler hatten es mit Zeichnungen bebildert, hatten Prosa, Verse oder auch einfach ihre Unterschrift hineingeschrieben. Unter den berühmten Namen fanden sich auch zahlreiche gänzlich unbekannte, und nur ab und zu tauchte aus der uferlosen Flut von seichtem Stumpfsinn ein beherzigenswerter und origineller Gedanke auf. Alle Eintragungen enthielten mehr oder minder unverhüllte Huldigungen für Madame Arnoux. Frédéric hätte sich nie getraut, gleichfalls etwas hineinzuschreiben.

Sie holte aus ihrem Boudoir die Schatulle mit den silbernen Schließen, die er auf dem Kamin hatte stehen sehen. Es war ein Geschenk ihres Gatten, eine Arbeit aus der Renaissance. Arnoux' Freunde beglückwünschten ihn zu dem Fund, und seine Frau dankte ihm dafür. Da gab er ihr in einem Anfall von Rührung und Zärtlichkeit vor aller Augen einen Kuß.

Dann verteilte man sich hier- und dorthin in Grüppchen und plauderte. Auf einem Ruhebett in der Nähe des Kaminfeuers saß der gute alte Meinsius bei Madame Arnoux. Sie neigte sich zu seinem Ohr, ihre Köpfe berührten sich. Und Frédéric hätte es in Kauf genommen, taub, hinfällig und häßlich zu sein, wenn er dafür einen berühmten Namen und weiße Haare sein eigen genannt hätte, kurz, etwas, was ihm ein Anrecht auf ein solch vertrauliches Beisammensein verliehen hätte. Er verzehrte sich innerlich in hilflosem Wüten gegen seine Jugend.

Dann aber kam sie in den Winkel des Salons, wo er saß, und erkundigte sich, ob er einige von den Gästen kenne, ob er an der Malerei Freude habe, seit wann er in Paris studiere. Jedes Wort aus ihrem Munde dünkte Frédéric etwas gänzlich Neues und Eigenartiges, etwas, das nur sie allein äußern konnte. Aufmerksam starrte er auf die feinen Härchen ihrer Frisur, die mit ihren Spitzen ihre bloßen Schultern liebkosten. Er konnte seine Augen nicht davon losreißen, mit ganzer Seele versenkte er sich in das makellose Weiß dieser Frauenschultern. Und doch wagte er nicht die Augen aufzuschlagen und ihr ins Antlitz zu blicken.

Da störte sie Rosenwald in ihrem Gespräch. Er bat Madame Arnoux, etwas zu singen. Er spielte ein paar überleitende Takte, und währenddessen wartete sie. Dann tat sie die Lippen auf, und ein reiner, langgehaltener, schmelzender Ton erfüllte den Raum.

Von dem italienischen Text verstand Frédéric kein Wort.

Was sie sang, begann in einem feierlich getragenen Rhythmus wie ein Kirchengesang, wurde dann lebhafter, schwoll zu prachtvoller Klangfülle an, erstarb ganz unvermittelt; dann setzte aufs neue die Melodie ein, diesmal aber schlicht wie ein Liebeslied, breit und getragen.

Sie stand hoch aufgerichtet vor dem Klavier, mit hängenden Armen und den Blick ins Leere gerichtet. Hier und da neigte sie sich vor und schaute augenzwinkernd eine Weile in die Noten. Ihre Altstimme hatte in den tiefern Lagen etwas geradezu schaurig Düsteres, das eiskalt ans Herz griff, und dann sank ihr schöner Kopf auf die Schulter, ihre Brust hob sich, sie breitete die Arme aus, und ihr Hals, aus dem die Läufe emporperlten, bog sich hingebend weich, wie unter hauchzarten Küssen, zurück. Sie jubelte drei hohe Töne heraus, setzte dann tiefer wieder ein und schmetterte einen noch höhern Ton und schloß hierauf, nach einer Pause, mit einer langausgehaltenen Fermate.

Rosenwald blieb am Klavier sitzen und spielte für sich allein weiter. Von Zeit zu Zeit verschwand einer der Gäste. Als um elf Uhr die letzten aufbrachen, ging auch Arnoux mit Pellerin fort, angeblich weil er ihn noch heim begleiten wollte. Er gehörte zu den Leuten, die sich nicht wohlfühlen, wenn sie nicht nach dem Essen noch *einen kleinen Schlummerbummel* gemacht haben.

Madame Arnoux war bis ins Vorzimmer mit hinausgekommen. Dittmer und Hussonnet verabschiedeten sich mit einer Verbeugung von ihr; sie reichte ihnen die Hand. Sie streckte sie auch Frédéric hin, und er spürte, wie bei ihrer Berührung ein Schauer durch alle Fasern seiner Haut fuhr.

Er ließ seine Freunde stehen. Er mußte allein sein. Sein Herz strömte über. Warum hatte sie ihm die Hand dargeboten? War das bloß eine unüberlegte Regung, oder bedeutete es eine Ermutigung? Ach was! Ich bin ja übergeschnappt! Was lag übrigens daran, da er sie ja von nun an, wann es ihm beliebte, besuchen und in ihrer unmittelbaren Nähe leben durfte!

Die Straßen waren völlig menschenleer. Zuweilen rumpelte ein schwerer Karren vorbei, und das Pflaster bebte unter seinen Rädern. Haus reihte sich an Haus, grau in grau die Fassaden, und alle Fenster waren geschlossen. Voll Verachtung dachte er an alle die Menschen, die hinter diesen Mauern schliefen, die ihr Dasein fristeten, ohne *sie* zu sehen, von denen keiner auch nur ahnte, daß *sie* lebte! Er hatte das Gefühl für Raum und Zeit verloren, nichts hatte mehr Bedeutung. Er stapfte, mit den Absätzen kräftig auftretend, seines Wegs, polterte mit dem Stock zuweilen an die Läden der Schaufenster und schlenderte so plan- und ziellos dahin, immer der Nase nach, wie im Traum, im Banne eines übermächtigen Gefühls. Naßkalte Luft hüllte ihn ein. Da kam er wieder zu sich und sah, daß er am Ufer der Seine stand.

Die Straßenlaternen leuchteten in zwei schnurgeraden Reihen unabsehbar fort, und tief unten im Wasser züngelten lange rote Flammen. Der Fluß war schiefergrau, während der hellere Himmel darüber von den mächtigen Schattenmassen, die zu beiden Seiten des Flusses aufragten, getragen schien. Hier und da wirkte ein Gebäude, das man nicht deutlich erkennen konnte, wie ein pechschwarzer Fleck in der Finsternis. Darüber schwebte, hoch über den Dächern, ein lichtdurchschienener Nebel. Alle Geräusche verschmolzen zu einem einzigen Summen und Brausen. Ein leichter Wind wehte.

Frédéric war mitten auf dem Pont-Neuf stehengeblieben und holte, barhaupt, den Rock über der Brust aufgeknöpft, tief Atem. Und zugleich fühlte er tief aus seinem Innern etwas Unversiegliches aufsteigen, eine überströmende Zärtlichkeit, die ihn erregte wie das Wogen der Wellen vor seinen Augen. Eine Kirchturmuhr schlug ganz langsam eins. Es klang wie eine Stimme, die ihn rief.

Da packte ihn einer jener Schauer der Seele, bei denen einem zumute ist, als sei man in eine höhere Welt entrückt. Eine nie gefühlte Kraft war ihm erwachsen, ein Tatendrang, mit dem er noch nichts anzufangen wußte. Er fragte sich allen Ernstes, ob er nun ein großer Dichter oder ein bedeutender Maler werden solle – und er entschied sich für die

Malerei, da dieser Beruf mit allen seinen Erfordernissen ihn Madame Arnoux näherbringen mußte. Nun hatte er also seine wahre Berufung gefunden! Zweck und Ziel seines Erdendaseins lagen klar vor ihm, und seine Zukunft stand fest.

Als er seine Tür hinter sich schloß, hörte er in der finsteren Kammer nebenan jemanden laut schnarchen. Dort schlief der andere. Er dachte nicht weiter an ihn.

Im Spiegel sah er sein Gesicht. Er fand sich schön und verweilte minutenlang in Betrachtung seines Spiegelbildes.

5

Am nächsten Tag hatte er sich, noch ehe es zwölf Uhr schlug, einen Malkasten, Pinsel und eine Staffelei angeschafft. Pellerin erklärte sich bereit, ihm Unterricht zu erteilen, und Frédéric nahm ihn mit in seine Wohnung, damit er nachsehen konnte, ob an seinem Malgerät auch nichts fehle.

Deslauriers war zu Hause. Den zweiten Armstuhl hatte ein junger Mann inne. Der Kanzleischreiber deutete auf ihn und sagte: »Das ist er nun also! Sénécal!«

Der junge Mann mißfiel Frédéric. Seine Stirn wirkte noch höher, weil er seine Haare bürstenartig kurz geschoren trug. Seine mausgrauen Augen hatten einen stechenden, kalten und harten Blick, und sein langer schwarzer Gehrock, sein ganzer Aufzug hatte einen penetrant schulmeisterlichen, ja ausgesprochen pfäffischen Anstrich.

Zuerst redeten sie über die neuesten Tagesereignisse, unter anderm von Rossinis *Stabat Mater*. Sénécal, dessen Ansicht man einholen wollte, erklärte, er gehe überhaupt nie ins Theater. Pellerin klappte den Farbenkasten auf.

»Ist das alles für dich?« fragte Deslauriers.

»Aber natürlich!«

»Nein! So eine Idee!«

Und er beugte sich über den Tisch, an dem der Mathematiklehrer in einem Band *Louis Blanc* blätterte. Er hatte das Buch selbst mitgebracht und las halblaut einzelne Stellen daraus vor, während Pellerin und Frédéric miteinander die

Palette, die Spachtel und die Farbtuben einer eingehenden Musterung unterzogen. Dann kamen sie auf das Essen bei Arnoux zu sprechen.

»Der Kunsthändler?« fragte Sénécal. »Ein sauberer Herr, wahrhaftig!«

»Warum denn?« erkundigte sich Pellerin.

»Ein Mensch, der aus politischen Schmutzfinkereien Kapital schlägt!«

Und nun erzählte er von einer berühmten Lithographie, auf welcher die ganze königliche Familie, mit erbaulichen Dingen beschäftigt, dargestellt war. Louis-Philippe hielt ein Gesetzbuch in der Hand, die Königin ein Gebetbuch, die Prinzessinnen stickten, der Kronprinz, der Herzog von Nemours, schnallte sich einen Säbel um. Herr de Joinville zeigte seinen jüngern Brüdern eine Landkarte. Im Hintergrund erblickte man ein zweischläfriges Bett. Dieses Bild mit dem Titel *Eine gute Familie* bildete das Entzücken der Spießer und bereitete allen aufrechten Patrioten schwere Sorgen. Pellerin machte in gereiztem Ton geltend – es klang, als fühle er sich als Schöpfer dieses Steindrucks persönlich betroffen –, alle politischen Ansichten hätten ihre Berechtigung. Sénécal verwahrte sich gegen diese Behauptung. Die Kunst sei ausschließlich dazu da, erklärte er, die Massen sittlich zu heben! Man dürfe daher nur Stoffe zum Vorwurf nehmen, die zu tugendhaften Handlungen anregten; alles andere sei schädlich.

»Das kommt doch ganz auf die Ausführung an!« schrie Pellerin. »Ich kann wahre Meisterwerke schaffen!«

»Da tun Sie mir aber leid! Man hat nicht das Recht . . .«

»Wieso nicht?«

»Nein, bester Herr, Sie haben nicht das Recht, mich da in Dinge hineinzuziehen, die ich verwerfe! Was brauchen wir alle diese mühselig zusammengestümperten Kinkerlitzchen, aus denen man unmöglich irgendeinen Nutzen ziehen kann, diese Venusbilder zum Beispiel mitsamt allen euern Landschaftsschmarren? Darin kann ich nichts Lehrreiches oder Erzieherisches fürs Volk sehen! Zeigt uns doch lieber sein Elend, weckt unsre Begeisterung für seine Opfer, seine Entbehrungen! Ei du lieber Gott! An Vorwürfen fehlt es da nicht! Bauernhof, Werkstatt . . .«

Pellerin stammelte vor Entrüstung. Schließlich glaubte er einen stichhaltigen Einwand gefunden zu haben: »Und Molière? Lassen Sie den gelten?«

»Einverstanden«, versetzte Sénécal. »Ich bewundere ihn als Vorläufer der Französischen Revolution.«

»Ach, ihr mit eurer Revolution! Welch eine Afterkunst! Nie zuvor gab es eine kläglichere Epoche!«

»Niemals eine größere Zeit!«

Pellerin verschränkte die Arme und stierte ihm mitten ins Gesicht: „Sie reden ja ganz wie so ein dreckiger Nationalgardist!«

Sein Gegner, an solche Auseinandersetzungen gewöhnt, erwiderte schlagfertig: »Zu der Bande gehöre ich nicht, und sie ist mir genauso verhaßt wie Ihnen! Aber mit solchen Grundsätzen verdirbt man die Massen! Das ist überdies Wasser auf die Mühle der Regierung, und sie säße längst nicht so fest im Sattel, hätte sie nicht einen Haufen Hanswurste zu Helfershelfern wie den Lumpen, von dem wir vorhin sprachen!«

Da warf sich der Maler zum Verteidiger des Kunsthändlers auf, denn Sénécals Ansichten brachten ihn maßlos auf. Er verstieg sich sogar zur Behauptung, Jacques Arnoux sei eine Seele von einem Menschen, der treueste Freund und liebevollste Gatte.

»Ach was! Böte man ihm ein rundes Sümmchen, er ließe seine Frau Modell stehen!«

Frédéric war aschfahl geworden.

»Was hat er Ihnen denn zuleide getan?«

»Mir? Gar nichts. Ich habe ihn ein einziges Mal zusammen mit einem Freund im Café gesehen. Weiter kenne ich ihn nicht.«

Sénécal sprach die Wahrheit. Aber die Reklamen im *Kunstgewerbe* fielen ihm Tag für Tag ärger auf die Nerven. Für ihn war Arnoux der Vertreter einer Gesellschaftsschicht, die seiner Überzeugung nach der Demokratie das Grab schaufelte. Als aufrechtem, strengem Demokraten war ihm jegliche Verweichlichung ein Dorn im Auge, er verdächtigte sie der Korruption demokratischer Anschauungen. Im übrigen war er äußerst anspruchslos, und seine Rechtlichkeit ließ nicht mit sich schachern.

Die Unterhaltung wollte nicht mehr so recht in Fluß kommen. Nach einer Weile fiel dem Maler plötzlich ein, er habe noch eine Verabredung, und der Hilfslehrer besann sich auf seine Nachhilfestunden. Als sie gegangen waren, herrschte zuerst betretenes Schweigen; dann holte Deslauriers seinen Freund des langen und breiten über Arnoux aus.

»Du wirst mich doch später einmal dort vorstellen, nicht wahr, mein Lieber?«

»Selbstverständlich«, beteuerte Frédéric.

Nun überlegten sie, wie sie sich ihr Leben einrichten wollten. Deslauriers hatte mühelos eine Stelle als zweiter Kanzlist bei einem Notar gefunden, er hatte sich an der juristischen Fakultät immatrikulieren lassen, hatte sich die unbedingt nötigen Bücher angeschafft – und so nahm das lang erträumte Leben seinen Anfang.

Es wurde ein köstliches Leben voller Reiz, dank der Schönheit ihrer Jugend. Da Deslauriers nie etwas über eine pekuniäre Vereinbarung hatte verlauten lassen, sagte auch Frédéric nichts davon. Er kam für alle Ausgaben auf, hielt den Spind in Ordnung, kümmerte sich um die Haushaltung. Galt es aber, dem Hauswirt einmal die Leviten zu lesen, dann übernahm das der Kanzlist und spielte so auch weiterhin die Rolle des Beschützers und ältern Freundes wie dazumal am Gymnasium.

Tagsüber sahen sie einander überhaupt nie, und erst am Abend fanden sie sich zusammen. Dann setzte sich jeder an seinen angestammten Platz vor dem Kaminfeuer und nahm seine Arbeit vor. Aber nicht lange, so unterbrachen sie ihre Tätigkeit. Dann schütteten sie einander ihr Herz aus, brachen ohne ersichtlichen Anlaß in übermütiges Gelächter aus, zankten sich wohl auch zuweilen, weil die Lampe rußte oder weil ein Buch nicht zu finden war, aber diese Zornesausbrüche hielten kaum eine Minute an und schlugen alsbald in Lachen um.

Nachts stand die Tür zur Holzkammer stets offen, und sie plauderten noch lange, wenn sie beide im Bett lagen.

Am Morgen promenierten sie hemdsärmlig auf ihrer Terrasse auf und ab. Die Sonne ging auf, leichte Dunstnebel schwebten über dem Fluß, man hörte vom nahen Blumenmarkt keifendes Gezeter. Und der Rauch, den sie aus ihren Pfeifen pafften, stieg in Kringeln in die reine Luft empor, die ihre noch schlafschweren Augen kühlte. Sie holten tief Atem, und dabei überkam sie ein Gefühl hoffnungsfroher Zuversicht, die weitherum spürbar in der Luft lag.

Wenn es am Sonntag nicht regnete, gingen sie miteinander aus und bummelten Arm in Arm durch die Straßen. Fast immer dachten sie die gleichen Dinge im selben Augenblick, oder sie plauderten munter drauflos und vergaßen alles rings um sich. Deslauriers strebte nach Reichtum; er sah darin ein Mittel, über die Menschen Macht zu haben. Sein Wunschtraum war, viele Menschen geschäftig um sich zu sehen, viel von sich reden zu machen, über drei Sekretäre zu gebieten und einmal wöchentlich ein großes politisches Diner zu veranstalten. Frédéric aber richtete sich einen Palast ganz im maurischen Stil ein und träumte davon, dort, auf schwellenden Kaschmirpfühlen liegend, sein Leben zu verbringen, beim sanften Geplätscher eines Springbrunnens, bedient von ebenholzschwarzen Negerpagen . . . Und diese erträumten Dinge nahmen schließlich so greifbare Gestalt an, daß er ihnen nachtrauerte, als hätte er sie verloren.

»Wozu reden wir eigentlich von alledem«, sagte er dann jeweils, »wenn wir's ja doch nie kriegen?«

»Wer weiß?« pflegte Deslauriers zu erwidern.

Seinen demokratischen Grundsätzen zum Trotz redete er ihm immer wieder zu, sich doch bei den Dambreuses Zutritt zu verschaffen. Frédéric hielt ihm entgegen, was er alles schon ergebnislos unternommen habe.

»Ach was, dann gehst du eben nochmals hin! Man wird dich schon einladen!«

Um die Mitte des Monats März erhielten sie neben andern gesalzenen Rechnungen auch diejenige des Wirts, der ihnen täglich das Nachtessen brachte. Da Frédéric nicht mehr genug Geld besaß, lieh er von Deslauriers hundert Taler. Vierzehn Tage später ging er ihn nochmals um den gleichen Betrag an, und da schalt ihn sein Freund wegen der kostspieligen Ankäufe aus, die er in Arnoux' Geschäft immer wieder machte.

In der Tat kannte Frédéric darin kein Maß und keine Grenzen. Eine Ansicht von Venedig, eine Vedute von Neapel und eine weitere von Konstantinopel hingen in der Mitte der drei Wände, Reiterbilder von Alfred de Dreux waren da und dort aufgehängt, eine Gruppe von Pradier stand auf dem Kaminsims, auf dem Klavier lagen Stöße von Nummern des *Kunstgewerbes,* und auf dem Fußboden häuften sich in allen Winkeln und Ecken die Mappen. Das ganze Zimmer war derart vollgestopft, daß man kaum ein Buch hinlegen oder sich frei bewegen konnte. Frédéric behauptete, das alles brauche er für seine Malkünste.

Er arbeitete in Pellerins Atelier. Aber Pellerin war oft unterwegs, da er es sich zur Gewohnheit gemacht hatte, allen Leichenbegängnissen und andern Ereignissen, über die in den Zeitungen berichtet wurde, beizuwohnen. So war Frédéric oft stundenlang allein im Atelier. Die Stille dieses großen Raumes – in dem nichts zu hören war als das Trippeln der Mäuse –, das von obenher einfallende Licht, ja sogar das Knistern des Öfchens, all dies versenkte ihn zuerst in ein unsagbares geistiges Wohlgefühl. Dann hob er die Augen von seiner Arbeit und ließ sie auf den abblätternden Wänden ruhen, sie schweiften über die Nippsachen auf der Etagere und wanderten über die Konturen der Gipstorsi, auf denen, Samtfetzen gleich, sich dicker Staub abgelagert hatte. Und wie ein Wanderer, der sich im tiefen Wald verirrt hat und auf allen Wegen immer wieder an die gleiche Stelle zurückfindet, so trat ihm aus jedem Gedanken, den er dachte, stets Madame Arnoux' Bild wieder entgegen.

Er nahm sich bestimmte Tage vor, an denen er zu ihr gehen wollte. Stand er dann aber im zweiten Stockwerk vor ihrer Tür, konnte er sich lange nicht entschließen, die Klingel zu ziehen. Schritte kamen näher. Die Tür ging auf. Und jedesmal, wenn man ihm bedeutete, die gnädige Frau sei ausgegangen, waren diese Worte wie eine Erlösung für ihn, und eine Zentnerlast fiel ihm vom Herzen.

Aber er traf sie doch manchmal zu Hause. Das erstemal waren drei Damen bei ihr zu Besuch. Ein andermal, am Nachmittag, kam unvermutet Marthes Schreiblehrer hereingeschneit. Im übrigen war es nicht üblich, daß die Herren, die Madame Arnoux an ihren Gesellschaftsabenden empfing, bei ihr Anstandsbesuche machten. So ging auch er nicht mehr hin, um nicht aufdringlich zu wirken.

Dafür versäumte er jedoch nicht, regelmäßig am Mittwoch im *Kunstgewerbe* vorzusprechen, damit er zu den jeden Donnerstag stattfindenden Diners eingeladen wurde. Er blieb, bis alle andern gegangen waren, sogar noch länger als Regimbart, bis zur allerletzten Minute, und tat, als überfliege er eine Zeitung oder betrachte einen Stich. Endlich sagte dann Arnoux zu ihm: »Sind Sie morgen abend frei?« Er nahm die Einladung an, ehe noch der Satz zu Ende gesprochen war. Anscheinend hatte Arnoux ihn ins Herz geschlossen. Er unterwies ihn in der Kunst, die Weinsorten zu unterscheiden, Punsch zu brauen und Schnepfenragout zu bereiten. Gelehrig befolgte Frédéric seine Ratschläge. Er liebte alles, was mit Madame Arnoux zusammenhing, ihre Möbel, ihre Dienstboten, ihr Haus, ihre Straße.

Während des Essens sprach er kaum ein Wort; er hing nur mit den Augen an ihr. Sie hatte an der rechten Schläfe ein winziges Muttermal. Ihr schwarzes glatt angekämmtes Haar war am Scheitel dunkler als im Nacken und wirkte an den Rändern immer, als wäre es leicht angefeuchtet. Von Zeit zu Zeit strich sie – nur mit zwei Fingern – leise darüber. Er kannte die Form jedes einzelnen ihrer Nägel, in andächtigem Genuß lauschte er auf das knisternde Rauschen ihres Seidenkleides, wenn sie zur Tür hereinkam, verstohlen atmete er den Duft ihres Taschentüchleins ein. Ihr Kamm, ihre Handschuhe und Ringe waren für ihn bedeutungsvolle Dinge; sie hatten ihren Eigenwert wie Kunstwerke, ihr Eigenleben wie beseelte Wesen. Alles, all dies ergriff Besitz von seinem Herzen und fachte seine Leidenschaft noch an.

Er hatte nicht die Kraft gefunden, seine Liebe vor

Deslauriers zu verbergen. Sooft er von einem Besuch bei Madame Arnoux heimkam, weckte er ihn – wie aus Versehen – auf, nur damit er mit ihm über sie sprechen konnte.

Dann erwachte Deslauriers, der in der Holzkammer neben der Wasserleitung schlief, mit lautem und langem Gähnen. Frédéric setzte sich zu ihm ans Fußende seines Bettes. Zuerst erzählte er, wie das Diner verlaufen war, dann wußte er von tausend belanglosen Einzelheiten zu berichten, aus denen er Anzeichen von Mißachtung oder Zuneigung herauszulesen meinte. Einmal hatte sie zum Beispiel seinen Arm ausgeschlagen und statt dessen Dittmers Arm genommen. Frédéric war darüber ganz verzweifelt.

»Ach, du Kindskopf!«

Oder ein andermal hatte sie ihn »lieber Freund« angesprochen.

»Schön, nun geh aber getrost ran, mein Sohn!« brummte Deslauriers.

»Aber ich getraue mich doch nicht!« wandte Frédéric ein.

»Na schön, dann denk nicht weiter dran! Gute Nacht.«

Deslauriers drehte sich zur Wand und schlief wieder ein. Er wurde aus dieser Liebe nicht recht klug; er betrachtete sie als eine letzte Anfälligkeit der Jünglingsjahre. Und da augenscheinlich Frédéric das Zusammenleben mit ihm nicht mehr recht genügte, verfiel er auf den Gedanken, allwöchentlich einmal ihre gemeinsamen Freunde zu sich einzuladen.

Sie stellten sich am Sonnabend gegen neun Uhr alle ein. Die drei Vorhänge aus algerischer Seide waren sorgfältig zugezogen. Die Lampe und vier Kerzen brannten. Mitten auf dem Tisch stand zwischen den Bierflaschen, der Teekanne, einer Flasche Rum und einem Teller voll Backwerk der Tabakstopf, wohlversehen mit Pfeifen. Man erörterte die Unsterblichkeit der Seele, erwog alles, was dafür und dawider sprach, und zog Vergleiche zwischen den Professoren, bei denen man Vorlesungen hörte.

Eines Abends brachte Hussonnet einen langaufgeschossenen jungen Mann mit. Er hatte einen Überrock an, der ihm an den Ärmeln viel zu kurz war, und sein Auftreten wirkte verlegen. Es war der Bursche, wegen dessen Freilassung sie im vergangenen Jahr auf der Polizeiwache vorstellig geworden waren.

Da er damals seinem Brotgeber die Pappschachtel mit den Spitzen, die er im Handgemenge verloren hatte, nicht zurückgeben konnte, hatte der ihn des Diebstahls bezichtigt und gedroht, ihn vor Gericht zu bringen. Jetzt war er in einem Speditionsgeschäft angestellt. Hussonnet war ihm am Vormittag an einer Straßenecke begegnet und brachte ihn nun mit, weil Dussardier aus Dankbarkeit den »andern«, wie er sich ausdrückte, gern wiedergesehen hätte.

Er reichte Frédéric das Zigarrenetui, das noch unangetastet war; er hatte es wie ein Heiligtum aufbewahrt und immer gehofft, er könne es einmal zurückerstatten. Die jungen Leute luden ihn ein wiederzukommen, und er versäumte nicht, sich einzustellen.

Sie verstanden einander alle und mochten sich gut leiden. Vor allem beseelte sie samt und sonders der gleiche Haß gegen die Regierung; sie hatten ihn zu einem unerschütterlichen Dogma erhoben. Einzig Martinon machte ab und zu einen Versuch, Louis-Philippe in Schutz zu nehmen. Aber sie schrien ihn nieder mit den abgedroschenen Gemeinplätzen, die in sämtlichen Zeitungen standen: die Zwingmauer rings um Paris, die Septembergesetze, Pritchard, Lord Guizot, alles mußte herhalten, so daß Martinon, aus Angst, er könnte jemanden kränken, den Mund hielt. Im Verlaufe der sieben Jahre auf dem Gymnasium hatte er sich nicht ein einziges Mal eine Strafarbeit zugezogen, und seit er auf der Universität war, verstand er es, sich bei den Professoren anzubiedern und einzuschmeicheln. Gewöhnlich trug er einen groben kittgrauen Überrock und Gummigaloschen. Eines Abends jedoch erschien er aufgeputzt wie ein Bräutigam, in einer Samtweste mit Schalkragen, mit weißer Halsbinde und Goldkette.

Das allgemeine Staunen wuchs erst recht, als sich herausstellte, daß er von einem Besuch bei Monsieur Dambreuse kam. Es verhielt sich tatsächlich so. Der Bankier Dambreuse hatte dem alten Martinon eine beachtliche Ladung Holz abgekauft, und als ihm der Alte seinen Sohn vorstellte, hatte er sie alle beide zum Nachtessen eingeladen.

»Gab's viele Trüffeln?« fragte Deslauriers, »und hast du seine Frau um die Hüften gefaßt, so rasch zwischen Tür und Angel, *sicut decet*?«

Nun drehte sich das Gespräch um die Frauen. Pellerin wollte nicht gelten lassen, daß es überhaupt schöne Weiber gebe. Ihm seien Tiger lieber, höhnte er. Übrigens sei das Menschenweibchen in der ästhetischen Rangordnung ein Wesen allerniedrigster Stufe.

»Was euch insbesondere verführt, ist gerade das, was das Weib als Idee herabsetzt. Ich meine die Brüste, das Haar...«

»Aber lange rabenschwarze Haare, pechschwarze Augen...« wandte Frédéric ein.

»Oho! Das kennen wir!« feixte Hussonnet. »Fahr ab mit deinen andalusischen Holden zum Vergolden! Klassisch und antik? Danke für Obst! Nein, Spaß beiseite! Schließlich macht so ein Lorettchen, ein herziges, bedeutend mehr Spaß als die Venus von Milo! Wir sind doch Gallier und wollen's auch bleiben, Himmelherrgott! Und unverwüstliche Wüstlinge, wenn wir's noch fertigbringen!

Rinn, guter Wein; ihr Frauen, schenkt uns Lächeln!

Erst eine Braune, dann eine Blonde! Sind Sie nicht auch dieser Meinung, Papa Dussardier?«

Dussardier gab keine Antwort. Da setzten ihm alle eifrig zu und wollten wissen, welcher Art seine Neigungen waren.

Er war über und über rot geworden. Betreten stammelte er: »Nun, wenn ihr's denn wissen wollt, am allerliebsten möchte ich immer die gleiche liebhaben.«

Das sagte er so treuherzig und schlicht, daß daraufhin eine Weile alles still blieb. Die einen waren von soviel Herzenseinfalt überrascht, die andern hörten vielleicht aus seinen Worten heraus, was ihr Herz heimlich schon lange ersehnte.

Sénécal stellte seinen Bierhumpen auf das Fenstersims und erklärte in schulmeisterlichem Ton, die Prostitution sei eine Tyrannei, die Ehe aber unsittlich, und darum sei es immer noch das beste, man lebe keusch und enthaltsam. Deslauriers ließ sich höchstens zu seiner Zerstreuung mit Weibern ein, weiter hielt er nichts von ihnen. Herr de Cisy war voller Bedenken den Frauen gegenüber.

Er war unter der Obhut einer überfrommen Großmutter aufgewachsen, und die Gesellschaft dieser jungen Leute kam ihm darum verlockend vor wie ein verrufenes Haus und lehrreich wie die Sorbonne. Man kargte auch nicht mit heilsamen Lehren, und er entwickelte einen unheimlichen Lerneifer, der so weit ging, daß er sogar rauchen wollte, ungeachtet der Herzbeschwerden, die ihn regelmäßig nachher befielen. Frédéric nahm sich seiner ganz besonders liebevoll an. Er bewunderte seine geschmackvoll ausgewählten Krawatten, seinen pelzgefütterten Mantel und vor allem seine Stiefel, die dünn waren wie Handschuhleder und in ihrer Sauberkeit und zierlichen Eleganz geradezu herausfordernd wirkten. Sein Wagen wartete nämlich unten auf der Straße.

Als de Cisy eines Abends gerade weggegangen war und es draußen schneite, fing Sénécal auf einmal an seinen Kutscher zu bemitleiden. Dann zog er in großen Tönen gegen die Hochwohlgeborenen und die Herrensöhnchen vom Jockei-Klub los. In seinen Augen sei ein Arbeiter mehr wert als diese ganze vornehme Bande zusammen.

»Ich arbeite wenigstens! Ich bin arm!«

»Das sieht man«, erwiderte Frédéric schließlich. Die Geduld war ihm gerissen.

Diese Äußerung trug ihm der Hilfslehrer lange nach.

Regimbart hatte einmal verlauten lassen, er kenne Sénécal flüchtig; Frédéric wollte Arnoux' Freund höflicherweise eine Aufmerksamkeit erweisen und lud ihn darum ein, zu den samstäglichen Zusammenkünften mitzukommen. Die Begegnung war für die beiden Patrioten erfreulich.

Ihre Ansichten gingen freilich auseinander.

Sénécal, mit seinem Spitzschädel, sah nur auf die Systeme. Regimbart hingegen sah in den Begebenheiten lediglich Tatsachen. Was ihm vor allem Sorgen machte, war die Rheingrenze. Er behauptete, er verstehe etwas von Artillerie, und ließ seine Anzüge beim Schneider der Polytechnischen Schule anfertigen.

Als er zum erstenmal erschien und man ihm Kuchen anbot, hob er verächtlich die Achseln und erklärte, solches Schleckzeug sei gut und recht für Frauenzimmer. Und auch an den folgenden Zusammenkünften war er nicht viel liebenswürdiger. Wenn im Laufe der Unterhaltung die Gedankengänge sich zuweilen in eine gewisse Höhe emporwagten, brummte er jedesmal vor sich hin: »Oh, nur keine Utopien! Keine Träume!« In Kunstfragen waren seine Anschauungen nicht eben überragend – obschon er oft in Ateliers kam, wo er gelegentlich auch Fechtstunden erteilte, aus lauter Gefälligkeit selbstredend. So stellte er die Schreibweise Marasts mit dem Stil Voltaires auf gleiche Höhe, und die Vatnaz verglich er mit Madame de Staël, weil sie eine Ode auf Polen geschrieben hatte, die ungemein »gefühlvoll« sei. Kurzum, Regimbart langweilte die ganze Gesellschaft, vor allem aber ging er Deslauriers auf die Nerven, weil der »Musterbürger« regen Umgang mit Arnoux pflog. Der Kanzleischreiber hegte aber den sehnlichen Wunsch, selbst in diesem Hause zu verkehren, weil er sich davon eine Reihe nutzbringender Bekanntschaften versprach. »Wann nimmst du mich einmal dorthin mit?« fragte er immer und immer wieder. Arnoux sei mit Arbeit überlastet, wurde ihm dann bedeutet, oder er sei verreist, und dann lohne es die Mühe auch nicht mehr, die Abendgesellschaften nähmen nun doch ein Ende.

Hätte er sein Leben für seinen Freund in die Schanze schlagen müssen, so hätte es Frédéric bedenkenlos getan. Da ihm aber daran lag, so vorteilhaft wie nur möglich aufzutreten, da er sich sehr in acht nahm, was er sagte und wie er sich benahm, da er größte Sorgfalt auf seine Kleidung verwendete und sogar ins *Kunstgewerbe* jederzeit mit untadeligen Handschuhen ging, hatte er Angst, Deslauriers könnte mit seinem abgewetzten schwarzen Anzug, seinen schlechten Umgangsformen und seinem hochfahrenden Gerede Madame Arnoux' Mißfallen erregen, und das konnte ihn selber bloßstellen und in ihren Augen herabsetzen. Die andern wollte er schon in Kauf nehmen, aber ausgerechnet dieser Deslauriers hätte ihm sein Behagen geschmälert. Der

Anwaltsgehilfe merkte wohl, daß Frédéric sein Versprechen nicht halten wollte, und sein beharrliches Schweigen dünkte ihn doppelt kränkend.

Am liebsten hätte er ihn gängeln wollen, hätte gar zu gerne gesehen, daß er sich nach dem Idealbild ihrer Jugendzeit entwickelte, und sein Müßiggängerleben empörte ihn; es kam ihm vor wie Unbotmäßigkeit und Verrat. Überdies sprach Frédéric, der nur an Madame Arnoux dachte, oft von ihrem Mann. Und Deslauriers fing nun eine unausstehliche Fopperei an, eine zermürbende *Nervensäge*, die darin bestand, daß er wohl hundertmal am Tag seinen Namen wiederholte, ihn am Ende jedes Satzes anbrachte, wie ein Idiot, der immerfort den gleichen Unsinn lallt. Klopfte es an seine Tür, so rief er: »Herein, Arnoux!« Im Restaurant bestellte er eine Portion Brie »genau wie Arnoux«, und des Nachts tat er, als drücke ihn ein Alb, und dann weckte er seinen Freund mit einem gellenden Gebrüll: »Arnoux! Arnoux!« aus dem besten Schlafe. Schließlich flehte ihn Frédéric, aufs äußerste gereizt, eines Tages mit kläglicher Stimme an: »So laß mich doch endlich in Frieden mit diesem Arnoux!«

»Ich denke nicht dran!« gab ihm Deslauriers zur Antwort.

»Er, immer er, sonst nichts! In Feuersglut und
Eiseskälte,
Des edlen Arnoux Bild . . .«

»Halt doch den Mund!« schrie ihn Frédéric an und hob drohend die Faust.

Und freundlicher setzte er dann hinzu: »Es ist mir peinlich, über diese Dinge zu sprechen, das weißt du doch!«

»Oh, Verzeihung, mein Verehrtester!« versetzte Deslauriers mit einer Verbeugung bis fast zum Boden. »Künftig werden wir auf die Nerven des gnädigen Fräuleins gebührend Rücksicht nehmen! Noch einmal: bitte um Verzeihung, bitte tausendmal um Vergebung!«

Damit endete der Scherz.

Aber drei Wochen später sagte Deslauriers eines Abends: »Du, vorhin habe ich Madame Arnoux gesehen!«

»Wo denn?«

»Im Justizpalast, mit Balandard, dem Notar. Eine brünette Frau, nicht wahr, mittlerer Größe?«

Frédéric nickte zustimmend. Er wartete, daß Deslauriers sich weiter dazu äußerte. Beim leisesten bewundernden Wort hätte er ihm rückhaltlos sein Herz ausgeschüttet und ihn bereitwillig von ganzer Seele geliebt. Doch Deslauriers schwieg beharrlich. Schließlich hielt er's nicht länger aus und fragte ihn, scheinbar gleichgültig, was er von ihr halte.

Deslauriers fand, sie sei nicht übel, doch könne er nichts Besonderes an ihr entdecken.

»So? Findest du?« antwortete Frédéric nur.

Der August, der Zeitpunkt seiner zweiten Prüfung, kam heran. Der landläufigen Ansicht zufolge sollten vierzehn Tage zur Vorbereitung des Prüfungsstoffes ausreichen. Frédéric setzte volles Zutrauen in seine Leistungsfähigkeit und verschlang in einem Zug die vier ersten Bücher der Zivilprozeßordnung, die ersten drei des Strafgesetzbuches, verschiedene Abschnitte aus der Strafprozeßordnung und einen Teil des Zivilgesetzes mit den Kommentaren von Poncelet. Am Tag vor der Prüfung ging Deslauriers das Ganze noch einmal mit ihm durch, und diese Rekapitulation zog sich bis zum grauenden Morgen hin. Und um auch noch die allerletzte Minute auszunützen, fragte er ihn sogar unterwegs im Gehen noch weiter ab.

Da immer mehrere Prüfungen zur gleichen Zeit stattfanden, waren viele Leute im Hof versammelt, darunter auch Hussonnet und de Cisy. Man fand sich üblicherweise vollzählig zu den Examina ein, wenn Kameraden daran glauben mußten. Frédéric schlüpfte in den althergebrachten schwarzen Talar und betrat dann, gefolgt von der Zuhörermenge, zusammen mit drei andern Prüflingen einen großen Raum, der sein Licht durch vorhanglose Fenster empfing. An den Wänden waren Bänke aufgestellt. In der Mitte des Saales standen mit Leder bezogene Stühle rings um einen grün bespannten Tisch. Dieser Tisch trennte die Studenten von den Herren Examinatoren in ihren roten Talaren. Alle trugen einen Hermelinbesatz auf den Schultern und goldbetreßte Barette auf dem Kopf.

Frédéric hatte einen ungünstigen Platz; er war der vorletzte in der Reihe. Bei der ersten Frage, was der Unterschied zwischen einer Vereinbarung und einem Vertrag sei, verwechselte er beides und gab gerade die verkehrte Definition. Der Professor, ein gutherziger Mann, sprach ihm beruhigend zu: »Verhaspeln Sie sich nicht, Herr Kandidat. Denken Sie ruhig nach!« Dann stellte er zwei leichte Fragen, worauf die Antworten reichlich unklar ausfielen, hernach ging er zum vierten Kandidaten über. Frédéric verlor nach diesem kläglichen Anfang alle Zuversicht. Deslauriers, der unter den Zuhörern ihm gegenüber saß, bedeutete ihm durch allerhand Zeichen, noch sei nicht alles verloren. Und die zweite Prüfung mit Fragen aus dem Strafrecht bestand er leidlich. Nach der dritten jedoch, über das *geheime Testament,* verzog der Examinator die ganze Zeit über keine Miene, und Frédérics Lampenfieber wurde immer ärger; Hussonnet legte nämlich die Hände zusammen, als wollte er Beifall klatschen, wohingegen Deslauriers unaufhörlich mit den Achseln zuckte. Endlich kam der Augenblick heran, wo die Fragen über die Prozeßordnung an die Reihe kamen. Es ging um den Einspruch eines Dritten gegen ein Urteil. Der Professor, der bereits ungehalten und ärgerlich war, weil er Theorien zu hören bekommen hatte, die zu den seinen im Widerspruch standen, fragte Frédéric in barschem Ton: »Und Sie, Herr Kandidat? Ist das auch Ihre Ansicht? Wie vereinbaren Sie das im § 1351 des Zivilgesetzbuches verankerte Prinzip mit diesem außergewöhnlichen Einspruchsverfahren?«

Frédéric litt unter schweren Kopfschmerzen, weil er die ganze Nacht nicht geschlafen hatte. Ein Sonnenstrahl, der durch einen Spalt in der Jalousie hereinfiel, schien ihm mitten ins Gesicht und blendete ihn. Er stand hinter seinem Sessel, wiegte sich hin und her und zupfte verlegen an seinem Schnurrbärtchen.

»Ich warte immer noch auf Ihre Antwort!« schnauzte ihn der Mann mit dem goldbetreßten Barett an.

Und da ihn Frédérics Schnurrbartzwirbeln offensichtlich ärgerte, spöttelte er: »In Ihrem Bärtchen werden Sie's wohl auch nicht finden!«

Dieser höhnische Ausspruch hatte im Saal einen Lachsturm zur Folge. Das schmeichelte dem Professor, und er war wieder gnädiger gestimmt. Er stellte ihm noch zwei Fragen, über die Vertagung und das summarische Verfahren, dann neigte er das Haupt zum Zeichen seiner Zustimmung. Die öffentliche Prüfung war zu Ende. Frédéric ging wieder in den Vorraum hinaus.

Während ihm der Pedell den Talar auszog und ihn dann unverzüglich einem andern Prüfling umlegte, umringten ihn seine Freunde und brachten ihn mit ihren widersprechenden Ansichten über den Ausgang der Prüfung vollends durcheinander. Dieser wurde bald nachher mit lauter Stimme am Saaleingang verkündet. Der dritte war ... zurückgestellt!

»Durchgefallen!« meinte Hussonnet. »Gehen wir!«

Vor der Portiersloge begegneten sie Martinon. Er war puterrot vor Aufregung, seine Augen strahlten, und ein Leuchten des Triumphes verklärte sein ganzes Gesicht. Er hatte soeben glatt und ohne jede Schwierigkeit sein letztes Examen hinter sich gebracht. Nun hatte er nur noch die Dissertation vor sich. Ehe noch vierzehn Tage vergangen waren, würde er Referendar sein. Seine Familie kannte einen Minister, eine »glänzende Laufbahn« stand ihm bevor.

»Der bringt's doch weiter als du!« meinte Deslauriers.

Es gibt nichts, was einen Menschen so bitter demütigt, als wenn er sehen muß, wie Dummköpfe dort Erfolg haben, wo man selbst gescheitert ist. Verärgert gab Frédéric zurück, da pfeife er drauf, er habe höhere Ansprüche. Und als Hussonnet Miene machte wegzugehen, nahm er ihn beiseite und sagte zu ihm: »Kein Wort von alledem zu Arnoux, verstanden!«

Das Geheimnis war nicht schwer zu wahren, denn schon am nächsten Tag wollte Arnoux nach Deutschland verreisen.

Als Deslauriers am Abend nach Hause kam, fand er seinen Freund seltsam verändert. Er wirbelte auf den Absätzen herum, pfiff, und als der andere sein Erstaunen über diese sonderbare Laune äußerte, erklärte Frédéric, er fahre nicht zu seiner Mutter nach Hause, sondern gedenke seine Ferien zum Arbeiten zu benützen.

Bei der Nachricht von Arnoux' Abreise hatte ihn eine unbändige Freude gepackt. Nun konnte er dort aus und ein gehen, wann es ihm beliebte, und brauchte nicht zu befürchten, daß man ihm bei seinen Besuchen in die Quere kam. Das sichere Gefühl vollkommenen Ungestörtseins mußte ihm den nötigen Mut eingeben. Endlich würde er nicht fern von ihr, würde er nicht von ihr getrennt sein! Etwas, was stärker war als eine Kette aus Eisen, fesselte ihn an Paris. Eine innere Stimme gebot ihm zu bleiben.

Mancherlei Hindernisse standen dem im Wege. Er überwand sie, indem er an seine Mutter schrieb. Er gestand ihr seinen Mißerfolg, der auf verschiedene Umstellungen im Prüfungsstoff zurückzuführen sei – ein Zufall, eine Ungerechtigkeit. Im übrigen seien alle berühmten Anwälte – und er zitierte ihre Namen – beim erstenmal durchs Examen gerasselt. Aber er gedenke im November erneut in die Prüfung zu steigen. Da er nun aber gar keine Zeit zu verlieren habe, komme er dies Jahr nicht nach Hause. Und dann verlangte er außer dem Geld für das laufende Quartal weitere zweihundertfünfzig Franken für einen Einpauker, der mit ihm den ganzen Stoff nochmals durchgehen müsse. Das werde ihm viel nützen, schrieb er. Das Ganze war wunderschön verblümt und verbrämt mit Ausdrücken lebhaften Bedauerns, mit Beileidsbeteuerungen, Schmeichelworten und Versicherungen kindlicher Liebe.

Madame Moreau, die ihn tags darauf erwartet hatte, war nun zwiefach bekümmert. Sie behielt das Examenspech ihres Sohnes für sich und schrieb ihm zurück, er möge trotzdem kommen. Frédéric blieb bei seinem Vorsatz. Eine arge Verstimmung war die Folge. Am Ende der Woche erhielt er gleichwohl das Geld für das Quartal nebst der Summe für den Einpauker. Er erstand sich dafür eine perlgraue Hose, einen weißen Filzhut und ein Spazierstöckchen mit Goldknauf.

Als alle diese schönen Dinge in seinem Besitz waren, kamen ihm wieder Bedenken,

Am Ende habe ich da eine richtige Kateridee gehabt, überlegte er.

Und eine große Unsicherheit überkam ihn.

Er wollte das Los darüber entscheiden lassen, ob er zu Madame Arnoux gehen solle oder nicht, und warf dreimal Geldstücke in die Luft. Jedesmal fiel die Antwort günstig aus. So gebot es ihm also das Schicksal selbst. Er ließ sich von einer Droschke in die Rue de Choiseul fahren.

Rasch stürmte er die Treppe hinauf; er zog an der Klingelschnur. Aber es läutete nicht. Er fühlte sich einer Ohnmacht nahe.

Nun riß er mit einem wütenden Ruck an der schweren rotseidenen Quaste. Ein mehrstimmiges Geklingel ertönte, verhallte allmählich, und dann war wieder nichts mehr zu hören. Frédéric wurde es angst und bange.

Er preßte das Ohr an die Tür. Totenstille! Er guckte durchs Schlüsselloch, sah aber im Vorraum nichts als zwei Schilfrispen an der Wand zwischen dem Blumenmuster der Tapete. Schließlich machte er kehrt, besann sich dann aber wieder eines Bessern. Diesmal läutete er ganz leicht, ein einziges Mal. Da ging die Tür auf, und auf der Schwelle erschien Arnoux, Arnoux höchst persönlich, mit zerrauftem Schopf, puterrotem Gesicht und griesgrämiger Miene.

»Schau, Sie sind's! Was zum Teufel führt denn Sie her? Kommen Sie herein!«

Er führte ihn jedoch nicht ins Boudoir und auch nicht in sein Zimmer, sondern in das Speisezimmer, wo auf dem Tisch eine Flasche Champagner und zwei Gläser standen. Dann fragte er in barschem Ton: „Wünschen Sie etwas von mir, lieber Freund?«

»Nein, nichts, gar nichts!« stammelte der junge Mann, während er sich vergeblich überlegte, was für einen Vorwand für seinen Besuch er vorbringen könnte.

Schließlich sagte er, er habe sich nach seinem Befinden erkundigen wollen; er habe nämlich geglaubt, er, Arnoux, sei in Deutschland, nach allem, was ihm Hussonnet erzählt habe.

»Fällt mir nicht ein!« erwiderte Arnoux. »Was ist dieser Bursche doch für ein Dummkopf! Alles versteht er falsch!«

Um seine Verwirrung zu verbergen, ging Frédéric im Zimmer auf und ab. Dabei stieß er mit dem Fuß an ein Stuhlbein, und ein Sonnenschirm, der auf dem Sessel lag, fiel herunter. Der Elfenbeingriff zerbrach.

»Mein Gott!« rief er, »wie leid tut es mir, daß ich Madame Arnoux' Sonnenschirm zerbrochen habe!«

Bei diesen Worten blickte Arnoux auf und lächelte sonderbar. Frédéric ergriff die Gelegenheit, die sich damit bot, von ihr zu reden, und setzte schüchtern hinzu: »Kann ich sie nicht sehen?«

Nein, sie sei nach Hause zu ihrer kranken Mutter gefahren.

Er wagte nicht zu fragen, wie lange sie wohl verreist sein werde. So erkundigte er sich nur, wo Madame Arnoux eigentlich herstamme.

»Aus Chartres! Wundert Sie das?«

»Mich? Nein, warum denn? Nicht im geringsten.«

Daraufhin wußten sie einander beim besten Willen nichts mehr zu sagen. Arnoux hatte sich eine Zigarette gedreht und wanderte laut schnaufend rings um den Tisch. Frédéric lehnte am Ofen und betrachtete die Wände, die Etagere, den Parkettboden. Und in seiner Erinnerung oder vielmehr vor seinen Augen zog eine Menge zaubervoller Bilder vorüber. Endlich verabschiedete er sich.

Ein zerknülltes Stück Zeitungspapier lag im Vorraum am Boden. Arnoux hob es auf; dann stellte er sich auf die Zehenspitzen und steckte das Papierkügelchen in die Klingel, um sein unterbrochenes Mittagsschläfchen nachzuholen, wie er sagte. Hierauf drückte er ihm die Hand und bat noch: »Verständigen Sie doch, bitte, im Vorbeigehn den Concierge, daß ich nicht zu sprechen bin!«

Und dann schmetterte er heftig hinter ihm die Tür zu. Frédéric ging langsam, Stufe um Stufe, die Treppe hinunter. Der Mißerfolg dieses ersten verfehlten Besuchs nahm ihm jeden Mut, es auf weitere ankommen zu lassen. Nun brachen drei langweilige Monate an. Da er gar nichts zu tun hatte, verschlimmerte sich seine weltschmerzliche Stimmung vor lauter Untätigkeit noch.

Stundenlang stand er auf seinem Balkon und starrte in den Fluß hinab, der zwischen schmutziggrauen, hier und da von den Abwässern der einmündenden Abflußrohre geschwärzten Kaimauern dahinfloß. Am Ufer war ein Kahn für die Wäscherinnen vertäut, und ein paar Gassenrangen vertrieben sich manchmal die Zeit damit, einen Pudel im Schlamm zu baden. Seine Augen schweiften linker Hand von der steinernen Notre-Dame-Brücke über die drei Hängebrücken weg, und immer wieder wandten sich seine Blicke nach dem Quai aux Ormes, auf eine Gruppe von alten Bäumen, die an die Linden am Hafen von Montereau gemahnten. Gegenüber ragten aus dem Dächergewirr die Tour Saint-Jacques, das Rathaus, Saint-Gervais, Saint-Louis und Saint-Paul, und der Genius hoch oben auf der Juli-Säule gleißte im Osten wie ein großer goldener Stern, während am andern Ende der Stadt die Kuppel der Tuilerien sich blau und massig in den Himmel wölbte. Dort hinten, irgendwo in jener Richtung, mußte das Haus liegen, wo Madame Arnoux wohnte.

Er ging wieder hinein in sein Zimmer. Dann streckte er sich auf seinem Diwan aus und ließ sich von einem ziel- und planlosen Grübeln und Sinnen treiben. Arbeitspläne, Vorsätze für sein künftiges Verhalten, hochfliegende Zukunftsträume gingen ihm durch den Kopf. Schließlich hatte er es satt, immerfort über sich selber nachzugrübeln, und ging aus.

Er schlenderte aufs Geratewohl durch das Quartier Latin, das gewöhnlich so lärmig und betriebsam war, um diese Jahreszeit aber beinahe verödet schien, denn die Studenten waren nach Hause zu ihren Angehörigen gereist. Die mächtigen Mauern der Kollegiengebäude sahen in der ungewohnten Stille noch größer aus und blickten noch düsterer drein. Man vernahm mancherlei friedliche Geräusche, das Flattern von Flügeln irgendwo in einem Käfig, das surrende Knarren einer Drehbank, die Hammerschläge eines Schusters. Die Lumpensammler und Altkleiderhändler schritten mitten auf der Straße dahin und schauten vergeblich zu den Fenstern empor. Hinten in den menschenleeren Kaffeehäusern saßen die Büfettdamen und gähnten gelangweilt zwischen ihren vollen Flaschen. Schön geordnet lagen die Zeitungen ungelesen auf den Tischen der Lesekabinette. In den Läden der Plätterinnen bauschten sich Wäschestücke im lauen Wind, der schwallweise ins Zimmer wehte. Von Zeit zu Zeit blieb Frédéric vor der Auslage eines Bücherhändlers stehen. Ein Omnibus fuhr haarscharf am Randstein vorbei, so daß er sich erschrocken umwandte. Und als er beim Luxembourg-Garten anlangte, ging er nicht mehr weiter.

Dann und wann lockte es ihn, auf den Boulevards irgendwelche Zerstreuungen zu suchen. Durch düstere Gäßchen, die feuchte Kühle ausdünsteten, gelangte er auf große menschenleere Plätze, die in blendend hellem Licht dalagen. Die Denkmäler, die darauf standen, warfen schwarze gezackte Schatten auf das Pflaster. Aber dann wieder tauchten Karren und Kaufläden auf, und die Menge der vorüberhastenden Menschen machte ihn wirr und taumelig, sonntags vor allem, wenn von der Bastille bis hinunter zur Madeleine in einer unabsehbaren Staubwolke eine gewaltige Menschenflut mit unaufhörlichem Brausen und Tosen auf dem Asphaltpflaster hinwogte. Der Anblick der gemeinen Gesichter, das nichtssagende, oberflächliche Geschwätz der Leute, die einfältige Selbstzufriedenheit, die auf ihren schwitzenden Stirnen stand, ekelten ihn an. Das Bewußtsein indessen, daß er allen diesen Menschen überlegen war, linderte die Qual, die ihm ihr Anblick bereitete.

Tag für Tag begab er sich ins *Kunstgewerbe*, und dann erkundigte er sich eingehend nach dem Befinden von Madame Arnoux' Mutter, um auf diese Art in Erfahrung zu bringen, wann sie wieder nach Hause zurückkehre. Arnoux gab ihm jedesmal den gleichen Bescheid; die Besserung halte an, seine Frau werde mit der Kleinen im Laufe der nächsten Woche heimkommen. Je länger sich aber ihre Rückkehr verzögerte, um so mehr besorgte Anteilnahme legte Frédéric an den Tag. Das ging so weit, daß Arnoux über soviel freundschaftliches Mitgefühl ganz gerührt war und ihn fünf-, sechsmal zum Essen ins Restaurant mitnahm.

An diesen langen, unter vier Augen verbrachten Abenden kam Frédéric zu der Erkenntnis, daß der Kunsthändler nicht sonderlich geistreich war. Arnoux hätte ihm aber seine

Ernüchterung anmerken können, und überdies war das eine gute Gelegenheit, ihm für seine Liebenswürdigkeiten einigermaßen Gegenrecht zu halten.

Da er ihm aber etwas ganz Erlesenes bieten wollte, verkaufte er einem Trödler alle seine neuen Kleider für die Summe von achtzig Franken. Dann legte er die hundert Franken, die er sonst noch besaß, drauf und holte Arnoux zum Essen ab. Regimbart war gerade bei ihm. Sie gingen miteinander in die *Trois-Frères-Provençaux*.

Der Bürger Regimbart zog zuallererst einmal seinen Gehrock aus und stellte dann, des Einverständnisses der andern gewiß, sachkundig die Speisenfolge zusammen. Aber er konnte noch so lange in die Küche hinausgehen und mit dem Küchenchef verhandeln, in den Keller hinabsteigen, wo er offenbar jeden kleinsten Winkel genau kannte, oder den Inhaber der Wirtschaft kommen lassen, um ihm »den Kopf zu waschen«, er war einfach nicht zufriedenzustellen. Nichts war ihm recht, weder das Essen noch die Getränke und erst recht nicht die Bedienung. Bei jedem neuen Gericht, bei jeder neuen Flasche ließ er beim ersten Bissen, beim ersten Schluck die Gabel auf den Tisch fallen oder schob das Weinglas von sich weg. Dann lümmelte er sich breitspurig hin, beide Ellbogen auf das Tischtuch aufgestemmt, und tobte, man könne eben in ganz Paris nirgendwo mehr anständig speisen. Schließlich wußte er überhaupt nicht mehr, was er sich für seinen kitzligen Gaumen ausdenken sollte, und bestellte »schlicht und einfach« einen Bohnensalat. Der stellte ihn leidlich zufrieden, obschon er auch nur halbwegs nach seinem Wunsch war. Dann fing er mit dem Kellner ein langes Gespräch über sämtliche ehemaligen Kellner der *Provençaux* an. Was war eigentlich aus Antoine geworden? Und – wie hieß er schon? – Eugène? Und Theodor, der kleine, der immer unten bediente? Damals, ja, da war das Essen noch ganz anders sorgfältig zubereitet, und solche Kalbsköpfe in Burgunder, damit war es aus und vorbei! Die gab es nie wieder!

Dann kam man auf den Wert der Grundstücke in den Pariser Vororten zu reden; Arnoux spekulierte dort, ein todsicheres Geschäft! Vorderhand streiche er freilich die Zinsen ans Bein. Da er aber um gar keinen Preis verkaufen wolle, müsse ihm Regimbart einen Geldgeber ausfindig machen. Und bis zum Nachtisch stellten die beiden Herren mit einem Bleistift nicht endenwollende Berechnungen an.

Den Kaffee tranken sie in einem andern Lokal, an der Passage du Saumon, in einer kleinen, im Zwischenstock gelegenen Weinkneipe. Frédéric mußte im Stehen endlosen Billardpartien zuschauen, die mit zahllosen Schoppen begossen wurden. Und er harrte bis nach Mitternacht aus, ohne daß er eigentlich wußte warum: aus Feigheit, aus purer Blödheit, in der dumpfen Hoffnung, es könnte irgend etwas eintreten, was seiner Liebe förderlich wäre.

Wann sah er sie wohl endlich wieder? Frédéric war schon ganz verzweifelt. Eines Abends jedoch, gegen Ende November, sagte Arnoux zu ihm: »Wissen Sie, meine Frau ist gestern heimgekommen.«

Anderntags um fünf Uhr nachmittags machte er ihr seine Aufwartung.

Zuerst brachte er ein paar Glückwünsche an. Ihre Mutter sei doch so schwer krank gewesen!

»Keine Rede! Wer hat Ihnen denn das gesagt?«

»Arnoux selbst.«

Sie stieß ein leises »Ah!« aus, setzte dann jedoch rasch hinzu, zunächst sei sie allerdings ernstlich in Sorge gewesen, aber ihre Befürchtungen seien jetzt geschwunden.

Sie saß beim Kaminfeuer in ihrem gestickten Lehnstuhl. Er hatte auf dem Kanapee Platz genommen und hielt den Hut zwischen den Knien. Die Unterhaltung schleppte sich mühsam hin; immer wieder schien sie andern Dingen nachzuhängen. Er fand einfach keinen Anknüpfungspunkt, um auf seine Gefühle zu sprechen zu kommen. Als er dann aber darüber klagte, daß er sich nun mit »Rechtsverdreherei« abplagen müsse, nickte sie gedankenverloren und flüsterte vor sich hin: »Ach ja . . . ich kann's schon verstehen . . . Die Geschäfte . . .« Dabei hielt sie den Kopf vornübergeneigt und schien unvermittelt tief in grübelndes Sinnen versunken.

Er hätte gar zu gern gewußt, was ihr jetzt durch den Kopf

ging, er konnte an gar nichts anderes mehr denken. Es dämmerte, rings um sie sank die Nacht herein.

Nun stand sie auf. Sie hatte noch eine Besorgung zu erledigen. Dann kam sie wieder herein, angetan mit einem samtenen Kapotthütchen und einem schwarzen, mit grauem Pelzwerk verbrämten Umhang. Er faßte sich ein Herz und bot ihr seine Begleitung an.

Es war schon so finster, daß man nicht mehr deutlich sehen konnte. Die Witterung war kalt und rauh, und schwerer Nebel verwischte die Fassaden der Häuser und verpestete die Luft. Frédéric atmete ihn in tiefen Zügen voll Wonne ein, denn er spürte durch den wattierten Ärmel hindurch die Form ihres Armes, und ihre Hand, die in einem wildledernen, zwiefach zugeknöpften Handschuh stak, ihre kleine Hand, die er am allerliebsten mit Küssen bedeckt hätte, ruhte mit sanftem Druck auf seinem Arm. Das Pflaster war glitschig, und sie schwankten im Gehen unmerklich hin und her. Er hatte das wohlige Gefühl, als würden sie beide inmitten einer Wolke vom Winde leise gewiegt.

Der Lichterglanz auf den Boulevards versetzte ihn wieder in die Wirklichkeit zurück. Nun war die Gelegenheit günstig; die Zeit drängte. Er setzte sich eine Frist: bis sie an der Rue de Richelieu angelangt waren, mußte er ihr seine Liebe erklärt haben. Doch da blieb sie fast im selben Augenblick unerwartet vor einem Porzellangeschäft stehen und sagte: »Da wären wir. Danke für die Begleitung! Also auf Wiedersehn am Donnerstag, wie immer?«

Die regelmäßigen Abendgesellschaften fanden wieder statt. Und je öfter er mit Madame Arnoux zusammentraf, um so sehnsuchtsvoller zog es ihn zu ihr hin.

Daß er diese Frau immerfort vor Augen hatte, machte ihn nervös, als hätte er ein zu aufdringliches Parfüm verwendet. Es griff ihm an die tiefsten Wurzeln seines Wesens, wurde zum richtungweisenden Grundgefühl seines ganzen Empfindens, es wandelte sein Leben völlig um.

Die käuflichen Dirnen, denen er im Licht der Gaslaternen begegnete, die Sängerinnen, die ihre perlenden Koloraturen hervortrillerten, die Damen, die im Galopp auf ihren Pferden vorbeiritten, die Bürgersfrauen, die zu Fuß ihres Wegs gingen, die Grisetten, die am Fenster nach Männern ausschauten, alle Frauen gemahnten ihn immerzu an die eine, sei's durch gewisse Ähnlichkeiten oder durch einen auffallenden Gegensatz. Er besah die Schaufenster der Läden und malte sich aus, alle die Kaschmirtücher, die Spitzen und edelsteinbesetzten Ohrringe seien um ihre Hüften drapiert, an ihrem Mieder aufgenäht oder glitzerten und funkelten in ihrem rabenschwarzen Haar. In den Auslagen der Blumenverkäuferinnen waren die Blumen bloß aufgeblüht, damit sie im Vorübergehn ein paar heraussuche. In den Schaukästen der Schuhmacher warteten die Satinpantöffelchen mit dem Schwanenbesatz nur darauf, daß sie hineinschlüpfe. Alle Straßen führten zu ihrem Haus. Die Wagen warteten an ihren Standplätzen lediglich, damit er desto rascher zu ihr gelange. Alles in Paris bezog sich nur noch auf sie, und die ganze Stadt mit allen ihren Stimmen brauste wie ein riesengroßes Orchester rings um sie.

Wenn er in den Botanischen Garten ging, trug ihn der Anblick einer Palme weit, weit fort in ferne Länder. Sie reisten zusammen auf dem Rücken der Dromedare, im Baldachinzelt auf einem Elefanten, in der Kabine einer Yacht, die zwischen blauen Inselgruppen kreuzte, oder sie ritten Seite an Seite auf zwei glöckchenbehangenen Maultieren, die im hohen Gras über die geborstenen Säulen strauchelten. Zuweilen blieb er im Louvre vor alten Gemälden stehen, und da seine Liebe bis in längst vergangene Jahrhunderte immer nur ihr galt, sah er in den Frauengestalten auf den Gemälden stets nur das Bildnis der geliebten Frau. Mit einer hohen spitzen Haube angetan, kniete sie betend hinter einem bleigefaßten Fenster. Als Herrin und Fürstin von Kastilien oder Flandern thronte sie in einer gestärkten Halskrause oder einer mit Fischbeinstäben weitgebauschten Schnürbrust. Dann stieg sie wieder eine breite Porphyrtreppe hinab, umgeben von einer Schar Senatoren, unter einem Baldachin aus Straußenfedern und angetan mit einem brokatnen Prunkkleid. Zuweilen träumte er sie sich in gelbseidenen Pluderhosen auf den schwellenden Kissen eines Harems. Alles, was schön war, das funkelnde Leuchten der Sterne, gewisse Musikstücke, ein Satz in seinem besondern Tonfall, eine Silhouette, alles und jedes führte sein ganzes Sinnen und Trachten immer wieder jäh und unmerklich zu ihr zurück.

Allerdings war es undenkbar, sie zu seiner Geliebten machen zu wollen, und er war sicher, daß jeder Versuch fehlschlagen mußte.

Eines Abends erschien Dittmer und küßte sie beim Hereinkommen auf die Stirn. Lovarias tat das gleiche mit den Worten: »Sie gestatten doch, nicht wahr? Gute Freunde dürfen sich das schon herausnehmen.«

Frédéric stammelte: »Wir alle sind hier doch Freunde, will mir scheinen.«

»Aber nicht alle alte Freunde!« wies sie ihn zurecht.

Damit stieß sie ihn von vornherein zurück, ohne es rundheraus zu sagen.

Was sollte er übrigens tun? Ihr sagen, er liebe sie? Dann würde sie ihm fraglos einen Korb geben, oder sie wäre gar empört und könnte ihm die Tür weisen! Lieber nahm er noch alle erdenklichen Qualen auf sich, als daß er hätte Gefahr laufen wollen, sie nicht mehr zu sehen.

Er beneidete die Klaviervirtuosen um ihre Begabung, die Soldaten um ihre Narben und Schmisse. Sehnlich wünschte er sich irgendeine lebensgefährliche Krankheit; vielleicht konnte er auf diese Weise ihre Anteilnahme erwecken.

Nur etwas wunderte ihn immer wieder: er war nicht eifersüchtig auf Arnoux. Und er konnte sie sich nicht anders als bekleidet vorstellen, so selbstverständlich wirkte ihr Schamgefühl. Alles Geschlechtliche an ihr war in geheimnisvolles Dunkel verdrängt.

Und doch träumte er von dem Glück, mit ihr zu leben, du zu ihr zu sagen, lange mit der Hand über ihre glattgescheitelten Haare zu streichen oder vor ihr zu knien, ihr beide Arme um die Hüften zu legen und aus ihren Augen ihre Seele zu trinken. Um das zu erreichen, hätte er freilich das Schicksal aus den Angeln heben müssen. Aber da er außerstande war, etwas zu tun, fluchte er Gott und machte sich wegen seiner Feigheit die bittersten Vorwürfe. Wie ein Gefangener in seinem Kerkerloch ruhelos immer im Kreise herumwandert, so kreiste seine Sehnsucht ohne Rast und Ruhe um die geliebte Frau. Eine beklemmende Angst, die nicht weichen wollte, würgte ihn. Stundenlang saß er regungslos da, und manchmal brach er sogar grundlos in Tränen aus. Eines Tages, als er nicht mehr die Kraft fand, sich zu beherrschen, sagte Deslauriers zu ihm: »Aber was hast du denn eigentlich, zum Donnerwetter?«

Frédéric klagte über nervöse Zustände, Deslauriers glaubte ihm kein Wort. Als er seinen fassungslosen Kummer mit ansehn mußte, erwachte seine ganze Zuneigung wieder, und er sprach ihm Trost zu. Ein Mann wie er dürfe sich doch nicht so unterkriegen lassen, welch eine Narretei! So etwas könne man sich in der Jugend leisten, aber später sei das nichts als Zeitverschwendung: »Du machst mir ja meinen Frédéric zuschanden! Ich möchte dich wiederhaben, wie du früher warst. – Kellner, nochmals vom gleichen! Er hat mir geschmeckt! – Komm, rauch eine Pfeife, du Trottel, und rapple dich ein bißchen zusammen. Es ist ja ein Jammer mir dir!«

»Du hast recht«, gab Frédéric zu, »ich bin nicht mehr ganz bei Trost!«

»Ja, ja, du alter Schmachtlappen, ich weiß schon, wo dich der Schuh drückt! Das Herzchen tut weh? Gib's doch zu! A bah! Eine verloren, viere gefunden! Hat man Pech bei tugendhaften Frauen, dann tröstet man sich mit den andern. Soll ich dich mit Weibern zusammenbringen? Du brauchst nur mit mir in die Alhambra zu kommen.«

So hieß ein öffentliches Tanzlokal, das unlängst oben in den Champs-Elysées eröffnet worden und schon im zweiten Jahre seines Bestehens pleite war, weil dort ein Aufwand getrieben wurde, der für diese Art von Lokalen dazumal noch verfrüht war.

»Allem Anschein nach geht's dort lustig zu. Komm, wir gehen hin! Wenn du willst, kannst du deine Freunde mitbringen, sogar bei Regimbart will ich diesmal ein Auge zudrücken!«

Frédéric lud den Musterbürger aber doch nicht ein. Deslauriers seinerseits verzichtete auf Sénécal. Sie nahmen nur

Hussonnet und Cisy nebst Dussardier mit, und dieselbe Mietdroschke setzte sie alle fünf vor dem Eingang zur Alhambra ab.

Zwei maurische Galerien verliefen parallel rechter und linker Hand. Die ganze Hinterseite nahm die Brandmauer eines Hauses ein, das dem Eingang gegenüberlag, und die vierte Seite, die des Restaurants, stellte einen gotischen Kreuzgang mit buntfarbigen Glasmalereien vor. Eine Art chinesisches Pagodendach überdeckte die Estrade, wo die Musiker spielten. Der Fußboden ringsum war mit einem Asphaltbelag versehen, und venezianische Lampen, an Pfosten aufgehängt, warfen einen farbenfrohen Lichterkranz auf die tanzenden Paare. Da und dort standen auf Postamenten steinerne Becken, aus denen ein dünner Wasserstrahl aufstieg. Im Blätterwerk der Hecken sah man Gipsstatuen, eine Hebe oder einen Cupido, noch ganz klebrig von frisch aufgetragener Ölfarbe. Die zahlreichen Gänge und Wege, die mit grellgelbem, sorgsam geharktem Sand bestreut waren, ließen den Garten viel größer erscheinen, als er war.

Da wandelten Studenten mit ihren Geliebten auf und ab. Ladenschwengel stolzierten, ein Spazierstöckchen lässig zwischen den Fingern schlenkernd, geckenhaft aufgedonnert einher. Gymnasiasten rauchten dicke Zigarren. Alte Hagestolze strichen mit einem Kämmchen durch ihren gefärbten Bart. Es gab da Engländer, Russen, Südamerikaner, sogar drei Orientalen im Turban. Ladenmädchen, kleine Putzmacherinnen und auch Freudenmädchen waren hergekommen, weil sie hofften, hier einen Liebhaber aufzugabeln oder einen Gönner zu kapern, ein Goldstück zu ergattern, oder auch bloß um ihrer Tanzlust zu frönen; und ihre Röcke mit den wassergrünen, blauen, kirschroten oder violetten Tuniken wogten und glitten zwischen den Ebenholzbäumchen und Fliederbüschen vorbei. Nahezu alle Männer trugen karierte Stoffe, manche hatten, trotz der kühlen Abendluft, weiße Beinkleider an. Die Gasleuchter wurden angezündet.

Dank seinen Beziehungen zu Modezeitschriften und den kleinen Bühnen kannte Hussonnet eine Unmenge Frauen. Er warf ihnen Kußhände zu, und von Zeit zu Zeit ließ er seine

Freunde allein und ging zu ihnen hin, um ein Weilchen mit ihnen zu plaudern.

Deslauriers sah dieses ungezwungene Benehmen mit neidischen Augen. Unverfroren und frech machte er sich an eine füllige Blondine in einem Nankingkleid heran. Sie maß ihn erst übellaunig von oben bis unten und fertigte ihn kurz ab: »Nein, mein Lieber, da hab ich kein Fiduz!« Dann drehte sie ihm den Rücken.

Nun versuchte er sein Glück bei einer üppigen Brünetten, die offensichtlich einen Sparren hatte, denn beim ersten Wort, das er sagte, fuhr sie auf und drohte, wenn er sie weiter behellige, hole sie die Polizei. Deslauriers zwang sich zu einem gequälten Lachen. Dann entdeckte er ein Mädchen, das abseits unter einer Laterne saß, und bat sie um einen Kontertanz.

Die Musiker hockten auf der Estrade wie eine Schar Affen und kratzten und bliesen aus Leibeskräften auf ihren Instrumenten. Der Dirigent stand stocksteif vor ihnen und schlug wie ein fühlloser Automat den Takt. Eng zusammengepfercht tanzte das Publikum und amüsierte sich. Die Hutbänder der Damen lösten sich und streiften die wehenden Krawatten, die Stiefel der Tänzer schoben sich unter die Röcke, alles hüpfte und hopste im Takt auf und nieder. Deslauriers drückte seine Tänzerin an sich und gebärdete sich, vom rasenden Wirbel des Cancan fortgerissen, wie eine toll gewordene Drahtpuppe mitten unter den Quadrille tanzenden Paaren. Cisy und Dussardier spazierten immer noch auf und ab. Der junge Aristokrat äugte begehrlich nach den Hürchen hin, getraute sich aber trotz allem Zureden des Kommis nicht, sie anzusprechen. Er lebte nämlich allen Ernstes im Glauben, bei Weibsbildern dieser Art sei immer ein Mann mit einer Pistole im Schrank versteckt und krieche dann heraus, um den Freier zum Unterschreiben eines Wechsels zu zwingen.

Sie kamen wieder zu Frédéric zurück. Deslauriers tanzte nicht mehr, und alle überlegten hin und her, wie sie den Abend beschließen könnten. Da rief Hussonnet plötzlich: »Sieh da, die Marquise d'Amaëgui!«

Eine bleichsüchtige Frau mit einer Stupsnase, in fingerfreien, bis zu den Ellenbogen reichenden Handschuhen und mit langen pechschwarzen Locken, die ihr über die Wangen niederbaumelten wie zwei Hundeohren, kam auf sie zu. Hussonnet sprach sie an: »Wir müßten eigentlich bei dir einen kleinen Budenzauber veranstalten, ein orientalisches Fest, einen Rout! Schau doch, ob du nicht ein paar von deinen Freundinnen für diese französischen Rittersleute zusammentrommeln kannst! Wo fehlt's denn? Was paßt dir nicht? Erwartest du vielleicht deinen Hidalgo?«

Die Andalusierin blickte verlegen zu Boden. Sie kannte die wenig spendierfreudigen Gepflogenheiten ihres Freundes nur allzugut und fürchtete, die Auslagen für die Bewirtung könnten an ihr hängenbleiben. Als sie schließlich etwas von Bezahlen verlauten ließ, stellte ihr Cisy ohne weiteres fünf Napoleons zur Verfügung, alles, was er bei sich hatte. Damit war die Sache entschieden. Aber Frédéric war verschwunden.

Ihm war gewesen, als höre er Arnoux' Stimme, und als er dazu einen Frauenhut gewahrte, war er geschwind in das Boskett nebenan eingebrochen.

Da saß die Vatnaz ganz allein mit Arnoux.

»Entschuldigen Sie, ich störe doch nicht?«

»Nicht im geringsten!« erwiderte der Kunsthändler.

Aus den letzten Worten, die Frédéric von ihrem Gespräch erhaschen konnte, erriet er, daß Arnoux in die Alhambra gekommen war, um mit Fräulein Vatnaz ein dringliches Geschäft zu besprechen. Offensichtlich war ihm noch nicht ganz geheuer dabei, denn er sagte mit besorgter Miene zu ihr: »Sind Sie auch ganz sicher?«

»Völlig sicher! Sie werden geliebt! Ach, was sind Sie für ein Mann!«

Und sie machte ihm ein Schmollmündchen und schob ihre dicken Lippen vor, die so rot waren, daß sie beinahe blutig wirkten. Aber sie hatte wunderschöne Augen, falbbraune Augen mit goldenen Pünktchen darin, geistvolle Augen voll Liebe und Sinnlichkeit. Sie überstrahlten, Leuchtern gleich, den gelblichen Teint ihres hageren Gesichts. Arnoux schien ihr abweisendes Benehmen Spaß zu machen. Er beugte sich zu ihr hinüber und sagte: »Sie sind lieb, geben Sie mir einen Kuß!«

Da faßte sie ihn an beiden Ohren und küßte ihn auf die Stirn.

In diesem Augenblick brach der Tanz ab. Und dann erschien da, wo zuvor der Dirigent gestanden hatte, ein schöner junger Mann, ein wenig zu fett und wachsbleich. Er trug sein langes rabenschwarzes Haar in der Mitte gescheitelt wie ein Christuskopf, dazu hatte er eine himmelblaue Samtweste mit aufgestickten goldenen Palmen an und schaute hoffärtig wie ein Pfau und dumm wie ein Puter drein. Er verbeugte sich vor dem Publikum und stimmte ein Lied an. Darin kam ein Bauer vor, der über seine Reise in die Hauptstadt berichtete. Der Künstler sang es auf niedernormannisch und mimte dabei einen Betrunkenen. Der Kehrreim:

> Ach, hab ich gelacht, ach, hab ich gelacht,
> In dem Lumpenparis bei der Lichterpracht!

wurde mit begeistertem Trampeln aufgenommen. Delmas, der »Stimmungssänger«, war viel zu schlau, als daß er diese Begeisterung hätte abflauen lassen. Geschwind ließ er sich eine Gitarre reichen und knödelte schmachtend eine Romanze mit dem Titel *Der Bruder der Albanesin.*

Die Worte erinnerten Frédéric an das Lied, das der zerlumpte Bettler damals auf dem Schiff zwischen den beiden Radkasten gesungen hatte. Seine Augen blieben unwillkürlich auf dem Saum des Kleides haften, das vor ihm hingebreitet war. Nach jeder Strophe trat eine lange Pause ein, und das Rauschen des Windes im Laub der Bäume hörte sich an wie das Tosen der Wellen.

Die Vatnaz schob mit einer Hand die Zweige eines Ligusterbusches beiseite, der ihr den Ausblick auf die Estrade verdeckte, und starrte mit geblähten Nüstern und gerunzelten Brauen, wie versunken in tiefe, ernste Lust, auf den Sänger hin.

»Wunderschön!« hänselte Arnoux. »Jetzt weiß ich wenigstens, warum Sie heute abend im Alhambra sitzen! Delmas hat es Ihnen angetan, meine Liebe.«

Das wollte sie aber nicht zugeben.

»Ei, wie schamhaft!« spöttelte Arnoux und wies dann auf Frédéric. »Etwa gar seinetwegen? Daran brauchen Sie sich gar nicht zu stoßen. Einen verschwiegeneren Burschen gibt es nicht!«

Nun kamen die andern auf der Suche nach ihrem Freund gleichfalls in die Laube. Hussonnet stellte sie vor. Arnoux teilte Zigarren aus und bestellte für die ganze Gesellschaft Sorbet.

Als Fräulein Vatnaz Dussardier erblickte, wurde sie rot bis über die Ohren. Nach einer Weile stand sie auf, streckte ihm die Hand hin und fragte: »Sie entsinnen sich meiner wohl nicht mehr, Herr Auguste?«

»Woher kennen Sie sie denn?« wollte Frédéric wissen.

»Wir haben im gleichen Geschäft gearbeitet«, versetzte Dussardier.

Cisy zupfte ihn am Ärmel, und sie gingen hinaus. Und kaum war er draußen, stimmte Fräulein Vatnaz ein Loblied auf seinen Charakter an. Sie verstieg sich sogar zu der Behauptung, er besitze »das Genie des Herzens«.

Dann kam das Gespräch auf Delmas. Man war der Meinung, er könnte als Schauspieler auf einer Bühne Erfolg haben. Daraufhin entspann sich eine lebhaft hin und her gehende Unterhaltung, in der kunterbunt durcheinander Shakespeare, die Zensur, Stilfragen, das Volk, die Einnahmen des Theaters an der Porte Saint-Martin, Alexandre Dumas, Victor Hugo und Dumersan aufs Tapet kamen. Arnoux hatte mehrere berühmte Schauspielerinnen näher gekannt. Die jungen Leute neigten sich vor und hörten ihm voll Spannung zu. Aber seine Worte wurden von der lärmenden Musik übertönt, und kaum waren die Quadrille oder die Polka zu Ende, so stürmten die Tänzer die Tische, riefen nach dem Kellner und lachten. Die Bier- und Brauselimonadenflaschen knallten in den Büschen, Frauen kreischten und gackerten wie Hühner. Ein paarmal kam es fast zu einer Prügelei zwischen zwei Männern. Ein Dieb wurde verhaftet.

Dann spielte die Musik einen Galopp, und die Tänzerpaare strömten in die Gartenwege. Keuchend, lächelnd und mit hochroten Gesichtern rasten sie in wildem Wirbel vorbei, daß die Röcke flogen und die Frackschöße wehten. Die Posaunen schmetterten immer lauter, die Musik spielte immer schneller. Hinter dem mittelalterlichen Kreuzgang hörte man ein mächtiges Geknatter, Knallfrösche gingen los. Feuerwerkssonnen fingen an sich zu drehen. Minutenlang erleuchtete smaragdgrünes bengalisches Feuer den ganzen Garten. Und als die letzte Rakete erlosch, lief ein tiefes Seufzen durch die Menge.

Dann verliefen sich die Leute allmählich. Eine Wolke von Pulverrauch schwebte in der Luft. Frédéric und Deslauriers gingen, Schritt für Schritt, im Gedränge mit. Da fiel ihr Blick auf Martinon, und sie blieben stehen. Er ließ sich in der Garderobe, wo man die Schirme abgeben mußte, Kleingeld herausgeben. Er war in Begleitung einer etwa fünfzigjährigen Frau, eines häßlichen, prachtvoll aufgetakelten Weibsbilds von höchst fragwürdigem Stand.

»Der Kerl ist lange nicht so einfältig, wie man annimmt«, meinte Deslauriers. »Wo ist aber de Cisy?«

Dussardier zeigte ihnen die Weinstube, wo sie den Sproß tapferer Ahnen vor einer Punschbowle sitzen sahen, und zwar in Gesellschaft eines rosa Hütchens.

Hussonnet, der seit fünf Minuten verschwunden war, kam in diesem Augenblick wieder zurück.

An seinem Arm hing ein junges Mädchen, das mit lauter Stimme »mein liebes Mausi« zu ihm sagte.

»Aber nein doch!« verwies er es ihr. »Nicht vor allen Leuten! Sag lieber Vicomte zu mir! Das klingt so nach Kavalier, nach Ludwig XIII. und nach Stulpenstiefeln. Das hab ich gern! Jawohl, liebe Freunde, sie ist eine Verflossene von mir! Ist sie nicht herzig?«

Er faßte sie unters Kinn.

»Begrüße die Herren! Lauter Söhne von Pairs! Ich verkehre mit ihnen, damit sie mich zum Gesandten ernennen!«

»Wie kann man nur so verrückt sein!« seufzte Fräulein Vatnaz.

Dann bat sie Dussardier, sie bis vor ihr Haus zu begleiten.

Arnoux schaute ihnen nach, als sie weggingen, dann

wandte er sich an Frédéric und sagte: »Würde Ihnen die Vatnaz gefallen? Übrigens sind Sie darin nicht aufrichtig! Ich glaube, Sie halten mit Ihren Liebschaften hinterm Berg.«

Frédéric war kreidebleich geworden. Nun beteuerte er eifrig, er habe nichts zu verstecken.

»Man sieht und hört nie etwas von einer Geliebten bei Ihnen«, erwiderte Arnoux.

Frédéric hatte nicht übel Lust, aufs Geratewohl irgendeinen Namen zu nennen. Aber dann hätte man ihr die ganze Geschichte hinterbringen können. So antwortete er, er habe wahr und wahrhaftig keine Geliebte.

Der Kunsthändler machte ihm deswegen Vorhaltungen. »Heute abend war die Gelegenheit günstig! Warum haben Sie's nicht gemacht wie die andern? Sie sind alle mit einer Frau weggegangen.«

»Und Sie?« fragte Frédéric. Bei diesem beharrlichen Bohren riß ihm die Geduld.

»Ich? Ja, mein Sohn, bei mir ist das etwas anderes. Ich gehe hübsch brav nach Hause zu meiner angetrauten Gattin!«

Dann rief er ein Kabriolett herbei und fuhr davon.

Die beiden Freunde gingen zu Fuß nach Hause. Ein kühler Ostwind wehte. Sie sprachen beide nicht. Deslauriers tat es leid, daß er nicht vor dem Schriftleiter einer Zeitung »geglänzt« hatte, und Frédéric versank immer mehr in seine trübselige Stimmung. Schließlich rückte er mit dem Geständnis heraus, der ganze Rummel sei ihm reichlich stumpfsinnig vorgekommen.

»Wer ist dran schuld? Hättest du uns doch nicht sitzenlassen, um deinem Arnoux nachzulaufen!«

»Ach was! Alles, was ich hätte tun können, wäre ja für die Katz gewesen!«

Aber der Kanzlist hatte seine eigenen Theorien. Seiner Ansicht nach genügte es, etwas ganz stark zu wünschen; dann bekam man es auch.

»Aber vorhin hast du doch selbst . . .«

»Das hat mich völlig kalt gelassen!« fiel ihm Deslauriers ins Wort und ließ ihn seine Anspielung gar nicht ausreden. »Ich will mir doch keine Weiber auf den Hals laden!«

Und nun zog er gegen ihr kindisches, blödes Getue und gegen ihr affiges Gebaren los. Kurzum, er könne sie nicht ausstehen.

»Spiel dich doch nicht so auf!« fuhr ihn Frédéric an. Da schwieg er. Auf einmal sagte er: »Willst du hundert Franken wetten, daß ich mit der ersten, die vorbeikommt, anbandle?«

»Ja! Die Wette gilt!«

Die erste, die vorbeikam, war ein sündhäßliches Bettelweib, und sie gaben schon alle Hoffnung auf, daß der Zufall ihnen etwas Passendes in den Weg führen könnte. Da sahen sie mitten auf der Rue de Rivoli ein großes Mädchen mit einer Pappschachtel in der Hand.

Deslauriers sprach sie unter den Laubengängen an. Sie bog jäh nach den Tuilerien hin ab, lief dann über die Place du Carrousel und blickte sich im Laufen nach allen Seiten um. Sie rannte hinter einer Droschke her, aber Deslauriers holte sie ein. Nun ging er neben ihr und redete mit ausdrucksvollen Gebärden auf sie ein. Schließlich hängte sie sich bei ihm ein, und sie gingen Arm in Arm an der Seine entlang weiter. In der Nähe des Châtelet angelangt, spazierten sie wohl zwanzig Minuten lang auf und ab wie zwei Matrosen, die ihren Wachtdienst versehen. Plötzlich aber überquerten sie den Pont au Change, den Blumenmarkt, den Quai Napoléon. Frédéric betrat hinter ihnen das Haus. Deslauriers gab ihm zu verstehen, er würde sie nur stören und brauche ja bloß seinem Beispiel zu folgen.

»Wieviel hast du noch?«

»Zwei Fünffrankenstücke.«

»Das reicht. Gute Nacht.«

Frédéric befiel das gleiche Staunen, wie man es verspürt, wenn man sieht, daß ein toll gewagter Streich gut ausgeht. Er macht sich über mich lustig, dachte er. Wie wär's, wenn ich wieder hinaufginge? Vielleicht glaubte Deslauriers dann, er mißgönne ihm diese Liebe. Als ob ich nicht auch eine hätte, eine, die hundertmal seltener, edler und stärker ist! Eine Art Zorn trieb ihn weiter vorwärts. Unversehens stand er vor Madame Arnoux' Haus.

Von den Fenstern der Straßenseite gehörte keines zu ihrer

Wohnung. Und doch blieb er stehen, die Augen unverwandt auf die Fassade geheftet, als hätte er mit diesem Anstarren durch die Mauern hindurchblicken können. Jetzt schlief sie wohl, friedlich wie eine schlummernde Blume, mit ihren schwarzen Haaren, die über die Spitzen des Kopfkissens hinwallten, mit halb geschlossenen Lippen, den Kopf auf einen Arm gebettet.

Da sah er plötzlich Arnoux' Gesicht vor sich, und er stahl sich rasch davon, um dieses Bild nicht mehr sehen zu müssen.

Deslauriers' Rat fiel ihm wieder ein. Es graute ihm davor. Ziel- und planlos irrte er in den Straßen umher.

Wenn ihm ein Fußgänger entgegenkam, versuchte er sein Gesicht zu erkennen. Ab und zu fiel ein Lichtschein zwischen seinen Beinen aufs Pflaster, beschrieb einen riesenhaften Viertelkreis am Boden, und dann tauchte aus der Finsternis ein Mann mit seiner Kiepe und seiner Laterne auf. Hin und wieder rüttelte der Wind am Blechrohr eines Rauchfangs. Von fernher drangen Geräusche herüber, die sich mit dem brausenden Dröhnen in seinem Kopf vermischten, und es war ihm, als höre er in den Lüften undeutlich und verschwommen die immer wiederkehrende Melodie der Kontertänze. Die Bewegung des Dahinschreitens gab diesem Rauschzustand immer neue Nahrung. Ohne daß er es merkte, stand er plötzlich auf dem Pont de la Concorde.

Da kam ihm wieder jener Abend im vergangenen Winter in den Sinn, als er zum erstenmal bei ihr gewesen war und dann nicht hatte weitergehen können, weil sein Herz vor beklemmender Hoffnungsseligkeit so rasend und wild klopfte. Alle diese Hoffnungen waren jetzt tot!

Düstergraue Wolken huschten über die Mondscheibe hin. Er starrte in den Himmel empor und fiel in tiefes Sinnen über die unendliche Weite des Weltraums, über die Erbärmlichkeit des Lebens hienieden und die Nichtigkeit aller Dinge. Der Morgen graute. Er fror; seine Zähne schlugen gegeneinander. Halb im Schlaf, völlig durchnäßt vom feuchten Nebel und tränenüberströmt, fragte er sich, warum er eigentlich nicht ein Ende mache. Es brauchte bloß eine Bewegung! Sein Kopf war schwer wie Blei, so schwer, daß er ihm vornüber sank. Er sah schon seinen Leichnam auf den Wellen treiben. Frédéric beugte sich vor. Die Steinbrüstung war ziemlich breit, und nur aus Müdigkeit versuchte er nicht darüberzuklettern.

Entsetzen packte ihn. Er wankte auf die Boulevards zurück und sackte auf einer Bank zusammen. Zwei Polizisten weckten ihn auf. Sie waren überzeugt, er habe die Nacht durchgezecht.

Nun nahm er seine Wanderung wieder auf. Er verspürte einen nagenden Hunger, und da alle Restaurants noch geschlossen waren, ging er in eine Kneipe unweit der Markthallen, um einen Imbiß zu nehmen. Hernach, da er fand, es sei noch zu früh, um nach Hause zu gehen, bummelte er in den Straßen rings um das Rathaus herum, bis es ein Viertel nach acht Uhr war.

Deslauriers hatte sein Liebchen längst schon nach Hause geschickt; er saß mitten im Zimmer an seinem Tisch und schrieb. Gegen vier Uhr nachmittags kam Cisy.

Auf Dussardiers Zureden hin hatte er noch in der gleichen Nacht eine Dame aufgegabelt und sie sogar, zusammen mit ihrem Mann, im Wagen bis vor ihr Haus gefahren, wo sie ihm auch ein Stelldichein gewährt hatte. Er kam gerade von diesem Schäferstündchen. Den Namen, den sie angegeben hatte, kannte niemand.

»Da kann ich Ihnen auch nicht helfen«, meinte Frédéric.

Daraufhin fing der junge Edelmann an auf den Busch zu klopfen. Er brachte die Rede auf Fräulein Vatnaz, die Andalusierin und alle andern Weiber. Schließlich kam er nach langen Umschweifen auf den Zweck seines Besuches zu reden. Er habe Vertrauen in die Verschwiegenheit seines Freundes, sagte er, und komme zu ihm, damit er ihm bei einem Vorhaben behilflich sei, nach dessen Gelingen er sich endgültig als Mann vorkommen werde. Und Frédéric schlug es ihm nicht ab. Er erzählte die Geschichte Deslauriers, ohne freilich die Wahrheit über das, was ihn persönlich anging, zu sagen.

Deslauriers fand, es gehe ausgezeichnet voran mit ihm. Daß man sich seinen Ratschlägen fügte, verbesserte seine strahlende Laune noch.

Mit dieser guten Laune hatte er schon am ersten Tag Fräulein Clémence Daviou verführt, eine Goldstickerin für Militäruniformen, das sanfteste Ding, das man sich denken konnte, ein gertenschlankes Mädchen mit großen blauen Augen, die immerzu verwundert in die Welt staunten. Der Kanzlist nützte ihre Arglosigkeit weidlich aus, ja er hatte ihr sogar weisgemacht, er habe einen Orden. Er trug an seinem Gehrock ein rotes Bändchen im Knopfloch, wenn er mit ihr zusammen war. Gingen sie jedoch unter Leute, so nahm er es ab, weil er angeblich seinen Vorgesetzten nicht beschämen wollte. Im übrigen hielt er sie kurz, gab ihr seine Überlegenheit deutlich zu spüren und ließ sich wie ein Pascha verwöhnen. »Ein Kind des Volkes« pflegte er sie im Spaß zu nennen. Jedesmal brachte sie ihm ein Veilchensträußchen mit. Eine solche Liebe hätte Frédéric nicht haben mögen.

Und doch, wenn sie Arm in Arm zusammen ausgingen, um sich bei Pinson oder Barillot in einem Nebenzimmerchen miteinander zu vergnügen, war ihm sonderbar traurig zumute. Frédéric wußte ja nicht, wie bitter Deslauriers seit einem Jahr jeden Donnerstag gelitten hatte, wenn er sich die Nägel bürstete, bevor er in die Rue Choiseul zum Nachtessen ging!

Eines Abends, als er ihnen vom Balkon herab nachgeblickt hatte, sah er von weitem Hussonnet über den Pont d'Arcole daherkommen. Der verbummelte Künstler winkte ihm, er solle herunterkommen, und als Frédéric von seinem fünften Stockwerk herabgestiegen war, sagte er zu ihm: »Die Sache ist nämlich die: nächsten Samstag, am 24., hat Madame Arnoux ihren Namenstag.«

»Wieso? Sie heißt doch Marie!«

»Aber auch Angèle; ist ja nicht so wichtig. Das Fest wird mit einem üppigen Schlemmermahl draußen in Saint-Cloud in ihrem Landhaus gefeiert, und ich habe den Auftrag, Ihnen das auszurichten. Sie werden einen Wagen um drei Uhr vor der Zeitschrift vorfinden. Also abgemacht! Tut mir leid, daß ich Sie gestört habe. Aber ich habe noch soviel zu erledigen!«

Noch hatte sich Frédéric nicht umgedreht, da überreichte ihm der Concierge einen Brief.

»Herr und Frau Dambreuse bitten Herrn F. Moreau, ihnen die Ehre zu erweisen, am Samstag, den 24. des Monats, zum Diner zu kommen. U. A. w. g.«, hieß es darin.

Zu spät, dachte er.

Gleichwohl zeigte er Deslauriers den Brief.

»Aha, endlich!« frohlockte er. »Du scheinst aber gar nicht sonderlich beglückt. Warum eigentlich?«

Frédéric wollte erst nicht so recht mit der Sprache heraus; schließlich sagte er, er habe bereits eine andere Einladung für den gleichen Tag.

»Tu mir den Gefallen und blas die Rue Choiseul ab. Mach doch keine Dummheiten! Wenn's dir peinlich ist, will ich gern für dich absagen.«

Und dann schrieb er eine förmliche, in der dritten Person gehaltene Zusage an Dambreuse.

Da er die Welt nie anders als durch das Fieber seiner Gelüste und Begierden gesehen hatte, stellte er sie sich als etwas künstlich Geschaffenes vor, das nach mathematischen Gesetzen abläuft. Eine Einladung zum Essen, die Begegnung mit einem Mann in maßgebender Stellung, das Lächeln einer schönen Frau konnten dank einer Kette von Umständen und Ereignissen, die eins aus dem andern hervorgingen, unabsehbare Folgen haben. Gewisse Pariser Salons waren so etwas Ähnliches wie jene Maschinen, die das Rohmaterial unverarbeitet aufnehmen und es hernach im Wert verhundertfacht wieder zurückgeben. Er glaubte noch an die Kurtisanen, die den Diplomaten mit ihrem Rat zur Seite stehen, an reiche Heiraten, die durch allerhand Ränke und Schliche zustande kommen, an genial begabte Zuchthäusler, an die Formbarkeit des Schicksals in der Hand des Starken. Kurzum, er hielt den Umgang mit den Dambreuses für so wichtig und nützlich, er sprach so überzeugend, daß Frédéric schließlich gar nicht mehr wußte, wozu er sich entschließen sollte.

Unter allen Umständen aber mußte er Madame Arnoux ein Geschenk machen, da ja ihr Namenstag war. Natürlich dachte er an einen Sonnenschirm, um seine Ungeschicklichkeit wiedergutzumachen. Wirklich entdeckte er auch einen kleinen taubengrauen Seidenschirm mit einem zierlich geschnitzten

Elfenbeingriff, der aus China stammte. Aber dieses Kleinod kostete hundertfünfundsiebzig Franken, und er besaß keinen roten Heller, da er sogar das Geld für das nächste Quartal zum Teil schon vorausbezogen hatte. Allein, er wollte und mußte ihn haben, der Schirm hatte es ihm angetan, und so wandte er sich, wenn auch widerstrebend, an Deslauriers.

Deslauriers gab ihm zur Antwort, er habe kein Geld.

»Ich brauche es aber«, drängte Frédéric, »ich brauche es dringend!«

Und als ihn sein Freund wieder mit der gleichen Ausrede abspeisen wollte, brauste er auf: »Du könntest wohl dann und wann . . .«

»Was denn?«

»Nichts.«

Deslauriers hatte begriffen. Er nahm die verlangte Summe von seinen Ersparnissen, und als er ihm das Geld Münze um Münze auf den Tisch gezählt hatte, sagte er: »Eine Quittung brauchst du mir nicht auszustellen. Ich liege dir ja dauernd auf der Tasche.«

Da fiel ihm Frédéric um den Hals und beteuerte immer wieder, wie dankbar und freundschaftlich ergeben er ihm sei. Deslauriers blieb kalt. Als er dann am nächsten Tag den Sonnenschirm auf dem Klavier liegen sah, sagte er nur: »Aha, dafür also!«

»Vielleicht lasse ich ihn hinschicken«, log Frédéric feige.

Der Zufall kam ihm zu Hilfe. Im Laufe des Abends erhielt er nämlich ein schwarzumrandetes Briefchen, in dem ihm Madame Dambreuse das Ableben eines Onkels mitteilte und sich entschuldigte, daß sie das Vergnügen, seine Bekanntschaft zu machen, auf später verschieben müsse.

Schon um zwei Uhr stellte er sich im Büro der Zeitschrift ein. Anstatt ihn zu erwarten und im Wagen mitzunehmen, war Arnoux schon tags zuvor abgefahren. Er hatte seinem unwiderstehlichen Bedürfnis nach frischer Landluft nicht länger standhalten können.

Jahr für Jahr, wenn das erste Grün sproßte, fuhr er mehrere Tage hintereinander schon frühmorgens los, unternahm weite Spaziergänge über die Felder, trank Milch in den Bauernhöfen, schäkerte mit den Bäuerinnen, erkundigte sich nach dem Stand der Ernte und brachte in seinem Taschentuch Salatköpfe mit nach Hause. Schließlich hatte er einen lang gehegten Traum verwirklicht und sich ein Landhaus gekauft.

Während Frédéric mit dem Verkäufer sprach, erschien Mademoiselle Vatnaz und war sehr enttäuscht, als sie Arnoux nicht vorfand. Er gedenke wohl noch zwei Tage dortzubleiben, erklärte ihr der Verkäufer. Er riet ihr hinzufahren, aber das konnte sie nicht. Da schlug er ihr vor, sie möge ihm schreiben; doch sie fürchtete, der Brief könnte verlorengehen. Da erbot sich Frédéric, ihn selbst zu überbringen. Nun kritzelte sie rasch ein paar Zeilen hin und beschwor ihn, das Schreiben nur unter vier Augen zu übergeben.

Vierzig Minuten später stieg er in Saint-Cloud ans Land.

Das Haus lag hundert Schritt von der Landungsbrücke flußabwärts auf halber Höhe des Hügels. Die Mauern des Gartens waren hinter zwei Reihen von Linden versteckt, und eine breite Rasenfläche erstreckte sich bis hinab zum Flußufer. Das Gittertor stand offen, und Frédéric trat ein.

Arnoux lag im Gras und spielte mit einem Wurf kleiner Kätzchen. Dieser Zeitvertreib nahm ihn anscheinend völlig in Anspruch. Der Brief der Vatnaz rüttelte ihn aus seinem verspielten Dösen auf.

»Teufel noch einmal! Das ist aber ärgerlich!« rief er aus. »Sie hat recht, ich muß in die Stadt zurück.«

Dann schob er den Brief in die Rocktasche und führte seinen Besuch mit sichtlichem Stolz in seinem Besitz umher. Er zeigte ihm alles, auch die Stallungen, den Schuppen und die Küche. Der Salon lag rechter Hand, gegen Paris zu, und ging auf eine mit Gitterwerk umschlossene Veranda hinaus, die über und über mit Klematis umwachsen war. Doch da ertönte plötzlich von oben ein strahlend klarer Trillerlauf. Madame Arnoux glaubte sich unbelauscht und vertrieb sich die Zeit mit Singen. Sie übte Tonleitern, Triller und Arpeggien. Bald hielt sie die Töne lang aus, so daß es sich anhörte, als verschwebten sie allmählich. Dann wieder sang sie, daß es klang, als rieselten die Töne rasch nacheinander wie die perlenden Tröpfchen eines Wasserfalls zur Erde nieder, und ihre Stimme drang durch die herabgelassenen Rolladen heraus in die tiefe Stille ringsum und stieg zum blauen Himmel empor.

Unvermittelt brach der Gesang ab, als Herr und Frau Oudry, zwei Nachbarn, vorsprachen.

Dann erschien sie selbst oben auf der Freitreppe, und als sie die Steinstufen herunterschritt, konnte er ihren Fuß sehen. Sie trug kleine, ausgeschnittene Schuhe aus goldkäferfarbenem Leder mit drei querlaufenden Spangen, die auf ihrem Strumpf wie ein goldenes Gitterwerk wirkten.

Die Gäste stellten sich ein. Außer dem Advokaten Lefaucheu waren es die gleichen Leute, die auch sonst am Donnerstag zugegen waren. Jeder hatte irgendein kleines Angebinde mitgebracht, Dittmer eine syrische Schärpe, Rosenwald ein Album mit Liedern, Burrieu ein Aquarell, Sombaz eine Karikatur von sich selbst und Pellerin eine Kohlezeichnung, die eine Art Totentanz darstellte, ein schauerlich abstoßendes Phantasiestück in mittelmäßiger Ausführung. Hussonnet hatte es nicht für nötig erachtet, ein Geschenk mitzubringen.

Frédéric wartete, bis die andern ihre Gaben überreicht hatten, und gab ihr erst dann seinen Schirm.

Sie dankte ihm hocherfreut dafür. Da sagte er: »Aber ... ich trage da sozusagen eine Schuld ab! Es hat mir so leid getan ...«

»Was denn?« staunte sie. »Ich verstehe nicht, was Sie damit sagen wollen.«

»Zu Tisch!« rief Arnoux und nahm ihn beim Arm.

Dann raunte er ihm ins Ohr: »Der Schlauste sind Sie auch nicht!«

Etwas Gefälligeres als das Speisezimmer konnte man sich nicht vorstellen. Es war ganz meergrün ausgemalt. Am einen Ende stand eine steinerne Nymphe, die ihre Zehe in ein muschelförmiges Becken tauchte. Durch die offenen Fenster überblickte man den Garten mit der langgestreckten Rasenfläche, an deren Rand eine uralte, zu drei Vierteln kahle schottische Fichte stand. Da und dort sah man Blumenbeete, planlos angelegt, über das kurzgeschnittene Gras lugen, und jenseits des Flusses zogen sich in weitem Halbkreis das Bois de Boulogne, Neuilly, Sèvres und Meudon hin. Vor dem Gitter, gerade dem Haus gegenüber, lavierte ein Segelboot.

Das Tischgespräch drehte sich zuerst um die Aussicht, die man genoß, dann kam man auf Landschaften im allgemeinen zu sprechen. Und gerade als die Unterhaltung erregt und hitzig wurde, gab Arnoux seinem Diener Weisung, den Wagen um halb zehn Uhr anzuspannen. Ein Brief seines Buchhalters rufe ihn in die Stadt zurück.

»Möchtest du gern, daß ich mit dir fahre?« fragte Madame Arnoux.

»Aber gewiß!« beteuerte er eifrig und setzte dann mit einer weltmännischen Verbeugung hinzu: »Sie wissen doch, Madame, ohne Sie kann ich nicht leben!«

Alle wünschten ihr Glück zu ihrem Mustergatten.

»Ja, ich bin eben nicht allein mit ihm!« sagte sie sanft und wies auf ihr Töchterlein.

Dann wandte sich die Unterhaltung der Malerei zu, man sprach von einem Ruysdael, für den Arnoux Unsummen herauszuschlagen hoffte. Pellerin fragte ihn rundheraus, ob es wahr sei, daß der weltbekannte Saul Mathias aus London im vergangenen Monat zu ihm gekommen sei und ihm dreiundzwanzigtausend Franken dafür geboten habe.

»Das stimmt haargenau!«

Und zu Frédéric gewandt, fuhr er fort: »Das war doch der Herr, mit dem ich letzthin in der Alhambra beisammen war. Ganz gegen meinen Willen, das kann ich Ihnen versichern! Diese Engländer sind nämlich gar nicht so spaßige Leute!«

Frédéric hatte hinter dem Brief der Vatnaz irgendeine Weibergeschichte vermutet und die Leichtigkeit bewundert, mit der Arnoux eine plausible Ausrede gefunden hatte, mit der er verduften konnte. Als er aber diese neuerliche, völlig sinnlose Lüge hörte, riß er verdutzt die Augen auf.

Ganz unbefangen setzte der Kunsthändler hinzu: »Wie hieß doch Ihr Freund, der große junge Mann?«

»Deslauriers«, erwiderte Frédéric schnell.

Und um das Schuldgefühl seinem Freunde gegenüber

loszuwerden, fing er an, ihn als einen überragend gescheiten Menschen zu rühmen.

»Ach, wirklich? Er sieht aber nicht so vertrauenerweckend aus wie der andere, der in dem Fuhrgeschäft angestellt ist.«

Frédéric wünschte Dussardier dahin, wo der Pfeffer wächst. Nun glaubte sie am Ende gar noch, er verkehre mit Leuten aus den untersten Schichten!

Hernach kam man auf die Verschönerungen in der Hauptstadt zu sprechen, auf die neuerbauten Viertel, und der alte Oudry nannte ganz zufällig unter andern Großspekulanten auch Dambreuse.

Frédéric nahm die Gelegenheit wahr, sich in ein gutes Licht zu stellen, und sagte, er kenne ihn. Aber da zog Pellerin in einer wütenden Brandrede gegen die Krämerseelen los. Ob sie nun mit Unschlittkerzen oder mit Geld Schacher trieben, kam aufs gleiche heraus. Dann ließen sich Rosenwald und Burrieu in ein angeregtes Gespräch über Porzellanarten ein. Arnoux erörterte Gartenbaufragen mit Madame Oudry, und Sombaz, ein Spaßvogel von altem Schrot und Korn, machte sich einen Heidenspaß daraus, ihren Gatten aufzuziehen. Er nannte ihn Odry wie den Schauspieler, erklärte, er stamme höchstwahrscheinlich von Oudry, dem Hundemaler ab; der Buckel, der auf Tierliebe hinweise, sei auf seiner Stirne deutlich zu sehen. Er wollte ihm sogar den Schädel abtasten, aber der andere verwehrte es ihm wegen der Perücke, die er trug. So aß man unter allgemeinem Gelächter den Nachtisch.

Den Kaffee trank man unter den Linden im Freien, rauchte dazu und ging ein paarmal durch den Garten, und schließlich unternahm man einen Spaziergang den Fluß entlang.

Die Gesellschaft blieb vor einem Fischer stehen, der in einem Fischkasten Aale säuberte. Die kleine Martha wollte sie unbedingt sehen. Da leerte er seinen Behälter ins Gras aus, und das Mädchen warf sich auf die Knie und wollte sie fangen; sie lachte hellauf vor Freude und kreischte dann wieder vor Angst und Schrecken. Alle Aale gingen verloren, und Arnoux mußte sie bezahlen.

Dann kam er auf den Einfall, man könnte eigentlich eine Bootsfahrt unternehmen.

Im Osten begann der Horizont zu verblassen, indes auf der andern Seite ein breiter orangefarbener Streifen sich am Himmel hinzog und über den Kämmen der Hügel purpurrot glühte, während die Anhöhen tiefschwarz dalagen. Madame Arnoux saß auf einem großen Stein, und hinter ihr lohte dieser Feuerschein, als stünde der Himmel in Flammen. Die andern streiften bald da-, bald dorthin durch die umliegenden Felder. Hussonnet stand unten an der Uferböschung und warf flache Kiesel übers Wasser, daß sie in weiten, flitzenden Sprüngen über den Wasserspiegel tanzten.

Arnoux kam mit einem alten Kahn zurück und stopfte, allem vernünftigen Abraten zum Trotz, seine Gäste hinein. Das Boot füllte sich mit Wasser, und alle mußten wieder an Land gehen.

In dem ganz mit großgeblümtem Kattun ausgeschlagenen Salon brannten bereits die Wachslichter in den kristallenen Armleuchtern an den Wänden. Die alte Madame Oudry war in einem Lehnstuhl sanft eingenickt, und die andern hörten zu, was Lefaucheux des langen und breiten über die Berühmtheiten des Advokatenstandes zu sagen wußte. Madame Arnoux stand allein abseits beim Fenster. Frédéric trat zu ihr.

Sie plauderten zusammen über all das, was da gesprochen wurde. Sie bewunderte die Redner, er hingegen zog den Ruhm eines Schriftstellers vor. Es müsse einen weit nachhaltigeren Genuß gewähren, hielt sie ihm entgegen, wenn man persönlich unmittelbar die Menge aufwühlen könne, wenn man sehe, daß man alle Empfindungen der eigenen Seele auf die anderen übertragen kann. Solche Triumphe lockten Frédéric nicht. Er sei nicht im geringsten ehrgeizig.

»Ach, warum denn nicht?« fragte sie. »Ein bißchen Ehrgeiz muß man haben!«

Sie standen dicht beieinander in der Fensternische. Vor ihnen breitete sich die Nacht aus wie ein unermeßlich weiter dunkler Schleier voller silberglänzender Punkte. Zum erstenmal sprachen sie nicht von belanglosen Dingen. Er erfuhr sogar manches über ihre Abneigungen und das, was sie ansprach: bestimmte Düfte erregten ihr Übelkeit, Geschichtswerke interessierten sie, sie glaubte an Träume.

Er lenkte das Gespräch auf das Kapitel der Gefühlserlebnisse. Sie beklagte all das Unheil, das die Leidenschaft anrichte, war aber zutiefst empört über alle Duckmäuserei und scheinheiligen Schliche. Und diese redliche, offene Geisteshaltung paßte so völlig zur regelmäßigen Anmut ihres Gesichts, daß es schien, als sei sie bloß Ausdruck und Ausfluß ihrer Schönheit.

Ein paarmal lächelte sie und ließ ihre Augen eine Weile auf ihm ruhen. Dann hatte er das Gefühl, ihr Blick dringe tief hinein in seine Seele, gleich jenen hellen, starken Sonnenstrahlen, die bis auf den Grund des Wassers hinableuchten. Er liebte sie ohne jeden Hintergedanken, ohne Hoffnung auf Gegenliebe, rückhaltlos und um ihrer selbst willen. Und in dieser wortlosen Verzückung, die heiß aufwallender Dankbarkeit ähnlich in ihm aufstieg, hätte er am liebsten ihre Stirn mit ungezählten Küssen bedeckt. Zur gleichen Zeit hob ihn ein Drängen und Raunen in seinem Innern über sich hinaus. Er verspürte ein Verlangen, sich zu opfern, einen Drang nach unverzüglicher, bedingungsloser Hingabe, der um so stärker in ihm emporstieg, als er nicht befriedigt werden konnte.

Er fuhr nicht mit den andern, so wenig wie Hussonnet. Sie sollten im Wagen in die Stadt zurückfahren, und die offene Kutsche wartete schon unten an der Freitreppe, da ging Arnoux noch in den Garten hinunter, um ein paar Rosen zu pflücken. Als er den Strauß mit einem Bindfaden zusammengebunden hatte, stellte sich heraus, daß die Stengel nicht alle gleich lang waren. Er kramte in seiner mit Papieren vollgestopften Tasche, nahm aufs Geratewohl eines heraus, wikkelte es darum, steckte zur Sicherheit noch eine große Nadel hinein und überreichte den Strauß dann mit sichtlicher Bewegung seiner Frau: »Da, Liebste, es tut mir leid, daß ich dich vergessen habe!«

Aber da stieß sie einen leisen Schrei aus. Die Nadel war ungeschickt hineingesteckt und hatte sie gestochen. Sie ging wieder in ihr Schlafzimmer hinauf. Man wartete länger als eine Viertelstunde auf sie. Endlich kam sie, hob Martha auf ihren Arm und stieg rasch in den Wagen.

»Und deine Rosen?« fragte Arnoux.

»Nein! Nein! Laß nur, nicht nötig!«

Frédéric wollte hineinlaufen und sie holen. Aber sie rief ihm nach: »Ich will sie nicht!«

Doch er war schon wieder da und brachte das Bukett mit. Er habe die Blumen wieder in das Papier gewickelt, sagte er; er habe sie nämlich auf dem Fußboden verstreut gefunden. Sie stopfte den Strauß zwischen das Spritzleder und den Sitz, und dann fuhr man los.

Frédéric saß neben ihr, und es fiel ihm auf, daß sie am ganzen Leibe zitterte. Als sie dann über die Brücke gefahren waren, wollte Arnoux nach links abbiegen.

»Nein doch! Du fährst falsch! Dort geht es hin, nach rechts!« rief sie ihm zu.

Sie schien gereizt; alles war ihr eine Qual. Endlich, kaum waren der kleinen Marthe die Augen zugefallen, zog sie den Rosenstrauß hervor und warf ihn zum Fenster hinaus, dann faßte sie Frédéric am Arm und bedeutete ihm mit der andern Hand, er dürfe ja nie etwas davon sagen.

Darauf preßte sie ihr Taschentuch an die Lippen und rührte sich nicht mehr.

Die beiden Männer vorne auf dem Kutschbock fachsimpelten über Probleme des Buchdrucks und über Abonnentenwerbung. Arnoux kutschierte, ohne recht aufzupassen, und verirrte sich mitten im Bois de Boulogne. Nun gerieten sie auf schmale Nebenwege. Das Pferd ging im Schritt, die Zweige der Bäume streiften das Verdeck. Frédéric konnte von Madame Arnoux in der Dunkelheit nur noch die Augen sehen. Marthe lag auf ihrem Schoß, bequem ausgestreckt, und er hielt ihren Kopf auf seinen Knien.

»Sie sitzen unbequem!« sagte die Mutter.

»Nein! wirklich nicht!« beteuerte er.

Träge wirbelte der Staub auf. Man fuhr durch Auteuil. Alle Häuser waren geschlossen. Ab und zu erleuchtete eine Straßenlaterne eine Mauerecke, dann fuhr man wieder in pechschwarzer Finsternis weiter. Einmal sah er, daß sie weinte.

Quälte sie Reue? Oder irgendein Verlangen? Was plagte

sie denn? Dieser Kummer, dessen Anlaß er nicht kannte, ging ihm nahe, als hätte er ihn selber getroffen. Jetzt gab es zwischen ihnen ein neues Band, eine Art heimliches Einverständnis, und er sagte zu ihr so zärtlich und liebevoll, wie er nur konnte: »Sie leiden?«

»Ja, ein wenig«, erwiderte sie.

Der Wagen rollte dahin; Geißblatt und Jasmin hingen über die Gartenzäune und strömten ganze Schwaden erschlaffenden Wohlgeruchs in die Nacht aus. Die weiten Falten ihres Kleides verdeckten seine Füße. Ihm war, als sei er durch das Kind, das zwischen ihnen lag, völlig mit ihr vereint. Er neigte sich zu dem Mädchen hinab, strich ihm die schönen braunen Haare zur Seite und küßte es sanft auf die Stirn.

»Sie haben ein gutes Herz!« flüsterte Madame Arnoux.

»Warum?«

»Weil Sie Kinder liebhaben.«

»Nicht alle!«

Weiter sagte er nichts mehr, aber er streckte die linke Hand auf dem Wagenpolster aus, dahin, wo sie saß, und ließ sie dort weit offen liegen; er stellte sich vor, vielleicht werde sie ihre Hand gleichfalls ausstrecken, und er könne sie berühren. Dann aber schämte er sich und zog seine Hand zurück.

Bald nachher gelangten sie auf die gepflasterte Straße. Nun fuhr der Wagen rascher, die Straßenlaternen wurden zahlreicher. Sie waren in Paris. Vor dem Gebäude der Mobiliarverwaltung auf der Place de la Concorde sprang Hussonnet vom Bock. Frédéric wartete noch mit dem Aussteigen, bis sie in den Hof eingefahren waren; dann lauerte er an der Ecke der Rue Choiseul so lange, bis er Arnoux gemächlich die Straße gegen die Boulevards hinaufschlendern sah.

Schon am nächsten Tag ging er mit allen Kräften hinter seine Arbeit.

Er sah sich in einem Schwurgerichtssaal, an einem Winterabend, wenn die Verhandlungen ihrem Ende zugehen und die Geschworenen bleich dasitzen und die keuchende Menge die Schranken des Zuschauerraums beinahe eindrückt. Schon seit vier Stunden sprach er nun, er faßte noch einmal alle seine Beweise zusammen, entdeckte im Reden neue, und bei jedem Satz, jedem Wort, bei jeder Gebärde spürte er, wie das Fallbeil der Guillotine, das hinter ihm niederzusausen drohte, wieder hochgezogen wurde. Dann wieder stand er auf der Tribüne in der Abgeordnetenkammer und war ein Redner, von dessen Lippen das Heil eines ganzen Volkes abhing; er überflutete seine Gegner mit seinem redegewaltigen Wortschwall, zermalmte sie mit einer schlagfertigen Antwort, er blitzte und donnerte und sprach dann wieder wohltönend und sanft, seine Stimme klang bald ironisch, bald pathetisch, bald leidenschaftlich und bald erhaben. Sie saß auch da, irgendwo mitten unter den andern, und verbarg ihre Begeisterungstränen unter ihrem Schleier. Nachher würden sie sich treffen, und Entmutigung, Verleumdungen und Verunglimpfungen konnten ihm gar nichts anhaben, wenn sie zu ihm sagte: Ach, war das schön! und ihm dabei mit ihren behutsamen Händen leicht über die Stirne strich.

Solche Bilder leuchteten taghell wie Leuchtfeuer am Horizont seines Lebens. Sein Geist steigerte sich immer mehr in diese Träume hinein und wurde behender, freier und stärker. Bis zum August arbeitete er angestrengt, lebte ganz zurückgezogen und bestand seine Abschlußprüfung.

Deslauriers, der ihm mit Müh und Not nochmals die erforderlichen Kenntnisse für das zweite Examen Ende Dezember und das dritte im Februar eingetrichtert hatte, staunte über seinen Feuereifer. Nun erwachten die alten, lang gehegten Hoffnungen aufs neue. In zehn Jahren mußte Frédéric unbedingt Abgeordneter sein, in fünfzehn schon Minister. Warum auch nicht? Mit seinem Erbteil, das ihm ja bald zufallen mußte, konnte er vorerst eine Zeitung gründen. Damit war ein Anfang gemacht, und man konnte weitersehen. Was Deslauriers selbst anlangte, so hatte er immer noch seine hochfliegenden Pläne und hoffte einmal einen Lehrstuhl an der juristischen Fakultät innezuhaben. Und er vertrat seine These für die Doktorwürde so hervorragend, daß es ihm die Glückwünsche aller Professoren eintrug.

Drei Tage später bestand auch Frédéric sein Doktorexamen. Bevor er in die Ferien abreiste, veranstaltete er ein Picknick zum Abschluß der samstäglichen Zusammenkünfte.

An diesem Abend war er ausgelassen lustig. Madame Arnoux weilte im Augenblick bei ihrer Mutter in Chartres. Bald aber konnte er sie wiedersehen und schließlich ihr Geliebter werden.

Deslauriers, der am gleichen Tag in den Anwaltsklub aufgenommen worden war, hatte eine Rede gehalten, die großen Beifall fand. Obwohl er sonst überaus mäßig lebte, trank er sich doch einen Rausch an und sagte beim Nachtisch zu Dussardier: »Du bist ein ehrlicher Kerl! Wenn ich einmal reich bin, setze ich dich zu meinem Vermögensverwalter ein!«

Alle waren heiter und glücklich. Cisy gedachte sein Rechtsstudium nicht zu Ende zu führen. Martinon sollte seine Volontärzeit irgendwo in der Provinz weiter ableisten und hatte Aussicht, zum Substituten ernannt zu werden. Pellerin trug sich mit einem Riesengemälde, das den *Genius der Revolution* darstellen sollte. Hussonnet war für die nächste Woche zum Direktor des Délassements-Theaters bestellt und durfte ihm den Entwurf zu einem Stück vorlesen. Am Erfolg seines Schrittes zweifelte er nicht im geringsten.

»Daß ich ein Drama zu zimmern verstehe, das muß mir auch der Neid lassen! Leidenschaften? Herrjeh, ich habe mir die Hörner weidlich abgestoßen und bin mit allen Wassern gewaschen. Da kenne ich mich aus! Und Geistesblitze gehören ja schließlich zu meinem Handwerk!«

Dann machte er einen Sprung, ließ sich auf die Hände fallen und ging so, beide Beine in der Luft, ein paarmal rund um den Tisch herum.

Diese übermütige Lausbüberei vermochte aber Sénécal nicht aufzuheitern. Er war nämlich kürzlich aus seiner Pension davongejagt worden, weil er ein adliges Herrensöhnchen verprügelt hatte. Nun machte er für seine wachsende Not die gesellschaftliche Ordnung verantwortlich und zog mit bittern Schmähreden gegen die reichen Leute los. Und er schüttete sein Herz Regimbart aus, der seinerseits, mehr und mehr vom Leben ernüchtert, verbittert und angeekelt war. Der Musterpatriot kam auf Budgetfragen zu sprechen und bezichtigte die Hofkamarilla, sie verschleudere in Algier das Geld millionenweise.

Da er einfach nicht schlafen konnte, wenn er nicht zuvor in seiner Stammkneipe eingekehrt war, verschwand er schon um elf Uhr. Die andern brachen erst später auf, und als sich Frédéric von Hussonnet verabschiedete, erfuhr er, Madame Arnoux sei vermutlich schon tags zuvor nach Hause gekommen.

Er ging daher auf die Post und tauschte seinen Platz für den nachfolgenden Tag um, und um sechs Uhr abends sprach er bei ihr vor. Doch der Concierge gab ihm Bescheid, ihre Rückkunft sei um acht Tage hinausgeschoben worden. Frédéric speiste ganz allein und bummelte dann auf den Boulevards umher.

Zartrosarote Wolken hingen, wehenden Schärpen gleich, über den Dächern. Schon wurden da und dort die ersten Markisen vor den Läden hochgezogen. Spritzwagen besprengten den Straßenstaub mit einem feinen Regen, und unerwartet mischte sich eine erfrischende Kühle in die Ausdünstungen der Kaffeehäuser, durch deren offenstehende Türen man zwischen dem Silberzeug und den Goldzieraten große Blumensträuße gewahrte, die sich in den hohen Spiegelscheiben spiegelten. Die Menge schob sich langsam weiter. Mitten auf dem Gehsteig standen Männer in Gruppen beisammen und plauderten, und die Frauen, die vorübergingen, hatten etwas Weiches, Hingebendes in ihren Augen; ihr Teint besaß jene kamelienblasse Farbe, die die erschlaffende große Hitze der weiblichen Haut verleiht. Etwas Ungeheuerliches lag über allem, machte sich breit, hüllte die Häuser und die ganze Stadt ein. Noch nie war Frédéric Paris so schön erschienen. Die Zukunft lag vor ihm wie eine niemals abreißende Kette von Jahren, erfüllt von Liebe.

Er blieb vor dem Theater an der Porte Saint-Martin stehen und schaute sich die Anschläge an. Weil er nichts Gescheiteres vorhatte, nahm er eine Eintrittskarte.

Es wurde eine alte Zauberposse gespielt. Nur wenige Zuschauer waren da. Oben, in den Dachluken der Flohbühne, der obersten Galerie, sah man das Tageslicht in kleinen viereckigen Ausschnitten, während die Lampen an der Bühnenrampe eine einzige Reihe von gelben Lichtern bildeten. Das Stück spielte auf einem Sklavenmarkt in Peking, mit viel Glöckchengeklingel, Gongschlägen, Sultaninnen, spitzen Mützen und Kalauern. Als dann der Vorhang gefallen war, wandelte er ganz allein im Foyer umher und bewunderte auf dem Boulevard vor der Eingangstreppe einen großen grünen Landauer, vor den zwei Schimmel gespannt waren. Ein Kutscher in Kniehosen hielt die Zügel.

Er wollte eben wieder auf seinen Platz zurückgehen, da betraten eine Dame und ein Herr die erste Proszeniumsloge im Balkonrang. Der Mann, offenbar der Gatte der Dame, hatte ein blasses Gesicht, das von einem fadendünnen grauen Bartstreifen umrahmt war. Im Knopfloch steckte die Rosette eines Offiziers der Ehrenlegion, und er trug den eisigkalten Ausdruck zur Schau, den man gemeinhin den Diplomaten zuschreibt.

Seine Frau war mindestens zwanzig Jahre jünger als er. Sie war nicht groß und auch nicht gerade klein, weder ausgesprochen häßlich noch eigentlich schön, ihr blondes Haar trug sie nach englischer Mode in Korkzieherlocken frisiert, dazu hatte sie ein Kleid mit flachem Mieder an und hielt einen schwarzen Spitzenfächer in der Hand. Daß solche Leute, die offenkundig den höhern Gesellschaftsschichten angehörten, in dieser Jahreszeit ins Theater gingen, war nur dem Zufall oder der Angst vor einem langweiligen, allein zu zweit verbrachten Abend zuzuschreiben. Die Dame knabberte nervös an ihrem Fächer, und der Herr gähnte. Frédéric versuchte sich vergeblich zu erinnern, wo er dieses Gesicht schon einmal gesehen hatte.

In der folgenden Pause begegnete er den beiden, als er durch einen der Verbindungsgänge kam. Er verbeugte sich leicht, und da erkannte ihn Herr Dambreuse wieder, trat auf ihn zu und entschuldigte sich sogleich wegen verschiedener Unterlassungssünden, die er sich unverzeihlicherweise habe zuschulden kommen lassen. Damit spielte er auf die Visitenkarten an, die ihm Frédéric auf Anraten seines Freundes, des Kanzleigehilfen, immer wieder ins Haus geschickt hatte.

Allerdings verrechnete er sich in der Zeit; er war des Glaubens, Frédéric stehe erst im zweiten Jahr seines Rechtsstudiums. Dann erklärte er, er beneide ihn, daß er aufs Land gehen könne. Er hätte eine Erholung auch dringend nötig, aber leider hielten ihn die Geschäfte in Paris zurück.

Madame Dambreuse stand, auf den Arm ihres Gatten gestützt, da und neigte leicht den Kopf; und die geistvolle Heiterkeit ihres Gesichts stach auffällig von ihrem vorherigen verdrossenen Ausdruck ab.

»Man findet hier immerhin einige schöne Zerstreuungen!« entgegnete sie auf die letzten Worte ihres Gatten. »Wie geistlos doch dieses Stück ist! Finden Sie nicht auch?«

Und sie blieben alle drei draußen stehen und plauderten über die verschiedenen Pariser Theater und die neuen Stücke.

Frédéric, der das gezierte alberne Getue der kleinbürgerlichen Provinzlerinnen gewöhnt war, hatte bisher noch bei keiner Frau ein derart ungezwungenes Benehmen und soviel schlichte Natürlichkeit angetroffen. Diese ungezierte Natürlichkeit ist ja raffinierteste Berechnung, wenngleich naive Menschen darin den Ausdruck einer Sympathie auf den ersten Blick zu sehen meinen.

Man zähle auf ihn, sobald er wieder da sei. Herr Dambreuse trug ihm auf, Grüße an den alten Roque zu bestellen.

Als Frédéric nach Hause kam, versäumte er nicht, Deslauriers von diesem Empfang zu erzählen.

»Famos!« erwiderte der Kanzleischreiber, »und laß dich ja nicht von deiner Mama einwickeln! Komm sofort zurück!«

Am Morgen nach seiner Ankunft machte Madame Moreau nach dem Frühstück mit ihrem Sohn einen Rundgang durch den Garten.

Sie schätze sich glücklich, sagte sie, daß er jetzt einen Beruf habe, denn sie seien nicht so reich, wie man allgemein glaube. Das Gut werfe nur wenig ab, die Pächter zahlten schlecht; sie sei sogar gezwungen gewesen, ihren Wagen zu verkaufen. Kurzum, sie setzte ihm ihre Lage auseinander.

Als sie Witwe geworden war und sich ein paarmal in bedrängten Verhältnissen sah, hatte ihr ein durchtriebener Mann, Roque, Darlehen gewährt, hatte sie immer wieder erneuert und eigentlich gegen ihren Willen die Rückzahlungsfristen verlängert. Plötzlich aber war er dann gekommen und hatte die Schuld eingefordert, und sie hatte sich seinen Bedingungen fügen müssen und ihm zu einem Spottpreis das Pachtgut Presles überlassen. Zehn Jahre später ging ihr Kapital beim Bankrott eines Bankiers in Melun verloren. Vor Hypotheken graute ihr, und überdies wünschte sie den äußern Schein zu wahren, weil das für die Zukunft ihres Sohnes nötig war, und als sich nun der alte Roque erneut einstellte, schenkte sie ihm auch diesmal wieder Gehör. Jetzt aber hatte sie alle ihre Schulden abbezahlt. Kurz, es verblieben ihnen noch etwa zehntausend Franken Rente, und davon gehörten ihm zweitausenddreihundert Franken, sein ganzes Erbteil!

»Das ist doch nicht möglich!« fuhr Frédéric auf.

Da bedeutete sie ihm mit einem Kopfnicken, das sei sehr wohl möglich.

Aber sein Onkel werde ihm doch etwas hinterlassen, meinte er zweifelnd.

Das sei keineswegs sicher.

Und dann gingen sie wortlos einmal rund um den Garten. Endlich zog sie ihn an ihr Herz und sagte mit tränenerstickter Stimme: »Ach, mein armer Junge! Ich habe auch manche Träume aufgeben müssen!«

Er setzte sich auf die Bank im Schatten der großen Akazie.

Wenn er ihrem Rate folgen wolle, trete er als Kanzlist beim Advokaten Prouharam ein. Der werde ihm später seine Kanzlei abtreten, und wenn er sie recht in die Höhe bringe, könne er sie weiterverkaufen und eine reiche Frau heiraten.

Frédéric hörte längst nicht mehr zu. Gedankenverloren starrte er über die Hecke in den Nachbargarten hinüber.

Darin spielte ein kleines, ungefähr zwölfjähriges Mädchen mit roten Haaren ganz für sich allein. Sie hatte sich aus Vogelbeeren Ohrgehänge gemacht. Ihr grauleinenes Blüschen ließ die leicht sonngebräunten Schultern bloß. Ihr weißes Röckchen war mit Konfitüreflecken bekleckert. Das kleine Persönchen war zugleich sehnig und doch wieder zart und schmächtig, und ihr ganzes Wesen hatte etwas Anmutiges, wie ein junges Wildtier. Offenbar setzte sie die Gegenwart eines Unbekannten in Erstaunen, denn sie war jählings stehengeblieben, hielt ihre Gießkanne in der Hand und richtete ihre klaren blaugrünen Augen auf ihn.

»Das ist Herrn Roques Töchterlein«, sagte Madame Moreau. »Er hat kürzlich seine Haushälterin geheiratet und sein Kind als ehelich anerkannt.«

6

Zugrunde gerichtet, verarmt, aus und vorbei!

Wie betäubt von einer heftigen Gemütserschütterung war Frédéric auf der Bank sitzengeblieben. Er fluchte seinem Schicksal, er hätte am liebsten irgendwen verprügeln mögen. Und was seine Verzweiflung noch unerträglicher machte, war das Gefühl, es laste auf ihm eine Art Schimpf, etwas Entehrendes. Frédéric hatte sich nämlich eingebildet, sein väterliches Vermögen belaufe sich eines Tages auf fünfzehntausend Franken jährliches Einkommen, und das hatte er andeutungsweise auch Arnoux zu verstehen gegeben. Nun würde er als Aufschneider, als Lump und Betrüger dastehen, als ein lichtscheuer Geselle und dunkler Ehrenmann, der sich bei ihnen eingeschlichen hatte in der Hoffnung, er könne irgendwelchen Vorteil herausschlagen! Und sie? Wie durfte er ihr jetzt wieder unter die Augen treten?

Im übrigen war das gänzlich ausgeschlossen, da er ja bloß über ein Jahreseinkommen von dreitausend Franken verfügte! Er konnte doch nicht immer im vierten Stock wohnen, sich vom Concierge bedienen lassen und sich bei ihnen in ärmlichen schwarzen Handschuhen zeigen, die vorne an den Fingern blau verschossen waren, mit einem fettigen Hut und das ganze Jahr immer im selben Überrock! Nein, nein! Nie und nimmermehr! Und doch war ohne sie das Leben nicht auszuhalten. Wie mancher lebte ganz gut und besaß doch kein Vermögen, Deslauriers zum Beispiel. Und er kam sich als Feigling vor, weil er belanglosen Dingen solches Gewicht beimaß. Wer weiß, vielleicht würden Armut und Elend seine

Fähigkeiten ins Hundertfache steigern. Er geriet in einen wahren Begeisterungstaumel beim Gedanken an die großen Männer, die in einem Dachstübchen arbeiteten. Eine Seele, wie sie Madame Arnoux eigen war, mußte von diesem Anblick erschüttert werden, und bestimmt ließ sie sich rühren. So war diese Katastrophe also letzten Endes ein Glück; wie zuweilen ein Erdbeben verborgene Schätze zu Tage fördert, hatte sie ihm den geheimen Reichtum seines Wesens enthüllt. Aber in der ganzen Welt gab es nur einen Ort, ihn zur Geltung zu bringen: Paris! Denn in seiner Vorstellung konnten Kunst, Wissenschaft und Liebe – die drei Antlitze Gottes, wie Pellerin sich ausgedrückt hätte – einzig und allein in der Hauptstadt gedeihen.

Am Abend erklärte er seiner Mutter, er werde nach Paris zurückgehen. Madame Moreau war darüber erstaunt und recht eigentlich empört. Sie fand, das sei eine Verrücktheit und völlig sinnlos. Er täte besser daran, ihrem Rat zu folgen, das heißt, bei ihr zu bleiben und in eine Anwaltskanzlei einzutreten. Frédéric zuckte nur die Achseln und sagte: »Was fällt dir bloß ein?!« Er fühlte sich durch dieses Ansinnen beleidigt.

Nun ging die gute Dame zu einer andern Methode über. Mit zärtlich bebender Stimme, untermischt mit leisem Schluchzen, fing sie an von ihrem einsamen Leben, ihrem vorgeschrittenen Alter und den zahllosen Opfern zu reden, die sie gebracht hatte. Jetzt, wo sie noch unglücklicher sei, lasse er sie allein. Dann spielte sie sogar auf ihr nahes Ende an.

»Hab nur noch ein bißchen Geduld, mein Sohn«, jammerte sie. »Du wirst schon bald frei und unabhängig sein!«

Dieses Gejammer wiederholte sich ein Vierteljahr lang zwanzigmal am Tag. Und gleichzeitig ließ er sich von den Leckerbissen und Annehmlichkeiten, die ihm zu Hause geboten wurden, ködern. Er genoß es, daß er daheim ein weicheres Bett und Handtücher ohne Risse hatte. Und schließlich ließ er sich, müde geworden, entnervt und bezwungen von der zermürbenden Kraft der Sanftmut, eines Tages zu Herrn Prouharam mitnehmen.

Hier legte er weder großes Wissen noch sonderliche Eignung an den Tag. Bis dahin hatte man ihn für einen hochbegabten jungen Mann angesehen, der eines Tages dem Departement Ruhm und Ehre einbringen würde. Daraus wurde nun eine Enttäuschung, die alle, die ganze Stadt, traf.

Zuerst hatte er sich gesagt: Ich muß Madame Arnoux verständigen. Und dann hatte er sich eine volle Woche lang dithyrambische Episteln ausgedacht und über kurzen Briefchen, lapidar und erhaben abgefaßt, gebrütet. Aber die Scheu, seine Lage einzugestehen, hielt ihn zurück. Dann überlegte er wieder, es sei wohl besser, er schreibe an ihren Mann. Arnoux kannte das Leben und würde ihn sicherlich verstehen. Schließlich, nachdem er vierzehn Tage lang unschlüssig gezögert hatte, dachte er: Ach was! Ich darf sie nicht wiedersehen! Mögen sie mich vergessen! Dann wird sie mich wenigstens in guter Erinnerung behalten und nicht schlecht von mir denken. Sie wird glauben, ich sei gestorben, und wird mich vielleicht vermissen.

Da ihn maßlos verstiegene Entschlüsse nicht viel kosteten, hatte er sich geschworen, nie wieder werde er nach Paris zurückkehren, ja er hatte sich sogar gelobt, er werde sich nie mehr nach Madame Arnoux' Ergehen erkundigen.

Und doch fehlte ihm alles, sogar der Gasgeruch und der Lärm der Omnibusse. Er dachte immerzu an jedes Wort, das sie zu ihm gesagt hatte, an den Klang ihrer Stimme, an das Leuchten ihrer Augen, und da er mit dem Leben abgeschlossen zu haben glaubte und sich wie ein Toter vorkam, tat er nichts, gar nichts mehr.

Er stand immer sehr spät auf und schaute aus dem Fenster auf die Gespanne der Fuhrwerke hinab, die vorüberkamen. Namentlich die ersten sechs Monate waren grauenhaft.

An manchen Tagen überkam ihn freilich eine wilde Wut auf sich selber. Dann ging er aus und streifte durch die Wiesen und Felder, die zur Winterszeit von den Fluten der über ihre Ufer getretenen Seine zur Hälfte überschwemmt waren. Lange Pappelreihen zogen sich dazwischen hin, und da und dort ragte eine kleine Brücke daraus auf. Er wanderte ziel- und planlos umher, stapfte durch das welke Laub, atmete in tiefen Zügen den Nebel ein, sprang über Gräben. Und in dem Maße, wie seine Adern heftiger pulsten, überkam ihn ein immer wilderer Tatendrang. Dann wollte er als Trapper nach Amerika auswandern, bei einem Pascha im Orient Dienste nehmen, als Matrose zur See fahren. Und er verströmte seinen Weltschmerz in langen Briefen an Deslauriers.

Dieser setzte alle Hebel in Bewegung, um hochzukommen. Das schlappe Getue, das feige Verhalten seines Freundes und seine immerwährenden Jeremiaden dünkten ihn höchst albern. Bald versiegte ihr Briefwechsel denn auch fast völlig. Frédéric hatte Deslauriers alle seine Möbel geschenkt, und sein Freund blieb weiter in seiner Wohnung. Seine Mutter kam hie und da darauf zu sprechen; eines Tages gestand er ihr, er habe sie Deslauriers geschenkt. Sie machte ihm ernstliche Vorhaltungen; da erhielt er einen Brief.

»Was ist denn?« fragte sie. »Du zitterst ja!«

»Es hat nichts zu bedeuten!« erwiderte Frédéric.

Deslauriers teilte ihm mit, er habe Sénécal zu sich genommen. Seit vierzehn Tagen wohnten sie beisammen. Nun machte sich also Sénécal dort breit, inmitten all der Dinge, die er bei Arnoux erstanden hatte! Er konnte sie verkaufen, konnte darüber seine Glossen und Witzeleien machen. Frédéric war gekränkt, er fühlte sich in tiefster Seele verletzt. Er ging in seine Kammer hinauf. Am liebsten wäre er gestorben!

Seine Mutter rief ihn. Sie wollte seinen Rat wegen einer Anpflanzung im Garten einholen.

Dieser Garten war in der Art eines englischen Parks angelegt und in der Mitte durch einen Knüppelzaun abgeteilt. Die andere Hälfte gehörte dem alten Roque, der noch einen zweiten Garten unten am Flußufer besaß, wo er Gemüse zog. Die beiden Nachbarn lebten auf gespanntem Fuß und vermieden es darum, sich zur selben Zeit dort aufzuhalten. Aber seit Frédéric wieder zu Hause war, erging sich der Alte öfter als vorher in seinem Garten und kargte nicht mit allen möglichen Aufmerksamkeiten gegen den Sohn der Madame Moreau. Er tue ihm leid, meinte er, daß er in einer solchen Kleinstadt versauern müsse. Eines Tages erzählte er Frédéric, Herr Dambreuse habe sich nach ihm erkundigt. Ein andermal ließ er sich weitschweifig über den in der Champagne herrschenden Brauch aus, wonach sich der Adel auch mütterlicherseits weitervererbte.

»Damals wären Sie ein adliger Herr gewesen, da Ihre Mutter ja eine geborene de Fouvens ist. Und man kann sagen, was man will, ein Name gilt doch etwas! Schließlich«, setzte er mit schlauem Zwinkern hinzu, »hängt das ja bloß vom Justizminister ab.«

Diese Schwäche des alten Roque für den Adelsstand, und was damit zusammenhing, stach eigenartig von seiner äußern Erscheinung ab. Da er klein von Gestalt war, wirkte sein Oberkörper in dem langen kastanienbraunen Gehrock übermäßig lang. Wenn er seine Schildmütze abnahm, kam ein beinah weibisches Gesicht zum Vorschein mit einer ausnehmend spitzen Nase. Sein Haar war strohgelb und sah aus wie eine Perücke. Er hatte die Gewohnheit, alle Leute untertänig zu grüßen, und strich immer an den Wänden lang.

Bis zu seinem fünfzigsten Lebensjahr hatte ihm zu seiner Bedienung Catherine genügt, eine Lothringerin, die gleich alt war wie er, eine pockennarbige Person. Um das Jahr 1834 aber brachte er aus Paris eine bildhübsche Blondine mit, ein üppiges Ding mit einem Schafsgesicht und einem »Gehaben wie eine Königin«. Nicht lange, und man sah sie mit großen Ohrringen einherstolzieren, und als dann ein Kind, ein kleines Mädchen, zur Welt kam, das unter dem Namen Elisabeth-Olympe-Louise Roque angemeldet wurde, klärte sich das alles auf.

Catherine hatte in ihrer Eifersucht erwartet, sie werde dieses Kind nicht ausstehen können. Aber das Gegenteil trat ein: sie gewann das kleine Mädchen lieb. Sie umhegte es mit sorgender Liebe, mit Aufmerksamkeiten und überschüttete es mit Liebkosungen, um die Mutter auszustechen und sie ihm zu verleiden; und das fiel ihr auch nicht schwer, denn Frau Eleonore kümmerte sich überhaupt nicht um die Kleine; sie tratschte viel lieber in den Kramläden. Schon am Tage nach ihrer Hochzeit machte sie einen Besuch auf der Unterpräfektur, duzte ihre Mägde nicht mehr und meinte, es gehöre zum guten Ton, daß sie ihr Kind mit Strenge und Unnachsichtigkeit behandle. Sie wohnte den Unterrichtsstunden bei; der Lehrer, ein alter verknöcherter Bürokrat, der früher einmal auf dem Bürgermeisteramt tätig gewesen war, war seiner Aufgabe keineswegs gewachsen. Seine Schülerin war widerspenstig, bekam zur Strafe Ohrfeigen und flüchtete auf Catherines Schoß, um sich auszuweinen, und sie gab ihr unentwegt recht. Dann bekamen die beiden Frauen miteinander Streit, und der alte Roque mußte sie zum Schweigen bringen. Er hatte aus Liebe zu seinem Töchterlein geheiratet und wollte nicht, daß sie gequält werde.

Oft trug die Kleine ein völlig zerfetztes weißes Kleidchen mit Spitzenhöschen. Und an hohen Feiertagen ging sie wie ein Prinzeßchen gekleidet aus, damit sich die Spießer ein bißchen ärgern sollten. Sie verboten nämlich ihren Rangen, mit ihr zu verkehren, weil sie ein uneheliches Kind war.

Sie lebte ganz für sich allein in ihrem Garten, vertrieb sich die Zeit auf der Schaukel, rannte den Schmetterlingen nach und blieb dann plötzlich wieder stehen und schaute den Rosenkäfern zu, die sich auf den Rosenstöcken niederließen. Dieses ungebundene Leben hatte ihrem Gesicht wohl den eigenartigen Ausdruck, dieses Gemisch aus Keckheit und Verträumtheit, aufgeprägt. Sie war übrigens gleich groß wie Marthe, so daß Frédéric, schon als er sie zum zweitenmal sah, zu ihr sagte: »Darf ich Ihnen einen Kuß geben, kleines Fräulein?«

Da hob das Persönchen den Kopf und gab ihm zur Antwort: »Ich will gern.«

Aber der Lattenzaun trennte sie voneinander.

»Ich muß eben hinüberklettern«, sagte Frédéric.

»Nein, heb mich hoch!«

Da beugte er sich über den Zaun, faßte sie an den Armen und küßte sie auf die Wangen. Dann stellte er sie jenseits der Hecke auf dieselbe Weise wieder auf den Boden, und das wiederholte sich von nun an öfters.

Sobald sie ihren Freund kommen hörte, rannte sie ihm ohne jede Scheu wie ein vierjähriges Kind entgegen, oder sie versteckte sich hinter einem Baum und kläffte wie ein Hund, um ihn zu erschrecken.

Als Madame Moreau eines Tages ausgegangen war, nahm er die Kleine mit in sein Zimmer hinauf. Sie zog die Stöpsel aus allen Fläschchen mit wohlriechenden Wassern und strich sich fingerdick Pomade aufs Haar. Dann legte sie sich ganz unbefangen aufs Bett und blieb dort lang ausgestreckt mit weit offenen Augen liegen.

»Ich stelle mir vor, ich sei deine Frau«, sagte sie.

Anderntags, als er sie wiedersah, hatte sie ganz verweinte Augen. Sie gestand ihm, daß sie »ihre Sünden beweine«, und als er wissen wollte, was denn das für Sünden seien, gab sie mit niedergeschlagenen Augen zur Antwort: »Frag mich nicht weiter!«

Die erste Kommunion kam heran. Man hatte sie am Morgen zur Beichte geführt.

Als sie aber das Sakrament empfangen hatte, wurde sie auch nicht sittsamer. Zuweilen bekam sie regelrechte Wutanfälle; dann holte man Frédéric zu Hilfe, und er mußte sie beruhigen.

Manchmal nahm er sie auch mit auf seine Wanderungen. Während er im Gehen vor sich hinträumte, pflückte sie am Rande der Kornfelder Mohnblumen, und wenn sie sah, daß er trauriger war als sonst, suchte sie ihn mit liebreichem Zuspruch zu trösten. Sein liebebedürftiges und doch liebeleeres Herz klammerte sich gierig an diese Kinderfreundschaft. Er zeichnete ihr lustige Männchen, erzählte ihr Geschichten und fing an ihr vorzulesen.

Zuerst wählte er die *Romantischen Annalen*, eine damals berühmte Sammlung von Gedichten und Prosaerzählungen. Dann vergaß er völlig, wie jung sie noch war, so bezaubert war er von ihrer Klugheit, und er las ihr nacheinander *Atala*, *Cinq-Mars* und die *Herbstblätter* vor. Einmal in der Nacht aber, als sie am Abend zuvor *Macbeth* in der schlichten Übersetzung von Letourneur vorgelesen bekommen hatte, erwachte sie laut schreiend. »Der Fleck! Der Fleck!« wimmerte sie, ihre Zähne schlugen hörbar aufeinander, sie zitterte am ganzen Leibe und starrte mit grauenerfüllten Augen auf ihre rechte Hand, rieb in einem fort daran herum und stöhnte: »Immer noch ein Fleck!« Endlich kam der

Arzt und verordnete Ruhe und tunlichst Vermeidung jeder Aufregung.

Darin erblickten die Spießer nichts als ein vielsagendes übles Vorzeichen für ihren künftigen Lebenswandel. Es hieß allgemein, der »junge Moreau« wolle später aus ihr eine Schauspielerin machen.

Nicht lange nachher bestritt ein anderes Ereignis den Stadtklatsch, nämlich die Ankunft des Onkels Barthélemy. Madame Moreau trat ihm ihr eigenes Schlafzimmer ab und trieb ihr beflissenes Entgegenkommen so weit, daß sie sogar an Fasttagen Fleisch auftischte.

Der alte Mann benahm sich nicht übermäßig liebenswürdig. In einem fort zog er Vergleiche zwischen Le Havre und Nogent. Er fand, die Luft sei hier dumpf und schwül, das Brot ungenießbar, die Straßen seien schlecht gepflastert, das Essen könnte besser sein, und die Einwohner seien samt und sonders Faulpelze.

»Und wie armselig Handel und Wandel bei euch vonstatten gehen!« mäkelte er.

Er tadelte die überspannten Ideen seines verstorbenen Bruders, wohingegen er siebenundzwanzigtausend Franken Rente erspart habe! Endlich reiste er am Ende der Woche ab, und als er schon den Fuß auf dem Wagentritt hatte, ließ er noch die wenig tröstlichen Worte fallen: »Es freut mich immer, wenn ich weiß, daß ihr in guten Verhältnissen lebt.«

»Du wirst leer ausgehen!« jammerte Madame Moreau, als sie ins Eßzimmer zurückkam.

Der Alte war nur auf ihre dringenden Bitten hin gekommen, und die ganzen acht Tage hindurch hatte sie sich – vielleicht nur zu offenkundig – um eine deutliche Erklärung seinerseits bemüht. Nun bereute sie ihre Handlungsweise und saß, den Kopf vornübergeneigt und mit eingekniffenen Lippen, in ihrem Lehnstuhl. Frédéric hatte sich ihr gegenübergesetzt und beobachtete sie; und sie schwiegen beide, wie vor fünf Jahren, als er aus Montereau zurückgekommen war. Es war genau wie damals, und diese Ähnlichkeit kam sogar ihm zum Bewußtsein und weckte die Erinnerung an Madame Arnoux.

Im gleichen Augenblick ertönte draußen vor dem Fenster Peitschenknallen, und eine Stimme rief nach ihm.

Auf der Straße hielt der alte Roque mit seinem Break. Er war allein und gedachte den ganzen Tag mit Herrn Dambreuse auf dessen Landsitz La Fortelle zu verbringen. Nun lud er Frédéric herzlich ein, ihn dorthin zu begleiten: »Wenn Sie mit mir kommen, brauchen Sie keine Einladung. Da können Sie ganz getrost mitfahren!«

Frédéric hatte nicht übel Lust, die Einladung anzunehmen. Doch wie sollte er seinen dauernden Aufenthalt in Nogent erklären? Zudem besaß er keinen anständigen Sommeranzug. Und was würde seine Mutter dazu sagen? So lehnte er denn ab.

Von da ab war das Verhältnis zu seinem Nachbar weniger freundschaftlich. Louise wuchs heran. Frau Eleonore erkrankte gefährlich, und ihre Beziehungen lockerten sich zur großen Freude von Madame Moreau, die fürchtete, der Umgang mit solchen Leuten könnte der zukünftigen Stellung ihres Sohnes abträglich sein.

Sie trug sich mit dem Gedanken, ihm die Gerichtsschreiberstelle zu kaufen, und Frédéric war eigentlich gar nicht abgeneigt, diesen Plan aufzugreifen. Nunmehr begleitete er seine Mutter in die Messe, spielte am Abend regelmäßig mit ihr eine Partie Karten, er gewöhnte sich an das Kleinstadtleben und verspießerte zusehends. Und sogar seine Liebe hatte jetzt etwas sanft Düsteres, einen süß einlullenden Zauber. Er hatte sein Liebesweh so lange in seinen Briefen verströmt, hatte seinen Schmerz mit den Büchern, die er las, verquickt, er hatte ihn auf seinen Wanderungen über Land gehegt und gehätschelt und überall mit sich getragen, daß er jetzt nahezu versiegt war. Madame Arnoux war für ihn fast wie eine Tote, deren Grabstätte er zu seinem Erstaunen nicht kannte, so friedsam und entsagungsvoll war seine Liebe geworden.

Eines Tages, am 12. Dezember 1845, um neun Uhr vormittags, brachte ihm die Köchin einen Brief in seine Kammer hinauf. Die Adresse war mit großen Buchstaben in einer ihm unbekannten Handschrift geschrieben. Frédéric beeilte sich, schlaftrunken wie er war, nicht sonderlich mit dem Öffnen des Briefs. Endlich erbrach er die Siegel und las:

»Friedensrichteramt Le Havre, 3. Bezirk

Geehrter Herr,

da Herr Moreau, Ihr Onkel, ohne ein Testament zu hinterlassen, gestorben ist . . .«

Er erbte!

Als wäre im Zimmer nebenan eine Feuersbrunst ausgebrochen, sprang er mit einem Satz aus dem Bett und las barfuß, im bloßen Hemd, weiter. Er fuhr sich mit der Hand über das Gesicht, er traute seinen Augen nicht und glaubte, er träume noch. Schließlich riß er das Fenster weit auf, um ganz sicher zu sein, daß all dies kein Traum war.

Es war in der Nacht Schnee gefallen, die Dächer waren weiß, und er erkannte sogar drunten im Hof einen Waschzuber, über den er gestern im Dunkeln gestolpert war.

Er las den Brief dreimal hintereinander. Wirklich und wahrhaftig! Das gesamte Vermögen des Onkels! Siebenundzwanzigtausend Franken jährliche Rente! Und beim Gedanken, nun werde er Madame Arnoux wiedersehen können, durchzuckte ihn eine jähe, wilde Freude. Deutlich und greifbar nahe, wie in einer Halluzination, sah er sich neben ihr in ihrem Zimmer sitzen, wie er ihr ein Geschenk, in Seidenpapier eingewickelt, überreichte, während drunten vor der Haustür sein Tilbury wartete, nein, eher noch ein Coupé, ein schwarzes Coupé mit einem Bedienten in brauner Livree. Er hörte sein Pferd stampfen, und das Klirren der Trense vermischte sich mit dem Tuscheln ihrer unter Küssen stammelnden Münder. Und so war es alle Tage aufs neue, immer, immer, ohne je ein Ende zu nehmen. Er konnte sie beide in seinem eigenen Haus empfangen; das Speisezimmer sollte in rotem Leder gehalten, das Schlafgemach mit gelber Seide ausgeschlagen sein. Und überall standen Diwane! Und was für Etageren! Was für chinesische Vasen! Was für Teppiche! Diese Bilder stürmten so wild und ungestüm auf ihn ein, daß er fühlte, wie ihm schwindlig wurde. Da fiel ihm seine

Mutter ein, und er ging zu ihr hinunter, den Brief immer noch in der Hand.

Madame Moreau wollte ihre Erregung meistern, fiel aber in Ohnmacht. Frédéric fing sie in seinen Armen auf und küßte sie auf die Stirn.

»Liebe Mutter, jetzt kannst du deinen Wagen zurückkaufen«, tröstete er sie, »lach doch und weine nicht mehr. Sei froh!«

Zehn Minuten später machte die Neuigkeit bereits die Runde im Städtchen bis hinaus in die Vorstädte. Daraufhin erschienen eilends der Notar Benoist, Herr Gamblin, Herr Chambion und alle Freunde. Frédéric stahl sich für ein paar Augenblicke hinaus; er wollte an Deslauriers schreiben. Da stellten sich noch andere Besucher ein. Der ganze Nachmittag verging mit Besuchen, die ihm Glück wünschen wollten. Man vergaß darob völlig Roques Frau, mit der es, wie es hieß, rasch dem Ende zuging.

Als sie am Abend allein waren, sagte Madame Moreau ihrem Sohn, sie rate ihm, sich in Troyes als Anwalt niederzulassen. Da er in seiner engeren Heimat besser bekannt sei als anderswo, könne er hier leichter als sonst eine vorteilhafte Partie finden.

»Nein, das geht zu weit!« fuhr Frédéric auf.

Kaum hielt er sein Glück in Händen, da wollte man es ihm wieder wegnehmen. So bekundete er denn seinen feierlichen Entschluß, seinen Wohnsitz in Paris zu nehmen.

»Was willst du denn dort tun?«

»Nichts.«

Von seinem Aufbegehren überrascht, fragte ihn Madame Moreau, was er denn werden wolle.

»Minister!« gab Frédéric zurück.

Und er beteuerte ihr, er spaße keineswegs; er habe die Absicht, sich der Diplomatie zuzuwenden, seine Vorbildung und auch seine Neigungen drängten ihn zu dieser Laufbahn. Zunächst werde er, mit Hilfe der Protektion des Herrn Dambreuse, in den Staatsrat eintreten.

»Kennst du ihn denn?«

»Ja doch; Roque hat mich bei ihm eingeführt!«

»Wie eigenartig!« versetzte Madame Moreau.

Er hatte in ihrem Herzen die alten hochfliegenden Träume wiedererweckt. Nun gab sie sich in ihren innersten Gedanken diesen ehrgeizigen Plänen rückhaltlos hin und verlor kein Wort mehr über die andern.

Hätte Frédéric seiner Ungeduld nachgegeben, so wäre er auf der Stelle abgereist. Für den nächsten Tag waren alle Plätze in der Postkutsche schon belegt, und so verzehrte er sich vor Unrast bis zum übernächsten Tag abends um sieben Uhr.

Sie wollten sich eben zum Nachtessen niedersetzen, da erklangen von der Kirche drei langgezogene Glockenschläge. Dann kam das Dienstmädchen herein und meldete, Frau Eleonore sei eben gestorben.

Dieser Todesfall war letzten Endes für niemanden ein Unglück, nicht einmal für ihr Kind. Später mochte er dem Mädchen zum Heil ausschlagen.

Da die beiden Häuser aneinanderstießen, war ein ununterbrochenes Hin-und-her-Gelaufe und dumpfes Stimmengewirr zu hören, und der Gedanke an den Leichnam, der nebenan lag, warf einen düstern Schatten auf ihren Abschied. Zwei-, dreimal wischte sich Madame Moreau die Augen. Frédéric krampfte sich das Herz zusammen.

Als die Mahlzeit zu Ende war, hielt ihn Catherine zwischen Tür und Angel auf. Das kleine Fräulein wolle ihn unbedingt sehen. Sie erwarte ihn im Garten. Er ging ins Freie, stieg über die Hecke und schritt, wobei er im Dunkeln ab und zu gegen die Bäume prallte, auf das Haus des alten Roque zu. In einem Fenster im zweiten Stockwerk brannte Licht. Dann tauchte eine Gestalt in der Finsternis auf, und eine Stimme flüsterte: »Ich bin's.«

Sie kam ihm größer vor als sonst; wahrscheinlich war ihr schwarzes Kleid daran schuld. Da er nicht wußte, was er zu ihr sagen sollte, faßte er sie einfach bei den Händen und seufzte: »Ach, meine arme Louise!«

Sie gab ihm keine Antwort, sondern blickte ihm nur lange tief in die Augen. Frédéric hatte Angst, er könnte am Ende noch die Post versäumen. Es war ihm, als höre er weit, weit in der Ferne das Rollen eines Wagens, und so wollte er ein Ende machen und sagte: »Catherine hat mir ausgerichtet, du habest mir etwas zu sagen . . .«

»Ja, gewiß, ich wollte Ihnen sagen . . .«

Dieses *Sie* setzte ihn in Erstaunen, und als sie nicht weitersprach, fragte er: »Und was denn?«

»Ich weiß nicht mehr. Ich habe es vergessen! Ist es wahr, daß Sie verreisen?«

»Ja, jetzt gleich.«

»Ach, jetzt gleich?« wiederholte sie. »Und für immer? . . . Wir werden uns nie wiedersehen?«

Vor Schluchzen konnte sie nicht weitersprechen. »Leb wohl! Leb wohl! Küß mich doch!«

Und sie schloß ihn leidenschaftlich in ihre Arme.

ZWEITER TEIL

1

Als er seinen Platz im Innern des Wagens auf dem Rücksitz eingenommen hatte und die Postkutsche mit den fünf Pferden, die zur gleichen Zeit anzogen, sich in Bewegung setzte, fühlte er, wie ihn ein Rausch überfiel. Wie ein Architekt, der für einen Palast die Pläne entwirft, richtete er sich im voraus sein Leben ein. Er erfüllte es mit erlesenen Genüssen und Glanz aller Art. Himmelhoch ragte es auf, und eine verschwenderische Fülle von Schätzen war darin ausgebreitet. Und so tief war er in diese Zukunftsgedanken versunken, daß alles ringsum, die ganze Außenwelt, nicht mehr für ihn vorhanden war.

Erst als die Straße bei Sourdun anzusteigen begann, kam ihm wieder zum Bewußtsein, wo er war. Sie hatten allerhöchstens fünf Kilometer zurückgelegt. Das brachte ihn in Harnisch. Er ließ das Fenster herab, um die Landstraße überblicken zu können. Immer wieder fragte er den Kutscher, wie lange sie noch zu fahren hätten. Schließlich beruhigte er sich aber doch wieder und blieb mit offenen Augen still in seiner Ecke sitzen.

Die Laterne, die am Kutschbock baumelte, beleuchtete die Kruppen der Deichselpferde. Weiter vorne sah er nur noch die Mähnen der andern Gäule, die weißen Wogen gleich auf und nieder hüpften. Aus ihren Nüstern dampfte der Atem und verdichtete sich zu einem Nebeldunst zu beiden Seiten des Gespanns. Die Eisenkettchen klirrten, die Fensterscheiben schepperten in ihren Rahmen, und der schwerfällige Wagen rollte in gleichmäßiger Fahrt über das Pflaster hin. Hier und dort war die Mauer einer Scheune zu erkennen oder ein Gasthof, der einsam an der Straße stand. Zuweilen, wenn man durch ein Dorf kam, warf ein Backofen seinen Feuerschein auf die Straße, und dann liefen die Schatten der Pferde riesengroß über die Wände des gegenüberliegenden Hauses. Wenn beim Pferdewechsel auf den Poststationen ausgespannt wurde, trat minutenlang tiefe Stille ein. Oben, unter der Schutzblache, trampelte jemand mit den Füßen, und unter der Tür stand eine Frau und schützte ihr Kerzenlicht mit der Hand. Dann sprang der Schaffner auf den Wagentritt, und die Kutsche fuhr weiter.

Als sie durch Mormans fuhren, hörte Frédéric ein Viertel nach eins schlagen.

Heute also, dachte er, heute noch! Jetzt bald!

Aber allmählich verschwamm alles, seine Hoffnungen und Erinnerungen, Nogent, die Rue Choiseul, Madame Arnoux, seine Mutter.

Ein dumpfes Rumpeln über Bretter weckte ihn auf. Man fuhr über die Brücke von Charenton. Sie waren in Paris. Da nahm der eine von seinen Reisegefährten seine Mütze und der andere sein Seidentuch vom Kopf, sie setzten ihre Hüte auf und fingen an zu plaudern. Der erste, ein dicker Mann mit einem roten Gesicht, in einem langen Samtrock, war ein Kaufmann; der andere fuhr in die Hauptstadt, um einen Arzt zu konsultieren. Frédéric fürchtete, er könnte während der Nacht lästig gefallen sein, und entschuldigte sich in einer plötzlichen Aufwallung bei ihm, so weich stimmte ihn das Glück.

Da der Quai de la Gare anscheinend unter Wasser stand, fuhren sie geradeaus weiter und kamen wieder auf freies Feld. In der Ferne rauchten hohe Fabrikschlote. Dann bogen sie nach Ivry ein. Es ging eine Straße hinauf, und plötzlich erblickte Frédéric die Kuppel des Pantheons.

Die Ebene schien das reinste Trümmerfeld, so wirr und durcheinander standen die Häuser darin. Der Gürtel der Festungswälle zog sich als eine horizontale Anschwellung hin, und auf den ungepflasterten Gehwegen, die neben der Landstraße herliefen, standen kleine astlose Bäumchen, hinter von Nägeln starrenden Latten geschützt. Chemische Fabriken wechselten mit Holzlagern ab. Durch die halb offenen Tore, wie man sie auf Gehöften antrifft, sah man ins Innere elender

Hinterhöfe voller Kehricht und Unflat, mit schmutzigen Wasserlachen mittendrin. An langgestreckten, wie mit Ochsenblut rot gestrichenen Wirtshäusern sah man im ersten Stockwerk zwischen den Fenstern zwei gekreuzte Billardstöcke in einem gemalten Blumenkranz. Hier und da stand eine halb fertiggebaute Gipshütte, die man ihrem Schicksal überlassen hatte. Und dann zog sich eine ununterbrochene Häuserreihe hin; von ihren kahlen Fassaden hob sich dann und wann eine riesige Blechzigarre, das Kennzeichen der Tabakläden, ab. Die Schilder der Hebammen stellten eine behäbige Matrone mit einer Haube auf dem Kopfe dar, die einen Säugling in einem spitzenverzierten Steckkissen in den Schlaf sang. Die Mauerecken waren über und über mit Plakaten verklebt, die meisten flatterten wie schmutzige Lumpen im Winde. Arbeiter in Blusen kamen vorbei, Bierfuhrwerke, Wäschekarren und Schlächterwagen rumpelten vorüber. Ein feiner Nieselregen fiel, es war kalt, der Himmel grauweiß; aber ein Augenpaar, das Frédéric die Sonne aufwog, strahlte hinter dem Nebel.

An den Zollschranken gab es einen längern Aufenthalt. Ein paar Geflügelhändler, Fuhrleute und eine Hammelherde versperrten die Straße. Die Schildwache stapfte mit hochgezogener Kapuze vor ihrem Schilderhäuschen auf und ab, um sich zu wärmen. Der Zollbeamte kletterte auf das Verdeck, und das Posthorn schmetterte hell durch die Straßen. Im scharfen Trab ging's nun den Boulevard hinunter, mit klappernden Ortscheiten und hängenden Zügeln. Die Schnur der langen Peitsche knallte in der feuchten Luft. Der Kutscher rief mit weithin schallender Stimme sein »Obacht! Aufgepaßt! Ohee!« und dann traten die Straßenkehrer zur Seite, die Fußgänger sprangen zurück, der Kot spritzte gegen die Wagenfenster. Man fuhr an Karren, Kabrioletten, Omnibussen vorbei. Endlich zog sich das Gitter des Botanischen Gartens vor ihnen hin.

Die Seine war schmutziggelb und reichte beinahe bis unten an das Brückengeländer. Eine erfrischende Kühle stieg aus dem Wasser empor. Frédéric atmete mit vollen Lungen und sog genießerisch die gute Pariser Luft ein, die erfüllt zu sein schien von liebeerregenden Einflüssen, von geistzeugenden Ausstrahlungen. Als er die erste Mietdroschke zu Gesicht bekam, übermannte ihn eine weiche Stimmung. Alles betrachtete er mit zärtlicher Liebe, sogar die strohbelegten Schwellen der Weinhändler, die Stiefelputzer mit ihren Kistchen, die Krämergehilfen, die in ihren Röstpfannen den Kaffee schüttelten. Frauen trippelten unter aufgespannten Regenschirmen vorüber. Er beugte sich vor, um ihre Gesichter sehen zu können. Ein Zufall konnte ja Madame Arnoux zum Ausgehen veranlaßt haben.

Die Läden zogen an ihm vorbei, das Menschengewühl und der Straßenlärm schwollen immer mehr an. Nach dem Quai Saint-Bernard, dem Quai de la Tournelle und dem Quai Montebello fuhren sie über den Quai Napoléon. Er wollte einen Blick auf die Fenster seiner Wohnung werfen; aber sie war zu weit weg. Dann ging's wiederum über die Seine, diesmal über den Pont-Neuf, und hierauf stromabwärts bis zum Louvre. Und hernach gelangten sie durch die Rue Saint-Honoré, die Rue Croix-des-Petits-Champs und die Rue du Bouloi in die Rue Coq-Héron und fuhren schließlich in den Hof des Postgebäudes ein.

Um seine Vorfreude recht auszukosten, kleidete sich Frédéric so gemächlich wie nur möglich an und begab sich dann sogar zu Fuß nach dem Boulevard Montmartre. Er lächelte bei dem Gedanken, daß er gleich nachher auf der Marmortafel den geliebten Namen lesen würde. Er blickte auf. Da waren keine Schaufenster mehr zu sehen, keine Gemälde, nichts mehr!

Eilends begab er sich in die Rue Choiseul. Herr und Frau Arnoux wohnten nicht mehr hier, und eine Nachbarsfrau gab auf die Portiersloge acht. Frédéric wartete auf den Concierge. Endlich kam er, aber es war nicht mehr derselbe. Ihre Adresse wußte er nicht.

Frédéric ging in ein Kaffeehaus und schlug, während er frühstückte, im Handelsadreßbuch nach. Es standen dreihundert Arnoux darin, aber keiner hieß Jacques Arnoux! Wo konnten sie nur wohnen? Pellerin mußte es wissen.

Er begab sich in sein Atelier ganz oben am Faubourg Poissonnière. Da an der Tür weder eine Glocke noch ein Klopfer zu sehen waren, polterte er mit der Faust dagegen, rief und schrie. Nur die grabesstille Leere gab ihm Antwort.

Nun fiel ihm Hussonnet ein. Wo aber konnte er einen so unzuverlässigen Menschen treffen? Einmal hatte er ihn bis zum Hause seiner Geliebten an der Rue de Fleurus begleitet. Als er aber in dieser Straße anlangte, fiel ihm ein, daß er ja den Namen des Fräuleins gar nicht kannte.

Er wandte sich an die Polizeipräfektur, irrte treppauf und treppab von einer Kanzlei in die andere. Das Auskunftsbüro schloß eben, als er hinkam, und man gab ihm den Bescheid, er möge am nächsten Tag wieder vorsprechen.

Danach suchte er alle Kunsthändler auf, die er nur ausfindig machen konnte, und hoffte in Erfahrung zu bringen, ob nicht einer Arnoux kannte. Herr Arnoux habe sein Geschäft aufgegeben, hieß es.

Am Ende kam er entmutigt, abgehetzt und völlig erschöpft, zum Umfallen müde und regelrecht krank in sein Hotel zurück und ging zu Bett. Im Augenblick, als er sich zwischen den Bettlaken ausstreckte, schoß ihm ein Gedanke durch den Kopf, und er fuhr freudig wieder auf.

»Regimbart!« rief er. »Was bin ich doch für ein Schafskopf! Daß ich an ihn nicht gedacht hatte!«

Früh um sieben Uhr stand er am nächsten Morgen in der Rue Notre-Dame-des-Victoires vor der Kneipe, wo Regimbart seinen Weißwein zu trinken pflegte. Sie war noch gar nicht offen. Da machte er einen Rundgang durch die umliegenden Straßen und stellte sich eine halbe Stunde später wieder ein. Regimbart war gerade weggegangen. Frédéric rannte ihm nach; er glaubte sogar, weit vorn könne er seinen Hut sehen, da hielten ihn ein Leichenwagen und eine lange Reihe von Kutschen mit Trauergästen auf. Als der Zug endlich vorüber war, war Regimbart nicht mehr zu sehen.

Zum Glück fiel ihm wieder ein, daß der Musterbürger täglich genau um elf Uhr in einem bescheidenen Gasthaus auf der Place Gaillon sein Mittagessen einnahm. Bis dahin mußte er sich also gedulden. Nach einem, wie ihm schien, endlos langen Bummel von der Börse zur Madeleine und von da zum Gymnase-Theater betrat Frédéric pünktlich um elf Uhr das Gasthaus auf der Place Gaillon, in der zuversichtlichen Annahme, er werde Regimbart hier treffen.

»Kenn ich nicht!« brummte der Wirt barsch.

Frédéric ließ nicht locker; da fuhr er fort: »Ich kenn ihn nicht mehr!« Das sagte er mit wahrhaft majestätischem Stirnrunzeln und wiegte dabei den Kopf hin und her, so daß Frédéric irgendein Geheimnis dahinter witterte.

Als sie das letztemal beisammen waren, hatte Regimbart auch eine Weinkneipe erwähnt, die ein gewisser Alexandre führte. Frédéric verzehrte hastig eine Brioche; dann sprang er in eine Droschke und erkundigte sich beim Kutscher, ob er nicht irgendwo oben in der Nähe von Sainte-Geneviève ein gewisses Café Alexandre kenne. Der Kutscher fuhr ihn in die Rue des Francs-Bourgeois-Saint-Michel zu einem Kaffeehaus, das diesen Namen führte, und als er den Inhaber nach Herrn Regimbart fragte, erwiderte ihm der mit übertrieben liebenswürdigem Lächeln: »Wir haben ihn heute noch nicht gesehen.« Gleichzeitig warf er seiner Gattin, die hinter der Kasse saß, einen verständnisinnigen Blick zu.

Dann schaute er rasch auf die Uhr an der Wand und setzte hinzu: »Aber er kommt in zehn Minuten, höchstens einer Viertelstunde, hoffe ich. – Célestin, geschwind, bring die Zeitungen! – Was wünscht der Herr zu trinken?«

Obgleich Frédéric keinerlei Bedürfnis hatte, irgend etwas zu sich zu nehmen, stürzte er nacheinander ein Glas Rum, dann einen Kirsch, einen Curaçao und mehrere Gläser Grog, kalten und warmen, hinunter. Er las die neueste Nummer des *Siècle* von vorne bis hinten und las sie noch ein zweitesmal. Er studierte die Karikaturen im *Charivari*, bis er sogar die Körnung des Papiers kannte. Schließlich wußte er die Inserate auswendig. Von Zeit zu Zeit hörte man Stiefel auf dem Trottoir hallen. Er kam! Und dann zeichneten sich die Umrisse einer Gestalt auf den Fensterscheiben ab. Aber immer gingen sie vorbei.

Um sich die Langeweile zu vertreiben, wechselte Frédéric den Platz; er setzte sich ganz hinten ins Lokal, erst rechts und danach links. Und dann saß er mitten auf der Bank und streckte beide Arme von sich. Aber eine Katze, die sich wohlig am Samtpolster der Rückenlehne rieb, jagte ihm einen Mordsschreck ein, als sie plötzlich mit einem Satz auf den Tisch sprang, um die Sirupflecke auf dem Tablett aufzulecken, und das Kind der Wirtsleute, ein unausstehlicher vierjähriger Bengel, spielte beim Büfett mit einer Kinderklapper. Seine Mama, eine kleine bleichsüchtige Frau mit schadhaften Zähnen, lächelte blöde vor sich hin. Was konnte Regimbart bloß treiben? Frédéric wartete auf ihn, unsagbar niedergeschlagen und verstimmt.

Der Regen prasselte wie ein Hagelschauer auf das Verdeck der Droschke. Durch die auseinandergeschobenen Musselinvorhänge sah er draußen auf der Straße den armen Gaul stehen, unbeweglich wie ein Holzpferd. Das Wasser im Rinnstein, das mächtig angeschwollen war, floß zwischen zwei Radspeichen hindurch, und der Kutscher hatte sich unter das Verdeck verkrochen und duselte vor sich hin. Da ihm aber bange war, sein Fahrgast könnte ihm entwischen, öffnete er von Zeit zu Zeit die Tür einen Spalt weit und schaute herein, wassertriefend wie ein Seehund. Und könnten Blicke die Gegenstände abnützen, so hätte Frédéric die Wanduhr bestimmt in Nichts aufgelöst, so unentwegt starrte er darauf hin. Doch sie ging unverdrossen weiter. Alexandre, der Wirt, ging in einem fort auf und ab und sagte ein Mal übers andere: »Er muß gleich kommen. Sie werden sehen, er kommt jetzt gleich!« Und um ihn abzulenken, hielt er ihm lange Reden und politisierte mit ihm. In seiner beflissenen Liebenswürdigkeit ging er sogar so weit, ihm eine Partie Domino vorzuschlagen.

Endlich, um halb fünf, sprang Frédéric mit einem Satz auf und erklärte, jetzt könne er nicht länger warten.

»Ich versteh's ja selber nicht«, gab der Wirt mit treuherziger Miene zur Antwort. »Heut ist es das erstemal, daß Herr Ledoux ausbleibt!«

»Wieso Herr Ledoux?«

»Aber gewiß doch!«

»Ich habe Regimbart gesagt!« schrie Frédéric aufs äußerste gereizt.

»Bitte tausendmal um Verzeihung! Sie sind im Irrtum! – Nicht wahr, Madame Alexandre, der Herr hat gesagt ‚Herr Ledoux'?«

Und zum Kellner gewandt: »Sie haben es doch auch gehört?«

Der Kellner hatte offenbar mit dem Wirt noch eine Rechnung zu begleichen und lächelte nur vielsagend.

Frédéric ließ sich auf die Boulevards zurückfahren. Er war empört über den Zeitverlust und wütend auf Regimbart, er wünschte ihn herbei, flehentlich, wie einen Gott, fest entschlossen, ihn aus den Tiefen der entlegensten Kellergewölbe herbeizuschaffen. Sein Wagen ging ihm auf die Nerven; er schickte ihn fort. Seine Gedanken verwirrten sich. Dann blitzten plötzlich alle die Namen der Kaffeehäuser, die der alte Schafskopf genannt hatte, in seinem Gedächtnis auf, alle zugleich, wie die tausend Garben eines Feuerwerkes: Café Gascard, Café Grimbert, Café Halbout, die Bordelaiser Kneipe, Café Havanais, Bœuf-à-la-Mode, Deutsche Bierwirtschaft, Mère Morel. Und dann suchte er sie alle, eines nach dem andern, auf. Im einen aber war Regimbart gerade fortgegangen, in einem andern hieß es, er komme vielleicht; in einem dritten hatte er sich seit einem halben Jahr nicht mehr blicken lassen. Anderswo hatte er tags zuvor für den nächsten Samstag eine Hammelkeule bestellt. Endlich, als Frédéric bei Vautier, einem Kaffeeauschank, die Tür aufriß, prallte er gegen den Kellner.

»Kennen Sie Herrn Regimbart?« fragte er ihn.

»Ob ich ihn kenne? Ich habe doch die Ehre, ihn zu bedienen. Er sitzt oben und hat gerade fertig gespeist.«

Die Serviette unterm Arm, trat nun auch der Besitzer des Kaffeehauses zu ihm heran.

»Sie suchen Herrn Regimbart? Er war gerade vorhin noch hier.«

Frédéric stieß einen Fluch aus; aber der Wirt versicherte, er werde ihn unfehlbar bei Bouttevilain treffen.

»Ich gebe Ihnen mein Wort darauf, mein Ehrenwort! Er ist ein bißchen früher als sonst fortgegangen. Er hatte nämlich eine geschäftliche Verabredung mit ein paar Herren. Sie werden ihn aber bestimmt, ich wiederhole es Ihnen, bei Bouttevilain in der Rue Saint-Martin 92 finden, zweite Treppe links, hinten im Hof, im Zwischenstock, rechte Tür.«

Endlich gewahrte er Regimbart; er saß allein im Tabaksqualm beim Billard ganz hinten im Hinterstübchen. Vor ihm stand ein Schoppen Bier, er grübelte kopfhängerisch vor sich hin.

»Da stecken Sie also! Ich suche Sie schon lange!«

Ohne sich weiter aufzuregen, streckte ihm Regimbart nur zwei Finger hin, und als hätte er ihn tags zuvor noch gesehen, äußerte er ein paar nichtssagende Redensarten über die Eröffnung der Kammersession.

Frédéric ließ ihn nicht ausreden. So ungezwungen, wie er nur konnte, fragte er: »Arnoux geht es gut?«

Die Antwort ließ auf sich warten. Regimbart spülte sich gemächlich die Kehle mit seinem Getränk.

»Ja, nicht schlecht!«

»Wo wohnt er denn jetzt?«

»In der Rue Paradis-Poissonnière, wo denn sonst?« gab Regimbart erstaunt zur Antwort.

»Welche Nummer?«

»Siebenunddreißig, zum Donnerwetter! Sind Sie aber komisch!«

Frédéric stand auf.

»Was? Sie wollen schon gehen?«

»Ja, gewiß, ich muß noch etwas erledigen, eine Besorgung, die ich beinahe vergessen hätte. Leben Sie wohl!«

Von der Kneipe ging Frédéric geradewegs zu Arnoux; wie von einem linden Wind getragen, schritt er dahin, mit dem Gefühl nie gekannter Leichtigkeit, wie man es sonst nur in Träumen erlebt.

Bald stand er im zweiten Stockwerk vor einer Tür, deren Klingel laut hallend ertönte. Ein Dienstmädchen zeigte sich im Türrahmen. Eine zweite Tür ging auf. Madame Arnoux saß vor dem Kaminfeuer. Arnoux sprang mit einem Satz auf ihn zu und umarmte ihn. Sie hielt einen kleinen Knaben, ein ungefähr dreijähriges Bübchen, auf dem Schoß. Auf der andern Seite beim Kamin stand ihre Tochter, die jetzt so groß war wie sie.

»Gestatten Sie mir, Ihnen diesen Herrn da vorzustellen!« sagte Arnoux, faßte sein Söhnchen unter den Achseln und hob es hoch.

Dann trieb er ein paar Minuten lang allerhand Schabernack mit ihm, warf ihn hoch in die Luft und fing ihn mit ausgestreckten Armen wieder auf.

»Er kann sich ja zu Tode fallen! Ach, du lieber Gott! So hör doch auf!« bat Madame Arnoux.

Doch Arnoux schwor, das sei ganz ungefährlich, und fuhr in seinem mutwilligen Spiel fort, ja er lispelte ihm allerlei kindische Kosenamen im Marseiller Dialekt, seiner Muttersprache, ins Ohr: »Du mein liebes Täubchen, mein Goldkindchen!«

Dann fragte er Frédéric, warum er so lange nicht geschrieben, was er zu Hause getrieben habe und was ihn nach Paris zurückführe.

»Ich, lieber Freund, handle neuerdings mit Fayencen. Aber reden wir jetzt lieber von Ihnen!«

Frédéric gab als Grund für sein Stillschweigen einen langwierigen Prozeß an, außerdem die schwankende Gesundheit seiner Mutter; er legte großen Nachdruck auf diesen Umstand, in der Hoffnung, damit die Anteilnahme seiner Zuhörer zu erregen. Kurzum, er lasse sich jetzt dauernd in Paris nieder, diesmal endgültig und unwiderruflich. Die Erbschaft erwähnte er überhaupt nicht, aus Angst, er könnte damit seine Vergangenheit in ein schiefes Licht setzen.

Die Vorhänge wie auch die Möbelbezüge waren aus kastanienbraunem Wolldamast; auf dem breiten Pfühl im Bett lagen zwei Kopfkissen dicht nebeneinander. Ein Kochkessel brodelte über der Kohlenglut im Kamin. Und der Schirm der Lampe, die auf dem Rand der Kommode stand, hüllte den Raum in dämmeriges Dunkel. Madame Arnoux trug ein Hauskleid aus dunkelblauer Merinowolle. Den Blick versonnen der veraschenden Glut zugewandt, eine Hand auf der Schulter des Kindes, nestelte sie mit der andern das Schnürband seines Jäckchens auf. Der kleine Knirps stand im Hemdchen da, weinte und kratzte sich auf dem Kopf, genau wie das Söhnchen des Herrn Alexandre.

Frédéric hatte sich von diesem Wiedersehen einen wahren Freudenrausch erhofft. Aber Leidenschaften welken dahin, wenn man sie in anderes Erdreich verpflanzt; und als er nun Madame Arnoux nicht mehr in der Umgebung sah, in der er sie früher gekannt hatte, war ihm, als habe sie etwas verloren, als habe sie irgendwie an Wert eingebüßt, kurzum, als sei sie nicht mehr die gleiche wie ehemals. Daß sein Herz dabei so ruhig, so unbewegt blieb, erfüllte ihn mit maßlosem Staunen. Er erkundigte sich nach seinen alten Freunden, unter anderm nach Pellerin.

»Ich sehe ihn nur selten«, sagte Arnoux.

Sie setzte hinzu: »Wir empfangen keine Gäste mehr wie früher!«

Sagte sie das, um ihm zu verstehen zu geben, daß er nicht mehr eingeladen werde? Doch Arnoux benahm sich auch weiterhin derb herzlich und machte ihm Vorhaltungen, weil er nicht ohne weiteres unangemeldet zu ihnen zum Nachtessen gekommen sei. Und dann setzte er ihm auseinander, warum er jetzt ein anderes Gewerbe betreibe.

»Was wollen Sie schon anfangen in einer Zeit des Verfalls und Niedergangs wie der unsern? Die große Malerei ist nicht mehr Mode! Überdies kann man allem und jedem eine künstlerische Note geben. Ich liebe das Schöne, das wissen Sie ja! Ich muß Sie dieser Tage einmal in meine Fabrik mitnehmen.«

Und er bestand darauf, ihm auf der Stelle ein paar von seinen Erzeugnissen in seinem Magazin unten im Zwischenstock zu zeigen.

Überall auf dem Fußboden waren Schüsseln, Suppenterrinen, Teller und Näpfe aufgestapelt. An den Wänden lehnten breite viereckige Kacheln für Badezimmer und Ankleideräume, mit Szenen aus der Mythologie im Stil der Renaissance, während in der Mitte auf einer doppelten Etagere, die bis zur Decke hinaufreichte, Eisschalen, Blumentöpfe, Leuchter, kleine Jardinieren und fast lebensgroße bunte Statuetten standen, die einen Neger oder eine

Schäferin im Pompadourkostüm darstellten. Arnoux' wortreiche Erklärungen langweilten Frédéric. Er fror und war hungrig.

Er eilte ins Café Anglais, ließ sich ein üppiges Souper auftragen und dachte, während er es verzehrte: Schön dumm habe ich mich ja daheim benommen mit meinem Liebeskummer! Sie hat mich kaum wiedererkannt! So eine kleinbürgerliche Spießerin!

Und in einem jäh aufwallenden Gefühl von Kraft und Gesundheit faßte er Entschlüsse, die nur auf sein ureigenes Wohlergehen abzielten. Er fühlte, wie sein Herz hart war, hart wie der Tisch, auf dem seine Ellbogen ruhten. Nun konnte er sich also mitten in den Strudel der Welt stürzen, furchtlos und unverzagt. Die Dambreuses kamen ihm in den Sinn. Er hatte vor, sie weidlich auszunützen. Dann fiel ihm Deslauriers ein. Tut mir leid. Ich kann ihm wahrhaftig nicht helfen! Aber er ließ ihm doch durch einen Dienstmann ein Briefchen zustellen und schlug ihm darin vor, sie wollten sich am nächsten Tag im Palais-Royal treffen und zusammen frühstücken.

Deslauriers war das Glück nicht so hold.

Er hatte sich zur Staatsprüfung für die Habilitation gemeldet, mit einer Dissertation über »Das Recht des Erblassers«, worin er den Standpunkt vertrat, man müsse dieses Recht so weit wie nur möglich einschränken. Im Verlauf der Disputation versuchte sein Gegner ihn zu dummen Behauptungen zu verleiten, und er gab deren auch eine Menge zum besten, ohne daß die Examinatoren auch nur mit der Wimper gezuckt hätten. Dann hatte es der Zufall gefügt, daß er beim Losen um das Thema der Probevorlesung die *Verjährung* aus der Urne zog. Dabei verstieg sich Deslauriers zu schlechthin jammervollen Theorien. Er behauptete, lang zurückliegende Streitfälle müßten genauso dokumentarisch belegt und aktenmäßig erledigt werden wie solche aus neuerer Zeit; weshalb sollte ein Eigentümer seines Besitzes verlustig gehen, bloß weil er seine Beweisstücke erst nach Ablauf von einunddreißig Jahren aufbringen könne? Das hieße doch dem Erben eines reich gewordenen Diebes die Rechtssicherheit eines redlichen Ehrenmanns zubilligen. Durch eine erweiterte Anwendung dieser Rechtsgrundsätze werde das Unrecht gesetzlich geschützt! Sie seien nichts anderes als eine Tyrannei, ein Mißbrauch der Gewalt! Er hatte sich sogar zu dem Ausruf hinreißen lassen: »Schaffen wir dieses Recht ab! Dann werden die Franken nicht länger die Gallier bedrücken, so wenig wie die Engländer die Iren, die Yankees die Rothäute, die Türken die Araber, die Weißen die Neger, und Polen . . .«

Da war ihm der Präsident ins Wort gefallen: »Schon gut! Schon gut, Herr Kandidat! Ihre politischen Anschauungen gehen uns nichts an. Sie können sich später wieder zur Prüfung melden.«

Deslauriers hatte sich nicht noch ein zweitesmal einer Prüfung unterziehen wollen. Doch der unselige Artikel 20 im III. Teil des Zivilgesetzbuchs war für ihn zu einem wahren Berg des Anstoßes geworden. Er arbeitete an einem großen Werk über *Die Verjährung als Grundlage des Zivilrechts und des Naturrechts der Völker*. Und nun saß er zu Hause vergraben in die Lektüre Dunods, Rogerius', Balbus', Merlins, Vazeilles, Savignys, Troplongs und anderer umfangreicher und bedeutsamer Werke. Damit er ungestörter und mit mehr Muße seiner Arbeit leben konnte, hatte er seine Stelle als Kanzlist aufgegeben. Er brachte sich mit Nachhilfestunden durch und schrieb Dissertationen für andere. Bei den Sitzungen im Debattierklub der Advokaten erschreckte er durch sein bissiges und heftiges Auftreten die Konservativen, alle die jungen Doktrinäre aus der Schule Guizots. So hatte er es in gewissen Kreisen zu einer Art Berühmtheit gebracht, in der freilich ein leises Mißtrauen gegen seine Person mitsprach.

Zu ihrem Rendezvous erschien er in einem dicken, mit rotem Flanellstoff gefütterten Überzieher, ähnlich dem, den Sénécal früher getragen hatte.

Die Scheu vor den Leuten, die vorüberkamen, hielt sie ab, einander nach Herzenslust zu umarmen, und sie gingen Arm in Arm bis zu Frévour, vor Freude kichernd und mit Tränen in den Augen. Und kaum waren sie allein, rief Deslauriers aus: »Ah! Donnerkeil! Jetzt wollen wir's uns wieder einmal so recht gut gehen lassen!«

Frédéric behagte diese Art, sich so ohne weiteres als Teilhaber seines Wohlstandes aufzuspielen, durchaus nicht. Sein Freund legte zuviel Freude für sie beide an den Tag und freute sich nicht genug für ihn allein.

Hierauf erzählte Deslauriers, wie er durchgefallen war, und nach und nach kam er auch auf seine Arbeiten zu sprechen, auf seine Art zu leben. Von sich selber sprach er mit stoischem Gleichmut, über die andern äußerte er sich tief verbittert. Alles erregte sein Mißfallen. Nicht einen Mann in gehobener Stellung gab es, der nicht entweder ein hoffnungsloser Hohlkopf oder aber ein Schuft war. Wegen eines schlecht gespülten Glases fuhr er den Kellner barsch an, und als Frédéric ihm das, sanft genug, verwies, polterte er: »Soll ich vielleicht vor solchen Spitzbuben ein Blatt vor den Mund nehmen? Alle verdienen sie gut und gern ihre sechs- bis achttausend Franken im Jahr, sind Wähler und können vielleicht gar gewählt werden! A nein, nein!«

Dann setzte er unvermittelt eine heitere Miene auf und meinte: »Aber da vergesse ich ganz, daß ich ja mit einem Kapitalisten rede, mit einem Mondor, denn jetzt bist du doch so ein Mondor!«

Und nun kam er wieder auf die Erbschaft zu sprechen und äußerte den Gedanken, daß die Erbfolge in der Seitenlinie – eine an sich ungerechte Sache, wenn er sich auch in diesem Sonderfall darüber freue – demnächst einmal abgeschafft werde, bei der nächsten Revolution.

»Glaubst du?« fragte Frédéric.

»Da kannst du dich drauf verlassen!« gab er zur Antwort. »So kann's nicht weitergehen! Es gibt zuviel Not in der Welt! Wenn ich sehe, wie bettelarm Leute wie Sénécal sind ...«

Immer dieser Sénécal! dachte Frédéric.

»Was gibt es sonst Neues? Bist du immer noch in Madame Arnoux verliebt? Das ist vorbei, was?«

Frédéric wußte nicht, was er ihm darauf antworten sollte. Er schloß die Augen und senkte den Kopf.

Da einmal Arnoux' Name gefallen war, erzählte ihm Deslauriers, seine Zeitung gehöre jetzt Hussonnet, der sie ganz neu aufgezogen habe. Die Firma heiße nunmehr *Die Kunst*, literarische Stiftung, Aktiengesellschaft mit Aktien zu je hundert Franken. Gesellschaftskapital: vierzigtausend Franken. Jeder Aktionär habe die Möglichkeit, dort seine Arbeiten abzudrucken; denn Zweck und Absicht der Gesellschaft sei, die Werke von Anfängern zu veröffentlichen, dem Talent, ja dem Genie vielleicht schmerzliche und zermürbende Kämpfe zu ersparen, die entmutigen und verbittern... Und so weiter, und so fort. »Merkst du den Schwindel?!« Immerhin sei da etwas zu machen, man müsse nur den Ton des genannten Blattes heben und dann plötzlich, unter Beibehaltung derselben Redakteure und mit dem Versprechen, den Roman unterm Strich weiterzuführen, den Abonnenten eine politische Zeitung ins Haus liefern. Die Beträge, die dafür aufzubringen wären, seien nicht sehr erheblich.

»Was hältst du davon? Sag, hättest du nicht Lust, da einzusteigen?«

Frédéric wies den Vorschlag nicht von der Hand, meinte aber, er müsse zuvor abwarten, bis seine Angelegenheiten geregelt seien.

»Wenn du dann etwas brauchst...«

»Danke, mein Sohn!« erwiderte Deslauriers.

Hernach rauchten sie echte Havannazigarren, die Ellbogen auf das Samtpolster des Fensterbretts gestützt. Die Sonne schien, die Luft war mild, ganze Schwärme von Vögeln flatterten herum und ließen sich im Garten nieder. Die Bronze- und Marmorbilder, vom Regen tropfnaß, glänzten spiegelklar. Dienstmädchen in ihren Schürzen saßen auf den Stühlen und plauderten miteinander, und man hörte fröhliches Kinderlachen, das sich mit dem plätschernden Rauschen des Springbrunnens vermischte.

Frédéric hatte Deslauriers' Verbitterung leise verstimmt. Doch unter der Einwirkung des Weins, der durch seine Adern strömte, wurde er schläfrig und benommen, und da ihm das Licht prall ins Gesicht schien, verspürte er nur noch ein unsägliches Wohlgefühl, ein lustvolles, dumpfes Behagen, wie eine Pflanze, die mit Wärme und Feuchtigkeit gesättigt ist. Deslauriers schaute mit halb geschlossenen Lidern träumerisch und blicklos ins Weite. Seine Brust hob sich, und unvermittelt sagte er: »Ach, wieviel schöner war's damals, als Camille Desmoulins dort drunten auf einem Tisch stand und das Volk zum Sturm auf die Bastille aufrief! Damals lebte man! Man konnte sich durchsetzen, seine Kraft beweisen! Schlichte Advokaten erteilten Generälen Befehle, arme Schlucker, die nicht einmal Schuhe anhatten, schlugen die Könige aufs Haupt, während heute . . .«

Er brach ab. Dann sagte er auf einmal: »Bah, große Dinge sind im Kommen!«

Er trommelte einen Sturmmarsch auf der Fensterscheibe und deklamierte die Verse Barthélemys:

»Aufs neue wird erstehen der Nationalkonvent,
Der vierzig Jahre später euch noch den Sinn verstört,
Ein Riesenungetüm, das furchtlos euch berennt
Und mächtgen Schrittes naht und kein Erbarmen kennt.

Den Rest weiß ich nicht mehr! Aber es ist spät geworden. Wie wär's, wenn wir nach Hause gingen?«

Und draußen auf der Straße fuhr er fort, seine Theorien zu entwickeln.

Frédéric hörte ihm gar nicht zu, sondern sah sich in den Schaufenstern der Kaufläden nach Stoffen und Möbeln für seine Wohnungseinrichtung um. Und vielleicht ließ ihn der Gedanke an Madame Arnoux vor der Auslage eines Antiquitätenhändlers stehenbleiben, wo drei Fayenceteller ausgestellt waren. Sie waren mit gelben, metallisch glänzenden Arabesken verziert und kosteten hundert Taler das Stück. Er ließ sie für sich auf die Seite legen.

»Ich an deiner Stelle«, meinte Deslauriers, »würde mir eher Silberzeug kaufen!« Mit dieser Vorliebe fürs Protzige enthüllte er seine Herkunft aus bescheidenen Verhältnissen.

Kaum war Frédéric allein, begab er sich zu dem berühmten Pomadère, wo er drei Beinkleider, zwei Fräcke, einen Pelzmantel und fünf Westen für sich bestellte. Hierauf suchte er einen Schuster auf, ein Hemdengeschäft und einen

Hutmacher, und überall gab er Weisung, sich tunlichst zu beeilen.

Als er drei Tage später am Abend aus Le Havre zurückkam, fand er zu Hause seine Garderobe fix und fertig vor. Und da er es kaum erwarten konnte, bis er sie einweihen durfte, beschloß er, unverzüglich bei den Dambreuses einen Besuch zu machen. Aber es war noch zu früh, kaum acht Uhr.

Wie wär's, wenn ich zu den andern ginge? überlegte er.

Arnoux war allein. Er stand vor dem Spiegel und rasierte sich gerade. Er machte ihm den Vorschlag, ihn an einen Ort mitzunehmen, wo es lustig hergehe. Und als Dambreuses Name fiel, rief er: »Ach, das trifft sich ja glänzend! Dort sehen Sie Freunde von ihm. Kommen Sie doch mit! Es wird ein Heidenspaß!«

Frédéric brachte einige Ausflüchte vor. Da erkannte ihn Madame Arnoux an der Stimme und wünschte ihm durch die hellhörige Wand hindurch einen guten Tag. Ihre Tochter sei nämlich krank und sie selbst etwas unpäßlich. Und dann hörte man, wie mit einem Löffel in einem Glas umgerührt wurde, und alle die gedämpften Geräusche sachte vom Fleck gerückter Dinge, die in einer Krankenstube zu hören sind. Nun verschwand Arnoux, um sich von seiner Frau zu verabschieden. Er hatte haufenweise Gründe anzuführen: »Du weißt ja, es ist sehr wichtig! Ich muß unbedingt hingehen. Ich kann unmöglich absagen. Man erwartet mich.«

»Geh nur, geh, mein Lieber. Amüsier dich gut!«

Arnoux rief eine Droschke heran. »Palais Royal, Galerie Montpensier 7.«

Er ließ sich in die Polster zurückfallen und seufzte: »Ach, wie ich müde bin, mein Lieber! Ich gehe noch drauf dabei. Übrigens, Ihnen kann ich's ja schon sagen.«

Er neigte sich zu seinem Ohr und flüsterte geheimnisvoll: »Ich bin daran, das Kupferrot der Chinesen wiederzufinden.«

Und er ließ sich in wortreichen Erörterungen über Glasur und langsames Brennen aus.

Als sie bei Chevet vorfuhren, überreichte man ihm einen großen Korb, den er in die Droschke hinaustragen ließ. Dann suchte er für »seine arme Frau« Trauben, Ananas und verschiedene erlesene Leckerbissen aus und schärfte den Leuten ein, sie müßten unbedingt zeitig am nächsten Morgen geschickt werden.

Von da fuhren sie zu einem Kostümverleiher. Es sollte nämlich ein Maskenball stattfinden. Arnoux nahm eine Kniehose aus blauem Samt, eine ebensolche Jacke und eine brandrote Perücke, Frédéric einen Domino. Und schließlich stiegen sie in der Rue de Laval vor einem Haus ab, dessen zweites Stockwerk mit bunten Laternen hell erleuchtet war.

Schon unten an der Treppe hörte man das schmelzende Singen der Geigen.

»Wo, zum Teufel, führen Sie mich hin?« staunte Frédéric.

»Zu einem lieben Mädchen. Haben Sie nur keine Bange!«

Ein Groom öffnete ihnen die Tür, und sie traten ins Vorzimmer, wo Mäntel, Überzieher und Halstücher haufenweise auf den Stühlen herumlagen. Im selben Augenblick ging eine junge Frau im Kostüm eines Dragoners aus der Zeit Ludwigs XV. durch den Raum. Es war Fräulein Rose-Annette Bron, die Hausherrin.

»Und jetzt?« fragte Arnoux.

»Erledigt!« gab sie zur Antwort.

»Ah! Danke, mein Engel!«

Und er wollte ihr einen Kuß geben.

»Gib doch acht, du Tolpatsch! Du verdirbst mir ja die ganze Schminke.«

Arnoux stellte Frédéric vor.

»Kommen Sie rein und seien Sie mir willkommen.«

Sie schlug eine Portiere hinter sich auseinander und rief in emphatischem Ton: »Meister Arnoux, Küchenjunge, und ein befreundeter Prinz!«

Frédéric war zuerst von dem Lichterglanz völlig geblendet. Er sah nichts als Seide, Samt, entblößte Schultern, ein buntes Gewoge von Farben, das sich zu den Klängen eines Orchesters drehte und wiegte. Dieses war hinter grünen Pflanzen versteckt, zwischen Wänden, die mit gelber Seide bespannt und hier und da mit Pastellbildnissen und Kristallkandelabern im Stil Ludwigs XVI. geschmückt waren. Hohe

Lampen, deren mattierte Kugeln aussahen wie Schneebälle, ragten über Blumenkörben hervor, die in den Ecken auf Konsolen standen. Und dem Eingang gegenüber konnte man durch ein kleineres Zimmer hindurch ein drittes Gemach sehen und darin ein Bett mit gewundenen Säulen und einem venezianischen Spiegel am Kopfende.

Die Tänze brachen ab. Beifallsklatschen und ein tobendes Freudengeschrei wurde beim Anblick Arnoux' laut, der mit seinem Korb auf dem Kopf hereinkam. In der Mitte des Zimmers lagen die Eßwaren hoch aufgerichtet zur Schau.

»Achtung! Der Kronleuchter!«

Frédéric blickte in die Höhe. Da hing der Leuchter aus Meißner Porzellan, der im *Kunstgewerbe* den Verkaufsraum geschmückt hatte. Die Erinnerung an die frühern Zeiten zog ihm durch den Sinn. Aber da pflanzte sich ein Linieninfanterist in Dienstuniform vor ihm auf. Er trug die dämliche Miene zur Schau, die traditionsgemäß den Rekruten eigen ist, und breitete beide Arme aus, zum Zeichen seiner maßlosen Verwunderung. Und nun erkannte Frédéric, trotz dem furchterregenden kohlschwarzen spitz aufgezwirbelten Schnauzbart, der ihn entstellte, seinen alten Freund Hussonnet. In einem Kauderwelsch, das halb Elsässerdialekt, halb Negergemauschel war, schwadronierte der Künstler auf ihn los, überschüttete ihn mit Glückwünschen und redete ihn dabei dauernd als »Herr Oberst« an. Frédéric war durch die vielen Leute aus der Fassung gebracht und wußte nicht, was er darauf antworten sollte. Ein Geigenbogen klopfte auf ein Pult, Tänzer und Tänzerinnen stellten sich auf.

Es waren rund sechzig Gäste da, die Frauen zumeist als Bäuerinnen oder Marquisen verkleidet und die Männer, fast alles Herren gesetzten Alters, als Fuhrleute, Lastträger oder Matrosen kostümiert.

Frédéric hatte sich an der Wand aufgestellt und schaute der Quadrille vor sich zu.

Ein alter Geck, der wie ein venezianischer Doge in einen lang wallenden purpurroten seidenen Talar gekleidet war, tanzte mit Mademoiselle Rosanette, die einen grünen Frack, eine eng anliegende Trikothose und weiche Stiefel mit goldenen Sporen anhatte. Das Paar gegenüber setzte sich zusammen aus einem Arnauten, der über und über mit Krummdolchen behängt war, und einer Schweizerin mit blauen Augen und milchweißer Haut, drall, mollig und rundlich wie eine fette Wachtel, in Hemdsärmeln und rotem Mieder. Um ihr Haar, das ihr bis zu den Knöcheln hinunterreichte, recht zur Geltung zu bringen, hatte sich eine üppige Blondine, eine Statistin von der Oper, als Wilde kostümiert und trug über ihrem braunen Trikot nichts als einen Lederschurz, Armbänder aus Glasperlen und ein Diadem aus Flittergold, aus dem ein hoher Busch von Pfauenfedern emporragte. Vor ihr stand ein Pritchard, in einen lachhaft weiten schwarzen Frack gehüllt, und klopfte mit dem Ellbogen den Takt auf seiner Tabaksdose. Ein kleiner Watteau-Schäfer, ganz himmelblau und silbern wie Mondenschein, schlug mit seinem Hirtenstab in einem fort gegen den Thyrsusstab einer traubenumkränzten Bacchantin, die ein Leopardenfell auf der linken Hüfte und goldbebänderte Kothurne trug. Auf der andern Seite schwenkte eine Polin in hellrotem Samtspenzer ihr Gazeröckchen über ihren perlgrauen Strümpfen, die in rosaroten Stiefelchen mit weißem Pelzbesatz staken. Sie lächelte einem schmerbäuchigen Vierziger zu, der als Chorknabe verkleidet war und hohe Sprünge machte, wobei er mit einer Hand sein Chorhemd aufhob und mit der andern sein rotes Käppchen festhielt. Aber die Königin, der Stern des Abends war Mademoiselle Loulou, die berühmte Tänzerin der öffentlichen Bälle. Da sie jetzt reich war, trug sie einen breiten Spitzenkragen über ihrer schwarzen Samtjacke, und auf ihrer weiten Pluderhose aus hochroter Seide, die hinten am Rücken eng anlag und um die Hüften mit einer Kaschmirschärpe gegürtet war, waren die ganze Naht entlang kleine weiße frische Kamelien aufgenäht. Ihr blasses, leicht aufgedunsenes Gesicht mit der Stupsnase wirkte noch dreister wegen der strupphaarigen Perücke, auf der ein Männerhut aus grauem Filz, mit einem Faustschlag eingedrückt, schief auf dem rechten Ohr saß. Und jedesmal, wenn sie einen Luftsprung machte, berührten ihre Tanzschuhe mit den Diamantschnallen beinah die Nase ihres Nachbars, eines stattlichen mittelalterlichen Barons, der in seiner Eisenrüstung reichlich unbeholfen dreinsah. Es war auch ein Engel da mit einem goldenen Schwert in der Hand und zwei Schwanenflügeln am Rücken. Er lief hin und her, verlor unausgesetzt seinen Kavalier, einen Vierzehnten Ludwig, begriff rein gar nichts von den Figuren und brachte so den ganzen Kontertanz durcheinander.

Während Frédéric alle diese Leute betrachtete, befiel ihn ein Gefühl völligen Verlassenseins, ein tiefes Unbehagen. Immer noch dachte er an Madame Arnoux, und es war ihm, als nehme er an irgend etwas Feindseligem teil, das da gegen sie gesponnen wurde.

Als die Quadrille zu Ende war, trat Fräulein Rosanette zu ihm heran. Sie war ein bißchen außer Atem, und ihr spiegelblanker Halsschild hob sich sachte unterm Kinn.

»Und Sie«, sagte sie, »tanzen Sie nicht?«

Frédéric entschuldigte sich. Er könne nicht tanzen.

»Wirklich nicht? Auch mit mir nicht? Sicher können Sie's!«

Und sie verlagerte ihr Körpergewicht auf ein Bein, bog das andere Knie leicht ein, streichelte mit der linken Hand den perlmutternen Griff ihres Degens und maß ihn dabei eine Weile mit einer halb bittenden, halb höhnischen Miene von unten bis oben. Schließlich sagte sie: »Guten Abend!« drehte sich auf dem Absatz um und verschwand.

Frédéric war mit sich selber unzufrieden, und da er nicht wußte, was er anfangen sollte, trieb er sich auf gut Glück auf dem Ball herum.

Er betrat das Boudoir, das in blaßblauer Seide mit Feldblumensträußchen ausgeschlagen war, während oben an der Zimmerdecke in einem kreisrunden Rahmen aus vergoldetem Holz Putten, die aus einem azurblauen Himmel hervorkamen, auf Wolken, wie Daunenkissen geformt, sich ausgelassen tummelten. Dieser etwas kitschige Luxus, der heutzutage für Frauen von Rosanettes Schlag bloß lumpigen Plunder bedeuten würde, blendete ihn, und er staunte alle die Herrlichkeiten an: die künstlichen Windengeranke, die rings um den Spiegel als Zierat verliefen, die Kamingitter, den türkischen Diwan und in einer Wandnische eine Art Zelt, das mit rosafarbener Seide unter einem Überzug von weißem Musselin bespannt war. Schwarze, mit Kupfer eingelegte Möbel bildeten die Einrichtung des Schlafzimmers, wo auf einer mit Schwanenpelz ausgelegten Estrade das mächtige Himmelbett, mit Straußenfedern geschmückt, prangte. Nadeln mit Edelsteinköpfen, die in Nähkissen eingesteckt waren, Ringe, die unordentlich in ein paar Schalen herumlagen, allerlei Anhänger und Medaillons, in Gold gefaßt, und silberne Kästchen waren im Halbdunkel zu sehen, beim schwachen Lichtschein, den eine Ampel aus farbigem Kristallglas, an drei Kettchen aufgehängt, verbreitete. Durch eine kleine, halb offene Tür sah man in einen Wintergarten, der die ganze Breite der Terrasse einnahm und am einen Ende von einem großen Vogelkäfig abgeschlossen wurde.

Das war wohl eine Umgebung, die ihm behagen mußte. In einem plötzlichen Aufbegehren seines jugendlichen Blutes nahm er sich fest vor, diese Welt zu genießen, und er faßte sich ein Herz. Als er dann zum Eingang des Salons zurückgelangt war, wo sich die Leute jetzt dichter durcheinanderdrängten – alles wogte und wirbelte in einer Art flimmerndem Staubgewimmel –, da blieb er stehen und schaute den Quadrillen zu, kniff die Augen zu, um besser sehen zu können, und atmete tief und gierig die sinnenerregenden Düfte all der Frauenleiber und -kleider ein, die wie ein einziger Kuß ohne Maß und Grenzen über den ganzen Raum hin in der Luft lagen.

Aber neben ihm, auf der andern Seite der Tür, stand Pellerin, Pellerin in Galastaat, die linke Hand vorne in den Busen geschoben, und in der rechten hielt er den Hut und einen zerrissenen weißen Handschuh.

»Sieh mal an«, sagte er, »man hat Sie ja lange nicht mehr zu Gesicht bekommen! Wo zum Teufel haben Sie eigentlich gesteckt? Verreist? In Italien? Reichlich abgedroschen und abgeklopft, dieses Italien, nicht? Gar nicht soviel los, wie man immer sagt? Ist ja egal! Bringen Sie mir Ihre Skizzen einmal in den nächsten Tagen?«

Und ohne seine Antwort abzuwarten, fing der Künstler an über sich selber zu reden.

Er war tüchtig vorangekommen, nachdem er ein für allemal eingesehen hatte, wie unsinnig und dumm eine schöne Linienführung sei. Man dürfe bei einem Werke nicht so sehr auf Schönheit und Geschlossenheit achten als vielmehr auf die Eigenart und Mannigfaltigkeit der dargestellten Dinge.

»Denn alles kommt in der Natur vor, folglich ist alles zulässig und berechtigt, alles formbarer Bildstoff. Es handelt sich lediglich darum, den rechten Ton zu treffen, das ist alles. Ich habe das Geheimnis entdeckt!«

Und er stieß ihn mit dem Ellbogen in die Rippen und sagte ein paarmal hintereinander: »Ich habe das Geheimnis entdeckt, sehen Sie! Schauen Sie sich beispielsweise einmal die kleine Frau dort an, die mit der Sphinxfrisur, die mit einem russischen Postkutscher tanzt. Da ist alles klar, scharf und kalt, genau umrissen, ganz flächig und in grellen Farbtönen gehalten. Eine Spur Indigoblau unter die Augen, einen Klatsch Zinnober auf die Wange, ein wenig Rußschwarz auf die Schläfen; piff! paff!«

Und er fuhr mit dem Daumen durch die Luft, als führe er Pinselstriche.

»Wohingegen die Dicke dort hinten«, fuhr er fort und deutete auf ein Fischweib in einem kirschroten Kleid, mit einem goldenen Kreuz am Hals und einem Halstuch aus Leinenbatist, das sie auf dem Rücken geknotet trug, »da sind lauter Rundungen. Die Nasenlöcher gebläht wie die Flügel ihrer Haube, die Mundwinkel aufwärts gezogen, das Kinn hängt nach unten, alles ist fett, schwammig, füllig und üppig, ruhevoll und wärmend, ein wahrer Rubens! Und doch sind beide in ihrer Art vollkommen! Wo also ist nun der richtige Typus?«

Er ereiferte sich: »Was ist eigentlich eine schöne Frau? Was ist das Schöne? Ah, das Schöne, werden Sie mir sagen . . .«

Frédéric fiel ihm ins Wort und erkundigte sich, wer der Pierrot mit dem Bocksprofil sei, der mitten in einer Figur des Kontertanzes die Tänzer segne.

»Nichts Besonderes! Ein Witwer, Vater von drei Bübchen. Er läßt sie ohne Hosen herumlaufen, verbringt sein Leben im Klub und schläft mit seinem Dienstmädchen.«

»Und der dort im Kostüm eines Malteserkomturs, der in der Fensternische steht und mit einer Marquise Pompadour plaudert?«

»Die Marquise ist Madame Vandaël, die ehemalige Schauspielerin am Gymnase, die Mätresse des Dogen, des Grafen de Palazot. Seit zwanzig Jahren leben die beiden nun schon zusammen, kein Mensch weiß warum. Hat die Frau früher einmal Augen gehabt! Wunderschöne! Was den Mann neben ihr anlangt, so nennt man ihn den Rittmeister d'Herbigny. Ein Ehrenmann von altem Schrot und Korn, der außer seinem Ehrenkreuz und seinem Ruhegehalt keinen roten Heller besitzt. Er spielt den Onkel für die Grisetten bei feierlichen Gelegenheiten, greift vermittelnd und schlichtend bei Duellen ein und schmarotzt überall in der Stadt herum.«

»Ein Schuft also?«

»Gott bewahre! Ein Ehrenmann!«

»Aha!«

Der Künstler nannte ihm noch die Namen verschiedener anderer Leute, da gewahrte er einen Herrn, der wie die Molièreschen Ärzte einen weiten Mantel aus schwarzem Serge trug, den er aber von unten bis oben weit offen hatte, damit man alle seine Berlocken gut sehen konnte.

»Der da ist, wie er leibt und lebt, der Doktor Desrogis, der vor Wut platzen möchte, weil er nicht berühmt ist. Er hat ein pornographisch-medizinisches Buch geschrieben, leistet den vornehmen Kreisen bereitwilligst Schuhputzerdienste und ist verschwiegen; die fraglichen Damen heben ihn denn auch in alle Himmel. Er und seine Gemahlin – dort die brandmagere Burgfrau im grauen Kleid – treiben sich miteinander an sämtlichen öffentlichen – und auch andern – Orten herum. Obschon sie recht knapp bei Geld sind, haben sie *ihren Empfangstag* – Teegesellschaften mit künstlerischem Anstrich, in denen Verse vorgetragen werden. – Obacht!«

Tatsächlich trat der Doktor zu ihnen heran, und nicht lange, so bildeten sie alle drei beim Eingang zum Salon ein eifrig plauderndes Grüppchen, zu dem sich auch Hussonnet gesellte. Später kam noch der Liebhaber der wilden Frau hinzu, ein junger Reimeschmied, der unter einem kurzen

Mäntelchen nach der Mode Franz I. die jämmerlichste Gestalt, die man sich denken kann, zur Schau stellte, und schließlich noch ein witziger Bursche, der als Schaubudentürke verkleidet war. Aber sein Jäckchen mit den gelben Litzen war so lange schon auf dem Rücken herumziehender Zahnbrecher durch die Welt gereist, seine weite Pluderhose wies ein derart verschossenes Rot auf, sein Turban, der zusammengerollt war wie ein Aal *à la tartare*, sah so gottserbärmlich schäbig drein, kurz, sein ganzes Kostüm war dermaßen stilecht und jammervoll, daß die Frauen aus ihrem Ekel kein Hehl machten. Der Doktor tröstete ihn darüber mit überschwänglichen Lobhudeleien auf die *Débardeuse*, die seine Geliebte war. Der Türke war der Sohn eines Bankiers.

Zwischen zwei Quadrillen steuerte Rosanette auf den Kamin zu, wo sich in einem Lehnstuhl ein kleiner beleibter alter Herr in einem kastanienbraunen Frack mit Goldknöpfen häuslich niedergelassen hatte. Seinen schlaffen, auf die hohe weiße Halsbinde herabhängenden Wangen zum Trotz, gaben ihm seine noch blonden Haare, die sich wie der Pelz eines Pudels natürlich kräuselten, einen lockeren, leichtsinnigen Anstrich.

Zu seinem Gesicht herabgebeugt, hörte sie ihm zu. Dann bereitete sie ihm ein Glas Fruchtsaft. Und man konnte sich nichts Niedlicheres denken als ihre Hände in den Spitzenmanschetten, die unter den Aufschlägen des grünen Uniformärmels hervorguckten. Als der Alte getrunken hatte, drückte er einen Kuß darauf.

»Aber das ist doch Herr Oudry, Arnoux' Nachbar!«

»Gewesen!« meinte Pellerin lachend.

»Wieso?«

Ein Postillon von Longjumeau faßte sie um die Taille. Ein Walzer begann. Nun standen alle Frauen, die rings im Salon auf Bänken saßen, schleunigst der Reihe nach auf, und ihre Röcke, ihre Schärpen, ihr Kopfputz fingen an, sich im Kreise zu drehen.

Sie wirbelten so nahe an ihm vorbei, daß er die Schweißtröpfchen auf ihrer Stirn wahrnehmen konnte, und diese allmählich immer raschere und regelmäßigere, schwindelerregende Kreiselbewegung versetzte seinen Geist in eine Art Rauschzustand, ließ darin andere Bilder auftauchen, während alle die Frauen im selben blendenden Wirbel vorüberrauschten und eine jede ihn in ihrer besondern Weise erregte, je nach der Eigenart ihrer Schönheit. Die Polin, die sich schmachtend dem Tanze hingab, erweckte in ihm das Verlangen, sie an sein Herz zu drücken und mit ihr in einem Schlitten über eine weite schneebedeckte Ebene dahinzugleiten. Ausblicke auf geruhsames Behagen und Wohlleben am Gestade eines Sees in einem schlichten Holzhäuschen taten sich vor ihm auf, wenn er der Schweizerin nachschaute, die kerzengerade und steif wie ein Stock mit niedergeschlagenen Augen vorübertanzte. Dann träumte er plötzlich wieder beim Anblick der Bacchantin, die ihr braunlockiges Haupt hintenüber geworfen hielt, von unersättlichem Liebesrasen in gewitterschwülen Oleanderhainen zum dumpfen Klang der Tamburine. Die Fischhökerin, vom allzu raschen Takt völlig außer Atem, stieß in einem fort ein glucksendes Kichern hervor. Und am liebsten hätte er mit ihr in einer der Landkneipen von Porcherons zechen oder mit beiden Händen ihr Brusttuch zerknautschen mögen, wie man's in der guten alten Zeit machte. Die *Débardeuse* jedoch, deren Zehenspitzen kaum das Parkett streiften, schien mit ihren geschmeidigen Gliedmaßen und ihrem ernsten Gesicht die raffiniertesten Genüsse der modernen Liebe zu verheißen, die ja sachlich ist wie eine Wissenschaft und zugleich beweglich wie ein Vogel. Rosanette walzte hingegeben, die Hände auf die Hüften gestemmt. Ihre Perückenzipfel hüpften auf dem Kragen auf und nieder und stäubten Irispuder rings um sie her. Und jedesmal, wenn sie vorübertanzte, bekam Frédéric beinahe einen Hieb mit ihren goldenen Sporen ab.

Als der letzte Akkord des Walzers erklang, erschien auch Mademoiselle Vatnaz. Auf dem Kopf trug sie ein buntes algerisches Tuch, dazu ein ganzes Gehänge von Goldpiastern auf der Stirn, die Augenränder hatte sie sich mit Antimon gefärbt. Als Kostüm hatte sie eine Art Mantel aus schwarzem Kaschmir an, der auf einen silberdurchwirkten Rock herabfiel. In der Hand hielt sie ein Schellentamburin.

Dicht hinter ihr kam ein stämmiger Bursche herein, im hergebrachten Dantekostüm. Es war – sie machte jetzt kein Geheimnis mehr daraus – der Sänger, der früher im Alhambra auftrat. Er hieß eigentlich Auguste Delamare, hatte sich ursprünglich Antenor Delamarre, hierauf Delmas, dann Belmar und zuletzt Delmar genannt und hatte so seinen Namen je nach dem Wachsen seines Ruhmes abgewandelt und vervollkommnet. Er hatte nämlich das Tingeltangel mit dem Theater vertauscht und war erst kürzlich unter großem Aufsehen im Ambigu in *Gaspardo der Fischer* erstmals aufgetreten.

Als Hussonnet seiner ansichtig wurde, verdüsterte sich seine Miene. Seit man sein Stück nicht angenommen hatte, konnte er Schauspieler nicht mehr ausstehen. Man könne sich gar nicht vorstellen, wie eitel diese Leute seien, vor allem der da!

»Was für ein Poseur! Sehen Sie nur!«

Delmar hatte Rosanette flüchtig zugenickt und sich dann mit dem Rücken an den Kamin gelehnt, und da blieb er regungslos stehen, eine Hand aufs Herz gelegt, den linken Fuß vorgestellt, die Augen zum Himmel erhoben, seinen vergoldeten Lorbeerkranz über der Kapuzenkappe, und gab sich redlich Mühe, in seinen schwärmerischen Blick recht viel poetischen Ausdruck zu legen, um die Damen in seinen Bann zu ziehen. Es bildete sich in einigem Abstand ein weiter Kreis um ihn.

Aber die Vatnaz umarmte Rosanette innig und lange, und dann kam sie zu Hussonnet und bat ihn, ein Erziehungswerk, das sie veröffentlichen wollte, stilistisch zu überarbeiten, ein Buch mit dem Titel *Ein Blütenkranz für junge Leute, eine Sammlung literarischer und moralischer Lesestücke.* Der Literat sagte ihr seine Mitarbeit zu. Da fragte sie ihn rundheraus, ob er nicht in einem der Blätter, für die er schreibe, ihren Freund ein bißchen herausstreichen und ihm vielleicht später sogar eine Rolle zuschanzen könne. Über diese unverfrorene Zumutung war Hussonnet derart verblüfft, daß er vergaß, ein Glas Punsch zu nehmen.

Den Punsch hatte Arnoux eigenhändig gebraut. Und nun

ging er, gefolgt vom Groom des Grafen, der ein Tablett trug, herum und bot ihn höchst befriedigt den Gästen an.

Als er bei Herrn Oudry vorbeikam, hielt ihn Rosanette auf.

»Nun, und die besagte Angelegenheit?«

Eine leichte Röte stieg in sein Gesicht. Schließlich wandte er sich an den Alten: »Unsere Freundin hat mir gesagt, Sie wären so freundlich . . .«

»Aber gewiß doch, Herr Nachbar! Ganz zu Ihren Diensten.«

Und dann fiel Herrn Dambreuses Name. Da sie halblaut miteinander tuschelten, verstand Frédéric nur undeutlich, was sie sprachen. Er verzog sich auf die andere Seite des Kamins, wo Rosanette und Delmar zusammen plauderten.

Der Mime hatte ein gewöhnliches Gesicht, das man, wie die Kulissen im Theater, nur von weitem ansehen durfte, fleischige, dicke Hände, große Füße, einen plumpen Unterkiefer; und er riß die berühmtesten Schauspieler unentwegt herunter, redete sehr von oben herab über die Dichter, sagte in einem fort »mein Organ«, »mein Aussehen«, »meine Ausdrucksmittel« und spickte seine Salbadereien mit hochtrabenden Wörtern, die er selber kaum verstand, wie »Morbidezza«, »analog« und »Homogenität«.

Rosanette hörte ihm zu und nickte dann und wann zustimmend. Man sah, wie unter der Schminkeschicht auf ihren Wangen die Bewunderung aufblühte, und ein feuchter Schimmer huschte wie ein Schleier über ihre hellen Augen von unbestimmbarer Farbe. Wie konnte ein solcher Mann sie nur so berücken? Frédéric steigerte sich innerlich in eine immer größere Verachtung dieses Mannes hinein, vielleicht um damit die neidische Anwandlung zu verscheuchen, die ihn befallen hatte.

Mademoiselle Vatnaz stand jetzt neben Arnoux. Von Zeit zu Zeit lachte sie überlaut auf und warf einen raschen Blick auf ihre Freundin, die Herr Oudry nicht aus den Augen ließ.

Dann verschwanden Arnoux und die Vatnaz. Der Alte trat zu Rosanette und redete leise auf sie ein.

»Ja denn, schön, abgemacht!« sagte sie. »Lassen Sie mich in Frieden!«

Und sie bat Frédéric, in der Küche nachzusehen, ob Arnoux nicht dort sei.

Ganze Reihen von halbvollen Gläsern standen auf dem Boden herum; und die Töpfe und Pfannen, der Fischkessel, der Bratofen brutzelten und kochten. Arnoux kommandierte die Dienstboten herum, duzte sie, quirlte die *Rémolade*, kostete die Soßen und schäkerte mit dem Dienstmädchen.

»Gut«, sagte er, »sagen Sie ihr, ich lasse anrichten.«

Niemand tanzte mehr. Die Frauen hatten sich wieder hingesetzt, die Herren gingen auf und ab. Mitten im Zimmer blähte sich einer der Fenstervorhänge in der Zugluft, und die Sphinx bot, trotz dem dringenden Abraten aller Anwesenden, ihre schweißfeuchten Arme dem Luftzuge dar. Wo blieb nur Rosanette? Frédéric suchte sie überall, sogar im Boudoir und im Schlafzimmer. Verschiedene Gäste, solche, die allein sein wollten, und andere, die zu zweit schmusten, hatten sich hierhergeflüchtet. Dunkelheit mischte sich mit Getuschel. Man hörte unterdrücktes Kichern hinter Taschentüchern, und über tief ausgeschnittenen Frauenkleidern wogten Fächer auf und nieder, langsam und sanft wie das Flügelschlagen todwunder Vögel.

Als Frédéric den Wintergarten betrat, sah er beim Springbrunnen unter den breiten Blättern eines Caladiums Delmar auf dem Leinensofa bäuchlings daliegen. Rosanette saß bei ihm und wühlte in seiner Haarmähne. Ihre Blicke ruhten ineinander. Im selben Augenblick trat Arnoux von der andern Seite, wo der Vogelkäfig war, herein. Delmar sprang mit einem Satz auf die Füße und ging dann mit ruhigen Schritten hinaus, ohne sich umzudrehen. Ja, er blieb sogar bei der Tür stehen und pflückte eine Hibiskusblüte, die er ins Knopfloch steckte. Rosanette hielt den Kopf vornübergeneigt. Frédéric, der sie im Profil sah, merkte, daß sie weinte.

»Was hast du denn?« fragte Arnoux.

Sie zuckte die Achseln und gab keine Antwort.

»Ist es seinetwegen?« bohrte er weiter.

Da schlang sie ihm die Arme um den Hals, küßte ihn auf

die Stirn und sagte langsam: »Du weißt ja, daß ich dich immer liebbehalten werde, Dicker. Denken wir nicht länger dran. Gehn wir essen!«

Ein Kronleuchter aus Messing mit vierzig Kerzen erleuchtete den Speisesaal, dessen Wände unter alten Fayencen verschwanden. Und dieses grelle, senkrecht niederfallende Licht ließ einen riesigen Steinbutt, der mitten unter den Hors-d'œuvre und dem Obst auf der Tafel prangte, umrahmt von Tellern voll Krebssuppe, noch weißer erscheinen. Unter knisterndem Stoffrascheln rafften die Frauen ihre Röcke, ihre Ärmel und Umhangtücher zusammen und setzten sich nebeneinander. Die Männer blieben stehen und machten es sich in den Winkeln gemütlich. Pellerin und Oudry kamen neben Rosanette zu sitzen. Arnoux saß ihnen gegenüber. Palazot und seine Freundin waren eben weggegangen.

»Gute Reise!« sagte sie. »Greifen wir zu!«

Und der Chorknabe, ein Spaßvogel, schlug weitausholend das Kreuzeszeichen und stimmte das *Benedicite* an.

Die Damen fanden das höchst unpassend, allen voran die Fischhändlerin, die eine Tochter hatte, aus der sie eine ehrbare Frau machen wollte. Auch Arnoux »hatte so was nicht gern« und meinte, man müsse vor der Religion Ehrfurcht haben.

Eine Schwarzwälder Uhr, auf der ein Gockelhahn saß, schlug zwei Uhr, und das »Kuckuck! Kuckuck!« erregte große Heiterkeit und bot Anlaß zu allerhand anzüglichen Witzen. Alle redeten nun durcheinander, Schlag auf Schlag folgten sich die Scherzworte und Zwischenrufe, Kalauer, boshafte Klatschgeschichten, Aufschneidereien, Wetten, Lügen, die für wahr genommen wurden, unglaubhafte Behauptungen, ein tolles Durcheinander von Worten, das sich bald in einzelne Gespräche auflöste. Die Weine machten die Runde, Schüssel um Schüssel wurde herumgereicht, der Doktor schnitt das Fleisch vor. Man warf einander Apfelsinen oder Flaschenkorke zu, und manche standen von ihrem Platz auf, und von Zeit zu Zeit drehte sich Rosanette zu Delmar um, der regungslos hinter ihr stand. Pellerin schwatzte drauflos, Herr Oudry lächelte unentwegt. Fräulein Vatnaz aß fast ganz allein die pyramidenförmig aufgebauten Krebse auf, und die Schalen knackten unter ihren langen Zähnen. Der Engel hatte sich auf den Klavierstuhl hingehockt, den einzigen Platz, wo er mit seinen Flügeln sitzen konnte, und kaute stillvergnügt, ohne abzusetzen.

»Was die vertilgen kann!« sagte der Chorknabe in einem fort ganz verblüfft. »Was die vertilgen kann!«

Und die Sphinx trank Schnaps, grölte aus vollem Hals und tobte sich aus wie eine Rasende. Plötzlich blähten sich ihre Wangen, und da sie das Blut nicht länger zurückhalten konnte, das sie beinah erstickte, führte sie ihr Mundtuch an die Lippen und warf es dann unter den Tisch.

Frédéric hatte es gesehen.

»Es hat nichts zu sagen!«

Und als er in sie drang, doch nach Hause zu gehen und sich zu pflegen, gab sie ihm gleichmütig zur Antwort: »Ach was! Was hilft das schon? Ob so oder so, das Leben ist ohnehin kein Honigschlecken!«

Da überlief ihn ein Frösteln, eine eisige Traurigkeit packte ihn, als hätte er ganze Welten von Elend und Verzweiflung geschaut, als hätte er ein Kohlenbecken neben einem Gurtenbett gesehen und die Leichen in der Morgue mit ihren Lederschürzen, mit dem Wasserhahn, aus dem eiskaltes Wasser über ihre Haare niederrinnt.

Indessen hatte sich Hussonnet zu Füßen der Wilden hingekauert und machte nun mit heiser kreischender Stimme den Schauspieler Grassot nach: »Sei nicht grausam, o Celuta! Dies kleine Familienfest ist reizend! Berauscht mich mit Wollüsten, ihr meine Geliebten! Kosen wir! Schäkern wir!«

Und er fing an, die Frauen auf die Schultern zu küssen. Sie schauerten unter dem Gekitzel seines Schnurrbarts zusammen. Dann verfiel er darauf, einen Teller an seinem Kopf in Scherben zu zerschlagen, indem er ihn mit einem schnellen Ruck dagegenstieß. Andere taten es ihm nach. Die Fayencescherben flogen durchs Zimmer wie Dachschindeln im Sturmwind, und die *Débardeuse* kreischte: »Tut euch bloß keinen Zwang an! Es kostet ja nichts! Der Pfahlbürger, der das Zeug fabriziert, rückt schon neues heraus!«

»Jaja, aber nur gegen Rechnung, möcht ich mir ausgebeten haben!« Offenkundig lag ihm daran, nicht – oder nicht mehr – als Rosanettes Liebhaber zu gelten.

Doch da wurden zwei wütende Stimmen laut.

»Dummkopf!«

»Hanswurst!«

»Stehe zu Ihrer Verfügung!«

»Gleichfalls!«

Der mittelalterliche Ritter und der russische Postkutscher waren aneinandergeraten. Der Postkutscher hatte behauptet, wenn einer eine Rüstung anhabe, brauche er gar nicht tapfer zu sein. Der andere hatte das als einen Schimpf aufgefaßt. Nun wollte er sich unbedingt schlagen. Alle legten sich ins Mittel, und der Hauptmann gab sich redlich Mühe, sich in dem ganzen Tumult Gehör zu verschaffen: »Meine Herren, so hören Sie mich doch an! Nur ein Wort: Ich kenne mich da aus, meine Herren!«

Rosanette klopfte mit ihrem Messer ans Glas und konnte schließlich wieder Ruhe herstellen. Dann wandte sie sich an den Ritter, der seinen Helm aufbehalten hatte, und hernach an den Postkutscher, der eine langhaarige Pelzmütze trug.

»Nehmen Sie zuallererst Ihren Kochtopf vom Kopf!« schimpfte sie. »Und Sie dort ziehn Ihre Wolfsfellmütze! Das bringt mich in Hitze! – Wollt ihr mir wohl gehorchen, sapperlot! Seht doch meine Achselstücke an! Ich bin Eure Marschallin!«

Da fügten sie sich beide, und alle Gäste klatschten Beifall und schrien: »Hoch die Marschallin! Sie lebe hoch, die Marschallin!«

Da nahm sie vom Kamin eine Flasche Champagner und schenkte von hoch oben die dargereichten Kelchgläser voll. Da der Tisch zu breit war, kamen alle Gäste, zumal die Frauen, auf ihre Seite herüber, stellten sich auf die Zehenspitzen, traten auf die Querstäbe der Stühle, und so bildete sich minutenlang eine pyramidenförmig aufgebaute Gruppe von kunstvoll frisierten Haargebäuden, bloßen Schultern, hingestreckten Armen, vorgeneigten Leibern; und über all dies tropften, hell aufblitzend, weite Spritzer von Schaumwein, denn der Pierrot und Arnoux hatten in je einer Ecke des Zimmers eine Flasche entkorkt und ließen nun ihren Inhalt über die Gesichter ringsum niederrieseln. Die Vögel aus dem Vogelhaus, dessen Tür man offen gelassen hatte, flatterten verängstigt im Zimmer umher, flogen rund um den Kronleuchter und stießen gegen die Scheiben und an die Möbel. Und ein paar hatten sich sogar den Gästen auf den Kopf gesetzt und nahmen sich auf ihren Haaren aus wie große Blumen.

Die Musikanten waren nach Hause gegangen. Man zog das Klavier aus dem Vorzimmer in den Salon. Die Vatnaz setzte sich daran und stimmte, begleitet von dem Chorknaben, der dazu auf dem Tamburin den Takt schlug, wildwütend einen Kontertanz an, wobei sie auf die Tasten hämmerte wie ein Pferd, das ausschlägt, und sich in den Hüften wiegte, um den Takt noch besser anzugeben. Die Marschallin riß Frédéric mit sich fort, Hussonnet schlug ein Rad, die *Débardeuse* verrenkte ihre Gliedmassen wie ein Clown, der Pierrot tollte herum wie ein Orang-Utan, die Wilde hatte beide Arme ausgebreitet und ahmte das Schlingern und Rollen einer Schaluppe nach. Schließlich waren sie alle am Rand ihrer Kräfte und hielten ein. Man riß ein Fenster auf.

Das helle Tageslicht flutete herein, frische Morgenluft strömte ins Zimmer. Erstaunte Ausrufe wurden laut, dann wurde es still. Die gelben Kerzenflammen flackerten, ab und zu zersprang ein gläserner Lichthalter. Bänder, Blumen und Perlen lagen überall auf dem Parkettboden verstreut. Klebrige Punsch- und Sirupflecken verunzierten die Konsolen. Die Vorhänge und Tapeten waren bekleckert, die Kostüme zerknautscht und voll Staub. Die Zöpfe hingen über die Schultern, und die Schminke lief, mit Schweiß vermengt, herab. Darunter kamen leichenfahle Gesichter mit geröteten zwinkernden Lidern zum Vorschein.

Die Marschallin war frisch wie nach einem erquickenden Bad; ihre Wangen waren rosig angehaucht, ihre Augen glänzten. Sie warf die Perücke weit von sich, und ihre Haare wallten rings über sie hinab wie ein Vlies. Man sah nichts mehr von ihrer ganzen Bekleidung außer ihrer kurzen Hose, und das wirkte zugleich komisch und reizvoll.

Die Sphinx, die vor Fieber mit den Zähnen klapperte, bat um einen Schal.

Rosanette lief in ihr Schlafzimmer hinüber, um ihn zu holen, und als die andere mitgehen wollte, schlug sie ihr geschwind und heftig die Tür vor der Nase zu.

Da bemerkte der Türke vernehmlich, niemand habe Herrn Oudry weggehen sehen. Doch griff keiner diesen boshaften Hieb auf, so müde waren alle.

Dann wartete man auf die Wagen und kuschelte sich mittlerweile in die Umhänge und Mäntel. Es schlug sieben Uhr. Der Engel saß immer noch im Speisezimmer am Tisch vor einer Schüssel mit Butter und Sardinen, und neben ihm saß die Fischhökerin, rauchte eine Zigarette um die andere und gab ihm weise Ratschläge, wie man das Leben anpacken müsse.

Endlich kamen Droschken, und die Gäste fuhren davon. Hussonnet, der als Berichterstatter für Provinzblätter tätig war, mußte noch vor dem Frühstück dreiundfünfzig Zeitungen lesen. Die Wilde hatte eine Probe im Theater, Pellerin erwartete ein Modell, der Chorknabe hatte drei Verabredungen. Doch der Engel spürte die ersten Symptome eines plötzlichen Unwohlseins und konnte nicht mehr aufstehen. Der mittelalterliche Baron trug ihn in die Droschke hinaus.

»Gib acht auf seine Fittiche!« rief ihm die *Débardeuse* aus dem Fenster nach.

Draußen auf dem Treppenflur sagte Mademoiselle Vatnaz zu Rosanette: »Leb wohl, Liebste! Sehr schön war's auf deiner Gesellschaft!«

Dann neigte sie sich zu ihrem Ohr und flüsterte: »Behalt ihn nur!«

»Bis bessere Zeiten kommen«, versetzte die Marschallin und drehte ihr langsam den Rücken zu.

Arnoux und Frédéric gingen zusammen nach Hause, wie sie gekommen waren. Der Fayencenhändler machte ein derart finsteres Gesicht, daß sein Begleiter meinte, er fühle sich nicht wohl.

»Ich? Ganz und gar nicht!«

Er biß sich auf den Schnurrbart, runzelte die Brauen, und Frédéric fragte ihn, ob er geschäftliche Sorgen habe.

»Nicht im geringsten!«

Dann fragte er unvermittelt: »Sie kennen ihn doch, den alten Oudry, nicht wahr?«

Und mit verhaltenem Groll setzte er hinzu: »Er ist reich, der alte Lump!«

Dann fing er an von einem wichtigen Brennvorgang zu erzählen, der heute in seiner Fabrik beendet werden sollte. Er wollte unbedingt dabei sein. Sein Zug gehe in einer Stunde.

»Vorher muß ich aber noch meiner Frau guten Tag sagen.«

Aha! Seiner Frau! dachte Frédéric.

Dann ging er zu Bett. Ein unerträglicher Schmerz bohrte in seinem Hinterkopf, und er trank eine ganze Wasserkaraffe leer, um seinen Durst zu löschen.

Aber ein anderer Durst hatte ihn gepackt, der Durst nach Frauen, nach Wohlleben und allem, was zum Pariser Leben gehört. Er fühlte sich leicht benommen, wie ein Mensch, der von einem Schiff an Land steigt. Und im Wachträumen des ersten Halbschlafs sah er in einem fort die Schultern der Fischhökerin, die Hüften der *Débardeuse,* die Waden der Polin und die Haarmähne der Wilden vor sich hin und her schweben. Dann tauchten zwei große schwarze Augen auf, die er nicht auf dem Ball gesehen hatte. Und leicht wie Falter, glühend wie Fackeln kamen und gingen sie, schwebten auf und nieder, einmal hinauf zum Getäfelsims, dann wieder herab zu seinem Mund. Frédéric gab sich verzweifelte Mühe, diese Augen zu erkennen, brachte es aber nicht fertig. Doch schon war er in einen Traum versunken. Ihm träumte, er sei neben Arnoux an die Deichsel einer Droschke gespannt, und die Marschallin sitze rittlings auf ihm und zerfleische ihm mit ihren goldenen Sporen den Leib.

2

Frédéric machte an der Ecke der Rue Rumfort ein kleines Einfamilienhaus ausfindig und kaufte sich gleichzeitig einen zweisitzigen Wagen, ein Pferd, die nötigen Möbel und zwei Jardinieren, die er von Arnoux bezog und zu beiden Seiten der Tür in seinem Salon aufzustellen gedachte. Hinter diesem Wohnraum lagen ein Schlafzimmer und ein kleiner Arbeitsraum. Es fiel ihm ein, er könnte Deslauriers darin unterbringen. Aber wie sollte er dann sie empfangen, seine künftige Geliebte? Die Anwesenheit eines Freundes mußte störend wirken. Er ließ also die Trennungswand wegreißen, vergrößerte so den Salon und machte aus dem Arbeitskabinett ein Rauchzimmer.

Er kaufte seine Lieblingsdichter, Reisebeschreibungen, Atlanten und Wörterbücher, denn er steckte voller Arbeitspläne ohne Zahl. Er drängte die Handwerker zur Eile, lief von Laden zu Laden, und da er's kaum erwarten konnte, in seinen Einkäufen zu schwelgen, nahm er alles gleich mit, ohne lange zu feilschen.

Aus den Rechnungen der Lieferanten ersah Frédéric, daß er demnächst an die vierzigtausend Franken zu zahlen hatte, ungerechnet die Erbschaftssteuer von über siebenunddreißigtausend Franken. Da sein Vermögen in Grundbesitz und Liegenschaften bestand, schrieb er an seinen Notar in Le Havre und bat ihn, einen Teil davon zu veräußern, damit er seine Schulden loswerden und ein wenig Bargeld zur Verfügung haben könne. Dann wollte er endlich dieses unbestimmte, schillernde und unfaßbare Gebilde kennenlernen, das man die »gute Gesellschaft« nennt, und so fragte er in einem Briefchen bei den Dambreuses an, ob sie ihn empfangen könnten. Madame Dambreuse antwortete, sie hoffe für den nächsten Tag auf seinen Besuch.

Es war ihr Empfangstag. Verschiedene Wagen warteten im Hof. Zwei Diener kamen eilends zur Auffahrt gelaufen, und oben an der Treppe stand ein dritter, der ihm voranschritt.

Er kam durch ein Vorzimmer, einen zweiten Raum und

dann in einen großen Salon mit hohen Fenstern. Auf dem monumentalen Kamin prangte eine Uhr in Form einer Weltkugel, links und rechts standen zwei riesige Vasen, aus denen, wie zwei goldene Büsche, je ein Paar gebündelte Lichthülsen aufragten. Gemälde in der Manier des Spagnoletto hingen an den Wänden. Die schweren gewirkten Portieren warfen majestätische Falten, und die Lehnstühle, die Konsolen, die Tische, das ganze Mobiliar im Empirestil hatte etwas Imposantes, steif Unnahbares. Unwillkürlich mußte Frédéric vor Vergnügen lächeln.

Endlich gelangte er in einen ovalen, mit Rosenholz getäfelten Raum, der mit zierlichen Möbeln vollgestellt war und sein Licht durch ein einziges Fenster erhielt, das auf den Garten hinausging. Madame Dambreuse saß beim Feuer, und ein Dutzend Gäste hatten im Kreise rings um sie Platz genommen. Mit ein paar liebenswürdigen Worten bedeutete sie ihm, sich ebenfalls zu setzen, doch schien sie nicht weiter überrascht, daß sie ihn so lange nicht mehr gesehen hatte.

Als er hereinkam, wurde gerade viel Rühmliches über die Redegabe des Abbé Cœur geäußert. Hierauf stimmte man ein Klagelied über die Unzuverlässigkeit und Sittenlosigkeit der Dienstboten an; ein Kammerdiener hatte einen Diebstahl begangen. Und nun wurde nach Noten getratscht und gehechelt. Die alte Madame de Sommery habe einen Schnupfen, Mademoiselle de Turvisot heirate nächstens, die Montcharron kämen nicht vor Ende Januar zurück, desgleichen die Bretancourt, heutzutage bleibe man ja bis tief in den Winter auf dem Lande. Und die Armseligkeit der Äußerungen wurde von dem Luxus all der Dinge ringsum recht eigentlich noch unterstrichen. Aber was man sagte, war noch weniger geistlos als die Art, wie man drauflosschwatzte, ohne Zweck und Ziel, ohne Zusammenhang und ohne jedes innere Miterleben. Und doch waren Männer zugegen, die das Leben kannten, ein ehemaliger Minister, der Pfarrer einer stattlichen Gemeinde, zwei, drei hohe Regierungsbeamte. Sie alle ergingen sich in den abgedroschensten Gemeinplätzen. Manche von ihnen sahen ganz verlebt aus, andere wieder führten sich auf wie

Roßtäuscher, und ein paar alte Herren, die mit ihren Frauen hier waren, hätten sich ohne weiteres als deren Großväter ausgeben können.

Madame Dambreuse widmete sich huldvoll allen ihren Gästen. Sobald man auf einen Kranken zu sprechen kam, runzelte sie schmerzlich die Brauen, und sowie von Bällen und Gesellschaften die Rede war, setzte sie sofort eine erfreute Miene auf. Darauf werde sie binnen kurzem notgedrungen verzichten müssen, denn sie gedenke eine Nichte ihres Mannes, eine Waise, aus der Pension zu sich ins Haus zu nehmen. Man zollte ihrer opferwilligen Selbstverleugnung überschwengliches Lob. Das heiße, wie eine wahre Familienmutter handeln.

Frédéric beobachtete sie unverwandt. Die matte Haut ihres Gesichts sah aus, als wäre sie gespannt, sie wirkte frisch und glanzlos wie die Schale einer konservierten Frucht. Aber ihr Haar, nach englischer Mode in langen Korkzieherlocken frisiert, war feiner als Seide, ihre Augen waren von einer strahlenden Bläue, alle ihre Bewegungen graziös und zart. Sie saß hinten im Zimmer auf dem kleinen Sofa und strich liebkosend über die roten Quasten eines japanischen Wandschirms, offensichtlich um ihre Hände, lange, schmale, ein wenig magere Hände mit vorne aufwärts gebogenen Fingerspitzen, recht zur Geltung zu bringen. Sie trug ein hochgeschlossenes Kleid aus grauer Ziegenwolle von puritanisch strengem Schnitt.

Frédéric fragte sie, ob sie dies Jahr nicht nach La Fortelle komme. Madame Dambreuse wußte es noch nicht. Er konnte das übrigens durchaus verstehen. Nogent mußte sie ja langweilen. Immer mehr Besucher stellten sich ein. Unausgesetzt rauschten Kleider über die Teppiche. Die Damen setzten sich ganz außen auf den Stuhlrand, lächelten ein paarmal gewinnend und blöde, sagten zwei, drei Worte und gingen nach fünf Minuten mit ihren Töchtern wieder fort. Bald wurde es unmöglich, der Unterhaltung zu folgen, und Frédéric wollte sich eben verabschieden, da sagte Madame Dambreuse zu ihm: »Jeden Mittwoch, nicht wahr, Herr Moreau?« Und mit diesem einzigen Satz machte sie alles wieder gut, was sie mit ihrer zur Schau getragenen Nichtachtung angerichtet hatte.

Frédéric war zufrieden. Und doch sog er auf der Straße in tiefen Zügen die frische Luft ein, und da er sich nach einer weniger gekünstelten Umgebung sehnte, kam ihm plötzlich wieder in den Sinn, daß er eigentlich der Marschallin noch einen Besuch schuldig sei.

Die Tür zum Vorzimmer stand offen. Zwei Havaneser Schoßhündchen kamen herbeigelaufen. Eine Stimme rief: »Delphine! Delphine! – Sind Sie's, Felix?«

Er blieb stehen und ging nicht weiter. Die beiden Hündchen kläfften in einem fort. Endlich erschien Rosanette, in eine Art Morgenrock aus spitzenbesetztem Musselinstoff gehüllt, mit bloßen Füßen, die in Pantöffelchen steckten.

»Ach, Verzeihung! Ich glaubte, Sie seien der Coiffeur. Einen Augenblick. Ich bin gleich wieder da.«

Und er blieb allein im Eßzimmer zurück.

Die Rolläden waren heruntergelassen. Frédéric schaute sich um. Er mußte an den lärmigen Betrieb letzthin in der Nacht denken, da sah er mitten im Zimmer auf dem Tisch einen Männerhut liegen, einen alten verbeulten, fettigen, schmierigen Filz. Wem gehörte wohl dieser Hut? Er zeigte schamlos sein zerrissenes Hutfutter und schien zu sagen: Ich pfeife darauf! Ich bin hier der Herr!

Da kam auch schon die Marschallin wieder herein. Sie nahm den Hut, riß die Tür zum Wintergarten auf, warf ihn dort hinein, schloß die Tür wieder – zur gleichen Zeit hörte man andere Türen auf und zu gehen –, und dann führte sie Frédéric durch die Küche in ihr Ankleidezimmer.

Man sah auf den ersten Blick, daß dies der meistbenützte Raum des Hauses war, sozusagen sein geistiger Mittelpunkt. Ein geblümter Zitz mit großblättrigen Ranken war als Wandbespannung wie auch als Überzug der Lehnstühle und eines breiten federnden Ruhebetts verwendet worden. Auf der weißen Marmorplatte eines Tisches standen nebeneinander zwei große Waschbecken aus blauer Fayence; darüber waren Kristallglasplatten angebracht, auf denen eine Menge Fläschchen, Bürsten, Kämme, Schminkstifte und Puderdosen standen. Das Kaminfeuer spiegelte sich in einem hohen Frisierspiegel. Ein Handtuch hing über die Badewanne, und es roch nach Mandelpaste und Benzoe.

»Sie müssen die Unordnung schon entschuldigen. Ich esse heute abend auswärts.«

Als sie sich rasch umdrehte, hätte sie um ein Haar eines von ihren Hündchen zertreten. Frédéric fand sie reizend und sagte es auch. Sie hob beide auf und hielt ihm ihre schwarzen Schnäuzchen hin.

»Kommt her, seid nett zu dem Herrn und gebt ihm ein Küßchen.«

Da trat plötzlich ein Mann in einem schmierigen Überrock mit einem Pelzkragen ins Zimmer.

»Felix, mein Lieber«, sagte sie zu ihm, »Sie bekommen die fragliche Sache unfehlbar am nächsten Sonntag.«

Der Mann machte sich daran, sie zu frisieren. Währenddessen erzählte er ihr allerhand Klatsch über ihre Freundinnen, Madame de Rochegune, Madame de Saint-Florentin, Madame Lombard, lauter Damen, deren Adel genauso echt war wie der im Palais Dambreuse. Dann ging er auf Theatertratsch über. Man gebe heute abend im Ambigu eine Sondervorstellung.

»Gehen Sie hin?«

»Nein, was denken Sie? Ich bleibe zu Hause.«

Delphine kam heim. Rosanette schalt sie aus, weil sie ohne ihre Erlaubnis ausgegangen war. Das Mädchen beteuerte hoch und heilig, sie komme »gerade vom Markt zurück«.

»Schön und gut, dann bringen Sie mir Ihr Ausgabenbuch. – Sie gestatten doch?«

Und während sie halblaut die Posten des Heftes durchlas, fand sie an jedem etwas auszusetzen. Die Endsumme stimmte nicht.

»Geben Sie mir vier Sous heraus!«

Delphine gab sie her, und dann wurde sie entlassen. Kaum war sie draußen, jammerte Rosanette: »Ach, du heilige Muttergottes! Es ist ein Kreuz mit diesen Leuten!«

Frédéric verdroß dieser Vorwurf. Er erinnerte ihn zu peinlich an die andern und stellte die beiden Häuser gewissermaßen auf die gleiche Stufe, und das ärgerte ihn maßlos.

Inzwischen war Delphine wieder hereingekommen. Sie trat zur Marschallin und flüsterte ihr etwas ins Ohr.

»Nein, nein, ich will sie nicht sehen!«

Delphine erschien abermals.

»Madame, sie will nicht fortgehen.«

»Ach, wie lästig! Schmeiß sie hinaus!«

Im selben Augenblick stieß eine alte, tiefschwarz gekleidete Dame die Tür auf. Frédéric sah und verstand nichts, denn Rosanette war ihr sofort entgegengestürzt.

Als sie zurückkam, hatte sie rote Wangen und setzte sich wortlos in einen der Armstühle. Eine Träne rollte über ihre Wangen. Dann wandte sie sich zu dem jungen Mann und fragte ihn leise und sanft: »Wie heißen Sie mit Vornamen?«

»Frédéric.«

»Ah, Federico! Es stört Sie doch nicht, wenn ich Sie so nenne?«

Und dabei blickte sie ihm schmeichelnd, fast verliebt in die Augen. Mit einemmal stieß sie einen Freudenschrei aus. Sie hatte Fräulein Vatnaz hereinkommen sehen.

Die kunstbeflissene Dame hatte keine Zeit zu verlieren, mußte sie doch Punkt sechs Uhr ihre Kostgänger bemuttern; und sie keuchte und rang nach Atem, so erschöpft war sie. Zunächst holte sie aus ihrem Handkorb eine Goldkette nebst einem Zettel, ferner verschiedene Gegenstände, offenbar Einkäufe, die sie gemacht hatte.

»In der Rue Joubert gibt es prachtvolle Wildlederhandschuhe für sechsunddreißig Sous, mußt du wissen! Dein Färber ist noch nicht so weit, erst in acht Tagen. Wegen der Spitzen habe ich gesagt, es werde noch jemand vorbeikommen. Bugneux hat die Anzahlung erhalten. Das ist, glaub ich, alles. Du bist mir hundertfünfundachtzig Franken schuldig.«

Rosanette nahm aus einem Schubfach zehn Napoleons. Beide hatten kein Kleingeld zum Wechseln. Frédéric bot ihnen welches an.

»Ich gebe es Ihnen gelegentlich zurück«, sagte die Vatnaz

und stopfte die fünfzehn Franken in ihre Handtasche. »Aber Sie sind ein garstiger Mensch, ich habe Sie gar nicht mehr gern. Neulich haben Sie nicht ein einziges Mal mit mir getanzt! – Ach, denk nur, liebes Kind, ich habe am Quai Voltaire in einem Laden einen Rahmen aus ausgestopften Kolibris entdeckt, einfach entzückend, ganz herzig! An deiner Stelle würde ich ihn mir kaufen. Schau nur, wie findest du das?«

Und sie kramte ein Stück rosa Seidenstoff hervor, das sie auf dem Trödlermarkt gekauft hatte; sie wolle daraus für Delmar ein mittelalterliches Wams schneidern.

»Er ist heute gekommen, nicht wahr?«

»Nein.«

»Das ist sonderbar!«

Und nach einer Weile fragte sie: »Wohin gehst du heute abend?«

»Zu Alphonsine«, erwiderte Rosanette.

Das war nun bereits die dritte Version über die Art, wie sie den Abend zu verbringen gedachte.

Die Vatnaz fragte weiter: »Und der Alte vom Berge? Was gibt's da Neues?«

Aber die Marschallin zwinkerte ihr rasch zu und gebot ihr damit Stillschweigen; dann begleitete sie Frédéric bis ins Vorzimmer hinaus und fragte ihn dort, ob er Arnoux demnächst sehe.

»Bitten Sie ihn doch, bei mir vorbeizukommen. Aber nicht vor seiner Frau, wohlverstanden!«

Oben auf dem Treppenabsatz lehnte ein Regenschirm an der Wand, daneben standen ein Paar Gummischuhe.

»Die Galoschen der Vatnaz«, feixte Rosanette. »Hat die einen Fuß, was? Jaja, sie hat's in sich, meine kleine Freundin.«

Und dann setzte sie in melodramatischem Singsang mit rollendem R hinzu: »Der ist nicht zu trrrauen!«

Dieser Vertrauensbeweis machte Frédéric kühn, und er wollte ihr einen Kuß auf den Hals geben. Sie sagte kühl: »Nur zu! Es kostet nichts.«

Leichten Herzens und beschwingten Schrittes ging er fort;

er zweifelte nicht im geringsten, daß die Marschallin binnen kurzem seine Geliebte sein werde. Dieses Verlangen erweckte in ihm einen andern Wunsch. Und obschon er ihr noch immer ein wenig grollte, bekam er mit einemmal Lust, Madame Arnoux zu besuchen.

Im übrigen mußte er ja ohnedies hingehen, um Rosanettes Auftrag auszurichten.

Aber um diese Zeit ist Arnoux bestimmt zu Hause, überlegte er. Es schlug gerade sechs Uhr.

Und er verschob seinen Besuch auf den nächsten Tag.

Sie saß in der gleichen Haltung da wie bei seinem ersten Besuch und nähte an einem Kinderhemdchen. Ihr Söhnchen spielte zu ihren Füßen mit Holztierchen. Ein wenig weiter weg saß Marthe und schrieb.

Zuerst sagte er ihr ein paar artige, schmeichelhafte Dinge über ihre Kinder. Sie antwortete ihm ohne eine Spur von übertriebener mütterlicher Eitelkeit.

Das Zimmer bot ein Bild friedlicher Stille. Heller Sonnenschein fiel durch die Scheiben herein, die Ecken und Kanten der Möbel leuchteten auf, und da Madame Arnoux am Fenster saß, traf ein lichter Sonnenstrahl die krausen Löckchen in ihrem Nacken, und ihre wie Bernstein schimmernde Haut war überflutet von goldenem Licht.

Da sagte er: »Groß ist die kleine Dame geworden in den letzten drei Jahren! Wissen Sie noch, Mademoiselle, wie Sie damals im Wagen auf meinen Knien geschlafen haben?«

Marthe erinnerte sich nicht mehr daran.

»Eines Abends, auf der Rückfahrt von Saint-Cloud?«

Madame Arnoux warf ihm einen eigentümlich traurigen Blick zu. Wollte sie ihm damit jede Anspielung auf ihre gemeinsame Erinnerung verbieten?

Ihre schönen schwarzen Augen mit der feucht schimmernden Hornhaut bewegten sich sachte unter den schweren Lidern, und zutiefst auf dem Grunde dieser Augen lag eine unsagbare Güte. Wiederum erfaßte ihn die Liebe, stärker noch denn je zuvor, grenzenloser. Es überkam ihn wie eine Verzückung, die ihn lähmte und betäubte. Doch vermochte er diese Erstarrung von sich abzuschütteln. Wie konnte er sich ins rechte Licht setzen? Mit welchen Mitteln? Nach langem Nachdenken fand Frédéric nichts Besseres als das Geld. Nun fing er vom Wetter an zu sprechen, das weniger kalt sei als in Le Havre.

»Waren Sie dort?«

»Ja, geschäftlich ... wegen einer Familienangelegenheit ... einer Erbschaft.«

»Ach, das freut mich!« erwiderte sie darauf mit so ungeheuchelter Freude, daß er gerührt war, als hätte sie ihm einen großen Dienst erwiesen.

Dann fragte sie ihn, was er jetzt zu tun gedenke; ein Mann müsse doch eine Beschäftigung haben. Da kam ihm seine Lüge wieder in den Sinn, und er sagte, er hoffe mit Hilfe von Herrn Dambreuse, dem Abgeordneten, in den Staatsrat zu kommen.

»Sie kennen ihn?«

»Nur dem Namen nach.«

Dann fragte sie mit gedämpfter Stimme: »*Er* hat Sie neulich auf einen Ball mitgenommen, nicht wahr?«

Frédéric gab ihr keine Antwort.

»Das wollte ich nur wissen, danke.«

Hierauf stellte sie zwei, drei taktvolle Fragen über seine Familie und seine Heimat. Es sei sehr lieb von ihm gewesen, daß er sie in der langen Zeit, während er fort gewesen sei, nicht vergessen habe.

»Aber ... hätte ich es denn gekonnt?« versetzte er. »Zweifelten Sie daran?«

Madame Arnoux stand auf.

»Ich glaube, Sie bringen uns eine echte und verläßliche Freundschaft entgegen. Leben Sie wohl ... auf Wiedersehn!«

Und sie streckte ihm freimütig, fast wie von Mann zu Mann, die Hand hin. War das nicht ein Versprechen, ein Gelöbnis? Frédéric durchströmte eine unbändige Lebensfreude. Er mußte sich beherrschen, sonst hätte er laut herausgesungen. Er hatte das Bedürfnis, sich Luft zu machen, er mußte andere an seinem Glück teilhaben lassen, Gutes tun und Almosen spenden. Er blickte sich um, ob niemand in der Nähe war, dem er Hilfe bringen konnte. Doch kein Bedürftiger kam vorbei. Und so verging ihm diese Anwandlung hilfsbereiter Nächstenliebe, denn er war nicht der Mann, die Gelegenheiten dazu in weiter Ferne zu suchen.

Dann kamen ihm seine Freunde wieder in den Sinn. Der erste, an den er dachte, war Hussonnet, Pellerin der zweite. Die höchst untergeordnete Stellung Dussardiers gebot selbstverständlich gewisse Rücksichten; was Cisy betraf, so freute er sich darauf, ihm seinen Reichtum ein wenig augenfällig vorzuführen. So schrieb er denn an alle vier, sie sollten am nächsten Sonntag pünktlich um elf Uhr zur Einweihung seiner neuen Wohnung kommen, und er band Deslauriers auf die Seele, doch ja Sénécal mitzubringen.

Der Hilfslehrer war nun schon zum drittenmal aus einem Pensionat an die Luft gesetzt worden; er hatte sich der Verteilung von Preisen widersetzt, die er für eine höchst verderbliche und der Gleichheit abträgliche Einrichtung ansah. Jetzt arbeitete er bei einem Maschinenbauer und wohnte seit einem halben Jahr nicht mehr mit Deslauriers zusammen.

Ihre Trennung hatte für beide nichts Peinliches gehabt. In der letzten Zeit hatte Sénécal regelmäßig Besuche von blusentragenden Männern empfangen, lauter guten Patrioten, lauter werktätigen, wackeren Männern, deren Umgang dem Advokaten gar nicht zusagte. Überdies erregten gewisse Ideen seines Freundes, so brauchbar sie auch als Waffen im Klassenkampf sein mochten, sein Mißfallen. Er schwieg sich darüber aus; es lag ihm im Hinblick auf seine ehrgeizigen Pläne viel daran, ihn nicht kopfscheu zu machen, um ihn dereinst nach seinem Gutdünken lenken zu können; denn er wartete voll Ungeduld auf eine große Umwälzung, bei welcher er obenauf zu kommen und sich einen guten Platz zu sichern hoffte.

Sénécals Überzeugungen waren selbstloser und uneigennütziger. Abend für Abend, sobald sein Tagewerk vollbracht war, stieg er in sein Dachstübchen hinauf und suchte in den Büchern nach Stellen, mit denen er seine Wunschträume rechtfertigen konnte. Er hatte den *Contrat social* mit Anmerkungen versehen, las regelmäßig, und bis ihm der Kopf rauchte, die *Revue indépendante*. Er kannte Mably, Morelly,

Fourier, Saint-Simon, Comte, Cabet, Louis Blanc, die ganze gewichtige Fuhre der sozialistischen Schriftsteller, sowohl jener, die für die Menschheit die gleichförmige Lebenshaltung wie in Kasernen fordern, wie auch jener, die ihr in Freudenhäusern Erholung und Zerstreuung bieten oder sie über einen Kontortisch ducken möchten. Und aus diesem ganzen Mischmasch hatte er sich ein Idealbild tugendhafter Demokratie zurechtgemacht, das einerseits einem landwirtschaftlichen Pachtgut und dann wieder einem Fabrikbetrieb, einer Spinnerei etwa, ähnlich sah, eine Art amerikanisches Sparta, in dem der einzelne lediglich existieren würde, um der Gesellschaft zu dienen, einer Gesellschaft, die allmächtiger, unumschränkter, unfehlbarer und göttlicher war als alle Dalai Lamas und Nebukadnezars. Über die demnächst mögliche Verwirklichung dieser Wunschträume hegte Sénécal nicht die leisesten Zweifel, und er eiferte erbittert gegen alles, was seiner Meinung nach diesem Zukunftsbild entgegenstand, mit Vernunftschlüssen, die eines Mathematikers würdig waren, und dem unbeirrbaren Glauben eines Inquisitors. Adelstitel, Ordenskreuze, wallende Federbüsche und vor allem Livreen, ja sogar allzu weithin posaunter Ruhm erregten sein Ärgernis, da seine Studien wie auch seine schmerzlichen Erfahrungen täglich aufs neue seinen abgründigen Haß gegen jede irgendwie geartete Auszeichnung oder Überlegenheit entfachten.

»Was bin ich diesem Herrn schuldig, daß ich ihm um den Bart streichen müßte? Wenn er etwas von mir wollte, könnte er ja zu mir kommen!«

Deslauriers schleppte ihn einfach mit.

Sie fanden ihren Freund in seinem Schlafzimmer. Stores und doppelte Vorhänge, ein venezianischer Wandspiegel, nichts fehlte. Frédéric lag, mit einer Samtjoppe bekleidet, längelang auf einem Ruhebett und rauchte türkische Zigaretten.

Sénécals Miene umwölkte sich wie das Gesicht eines Muckers, den man in eine ausgelassene Gesellschaft mitzukommen nötigt. Deslauriers erfaßte mit einem Blick alles, was da vorging. Dann verneigte er sich tief und sagte: »Mein hochedler Herr, ich entbiete Ihnen meinen alleruntertänigsten Gruß!«

Dussardier sprang auf ihn zu und fiel ihm um den Hals.

»Jetzt sind Sie also reich? Das freut mich aber, hol's der Teufel! Das freut mich!«

Cisy erschien mit einem Trauerflor um den Hut. Seit dem Tode seiner Großmutter war er im Genuß eines ansehnlichen Vermögens, doch war es ihm weniger darum zu tun, sich das Leben vergnüglich zu gestalten, als vielmehr nicht so zu sein wie alle andern, sich von ihnen abzuheben, kurz, seinen »eigenen Lebensstil« zu haben, wie er sich auszudrücken liebte.

Mittlerweile war es zwölf Uhr geworden, und alle gähnten. Frédéric erwartete noch jemanden. Als Arnoux' Name fiel, schnitt Pellerin ein angewidertes Gesicht. In seinen Augen war er ein Abtrünniger, seit er sich nicht mehr mit Kunst befaßte.

»Geht's nicht auch ohne ihn? Was meinen Sie dazu?«

Alle waren dafür.

Ein Diener in hohen Gamaschen öffnete die Verbindungstür, und man sah in das Speisezimmer mit dem hohen Sims aus goldverziertem Eichenholz und den beiden Anrichtetischen, die mit Geschirr über und über beladen waren. Auf dem Ofen standen die Weinflaschen zum Vorwärmen. Die Klingen der funkelnagelneuen Messer blitzten neben den Austern. Der milchige Glanz der hauchdünnen Gläser hatte etwas freundlich Einladendes, und der Tisch verschwand fast unter der Fülle des Gebotenen: Wildbret, Obst und andere erlesene Leckerbissen. Für alle diese Herrlichkeiten hatte Sénécal kaum einen Blick übrig.

Gleich zu Beginn verlangte er gewöhnliches Hausbrot, vom allergröbsten womöglich, und bei diesem Anlaß fing er von den Mordfällen in Buzançais und der dort herrschenden Hungersnot an zu reden.

Solche Vorkommnisse wären nicht möglich gewesen, wenn man den Ackerbau umsichtiger gefördert hätte, wenn nicht alles und jedes dem Konkurrenzkampf, der Anarchie und dem höchst verwerflichen Grundsatz des Geschehen- und Gewährenlassens preisgegeben wäre! So nämlich sei die Geldaristokratie groß und mächtig geworden, und sie sei schlimmer als die andere! Doch nehme man sich nur in acht! Zu guter Letzt werde das Volk die Geduld verlieren und könnte den unrechtmäßigen Besitzern des Kapitals seine Leiden heimzahlen, sei's mit blutigen Ächtungen oder durch die Plünderung ihrer Prunkpaläste.

Blitzartig sah Frédéric das Bild einer Horde von Männern vor sich, die mit nackten Armen in den großen Salon Madame Dambreuses hereinstürmten und mit Pikenstößen die Wandspiegel in Stücke schlugen.

Sénécal hetzte weiter. Der Arbeiter sei in Anbetracht der Jammerlöhne weit schlechter dran als die spartanischen Sklaven, die Neger oder Parias, zumal wenn er Kinder habe.

»Soll er sie sich etwa vom Halse schaffen und sie mit Kohlengas ersticken, wie es irgendein englischer Arzt, ein Jünger des Malthus, anrät?«

Er wandte sich an Cisy: »Sind wir schon so weit, daß wir die Ratschläge des schuftigen Malthus befolgen müssen?«

Cisy, der weder von der Schuftigkeit dieses Malthus noch von seiner Existenz je etwas gehört hatte, gab ihm zu bedenken, man lindere doch mancherlei Elend, und die gehobenen Schichten . . .

»Ha! Die gehobenen Schichten!« höhnte grinsend der Sozialist. »Zum ersten gibt es ja gar keine gehobenen Schichten. Einzig das Herz hebt uns empor! Wir wollen keine Almosen, verstehen Sie? sondern Gleichberechtigung, gerechte Aufteilung der Produkte.«

Was er forderte, war die Möglichkeit für den Arbeiter, Kapitalist zu werden, wie der Soldat es zum Obersten bringen konnte. Die Zünfte hätten wenigstens die Zahl der Lehrlinge beschränkt und dadurch einen allzugroßen Zudrang von Arbeitnehmern verhindert und das Gefühl der Brüderlichkeit mit Feiern und Fahnen wach gehalten.

Hussonnet bedauerte als Dichter das Verschwinden der Innungsbanner. Pellerin desgleichen; diese Vorliebe für Fahnen hatte er gefaßt, als er einmal dem Gespräch einiger Fourieristen zuhörte. Er erklärte, Fourier sei ein großer Mann.

»Ach wo!« brauste Deslauriers auf. »Ein alter Esel, der im Zusammenbruch großer Reiche nichts als die Auswirkung der göttlichen Rache sieht! So etwas wie dieser Saint-Simon mit seiner Kirche und seinem Haß auf die Französische Revolution: sie sind allesamt nichts als ein Haufen Faxenmacher, die uns den Katholizismus wieder andrehen möchten!«

Herr de Cisy, der sich wohl gerne belehren lassen oder vielleicht auch in ein günstiges Licht setzen wollte, fragte daraufhin schüchtern: »Diese beiden Gelehrten sind also nicht der gleichen Ansicht wie Voltaire?«

»Voltaire? Den können Sie billig haben!« schrie Sénécal patzig.

»Wieso denn? Ich glaubte doch . . .«

»Ach was! er hatte kein Herz fürs Volk!«

Nun versandete das Gespräch; man kam auf jüngst vergangene Vorkommnisse zu reden, sprach von der Doppelhochzeit der beiden spanischen Prinzessinnen mit zwei Prinzen von Geblüt, ließ sich über die Verschleuderung von Staatsgeldern in Rochefort aus und regte sich über den Neubau des Kapitels zu Saint-Denis auf, was alles wieder doppelt so hohe Steuern zur Folge haben werde. Nach Sénécals Dafürhalten zahlte man auch so schon übergenug Abgaben!

»Und wozu, Herr des Himmels?! Um den ausgestopften Affen im Museum wahre Paläste zu bauen, um auf unsern Plätzen goldstrotzende Stabsoffiziere umherstolzieren zu lassen oder bei der Dienerschaft im Schloß eine altfränkische Etikette zu unterhalten.«

»Ich habe in der *Mode* gelesen«, sagte Cisy, »am Sankt-Ferdinands-Tag auf dem Ball in den Tuilerien seien die Tänzer samt und sonders als *Chicards** verkleidet gewesen.«

»Wenn das nicht ein Jammer und eine Schande ist!« wütete der Sozialist und zuckte angewidert die Achseln.

»Und erst das Museum in Versailles!« schrie Pellerin. »Auch da ist allerhand faul! Haben diese blutigen Nichtskönner nicht einen Delacroix beschnitten und gestutzt und

* *Chicards:* zwischen 1830 und 1850 übliche Karnevalsmaske: Helm mit riesigem Federbusch, Flanellbluse und Kanonenstiefel (Anm. des Übers.).

dafür einen Gros angestückelt! Im Louvre hat man sämtliche Bilder so gründlich restauriert, abgekratzt und wieder überschmiert, daß in zehn Jahren, wer weiß, kein einziges mehr vorhanden ist. Und erst die Fehler im Katalog. Darüber hat ein Deutscher ein ganzes Buch geschrieben. Mein Ehrenwort, im Ausland lacht man sich halbtot über uns!«

»Ja, wir sind das Gespött von Europa«, meinte Sénécal.

»Und warum? Weil die Kunst aufs engste mit der Krone verfilzt ist!«

»Solange ihr nicht das allgemeine Wahlrecht habt . . .«

»Erlauben Sie!« polterte nun der Künstler los. Seine Bilder waren nämlich seit zwanzig Jahren von allen Ausstellungen zurückgewiesen worden, und so hatte er eine ehrliche Wut auf die herrschenden Kreise. »Man soll uns nur in Frieden lassen! Ich verlange gar nichts! Nur müßten die Kammern über die Interessen der Kunst zu bestimmen haben! Man müßte einen Lehrstuhl für Ästhetik schaffen, und der Inhaber, der zugleich ausübender Künstler und Philosoph zu sein hätte, würde es schon fertigbringen, die Mehrheit um sich zu scharen. Sie würden gut daran tun, Hussonnet, wenn Sie einmal in Ihrer Zeitung etwas darüber brächten.«

»Sind denn die Zeitungen unabhängig? Sind wir frei?« rief Deslauriers aufgebracht. »Wenn man bedenkt, daß es bis zu achtundzwanzig Formalitäten braucht, um ein kleines Flußboot in Betrieb zu setzen, so möchte ich am allerliebsten zu den Anthropophagen auswandern! Die Regierung frißt uns mit Haut und Haar. Alles gehört ihr, die Philosophie, das Recht, die Kunst, die Luft unterm Himmel. Und Frankreich verröchelt entkräftet unter dem Stiefel der Polizeischergen und der Soutane der Pfaffen!«

So machte der künftige Mirabeau seinem gequälten Herzen Luft und spie Gift und Galle. Endlich erhob er sein Glas, stand auf und rief, die Hand in die Hüfte gestemmt, mit blitzenden Augen: »Ich trinke auf die völlige Zerstörung der gegenwärtigen Gesellschaftsordnung, das heißt: all dessen, was man Vorrechte, Monopol, Lenkung, Hierarchie, Autorität, Staat nennt!« Und dann schloß er mit erhobener Stimme: »Die ich zerschmettern möchte wie dies hier!« Mit diesen Worten schleuderte er das schöne Fußglas auf den Tisch, daß es in tausend Scherben zersprang.

Alle klatschten ihm Beifall, am begeistertsten Dussardier.

All das Unrecht, das er mit ansehen mußte, drückte ihm fast das Herz ab und brachte ihn maßlos auf. Er machte sich Sorgen um das Los Barbès'; er gehörte zu den Menschen, die sich unter einen Wagen werfen würden, um den gestürzten Pferden Hilfe zu bringen. Seine ganze Belesenheit beschränkte sich auf zwei Werke; das eine trug den Titel *Verbrechen gekrönter Häupter,* und das andere nannte sich *Die Geheimnisse des Vatikans.* Er hatte dem Advokaten mit weit offenem Munde recht eigentlich verzückt zugehört. Schließlich konnte er nicht länger an sich halten und sagte: »Was ich Louis-Philippe vorwerfe, ist sein Verrat an den Polen. Er hat sie im Stich gelassen!«

»Einen Augenblick!« wandte Hussonnet ein. »Erstens einmal gibt es Polen gar nicht. Das ist eine Erfindung Lafayettes! Die Polen stammen samt und sonders aus dem Faubourg Saint-Marceau. Die echten Polen sind alle zusammen mit Poniatowski ersoffen!«

Kurzum, »er gehe nicht mehr auf den Leim«, er »falle nicht wieder auf diesen Schwindel herein«! Es sei ein aufgelegter Unsinn wie die Seeschlange, der Widerruf des Edikts von Nantes und das abgestandene Ammenmärchen von der Bartholomäusnacht!

Sénécal nahm die Polen nicht in Schutz, sondern griff die letzten Worte des Literaten auf. Man habe die Päpste verleumdet; letzten Endes hätten sie sich doch nur für das Volk eingesetzt, und er nannte die *Liga* »das Morgenrot der Demokratie, eine mächtige Einheitsbewegung gegen den Individualismus der Protestanten«.

Frédéric war von solchen Ideen befremdet. Cisy langweilte sich offensichtlich dabei, denn er brachte das Gespräch auf die lebenden Bilder im *Gymnase*, die damals die Zuschauer scharenweise ins Theater lockten.

Sénécal war darüber sehr ungehalten. Solche Schaustellungen verdarben doch die Proletariertöchter, und dann sah man sie einen schamlosen Luxus zur Schau tragen. Darum war er auch ganz mit den bayerischen Studenten einverstanden, die Lola Montez beschimpft hatten. Wie Rousseau achtete er das Eheweib eines Köhlers höher als die Mätresse eines Königs.

»Trüffeln sind keine Hausmannskost!« gab ihm Hussonnet sehr von oben herab zu bedenken.

Und dann nahm er diese Damen eifrig in Schutz, Rosanette zuliebe. Und als man daraufhin auf ihren Ball und Arnoux' Kostüm zu reden kam, sagte Pellerin: »Es heißt, er stehe bedenklich wackelig.«

Der Bilderhändler habe kürzlich einen Prozeß um seine Grundstücke in Belleville führen müssen und sei zur Zeit zusammen mit ein paar andern lockeren Zeisigen seines Schlags an einer Kaolingrube in der Niederbretagne beteiligt.

Dussardier wußte Genaueres, denn sein Arbeitgeber, Herr Moussinot, hatte sich beim Bankier Oscar Lefebvre über Arnoux erkundigt. Dieser hatte zurückgeschrieben, er halte ihn für wenig solide, da er über einige von seinen Zahlungsaufschüben genau auf dem laufenden sei.

Man war mit dem Nachtisch fertig und ging in den Salon hinüber, der, wie der Salon der Marschallin, mit gelbem Damast ausgeschlagen und im Stil Louis XVI. möbliert war.

Pellerin bemäkelte Frédérics Geschmack; er hätte lieber den Empirestil wählen sollen, fand er. Sénécal rieb die Streichhölzer an den Tapeten an. Deslauriers fand hier nichts auszusetzen, doch beanstandete er die Bibliothek und nannte sie abschätzig eine Kleinmädchenbücherei. Die meisten zeitgenössischen Schriftsteller waren vertreten. Es war einfach nicht möglich, über ihre Werke zu sprechen, denn Hussonnet legte sofort mit allerlei Klatschgeschichten über sie los, mäkelte an ihrem Äußern herum, bemängelte ihren Lebenswandel, ihre Art sich zu kleiden, hob fünftrangige Geister bis in den Himmel und riß erstklassige herunter. Selbstverständlich stimmte er ein Klagelied über den sittlichen Verfall der heutigen Zeit an. Manch ein Volksliedchen habe mehr wahre Poesie in sich als sämtliche Lyriker des 19. Jahrhunderts zusammengenommen. Balzac werde überschätzt, Byron sei erledigt, Hugo verstehe nichts vom Theater und so fort.

»Warum fehlen eigentlich alle Werke unserer Arbeiterdichter?«

Und Herr de Cisy, der sich nebenbei auch mit Literatur abgab, wunderte sich, weil er auf Frédérics Tisch nicht auch ein paar von den neu aufgekommenen Physiologien liegen sehe, die *Physiologie des Rauchers* etwa oder die *Physiologie des Anglers, des Zollbeamten . . .*

Schließlich ärgerten sie Frédéric so maßlos, daß er nicht übel Lust hatte, sie bei den Schultern zu packen und hinauszuwerfen.

Aber ich lasse mich ja hochnehmen! sagte er sich dann und nahm Dussardier beiseite. Er fragte ihn, ob er ihm irgendwie behilflich sein könne.

Das rührte den wackeren Burschen zu Tränen. Aber er hatte ja seine Stelle als Kassierer und kam damit reichlich aus.

Hierauf führte Frédéric Deslauriers in sein Schlafzimmer und nahm zweitausend Franken aus einem Schubfach seines Schreibtischs.

»Da, steck's ein, mein Lieber! Der Rest meiner alten Schulden.«

»Aber . . . und die Zeitung?« wandte der Advokat ein. »Du weißt doch, ich habe bereits mit Hussonnet darüber gesprochen.«

Und als Frédéric ihm zu bedenken gab, er sei »augenblicklich ein wenig knapp bei Kasse«, spielte ein böses Lächeln um seinen Mund.

Nach den süßen Schnäpsen ging man zum Bier über, und nach dem Bier wurde Grog aufgefahren. Die Gäste pafften aufs neue ihre Pfeifen. Endlich gingen sie um fünf Uhr abends alle weg. Eine gute Weile gingen sie nebeneinander her, ohne daß einer etwas sagte, bis schließlich Dussardier erklärte, Frédéric habe sie eigentlich höchst nobel bewirtet. Alle pflichteten ihm bei.

Hussonnet bemängelte das Essen; es liege zu schwer im Magen. Sénécal fand an der kitschigen Wohnungseinrichtung manches auszusetzen. Cisy war derselben Ansicht. Sie habe keinerlei »eigenen Stil«, nörgelte er.

»Ich finde, er hätte schon ein Bild bei mir bestellen können«, meinte Pellerin.

Deslauriers schwieg sich aus und hielt seine Banknoten in der Hosentasche fest umklammert.

Frédéric war allein geblieben. Er dachte an seine Freunde und fühlte, wie sich zwischen ihm und ihnen ein tiefer, finsterer Graben auftat, der sie voneinander trennte. Er hatte ihnen die Hand hingestreckt, aber sie hatten ihm seine aufrichtige Herzlichkeit übel vergolten. Keiner hatte sie erwidert.

Da fiel ihm wieder ein, was Pellerin und Dussardier über Arnoux gesagt hatten. Das war doch sicher alles rein erfunden, pure Verleumdung! Doch warum bloß? Und er sah Madame Arnoux vor sich, bettelarm und ruiniert, in Tränen aufgelöst, wie sie ihre Möbel verkaufen mußte. Diese Vorstellung quälte ihn wie ein Alb die ganze Nacht. Am nächsten Tag sprach er bei ihr vor.

Da er nicht wußte, wie er's anfangen sollte, um ihr, was er gehört hatte, zur Kenntnis zu bringen, fragte er sie gesprächsweise, ob Arnoux immer noch seine Grundstücke in Belleville besitze.

»Gewiß, immer noch.«

»Er ist jetzt, glaub ich, an einer Kaolingrube in der Bretagne beteiligt?«

»Ja, sehr richtig.«

»Seine Fabrik geht sehr gut, nicht wahr?«

»Aber ja . . . ich nehme es an.«

Und als er mit der Antwort zögerte, drängte sie: »Was haben Sie denn? Sie machen mir bange!«

Da erzählte er ihr, was er über seine Zahlungsschwierigkeiten gehört hatte. Sie blickte in ihren Schoß nieder und flüsterte: »Ich hatte es ja geahnt!«

Tatsächlich hatte Arnoux in Erwartung einer glänzenden Spekulation sich geweigert, seine Grundstücke zu verkaufen; er hatte sie vielmehr bis zum äußersten mit Hypotheken belastet, und als er dann keinen Käufer fand, hatte er gehofft, er könne sich durch die Gründung einer Fabrik wieder erholen. Aber die Unkosten hatten die Voranschläge bei weitem überstiegen. Mehr wußte sie nicht. Er wich allen Fragen geflissentlich aus und versicherte unablässig, »alles gehe sehr gut«.

Frédéric gab sich alle erdenkliche Mühe, sie zu beruhigen. Vielleicht handelte es sich nur um vorübergehende Schwierigkeiten. Sollte er im übrigen irgend etwas in Erfahrung bringen, werde er sie auf dem laufenden halten.

»O ja, nicht wahr?« bat sie und faltete die Hände in einer reizenden flehenden Gebärde.

Er konnte ihr also zu etwas nütze sein! Nun hatte er also einen Platz in ihrem Dasein, hatte den Weg zu ihrem Herzen gefunden!

Arnoux erschien.

»Ach, das ist aber nett von Ihnen, daß Sie mich zum Essen abholen!«

Frédéric verschlug es die Sprache.

Arnoux redete von allerhand gleichgültigen Dingen, dann sagte er zu seiner Frau, er werde erst sehr spät nach Hause kommen. Er sei mit Herrn Oudry verabredet.

»Zu Hause bei ihm?«

»Natürlich, in seiner Wohnung.«

Während sie zusammen die Treppe hinuntergingen, gestand er, Rosanette sei heute zufällig frei, und sie hätten vor, sich im Moulin Rouge einen vergnügten Abend zu machen. Und da er immer jemanden haben mußte, dem er sein Herz ausschütten konnte, ließ er sich von Frédéric bis vor die Haustüre begleiten.

Anstatt hineinzugehen, ging er auf dem Trottoir auf und ab und beobachtete die Fenster im zweiten Stock. Plötzlich wurden die Vorhänge auseinandergezogen.

»Aha! Wunderschön! Der alte Oudry ist verduftet. Gute Nacht.«

So hielt sie also der alte Oudry aus! Frédéric wußte überhaupt nicht mehr, was er denken sollte.

Von diesem Tag an begegnete ihm Arnoux noch herzlicher als bisher. Er lud ihn oft zum Essen bei seiner Geliebten ein, und es dauerte nicht lange, so verkehrte Frédéric in beiden Häusern mit gleicher Regelmäßigkeit.

Bei Rosanette ging es lustig zu. Man begab sich abends nach dem Klub oder dem Theater zu ihr, trank eine Tasse Tee und spielte eine Partie Lotto. Am Sonntag führte man Scharaden auf. Rosanette war ausgelassener als alle andern, tat sich mit allerhand drolligen Einfällen hervor, sie ging auf allen vieren durchs Zimmer oder setzte eine baumwollene Zipfelmütze auf. Wenn sie aus dem Fenster schaute und den Passanten nachblickte, stülpte sie einen steifen ledernen Wetterhut über den Kopf; sie rauchte türkische Pfeifen und sang Tiroler Ländler. Wenn sie am Nachmittag nichts mit ihrer Zeit anzufangen wußte, schnitt sie die Blumen aus einem Fetzen großblumigen Kattunstoffs aus, klebte sie eigenhändig auf die Fensterscheiben, verschmierte ihre beiden Hände mit Schminke, verbrannte Räucherkerzen oder legte sich die Karten. Sie war außerstande, sich irgendein Gelüste zu versagen; sie konnte sich in irgendein Nippfigürchen vergaffen, und dann war sie so vernarrt darein, daß sie nicht mehr schlafen konnte, sofort hinlief und es erstand, um es dann wieder gegen ein anderes Stück umzutauschen. Sie schnitt ihre Kleiderstoffe zuschanden, verlor ihren Schmuck, verplemperte ihr Geld und hätte ihr letztes Hemd für eine Proszeniumsloge hergegeben. Oftmals fragte sie Frédéric nach dem Sinn eines Wortes, das sie irgendwo gelesen hatte, hörte aber gar nicht hin, wenn er es ihr erklärte, sondern ging sprunghaft zu einem andern Gedanken über und stellte eine Frage nach der andern. Auf Ausbrüche wilder Ausgelassenheit folgten kindische Wutanfälle, oder sie kauerte verträumt auf dem Boden vor dem Feuer, mit vornübergeneigtem Kopf und ein Knie mit beiden Händen umfaßt, reglos wie eine Schlange im Winterschlaf. Unbekümmert kleidete sie sich vor ihm aus, zog gemächlich ihre seidenen Strümpfe zurecht und wusch sich dann das Gesicht mit Strömen von Wasser, wobei sie sich zurückbog wie eine Najade, die erschauert. Und ihre lachenden perlweißen Zähne, ihre blitzenden Augen, ihre Schönheit, ihr ausgelassener Frohsinn betörten Frédéric und peitschten seine Nerven auf.

Fast jedesmal, wenn er Madame Arnoux besuchte, traf er sie dabei, wie sie gerade ihrem Buben das Lesen beibrachte, oder sie stand hinter Marthes Stuhl, wenn sie am Klavier Tonleitern übte. War sie mit einer Näharbeit beschäftigt, so machte es ihn überglücklich, wenn er ihr ab und zu die Schere aufheben durfte. Alle ihre Bewegungen waren ruhig und gemessen. Ihre kleinen Hände schienen wie geschaffen, Almosen auszuteilen und Tränen zu trocknen, und ihre Stimme, die von Natur leicht gedämpft klang, konnte wie ein sanftes Streicheln liebkosen und wie eine leichte Brise wohltun.

Sie führte keine schwärmerisch hochfliegenden Gespräche über Literatur, aber ihr Geist konnte mit ein paar schlichten, zu Herzen gehenden Worten bezaubern. Sie liebte Reisen, das Rauschen des Windes in den Wäldern und ging für ihr Leben gern barhaupt im Regen spazieren. Frédéric lauschte voll Wonne, wenn sie ihm diese Dinge erzählte. Er glaubte darin eine beginnende Hingabe zu sehen.

Der regelmäßige Umgang mit den beiden Frauen war in seinem Leben wie zweierlei Musik: tändelnd-verspielt die eine, beschwingt und unterhaltsam; die andere ernst, feierlich und beinah fromm und gläubig. Beide Melodien schwangen zugleich in seinem Gemüt, schwollen an und mischten sich ineinander. Denn wenn ihn Madame Arnoux auch nur mit ihrem Finger leise streifte, sah er sogleich das Bild der andern in seinem sehnsüchtigen Verlangen, weil er von ihrer Seite eher Erfüllung erhoffen konnte, und wenn ihm beim Zusammensein mit Rosanette das Herz stürmischer schlug, kam ihm sofort seine große Liebe wieder in den Sinn.

Daran, daß Frédéric seine Gefühle durcheinandergerieten, waren gewisse augenfällige Ähnlichkeiten in der Einrichtung der beiden Wohnungen schuld. Eine der Truhen, die früher am Boulevard Montparnasse gestanden hatten, schmückte jetzt Rosanettes Speisezimmer und die andere Madame Arnoux' Salon. In beiden Haushaltungen benützte man das gleiche Eßgeschirr, dasselbe Besteck, und sogar das gleiche Samtkäppchen lag auf dem Ruhebett herum. Überdies wanderten eine Menge kleiner Angebinde und Geschenke, Wandschirme, Schachteln, Fächer, zwischen seiner Geliebten und seiner Gattin hin und her, denn Arnoux nahm, ohne sich auch nur im mindesten ein Gewissen daraus zu machen, der einen wieder weg, was er ihr geschenkt hatte, und brachte es der andern mit.

Die Marschallin machte sich zuweilen mit Frédéric über Arnoux' schäbige Handlungsweise lustig. Eines Sonntags nach dem Mittagessen nahm sie ihn hinter der Tür beiseite und zeigte ihm in Arnoux' Überzieher eine Tüte voll Kuchen, die er heimlich vom Tisch hatte mitlaufen lassen; offensichtlich wollte er damit seine Kinder überraschen. Arnoux leistete sich eine Menge Spitzbübereien, die haarscharf an eigentliche Gaunereien streiften. Er machte es sich regelrecht zur Pflicht, dem Stadtzoll eine Nase zu drehen, er ging nie mit einer bezahlten Eintrittskarte ins Theater, probierte jedesmal, sich mit einer Fahrkarte zweiter Klasse in die erste Klasse einzuschmuggeln, und pflegte – ein großartiger Witz, wie er fand – in der Badeanstalt anstatt eines Zehnsousstücks einen Hosenknopf in die Büchse des Badedieners zu stecken. Das alles hielt aber die Marschallin nicht ab, ihn zu lieben.

Eines Tages jedoch, als die Rede von ihm war, sagte sie: »Mit der Zeit geht er mir schon auf die Nerven! Er hängt mir nachgerade zum Hals heraus! Weiß der Himmel, mir ist's Wurst. Such ich mir eben einen andern. Werde schon einen finden.«

Frédéric meinte, seiner Ansicht nach sei der »andere« bereits gefunden und heiße Oudry.

»Na und?« maulte Rosanette, »was ist schon dabei?«

Dann setzte sie mit tränenbebender Stimme hinzu: »Ich stelle doch gar keine hohen Ansprüche, und trotzdem will und will er nicht, der Lump! Er will einfach nicht! Im Versprechen ist er freilich groß. Das ist etwas ganz anderes!«

Er hatte ihr sogar den vierten Teil seiner Gewinne aus den vielberedeten Kaolingruben in Aussicht gestellt. Aber kein Gewinn war zu sehen, so wenig wie der Kaschmirschal, mit dem er sie seit einem halben Jahr hinhielt.

Sofort fiel es Frédéric ein, er könnte ihr den Schal eigentlich schenken. Arnoux konnte freilich darin eine Zurechtweisung sehen und ärgerlich werden.

Und doch war er ein gutmütiger Mensch. Das sagte auch seine Frau. Aber so unberechenbar und verrückt! Anstatt täglich Gäste mit nach Hause zu bringen, bewirtete er neuerdings seine Bekannten in einem Gasthaus. Er kaufte völlig sinn- und zwecklose Dinge, goldene Ketten, Stutzuhren, irgendwelche Haushaltungsgegenstände. Madame Arnoux zeigte Frédéric sogar im Hausflur einen riesigen Vorrat an Wasserkesseln, Fußwärmern und Samowaren. Eines Tages endlich gestand sie ihm, was sie bedrückte: Arnoux hatte sie genötigt, einen Wechsel, zahlbar an Herrn Dambreuse, zu unterschreiben.

In der Zwischenzeit hatte Frédéric an seinen literarischen Plänen festgehalten; er betrachtete das gewissermaßen als eine Art ehrenwörtliche Verpflichtung sich selber gegenüber. Er wollte eine Geschichte der Ästhetik schreiben und darin verwerten, was er in seinen Auseinandersetzungen mit Pellerin gelernt hatte, dann wieder gedachte er, angeregt von Hussonnet und Deslauriers, verschiedene Zeitabschnitte der Französischen Revolution zu dramatisieren und eine große Komödie zu verfassen. Mitten in seiner Arbeit trat zuzeiten augenblickslang das Bild der einen oder der andern der beiden Frauen vor sein Auge; dann kämpfte er jeweils gegen das Verlangen an, sie zu sehen, gab aber zuletzt jedesmal recht bald nach. Und wenn er dann von Madame Arnoux wegging, war er auf dem Nachhauseweg noch niedergeschlagener als sonst.

Eines Morgens, als er beim Kamin saß und in dumpfer Schwermut vor sich hinbrütete, trat Deslauriers ein. Sénécals aufrührerisches Gerede hatte dessen Brotgeber geängstigt, und jetzt war Sénécal wieder einmal stellenlos und wußte nicht, woher Geld nehmen.

»Was kann ich da tun?« fragte Frédéric.

»Gar nichts! Du hast ja kein Geld, soviel ich weiß. Aber es würde dich keine große Mühe kosten, für ihn eine Stelle ausfindig zu machen, sei's mit Hilfe von Herrn Dambreuse oder auch durch Arnoux.«

Dieser brauchte bestimmt für seine Fabrik Ingenieure. Frédéric kam ein glänzender Gedanke, eine wahre Erleuchtung: Sénécal konnte ihn verständigen, wenn Arnoux nicht zu Hause war, er konnte Briefe bestellen, ihm bei tausend

Gelegenheiten behilflich sein, die sich bieten mochten. Unter Männern erwies man sich ja solche Gefälligkeiten. Im übrigen würde er Mittel und Wege finden, ihn auszunützen, ohne daß er's ahnte. Der Zufall schickte ihm einen Hilfsgenossen, das war ein gutes Vorzeichen, und nun galt es zuzugreifen. Und so gab er mit gespielter Gleichgültigkeit zur Antwort, das werde sich wohl machen lassen, er werde sich darum kümmern.

Er nahm sich der Sache auch sogleich an. Arnoux gab sich in seiner Fabrik alle Mühe. Er suchte das Kupferrot der Chinesen herauszubringen, aber beim Brennen verflüchtigten sich seine Farben. Um das Springen seiner Fayencen zu vermeiden, mengte er Kalk unter seine Töpfererde, aber sie bekamen gleichwohl zum großen Teil wieder Risse, die Glasur seiner auf dem Rohmaterial aufgetragenen Malereien bekam Blasen, seine großen Platten bogen und wellten sich. Und da er seine Mißerfolge der unzulänglichen Einrichtung seiner Fabrik zuschrieb, wollte er sich neue Tonmühlen und andere Trockenräume bauen lassen. Frédéric entsann sich mehrerer solcher Unzuträglichkeiten und sprach ihn daraufhin an, teilte ihm mit, er habe einen sehr fähigen, tüchtigen Fachmann entdeckt, der imstande wäre, sein berühmtes Rot zu finden. Bei dieser Ankündigung machte Arnoux zuerst einen Freudensprung, dann aber, als er ihn angehört hatte, erklärte er, augenblicklich brauche er niemanden.

Frédéric strich Sénécals erstaunliche Kenntnisse in den höchsten Tönen heraus, er sei Ingenieur, Chemiker und Buchhalter in einer Person, da er auch ein erstklassiger Mathematiker sei.

Schließlich erklärte sich der Töpfereifabrikant einverstanden, ihn zu empfangen.

Da gerieten sich die beiden über die Höhe des Gehaltes in die Haare. Frédéric griff vermittelnd ein, und es gelang ihm nach einer Woche, sie zu einem Übereinkommen zu bereden.

Da aber die Fabrik in Creil stand, konnte ihm Sénécal in gar nichts zu Diensten sein. Diese höchst naheliegende Überlegung nahm ihm allen Lebensmut, wie ein Mißgeschick, das ihn unerwartet traf.

Er erwog die Angelegenheit von allen Seiten und kam zu dem Schluß, seine Aussichten bei Madame Arnoux würden um so besser werden, je mehr Arnoux sich seiner Frau entfremde. Nun fing er an, unentwegt und beharrlich Rosanettes Lob zu singen, er hielt ihm alles vor, was er ihr gegenüber Unrechtes begangen hatte, erzählte ihm von den verhüllten Drohungen, die sie jüngsthin geäußert hatte, und erwähnte sogar den Kaschmirschal, ja, er verschwieg auch nicht, daß sie ihn der Knauserei bezichtigte.

Das wurmte Arnoux – und außerdem war ihm auch sonst nicht ganz wohl in seiner Haut –, und so brachte er Rosanette den Schal mit, machte ihr aber heftige Vorwürfe, weil sie sich bei Frédéric über ihn beklagt hatte. Als sie ihm entgegenhielt, sie habe ihn wohl hundertmal an sein Versprechen gemahnt, behauptete er, es gingen ihm zu viele Dinge im Kopf herum, und er habe nicht mehr daran gedacht.

Am nächsten Tag machte Frédéric einen Besuch bei ihr. Obschon es bereits zwei Uhr war, lag die Marschallin noch im Bett, und an einem Tischchen zu ihrem Kopfende hatte sich Delmar häuslich niedergelassen und verspeiste eben die letzten Bissen einer Scheibe Gänseleber. Schon von weitem rief sie ihm entgegen: »Ich habe ihn! Ich habe ihn!«

Dann nahm sie ihn bei den Ohren, gab ihm einen Kuß auf die Stirn, dankte ihm überschwenglich, duzte ihn und wollte sogar unbedingt, er müsse sich zu ihr aufs Bett setzen. Ihre hübschen, zärtlichen Augen funkelten, ihr feuchter Mund lächelte, ihre beiden molligen Arme kamen verlockend aus dem ärmellosen Hemd hervor, und zuweilen spürte er durch den Batist hindurch die festen Formen ihres Körpers. Und die ganze Zeit über rollte Delmar wütend die Augen.

»Aber wirklich, liebe Freundin, aber nicht doch . . .«

So war es auch die nächsten paar Male. Sobald Frédéric hereinkam, stellte sie sich auf ein Polsterkissen, damit er sie bequemer umarmen konnte, nannte ihn ihren lieben Schatz, ihren Liebling, steckte ihm eine Blume ins Knopfloch und zupfte ihm seine Krawatte zurecht. Und sooft Delmar da war, tat sie ihm erst recht schön.

Wollte sie ihm damit auf halbem Weg entgegenkommen?

Frédéric glaubte es allmählich. Wenn es darum ging, einen Freund zu betrügen, so würde sich Arnoux an seiner Stelle auch kein Gewissen daraus machen, außerdem war es sein gutes Recht, der Geliebten von Arnoux gegenüber nicht den Tugendbold hervorzukehren, da er sich gegen dessen Frau jederzeit so ausbündig tugendhaft benommen hatte. Er war nämlich überzeugt, das habe er wirklich getan, oder vielmehr suchte er sich das einzureden, um seine wahrhaft erstaunliche Zaghaftigkeit zu rechtfertigen. Dabei kam er sich eigentlich im höchsten Grade blöde vor und war entschlossen, mit der Marschallin nicht viel Federlesens zu machen.

Als sie darum eines Nachmittags vornübergebeugt in ihrer Kommode kramte, trat er zu ihr und faßte sie mit einem derart unmißverständlich beredten Griff an, daß sie glutrot wurde und sich aufrichtete. Er machte alsbald ein zweitesmal einen forschen Annäherungsversuch; da brach sie in Tränen aus und schluchzte, sie sei so bitter unglücklich, und das sei noch lange kein Grund, sie zu verachten.

Er unternahm neuerliche Versuche, zärtlich zu sein. Da wechselte sie ihre Taktik und lachte von nun an immer. Er kam sich recht schlau vor, wenn er ihr im gleichen Ton Antwort gab, ja ihn noch übertrieb. Doch gab er sich allzu lustig und gewollt heiter, als daß sie hätte glauben können, es komme ihm von Herzen. Und ihr kameradschaftlicher Umgangston machte jeden ernstlichen Gefühlsüberschwang unmöglich. Eines Tages gab sie ihm schließlich schnippisch zu verstehen, sie könne und wolle nicht mit den Resten einer andern vorliebnehmen.

»Welcher andern?«

»Ja doch! Geh nur wieder zu deiner Madame Arnoux!«

Frédéric sprach oft und gern von ihr, und Arnoux seinerseits frönte der gleichen leidigen Sucht, und so bekam sie es schließlich satt, immerfort mit anhören zu müssen, wie diese Frau herausgestrichen und über den grünen Klee gerühmt wurde. Ihre ausfällige Stichelei war eine Art Rache.

Frédéric trug ihr das lange nach.

Übrigens ging sie ihm mit der Zeit schwer auf die Nerven. Zuweilen spielte sie sich als schwergeprüfte Frau mit reicher

Erfahrung auf und erging sich mit hämischem Lachen in Schmähreden über die Liebe, so daß es ihn in allen Fingern juckte, ihr eine Tracht Maulschellen zu verabreichen. Eine Viertelstunde später war die Liebe wieder das einzige, was auf Erden zählte, und dann kreuzte sie die Arme über der Brust, als wollte sie jemanden an ihr Herz drücken. Mit halb geschlossenen Lidern und einem Ausdruck, als wolle sie vor Wonne dahinschmelzen, flüsterte sie vor sich hin: »Ach ja, gut ist das! So gut!« Man konnte unmöglich aus ihr klug werden oder beispielsweise wissen, ob sie Arnoux liebte, denn sie machte sich über ihn lustig und schien doch seinetwegen eifersüchtig zu sein. Genauso trieb sie es mit der Vatnaz; bald war sie ein schlechtes Frauenzimmer und ein andermal wieder ihre liebste Freundin. Kurzum, über ihrer ganzen Person, ja sogar in ihrem hochgekämmten Haarknoten lag etwas schwer zu Bezeichnendes, etwas, was irgendwie herausfordernd wirkte. Und er begehrte sie, hauptsächlich um der Lust willen, sie unterzukriegen und zu beherrschen.

Doch wie sollte er's anstellen? Manchmal schickte sie ihn ohne viel Umstände wieder fort; dann zeigte sie sich für ein paar Augenblicke unter der Tür und tuschelte ihm ins Ohr: »Ich habe zu tun. Heute abend!« Oder er traf sie umringt von einem Dutzend Menschen, und waren sie einmal allein, so hätte man jede Wette eingehen können, daß eine Störung der andern auf dem Fuße folgen werde. Wiederholt lud er sie zum Nachtessen ein, doch sie lehnte jedesmal ab. Einmal nahm sie seine Einladung an, kam aber dann nicht.

Da stieg in seinem Hirn ein abgefeimt schlauer Plan auf.

Er wußte von Dussardier, daß Pellerin sich über ihn beklagt hatte, und nun dachte er sich aus, er könnte bei ihm ein Porträt der Marschallin in Auftrag geben, ein lebensgroßes Bildnis, das zahlreiche Sitzungen erfordern würde. Nicht eine einzige gedachte er zu versäumen, und der Künstler mit seiner gewohnten Unpünktlichkeit würde ihnen ein öfteres Zusammensein unter vier Augen erleichtern. Er schlug also Rosanette vor, sich malen zu lassen, um ihrem teuren Arnoux ihr Bild zu verehren. Sie ging auf seinen Vorschlag ein, denn sie sah sich bereits in der Mitte des »Großen Salons« prangen, am Ehrenplatz der Ausstellung, umlagert von einer dichten Zuschauermenge, und die Zeitungen würden über sie schreiben, was sie mit einem Schlage berühmt machen mußte.

Pellerin seinerseits griff den Vorschlag gierig auf. Dieses Bildnis sollte aller Welt beweisen, daß er ein großer Mann war; es mußte ein Meisterwerk werden.

Er ließ sämtliche Bildnisse von Meisterhand, die er kannte, an seinem Gedächtnis vorüberziehen, und entschied sich schließlich für einen Tizian, mit Ornamenten in der Manier des Veronese, die seine Wirkung noch erhöhen sollten. Er gedachte somit das Bild, das ihm vorschwebte, ohne künstliche Schatten zu malen, in einem taghellen Licht, das die Fleischtöne gleichmäßig aufleuchten und alles Beiwerk glitzern und funkeln ließ.

Wie wär's, dachte er, wenn ich ihr ein rosafarbenes Seidenkleid mit einem orientalischen Burnus anzöge? Nein doch! Viel zu ordinär, ein Burnus! Oder soll ich sie eher in blauen Samt kleiden und vor einem grauen, stark farbig wirkenden Hintergrund malen? Man könnte ihr aber auch einen weißen Gipürekragen und einen schwarzen Fächer geben und einen scharlachroten Vorhang als Hintergrund.

So suchte und überlegte er hin und her; mit jedem neuen Tag wuchs sich sein Vorwurf immer großartiger aus, und er geriet darüber in helle Begeisterung.

Ein wildes Herzklopfen befiel ihn, als Rosanette in Frédérics Begleitung zur ersten Sitzung bei ihm erschien. Sie mußte sich auf eine Art Podium mitten ins Zimmer stellen. Dann beklagte er sich über das schlechte Licht, jammerte, wie bitter er sein früheres Atelier vermisse, und bat sie zuerst, den Ellbogen auf einem Sockel aufzustützen; dann mußte sie sich in einen Lehnstuhl setzen, und nun betrachtete er sie mit halb zugekniffenen Augen, trat ein paar Schritte zurück, ging dann wieder nahe an sie heran, zupfte an ihrem Kleid eine Falte zurecht und fragte dann und wann Frédéric um seine Ansicht.

»Nein, so geht's nicht!« rief er mit einemmal aus. »Ich komme doch auf meine erste Idee zurück. Ich male Sie als Venezianerin.«

Sie müsse ein knallrotes Samtkleid mit einem goldgeschmiedeten Gürtel anhaben, und aus ihrem weiten hermelinverbrämten Ärmel schaue ihr bloßer Arm hervor und liege leicht auf dem Geländer einer Treppe, die hinter ihr emporführe. Linker Hand solle eine hohe Säule bis an den obern Rand des Bildes aufragen und sich dort in einen rundbogenförmigen Architekturrahmen einfügen. Im untern Teil des Bildes seien in zart angedeuteten Umrissen Orangenhaine zu sehen, die, fast schwarz gehalten, sich gegen den tiefblauen, von weißen Wölkchen durchzogenen Himmel abhöben. Auf dem teppichbelegten Geländerstück werde auf einer silbernen Schale ein Blütenstrauß, ein Rosenkranz aus Bernstein, ein Dolch und ein leicht angegilbtes Elfenbeinkästchen liegen; diese Schatulle sollte randvoll mit Goldzechinen angefüllt sein, ja ein paar davon sollten auf dem Boden verstreut liegen und eine blitzende, gleißende Goldspur bilden, so daß das Auge auf die Fußspitze hingelenkt werde, denn sie würde auf der zweituntersten Treppenstufe stehen, in einer ungezwungenen Stellung und vom Licht voll beschienen.

Er holte eine Bilderkiste herbei und stellte sie auf das Podium, um die Stufe anzudeuten. Hierauf legte er auf einen Hocker, der das Geländer vorstellen sollte, seine Jacke, einen Schild, eine Sardinenbüchse, ein Bündel Federn und ein Messer malerisch zurecht, und als er ein Dutzend Zweisousstücke vor Rosanette hin auf den Boden gestreut hatte, ließ er sie ihre Pose einnehmen.

»Stellen Sie sich vor, diese Dinge da seien reiche Schätze, kostbare Geschenke. Den Kopf ein wenig mehr nach rechts! So ist's ausgezeichnet! Rühren Sie sich jetzt nicht mehr! Diese majestätische Haltung paßt gut zu Ihrer eigenartigen Schönheit.«

Sie trug ein Kleid aus schottischem Stoff mit einem großen Muff und mußte an sich halten, um nicht loszuplatzen.

»In die Haare flechten wir Ihnen ein Perlengewinde. Das nimmt sich in rotem Haar immer gut aus.«

Dagegen erhob die Marschallin entrüstet Einspruch: sie habe keine roten Haare.

»Lassen Sie's gut sein! Das Rot der Maler ist nicht das Rot der Spießer!«

Nun fing er an, die Aufteilung der Flächen und Farben zu skizzieren, und er weilte mit seinen Gedanken so völlig bei den großen Künstlern der Renaissance, daß er davon reden mußte. Eine volle Stunde lang phantasierte er mit lauter Stimme von diesen prachtvollen Existenzen, erfüllt von Genie, Ruhm und üppigem Prachtaufwand, schwärmte davon, wie sie im Triumph in die Städte einzogen, wie sie in Gesellschaft halb nackter Weiber, die schön waren wie Göttinnen, beim Schein der Fackeln prunkvolle Gelage abhielten.

»Sie wären so recht geschaffen, in jenen Zeiten zu leben! Ein Geschöpf Ihres Schlags hätte einen Kirchenfürsten verdient!«

Rosanette ließ sich seine artigen Komplimente gerne gefallen. Die nächste Sitzung wurde vereinbart, und Frédéric übernahm es, die erforderlichen Requisiten mitzubringen.

Die Ofenhitze hatte Rosanette ein bißchen schläfrig gemacht, und so gingen sie zu Fuß durch die Rue du Bac nach Hause und gelangten unterwegs auf den Pont Royal.

Es war strahlend schönes Wetter, ein frischer, klarer Wintertag. Die Sonne war am Untergehn, weit drüben in der Altstadt leuchteten ein paar Fensterscheiben auf wie goldene Schilder, indes hinter ihnen zur Linken die Türme der Notre-Dame sich schwarz vom tiefblauen Himmel abhoben, der sich in weichem grauem Dunst fern am Horizont verlor. Es blies ein scharfer Wind, und da Rosanette erklärte, sie sei hungrig, kehrten sie in der *Pâtisserie Anglaise* ein.

Junge Frauen mit ihren Kindern aßen im Stehen vor dem Marmortisch, auf dem sich dichtgedrängt die Teller mit den Törtchen unter Glasglocken aneinanderreihten. Rosanette vertilgte heißhungrig zwei Kremschnitten. Der Staubzucker, mit dem sie bestreut waren, klebte ihr wie ein Schurrbärtchen um die Mundwinkel. Ab und zu kramte sie ihr Taschentuch aus dem Muff hervor und wischte sich damit den Mund, und unter ihrem grünseidenen Kapotthütchen sah ihr Gesicht aus wie eine voll erblühte Rose zwischen ihren Blättern.

Sie machten sich wieder auf den Weg. In der Rue de la Paix blieb sie vor einem Goldschmiedeladen stehen und schaute sich lange ein Armband an. Frédéric wollte es ihr verehren.

»Nein«, sagte sie, »behalte dein Geld nur!«

Diese Bemerkung kränkte ihn.

»Was hat denn mein Bubi? Bist du traurig?«

Und da nun das Gespräch wieder in Gang gekommen war, machte er ihr schließlich, wie jedesmal, eine Liebeserklärung.

»Du weißt genau, das ist unmöglich!«

»Warum denn?«

»Ach, weil . . .«

Sie gingen Seite an Seite, sie stützte sich auf seinen Arm, und die Falbeln ihres Kleides schlugen an seine Beine. Da kam ihm wieder in den Sinn, wie einmal in der Dämmerung eines Winterabends auf dem gleichen Trottoir Madame Arnoux neben ihm hergegangen war. Und diese Erinnerung nahm ihn so ausschließlich gefangen, daß er Rosanette gar nicht mehr beachtete und überhaupt nicht mehr an sie dachte.

Sie blickte achtlos vor sich hin und ließ sich ein wenig mitziehen wie ein faules Kind. Es war die Stunde, zu der man von der Spazierfahrt nach Hause kam, und zahlreiche Kutschen rollten im scharfen Trab auf dem trockenen Pflaster vorbei. Offenbar kamen ihr Pellerins Schmeicheleien wieder in den Sinn; sie seufzte auf: »Ach, es gibt schon glückliche Frauen! Ich bin für einen reichen Mann geschaffen, soviel ist sicher.«

Er erwiderte grob: »Sie haben doch einen!« Oudry gelte allgemein für einen dreifachen Millionär.

Sie wolle nichts lieber, als ihn loswerden.

»Wer hindert Sie denn daran?«

Und er erging sich in bittern Klagen über den alten Spießer mit seiner Perücke. Er bewies ihr, daß ein solches Verhältnis etwas Unwürdiges sei und daß sie damit Schluß machen müsse.

»Ja«, erwiderte die Marschallin wie im Selbstgespräch. »Das werde ich schließlich auch tun, keine Frage!«

Frédéric war über dieses nachgiebige, beinahe gleichgültige

Sichfügen hocherfreut. Sie ging nun langsamer, und er glaubte, sie sei müde. Doch sie blieb dabei, einen Wagen wolle sie nicht, und vor ihrer Haustür angelangt, schickte sie ihn weg, warf ihm aber noch eine Kußhand zu.

»Ach, wie schade! Und wenn ich denke, daß es Dummköpfe gibt, die mich für reich halten!«

Schwer verstimmt und niedergedrückt kam er nach Hause.

Hussonnet und Deslauriers warteten schon auf ihn.

Der Künstler saß vor seinem Tisch und zeichnete allerhand Fratzen und verzerrte Köpfe, und der Advokat lag mit seinen dreckigen Stiefeln auf dem Diwan und döste vor sich hin.

»Ah, endlich!« begrüßte er ihn. »Aber was machst du nur für ein abweisendes Gesicht? Kannst du mich überhaupt anhören?«

Deslauriers' Beliebtheit als Einpauker war im Schwinden, denn er trichterte seinen Schülern Theorien ein, die ihnen bei den Prüfungen schlechte Noten eintrugen. Zwei- oder dreimal hatte er auch vor Gericht plädiert, und jedesmal seine Prozesse verloren. Jede neue Enttäuschung trieb ihn um so stärker zu seinem alten Wunschtraum zurück: eine Zeitung zu gründen, in der sich seine Begabung voll auswirken, in der er Rache üben, seine Wut und seine Ideen den Leuten ins Gesicht schreien konnte. Reichtum und Ruhm würden sich dann im übrigen ganz von selbst einstellen. In dieser Hoffnung hatte er den Künstler recht eigentlich ins Garn gelockt und umstrickt; denn Hussonnet besaß ja ein Blatt.

Augenblicklich druckte er es auf rosa Papier; er erfand allerhand Zeitungsenten, dachte sich Bilderrätsel aus, versuchte irgendwelche Pressefehden anzuzetteln, ja er gedachte sogar – obwohl er kein passendes Lokal zur Verfügung hatte –, Konzerte aufzuziehen. Ein Jahresabonnement berechtigte zu einem Sperrsitzplatz in einem der großen Pariser Theater. Außerdem übernahm es die Administration des Blattes, den verehrlichen Fremden alle wünschenswerten Auskünfte über künstlerische und andere Anlässe zu verschaffen. Aber der Drucker drängte auf Bezahlung, man schuldete dem Hauseigentümer die Miete für drei Quartale, alle erdenklichen Schwierigkeiten tauchten auf. Hussonnet hätte die *Kunst* eingehen lassen, hätte ihm nicht täglich der Advokat zugeredet und ihm den Nacken gesteift. Auch jetzt hatte er ihn mitgeschleppt, um seinem Bittgang mehr Gewicht zu verleihen.

»Wir kommen wegen der Zeitung«, hob er an.

»Sieh an, das spukt immer noch in deinem Kopf!« gab Frédéric geistesabwesend zur Antwort.

»Aber sicher denke ich noch daran!«

Und einmal mehr entwickelte er seinen Plan. Sie hatten vor, Börsenberichte abzudrucken und auf diese Weise Beziehungen zu Finanzleuten anzuknüpfen. So konnten sie die hunderttausend Franken bekommen, die als Bürgschaftssumme unerläßlich waren. Damit aber das Blatt in eine politische Zeitung umgewandelt werden könne, müsse man zuvor über einen weiten Leserkreis verfügen, und dazu sei es unbedingt nötig, vorgängig verschiedene Ausgaben zu übernehmen, Auslagen für Papieranschaffung, Druckkosten, Bürospesen; kurzum, eine Summe von fünfzehntausend Franken.

»Ich habe kein flüssiges Geld«, gab Frédéric zu bedenken.

»Und wir erst!« versetzte Deslauriers und verschränkte die Arme auf der Brust.

Diese dumm-pathetische Geste brachte Frédéric in Harnisch, und er erwiderte: »Bin ich vielleicht daran schuld?«

»Aha, wunderschön! Die Herrschaften haben Holz in ihrem Kamin, ihre Tafel ist mit Trüffeln bestellt, sie schlafen in einem weichen Bett, haben eine Bibliothek, einen Wagen, sie verfügen über alle Annehmlichkeiten des Daseins! Wenn aber andere Leute in ihren Dachstübchen unterm Schieferdach vor Kälte schlottern, wenn sie sich kaum ein Mittagessen leisten können, wie Zuchthäusler schuften und fronen, im bittern Elend beinahe verkommen, sind sie vielleicht daran schuld?«

Und noch und noch stieß er sein: »Sind sie vielleicht daran schuld?« hervor, mit einer echt ciceronianischen Ironie, der man von weitem den Gerichtssaal anhörte. Frédéric wollte auch zu Worte kommen, doch er redete unentwegt weiter: »Im übrigen kann ich's ja verstehen. Der Herr hat Neigungen,

Bedürfnisse ... aristokratische Liebhabereien. Sicherlich ... irgendeine Frau ...«

»Und wenn dem so wäre? Bin ich nicht frei?«

»Oh, völlig frei!«

Und nach minutenlangem Schweigen setzte er hinzu: »Versprechungen sind ja billig und bequem!«

»Mein Gott, ich streite sie ja nicht ab!« wandte Frédéric ein. Doch der Advokat fuhr fort: »Als Pennäler schwört man einander die feierlichsten Eide, man werde eine Phalanx bilden, Balzacs *Dreizehn** wiederaufleben lassen! Und wenn man einander dann später begegnet, heißt es: Gute Nacht, mein Lieber, scher dich zum Teufel! Denn wer dem andern zu Diensten sein könnte, behält alles fein säuberlich für sich allein!«

»Was soll das heißen?«

»Ja, du hast uns nicht einmal bei den Dambreuses eingeführt.«

Frédéric sah ihn an. Mit seinem schäbigen, abgewetzten Überrock, seinen angelaufenen Brillengläsern, seinem käsigen Gesicht wirkte Deslauriers so schulmeisterlich und erzpedantisch, daß er ein geringschätziges Lächeln nicht verkneifen konnte. Deslauriers bemerkte es und lief puterrot an.

Er hatte bereits den Hut aufgesetzt und wollte gehen. Hussonnet war höchst unbehaglich, er suchte ihn mit flehenden Blicken versöhnlich zu stimmen, und als Frédéric ihm den Rücken zukehrte, bat er ein letztes Mal: »So lassen Sie sich doch erweichen, mein Sohn! Seien Sie mein Mäzen! Fördern Sie die Künste!«

Da nahm Frédéric plötzlich in einer jähen Anwandlung von Nachgiebigkeit und Fügung ins Unvermeidliche ein Blatt Papier, kritzelte ein paar Zeilen darauf und streckte es ihm hin. Das Gesicht des Bohemiens leuchtete auf. Dann reichte er den Zettel Deslauriers und sagte: »Leisten Sie Abbitte, edler Herr!«

* Die *Geschichte der Dreizehn* von Balzac enthält drei Episoden aus dem unterirdischen Wirken einer geheimen Verschwörergesellschaft, der *Dreizehn*, die eine Art Feme üben und ihre Privatrache für ungesühnte Vergehen nehmen (Anm. des Übers.).

Ihr Freund bat in seinem Brieflein dringend seinen Notar, ihm so rasch wie nur möglich fünfzehntausend Franken zu übersenden.

»Ah, daran erkenne ich dich wieder!« strahlte Deslauriers.

»Auf mein Wort«, setzte der Maler hinzu, »Sie sind ein wackerer Mann! Sie werden in die Galerie der Menschheitsbeglücker eingehen!«

Der Advokat fügte hinzu: »Du wirst dabei nichts verlieren. Die Spekulation ist erstklassig.«

»Verdammt noch mal!« bekräftigte Hussonnet. »Dafür würde ich meinen Kopf aufs Schafott legen!«

Und er verzapfte so viel baren Unsinn und versprach solche Wunderdinge – vielleicht glaubte er sogar daran –, daß Frédéric nicht wußte, ob er sich eigentlich über die andern oder über sich selber lustig machen wollte.

Am selben Abend noch erhielt er einen Brief von seiner Mutter.

Sie sei erstaunt, daß er immer noch nicht Minister sei, schrieb sie und zog ihn auch sonst noch ein bißchen auf. Dann ließ sie sich über ihre Gesundheit aus und teilte ihm mit, Herr Roque verkehre neuerdings bei ihr im Haus. »Seit er Witwer ist, sehe ich nicht ein, was einem Verkehr mit ihm im Wege stünde. Louise hat sich sehr zu ihrem Vorteil verändert.« Und als Postskriptum stand noch da: »Du schreibst mir gar nichts von deiner vornehmen Bekanntschaft, dem Herrn Dambreuse. An deiner Stelle würde ich ihn mir zunutze machen.«

Warum auch nicht? Seine schöngeistigen Ambitionen hatte er aufgegeben, und sein Vermögen – das wurde ihm nachgerade klar – war unzureichend. Hatte er nämlich seine Schulden beglichen und seinen Freunden die vereinbarte Summe ausgezahlt, so verringerte sich sein Einkommen um mindestens viertausend Franken. Außerdem spürte er das Bedürfnis, aus diesem Bummlerdasein herauszukommen und irgendwo festen Fuß zu fassen. So erwähnte er denn anderntags, als er bei Madame Arnoux zu Mittag aß, seine Mutter liege ihm dauernd in den Ohren, er müsse jetzt endlich einen Beruf ergreifen.

»Aber ich war doch des Glaubens, Herr Dambreuse sollte

Ihnen in den Staatsrat verhelfen«, erwiderte sie. »Das würde Ihnen sehr gut anstehen.«

Also wünschte sie es auch. Er gehorchte.

Wie bei seinem ersten Besuch saß der Bankier auch diesmal vor seinem Schreibtisch und bedeutete ihm mit einer Handbewegung, er möge sich ein paar Minuten gedulden, denn ein Herr stand, den Rücken der Türe zugewandt, bei ihm und besprach irgendwelche wichtigen Angelegenheiten mit ihm. Es war die Rede von Steinkohlen und einer Verschmelzung verschiedener Gesellschaften, die vorgenommen werden sollte.

Die Bildnisse des Generals Foy und des Königs Louis-Philippe hingen beiderseits des großen Wandspiegels, Aktenregale türmten sich vor der getäfelten Wand bis zur Zimmerdecke hinauf. Sechs Rohrsessel standen in dem Raum, Dambreuse benötigte für seine Geschäfte keine schöneren Räumlichkeiten. Das Zimmer gemahnte an jene düsteren Küchen, in denen üppige Festmähler angerichtet werden. Frédéric stachen vor allem zwei mächtige Geldschränke in die Augen; in jeder Ecke des Büros stand einer. Er fragte sich, wie viele Millionen wohl darin Platz haben mochten. Der Bankier schloß einen auf, und als sich die Eisentür nach außen drehte, waren darin nur Hefte mit blauen Deckeln zu sehen.

Schließlich ging der Unbekannte an Frédéric vorbei. Wer war's? Der alte Oudry! Sie grüßten einander und wurden beide dabei rot. Das wunderte Dambreuse offensichtlich. Im übrigen zeigte er sich von seiner liebenswürdigsten Seite. Nichts sei leichter, meinte er, als seinen jungen Freund dem Justizminister zu empfehlen. Man werde sich glücklich schätzen, ihn zum Mitarbeiter zu haben. Und zum Abschluß seiner höflichen Redensarten lud er ihn zu einer Abendgesellschaft ein, die er ein paar Tage später zu geben gedachte.

Frédéric wollte gerade sein Coupé besteigen und dort hinfahren, als ein Briefchen von der Marschallin kam. Beim Schein der Laternen las er:

»Lieber, ich habe Ihren Rat befolgt. Vorhin habe ich meinen Osagen-Häuptling an die Luft gesetzt. Von morgen abend an lacht mir die Freiheit! Sagen Sie jetzt noch einmal, ich sei nicht brav und folgsam!«

Weiter nichts! Aber das hieß doch, daß sie ihm den frei gewordenen Platz antrug! Er stieß einen Freudenschrei aus, steckte das Briefchen in die Tasche und fuhr ab.

Zwei berittene Polizisten hielten auf der Straße. Eine Reihe Lämpchen brannten über den beiden Einfahrtstoren, und im Hof ertönten die Rufe der Bedienten, die dafür sorgten, daß die Kutschen bis vor die Freitreppe unter das Schutzdach vorfuhren. Dann auf einmal hörte der Lärm drinnen im Vestibül auf.

Überall im Treppenhaus standen große Kübelpflanzen. Die Porzellankugeln strahlten ein Licht aus, das Kringel auf die Wände warf, so daß sie aussahen wie weiße Moiré-Seide. Frédéric stieg leichtfüßig die Treppe hinauf. Ein Diener, der an der Tür stand, rief seinen Namen aus. Herr Dambreuse streckte ihm die Hand hin. Fast im gleichen Augenblick erschien auch Madame Dambreuse.

Sie hatte ein malvenfarbenes spitzenbesetztes Abendkleid an, ihre Frisur war reicher gelockt als gewöhnlich, und sie trug nicht ein einziges Schmuckstück.

Sie beklagte sich über seine seltenen Besuche, fand ein paar artige Worte für ihn. Die Gäste kamen nach und nach. Beim Grüßen beugten sie rasch den Oberkörper schräg seitwärts, knickten zusammen oder neigten auch nur das Haupt. Dann gingen ein Ehepaar, eine ganze Familie vorbei, und alle verteilten sich dahin und dorthin in dem großen Salon, der bereits gedrängt voller Gäste war.

Unter dem Kronleuchter in der Mitte des Raumes stand ein riesiges Rundsofa, und darüber ragte ein Blumentisch empor, dessen Blumen sich wie Federbüsche bogen und über die Köpfe der rundum sitzenden Frauen niederhingen; andere hatten sich in den Lehnsesseln niedergelassen, die in zwei schnurgeraden Reihen aufgestellt waren, symmetrisch unterbrochen von den langen hellroten Samtvorhängen der Fenster und den hohen Türöffnungen mit den vergoldeten Oberleisten.

Dichtgedrängt standen die Herren, den Hut in der Hand, auf dem Parkett und wirkten von weitem wie eine einzige schwarze Masse, aus welcher hier und da ein paar rote Punkte, die Bändchen in den Knopflöchern, hervorleuchteten; das eintönige Weiß der Krawatten gab diesem schwarzen Gedränge einen noch düsterern Anstrich. Außer ein paar halbwüchsigen flaumbärtigen Jünglingen langweilten sich alle offenkundig. Einige geschniegelte Dandies wiegten sich mit betont grämlichen Mienen auf ihren Absätzen. Grauhaarige Köpfe und Perücken waren in der Überzahl; da und dort stach eine spiegelblanke Glatze daraus hervor. Allen den hochroten oder fahlbleichen Gesichtern sah man an, wie unsagbar übermüdet die Leute waren, so welk und abgelebt schauten sie aus; die anwesenden Gäste waren fast ausnahmslos Politiker oder Geschäftsleute. Dambreuse hatte auch ein paar Gelehrte, hohe Beamte und zwei, drei berühmte Ärzte eingeladen. Er wehrte in gemacht bescheidener, ja fast unterwürfiger Haltung die Lobhudeleien über das gelungene Fest und die Anspielungen auf seinen Reichtum ab.

Wo man hinsah, standen und liefen Bediente in goldbetreßten Livreen herum. Die großen Wandleuchter prangten gleich feurigen Blumensträußen auf den stoffbespannten Wänden, und die großen Wandspiegel warfen ihr Bild vielfältig zurück. Hinten im Speisezimmer, das mit einem jasminüberrankten Spalier ausgekleidet war, hatte man das Büfett aufgebaut; es glich dem Hochaltar in einer Kathedrale oder einer Ausstellung von Goldschmiedearbeiten, soviel silberne und vergoldete Schüsseln und Platten, Tafelgeschirr und Bestecke standen und lagen da herum, mitten unter geschliffenen Kristallschalen und -gläsern, die über die Fleischbrötchen und übrigen Leckerbissen regenbogenfarbige Lichtflecke verstreuten. Die drei andern Empfangsräume waren vollgestopft mit Kunstwerken. Da hingen an den Wänden meisterlich gemalte Landschaften; Nippsachen, Elfenbeinarbeiten und Porzellanfigürchen standen überall auf den Tischen, chinesische Vasen und Grotesken auf den Spiegeltischchen. Wandschirme in Lackarbeit entfalteten sich vor den Fenstern, üppige Kamelienbüschel zierten die Kamine, und fernher war leise schwingende Musik zu vernehmen wie das Summen eines Bienenschwarmes.

Nur wenige Quadrillen kamen zustande, und aus der lässigen Art, in der die Tänzer in ihren Lackschuhen über das Parkett schlurften, konnte man beinahe schließen, sie entledigten sich einer lästigen Pflicht. Frédéric hörte Fetzen von der Unterhaltung wie etwa: »Waren Sie auf dem letzten Wohltätigkeitsfest im Palais Lambert, Mademoiselle?«

»Nein, leider nicht.«

»Eine rechte Treibhaushitze wird das hier geben!«

»O ja, es ist zum Ersticken.«

»Von wem ist doch nur diese Polka?«

»Du lieber Gott, das kann ich Ihnen nicht sagen, Madame.«

Hinter ihm standen in einer Fensternische drei in Sünden ergraute Gecken und erzählten einander im Flüsterton unanständige Witze. Andere besprachen Eisenbahnprobleme, erörterten Fragen des Freihandels. Ein eifriger Jägersmann gab eine Jagdgeschichte zum besten. Ein Legitimist und ein Orleanist lagen sich in den Haaren.

Frédéric schlenderte planlos von Gruppe zu Gruppe und gelangte ins Spielzimmer, wo er in einem Kreise gesetzter Herren Martinon erkannte. Wie er sagte, war er jetzt in der Hauptstadt bei der Staatsanwaltschaft beschäftigt.

Sein dickes, wächsern bleiches Gesicht füllte würdevoll und wohlanständig seinen schmalen Rundbart aus, der ein wahres Wunderwerk darstellte, so peinlich gleichmäßig waren die schwarzen Härchen zugestutzt. Im Bestreben, die richtige Mitte zwischen der Eleganz, die seinem Alter anstand, und der Würde, die ihm sein Amt vorschrieb, einzuhalten, steckte er einmal den Daumen in den Ärmelausschnitt, wie es Stutzerart ist, und schob dann wieder die Hand vorne in die Weste, ganz wie ein ausgekochter Politiker. Obwohl er spiegelblanke Lackstiefel trug, hatte er sich die Schläfen ausrasiert, um eine Denkerstirn vorzutäuschen.

Nach ein paar kühl hingeworfenen Worten wandte er sich wieder seinem Zuhörerkreis zu. Einer, anscheinend ein Hauseigentümer, schimpfte: »Das ist eine Menschenklasse, die den Umsturz der Gesellschaft erträumt!«

»Sie fordern die Organisation der Arbeit!« erwiderte ein anderer. »Kann man so etwas begreifen?«

»Was wollen Sie!« meinte ein dritter, »wenn man sehen

muß, wie Herr de Genoude, ein waschechter Legitimist, dem *Siècle,* diesem erzrepublikanischen Blatt, die Hand hinstreckt!«

»Und daß sich die Konservativen selber fortschrittlich nennen! Was wollen sie uns denn eigentlich bringen? Etwa die Republik? Als ob die in Frankreich möglich wäre!«

Alle erklärten einhellig, in Frankreich sei eine Republik unmöglich.

»Republik hin oder her«, fuhr einer der Herren laut dazwischen, »man redet und schreibt viel zuviel über die Revolution. Haufenweise werden Darstellungen und Bücher veröffentlicht!«

»Ohne in Betracht zu ziehen«, fiel Martinon ein, »daß es vielleicht doch wichtigere Dinge gibt, die zu untersuchen wären.«

Ein Parteigänger des Ministeriums griff die Theaterskandale auf.

»So zum Beispiel übersteigt dieses neue Drama, *Die Königin Margot,* wahrhaftig jedes Maß und alle Grenzen! Ich sehe keinerlei Notwendigkeit, uns die Valois wieder aufzuwärmen! All dies setzt das Königtum in ein schiefes Licht! Genau wie eure Presse! Man kann sagen, was man will, aber die Septembergesetze sind viel zu milde. Wenn's nach mir ginge, ich wäre für Standgerichte, um den Journalisten das Maul zu stopfen. Bei der geringsten Unverschämtheit auf der Stelle vor ein Kriegsgericht mit ihnen, und hopp! Weg damit!«

»Geben Sie acht!« wandte ein Professor ein, »passen Sie auf! Nur keine Eingriffe in unsere kostbaren Errungenschaften von Anno 1830! Hüten wir unsere Freiheiten!«

Man müsse vielmehr dezentralisieren, meinte er, und den Überschuß der Städte auf das Land verteilen.

»Aber da ist doch auch schon alles durch und durch verseucht!« rief ein Klerikaler. »Sorgt dafür, daß die Religion wieder erstarkt.«

Martinon pflichtete ihm beflissen bei: »Tatsächlich, das wäre ein Rückhalt!«

Seiner Meinung nach lag das ganze Übel in der heutigen

Sucht, über seine Klasse emporzusteigen und ein üppiges Leben zu führen.

»Aber«, wandte ein Industrieller ein, »der Luxus fördert den Handel. Darum pflichte ich auch voll und ganz dem Herzog von Nemours bei, wenn er auf seinen Abendgesellschaften die kurze Kniehose vorschreibt.«

»Herr Thiers ist in langen Beinkleidern hingegangen. Sie kennen doch seinen Witz darüber?«

»Gewiß, ein famoser Witz! Aber er entwickelt sich nachgerade zum Demagogen, und seine Rede in der Frage der Unvereinbarkeiten ist nicht ganz ohne Einfluß auf das Attentat vom 12. Mai gewesen.«

»Ach was!«

»Ei doch!«

Der Kreis mußte einem Diener Durchlaß schaffen, damit er mit seinem Präsentierbrett in den Spielsalon hereinkommen konnte.

Unter den grünen Lichtschirmen der Wachskerzen lagen reihenweise die Karten und ganze Häuflein Goldstücke. Frédéric blieb vor einem der Spieltische stehen, verlor die fünfzehn Napoleons, die er in der Tasche hatte, machte daraufhin kehrt und stand auf der Schwelle des Boudoirs, in welchem sich gerade Madame Dambreuse aufhielt.

Es war voller Frauen, die dicht beieinander auf lehnenlosen Stühlen saßen. Ihre langen Röcke, die sich rings um sie bauschten, sahen aus wie wogendes Wasser, aus dem ihr Oberleib auftauchte, und im Ausschnitt der Mieder boten sich die Brüste den Blicken dar. Fast alle hatten einen Veilchenstrauß in der Hand. Der matte Ton ihrer Handschuhe ließ die weiße Haut ihrer bloßen Arme nur um so schimmernder hervortreten. Fransen und Blätterwerk hingen ihnen auf die Schultern herab, und zuweilen, wenn sie aus irgendeinem Anlaß zusammenschauerten, konnte man glauben, das Kleid werde gleich von den Schultern herabrutschen. Doch milderte der wohlgesittete Ausdruck, der auf ihren Gesichtern lag, das Herausfordernde ihrer Roben. Manche unter ihnen wirkten träge und gleichmütig wie Tiere, und diese vielen halb nackten Frauen, die da beisammensaßen, gemahnten an das Innere eines Harems, ja es kam dem jungen Mann sogar ein noch drastischerer Vergleich in den Sinn. Es waren hier tatsächlich Schönheiten jeder Art zu sehen: Engländerinnen mit Gesichtern, wie aus einem *Keepsake* zum Leben erwacht, eine Italienerin, deren tiefschwarze Augen Feuer sprühten gleich dem Vesuv, drei in Blau gekleidete Schwestern, Normanninnen, frisch und rosig wie blühende Apfelbäume im April, eine stattliche rothaarige Frau mit einem Amethystschmuck. Und das weißblitzende Funkeln der Diamanten, die wie Büschel im Haarputz glitzerten, die leuchtenden Flecke der Edelsteine, die auf den Busen zur Schau getragen wurden, und der lind schimmernde Glanz der Perlen, der mit der matten Weiße der Gesichter wetteiferte, all dies verschwamm mit dem Gefunkel der goldenen Ringe, dem Wogen der Spitzen, dem Puder, den Federn, dem Rot der geschminkten Münder, dem Perlmutterglanz der Zähne. Die Decke, kuppelartig gewölbt, verlieh dem Raum die Form eines Korbes, und ein Strom duftender Luft wehte, von den Fächern der Damen bewegt, durch den Raum.

Sein Monokel ins Auge geklemmt, hatte sich Frédéric hinter ihnen aufgepflanzt; nicht alle die entblößten Schultern dünkten ihn makellos. Er dachte an die Marschallin, und das verdrängte seine heimlichen Anfechtungen oder tröstete ihn wenigstens darüber hinweg.

Madame Dambreuse jedoch betrachtete er eingehend und fand sie reizvoll, trotz ihrem etwas zu breiten Mund und ihren ausgesprochen großen Nasenlöchern. Aber ihre Anmut hatte etwas Apartes, Eigenwilliges. Sie trug ihr Haar in Locken, und das verlieh ihr etwas Schmachtendes, Leidenschafterfülltes. Ihre achatweiße Stirn schien manche Heimlichkeiten zu bergen, und man sah ihr an, daß sie wußte, was sie wollte.

Sie hatte eine Nichte ihres Gatten neben sich gesetzt, ein junges, ziemlich unhübsches Geschöpf. Von Zeit zu Zeit erhob sie sich, um neu eintretende Damen zu begrüßen; und das Gewisper der Frauenstimmen, das immer lauter wurde, klang wie das Gezwitscher vieler Vögel.

Das Gespräch drehte sich um die tunesischen Gesandten

und ihre Tracht. Eine Dame hatte letzthin der Aufnahme eines neuen »Unsterblichen« in die Akademie beigewohnt. Eine andere erzählte von einer Aufführung von Molières *Don Juan*, der kürzlich in der *Comédie Française* gespielt worden war. Aber Madame Dambreuse wies mit einem bedeutsamen Blick auf ihre Nichte und legte den Finger auf den Mund, während jedoch gleichzeitig ein Lächeln, das ungewollt um ihre Lippen spielte, solch engherzige Strenge Lügen strafte.

Mit einemmal erschien Martinon in der anderen Tür auf der gegenüberliegenden Seite. Sie erhob sich, und er reichte ihr den Arm. Frédéric hätte gar zu gerne mit angesehen, wie er weiter den Schwerenöter spielte, und so schlenderte er zwischen den Spieltischen hindurch und holte sie im großen Salon ein. Madame Dambreuse ließ ihren Kavalier sofort stehen und zog Frédéric in ein zwangloses Gespräch, als wären sie die besten Freunde.

Sie könne es schon verstehen, daß er nicht spiele und auch nicht tanze, meinte sie.

»Wenn man jung ist, ist man unglücklich.«

Dann umfing sie den Ball mit einem einzigen Blick und sagte: »Im übrigen ist das alles gar nicht so vergnüglich, wenigstens nicht für gewisse Naturen!«

Sie blieb vor den aneinandergereihten Lehnstühlen stehen und ließ da und dort ein liebenswürdiges Wort fallen, während ein paar betagte Herren mit Lorgnetten zu ihr traten und ihr den Hof machten. Sie stellte Frédéric einigen von ihnen vor. Da stupfte ihn Herr Dambreuse leicht am Ellbogen und zog ihn mit sich hinaus auf die Terrasse.

Er habe mit dem Minister gesprochen. So einfach gehe es nicht. Bevor man als nicht stimmberechtigtes Mitglied des Staatsrates vorgeschlagen werde, müsse man eine Prüfung ablegen. Frédéric, den eine unerklärliche Vertrauensseligkeit packte, erwiderte darauf, er beherrsche die Materie.

Nach all den lobenden Äußerungen des alten Roque war der Finanzmann darüber nicht sonderlich erstaunt.

Als dieser Name fiel, sah Frédéric die kleine Louise, sein Haus, sein Zimmer wieder vor sich, und es fielen ihm ähnliche Nächte ein, in denen er an seinem Fenster gestanden und den Fuhrwerken gelauscht hatte, die vorüberrumpelten. Die Erinnerung an seine vergangene Leidenszeit lenkte seine Gedanken auf Madame Arnoux, und er ging schweigend neben Dambreuse auf der Terrasse auf und ab. Wie längliche rote Platten standen die Fenster steil in der Finsternis. Die Ballmusik und alle die Geräusche drinnen im Hause verklangen allmählich, schon fuhren die ersten Wagen fort.

»Warum liegt Ihnen denn soviel am Staatsrat?« fing Dambreuse wieder an.

Und im Ton eines Mannes, der weiß, wie der Hase läuft, erklärte er mit Bestimmtheit, öffentliche Ämter führten zu gar nichts. Davon könne er selbst ein Liedchen singen. Geschäfte müsse man machen, das sei weit besser und einträglicher. Frédéric hielt ihm entgegen, wie schwierig es sei, sich damit vertraut zu machen.

»Ach was! Das hätten Sie in kürzester Frist los, wenn ich's Ihnen zeigte.«

Wollte er ihn am Ende an seinen Unternehmungen beteiligen?

Wie in einem Blitzstrahl sah der junge Mann ein unermeßlich großes Vermögen winken, das ihm binnen kurzem in den Schoß fallen mußte.

»Kommen Sie, wir gehen hinein«, sagte der Bankier. »Sie soupieren doch mit uns, nicht wahr?«

Es war drei Uhr. Die Gäste brachen auf. Im Speisezimmer erwartete eine gedeckte Tafel die engeren Bekannten und Freunde der Gastgeber.

Dambreuse bemerkte Martinon unter ihnen; er trat zu seiner Frau und fragte sie leise: »Hast *du* ihn eingeladen?«

Sie erwiderte trocken: »Gewiß doch.«

Die Nichte war nicht da. Es wurde wacker gezecht und viel und laut gelacht; und auch gewagte Witze erregten keinen Anstoß, denn alle fühlten sich erleichtert, nachdem sie sich so lange hatten Zwang antun müssen. Einzig Martinon wahrte seinen Ernst. Er lehnte es ab, Champagner zu trinken, nur weil es zum guten Ton gehöre, sonst aber war er ausnehmend höflich, anpassungsfähig und gewandt, denn er erkundigte sich bei Herrn Dambreuse, der an Engbrüstigkeit litt und über Atemnot klagte, mehrmals nach seinem Befinden; dann blickte er mit seinen wässrig blauen Augen jedesmal hinüber zu Madame Dambreuse.

Sie wollte von Frédéric wissen, welche der jungen Damen ihm gefallen hatten. Es habe keine seine besondere Aufmerksamkeit erregt, erwiderte er, und außerdem gebe er dreißigjährigen Frauen den Vorzug.

»Das ist vielleicht gar nicht dumm!« erwiderte sie.

Als die Gäste später in ihre Pelzmäntel und Überzieher schlüpften, sagte Dambreuse zu ihm: »Kommen Sie doch nächstens einmal an einem Vormittag bei mir vorbei; dann können wir in Ruhe über alles sprechen.«

Unten an der Treppe zündete sich Martinon eine Zigarre an, und während er daran zog, wirkte sein Profil derart plump und massig, daß seinem Begleiter unwillkürlich entfuhr: »Hast du aber einen Charakterkopf, auf mein Wort!«

»Er hat jedenfalls schon manch einer den Kopf verdreht!« gab der junge Beamte selbstbewußt und zugleich ärgerlich zurück.

Beim Zubettgehen hielt Frédéric nochmals Rückschau auf den festlichen Abend. Zunächst war an seiner Kleidung – er hatte sich mehrmals verstohlen im Spiegel daraufhin beobachtet – vom Schnitt seines Fracks bis zur Schlaufe der Tanzschuhe nichts auszusetzen gewesen. Er war mit hochangesehenen Männern ins Gespräch gekommen und hatte reiche Frauen aus unmittelbarer Nähe gesehen. Dambreuse hatte sich von seiner besten Seite gezeigt, und Madame Dambreuse war beinah zuvorkommend gewesen. Eines ums andere wog er ab, was sie gesagt hatte, Wort für Wort, ihre Blicke, tausend Dinge, die kaum faßbar, kaum deutbar und doch so bedeutungsvoll waren. Es wäre schon verflixt schön, wenn er eine solche Geliebte hätte! Warum auch nicht? So gut wie irgendein anderer war er auch! Vielleicht war sie gar nicht so heikel und anspruchsvoll. Dann kam ihm Martinon in den Sinn, und im Einschlafen lächelte er voll Mitleid über den biederen Burschen.

Im Halbschlaf früh am Morgen fiel ihm die Marschallin ein, und er erwachte darüber. Die Worte »von morgen an« in ihrem Brieflein bedeuteten natürlich eine Aufforderung, sie am selben Tag noch zu besuchen. Er wartete bis neun Uhr und ging dann schleunig zu ihr.

Irgend jemand stieg vor ihm die Treppe hinauf und schloß die Tür vor seiner Nase. Er zog die Klingel. Delphine öffnete und versicherte hoch und heilig, die gnädige Frau sei nicht zu Hause.

Frédéric ließ sich nicht abweisen und verlegte sich aufs Bitten. Er habe ihr etwas Wichtiges auszurichten, nur ein paar Worte. Schließlich gab ein Fünffrankenstück den Ausschlag, und das Dienstmädchen ließ ihn im Vorzimmer allein.

Rosanette kam heraus. Sie war im Hemd, ihr Haar war offen und zerzaust. Kopfschüttelnd winkte sie ihm schon von weitem mit beiden Armen ab, sie könne ihn nicht empfangen.

Frédéric ging langsam die Treppe hinunter. Diese neueste Laune überstieg alle andern! Er wurde nicht klug daraus.

Vor der Portiersloge vertrat ihm die Vatnaz den Weg.

»Sie hat Sie empfangen?« fragte sie.

»Nein!«

»Man hat Sie vor die Tür gesetzt?«

»Woher wissen Sie das?«

»Das sieht man doch. Aber kommen Sie! Fort! Ich ersticke!«

Sie zog ihn mit sich hinaus auf die Straße. Sie keuchte und rang nach Atem. Er spürte, wie ihr magerer Arm auf dem seinen zitterte. Plötzlich machte sie sich in einem wilden Ausbruch Luft.

»Oh, der Schuft!«

»Wer denn?«

»Aber er ist's doch! Er! Delmar!«

Diese Enthüllung hatte etwas Demütigendes für Frédéric, und so fragte er weiter: »Sind Sie auch ganz sicher?«

»Wenn ich Ihnen sage, daß ich ihm nachgegangen bin!« keifte die Vatnaz. »Ich habe gesehen, wie er hineinging! Verstehen Sie jetzt? Ich hätte es übrigens ahnen müssen. Ich habe ihn doch in meiner Blödheit selbst zu ihr ins Haus gebracht. Und wenn Sie wüßten, mein Gott! . . . Ich habe ihn zu mir genommen, habe ihn verköstigt und gekleidet. Und was bin ich für ihn zu allen Zeitungen gelaufen! Ich liebte ihn wie eine Mutter!«

Dann setzte sie mit hämischem Feixen hinzu: »Ja, ja, der feine Herr muß jetzt Samtkleider haben! Natürlich spekuliert er damit auf etwas, das können Sie sich ja denken! Und sie erst! Wenn ich Ihnen sage, daß ich sie schon kannte, als sie noch Wäschenäherin war! Wäre ich nicht gewesen, sie wäre wohl zwanzigmal im Dreck verkommen! Aber ich werde sie schon noch bis über den Kopf hineinstoßen! O ja! Ich will, daß sie im Spital verreckt! Alles soll man erfahren!«

Und wie eine Sturzflut von Spülicht, die voller Unflat dahinschießt, spie sie in ihrer namenlosen Wut alle Schandtaten ihrer Rivalin, hemmungslos und wie's ihr gerade in den Sinn kam, über Frédéric aus.

»Mit Jumillac hat sie geschlafen, mit Flacourt, mit dem Knirps, dem Allard, mit Bertinaux, mit Saint-Valéry, dem pockennarbigen! Nein, mit dem andern! Es sind zwei Brüder, doch das tut nichts zur Sache. Und wenn sie Ungelegenheiten hatte, habe ich jedesmal alles eingerenkt. Was hatte ich davon? Sie ist ja so geizig! Und dann, das müssen Sie zugeben, war's von mir eine große Gefälligkeit, überhaupt mit ihr zu verkehren, denn schließlich gehören wir doch nicht den gleichen Kreisen an. Bin ich vielleicht eine Dirne? Bin ich für Geld zu haben? Ganz abgesehen davon, daß sie dumm ist wie Bohnenstroh. Die schreibt ja Kategorie mit einem th! Übrigens passen die beiden gut zusammen! Gleich und gleich gesellt sich gern, wenn er sich schon als Künstler aufspielt und sich für ein Genie hält. Aber, du lieber Gott, besäße er auch nur ein bißchen Grips, nie hätte er eine derartige Niederträchtigkeit begangen! Man verläßt doch nicht eine geistig und seelisch hochstehende Frau für eine solche hergelaufene Metze! Schließlich kann's mir ja egal sein! Er wird nachgerade häßlich. Ich kann ihn nicht mehr ausstehen! Würde ich ihm begegnen, sehen Sie, ich würde ihm ins Gesicht speien!«

Sie spuckte aus.

»Jawohl, da sehen Sie, wieviel ich mir aus ihm mache! Und Arnoux? He? Ist das nicht eine bodenlose Gemeinheit? So oft und immer wieder hat er ihr verziehen! Man kann sich gar nicht vorstellen, wieviel Opfer er ihr gebracht hat. Die Füße müßte sie ihm küssen! Er ist so großzügig, so gut!«

Frédéric tat es in der Seele wohl, als er hörte, wie Delmar heruntergemacht wurde. Arnoux, den hatte er noch hingenommen. Diese Treulosigkeit Rosanettes jedoch dünkte ihn unnatürlich und unrecht. Und von der Erregung der ältlichen Jungfer angesteckt, empfand er schließlich regelrecht Mitleid mit ihm. Mit einemmal stand er vor seiner Haustür. Ohne daß er es merkte, hatte ihn die Vatnaz den Faubourg Poissonnière hinuntergelotst.

»Da wären wir also«, sagte sie. »Ich kann nicht gut mit hinaufkommen, Sie aber hält ja nichts ab!«

»Was soll ich dort?«

»Ihm alles sagen, was denn sonst?«

Frédéric war's, als erwache er jählings aus dem Schlafe, und es wurde ihm plötzlich klar, zu was für einer Niederträchtigkeit er da getrieben werden sollte.

»Worauf warten Sie?« drängte sie.

Er blickte zum zweiten Stockwerk empor. In Madame Arnoux' Zimmer brannte noch Licht. Nichts hielt ihn ab hinaufzugehen, das war schon richtig.

»Ich warte hier. Gehen Sie doch!«

Der herrische Ton, in dem sie das sagte, kühlte ihn vollends ab, und er sagte: »Ich werde lange oben bleiben. Sie täten besser daran, jetzt nach Hause zu gehen. Ich komme dann morgen bei Ihnen vorbei.«

»Nein! Nein!« widersprach die Vatnaz und stampfte mit dem Fuß auf. »Nehmen Sie ihn mit! Führen Sie ihn hin. Sie müssen dafür sorgen, daß er sie erwischt!«

»Aber Delmar wird gar nicht mehr dort sein.«

Sie ließ den Kopf hängen.

Und ohne etwas zu erwidern, blieb sie mitten auf der Straße stehen, unbekümmert um die vorbeifahrenden Wagen. Dann starrte sie ihn auf einmal mit ihren Wildkatzenaugen an und sagte: »Ich kann also auf Sie zählen? Nicht wahr? Zwischen uns beiden bleibt's besiegelt und beschworen! Tun Sie also das Nötige. Auf morgen!«

Als Frédéric durch den Hausflur ging, hörte er zwei Stimmen, die miteinander in Rede und Gegenrede stritten. Madame Arnoux' Stimme sagte: »Lüg nicht! Lüge doch nicht!«

Da trat er ein. Beide verstummten.

Arnoux ging im Zimmer auf und ab, und seine Frau saß auf dem Stühlchen beim Feuer. Sie war kreideweiß im ganzen Gesicht und starrte vor sich hin. Frédéric prallte zurück und wollte wieder umkehren. Doch Arnoux faßte ihn bei der Hand. Er war offensichtlich heilfroh, daß Hilfe kam.

»Aber ich fürchte . . .« stammelte Frédéric.

»Bleiben Sie doch!« raunte ihm Arnoux ins Ohr.

Seine Frau legte sich ins Mittel.

»Sie müssen Nachsicht üben, Herr Moreau«, sagte sie. »Das sind Dinge, die man mitunter bei Eheleuten antrifft.«

»Wenn man nämlich mit aller Gewalt ein Haar in der Suppe finden will«, gab Arnoux unverfroren zurück. »Die Frauenzimmer haben ja manchmal die tollsten Schrullen! Die da beispielsweise ist nicht schlecht, nein, im Gegenteil! Sehen Sie, und doch macht es ihr seit einer guten Stunde Spaß, mir mit einem Haufen alberner Geschichten die Hölle heiß zu machen.«

»Sie sind aber wahr!« erwiderte Madame Arnoux ungeduldig. »Denn schließlich hast du ihn gekauft!«

»Ich?«

»Ja, du in eigner Person, beim *Perser*!«

Der Kaschmir! schoß es Frédéric durch den Kopf.

Er fühlte sich mitschuldig, und ihm wurde unbehaglich.

»Es war im vergangenen Monat, am vierzehnten, einem Samstag«, setzte sie hinzu.

»Ah! Gerade an dem Tag war ich in Creil! Du siehst also.«

»Ganz und gar nicht! Am vierzehnten waren wir nämlich bei den Bertins zum Nachtessen.«

»Am vierzehnten? . . .« überlegte Arnoux und hob die Augen zum Himmel, als suche er nach einem Datum.

»Und der junge Mann, der ihn dir verkauft hat, war blond.«

»Glaubst du, ich kann mich noch an den Verkäufer erinnern?«

»Aber er hat doch nach deinem Diktat die Adresse geschrieben: 18, Rue de Laval.«

»Wieso weißt du das?« fragte Arnoux verblüfft.

Sie zuckte die Achseln.

»Oh, das ist ganz einfach. Ich war dort, um meinen eigenen Kaschmirschal ausbessern zu lassen, und da sagte mir ein Abteilungsleiter, eben vorhin habe man genau den gleichen an Madame Arnoux geschickt.«

»Kann ich denn etwas dafür, wenn in der gleichen Straße eine Dame namens Arnoux wohnt?«

»Ja, aber nicht Jacques Arnoux!« wandte sie ein.

Nun fing er an allerhand Ausreden aufzutischen und beteuerte immer wieder seine Unschuld. Es sei ein Mißverständnis, ein unglücklicher Zufall, eines jener unerklärlichen Vorkommnisse, wie sie manchmal eben geschähen. Man dürfe die Menschen nicht auf einen bloßen Argwohn hin verdammen, auf Grund vager Indizien. Und er führte das Beispiel des unglückseligen Lesurques an.

»Kurz und gut, ich sage dir, du täuschst dich! Soll ich dir mein Ehrenwort darauf geben?«

»Das lohnt sich nicht!«

»Warum nicht?«

Sie blickte ihm fest in die Augen, sagte aber kein Wort. Dann streckte sie die Hand aus, nahm das silberne Kästchen vom Kaminsims und reichte ihm auseinandergefaltet eine Rechnung hin.

Arnoux wurde rot bis über beide Ohren, und sein Gesicht verzerrte sich, seine Züge wirkten aufgedunsen.

»Was sagst du jetzt? . . .«

»Aber . . .« er rang nach Worten, zögernd kam die Antwort, »was beweist das schon?«

»Ah!« sagte sie mit einem eigentümlichen Unterton, aus dem Schmerz und Hohn klang. – »Ah!«

Arnoux hielt immer noch die Rechnung in den Händen und drehte sie um und wieder um, er starrte darauf nieder, als müßte er in ihr die Lösung eines schwierigen Problems entdecken.

»Oh, ja, ja, jetzt erinnere ich mich wieder!« brummte er schließlich. »Das war ein Auftrag. – Sie müssen das doch wissen, Frédéric!«

Frédéric schwieg.

»Eine Besorgung, die mir ... die mir ... der alte Oudry aufgetragen hatte.«

»Und für wen?«

»Für seine Geliebte!«

»Für Ihre Mätresse!« rief Madame Arnoux und richtete sich kerzengerade auf.

»Ich schwöre dir ...«

»Fangen Sie nicht wieder an! Ich weiß alles!«

»Aha, sehr schön! So spioniert man mir also nach?«

Sie erwiderte kalt: »Verletzt das vielleicht Ihr Zartgefühl?«

»Wenn du dich gleich so aufregst, kann man ja nicht vernünftig miteinander reden! ...« zürnte Arnoux und sah sich nach seinem Hut um.

Dann seufzte er tief auf und sagte: »Heiraten Sie nicht, lieber Freund, nein, glauben Sie mir!«

Damit machte er sich dünn, »frische Luft zu schöpfen«, wie er sagte.

Tiefes Schweigen trat darauf ein. Und alles in dem Raum schien noch regloser, noch stiller. Ein Lichtkreis malte über der Lampe weiße Flecken auf die Decke, die Ecken aber lagen in tiefer Finsternis, als hätte jemand schwarze Schleier, einen über den andern, dort ausgebreitet. Nichts war zu hören als das Ticken der Stutzuhr und das Knistern des Feuers.

Madame Arnoux hatte sich wieder in den Lehnstuhl auf der andern Seite des Kamins gesetzt. Sie biß sich auf die Lippen, ihre Zähne schlugen wie im Fieber gegeneinander. Dann hob sie beide Hände, ein Schluchzen entrang sich ihrem Munde, sie weinte.

Er hockte sich auf das niedrige Stühlchen hin und redete mit leise begütigender Stimme auf sie ein, wie man zu einem Kranken spricht.

»Sie zweifeln doch nicht an meiner Anteilnahme ...«

Sie antwortete ihm nicht. Aber sie ließ ihren Gedanken freien Lauf und fuhr im Selbstgespräch fort: »Ich lasse ihm doch alle Freiheit! Er hatte es doch gar nicht nötig, mich anzulügen!«

»Sicherlich«, pflichtete Frédéric ihr bei. Fraglos sei das eine Folge seiner Lebensgewohnheiten, er habe sich nichts weiter dabei gedacht, und vielleicht in wichtigeren Dingen ...

»Was sehen Sie denn für wichtiger an?«

»Oh, nichts!«

Frédéric verneigte sich, lächelte folgsam, nachgiebig. Immerhin besitze Arnoux manche guten Eigenschaften, er liebe seine Kinder.

»Ah, er tut alles, um sie an den Bettelstab zu bringen!«

Das komme von seiner leichtlebigen Art, denn letztlich habe er doch ein gutes Herz.

Da rief sie: »Aber was heißt denn das überhaupt: ein gutes Herz?«

So nahm er ihn auf eine denkbar nichtssagende Art in Schutz, mit den vagesten Ausflüchten, die er ersinnen konnte, und während er ihr voll Mitgefühl zusprach, frohlockte er und freute sich im Grunde seines Herzens. Vielleicht flüchtete sie sich in seine Arme, sei's, um Arnoux seine Seitensprünge heimzuzahlen, sei's auch nur aus Zärtlichkeitsbedürfnis. Seine Hoffnung wuchs ins Maßlose, und zugleich erstarkte auch seine Liebe.

Noch nie war sie ihm so berückend, so abgründig schön vorgekommen. Von Zeit zu Zeit hob sich ihre Brust, wenn sie tief Atem holte. Ihre starr vor sich hinstaunenden Augen schienen von einem inneren Gesicht geweitet, und ihr Mund blieb halb offen, als wollte sie ihre Seele verströmen. Manchmal preßte sie ihr Taschentuch an die Lippen; er hätte gerne dieses kleine Stückchen Batist sein wollen, das mit ihren Tränen getränkt war. Unwillkürlich blickte er auf das Bett hinten im Alkoven, und er malte sich aus, wie ihr Kopf auf dem Kissen ruhte. Er sah das so deutlich vor sich, daß er an sich halten mußte, um sie nicht in seine Arme zu reißen. Sie schloß die Lider, getröstet und still geworden, erschöpft und ohne Kraft. Da rückte er noch näher zu ihr, neigte sich über sie und betrachtete gierig ihr Gesicht. Schwere Tritte tappten draußen im Gang. Der andere kam nach Hause. Sie hörten, wie er die Tür seines Zimmers hinter sich zumachte. Frédéric blickte Madame Arnoux fragend an, ob er hinübergehen solle.

Sie nickte: Ja. Und dieser Austausch ihrer Gedanken war wie ein erstes Einverständnis, ein erster Schritt zum Ehebruch.

Arnoux wollte gerade zu Bett gehen und knöpfte seinen Überrock auf.

»Und? Wie geht's ihr?«

»Oh, besser«, erwiderte Frédéric. »Es wird vorübergehen.«

Doch Arnoux war sichtlich bekümmert.

»Sie kennen sie nicht! Sie hat neuerdings Nerven! ... So ein Esel, dieser Verkäufer! Das hat man davon, wenn man gutmütig ist! Hätte ich doch Rosanette den verdammten Schal nicht geschenkt!«

»Der soll Sie nicht reuen! Sie ist Ihnen ja so dankbar dafür!«

»Glauben Sie?«

Frédéric zweifelte nicht daran. Der beste Beweis sei doch, daß sie gerade vorhin dem alten Oudry den Laufpaß gegeben habe.

»Ah! Das arme Mäuschen!«

Und im Übermaß seiner Erregung wollte Arnoux spornstreichs zu ihr eilen.

»Das hat keinen Zweck! Ich war eben bei ihr. Sie ist krank!«

»Ein Grund mehr!«

Geschwind schlüpfte er wieder in seinen Rock und hatte schon den Kerzenleuchter in der Hand. Frédéric hätte sich wegen seiner vorlauten Bemerkung ohrfeigen mögen. Er hielt ihm vor, schon anstandshalber müsse er heute abend bei seiner Frau bleiben. Er könne sie doch nicht allein lassen, das wäre nicht schön von ihm.

»Aufrichtig gesagt, es wäre unrecht gehandelt. Es eilt ja nicht, Sie können morgen immer noch hingehen. Seien Sie vernünftig! Tun Sie's mir zuliebe.«

Arnoux stellte seinen Leuchter wieder hin, umarmte ihn und sagte: »Sie sind ein guter Kerl!«

3

Nun hob für Frédéric ein jammervolles Dasein an. Er wurde zum Schmarotzer in Arnoux' Haus.

War jemand unpäßlich, so kam er dreimal täglich und erkundigte sich nach seinem Befinden. Er ging zum Klavierstimmer und dachte sich tausend Liebesdienste und Gefälligkeiten aus. Er ließ sich gern Mademoiselle Marthes unartige Launen wie auch die Liebkosungen des kleinen Eugène gefallen, der ihm immer mit seinen schmutzigen Händen im Gesicht herumpatschte. Er war beim Abendessen zugegen, wenn Mann und Frau einander gegenübersaßen, ohne ein Wort zu wechseln, oder aber Arnoux seine Frau so lange mit seinen abgeschmackten Sprüchen reizte, bis sie die Nerven verlor. War das Essen vorbei, so spielte Arnoux im Wohnzimmer mit seinem Sohn, versteckte sich hinter den Möbeln oder kroch auf allen vieren im Zimmer herum wie einstmals Heinrich IV., der Béarneser, und ließ ihn auf seinem Rücken reiten. Endlich ging er dann fort, und nun stimmte sie unverzüglich das ewige alte Klagelied an: Arnoux.

Was sie empörte, war nicht sein liederlicher Lebenswandel. Sie schien vielmehr in ihrem Stolz gekränkt und machte aus ihrem Abscheu gegen diesen Mann, der so gar kein Zartgefühl, keine Würde, keine Ehre besaß, kein Hehl.

»Vielleicht hat er gar den Verstand verloren!« sagte sie.

Frédéric verstand es geschickt, ihr Geständnisse zu entlocken. Es dauerte nicht lange, so wußte er über ihr ganzes Leben Bescheid.

Ihre Eltern waren bescheidene Kleinbürger in Chartres. Eines Tages hatte Arnoux, der am Flußufer malte – zu jener Zeit hielt er sich für einen Maler –, sie erblickt, als sie gerade aus der Kirche kam, und hatte um ihre Hand angehalten. Da er ein wohlhabender Mann war, wurde seine Werbung ohne Zögern angenommen. Überdies liebte er sie damals abgöttisch. Dann setzte sie hinzu: »Mein Gott, er liebt mich ja immer noch! Auf seine Art!«

In den ersten Monaten waren sie in Italien herumgereist.

Trotz seiner Begeisterung angesichts der Landschaften und

der Meisterwerke hatte Arnoux in einem fort nur über den Wein geschimpft und zu seiner Zerstreuung Picknicks mit Engländern veranstaltet. Der vorteilhafte Verkauf einiger Gemälde hatte ihn veranlaßt, sich dem Kunsthandel zuzuwenden. Später hatte er sich in eine Fabrik von Fayencen vernarrt. Augenblicklich lockten ihn andere Spekulationen; und er wurde dabei immer gewöhnlicher und nahm allerlei ordinäre und kostspielige Gewohnheiten an. Sie habe ihm weniger seine Fehler und schlechten Neigungen vorzuwerfen als vielmehr sein ganzes Tun und Lassen. Eine Sinneswandlung sei völlig ausgeschlossen, und ihr Unglück sei besiegelt und nicht wiedergutzumachen.

Frédéric beteuerte, auch sein Leben sei, wie das ihre, verpfuscht.

Er sei doch noch so jung! Warum denn verzweifeln? Und sie gab ihm gute Ratschläge: »Arbeiten Sie! Heiraten Sie!« Er antwortete nur mit einem bitteren Lächeln. Denn anstatt ihr den wirklichen Grund seines Kummers zu verraten, spiegelte er einen andern, einen erhaben-seelischen vor und spielte ein wenig den Antony, den Verfluchten*, und diese Rolle entsprach übrigens im großen und ganzen durchaus seinem Fühlen und Denken.

Für gewisse Menschen ist eine Tat um so weniger ausführbar, je stärker das Verlangen danach ist. Das fehlende Selbstvertrauen behindert sie, die Sorge, Mißfallen zu erregen, schreckt sie ab. Und dann hat eine tiefe Zuneigung Ähnlichkeit mit einer ehrbaren Frau: sie hat Angst, sie könnte auffallen, und geht mit niedergeschlagenen Augen durchs Leben.

Obschon er nun Madame Arnoux näher kannte – und vielleicht gerade deswegen –, war er noch gehemmter, noch feiger als bisher. Morgen für Morgen nahm er sich fest vor, heute wolle er sich ermannen. Eine unüberwindliche Scham

* *Antony* ist der Held eines Stücks von Dumas. Er ist, wie *Hernani* und *Ruy Blas*, ein Ausnahmewesen, eine von Weltschmerz zerrissene Natur, die in offenem Kampf mit der Gesellschaft liegt und als Opfer der eigenen Größe und der menschlichen Bösartigkeit stirbt. *Den Antony spielen* war beinahe sprichwörtlich geworden.

hielt ihn zurück; und er konnte sich nicht an irgendein Vorbild halten, weil diese Frau anders war als die andern. In seinen Träumen hatte er sie hoch über alles Menschliche hinausgehoben. An ihrer Seite fühlte er sich minder wichtig als die Seidenschnipselchen, die von ihrer Schere abfielen.

Dann kam er wieder auf ungeheuerliche Gedanken, dachte an aberwitzige Dinge wie nächtliche Überfälle mit Hilfe von Betäubungsmitteln und Nachschlüsseln. Alles dünkte ihn weniger schwer, als sich ihrer Verachtung auszusetzen.

Überdies boten die Kinder, die beiden Dienstmädchen, die Anordnung der Wohnräume unüberwindliche Hindernisse. Er beschloß somit, sie ganz für sich allein zu besitzen und irgendwo, weit, weit weg, mit ihr zusammen in tiefer Einsamkeit zu leben. Er überlegte sogar, welcher See blau genug, welches Gestade mild genug wäre, ob Spanien, die Schweiz oder der Orient in Frage kämen. Und dann wählte er absichtlich die Tage, an denen sie anscheinend mehr als sonst gereizt war, um ihr zu sagen, sie müsse aus all dem herauskommen, müsse einen Ausweg finden, und er sehe keine andere Möglichkeit als eine Trennung. Aber aus Liebe zu ihren Kindern werde sie sich zu diesem äußersten Schritt niemals entschließen können. Soviel Tugend erhöhte seine Achtung vor ihr.

Seine Nachmittage gingen damit hin, daß er sich den Besuch vom vorigen Tage wieder vergegenwärtigte und den am Abend bevorstehenden herbeisehnte. Wenn er nicht bei ihnen speiste, so stellte er sich gegen neun Uhr an der Straßenecke auf, und kaum hatte Arnoux das Haustor hinter sich zugezogen, so stieg Frédéric schleunigst die beiden Treppen bis zum zweiten Stockwerk hinauf und fragte das Dienstmädchen mit argloser Miene: »Ist Herr Arnoux zu Hause?«

Dann spielte er den Überraschten, wenn er ihn nicht antraf.

Oft kam Arnoux ganz unerwartet nach Hause. Dann mußte Frédéric ihn in ein kleines Kaffeehaus an der Rue Sainte-Anne begleiten, in dem jetzt auch Regimbart verkehrte.

Jedesmal brachte der Musterbürger gleich zu Beginn irgendeine neue Beschwerde gegen die Krone vor. Hernach plauderten sie miteinander und warfen sich gegenseitig in aller Freundschaft die saftigsten Grobheiten an den Kopf. Der Fabrikant hielt nämlich Regimbart für einen überragenden Denker, und da es ihm leid tat, daß soviel Begabung nutzlos verplempert wurde, zog er ihn mit seiner Faulheit auf. Der Bürger wiederum sah in Arnoux einen herzensguten und einfallsreichen, jedoch entschieden allzu unmoralischen Menschen. Darum behandelte er ihn ohne die geringste Nachsicht und weigerte sich sogar, bei ihm zu speisen, weil ihn »die Vornehmtuerei anöde«.

Manchmal, gerade wenn man heimgehen wollte, wurde Arnoux von einem wahren Heißhunger befallen. Dann mußte er »unbedingt« ein Omelett oder Bratkartoffeln essen; und da solche Speisen nie in jenem Lokal zu haben waren, ließ er sie holen. Man wartete darauf. Regimbart blieb auch da und aß schließlich murrend ebenfalls mit.

Trotzdem war er düsterer Laune, denn er saß stundenlang vor demselben halbvollen Glas. Die Vorsehung lenkte die Dinge gar nicht so, wie er sich's vorgestellt hatte, und deshalb wurde er zum Hypochonder, wollte nicht einmal mehr die Zeitungen lesen und stieß, wenn er nur den Namen England hörte, ein Wutgebrüll aus. Als ihn einmal ein Kellner schlecht bediente, fuhr er auf: »Müssen wir uns nicht schon genug Unverschämtheiten vom Ausland gefallen lassen?!«

Abgesehen von solchen Ausbrüchen, verhielt er sich stets schweigsam und grübelte über »einen unfehlbaren Gewaltstreich nach, der die ganze Bude in die Luft jagen« sollte.

Während er über seinen Gedanken brütete, erzählte Arnoux mit eintöniger Stimme und vor Trunkenheit flackernden Augen allerlei unglaubliche Geschichten, in denen er, dank seiner Unverfrorenheit, immer glänzend abgeschnitten hatte. Und Frédéric – das beruhte fraglos auf einer tiefinnerlichen Wesensverwandtschaft – fühlte sich zu ihm hingezogen. Er warf sich diese Schwäche vor, denn er fand, eigentlich hätte er ihn gerade hassen müssen.

Arnoux jammerte vor ihm über die Gemütsverfassung seiner Frau, ihren Eigensinn, ihre ungerechten Anschuldigungen. So sei sie früher nicht gewesen.

»An Ihrer Stelle«, sagte Frédéric, »würde ich ihr eine jährliche Abfindung aussetzen und nicht länger mit ihr zusammenleben.«

Arnoux gab ihm darauf keine Antwort. Und einen Augenblick später fing er an, ein Loblied auf sie zu singen. Sie sei gutherzig, aufopfernd, klug und tugendhaft. Und dann ging er auf ihre körperlichen Reize über und kargte nicht mit Enthüllungen, leichtsinnig und unbedacht wie jene Leute, die in düstern Gasthäusern ihre Schätze ausbreiten.

Eine Katastrophe brachte ihn aus seinem Gleichgewicht. Er war als Mitglied des Aufsichtsrates in eine Kaolingesellschaft eingetreten. Da er sich aber auf alles verließ, was man ihm sagte, hatte er unwahre Berichte unterschrieben und ohne Nachprüfung die jährlichen Bestandsaufnahmen gutgeheißen, die der Geschäftsführer in betrügerischer Absicht aufgestellt hatte. Nun war aber die Gesellschaft verkracht, und Arnoux, der zivilrechtlich die Verantwortung trug, war, zusammen mit den andern, verurteilt worden, Schadenersatz samt Zinsen zu leisten, was für ihn einen Verlust von rund dreißigtausend Franken bedeutete. Dabei kam die Begründung des Urteils noch erschwerend hinzu.

Frédéric las das in einer Zeitung und rannte spornstreichs in die Rue de Paradis.

Er wurde in Madame Arnoux' Zimmer empfangen. Es war um die Stunde des ersten Frühstücks. Große henkellose Tassen voll Milchkaffee standen auf einem kleinen Tischchen neben dem Kaminfeuer. Hausschuhe lagen auf dem Teppich herum, Kleidungsstücke auf den Lehnstühlen. Arnoux war in Unterhosen und trug eine gestrickte Joppe, er hatte rote Augen und zerwühlte Haare. Der kleine Eugène weinte, weil er Ziegenpeter hatte, und mampfte dabei sein Butterbrot. Seine Schwester saß still daneben und aß. Madame Arnoux, die noch blasser war als gewöhnlich, sorgte für alle drei.

»Ja ja«, sagte Arnoux und stieß einen tiefen Seufzer aus, »Sie wissen es also schon!«

Und da Frédéric teilnehmend nickte, setzte er hinzu: »Da haben wir's! Ich bin ein Opfer meiner Vertrauensseligkeit geworden!«

Dann sagte er nichts weiter; und er war so niedergeschlagen, daß er das Frühstück zurückwies. Madame Arnoux blickte auf und zuckte die Achseln. Er fuhr sich mit beiden Händen über die Stirn.

»Schließlich bin ich ja nicht schuldig. Ich habe mir nichts vorzuwerfen. Es ist eben ein Unglück! Na, wir werden schon wieder hochkommen! Ach was! Hin ist hin!«

Und er biß in eine Brioche, freilich erst, nachdem ihn seine Frau genötigt hatte.

Am Abend wollte er mit ihr allein in einem besondern Zimmer in der Maison d'Or speisen. Madame Arnoux wurde aus dieser zärtlichen Anwandlung nicht klug, ja sie war sogar gekränkt, daß er sie wie eine Halbweltdame behandelte; dabei war das im Gegenteil von seiten Arnoux' durchaus als Beweis seiner Liebe gemeint. Da er sich langweilte, ging er dann zur Marschallin, um sich die Zeit angenehmer zu vertreiben.

Bisher hatte man ihm in Anbetracht seines gutmütig-biedern Wesens manches hingehen lassen. Sein Prozeß aber reihte ihn unter die anrüchigen Menschen ein. Man fing an sein Haus zu meiden.

Frédéric hielt es für seine Ehrenpflicht, mit ihnen noch häufiger als bisher zu verkehren. Er mietete eine Loge in der Italienischen Oper und führte das Ehepaar jede Woche einmal ins Theater. Doch waren sie in jenes Stadium gelangt, das in jeder zerrütteten Ehe eintritt: ein unüberwindlicher Überdruß ergibt sich aus den Zugeständnissen, die man sich gegenseitig gemacht hat, und dadurch wird das Leben unerträglich. Madame Arnoux nahm sich zusammen, um nicht alle Fassung zu verlieren, Arnoux' Stimmung verdüsterte sich zusehends. Und der Anblick dieser beiden unglücklichen Menschen machte Frédéric das Herz schwer.

Sie hatte ihm, da er nun einmal ihr Vertrauen besaß, aufgetragen, über ihre geschäftliche Lage Erkundigungen einzuziehen. Doch er schämte sich und litt darunter, sich von Arnoux zum Essen einladen zu lassen und gleichzeitig seine Frau zu begehren. Gleichwohl ging er auch weiterhin zu ihnen; sich selbst gegenüber redete er sich darauf hinaus, er müsse sie beschützen, und vielleicht biete sich eine Gelegenheit, wo er etwas für sie tun könne.

Acht Tage nach dem Ball hatte er Herrn Dambreuse einen Besuch abgestattet. Der Finanzmann hatte ihm zwanzig Aktien seines Kohlenbergwerks angeboten; daraufhin war Frédéric nicht wieder hingegangen. Deslauriers schrieb ihm Brief um Brief; er ließ sie unbeantwortet. Pellerin hatte ihn aufgefordert, sich das Porträt anzusehen; er fand allerlei Ausflüchte und gab ihm stets einen ausweichenden Bescheid. Nur Cisy, der ihm beständig in den Ohren lag, er müsse ihn mit Rosanette bekannt machen, gab er nach.

Sie empfing ihn sehr freundlich, fiel ihm aber nicht, wie ehedem, um den Hals. Sein Begleiter war selig, daß er bei einem »verworfenen Weib« verkehren durfte, und vor allem weil er mit einem Schauspieler plaudern konnte. Delmar war nämlich gerade bei ihr.

Ein Drama, in dem er einen Bauer dargestellt hatte, der Ludwig XIV. gehörig seine Meinung sagt und das Jahr 89 prophezeit, hatte ihn so in den Vordergrund gerückt, daß man ihm von nun an immerzu die gleiche Rolle auf den Leib schrieb. Fortan bestand seine Aufgabe darin, die Monarchen aller Länder lächerlich zu machen. Als englischer Bierbrauer überschüttete er Karl I. mit Schmähungen, als Student aus Salamanca fluchte er Philipp II. oder machte als gefühlvoller Vater seiner Empörung gegen die Pompadour Luft. Das war seine schönste Rolle! Die Gassenjungen warteten auf ihn am Bühneneingang und wollten ihn sehen, und in den Spielpausen verkaufte man seinen Werdegang! Darin wurde er geschildert, wie er sein hochbetagtes Mütterlein pflegte, in der Bibel las, den Armen Gutes tat, kurzum in den Farben eines heiligen Vincent von Paul, vermischt mit Brutus und Mirabeau. Man sagte: Unser Delmar! Er hatte eine Sendung, wurde allgemach zum Heiland.

All dies hatte Rosanette in die Augen gestochen; fasziniert hatte sie dem alten Oudry den Laufpaß gegeben, ohne sich um die Zukunft Sorgen zu machen, denn sie war nicht geldgierig.

Arnoux, der sie darin durchschaute, hatte sich dies lange

Zeit zunutze gemacht und sie mit geringen Kosten ausgehalten. Dann war der Alte aufgetaucht, und sie hatten es alle drei tunlichst vermieden, sich offen auszusprechen. Danach hatte sich Arnoux eingebildet, sie habe den andern einzig seinetwegen abgeschafft, und er hatte seine Zuschüsse erhöht. Doch ihre Geldforderungen wiederholten sich mit unerklärlicher Häufigkeit, denn sie führte jetzt eigentlich ein weniger kostspieliges Leben. Sie hatte sogar ihren Kaschmirschal verkauft, angeblich weil sie ihre alten Schulden abtragen wollte. Und er gab und gab, sie behexte ihn, nützte ihn erbarmungslos aus. So kamen denn auch bald die Rechnungen und Zahlungsbefehle ins Haus geregnet. Frédéric hatte das dumpfe Gefühl, eine Krise stehe nahe bevor.

Eines Tages sprach er bei Madame Arnoux vor und wollte ihr einen Besuch machen. Sie sei ausgegangen; Herr Arnoux arbeite unten im Magazin.

In der Tat stand Arnoux mitten unter seinen Töpfereien und versuchte gerade ein junges Ehepaar, Bürgersleute aus der Provinz, einzuseifen. Er schwadronierte allerlei über Drehen und Behandlung auf der Töpferscheibe, über getupftes Porzellan und Glasur. Die beiden Leutchen wollten sich nicht anmerken lassen, daß sie gar nichts davon verstanden, sie nickten immerzu beistimmend und kauften.

Als die Kunden wieder draußen waren, erzählte er, heute früh habe er mit seiner Frau eine kleine Auseinandersetzung gehabt. Um allen Bemerkungen über seine Ausgaben von vornherein auszuweichen, hatte er des bestimmtesten erklärt, die Marschallin sei nicht mehr seine Geliebte.

»Ich habe ihr sogar gesagt, sie sei Ihre Mätresse.«

Frédéric war empört; da Vorwürfe ihn aber nur hätten verraten können, stammelte er: »Ach, das war aber nicht recht von Ihnen, gar nicht recht!«

»Was schadet das schon?« meinte Arnoux. »Ist es vielleicht eine Schande, als ihr Geliebter zu gelten? Ich bin's doch auch! Würde es Ihnen nicht schmeicheln, wenn Sie's wären?«

Hatte sie aus der Schule geschwatzt? War das etwa eine Anspielung? Frédéric beeilte sich zu antworten: »Nein, nein! Keineswegs! Im Gegenteil!«

»Na also. Was wollen Sie noch?«

»Ja, es ist wahr. Es macht nichts.«

Arnoux ließ nicht locker.

»Warum kommen Sie nicht mehr hin?«

Frédéric versprach, wieder hinzugehen.

»Ach, fast hätte ich's vergessen! Sie sollten ... wenn das Gespräch einmal auf Rosanette kommt ... meiner Frau eine Andeutung machen ... Ich weiß nicht was; aber Sie werden schon etwas finden ... irgend etwas, was sie überzeugt, daß Sie ihr Geliebter sind. Sie müssen mir diesen Freundschaftsdienst erweisen, ich bitte Sie darum, hören Sie?«

Statt jeder Antwort schnitt der junge Mann eine zweideutige Grimasse. Diese Verleumdung mußte seinem Ruf, seinen Hoffnungen schwer Abbruch tun. Noch am selben Abend ging er zu ihr und beteuerte ihr hoch und heilig, Arnoux' Behauptung sei unwahr.

»Ist das wirklich wahr?«

Er schien aufrichtig zu sein. Sie atmete tief auf und sagte mit strahlendem Lächeln zu ihm: »Ich glaube Ihnen«. Dann senkte sie den Kopf und sagte, ohne ihn anzublicken: »Übrigens hat ja niemand ein Recht auf Sie!«

Sie ahnte also nichts und verachtete ihn, dachte sie doch nicht einmal daran, er könne sie tief genug lieben, um ihr treu zu sein! Frédéric vergaß seine Annäherungsversuche bei der andern und fand ihr Einverständnis beleidigend.

Dann bat sie ihn, hier und da zu dieser Frau zu gehen und sich ein wenig umzuschauen, was dort vorgehe.

Arnoux kam plötzlich hereingeschneit und wollte ihn fünf Minuten später mit zu Rosanette schleppen.

Die Situation wurde nachgerade unerträglich.

Ein Brief des Notars, der ihm anderntags fünfzehntausend Franken übersenden sollte, lenkte ihn ab. Und um seine Vernachlässigung Deslauriers' wiedergutzumachen, ging er unverzüglich zu ihm, um ihm diese erfreuliche Nachricht mitzuteilen.

Der Anwalt wohnte in der Rue des Trois-Maries, im fünften Stockwerk, auf den Hof hinaus. Seine Kanzlei, ein kleiner kalter Raum mit einem Fliesenfußboden und einer gräulichen Tapete, wies als Hauptschmuck gegenüber dem Wandspiegel eine goldene Medaille in einem Ebenholzrahmen auf, den Preis für seine Doktorarbeit. Ein Bücherschrank aus Mahagoni barg hinter Glasscheiben ungefähr hundert Bände. Der mit braunem Leder bezogene Schreibtisch stand mitten im Zimmer. Vier alte Lehnsessel mit grünen Samtüberzügen verstellten die Ecken; und Hobelspäne loderten im Kamin, wo immer ein Reisigbündel bereit lag, das auf ein Klingelzeichen sofort angezündet werden konnte. Es war gerade Sprechstundenzeit; der Advokat trug eine weiße Krawatte.

Die Ankündigung der fünfzehntausend Franken – auf die er wahrscheinlich kaum mehr gerechnet hatte – entlockte ihm ein vergnügtes Grinsen.

»Das ist schön von dir, mein Bester, schön, sehr schön von dir!«

Er warf Holz ins Feuer, setzte sich wieder und fing ohne Umschweife von der Zeitung zu reden an. Das erste, was man tun müsse, sei, sich Hussonnet vom Halse zu schaffen.

»Der Esel ödet mich nachgerade an! Und was die politische Richtung betrifft, die wir vertreten sollen, so wäre es, meiner Ansicht nach, das Zugkräftigste, das Richtigste, überhaupt keine zu haben.«

Frédéric schien erstaunt.

»Aber sicher! Es wäre an der Zeit, die Politik wissenschaftlich zu betreiben. Die Alten im 18. Jahrhundert hatten damit begonnen, aber da haben Rousseau und die Literaten die Philanthropie, die Poesie und den andern Humbug damit verquickt, zur großen Freude der Katholiken. Ein ganz natürliches Bündnis übrigens, denn die heutigen Neuerer – das kann ich beweisen – glauben samt und sonders an die Offenbarung. Wenn ihr aber Messen für Polen singt, wenn ihr an Stelle des Dominikanergottes, der ein Henker war, den Gott der Romantiker setzt, der nichts als ein Tapezierer ist, solange ihr vom Absoluten keine umfassendere Vorstellung habt als eure Vorfahren, wird das Gottesgnaden-Königtum immer wieder durch euere äußern republikanischen Formen durchschlagen, und eure Jakobinermütze wird stets nur eine Pfaffenkappe sein! Bloß ist dann die Einzelhaft an

Stelle der Folter getreten, anstatt Sakrileg sagt man ‚Beleidigung der Religion', und das ‚Europäische Konzert' ersetzt die Heilige Allianz. Und in dieser schönen, vielbewunderten Ordnung, bestehend aus den Trümmern, die Ludwig XIV. hinterlassen hat, aus Ruinen voltairianischer Anschauungen, übertüncht mit einer dünnen Schicht napoleonischen Verputzes und durchsetzt mit Bruchstücken der englischen Verfassung, werden wir's erleben, wie die Gemeinderäte den Bürgermeister schikanieren, die Generalräte ihre Präfekten, die Kammern den König, die Presse die Staatsgewalt und die Verwaltungsbürokratie alle miteinander piesacken. Aber die gutgläubigen Seelen geraten vor dem Zivilgesetzbuch in Ekstase, einem Werk, das – was man auch sagen mag – in einer schäbigen und tyrannischen Gesinnung zusammengestoffelt worden ist. Denn anstatt Sitte und Brauchtum in Gesetze zu fassen und so zu regeln, wie es seine Aufgabe war, hat sich der Gesetzgeber angemaßt, die Gesellschaft wie ein Lykurg umzumodeln. Warum behindert das Gesetz den Familienvater in der Abfassung eines Testaments? Weshalb unterbindet es den Zwangsverkauf des Grundbesitzes? Wieso bestraft es die Landstreicherei als Vergehen, während sie nicht einmal als Übertretung gewertet werden dürfte? Und so gibt es noch massenhaft andere Fälle. Ich kenne sie alle! Drum gedenke ich auch einen kleinen Roman zu schreiben, eine ‚Geschichte des Begriffs der Gerechtigkeit', eine höchst spaßige Geschichte, du wirst sehen! Aber ich habe einen schaurigen Durst! Du nicht auch?«

Er lehnte sich zum Fenster hinaus und rief dem Concierge zu, er solle in der Wirtschaft für jeden einen Grog holen.

»Zusammenfassend möchte ich sagen: ich sehe drei Parteien ... nein, drei Gruppen, und keine interessiert mich: die Besitzenden, dann die Besitzlosen und schließlich solche, die nach Besitz streben. Alle jedoch sind eines Sinnes in der dummen Vergottung der Obrigkeit. Ein paar Beispiele: Mably befürwortet, man soll die Philosophen an der Veröffentlichung ihrer Lehren hindern. Der Mathematiker Wronski nennt in seinem Kauderwelsch die Zensur ‚eine kritische Unterdrückung der spekulativen Spontaneität'. Der alte

Papa Enfantin segnet die Habsburger dafür, daß sie ihre schwere Hand über die Alpen hinweg ausgestreckt haben, um Italien niederzuhalten. Pierre Leroux fordert, man müsse gezwungen werden können, einem Redner zuzuhören, und Louis Blanc neigt zu einer Staatsreligion, so besessen ist dieses Untertanenvolk von seiner Sucht, regiert zu werden. Gesetzmäßig aber ist keine einzige Regierung, allen ihren immerwährenden Prinzipien zum Trotz. Da aber *Prinzip* ja nichts anderes heißt als *Ursprung*, muß man immer auf eine Revolution, einen Gewaltakt, eine einmalige, vergängliche Tat zurückgreifen. So ist unser Grundprinzip die nationale Souveränität, die in die parlamentarische Form gefaßt ist, obschon das Parlament das nicht wahrhaben will. Worin aber sollte die Souveränität des Volkes geheiligter sein als das Gottesgnadentum? Eins wie das andere sind Fiktionen! Drum Schluß jetzt mit der Metaphysik, genug der wesenlosen Schemen! Was brauchen wir Dogmen, um unsere Straßen kehren zu lassen?! Ich stürze die Gesellschaft um, wird man sagen. Gut und schön, und dann? Was wäre schon Arges dabei? Eine saubere Gesellschaft ist das, weiß Gott!«

Frédéric hätte ihm haufenweise Einwände machen können; er sah jedoch, daß Deslauriers von Sénécals Theorien völlig abgekommen war, und das stimmte ihn nachsichtig. Er begnügte sich damit, ihm entgegenzuhalten, ein solches System würde sie allgemein verhaßt machen.

»Im Gegenteil! Da wir ja jeder Partei reichlich Grund zum Haß auf ihre Nebenbuhler gegeben haben, werden sie alle auf uns zählen. Auch du wirst mitarbeiten und überlegene Kritiken beisteuern!«

Man müsse gegen die alteingefleischten Vorstellungen, die überkommenen Vorurteile angehen, gegen die Akademie, die *Ecole Normale*, das Konservatorium, die *Comédie Française*, gegen alles, was einer festgefahrenen Einrichtung ähnlich sehe. Damit würden sie ihrer Zeitschrift eine einheitliche Weltanschauung verleihen. Wenn sie einmal gut eingeführt sei, werde sie plötzlich als Tageszeitung erscheinen; und dann erst könne sie gegen Einzelpersonen vorgehen.

»Und man wird Respekt vor uns haben, verlaß dich drauf!«

Deslauriers sah seinen alten Traum in Erfüllung gehen: er sah sich als Chefredakteur, sah das unsagbare Glück greifbar nahe vor sich, andere herumzukommandieren, in ihren Artikeln nach Herzenslust zu streichen, Arbeiten in Auftrag zu geben und hier und da eine abzulehnen. Seine Augen funkelten unter seinen Brillengläsern, er redete sich in Begeisterung und trank ganz mechanisch ein Gläschen Schnaps nach dem andern.

»Du wirst wöchentlich einmal ein Diner geben müssen. Darum kommst du nicht herum, und wenn dabei dein halbes Einkommen draufgehen sollte! Man wird sich zu diesen Einladungen drängen, sie werden ein Treffpunkt für die andern, ein Sprungbrett für dich sein. Und wenn wir die öffentliche Meinung von beiden Seiten bearbeiten, literarisch und politisch, dann werden wir binnen einem halben Jahr in Paris tonangebend sein. Du wirst es sehen.«

Frédéric hörte ihm zu, und während er redete, spürte er ein Gefühl der Verjüngung wie ein Mensch, der nach langem Aufenthalt in einem stickigen Zimmer zum erstenmal wieder an die frische Luft kommt. Soviel Begeisterung riß ihn mit.

»Ja, ich bin ein Faulpelz gewesen, ein Dummkopf, du hast recht!«

»So ist's recht!« rief Deslauriers aus. »Jetzt erkenne ich meinen Frédéric wieder!«

Dann streckte er ihm die Faust unters Kinn und knurrte: »Ah! Hast du mir Kummer gemacht! Schadet nichts. Ich mag dich trotz allem gern.«

Sie standen einander gegenüber und schauten sich in die Augen. Beide waren gerührt, und es fehlte nicht viel, so wären sie einander um den Hals gefallen.

Da tauchte in der Vorzimmertür eine Frauenhaube auf.

»Was führt dich her?« fragte Deslauriers.

Es war Fräulein Clémence, seine Geliebte.

Sie sei zufällig an seinem Haus vorübergekommen, antwortete sie, und da habe sie der Versuchung, ihn rasch zu sehen, nicht widerstehen können. Sie habe gedacht, sie könnten zusammen einen kleinen Imbiß nehmen, und habe darum Kuchen mitgebracht. Sie legte das Paket auf den Tisch.

»Paß auf meine Papiere auf!« schnauzte sie der Advokat ärgerlich an. »Übrigens verbiete ich dir jetzt schon das drittemal, während meiner Sprechstunden hierherzukommen.«

Sie wollte ihm einen Kuß geben.

»Schon gut. Geh jetzt! Mach, daß du fortkommst!«

Er stieß sie von sich. Sie schluchzte tief und gequält auf.

»Wenn das so weitergeht, kriege ich dich schließlich satt!«

»Ich habe dich doch lieb!«

»Ich verlange nicht, daß man mich liebt, sondern daß man mir's recht macht!«

Bei diesen harten Worten versiegten Clémences Tränen. Sie trat ans Fenster und blieb regungslos, die Stirn an die Scheibe gedrückt, dort stehen.

Ihre Haltung und ihr beharrliches Schweigen ärgerten Deslauriers.

»Wenn du dann ausgeschmollt hast, läßt du deine Kutsche vortraben, nicht wahr?«

Sie fuhr herum.

»Du schickst mich fort?«

»Ganz richtig!«

Sie starrte ihn mit ihren großen blauen Augen eine Weile an, in einer letzten stummen Bitte, dann schlug sie ihr schottisches Umhängetuch übereinander, blieb noch einen Augenblick abwartend stehen und ging schließlich hinaus.

»Du solltest sie zurückrufen«, meinte Frédéric.

»Wo denkst du hin!«

Und da Deslauriers Lust hatte, ein wenig an die Luft zu gehen, verschwand er in die Küche, die ihm als Ankleideraum diente. Auf den Steinfliesen standen neben einem Paar Stiefel die Überbleibsel eines kärglichen Mittagessens, und eine Matratze nebst der Decke lagen zusammengerollt in einer Ecke.

»Das beweist dir«, sagte er, »daß ich hier nur selten Marquisen empfange. Man kommt ganz gut ohne sie aus, und die andern können einem auch gestohlen werden. Wenn sie nichts kosten, stehlen sie einem die kostbare Zeit, also Geld in einer andern Form. Reich bin ich aber nicht! Und überdies sind sie samt und sonders so dumm! Strohdumm! Kannst denn du mit einer Frau ein vernünftiges Wort reden?«

Sie trennten sich an der Ecke des Pont-Neuf.

»Also abgemacht. Du bringst mir morgen das Bewußte, sobald du's bekommst.«

»Abgemacht«, erwiderte Frédéric.

Am nächsten Morgen, kaum war er erwacht, erhielt er mit der Post eine Bankanweisung über fünfzehntausend Franken.

Dieser Wisch Papier stellte für ihn fünfzehn große Säcke voll Silbergeld dar; und er sagte sich, mit einer so gewaltigen Summe könnte er zunächst einmal seinen Wagen drei Jahre lang behalten, anstatt ihn, wie er demnächst wohl oder übel tun mußte, zu verkaufen. Oder er konnte sich zwei schöne damaszierte Rüstungen kaufen, die er am Quai Voltaire ausgestellt gesehen hatte, ferner noch eine Menge anderer Dinge, Bilder, Bücher und ganze Berge von Blumensträußen und Geschenken für Madame Arnoux! Kurzum, alles wäre besser gewesen, als soviel Geld mit dieser Zeitung aufs Spiel zu setzen oder am Ende gar zu verlieren! Deslauriers kam ihm als ein anmaßender Wichtigtuer vor. Seine gestrige Gefühlsroheit hatte Frédéric abgestoßen und seine Gefühle ihm gegenüber abgekühlt, und diesen reumütigen Überlegungen hing er gerade nach, als er zu seinem Erstaunen Arnoux hereinkommen sah. Schwer und mühsam ließ er sich auf dem Bettrand nieder, offensichtlich tief bekümmert und in Sorgen.

»Was gibt's denn?«

»Ich bin erledigt!«

Er hatte noch am gleichen Tag in der Kanzlei des Notars Beauminet in der Rue Sainte-Anne achtzehntausend Franken einzuzahlen, die ihm ein gewisser Vanneroy geliehen hatte.

»Ich kann mir dieses Unglück gar nicht erklären. Ich hatte ihm eine Hypothek überschrieben, und das hätte ihn immerhin beruhigen müssen. Jetzt aber droht er mir mit einem Zahlungsbefehl, wenn er sein Geld nicht heute nachmittag noch, gleich nachher, erhält.«

»Und was geschieht dann?«

»Was dann geschieht? Das ist ganz einfach. Er wird meinen Grundbesitz pfänden. Sobald es ruchbar wird, bin ich ruiniert, weiter nichts! Könnte ich nur jemanden finden, der mir diese gottverfluchte Summe vorstreckte, so würde ich ihm Vanneroys Rechte übertragen, und ich wäre gerettet. Sie haben das Geld nicht zufällig zur Hand?«

Die Postanweisung lag noch auf dem Nachttisch neben einem Buch. Frédéric schob den Band über den Zettel, während er antwortete: »Leider Gottes nein, lieber Freund.«

Aber es fiel ihm schwer, Arnoux das abzuschlagen.

»Aber finden Sie denn wirklich niemanden, der ...«

»Keinen Menschen! Und wenn ich denke, daß ich in den nächsten acht Tagen Geld genug hereinbekomme! Ich habe noch große Außenstände ... rund fünfzigtausend Franken, die bis zum Monatsende eingehen.«

»Könnten Sie nicht die Leute, die Ihnen Geld schulden, bitten, Ihnen einen Vorschuß zu zahlen?«

»Da käme ich schön an!«

»Aber Sie haben doch bestimmt irgendwelche Wertpapiere, Wechsel?«

»Nichts!«

»Was tun?« überlegte Frédéric.

»Das frage ich mich auch«, erwiderte Arnoux.

Er sagte nichts weiter und wanderte im Zimmer auf und ab.

»Es ist ja nicht meinetwegen, mein Gott! Aber für meine arme Frau, für meine Kinder!«

Dann setzte er, jedes Wort einzeln hervorstoßend, hinzu: »Letzten Endes ... Ich will obenauf bleiben ... Ich werde meine Siebensachen zusammenpacken ... und anderswo mein Glück versuchen ... irgendwo, gleichgültig wo!«

»Unmöglich!« entfuhr es Frédéric.

Arnoux erwiderte gelassen: »Wie soll ich denn jetzt in Paris weiterleben?«

Dann herrschte eine Zeitlang Schweigen.

Schließlich sagte Frédéric: »Wann würden Sie es zurückzahlen, dieses Geld?«

Zwar habe er das Geld nicht zur Verfügung, im Gegenteil! Doch nichts stehe dagegen, daß er ein paar Freunde aufsuche und entsprechende Schritte unternehme. Und er klingelte seinem Diener, um sich anzukleiden. Arnoux dankte ihm.

»Achtzehntausend Franken brauchen Sie, nicht wahr?«

»Oh, ich wäre schon mit sechzehntausend zufrieden! Ich werde nämlich selbst noch zweitausendfünfhundert oder dreitausend mit meinem Silber zusammenkriegen, vorausgesetzt, daß Vanneroy mir bis morgen Aufschub gewährt. Und ich wiederhole Ihnen: Sie können dem Geldgeber versichern, ja schwören, daß in acht Tagen, vielleicht schon in fünf, sechs Tagen, das Geld zurückgezahlt wird. Außerdem ist ja die Hypothek als Sicherheit da. Gefahr ist also keine dabei, verstehen Sie?«

Frédéric beteuerte, ja, das verstehe er gut, und er werde unverzüglich fortgehen.

Doch blieb er zu Hause. Er wünschte Deslauriers ins Pfefferland. Er hätte gerne sein Wort gehalten und doch auch Arnoux einen Dienst erwiesen.

Wenn ich mich an Herrn Dambreuse wendete? Unter welchem Vorwand könnte ich ihn aber um Geld bitten? Eigentlich wäre es im Gegenteil an mir, ihm für seine Steinkohlen-Aktien Geld zu bringen. Ach, hol ihn der Kuckuck mit seinen Aktien! Die bin ich ihm ja nicht schuldig.

Und Frédéric tat sich auf seine Selbständigkeit ungeheuer viel zugute, als hätte er Dambreuse eine Gefälligkeit abgeschlagen.

Nun denn, sagte er sich nach einer Weile, da ich einerseits einen Verlust erleide, denn ich könnte mit fünfzehntausend Franken ohne weiteres hunderttausend gewinnen – an der Börse soll das hier und da vorkommen –, wenn ich also dem einen gegenüber wortbrüchig werde, bin ich dann nicht frei? ... Und wenn ich Deslauriers warten ließe? – Nein, nein, das wäre unanständig. Gehn wir also!

Er schaute auf seine Stutzuhr.

Ach, es eilt ja nicht. Die Bank schließt erst um fünf Uhr.

Und als er um halb fünf sein Geld abgehoben hatte, sagte er sich: Jetzt hat es keinen Sinn. Ich würde ihn doch nicht treffen. Ich gehe heute abend hin. Damit verschaffte er sich die Möglichkeit, auf seinen Entschluß zurückzukommen, denn es bleibt ja im Gewissen immer etwas von den Spitzfindigkeiten haften, mit denen man es eingelullt hat. Es behält davon einen Nachgeschmack wie von schlechtem Fusel.

Er schlenderte über die Boulevards und speiste allein in einem Restaurant. Dann sah er sich einen Akt im Vaudeville an, um sich abzulenken. Aber die Banknoten störten ihn, als hätte er sie gestohlen. Er wäre gar nicht sonderlich betrübt gewesen, wenn er sie verloren hätte.

Als er nach Hause kam, fand er einen Brief folgenden Inhalts vor:

»Was gibt's Neues?

Meine Frau schließt sich meiner Bitte an, lieber Freund, in der Hoffnung ...

Der Ihre.«

Dann ein Schnörkel als Unterschrift.

Seine Frau! Sie bittet mich!

Im selben Augenblick erschien Arnoux; er wollte sich erkundigen, ob er die dringend benötigte Summe aufgetrieben habe.

»Da, nehmen Sie. Hier ist das Geld«, sagte Frédéric.

Und vierundzwanzig Stunden später erklärte er Deslauriers: »Ich habe noch nichts erhalten.«

Der Advokat kam drei Tage hintereinander wieder. Er drang in ihn, dem Notar zu schreiben. Er bot sich sogar an, die Reise nach Le Havre zu machen.

»Nein, das ist unnötig. Ich fahre schon selber hin.«

Nach Ablauf der Woche bat Frédéric schüchtern Arnoux um seine fünfzehntausend Franken.

Arnoux vertröstete ihn auf den nächsten Tag, dann auf den übernächsten. Frédéric wagte sich erst nach Einbruch der Dunkelheit auf die Straße; er hatte Angst, er könnte Deslauriers in die Arme laufen.

Eines Abends rannte jemand an der Ecke der Madeleine gegen ihn. Er war's.

»Ich hole gerade das Geld«, sagte er.

Und Deslauriers begleitete ihn bis vor die Tür eines Hauses am Faubourg Poissonnière.

»Warte hier auf mich.«

Er wartete. Endlich, nach dreiundvierzig Minuten, kam Frédéric mit Arnoux heraus und gab ihm zu verstehen, er müsse sich noch ein wenig gedulden. Der Fayencenhändler und sein Begleiter gingen Arm in Arm die Rue Hauteville hinauf und bogen dann in die Rue de Chabrol ein.

Es war eine finstere Nacht, ab und zu fegten laue Windstöße durch die Straßen. Arnoux ging gemächlich und sprach von den Verkaufsgalerien, einer Reihe von aufeinanderfolgenden gedeckten Durchgängen, die vom Boulevard Saint-Denis bis zum Châtelet hätten führen sollen, einer fabelhaften Spekulation, an der er sich fürs Leben gern beteiligt hätte. Von Zeit zu Zeit blieb er stehen, schaute durch das Fenster einer Auslage den Ladenmädchen zu und setzte dann seine Darlegungen fort.

Frédéric hörte hinter sich Deslauriers' Schritte, sie tönten wie Vorwürfe, wie Schläge, die auf sein Gewissen einhämmerten. Doch getraute er sich nicht, seine Forderung vorzubringen, aus falscher Scham und auch aus Angst, er könnte eine Fehlbitte tun. Sein Verfolger kam immer näher. Da gab er sich einen Ruck.

Arnoux erklärte ihm leichthin und in höchst unbekümmertem Ton, da seine Außenstände nicht eingegangen seien, könne er leider im Augenblick die fünfzehntausend Franken nicht zurückerstatten.

»Sie brauchen das Geld doch nicht, denk ich.«

In diesem Augenblick trat Deslauriers zu Frédéric, zog ihn beiseite und drängte: »Sag mir aufrichtig: Hast du das Geld, ja oder nein?«

»Wenn du's denn wissen willst: nein!« gab Frédéric zu. »Ich habe es verloren.«

»So, verloren? Und wieso denn?«

»Beim Spiel.«

Deslauriers erwiderte kein Wort, zog den Hut übertrieben tief und ging seiner Wege. Arnoux hatte die Gelegenheit benützt, um sich in einem Tabakladen eine Zigarre anzustecken.

Als er zurückkam, fragte er, wer der junge Mann gewesen sei.

»Niemand besonderes. Ein Freund.«

Drei Minuten später, als sie vor Rosanettes Haustür angelangt waren, sagte Arnoux: »Kommen Sie doch mit hinauf. Sie wird sich freuen, Sie zu sehen. Sie sind ja neuerdings richtig menschenscheu geworden!«

Das Licht einer Straßenlaterne schien voll auf ihn; und mit seiner Zigarre zwischen den weißen Zähnen, mit seinem glückstrahlenden Gesicht hatte er etwas Unausstehliches.

»Ach ja, weil ich grade daran denke: Mein Notar war heute vormittag bei Ihrem Vermögensverwalter wegen der Überschreibung der Hypothek. Meine Frau hat mich daran erinnert.«

»Eine gescheite Frau!« erwiderte Frédéric, ohne sich etwas dabei zu denken.

»Das will ich meinen!«

Und nun begann Arnoux ihr Lob zu singen. Keine komme ihr gleich an Klugheit, an Herzensgüte und Häuslichkeit. Und dann setzte er leise und mit rollenden Augen hinzu: »Und ihr Körper – ein herrliches Weib!«

»Leben Sie wohl«, schnitt ihm Frédéric das Wort ab.

Arnoux fuhr erstaunt herum.

»Sieh mal an! Warum denn?«

Er hielt ihm immer noch die Hand hin und starrte ihn verdutzt an, ganz fassungslos über sein zornglühendes Gesicht.

»Leben Sie wohl!« erwiderte Frédéric trocken.

Er stürmte die Rue de Bréda hinab wie ein Stein, der einen Berg hinunterrollt. Er schäumte vor Wut gegen Arnoux und schwor sich, zutiefst verletzt und verzweifelt, ihn nie wiederzusehen und sie, seine Frau, auch nicht. Anstatt sich mit ihr zu entzweien, wie er erwartet und erhofft hatte, fing nun der andere im Gegenteil an sie abgöttisch zu lieben, und zwar rückhaltlos und ganz und gar, von den Spitzen ihres Haars bis auf den Grund ihrer Seele. Die Gemeinheit dieses Menschen empörte Frédéric so, daß er hätte aus der Haut fahren können. Alles gehörte also ihm, dem da! Überall stand er ihm im Wege, auch bei Rosanette hatte er ihn ausgestochen. Zu der Wut über seine Ohnmacht kam nun noch die Heimsuchung dieses Zerwürfnisses. Außerdem demütigte es ihn, daß ihm der »redliche« Arnoux eine Sicherstellung für sein Geld angeboten hatte. Am liebsten hätte er ihn erwürgt. Und über seinem Kummer lag, gleich einem Nebel auf seinem Gewissen lastend, das bittere Gefühl seiner erbärmlichen Feigheit seinem Freunde gegenüber. Tränen würgten ihn im Hals.

Deslauriers rannte laut fluchend vor Empörung die Rue des Martyrs hinunter. Sein Plan, ähnlich einem umgelegten Obelisken, dünkte ihn jetzt ungeheuerlich groß. Er kam sich bestohlen vor, wie wenn er eine große Einbuße erlitten hätte. Seine Freundschaft mit Frédéric war aus und vorbei, und er empfand Freude darüber. Das glich sich also wieder aus! Ein Haß auf die Reichen packte ihn. Er neigte mit einemmal zu Sénécals Ansichten und gelobte sich, ihnen dienstbar zu sein.

Währenddessen saß Arnoux bequem in einem Armstuhl beim Feuer, schlürfte seine Tasse Tee und hielt die Marschallin auf den Knien.

Frédéric ging nicht mehr zu den Arnoux, und um sich von seiner unseligen Leidenschaft abzulenken, griff er den erstbesten Stoff auf und beschloß, eine *Geschichte der Renaissance* zu schreiben. Er türmte kunterbunt durcheinander die Werke der Humanisten, Philosophen und Dichter auf seinem Tisch auf. Er ging ins Kupferstichkabinett und sah sich die Stiche des Marc Anton an; er vertiefte sich in Machiavelli und versuchte ihn zu verstehen. Nach und nach beruhigte ihn die friedliche Abgeklärtheit seiner Arbeit. Während er sich in die Persönlichkeit der andern versenkte, vergaß er sein eigenes Ich, und das ist ja vielleicht die einzige Möglichkeit, nicht darunter zu leiden.

Eines Tages, während er in Ruhe seine Notizen machte, ging die Tür auf, und der Diener meldete Madame Arnoux.

Sie war es wirklich! War sie allein? Natürlich nicht, sie führte den kleinen Eugène an der Hand, und hinterdrein kam noch das Kindermädchen in seiner weißen Schürze. Sie setzte sich, hüstelte und sagte dann: »Sie sind schon lange nicht mehr bei uns gewesen.«

Da Frédéric keine Entschuldigung einfiel, setzte sie hinzu: »Haben Sie es aus Zartgefühl unterlassen?«

»Aus Zartgefühl?« erwiderte Frédéric. »Wieso?«

»Was Sie für Arnoux getan haben!« versetzte sie.

Frédéric zuckte die Achseln, als wollte er sagen: Ihn kann meinetwegen der Kuckuck holen! Ich habe es für Sie getan!

Sie schickte nun das Kind mit dem Mädchen zum Spielen in den Salon hinüber. Sie wechselten zwei, drei Worte über ihr Befinden, dann stockte das Gespräch.

Sie trug ein braunes Seidenkleid in der Farbe eines spanischen Weins, dazu einen Mantel aus schwarzem Samt, mit Marderpelz verbrämt. Der Pelzbesatz machte einem Lust, mit den Händen darüberzustreicheln, und ihr langes, glatt gescheiteltes Haar lockte die Lippen zum Kuß. Aber sie war sichtlich erregt und verwirrt; sie warf einen Blick zur Tür und sagte: »Es ist ein wenig warm hier.«

Frédéric erriet die besorgte Absicht dieses Blicks und beruhigte sie: »Verzeihung! Die beiden Flügel sind bloß angelehnt.«

»Ach ja, natürlich.«

Und sie lächelte, als wollte sie sagen: Ich habe keine Angst.

Unvermittelt fragte er sie nun, was sie zu ihm führe.

»Mein Mann«, entgegnete sie mit sichtlicher Überwindung, »mein Mann hat mich veranlaßt, bei Ihnen vorbeizukommen, da er es nicht wagte, diesen Schritt selbst zu tun.«

»Und weshalb?«

»Sie kennen Herrn Dambreuse, nicht wahr?«

»Ja, flüchtig.«

»Ach, nur flüchtig!«

Sie schwieg.

»Gleichviel. Sprechen Sie nur weiter.«

Da erzählte sie ihm, vorgestern habe Arnoux vier Wechsel im Betrag von je tausend Franken, ausgestellt auf den Namen des Bankiers und auf Wunsch ihres Mannes von ihr unterschrieben, nicht einlösen können. Sie mache sich nun Vorwürfe, weil sie das Vermögen ihrer Kinder aufs Spiel gesetzt habe. Doch sei alles noch besser als die Schande; und wenn Herr Dambreuse seine Klage rückgängig machen wolle, so werde er bestimmt in Bälde zu seinem Geld kommen. Sie beabsichtige nämlich, demnächst ein Häuschen, das sie in Chartres besitze, zu veräußern.

»Arme Frau!« murmelte Frédéric. – »Ich gehe zu ihm, verlassen Sie sich darauf.«

»Danke!«

Und sie erhob sich und wollte fortgehen.

»Oh, Sie haben es doch nicht so eilig!«

Sie nahm nicht wieder Platz und betrachtete eingehend und aufmerksam die an der Decke aufgehängten mongolischen Pfeile, die Bibliothek, die Einbände und Schreibgeräte. Sie wog die Bronzeschale, in der die Federn lagen, in der Hand; ihre Absätze traten an verschiedenen Stellen auf den Teppich. Sie war schon mehrmals bei Frédéric gewesen, aber stets in Begleitung von Arnoux. Jetzt waren sie zum erstenmal allein, allein in seinem eigenen Haus. Das war ein außergewöhnliches Ereignis, beinahe ein Liebesabenteuer.

Nun wollte sie sein Gärtchen sehen. Er bot ihr den Arm, um ihr seinen Besitz vorzuführen, dreißig Quadratfuß Erdreich, von Häusern umschlossen, in den Ecken mit Sträuchern bepflanzt und mit einem Blumenbeet in der Mitte.

Es war in den ersten Apriltagen. Die Blätter der Fliederbüsche leuchteten schon in zartem Grün, eine linde, laue Frühlingswärme lag in der Luft. Hier und dort hörte man Vogelgezwitscher, das mit dem fernen Gehämmer einer Wagenschmiede abwechselte.

Frédéric holte eine Kohlenschaufel; und während sie Seite an Seite auf und ab wandelten, baute das Kind Sandhäufchen auf dem Gartenweg.

Sie glaube nicht, daß der Kleine später einmal sehr phantasiebegabt sein werde, meinte Madame Arnoux, dafür aber sei er ein liebebedürftiges Kind. Seine Schwester hingegen sei so kühl und nüchtern veranlagt, daß es ihr mitunter in der Seele weh tue.

»Das wird schon noch anders kommen«, tröstete Frédéric. »Man darf nie die Hoffnung aufgeben.«

Sie wiederholte: »Man darf nie die Hoffnung aufgeben!«

Diese mechanische Wiederholung seiner Wort kam ihm vor

wie eine Ermutigung. Er pflückte eine Rose, die einzige im Garten.

»Erinnern Sie sich noch ... an einen Rosenstrauß, eines Abends, damals im Wagen?«

Sie errötete leicht; dann antwortete sie mit spöttischem Selbstbedauern: »Ach, da war ich noch recht jung!«

»Und dieser Rose da«, versetzte Frédéric mit verhaltener Stimme, »wird es ihr ebenso ergehen?«

Sie drehte den Stiel in ihren Fingern wie den Faden einer Spindel und erwiderte: »Nein, die bewahre ich auf.«

Sie winkte dem Kindermädchen, und es nahm das Kind auf den Arm. Unter der Tür dann, als sie bereits auf der Straße stand, roch Madame Arnoux an der Blume und neigte dabei den Kopf auf die Schulter, mit einem langen Blick, der so süß war wie ein Kuß.

Als er wieder in sein Arbeitszimmer hinaufgegangen war, betrachtete er den Lehnstuhl, in dem sie gesessen, und alle Gegenstände, die sie angerührt hatte. Etwas von ihr umschwebte ihn noch. Wie eine Liebkosung spürte er immer noch ihre Gegenwart.

Nun ist sie also hierhergekommen! sagte er sich.

Und eine unsagbar tiefe Zärtlichkeit übermannte ihn und hüllte ihn einer wogenden Flut gleich ein.

Am andern Morgen um elf Uhr stellte er sich bei Herrn Dambreuse ein. Er wurde im Speisezimmer empfangen. Der Bankier saß mit seiner Frau beim Mittagessen. Neben ihr saß ihre Nichte und auf der andern Seite die Hauslehrerin, eine Engländerin mit einem Gesicht voller Pockennarben.

Herr Dambreuse lud seinen jungen Freund ein, bei ihnen Platz zu nehmen, und als Frédéric ablehnte, fragte er: »Womit kann ich Ihnen behilflich sein? Ich bin ganz Ohr.«

Mit gespielter Gleichgültigkeit gestand Frédéric, er komme mit einem Ersuchen eines gewissen Arnoux.

»Aha, der ehemalige Bilderhändler!« nickte der Bankier mit einem lautlosen Lachen, das seine Zähne entblößte. »Oudry hat seinerzeit für ihn gebürgt; dann haben sie sich überworfen.«

Und dann überflog er die Briefe und Zeitungen, die neben seinem Gedeck lagen.

Zwei Diener warteten, lautlos über den Parkettboden huschend, bei Tisch auf, und die Höhe des Speisesaales mit den drei Portieren aus buntgewirktem Stoff und den beiden Springbrunnen aus weißem Marmor, die blitzenden Schüsselwärmer, die Anordnung der Horsd'œuvres und sogar die steifen Falten der Mundtücher, all dies prunkhafte Wohlleben rief Frédéric so recht den Gegensatz zu einem andern Essen in Arnoux' Haus in Erinnerung. Herrn Dambreuse zu unterbrechen, wagte er nicht.

Die Hausfrau nahm seine Verlegenheit wahr.

»Sehen Sie unsern Freund Martinon zuweilen?«

»Er kommt heute abend«, fiel das Mädchen vorlaut ein.

»Ah? Das weißt du?« fragte ihre Tante und maß sie mit einem eisigen, strafenden Blick.

Als sich dann ein Diener zu ihrem Ohr niederbeugte, fuhr sie fort: »Deine Schneiderin, mein Kind! . . . Miss John!«

Und daraufhin verschwand die Lehrerin gehorsam mit ihrem Zögling.

Herr Dambreuse, den das Stühlerücken gestört hatte, erkundigte sich, was denn los sei.

»Madame Regimbart ist da.«

»Ah, Regimbart! Der Name kommt mir bekannt vor. Ich habe seine Unterschrift schon irgendwo gesehen.«

Frédéric kam nun endlich auf sein eigentliches Anliegen zu sprechen. Arnoux verdiene eine gewisse Rücksichtnahme. Er habe sogar vor, nur um seinen Verpflichtungen nachzukommen, ein Haus zu verkaufen, das seiner Frau gehöre.

»Sie gilt für sehr hübsch«, warf Madame Dambreuse ein.

Der Bankier erkundigte sich schmunzelnd: »Sind Sie . . . eng mit ihnen befreundet?«

Frédéric gab darauf keine eindeutige Antwort, sondern sagte bloß, er wäre ihm sehr verbunden, wenn er in Betracht ziehen könnte . . .

»Gut, wenn Ihnen soviel daran liegt, meinetwegen! Wir werden uns gedulden. Ich habe noch Zeit. Wenn wir jetzt in mein Büro hinuntergingen? Kommen Sie mit?«

Das Essen war beendet. Madame Dambreuse verneigte sich leicht mit einem eigenartigen Lächeln voll Höflichkeit und Hohn zugleich. Frédéric fand keine Zeit, sich darüber Gedanken zu machen, denn kaum waren sie allein, sagte Herr Dambreuse: »Sie haben Ihre Aktien nicht abgeholt.«

Und ohne ihm Zeit für eine Entschuldigung zu lassen fuhr er fort: »Schon gut, schon gut. Es ist nur recht und billig, daß Sie zuerst die Angelegenheit etwas näher kennenlernen wollen.«

Er bot ihm eine Zigarette an und begann: Der »Allgemeine Verband der Französischen Steinkohlenbergwerke« sei gegründet; man warte einzig noch die Genehmigung der Regierung ab. Die Tatsache des Zusammenschlusses allein verringere schon die Unkosten für Überwachung und Arbeitslöhne und erhöhe dadurch die Gewinne. Außerdem plane die Gesellschaft eine Neuerung, nämlich die Arbeiter an dem Unternehmen zu beteiligen. Sie beabsichtige, ihnen Häuser, gesunde Wohnungen zu bauen, endlich gedenke sie als Lieferant ihrer Angestellten aufzutreten und ihnen alles zum Selbstkostenpreis abzugeben.

»Und sie werden dabei gewinnen, lieber Herr. Das ist wahrhafter Fortschritt! So beantworten wir unwiderlegbar und schlagend gewisse republikanische Hetzereien! Wir haben in unserem Verwaltungsrat« – er wies den Prospekt vor – »einen Pair von Frankreich, einen Gelehrten vom Institut, einen hohen Pionieroffizier a. D., lauter bekannte Namen! Solche Männer wirken beruhigend auf überängstliche Kapitalisten und locken weitblickende Geldgeber an. Die Gesellschaft kann mit den Staatsaufträgen, ferner mit den Eisenbahnen, der Dampfschiffahrt, den Hüttenwerken, den Gaswerken und dem Küchenverbrauch der bürgerlichen Häuser rechnen. Somit erfassen wir alles bis hinunter zum Herd der bescheidensten Haushaltungen und liefern überallhin Heizmaterial und Beleuchtung. Wie aber, so werden Sie mir sagen, können wir den Absatz sichern? Nun, mit Hilfe von Schutzzöllen, bester Herr, und wir werden sie durchsetzen. Das lassen Sie ruhig unsere Sache sein! Ich für meine Person bin übrigens überzeugter Prohibitionist! Das Vaterland geht allem vor!«

Man habe ihn zum Direktor ernannt; doch fehle ihm die Zeit, um sich mit gewissen Einzelheiten zu befassen, mit dem Aufsetzen der einschlägigen Publikationen unter anderem.

»Ich stehe mit meinen Klassikern ein wenig auf Kriegsfuß, habe mein Griechisch gänzlich verschwitzt! Ich müßte jemanden haben, der . . . meine Ideen in die richtigen Worte kleiden kann.«

Und unvermittelt fragte er: »Wollen Sie dieser Mann sein, mit dem Titel eines Generalsekretärs?«

Frédéric war um eine Antwort verlegen.

»Nun, was hält Sie ab?«

Seine Tätigkeit würde sich darauf beschränken, alljährlich für die Aktionäre einen Bericht abzufassen. Er würde tagtäglich mit den angesehensten Männern in Paris in Verbindung stehen. Als Vertreter der Gesellschaft werde er bei den Arbeitern natürlich bald sehr beliebt sein, was ihm späterhin die Möglichkeit biete, in den Generalrat zu kommen und Abgeordneter zu werden.

Frédéric läuteten die Ohren. Wie kam er zu diesem Wohlwollen? Er überbot sich in Dankesbeteuerungen.

Doch dürfe er von niemandem abhängig sein, meinte der Bankier. Das Beste wäre da, Aktien zu nehmen. »Eine glänzende Kapitalanlage übrigens, denn Ihr Kapital bürgt Ihnen für Ihre Stellung und Ihre Stellung wiederum für Ihr Kapital.«

»Wie hoch müßte es sich etwa belaufen?« erkundigte sich Frédéric.

»Mein Gott, soviel Sie wollen, so zwischen vierzig- und sechzigtausend Franken, nehme ich an.«

Dieser Betrag war so geringfügig für Herrn Dambreuse und der Eindruck, den er auf Frédéric gemacht hatte, so groß, daß der junge Mann augenblicklich beschloß, einen Pachthof zu verkaufen. Er nahm also an. Herr Dambreuse versprach, in den nächsten Tagen eine Zusammenkunft festzusetzen, bei welcher ihre Abmachungen endgültig besprochen werden könnten.

»Was darf ich nun Jacques Arnoux bestellen? . . .«

»Alles, was Sie nur wollen! Der arme Kerl! Alles, was Sie wollen!«

Frédéric schrieb an Arnoux, er könne ganz ruhig sein, und ließ den Brief durch seinen Diener hinbringen. Man gab ihm den Bescheid: »Es ist gut!« Sonst nichts.

Seine Fürsprache hätte indessen einen besseren Dank verdient. Er war auf einen Besuch gefaßt, zumindest auf einen Brief. Aber er erhielt keinen Besuch, und ein Brief traf auch nicht ein.

War das nun Vergeßlichkeit ihrerseits oder Absicht? Einmal war Madame Arnoux ja gekommen, was hielt sie ab, es ein zweites Mal zu tun? War denn das heimliche Einverständnis, das verblümte Geständnis, das sie ihm gemacht hatte, nichts als ein Schachzug, den sie aus eigensüchtigen Beweggründen ausgeführt hatte? Haben sie denn mit mir ihr Spiel getrieben? Steckt sie mit ihm unter einer Decke? Eine Art Schamgefühl hielt ihn, seinem Verlangen zum Trotz, davon ab, wieder zu ihnen zu gehen.

Eines Morgens – drei Wochen nach Frédérics Besuch – schrieb ihm Herr Dambreuse, er erwarte ihn noch am selben Tag binnen einer Stunde.

Auf dem Wege zu ihm kam ihm auf einmal das Ehepaar Arnoux wieder in den Sinn, und da er sich ihr Verhalten einfach nicht erklären konnte, packte ihn urplötzlich ein Angstgefühl, eine düstere Vorahnung. Um es loszuwerden, rief er ein Kabriolett und ließ sich in die Rue Paradis fahren.

Arnoux war verreist.

»Und die gnädige Frau?«

»Auf dem Land, in der Fabrik.«

»Wann kommt Herr Arnoux zurück?«

»Morgen ganz bestimmt.«

Er würde sie also allein finden! Jetzt war der Augenblick gekommen! Eine gebieterische Stimme in seinem Innern rief ihm zu: Geh doch hin!

Aber Herr Dambreuse? Ach was, mag er warten! Ich werde sagen, ich sei krank gewesen. Er eilte zum Bahnhof; als er dann im Zug saß, überlegte er: Vielleicht habe ich falsch gehandelt? Ach was, einerlei! Was liegt schon dran?!

Zur Rechten wie zur Linken dehnten sich grüne flache Felder aus. Der Zug rollte dahin. Die Häuschen der Haltestellen huschten wie Theaterkulissen vorbei, und der Rauch der Lokomotive streute immer auf die gleiche Seite seine dicken Schwadenflocken aufs Gras, wo sie eine Weile auf und ab tanzten und sich dann auflösten.

Frédéric saß allein auf seiner Bank und starrte zum Fenster hinaus; er fühlte sich matt und abgespannt, wie man es zuweilen ist, wenn das Übermaß der Ungeduld gar zu groß war. Dann aber tauchten Krane, Magazine auf. Der Zug fuhr in Creil ein.

Die Stadt, erbaut am Hang zweier niedriger Anhöhen, von denen die erste kahl, die andere von einem Wäldchen gekrönt war, mit ihrem Kirchturm, ihren ungleich hohen Häusern und der Steinbrücke, schien ihm etwas Heiteres, Unaufdringliches und Gutherziges zu haben. Ein großer Flachkahn fuhr flußabwärts, und das Wasser schlug, vom Winde aufgepeitscht, plätschernd dagegen. Eine Schar Hühner pickten am Fuße eines Kalvarienbergs im Stroh herum. Eine Frau ging vorbei; sie trug einen Korb voll nasser Wäsche auf dem Kopf.

Hinter der Brücke kam er auf eine Insel, wo rechter Hand die Ruinen einer Abtei sichtbar waren. Eine Mühle, die in Betrieb war, versperrte in seiner ganzen Breite den zweiten Arm der Oise, über dem sich die Fabrik mächtig erhob. Die ansehnlichen Ausmaße dieses Baues setzten Frédéric in Erstaunen. Sein Respekt vor Arnoux wuchs. Ein paar Schritte weiter bog er in ein Gäßchen ein, das hinten von einem Gitter abgeschlossen war.

Er war schon durchs Tor hineingegangen, da rief ihn die Portiersfrau zurück: »Haben Sie eine Erlaubnis?«

»Wofür?«

»Für die Besichtigung der Fabrik.«

Frédéric gab ihr grob und kurz angebunden zurück, er möchte Herrn Arnoux besuchen.

»Herrn Arnoux? Wer ist denn das?«

»Der Chef natürlich, der Leiter, kurzum, der Besitzer!«

»Nein, mein Herr, hier ist die Fabrik von Leboeuf und Milliet!«

Offensichtlich erlaubte sich die gute Frau einen Scherz mit ihm. Ein Trupp Arbeiter kamen vorbei; er redete zwei, drei an, doch sie gaben ihm dieselbe Auskunft.

Schwankend wie ein Betrunkener verließ Frédéric den Hof. Er sah so ratlos und bestürzt aus, daß ihn auf der Schlachthausbrücke ein Mann, der gemütlich seine Pfeife schmauchte, fragte, ob er etwas suche. Der Mann kannte Arnoux' Fabrik. Sie befand sich in Montataire.

Frédéric erkundigte sich nach einer Fahrgelegenheit. Wagen könne man nur am Bahnhof finden. Er kehrte dorthin zurück. Eine wackelige Kutsche, mit einem uralten Klepper davor, dessen zerrissenes Zaumzeug zwischen die Deichseln hinabhing, hielt einsam und allein vor der Gepäckabfertigung.

Ein Straßenjunge erbot sich, den »alten Pilon« aufzuspüren. Nach zehn Minuten kam er wieder: der alte Pilon sitze gerade beim Mittagessen. Frédéric riß die Geduld, und er ging zu Fuß. Aber die Bahnschranke war geschlossen, und er mußte zuerst warten, bis zwei Züge vorbeigefahren waren. Endlich stürmte er davon, ins offene Land hinaus.

Das eintönige Grün verlieh der Landschaft das Aussehen eines unermeßlichen Billardtuchs. Zu beiden Seiten der Landstraße waren Eisenschlacken wie meterlange Schotterhaufen aufgeschichtet. Ein wenig weiter rauchten Fabrikschlote, einer neben dem andern. Frédéric gerade gegenüber erhob sich auf einem runden Hügel neben dem viereckigen Turm einer Kirche ein Schlößchen mit kleinen Türmen. Unterhalb davon zeichneten lange Mauerzeilen unregelmäßige Linien zwischen die Bäume; und ganz unten am Fuße der Anhöhe zogen sich die Häuser des Dorfes hin.

Es waren lauter einstöckige Häuschen mit Vortreppen, drei Stufen hoch, die ohne jeden Mörtel aus Steinblöcken gefügt waren. Hier und da hörte man die Türglocke in einem Kramladen klingeln. Tiefe Fußspuren waren in den schwarzen Straßenkot eingedrückt, und ein feiner Nieselregen sprühte hernieder und durchzog den fahlen Himmel mit zahllosen dünnen Schraffen.

Frédéric hielt sich immer in der Mitte der gepflasterten Straße; schließlich stieß er zu seiner Linken über der Einmündung eines Weges auf einen großen hölzernen Torbogen, der in goldenen Lettern die Inschrift FAYENCEN trug.

Nicht ohne Absicht hatte Jacques Arnoux die unmittelbare Nähe von Creil gewählt; indem er nämlich seine Fabrik so nahe wie möglich an die andere heranbaute, die seit langem schon gut eingeführt war, ließ er beim kaufenden Publikum eine Unklarheit aufkommen, die seinen eigennützigen Zwekken dienlich war.

Der Haupttrakt des Fabrikgebäudes lag unmittelbar an einem Bach, der die Wiesen durchfloß. Das Wohnhaus des Besitzers lag in einem Garten und fiel durch eine Freitreppe auf, die mit vier Vasen voll stachliger Kakteen verziert war. Unter den Schuppen trockneten hohe Haufen weißer Erde; andere lagen unter freiem Himmel, und in der Mitte des Hofes stand Sénécal in seinem unvermeidlichen blauen Überzieher mit dem roten Futter.

Der ehemalige Einpauker reichte ihm seine kalte Hand.

»Sie wollen zum Chef? Er ist aber nicht da.«

Aus der Fassung gebracht, antwortete Frédéric reichlich blöde: »Ich wußte es.«

Doch faßte er sich alsbald und fuhr fort: »Ich komme wegen einer Angelegenheit, die Madame Arnoux betrifft. Kann sie mich wohl empfangen?«

»Ach so«, versetzte Sénécal. »Ich habe sie seit drei Tagen nicht mehr zu Gesicht bekommen.«

Und er stimmte ein nicht endenwollendes Klagelied an. Als er damals die Bedingungen des Fabrikanten annahm, sei er des Glaubens gewesen, er könne in Paris wohnen bleiben; er habe nie daran gedacht, daß er sich hier auf dem Lande vergraben müsse, fern von seinen Freunden, ohne Zeitungen. Doch was verschlug's! Er hatte auch das hingenommen. Aber Arnoux scheine seinen Verdiensten keinerlei Beachtung zu schenken. Überdies sei er beschränkt und rückständig, unwissend wie kaum einer sonst. Anstatt auf künstlerische Vervollkommnung auszugehen, wäre es besser gewesen, er hätte Kohlen- und Gasöfen aufstellen lassen. Mit dem guten Mann gehe es bergab. Sénécal legte großen Nachdruck auf dieses Wort. Kurzum, seine Tätigkeit sagte ihm keineswegs zu. Und er forderte Frédéric geradezu auf, sich für ihn zu verwenden, damit ihm sein Gehalt aufgebessert werde.

»Seien Sie unbesorgt!« beruhigte ihn Frédéric.

Auf der Treppe traf er niemanden. Im ersten Stockwerk steckte er den Kopf in ein leeres Zimmer; es war der Salon. Nun rief er, so laut er konnte. Keine Antwort. Vermutlich waren die Köchin und auch das Stubenmädchen nicht zu Hause. Als er schließlich bis in den zweiten Stock hinaufgegangen war, stieß er eine Tür auf. Madame Arnoux stand allein vor einem Spiegelschrank. Der Gürtel ihres halb offenen Morgenrocks hing ihr an den Hüften herab. Auf ihre rechte Schulter wallte ihr Haar in einer schwarzen Flut nieder; sie hatte beide Arme hochgehoben und hielt mit einer Hand den Haarknoten in ihrem Nacken, während sie mit der andern eine Haarnadel hineinsteckte. Sie stieß einen Schrei aus und lief hinaus.

Nach einer Weile kam sie korrekt angekleidet wieder herein. Ihr Wuchs, ihre Augen, das Rascheln ihres Kleides, alles entzückte ihn. Frédéric mußte an sich halten, sonst hätte er sie mit Küssen bedeckt.

»Ich bitte um Verzeihung«, sagte sie, »aber ich konnte nicht ahnen . . .«

Er erkühnte sich, ihr ins Wort zu fallen.

»Aber . . . Sie sahen doch vorhin sehr gut aus!«

Offensichtlich fand sie das Kompliment ein wenig gar zu plump, denn ihre Wangen röteten sich. Er fürchtete, sie verletzt zu haben.

»Welcher günstige Zufall hat Sie hergeführt?« fragte sie.

Er wußte nicht, was antworten. Nach einem verlegenen Grinsen, das ihm Zeit zu überlegen bot, sagte er: »Wenn ich es Ihnen sage, werden Sie mir dann glauben?«

»Warum nicht?«

Da erzählte ihr Frédéric, er habe in der vergangenen Nacht einen schaurigen Traum gehabt.

»Ich habe geträumt, Sie seien schwer erkrankt, Sie lägen auf den Tod darnieder.«

»Oh! Weder mein Mann noch ich sind jemals krank!«

»Ich habe nur von Ihnen geträumt«, erwiderte er.

Sie blickte ihn ruhig an.

»Träume werden nicht jedesmal Wirklichkeit.«

Frédéric stammelte, rang nach Worten und verhaspelte sich dann in einen langen, verwickelten Satz über den Einklang verwandter Seelen. Es gebe eine Kraft, die über alle räumlichen Weiten hinweg zwei Menschen miteinander in Verbindung bringe, die ihnen Mitteilung gebe von dem, was sie fühlen und empfinden, und sie zusammenführe.

Sie hörte ihm mit gesenktem Kopf zu, und ein bezauberndes Lächeln verschönte ihr Gesicht. Er beobachtete sie verstohlen und voll Freude und ließ seinen Gefühlen freieren Lauf, da es ihm dieser Gemeinplatz erleichterte, von seiner Liebe zu reden. Sie machte den Vorschlag, ihm die Fabrik zu zeigen, und da sie darauf bestand, willigte er ein.

Um ihn gleich zu Anfang mit etwas Unterhaltsamem abzulenken, führte sie ihn durch eine Art Museum, das zum Schmuck des Treppenhauses eingerichtet war. Die Musterstücke, die an den Wänden hingen oder auf Regalen standen, zeugten von Arnoux' Bemühungen und Liebhabereien, in die er sich nacheinander verrannt hatte. Zuerst hatte er das Kupferrot der Chinesen gesucht, hernach hatte er Majoliken, Fayencen, etruskische und orientalische Keramiken herstellen wollen und schließlich ein paar von den später verwirklichten Vervollkommnungen in Angriff genommen. So gewahrte man denn unter den ausgestellten Proben auch dickbauchige Vasen, mit Mandarinen bemalt, Schalen, in schillernder Goldkäferfarbe glasiert, Töpfereien, die mit arabischen Schriftzeichen verziert waren, Kannen im Renaissancegeschmack sowie breite, flache Teller mit zwei Figuren, die aussahen, als wären sie mit Rötel gezeichnet, so zart und duftig wirkten sie. Jetzt fabrizierte er Buchstaben für Firmenschilder und Weinetikette. Aber sein Geist reichte nicht hoch genug, um sich bis zu wahrer Kunst aufzuschwingen, noch war er Banause genug, um ausschließlich an Nutzen und

Gewinn zu denken, und so machte er's niemandem recht und ging selbst dabei langsam zugrunde. Alle diese Dinge betrachteten sie zusammen, als Mademoiselle Marthe vorbeiging.

»Erkennst du ihn denn nicht mehr?« fragte ihre Mutter.

»Doch!« erwiderte sie und begrüßte ihn, während ihr klarer, argwöhnischer Blick, der Blick eines reinen, unverdorbenen Backfischs, zu fragen schien: Was suchst denn du hier? Dann ging sie die Treppe hinauf, den Kopf leicht über die Schulter zurückgewandt.

Madame Arnoux führte Frédéric in den Hof und erklärte ihm dort ernsthaft und angelegentlich, wie die Erde zerstoßen, gereinigt und gesiebt werde.

»Das Wichtigste ist die Zubereitung des Tonteigs.«

Dann führte sie ihn in einen Saal voller Bottiche, in denen sich eine senkrechte Achse mit horizontalen Armen drehte.

»Das sind die Panschkübel«, erklärte sie.

Er fand den Ausdruck scheußlich und in ihrem Munde fast unziemlich.

Breite Riemen liefen an der Decke von einem Ende des Saals zum andern, wickelten sich auf Trommeln, und alles war in unaufhörlicher, mathematisch genauer Bewegung, die etwas Aufreizendes hatte.

Sie verließen die Halle und kamen an einer halbverfallenen Hütte vorbei, die früher zur Aufbewahrung von Gartengeräten gedient hatte.

»Sie wird nicht mehr benützt«, sagte Madame Arnoux.

Frédéric erwiderte mit bebender Stimme: »Das Glück könnte drin wohnen!«

Das Getöse der Dampfmaschine übertönte seine Worte, und sie betraten die Werkstätte, wo die Töpfereien vorgeformt wurden.

An einem schmalen Tisch saßen Männer und legten vor sich auf eine Drehscheibe einen Tonklumpen. Mit der linken Hand kratzten sie das Innere aus, mit der rechten strichen sie leicht und liebevoll glättend über die Außenseite, und man sah Vasen in die Höhe wachsen wie Blüten, die aufblühen.

Madame Arnoux ließ ihm die Model für die schwierigeren Arbeiten zeigen.

In einem andern Raum wurden die Zierleisten, die Hälse und vorkragenden Linien angebracht. Im obern Stockwerk glättete man die Nahtstellen und verstopfte mit Gips die kleinen Löcher, die von den Arbeitsgängen herrührten.

Auf den Balken, in den Ecken, mitten auf den Korridoren, überall standen die Töpfereien reihenweise nebeneinander.

Frédéric fing an sich zu langweilen.

»Ermüdet Sie das vielleicht?« fragte sie.

Aus Angst, er müsse sonst seinen Besuch abbrechen, legte er im Gegenteil große Begeisterung an den Tag. Er äußerte sogar Bedauern, weil er sich nicht dieser Industrie gewidmet habe.

Sie schien überrascht.

»Gewiß! Dann hätte ich doch in Ihrer Nähe leben können!«

Und als er ihren Blick suchte, nahm Madame Arnoux, um ihm auszuweichen, von einem kleinen Tisch ein paar Tonkügelchen, die von mißglückten Ausbesserungen übriggeblieben waren, knetete sie zu einem Fladen zusammen und drückte ihre Hand darin ab.

»Darf ich das mitnehmen?« fragte Frédéric.

»Sind Sie aber ein Kindskopf, mein Gott!«

Gerade wollte er etwas antworten, da trat Sénécal ein.

Schon unter der Tür bemerkte der Herr Vizedirektor einen Verstoß gegen die Hausordnung. Die Werkstätten mußten jede Woche mit dem Besen gekehrt werden, und da Sonnabend war und die Arbeiter das unterlassen hatten, erklärte ihnen Sénécal, sie müßten nun eben eine Überstunde machen, so leid es ihm tue.

Sie beugten sich, ohne zu murren, über ihre Arbeit; doch aus dem rauhen, heiseren Keuchen, das sich ihrer Brust entrang, konnte man auf ihren Zorn schließen. Sie waren im übrigen nicht leicht zu lenken; samt und sonders waren sie nämlich aus der großen Fabrik fortgejagt worden. Der Republikaner faßte sie hart an. Für ihn, der ein einseitiger Theoretiker war, zählten nur die Massen, und dem Einzelmenschen gegenüber kannte er kein Mitleid.

Frédéric fühlte sich durch seine Gegenwart gehemmt, und

so fragte er Madame Arnoux leise, ob es nicht möglich wäre, die Brennöfen zu besichtigen. Sie gingen ins Erdgeschoß hinunter; sie war gerade dabei, die Verwendung der Brennkästen zu erklären, als Sénécal, der ihnen nachgekommen war, dazwischentrat.

Unaufgefordert mischte er sich ein, übernahm von sich aus die Vorführung, ließ sich des langen und breiten über die unterschiedlichen Arten des Brennmaterials aus, über das Einschießen in die Öfen, die Pyroskope, die Brennherde, Einschieblöcher, Glasuren und Metalle, warf mit chemischen Fachausdrücken um sich, redete sachkundig von Chlorat, Schwefelverbindungen, borsaurem Natron und Karbonat. Frédéric verstand kein Wort davon und drehte sich alle Augenblicke zu Madame Arnoux um.

»Sie hören ja gar nicht zu«, verwies sie ihn. »Herr Sénécal drückt sich doch sehr klar aus. Er versteht alle diese Dinge weit besser als ich.«

Durch dieses Lob geschmeichelt, schlug der Mathematiker vor, das Auftragen der Farben zu besichtigen. Frédéric warf Madame Arnoux einen angstvoll fragenden Blick zu. Doch sie verzog keine Miene; offenbar wollte sie zwar nicht mit ihm allein bleiben, ihn aber auch nicht verlassen. Er bot ihr den Arm.

»Nein, danke sehr! Die Treppe ist zu eng.«

Und als sie oben angelangt waren, öffnete Sénécal die Tür zu einem Raum, in dem lauter Frauen arbeiteten.

Sie hantierten mit Pinseln, Fläschchen, Schalen und Glasplatten. Auf dem Sims entlang der Wand standen farbige Holzschnitte. Papierschnipsel flatterten durch die Luft, und ein gußeiserner Ofen strömte eine übelkeiterregende Hitze aus, in die sich noch der Terpentingeruch mischte.

Die Arbeiterinnen hatten fast alle schmierige Kleider an. Eine jedoch stach hervor; sie trug ein halbseidenes Kopftuch und lange Ohrgehänge. Sie war zugleich schlank und mollig, hatte große schwarze Augen und fleischige Lippen wie eine Negerin. Ihre üppige Brust hob sich füllig unter dem Hemd ab, das durch das Rockband rund um ihre Hüften zusammengehalten wurde. Einen Ellbogen hatte sie auf den Werkstisch aufgestützt, den andern Arm ließ sie herunterhängen und starrte so verträumt in die Ferne, aufs weite Land hinaus. Neben ihr stand, unappetitlich und unordentlich, eine Flasche Wein mit ein paar Scheiben Wurst.

Die Hausordnung untersagte ausdrücklich das Mitbringen und Verzehren von Eßwaren in den Werkstätten, eine Maßnahme, die sowohl im Hinblick auf die Sauberkeit der Arbeit wie auch auf die Gesundheit der Arbeiter getroffen worden war.

Aus Pflichtgefühl oder in einer Anwandlung von Geltungsbedürfnis und Herrschsucht rief Sénécal schon von weitem, mit der Hand auf ein gerahmtes Plakat deutend: »He dort! Sie, das Fräulein aus Bordeaux! Lesen Sie mir doch einmal laut den Artikel 9 vor!«

»Na, und?«

»Was und? Fräulein, Sie werden drei Franken Buße zahlen!«

Sie starrte ihm unverschämt ins Gesicht.

»Als ob mir das nicht Wurst wäre! Wenn der Chef zurück ist, hebt er sie ja doch wieder auf, Ihre Buße! Sie können mir den Buckel runterrutschen, Sie Wicht!«

Sénécal, der mit den Händen auf dem Rücken auf und ab ging wie ein Schulmeister in seinem Schulzimmer, lächelte bloß.

»Artikel 13, Gehorsamsverweigerung: macht zehn Franken!«

Das Mädchen wandte sich wieder ihrer Arbeit zu. Madame Arnoux sagte anstandshalber nichts, aber sie zog die Brauen zusammen. Frédéric sagte leise: »Na, für einen Demokraten sind Sie reichlich hart!«

Sénécal erwiderte in schulmeisterlich belehrendem Ton: »Demokratie heißt nicht scham- und schrankenloses Ausleben des Individuums. Demokratie heißt: gleiches Recht vor dem Gesetz, Arbeitsteilung, Ordnung!«

»Sie vergessen die Menschlichkeit!« wandte Frédéric ein.

Madame Arnoux nahm seinen Arm. Sénécal, der vielleicht über diese stumme Zustimmung aufgebracht war, ging weg.

Frédéric empfand darüber eine ungeheure Erleichterung.

Schon seit dem Morgen suchte er eine Gelegenheit für seine Liebeserklärung. Nun war sie gekommen. Zudem dünkte ihn die spontane Regung Madame Arnoux' verheißungsvoll. Und so bat er, vorgeblich um sich die Füße wärmen zu können, mit ihr in ihr Zimmer hinaufgehen zu dürfen. Als er ihr aber gegenübersaß, fing seine Verlegenheit erst an: es fehlte ihm der Anknüpfungspunkt. Zum Glück fiel ihm Sénécal ein.

»Nichts Dümmeres«, sagte er, »als diese Bestrafung.«

Madame Arnoux entgegnete: »Es gibt eben manchmal Fälle, in denen Strenge unvermeidlich ist!«

»Wie? Sie sind doch sonst die Güte selber! Doch nein, das ist ja gar nicht wahr! Zuweilen macht es Ihnen Spaß, andere leiden zu lassen!«

»Ich kann nur schlecht Rätsel lösen, lieber Freund.«

Und ihr strenger Blick, mehr noch als diese Worte, gebot ihm Einhalt. Frédéric war jedoch entschlossen, nicht klein beizugeben. Ein Band Musset lag zufällig auf der Kommode. Er blätterte ein paar Seiten um und fing dann von der Liebe, seinen Verzweiflungsanfällen, seiner leidenschaftlichen Sehnsucht zu reden an.

All dies war, nach Madame Arnoux' Ansicht, sündhaft oder bloße Einbildung.

Der junge Mann war zutiefst verstimmt, weil sie diese Gefühle in Abrede stellte, und um ihre Behauptung zu widerlegen, führte er zum Beweis die Selbstmorde an, von denen man in der Zeitung lese, schwärmte von den großen Gestalten der Literatur, von Phädra, Dido, Romeo, Des Grieux. Schließlich verrannte er sich ganz und gar und wußte nicht mehr aus noch ein.

Das Feuer im Kamin brannte nicht mehr. Der Regen peitschte gegen die Fensterscheiben. Madame Arnoux saß, ohne sich zu regen, da, beide Hände auf die Armlehnen ihres Stuhles gelegt. Die Bänder ihrer Haube fielen herab wie der Kopfschmuck einer Sphinx. Ihr reines Profil hob sich bleich aus der Dunkelheit ab.

Am liebsten wäre er vor ihr niedergesunken. Draußen im Gang knarrte der Boden; da wagte er es nicht.

Zudem hielt ihn eine Art fromme Scheu ab. Dieses Kleid,

das mit dem Dunkel verschmolz, kam ihm riesengroß, ohne Ende, unberührbar vor. Und gerade darum wuchs sein Verlangen. Doch die Furcht, er könnte zu weit gehen oder wieder allzu zaghaft sein, nahm ihm jedes besonnene Denken.

Wenn ich ihr mißfalle, dachte er, so soll sie mir die Tür weisen! Will sie mich aber erhören, dann muß sie mich eben ermutigen.

Aufseufzend sagte er: »Sie lassen also nicht gelten, daß man eine . . . Frau lieben kann?«

Madame Arnoux entgegnete: »Wenn sie noch ledig ist, heiratet man sie, und wenn sie einem andern gehört, dann zieht man sich zurück.«

»So ist das Glück etwas Unmögliches?«

»Das nicht! Aber man findet es niemals in der Lüge, in Ängsten und Gewissensnöten.«

»Was verschlägt's! Wenn es nur durch himmlische Wonnen aufgewogen wird.«

»Das Wagnis kostet einen allzu hohen Preis!«

Nun wollte er ihr mit Ironie beikommen.

»So wäre die Tugend denn nichts weiter als Feigheit?«

»Sagen Sie lieber: Hellsichtigkeit. Sogar für die Frauen, die ihre Pflicht oder Gottes Gebote vergäßen, müßte der gesunde Menschenverstand genügen. Der Egoismus schafft eine sichere Grundlage für die Tugend.«

»Ach, was haben Sie für spießbürgerliche Grundsätze!«

»Ich rühme mich ja gar nicht, eine große Dame zu sein!«

In diesem Augenblick kam ihr Söhnlein gelaufen.

»Mama, kommst du zum Essen?«

»Ja, sofort.«

Frédéric erhob sich. Gleichzeitig erschien Marthe.

Er konnte sich nicht entschließen aufzubrechen und fragte mit einem Blick, in dem eine flehentliche Bitte lag: »Die Frauen, von denen Sie sprechen, sind also gänzlich empfindungslos?«

»Nein, aber taub, wenn's sein muß!«

Sie blieb auf der Schwelle ihres Zimmers stehen, ihre beiden Kinder links und rechts zur Seite. Wortlos verneigte er sich, und sie erwiderte stumm seinen Gruß.

Was er zuerst empfand, war eine maßlose Bestürzung. Ihre Art, ihm die Sinnlosigkeit seiner Hoffnung zu verstehen zu geben, warf ihn völlig nieder. Er fühlte sich verloren wie ein Mensch, der in einen Abgrund gestürzt ist und weiß, daß man ihm keine Hilfe bringen kann und daß er sterben muß.

Und doch ging er weiter, ohne etwas zu sehen, aufs Geratewohl der Nase nach. Er stolperte über Steine und verfehlte den Weg. Das Geklapper von Holzschuhen klang ihm in die Ohren. Es waren die Arbeiter, die aus der Eisengießerei heimgingen. Da kam er wieder zu sich.

Hinten am Horizont sah man die Laternen der Eisenbahn wie eine feurige Linie. Er langte gerade an, als ein Zug abging, ließ sich in einen Wagen schieben und schlief ein.

Eine Stunde später auf den Boulevards, mitten im Trubel des abendlichen Paris, schien ihm seine Reise plötzlich in weiter Vergangenheit zu liegen. Er nahm sich vor, stark zu sein, und schaffte seinem Herzen Erleichterung, indem er Madame Arnoux mit Schmähworten herabsetzte.

Sie ist eine dumme Pute, knirschte er, eine Gans, ein gefühlloses Geschöpf! Aus den Augen, aus dem Sinn!

Zu Hause fand er in seinem Arbeitszimmer einen achtseitigen Brief auf blauglasiertem Papier, unterzeichnet mit den Initialen R. A.

Das Schreiben fing mit freundschaftlichen Vorwürfen an: »Was treiben Sie denn immer, mein Lieber? Ich langweile mich.«

Aber die Schrift war so abscheulich unleserlich, daß Frédéric schon das ganze Blätterbündel wegwerfen wollte; da fiel sein Auge auf die Nachschrift: »Sie müssen morgen mit mir zum Rennen fahren. Ich zähle bestimmt auf Sie.«

Was bedeutete diese Aufforderung? Wollte ihm die Marschallin wieder einmal einen Streich spielen? Doch führt ja keine Frau einen Mann zweimal für nichts und wieder nichts an der Nase herum! Neugierig geworden, las er den Brief aufmerksam durch.

Frédéric konnte mühsam einzelne Bruchstücke entziffern: »Mißverständnis . . . den falschen Weg eingeschlagen . . . Ernüchterung ... wir armen Kinder! ... Wie zwei Flüsse, die ineinander einmünden ...« und so weiter.

Dieser Stil klang so ganz anders als die übliche Ausdrucksweise der lockeren Dame. Welche Wandlung war da auf einmal mit ihr vorgegangen?

Lange behielt er die Briefbogen in der Hand. Sie dufteten nach Iris, und in der Form der Schriftzüge wie auch in den unregelmäßigen Zeilenabständen lag etwas, was ihn an unordentlich zerknautschte Frauenkleider gemahnte, und das erregte ihn.

Weshalb sollte ich nicht hingehen? sagte er sich schließlich. Doch wenn es Madame Arnoux erfährt? Ach was, mag sie's doch wissen! Um so besser! Sie soll nur eifersüchtig sein! Das hat sie nun davon!

4

Die Marschallin war bereit und erwartete ihn schon.

»Nett von Ihnen!« sagte sie und strahlte ihn mit ihren hübschen Augen an, die zugleich zärtlich und übermütig blickten.

Als sie ihr Kapotthütchen festgeknotet hatte, setzte sie sich auf den Diwan und schwieg beharrlich.

»Gehen wir?« fragte Frédéric schließlich.

Sie warf einen Blick auf die Stutzuhr.

»Oh, nein! Nicht vor halb zwei!« als hätte sie innerlich ihrer Ungewißheit diese Grenze gesetzt.

Als dann die Uhr schlug, sagte sie:

»Gehn wir also, *andiamo, caro mio*!«

Sie strich ein letztes Mal glättend über ihr Haar und gab Delphine noch ein paar Anweisungen.

»Kommt die gnädige Frau zum Nachtessen zurück?«

»Wieso denn? Wir werden irgendwo miteinander speisen, im Café Anglais, wo Sie wollen!«

»Einverstanden.«

Ihre Schoßhündchen liefen kläffend um sie herum.

»Man kann sie doch mitnehmen, finden Sie nicht?«

Frédéric trug sie selbst bis zum Wagen, einer zweispännigen Mietberline mit Postpferden und einem Postillon. Seinen Diener hatte er auf dem Rücksitz untergebracht. Die Marschallin war offenkundig von seiner zuvorkommenden Fürsorge hochbefriedigt, und kaum hatte sie Platz genommen, fragte sie ihn, ob er letzthin einmal bei Arnoux gewesen sei.

»Seit einem Monat nicht mehr«, erwiderte Frédéric.

»Ich habe ihn vorgestern getroffen. Er wäre sogar heute mitgekommen; aber er hat da alle möglichen Scherereien, schon wieder einen Prozeß, was weiß ich. Ein komischer Mensch!«

»Ja, höchst sonderbar.«

Mit unbeteiligter Miene setzte Frédéric hinzu: »Weil wir gerade davon reden: sehen Sie eigentlich den ... wie hieß er nur schon? ... diesen ehemaligen Sänger ... immer noch? ... Ja, Delmar?«

Sie entgegnete schnippisch und kurz angebunden: »Nein, das ist vorbei!«

So war also der Bruch zwischen den beiden Tatsache. Frédéric schöpfte neue Hoffnung.

Im Schritt fuhren sie durch das Breda-Viertel hinab. Es war Sonntag, und so waren die Straßen menschenleer. Hinter den Fenstern waren dann und wann Gesichter gaffender Kleinbürger zu sehen. Der Wagen begann rascher zu fahren. Beim Rollen der Räder blickten sich die Vorübergehenden um; das Leder des heruntergeschlagenen Verdecks glänzte, der Diener setzte sich kerzengerade mit hochgewölbter Brust hin, und die beiden Havaneserhündchen kuschten nebeneinander und sahen aus wie zwei Hermelinmuffe, die auf den Polstern lagen. Frédéric gab sich wohlig dem Auf- und Abwiegen des gefederten Wagens hin. Die Marschallin drehte lächelnd den Kopf bald nach links, bald nach rechts.

Ihr Hütchen aus glänzendem Stroh hatte einen Besatz aus schwarzen Spitzen. Die Kapuze ihres weiten Umhangs flatterte im Winde, und als Schutz gegen die Sonne hatte sie einen Sonnenschirm aus lila Seide aufgespannt, der oben spitz zulief wie eine Pagode.

»Was für niedliche Fingerchen!« sagte Frédéric und nahm sanft ihre andere Hand, die linke, die mit einem goldenen Armband in Form einer Kette geschmückt war. »Sieh mal an, das ist ja allerliebst! Wo haben Sie denn das her?«

»Oh, das habe ich schon lange«, beteuerte die Marschallin.

Der junge Mann gab sich mit dieser unaufrichtigen Antwort zufrieden. Er wollte sich lieber »die Umstände zunutze machen«. Und während er immer noch ihr Handgelenk umfaßt hielt, drückte er seine Lippen zwischen Handschuh und Ärmel darauf.

»Lassen Sie das! Man kann uns doch sehen!«

»Ach was! Das macht doch nichts!«

Nach der Place de la Concorde fuhren sie über den Quai de la Conférence und den Quai de Billy, wo in einem Garten eine Zeder zu sehen war. Rosanette glaubte, der Libanon liege in China. Sie mußte selber über ihre Unwissenheit lachen und bat Frédéric, ihr Geographieunterricht zu erteilen. Dann ließen sie das Trocadéro rechts liegen, fuhren über den Pont d'Iéna und hielten endlich mitten auf dem Marsfeld bei den andern Wagen, die bereits am Hippodrom aufgefahren waren.

Auf den Rasenhügeln standen dicht gedrängt die Zuschauer aus den untern Ständen. Auch auf dem Balkon der Militärschule waren schaulustige Menschen zu sehen, und die beiden Pavillons außerhalb des Wiegeplatzes, die beiden Tribünen innerhalb der Einfriedigung und eine dritte vor den Plätzen des Königs waren gesteckt voll von festlich geputzten Leuten, die mit ihrem ganzen Verhalten deutlich den Respekt vor diesem damals noch neuen Vergnügen verrieten. Das Publikum der Rennen war zu jener Zeit noch gewählter und bot einen weniger vulgären Anblick als heutzutage. Es war die Zeit der Hosenstege, der Samtkragen und weißen Handschuhe. Die Frauen waren in leuchtende Farben gekleidet und trugen Roben mit langen Taillen, und wenn sie so auf den aufsteigenden Sitzreihen der Estrade saßen, wirkten sie wie große Blumenbeete, aus denen hier und dort die dunklen Kleider der Männer als schwarze Tupfen herausstachen. Alle Blicke aber wandten sich dem berühmten Algerier Bu-Maza zu, der regungslos zwischen zwei Stabsoffizieren auf einer der Sondertribünen saß. Die des Jockei-Klubs war ausschließlich von feierlich-würdigen Herren besetzt.

Die begeistertsten Zuschauer hatten sich unten dicht an der Rennbahn aufgestellt, die durch zwei Reihen mit Seilen verbundener Pfosten abgegrenzt war. In dem riesigen Oval, das diese Bahn beschrieb, ließen Lakritzenwasserhändler ihre Klapper ertönen, andere verkauften das Rennprogramm, wieder andere riefen Zigarren aus; ein dumpfes Summen und Raunen erfüllte weithin die Runde. Die Polizisten gingen auf und ab. Eine Glocke, die an einem mit Zahlen bedeckten Pfahl aufgehängt war, fing an zu läuten. Fünf Pferde erschienen, und alles strömte auf die Tribünen.

Doch schwere Wolkenmassen fegten mit ihren Wulsträndern über die Gipfel der gegenüberstehenden Ulmen hin. Rosanette hatte Angst, es gebe Regen.

»Ich habe Regenschirme bei mir«, beruhigte sie Frédéric, »ferner alles, was es braucht, um uns die Langeweile zu vertreiben«, setzte er hinzu und hob den Wagenkasten hoch, der einen Korb mit Mundvorrat enthielt.

»So ist's recht! Wir verstehen uns!«

»Und wir werden uns noch besser verstehen, nicht wahr?«

»Das könnte schon sein«, erwiderte sie errötend.

Die Jockeis in ihren seidenen Joppen bemühten sich, ihre Pferde in einer Reihe aufzustellen, und hielten sie mit beiden Händen zurück. Jemand senkte eine rote Fahne herunter. Da beugten sich alle fünf auf die Mähnen ihrer Pferde und sprengten los. Zuerst blieben sie dicht beisammen in einem geschlossenen Feld, das sich aber bald in die Länge zog und auflöste. Der Reiter in der gelben Jacke wäre in der ersten Runde beinahe gestürzt. Lange schwankte die Entscheidung zwischen Filly und Tibi; dann ging Tom Pouce in Führung. Doch Clubstick, der seit dem Start zurückgeblieben war, holte auf und ging, Sir Charles um zwei Längen schlagend, als Sieger durchs Ziel. Das war eine Überraschung! Alles schrie, und die Brettergerüste zitterten unter dem Getrampel der Zuschauer.

»Ein Heidenspaß!« sagte die Marschallin. »Ich mag dich gern, mein Schatz!«

Frédéric zweifelte nicht länger an seinem Glück. Daß Rosanette »Schatz« zu ihm gesagt hatte, bestärkte ihn darin.

Hundert Schritt von ihm entfernt fuhr eine Dame in einem offenen zweisitzigen Kabriolett vorbei. Sie beugte sich aus dem Fenster und zog sich dann rasch wieder zurück. Das wiederholte sich mehrmals. Ihr Gesicht konnte Frédéric nicht erkennen. Ein Argwohn packte ihn: es war ihm, als müßte das Madame Arnoux sein. Aber das war doch ausgeschlossen! Weshalb sollte sie hier sein?

Er sprang aus dem Wagen, gab vor, er wolle sich ein wenig am Wiegeplatz umsehen.

»Sie sind ja nicht sonderlich galant!« schmälte Rosanette.

Er hörte nichts und ging weiter. Das Kabriolett drehte um und setzte sich in Trab.

Im selben Augenblick wurde Frédéric von Cisy gestellt.

»Guten Tag, mein Lieber! Wie geht es Ihnen? Hussonnet ist dort drüben. So hören Sie doch!«

Frédéric suchte sich loszumachen, um das Kabriolett einzuholen. Die Marschallin winkte ihm, er solle zu ihr zurückkommen. Cisy sah sie und wollte ihr durchaus guten Tag sagen.

Seit er nicht mehr um seine Großmutter Trauer trug, verwirklichte er sein Ideal und hatte es zu einem »eigenen Lebensstil« gebracht. Schottische Weste, kurzer Rock, breite Quasten auf den Halbschuhen und die Eintrittskarte im Hutband, nichts fehlte in der Tat an seinem »Chic«, wie er es selber gern nannte, einer anglomanen und etwas zu forschen Eleganz. Zunächst einmal behagte ihm das Marsfeld nicht recht, er fand, es sei ein erbärmlicher Rennplatz; dann kam er auf die Rennen in Chantilly zu sprechen und ließ sich über die Possen aus, die man dort treibe, schwor dann, er bringe es fertig, zwölf Gläser Champagner hinabzustürzen, während die zwölf Schläge Mitternacht verkündeten, bot der Marschallin eine Wette an und streichelte dabei zärtlich ihre beiden Hündchen. Den andern Ellbogen stützte er auf den Wagenschlag und schwatzte unentwegt weiter allerlei baren

Unsinn, hielt dabei den Knopf seines Stocks im Mund und stand mit hochgezogenen Hüften grätschbeinig da. Frédéric stand rauchend neben ihm und suchte herauszubringen, wohin das Kabriolett wohl verschwunden sein mochte.

Die Glocke ertönte wieder, und Cisy ging weg, zur großen Erleichterung Rosanettes. Er habe sie schrecklich gelangweilt, behauptete sie.

Das zweite Rennen bot nichts besonders Spannendes, das dritte ebensowenig, außer daß ein Mann auf einer Tragbahre weggebracht wurde. Das vierte, bei dem acht Pferde um den Preis der Stadt kämpften, war schon aufregender.

Die Zuschauer auf den Tribünen waren auf die Bänke geklettert. Die anderen standen in ihren Wagen und verfolgten, Ferngläser in der Hand, den Fortgang des Rennens. Man sah die Jockeis wie rote, gelbe, weiße und blaue Flecken die Menschenmauer entlangflitzen, die rings um die Rennbahn stand. Von weitem sah es aus, als sei ihre Geschwindigkeit gar nicht sonderlich groß, ja am andern Ende des Marsfeldes schienen sie sogar langsamer zu reiten und nur noch durch eine Art Gleiten vorwärts zu kommen, bei dem die Pferde mit dem Bauch die Erde berührten, ohne daß ihre weit ausgreifenden Beine sich bogen. Dann aber kamen sie rasch wieder näher, wurden größer und größer. Im Vorbeigaloppieren durchschnitten sie die Luft, der Boden zitterte, die Kiesel stoben davon. Der Wind verfing sich in den Jacken der Jockeis, daß sie wie Segel flatterten und knatterten. Mit weit ausholenden Peitschenhieben bearbeiteten sie ihre Pferde, um den Pfahl, das Ziel, zu erreichen. Man nahm die Ziffern herunter, andere wurden hochgezogen, und vom Beifallslärm umtost schleppte sich das siegreiche Pferd schweißbedeckt, mit steifen Knien und hängendem Hals, zum Wiegeplatz, während sein Reiter im Sattel wankte und sich die Seiten hielt, als müsse er im nächsten Augenblick den Geist aufgeben.

Eine Meinungsverschiedenheit verzögerte den Start des letzten Rennens. Die Menge, der es langweilig wurde, zerstreute sich allmählich. Am Fuße der Tribünen standen plaudernd Männer in kleinen Gruppen herum. Die Unterhaltung war reichlich frei und ungezwungen. Ein paar Damen der guten Gesellschaft, die über die unstatthafte Nähe der Loretten empört waren, brachen indigniert auf.

Es waren auch etliche Berühmtheiten von den öffentlichen Bällen und Schauspielerinnen aus den Boulevardtheatern zugegen; und nicht den Schönsten galten die meisten Huldigungen. Die ältliche Georgine Aubert – der ein volkstümlicher Gassenhauer den Spitznamen »Ludwig XI. der käuflichen Liebe« angehängt hatte – lag lang ausgestreckt in ihrer geräumigen Kalesche, in einen Marderpelzkragen eingemummelt, als wäre es tiefster Winter. Sie war greulich geschminkt und stieß von Zeit zu Zeit ein Lachen aus, das sich anhörte wie ein Grunzen. Madame de Remoussot, die seit ihrem Prozeß in Mode gekommen war, thronte auf dem Bock eines Breaks, umringt von Amerikanern. Und Therese Bachelu, die aussah wie eine gotische Madonna, füllte mit ihren zwölf Faltensäumen das Innere einer winzigen Kutsche, die an Stelle des Spritzleders eine Jardiniere voller Rosen aufwies. Die Marschallin wurde neidisch auf diese Berühmtheiten, und um sich bemerkbar zu machen, fing sie mit großspurigen Gebärden und überlauter Stimme an zu reden.

Ein paar Gentlemen erkannten sie und winkten ihr grüßend zu. Sie nickte zurück und nannte Frédéric ihre Namen. Es waren lauter Grafen, Vicomtes, Herzöge und Marquis. Er fühlte sich ungeheuer geschmeichelt, denn aus allen ihren Blicken sprach deutlich eine neidvolle Anerkennung seines Erobererglücks.

Cisy sah in dem Kreise reifer Männer, die ihn umgaben, nicht minder glückstrahlend aus. Sie lächelten über ihren hochgeschlossenen Halsbinden auf ihn herab, als wollten sie sich über ihn lustig machen. Endlich verabschiedete er sich mit einem Handschlag von dem ältesten der Herren und trat zur Marschallin.

Sie aß mit affektiertem Heißhunger eine Scheibe Gänseleber; Frédéric tat es ihr folgsam nach, während er eine Flasche Wein auf den Knien hielt.

Das Kabriolett tauchte wieder auf. Madame Arnoux saß darin. Sie wurde kreidebleich.

»Gib mir Champagner!« bat Rosanette.

Dann hob sie ihr gefülltes Glas, so hoch sie konnte, und schrie: »He, dort drüben! Ihr ehrbaren Frauenzimmer! Auf die Ehefrau meines Gönners! Hoch soll sie leben!«

Ringsum brach Gelächter los, das Kabriolett rollte davon. Frédéric zupfte sie am Kleid, er war drauf und dran aufzubrausen. Aber Cisy war da, in der gleichen Haltung wie vorhin. Und offenbar war sein Selbstvertrauen noch gewachsen, denn er lud Rosanette für den gleichen Abend noch zum Essen ein.

»Ausgeschlossen!« gab sie zur Antwort. »Wir gehen zusammen ins Café Anglais.«

Frédéric blieb stumm, als habe er nichts gehört. Cisy verließ die Marschallin mit enttäuschter Miene.

Während er, an den rechten Wagenschlag gelehnt, mit ihr gesprochen hatte, war auf einmal von links Hussonnet aufgetaucht und sagte nun, da er das Wort »Café Anglais« aufschnappte: »Ein nettes Lokal! Wenn wir dort einen Imbiß nähmen, wie?«

»Wie Sie wollen«, versetzte Frédéric. Er saß tief zurückgelehnt in einer Ecke des Wagens, schaute dem Kabriolett nach, das am Horizont verschwand, und hatte das Gefühl, etwas sei geschehen, was nie wiedergutgemacht werden könne: er habe seine große Liebe verscherzt. Und die andere Frau war da, bei ihm, die heitere und leichtsinnige Liebe! Doch er war abgespannt und voller sich widersprechender Wünsche, wußte nicht einmal mehr, was er eigentlich wollte; eine unsägliche Traurigkeit lastete auf ihm, er wäre am liebsten tot gewesen.

Ein lautes Getrampel und Stimmengewirr veranlaßten ihn aufzublicken. Die Gassenbuben hatten die Stricke um die Rennbahn überstiegen und nahmen nun die Tribünen in Augenschein. Die Zuschauer verzogen sich. Ein paar Regentropfen fielen. Immer größer wurde das Gedränge der Wagen; Hussonnet war verlorengegangen.

»Na, um so besser!« meinte Frédéric.

»Willst du lieber mit mir allein sein?« fragte die Marschallin und legte ihre Hand auf die seine.

Da fuhr, blitzend von Messing und Stahl, ein prachtvoller

vierspänniger Landauer an ihnen vorbei, à la Daumont von zwei Jockeis in Samtjoppen mit goldenen Fransen kutschiert. Madame Dambreuse saß darin an der Seite ihres Gatten, gegenüber auf dem andern Sitz saß Martinon. Alle drei machten erstaunte Gesichter.

Sie haben mich erkannt! sagte sich Frédéric.

Rosanette wollte anhalten lassen, um die Vorbeifahrt der Wagen besser sehen zu können. Aber Madame Arnoux konnte doch wieder vorüberkommen! So schrie er dem Postillon zu: »Fahr doch zu! Vorwärts! Fahr weiter!«

Und im flotten Trab rollte die Berline den Champs-Elysées zu, mitten unter den andern Wagen, den Kaleschen, Brisken, Wurts, Tandems, Tilburys, Dogcarts, den Kremsern mit Ledervorhängen, besetzt mit beschwipsten Arbeitern, die fröhlich sangen, den Einspännern, die von Familienvätern behutsam selbst kutschiert wurden. In Viktorias, die mit Menschen vollgepfropft waren, saßen junge Burschen auf den Füßen der Mitinsassen und ließen beide Beine außen herunterbaumeln. Mächtige Coupés mit tuchbespannten Sitzen führten vornehme alte Damen spazieren, die im Fahren schlummerten. Oder dann flog ein prächtiger Stopper vorüber und zog ein Gefährt, das schlicht und doch kokett war wie der schwarze Frack eines Dandys. Indessen hatte der Regen mit verdoppelter Stärke eingesetzt. Regenschirme, Sonnendächer und Regenmäntel wurden hervorgeholt. Man rief einander von weitem zu: »Guten Tag! – Geht's gut? – Ja. – Nein! – Auf Wiedersehen!« Und die Gesichter wechselten blitzschnell wie in einem chinesischen Schattenspiel. Frédéric und Rosanette saßen stumm nebeneinander, das unaufhörliche Drehen all der vorbeirollenden Räder vor ihren Augen machte sie halb stumpfsinnig.

Mitunter hielten die langen Wagenreihen, die allzu dicht ineinandergedrängt fuhren, alle zusammen in mehreren Kolonnen an. Dann stand eine Zeitlang ein Wagen neben dem andern, und die Insassen musterten sich gegenseitig. Über die wappenverzierten Wagenschläge hinweg fielen gleichgültige Blicke auf die Menschenmasse. Neidvolle Augen funkelten aus den Mietwagen hervor. Hämisches, geringschätziges Lächeln antwortete auf hoffärtiges Kopfhochtragen. Weit offene Mäuler drückten einfältige Bewunderung aus. Und dann und wann sprang ein Spaziergänger mitten auf der Straße mit einem Satz zur Seite, um einem Reiter auszuweichen, der zwischen den Wagen dahergaloppiert kam und nun endlich einen Ausgang hatte finden können. Dann setzte sich alles wieder in Bewegung. Die Kutscher ließen die Zügel locker und senkten ihre langen Peitschen. Die Pferde wurden munter, schüttelten ihre Trensen, spritzten Schaum rings um sich. Und ihre feuchten Rücken und das Geschirr dampften im Wasserdunst, durch den nun die untergehende Sonne stach. Sie schien unter dem Triumphbogen hindurch und warf in Mannshöhe ringsumher ein rötliches Licht, in dem alles funkelte, die Radnaben, die Türgriffe, die Beschläge an den Deichselenden, die Ringe an den Kutschböcken. Und zu beiden Seiten der breiten Straße, die an einen Fluß gemahnte, in dem Mähnen, Kleider und Menschenköpfe auf und ab wogten, ragten die regentriefenden Bäume zum Himmel wie zwei hohe grüne Mauern. Das Himmelsblau, das da und dort stellenweise hervorlugte, schimmerte seidig wie Atlas.

Da fielen Frédéric die schon weit zurückliegenden Tage ein, wo er sehnsüchtig das unaussprechliche Glück herbeigewünscht hatte, neben einer von diesen Frauen in einem solchen prächtigen Wagen sitzen zu können. Nun besaß er es, dieses Glück, und war darob nicht froher.

Der Regen hatte aufgehört. Die Passanten, die unter den Säulengängen des königlichen Mobiliendepots Zuflucht gesucht hatten, gingen ihrer Wege. In der Rue Royale wanderten vereinzelte Spaziergänger den Boulevards zu. Vor dem Auswärtigen Amt lungerten auf der Treppe eine ganze Reihe von müßigen Gaffern herum.

In der Nähe der Chinesischen Bäder verlangsamte der Wagen seine Fahrt, weil Löcher im Pflaster waren. Ein Mann in einem haselnußbraunen Überzieher ging dicht am Rande des Trottoirs. Ein Kotspritzer, der unter den Wagenfedern hervorschoß, traf ihn mitten auf den Rücken und machte ihn ganz schmutzig. Der Mann drehte sich wütend um, und Frédéric erbleichte. Er hatte Deslauriers erkannt.

Vor der Tür des Café Anglais schickte er den Wagen fort. Rosanette war vor ihm hineingegangen, während er noch den Kutscher bezahlte.

Er holte sie auf der Treppe wieder ein, wo sie mit einem Herrn plauderte. Frédéric nahm ihren Arm. Aber in der Mitte des Korridors hielt sie ein zweiter Herr auf.

»Geh nur voraus«, sagte sie, »ich komme gleich nach.«

Er betrat allein das kleine abgesonderte Gemach. Durch die geöffneten Fenster sah man Leute an den Fenstern der gegenüberliegenden Häuser sitzen. Breite, in allen Farben schillernde Wasserlachen zitterten auf dem Asphalt, der langsam trocken wurde, und eine Magnolie, die auf dem Balkonrand stand, erfüllte das ganze Zimmer mit ihrem Wohlgeruch. Dieser Duft und die kühle, frische Luft beruhigten seine gespannten Nerven, und er sank auf den roten Diwan, der unter dem Spiegel stand.

Die Marschallin kam herein; sie gab ihm einen Kuß auf die Stirn und fragte: »Hast du Kummer, mein armer Schatz?«

»Kann schon sein«, erwiderte er.

»Damit bist du nicht allein, weißt du!«

Das hieß wohl: Vergessen wir beide unsere Sorgen in gemeinsamer Seligkeit!

Dann nahm sie ein Blütenblättchen zwischen die Lippen und bot ihm den Mund dar, damit er es wegküssen sollte. Diese Gebärde voll lasziver Anmut und beinah wollüstiger Hingegebenheit stimmte Frédéric weich.

»Warum tust du mir weh?« fragte er, und seine Gedanken weilten bei Madame Arnoux.

»Ich dir weh tun?«

Und dicht vor ihm stehend, die beiden Hände auf seine Schultern gelegt, schaute sie ihm mit halb geschlossenen Augen ins Gesicht.

All seine Standhaftigkeit, sein ganzer nachtragender Groll schwanden dahin in einer abgründigen Feigheit.

»Du willst mich ja doch nicht lieben!« versetzte er und zog sie auf seine Knie.

Sie ließ ihn gewähren. Er umschlang ihren Leib mit beiden

Armen. Das Knistern ihres seidenen Kleides ließ ihn lichterloh entflammen.

»Wo stecken sie?« ertönte draußen im Gang Hussonnets Stimme.

Da fuhr die Marschallin blitzschnell auf und ging ans andere Ende des Zimmers, wo sie, den Rücken der Tür zugekehrt, stehenblieb.

Sie verlangte Austern, und alle setzten sich zu Tisch.

Hussonnet war kein bißchen unterhaltsam. Er hatte so lange tagtäglich über alle erdenklichen Dinge geschrieben, hatte massenweise Zeitungen gelesen, Diskussionen mit angehört und Paradoxe zum besten gegeben, um seine Zuhörer zu verblüffen, daß er zu guter Letzt jeden Maßstab für den wahren Wert der Dinge verlor, da er sich mit seinen armseligen Geistesblitzen selber völlig geblendet hatte. Die Sorgen und Umtriebe eines ehemals leichtsinnigen, nunmehr aber harten und mühsamen Lebens hielten ihn in ständiger Aufregung, und seine Unfähigkeit, die er sich jedoch nicht eingestehen wollte, machte ihn zänkisch und sarkastisch. Als man auf ein neues Ballet, *Ozai*, zu reden kam, zog er gehässig gegen den Tanz los, und als man vom Tanzen sprach, wurde er gegen die Oper ausfällig. Dann lieferte ihm die Oper den Vorwand zu einer Brandrede gegen die Italiener, die jetzt durch eine spanische Truppe ersetzt worden waren, »als wenn man Kastilien nicht längst schon gründlichst satt hätte«! Frédéric fühlte sich in seiner romantischen Liebe zu Spanien verletzt, und um der unersprießlichen Unterhaltung ein Ende zu machen, erkundigte er sich nach dem Collège de France, an dem kürzlich Edgar Quinet und Mickiewicz ihrer Lehrstühle enthoben worden waren. Aber Hussonnet, der ein Bewunderer des Herrn de Maistre war, erklärte sich für die Autorität und den Spiritualismus. Er zweifelte indessen an den besterwiesenen Tatsachen, leugnete die Zuverlässigkeit der Geschichte und stellte die positivsten Dinge in Abrede, ja er ging so weit, bei der Erwähnung der Geometrie geringschätzig zu erklären: »So ein Schwindel, diese Geometrie!« Zwischendurch machte er eine Reihe Schauspieler nach. Sainville insbesondere war sein Vorbild.

Diese albernen Mätzchen ödeten Frédéric maßlos an. Vor lauter Ungeduld konnte er nicht mehr ruhig sitzen und trat dabei mit seinem Stiefel unter dem Tisch eins von den Hündchen.

Da fingen beide ganz widerwärtig an zu kläffen.

»Sie sollten sie nach Hause bringen lassen!« sagte er barsch.

Rosanette wollte sie niemandem anvertrauen.

Da wandte er sich an den Bohemien: »Los, Hussonnet, opfern Sie sich!«

»O ja, mein Lieber, das wäre sehr liebenswürdig!«

Hussonnet ging, ohne sich lange bitten zu lassen.

Wie konnte man ihm wohl seine Gefälligkeit lohnen? Frédéric kam dieser Gedanke gar nicht. Er fing sogar an sich über das Alleinsein mit ihr zu freuen, da trat ein Kellner ein.

»Es fragt jemand nach Ihnen, gnädige Frau.«

»Wie? schon wieder?«

»Ich muß doch einmal nachsehen«, sagte Rosanette.

Er lechzte nach ihr, mußte sie haben. Daß sie jetzt fortging, kam ihm wie eine Pflichtvergessenheit vor, beinahe wie eine Roheit. Was wollte sie denn eigentlich? War es noch nicht genug, daß sie Madame Arnoux beleidigt hatte? Der war übrigens ganz recht geschehen! Jetzt haßte er alle Frauen. Und Tränen würgten ihn im Hals, weil seine Liebe mißachtet und sein Begehren enttäuscht worden war.

Nun kam die Marschallin wieder herein und brachte Cisy mit.

»Ich habe den Herrn eingeladen«, sagte sie. »Es ist dir doch recht, nicht wahr?«

»Aber natürlich! Gewiß!«

Mit dem Lächeln eines Todgeweihten bedeutete Frédéric dem Edelmann, Platz zu nehmen.

Die Marschallin hatte die Speisekarte zur Hand genommen und überflog sie, wobei sie bei den ausgefallensten Bezeichnungen verweilte.

»Was wollen wir essen? – sagen wir – einen *Turban de lapins à la Richelieu* und einen *Pudding à l'Orléans*?«

»Oh, nur keinen Orléans!« begehrte Cisy auf, der Legitimist war und das für einen gelungenen Witz hielt.

»Wollen Sie lieber einen *Turbot à la Chambord*?« fragte sie.

Dieses Entgegenkommen ärgerte Frédéric bis aufs Blut.

Die Marschallin entschied sich für einen einfachen Tournedos, Krebse, Trüffeln, einen Ananassalat und Vanillesorbet.

»Wir werden dann weitersehen. Gehn Sie jetzt nur. Ah, fast hätte ich's vergessen: Bringen Sir mir eine Wurst, aber ja nicht mit Knoblauch!«

Sie redete den Kellner mit »junger Mann« an, schlug mit dem Messer an ihr Glas, warf Brotkügelchen an die Decke und wollte unbedingt sofort Burgunder trinken.

»Damit fängt man nicht gleich an«, rügte Frédéric.

Das komme mitunter vor, meinte der Vicomte.

»Aber nein! Nie und nimmer!«

»Doch, ich kann's Ihnen versichern.«

»Aha, da siehst du!«

Der Blick, mit dem sie diese Worte begleitete, hieß soviel wie: Er ist ein reicher Mann, hör nur auf ihn!

Indessen ging alle paar Augenblicke die Tür auf, die Kellner lärmten, und im Nebenzimmer klimperte jemand auf einer elenden Drahtkommode einen Walzer. Dann kam man vom Rennen ganz von selber auf die Reitkunst und auf die beiden Systeme zu sprechen, die sich gegenseitig den Rang streitig machten. Cisy setzte sich für Baucher ein, Frédéric für den Grafen d'Aure; doch Rosanette sagte achselzuckend: »Laß gut sein, mein Gott! Davon versteht er doch viel mehr als du!«

Sie biß in einen Granatapfel, den Ellbogen auf den Tisch gestützt. Die Kerzen im Leuchter vor ihr flackerten in der Zugluft. Das weiße Licht tönte ihre Haut perlmutterfarben, legte einen rosigen Hauch über ihre Lider und ließ ihre Augäpfel aufglänzen. Das Rot der Frucht vermischte sich mit dem Purpur ihrer Lippen, ihre zarten Nüstern bebten, und ihre ganze Person hatte etwas irgendwie Schamloses, Trunkenes und selbstvergessen Hingegebenes, das Frédéric fast rasend machte und dennoch in seinem Herzen einen Sturm wilden Verlangens erregte.

Nun fragte sie mit ruhiger, sachlicher Stimme, wem eigentlich der große Landauer mit dem kastanienbraun livrierten Diener gehöre.

»Der Gräfin Dambreuse«, erwiderte Cisy.

»Sie sind schwer reich, nicht?«

»O gewiß, sehr reich! Obwohl Madame Dambreuse schlicht und einfach ein Fräulein Boutron ist, die Tochter eines Präfekten, und nur ein bescheidenes Vermögen besitzt.«

Ihr Mann hingegen habe bestimmt noch verschiedene Erbschaften zu erwarten. Cisy zählte sie auf; er verkehrte im Hause der Dambreuses und wußte Bescheid in ihren Familienverhältnissen.

Frédéric wollte ihn vor den Kopf stoßen und verlegte sich beharrlich darauf, ihm zu widersprechen. So behauptete er steif und fest, Madame Dambreuse sei eine geborene de Boutron und er verbürge sich für ihren Adel.

»Mir ist das Wurst!« erklärte die Marschallin und lehnte sich in ihrem Armsessel zurück. »Ihre Equipage möchte ich schon haben!«

Der Ärmel ihres Kleides rutschte ein wenig hinauf und enthüllte an ihrem linken Handgelenk ein mit drei Opalen besetztes Armband.

Frédéric sah es.

»Sieh an! Aber . . .«

Sie schauten sich alle drei an und wurden dabei rot.

Da tat sich die Tür vorsichtig ein wenig auf, eine Hutkrempe schob sich durch den Spalt, und dann wurde Hussonnets Profil sichtbar.

»Verzeihung, wenn ich störe, ihr zwei Verliebten!«

Doch als er Cisy erblickte, blieb er verdutzt stehen, voll Erstaunen, daß Cisy seinen Platz eingenommen hatte.

Man brachte ein weiteres Gedeck; und da er einen wahren Wolfshunger hatte, griff er aufs Geratewohl zu und nahm von den Überbleibseln des Mahls, was gerade kam, ein Stück Fleisch von einer Schüssel oder eine Frucht aus einem Körbchen. Mit einer Hand hielt er das Trinkglas, mit der andern langte er zu, und gleichzeitig erzählte er, wie er seinen Auftrag erledigt hatte. Die beiden Schoßhündchen habe er wohlbehalten heimgebracht. Zu Hause sei nichts Neues vorgefallen. Er habe nur die Köchin mit einem Soldaten erwischt; was übrigens eine dicke Lüge war, die er sich einzig ausgedacht hatte, um Eindruck zu machen.

Die Marschallin riß ihr Kapotthütchen vom Kleiderhaken, Frédéric rannte zur Klingel und rief dem Kellner schon von weitem entgegen: »Einen Wagen!«

»Ich habe meinen unten«, sagte der Vicomte.

»Was erlauben Sie sich Herr?«

»Was glauben Sie eigentlich, Herr?«

Und sie maßen sich, Auge in Auge, totenbleich beide und mit zitternden Händen.

Schließlich nahm die Marschallin Cisys Arm, deutete auf den Bohemien, der immer noch am Tische saß, und sagte: »Kümmern Sie sich doch um ihn! Er frißt sich sonst noch zu Tode. Ich möchte nicht, daß er aus lauter Aufopferung für meine Hündchen das Zeitliche segnet.«

Die Tür fiel ins Schloß.

»Na und?« brummte Hussonnet.

»Was: na und?«

»Ich glaubte ...«

»Was glauben Sie denn?«

»Haben Sie nicht ...?«

Er ergänzte den Satz mit einer sprechenden Gebärde.

»Nein, nein! Nie im Leben!«

Hussonnet fragte nicht weiter.

Als er sich zum Essen einlud, hatte er damit einen Zweck verfolgt. Seine Zeitung, die nicht mehr *Die Kunst* hieß, sondern *Die Leuchte* – mit dem Wahlspruch: Kanoniere, an eure Geschütze! –, kam und kam auf keinen grünen Zweig, und nun gedachte er sie in eine Wochenzeitschrift umzugestalten, und zwar allein, ohne Deslauriers Mithilfe. Er fing abermals von seinem frühern Projekt an und legte seinen neuen Plan dar.

Frédéric, der offensichtlich nicht begriff, was er sagte, gab nur vage und ausweichende Antworten. Da raffte Hussonnet ein paar Zigarren auf dem Tisch zusammen, sagte: »Leben Sie wohl, Verehrtester!« und verschwand.

Frédéric verlangte die Rechnung. Sie war lang; und während der Kellner, die Serviette unterm Arm, auf sein Geld wartete, trat ein anderer, bleichsüchtiger Mensch, der Martinon ähnlich sah, herzu und sagte: »Bitte um Verzeihung, aber man hat im Büro vergessen, die Droschke auf die Rechnung zu setzen.«

»Was für eine Droschke?«

»Den Wagen, den der Herr vorhin für die Hündchen genommen hat.«

Und das Gesicht des Kellners zog sich in die Länge, als täte ihm der arme junge Mann von Herzen leid. Frédéric hatte die größte Lust, ihn zu ohrfeigen. Er gab als Trinkgeld die zwanzig Franken, die er herausbekommen hatte.

»Danke sehr, gnädiger Herr!« dienerte der Mann mit der Serviette und verbeugte sich tief.

Frédéric verbrachte den ganzen nächsten Tag damit, über seinen grollenden Unmut und seine Demütigung nachzugrübeln. Er machte sich Vorwürfe, weil er Cisy nicht mit Maulschellen zurechtgewiesen hatte. Was die Marschallin anlangte, so schwor er sich, er werde sie nie wiedersehen. Es gab genug andere Weiber, die ebenso schön waren wie sie. Und weil man nun eben einmal Geld brauchte, um diese Frauen zu besitzen, nahm er sich vor, mit dem Erlös seines Pachthofs an der Börse zu spekulieren; so konnte er ein reicher Mann werden und dann mit seinem Aufwand die Marschallin und alle Welt ausstechen. Als es Abend wurde, stellte er verwundert fest, daß er an Madame Arnoux überhaupt nicht gedacht hatte.

Um so besser! überlegte er. Wozu auch nur?

Am übernächsten Tag stattete ihm, schon früh um acht Uhr, Pellerin einen Besuch ab. Zunächst bewunderte er das Mobiliar und strich Frédéric mit allerhand liebedienernden Lobhudeleien um den Bart, dann fragte er unvermittelt: »Sie waren letzten Sonntag beim Rennen?«

»Ja, leider.«

Nun zog der Maler über den Körperbau der englischen Rennpferde los und strich dagegen die Pferde Géricaults, die Rosse des Parthenon heraus.

»War Rosanette mit Ihnen dort?«

Und er stimmte, schlau und wohlberechnet, ein Loblied auf sie an.

Frédérics kühle, abweisende Haltung brachte ihn aus der Fassung. Er wußte nicht, wie er die Rede auf das Porträt bringen sollte.

Sein erster Gedanke sei es gewesen, einen Tizian zu malen. Doch nach und nach habe ihn die abwechslungsreiche Farbtönung seines Modells verführt; er habe kühn drauflosgearbeitet, habe Farbklecks auf Farbklecks, Licht auf Licht gesetzt. Rosanette sei darüber zunächst begeistert gewesen; ihre Schäferstündchen mit Delmar aber hätten dann die Sitzungen unterbrochen und Pellerin alle Zeit gelassen, sich blind und kritiklos in sein Werk zu vergaffen. Als seine Bewunderung hernach abgekühlt sei, habe er sich gefragt, ob seiner Malerei nicht doch die Größe abgehe. Er sei hingegangen und habe sich wieder einmal die Tiziane angeschaut; nun erst sei ihm der gewaltige Unterschied klargeworden, und er habe seine Fehler erkannt. Er habe sich daran gemacht, ganz einfach die Umrisse nochmals zu überarbeiten. Hierauf habe er versucht, die Konturen abzuschwächen, habe sich bemüht, die Farbtöne des Kopfs und die des Hintergrunds ineinander aufgehen, gleichsam ineinanderfließen zu lassen, und so habe die Gestalt an Konsistenz, hätten die Schatten an Kraft gewonnen. Alles wirke nun satter, kräftiger. Schließlich sei die Marschallin wiedergekommen. Sie habe sich sogar erlaubt, etwas auszusetzen; natürlich habe er als Künstler auf seinem Standpunkt beharrt. Zuerst habe er heftig gegen ihren Unverstand gewütet, habe sich aber schließlich doch sagen müssen, vielleicht habe sie recht. Nun habe für ihn eine Zeit der Zweifel begonnen, wochenlang habe er hin und her überlegt und sich schwere Gedanken gemacht, bis er Magenkrämpfe, Schlaflosigkeit, Fieber und Ekel vor sich selber bekommen habe. Er habe es über sich gebracht, an dem Bild herumzuflicken, doch sei ihm dabei nicht so recht wohl gewesen, und er habe deutlich das Gefühl gehabt, seine Arbeit sei ein Pfusch.

Das einzige, was ihn wurmte, und worüber er sich bitter beklagte, war seine Zurückweisung im *Salon;* dann machte er Frédéric Vorwürfe, weil er nicht zu ihm gekommen sei und das Bildnis der Marschallin angesehen habe.

»Die Marschallin kann mir gestohlen bleiben!«

Eine so unverblümte Antwort machte den Maler kühner.

»Würden Sie's für möglich halten, daß die dumme Kuh das Bild jetzt gar nicht mehr haben will?«

Was er jedoch verschwieg, war die Tatsache, daß er tausend Taler von ihr verlangt hatte. Nun hatte sich aber die Marschallin nicht groß Gedanken darüber gemacht, wer das Bild bezahlen würde, und da sie aus Arnoux lieber dringlichere Sachen herausschlagen wollte, hatte sie überhaupt nicht mit ihm darüber gesprochen.

»Soso, und Arnoux?« fragte Frédéric.

Sie hatte Pellerin an ihn verwiesen. Doch der ehemalige Kunsthändler hatte keinerlei Verwendung für das Bild.

»Er bleibt dabei, das müsse Rosanette selber erledigen.«

»Natürlich ist das ihre Sache.«

»Wieso? Gerade sie schickt mich doch zu Ihnen!«

Hätte er an die hervorragenden Qualitäten seines Werkes geglaubt, hätte er vielleicht nicht daran gedacht, es finanziell auszuschlachten. Aber ein Kaufpreis – und zwar ein so beachtlicher Betrag – würde jede Kritik mundtot machen und zugleich ihn in seinem Selbstvertrauen festigen. Um ihn loszuwerden, erkundigte sich Frédéric verbindlich nach seinen Bedingungen.

Die unsinnige Höhe des Betrags empörte ihn, und er antwortete: »Nein! O nein!«

»Sie sind immerhin Ihr Liebhaber, Sie haben doch das Bild in Auftrag gegeben!«

»Ich habe lediglich den Vermittler gespielt, erlauben Sie mal!«

»Aber ich kann doch nicht mit dem Bild sitzenbleiben!«

Der Künstler redete sich allmählich in Wut.

»Ah! Ich hielt Sie nicht für so geldgierig!«

»Und ich Sie nicht für so knickerig! Ihr Diener!«

Er war eben erst fortgegangen, da stellte sich Sénécal ein.

Frédéric war verstimmt und brauste beunruhigt auf: »Was gibt's?«

Sénécal erzählte, was ihm begegnet war.

»Letzten Samstag um elf Uhr hat Madame Arnoux einen Brief erhalten, der sie nach Paris rief. Da zufällig niemand da war, der nach Creil gehen und einen Wagen holen konnte, verfiel sie auf den Gedanken, mich selbst hinzuschicken. Ich habe mich geweigert, denn das gehört nicht zu meinen Obliegenheiten. Da ist sie abgereist, und am Sonntagabend ist sie zurückgekommen. Gestern vormittag nun platzt Arnoux in die Fabrik herein. Das Weibsbild aus Bordeaux hat sich beklagt. Ich weiß ja nicht, was zwischen den beiden vorgeht, aber er hat jedenfalls ihre Buße vor dem ganzen Personal rückgängig gemacht. Daraufhin haben wir einen heftigen Wortwechsel gehabt. Kurz und gut, er hat mich ausbezahlt, und da bin ich nun.«

Dann setzte er, jedes einzelne Wort mit Nachdruck betonend, hinzu: »Im übrigen tut es mir nicht leid. Ich habe meine Pflicht getan. Was liegt schon daran? Doch Sie sind schuld.«

»Wieso?« fuhr Frédéric auf. Er hatte Angst, Sénécal habe ihn durchschaut.

Sénécal hatte jedoch gar nichts durchschaut, denn er erwiderte: »Ich meine, wenn Sie nicht gewesen wären, hätte ich vielleicht eine bessere Stelle gefunden.«

Frédéric verspürte so etwas wie Gewissensbisse.

»Womit kann ich Ihnen jetzt dienlich sein?«

Sénécal hatte nur einen Wunsch: irgendeine Anstellung, eine Beschäftigung.

»Das ist für Sie etwas Leichtes. Sie kennen so viele Leute, Herrn Dambreuse unter andern, wie mir Deslauriers gesagt hat.«

Dieser Hinweis auf seinen Freund Deslauriers war Frédéric peinlich. Es lag ihm gar nichts daran, wieder zu den Dambreuses zu gehen, seit er ihnen auf dem Marsfeld begegnet war.

»Ich bin nicht so befreundet mit den Leuten, daß ich ihnen jemanden empfehlen könnte.«

Der Demokrat nahm diese Weigerung mit stoischem Gleichmut hin. Nach minutenlangem Schweigen sagte er: »Das alles habe ich dem Frauenzimmer aus Bordeaux und auch Ihrer Madame Arnoux zu verdanken, dessen bin ich sicher.«

Dieses ausfällige »Ihrer Madame Arnoux« ertötete in Frédérics Herzen noch das letzte Fünkchen guten Willens. Aus zartfühlender Hilfsbereitschaft griff er jedoch nach dem Schlüssel zu seinem Sekretär.

Sénécal kam ihm zuvor.

»Danke!«

Dann vergaß er seine Sorgen und kam auf die Vorgänge und Zustände im Land zu sprechen, die Ehrenkreuze, die am Geburtstag des Königs so verschwenderisch verliehen wurden, einen Wechsel im Kabinett, die Affären Drouillard und Bénier, die zur Zeit ungeheuren Skandal erregten, zog gegen die Spießer los und prophezeite eine baldige Revolution.

Ein japanischer Dolch, der an der Wand hing, zog seine Blicke auf sich. Er nahm ihn herunter, probierte den Griff aus und warf ihn dann mit angewiderter Miene auf das Kanapee hin.

»So leben Sie denn wohl. Ich muß nach Notre-Dame de Lorette.«

»Nicht möglich! Warum denn?«

»Heute wird der Gedenktag Godefroy Cavaignacs gefeiert. Der ist wahrlich in den Sielen gestorben! Aber noch ist nicht aller Tage Abend! ... Wer weiß?«

Und mannhaft streckte ihm Sénécal die Hand hin.

»Wir werden uns vielleicht nie wiedersehen. Leben Sie denn wohl.«

Dieses zweimal wiederholte »Leben Sie wohl«, die düster gerunzelten Brauen beim Betrachten des Dolches, seine Ergebung in sein Los, vor allem aber sein feierliches Gebaren hatten Frédéric nachdenklich gemacht; aber gleich danach hatte er es schon wieder vergessen.

Noch in derselben Woche schickte ihm sein Notar in Le Havre den Erlös aus dem Verkauf seines Pachthofs, hundertvierundsiebzigtausend Franken. Er teilte das Geld in zwei Hälften, legte die erste in Staatspapieren an, und die andere brachte er zu einem Wechselmakler, um mit dem Betrag an der Börse zu spekulieren.

Er speiste in den gerade modischen Restaurants, ging oft ins Theater und suchte sich auf jede erdenkliche Art zu zerstreuen. Da erhielt er von Hussonnet einen Brief, in dem dieser ihm aufs lustigste erzählte, wie die Marschallin schon am nächsten Tag nach dem Rennen Cisy den Laufpaß gegeben habe. Frédéric freute sich darüber, zerbrach sich aber nicht weiter den Kopf, weshalb ihm der Bohemien diese Begebenheit mitteilte.

Der Zufall wollte, daß er Cisy drei Tage später begegnete. Der Vicomte hielt sich gut und lud ihn sogar für den kommenden Mittwoch zum Diner ein.

Am Morgen dieses Tages erhielt Frédéric ein gerichtliches Schreiben, in dem ihm Herr Charles-Jean-Baptiste Oudry mitteilte, daß er laut Gerichtsurteil Erwerber eines in Belleville gelegenen Grundstücks geworden sei, das Herrn Jacques Arnoux gehört habe, und daß er bereit sei, den Kaufpreis in Höhe von zweihundertdreiundzwanzigtausend Franken zu bezahlen. Doch ging aus demselben Schriftstück hervor, daß die Gesamtsumme der Hypotheken, mit denen die Liegenschaft belastet war, den Kaufpreis um ein Beträchtliches überstieg und daß demzufolge Frédéric seiner Schuldforderung gänzlich verlustig ging.

Das ganze Unheil kam daher, daß er nicht innerhalb der festgesetzten Frist die hypothekarische Eintragung hatte erneuern lassen. Arnoux hatte es übernommen, dies zu besorgen, hatte es dann aber vergessen. Frédéric geriet in helle Wut über ihn, und als sein Zorn verraucht war, sagte er sich: Na, meinethalben ... Was liegt schon daran? Wenn ihn das retten kann, mag er's haben! Daran werde ich nicht sterben. Also Schwamm drüber!

Doch als er seine Briefschaften auf dem Tisch durchstöberte, kam ihm Hussonnets Schreiben in die Hände, und erst jetzt bemerkte er das Postskriptum, das er beim ersten Lesen übersehen hatte. Der Künstler verlangte fünftausend Franken, nicht mehr und nicht weniger, um die Zeitungssache in Gang zu bringen.

Ach was! Der Kerl hängt mir nachgerade zum Hals heraus!

Und er schlug es ihm in einem lakonischen Briefchen schroff ab. Hierauf kleidete er sich an und ging in die *Maison-d'Or*.

Cisy stellte seine Gäste vor. Er begann mit dem verehrungswürdigsten, einem dicken, weißhaarigen Herrn.

»Der Marquis Gilbert des Aulnays, mein Pate. – Herr Anselme de Forchambeaux«, fuhr er fort. – Es war dies ein junger blonder, schmächtiger, bereits kahlköpfiger Herr. – Dann wies er auf einen Mann in den Vierzigern mit einfachen Umgangsformen: »Joseph Boffreu, mein Vetter. Und hier mein ehemaliger Lehrer, Herr Vezou« – ein Mensch, der halb wie ein Fuhrmann, halb wie ein Seminarist aussah, mit einem dichten Backenbart und einem langen Bratenrock, der unten mit einem einzigen Knopf zugeknöpft war, so daß er über der Brust schalartig übereinanderschlug.

Cisy erwartete noch jemanden, den Baron de Comaing – »vielleicht kommt er, sicher ist es aber nicht«. Er ging alle paar Augenblicke hinaus und war offensichtlich unruhig. Endlich, um acht Uhr, begab man sich in einen prachtvoll erleuchteten und für die wenigen Gäste viel zu geräumigen Saal. Cisy hatte ihn aus barer Prunksucht absichtlich gewählt.

Ein vergoldeter Tafelaufsatz, mit Blumen und Früchten überladen, nahm die Mitte der Tafel ein, die nach altem französischem Brauch mit Silberschüsseln vollgestellt war; kleine längliche Platten mit Radieschen, gesalzenem Fleisch und Pöckelfischen und mit gewürzten Vorspeisen standen ringsum. In regelmäßigen Abständen waren Krüge und Kannen mit rosenfarbenem eisgekühltem Wein aufgestellt; fünf Gläser von verschiedener Größe reihten sich vor jedem Teller auf nebst einer Menge Dinge, über deren Verwendung man im unklaren war, dazu tausenderlei sinnreiche Eßgeräte. Und es gab schon als ersten Gang einen gesülzten Stör mit Champagner übergossen, einen Yorker Schinken in Tokayer, gratinierte Krammetsvögel, gebratene Wachteln, einen Vol-au-vent Béchamel, Rebhuhnragout, und dazu wurden oben und unten an der Tafel feingeschnittene Kartoffeln, mit Trüffeln vermengt, gereicht. Ein Kronleuchter und mehrere Armleuchter erhellten den mit rotem Damast ausgeschlagenen Saal. Vier Diener in schwarzen Fräcken warteten hinter den mit

Saffian bezogenen Armstühlen auf. Bei diesem Anblick brachen alle Gäste in laute Bewunderung aus, vor allem der Hauslehrer.

»Unser Amphitryon hat, auf mein Wort, wahrhaftig über die Schnur gehauen! Das ist zu schön!«

»Das?« zierte sich der Vicomte de Cisy. »Aber wo denken Sie hin?«

Und schon nach dem ersten Löffel fragte er: »Sagen Sie, mein lieber des Aulnays, haben Sie sich schon im Palais-Royal *Vater und Hauswart* angesehen?«

»Du weißt doch, ich habe keine Zeit!« erwiderte der Marquis.

Seine Vormittage waren mit einem Kurs über Baumzucht ausgefüllt, seine Abende vom Landwirte-Verein in Anspruch genommen, und alle seine Nachmittage verbrachte er mit Studien in den Fabriken landwirtschaftlicher Geräte. Er wohnte drei Viertel des Jahres in der Saintonge und benutzte seine Reisen in die Hauptstadt dazu, sich weiterzubilden. Sein breitkrempiger Hut, den er auf eine Konsole gelegt hatte, war voller Broschüren.

Doch da sah Cisy, daß Herr de Forchambeaux keinen Wein mehr nehmen wollte, und nötigte ihn: »So trinken Sie doch, zum Donnerwetter! Für Ihr letztes Junggesellenessen legen Sie aber bedenklich wenig Schneid an den Tag!«

Auf diese Worte hin verbeugten sich alle und beglückwünschten ihn.

»Und die junge Braut«, sagte der Hauslehrer, »ist – dessen bin ich sicher! – ein entzückendes Wesen!«

»Das will ich meinen!« krähte Cisy. »Gleichviel, recht hat er nicht. So etwas Dummes, das Heiraten!«

»Du redest reichlich leichtfertig, lieber Freund!« wies ihn Herr des Aulnays zurecht, während bei der Erinnerung an seine verstorbene Frau eine Träne in seinem Auge schimmerte.

Und Forchambeaux sagte mehrmals hintereinander mit höhnischem Grinsen: »Sie werden auch noch dahin kommen! Sie werden schon noch dahin kommen!«

Cisy verwahrte sich dagegen. Lieber wolle er sich des Lebens freuen wie die Roués der *Régence*. Er wollte das Fußboxen erlernen, um die Gaunerkneipen in der Altstadt besuchen zu können wie der Prinz Rodolphe in den *Geheimnissen von Paris.* Er kramte eine kurze Pfeife aus seiner Tasche hervor, fuhr die Bedienten grob an und trank unmäßig; um sich in ein gutes Licht zu setzen, machte er sämtliche Gerichte herunter. Er schickte sogar die Trüffeln zurück, und der Hauslehrer, der sich daran gütlich tat, sagte aus Liebedienerei: »So gut wie die Schaum-Eier Ihrer Frau Großmutter ist das noch lange nicht.«

Dann nahm er das Gespräch mit seinem Tischnachbarn, dem Agronomen, wieder auf, der im Landleben zahlreiche Vorteile sah, wäre es auch nur, daß er seine Töchter zur Einfachheit erziehen könne. Der Hauslehrer pflichtete seinen Äußerungen beflissen bei und strich ihm aufs unwürdigste um den Bart, weil er annahm, der alte Herr habe Einfluß auf seinen Zögling, dessen Verwalter er insgeheim gerne geworden wäre.

Frédéric war voll Unmut gegen Cisy hergekommen; seine Dummheit hatte ihn entwaffnet. Nun aber erinnerten ihn seine Gebärden, sein Gesicht, seine ganze Person wieder an das Nachtessen im Café Anglais und stimmten ihn je länger desto gereizter. Er hörte den abfälligen Bemerkungen zu, die ihm der Vetter Joseph, ein ehrlicher Bursche ohne Vermögen, großer Jagdliebhaber und Nutznießer eines Stipendiums, halblaut zuraunte. Cisy nannte ihn im Scherz einige Male »Dieb«; dann rief er plötzlich: »Aha! Der Baron!«

Gleich darauf kam ein etwa dreißigjähriger stämmiger Mann herein; er hatte etwas Rüdes in seinen Zügen und etwas auffallend Geschmeidiges in den Gliedmaßen; den Hut trug er schief überm Ohr und hatte eine Blume im Knopfloch. Er war das Ideal des Vicomte, der selig war, ihn hier zu haben. Seine Gegenwart wirkte so anregend auf ihn, daß er sogar einen Kalauer zum besten gab; denn als ein Birkhahn – *coq de bruyère* – aufgetragen wurde, witzelte er: »Da kommt der genießbarste aller Charaktere La Bruyères!«

Hierauf richtete er eine Menge Fragen über Leute, die der Gesellschaft gänzlich unbekannt waren, an Herrn de Comaing, und schließlich rief er, als wäre ihm plötzlich eine

Erleuchtung gekommen: »Sagen Sie mal: haben Sie an mich gedacht?«

Achselzuckend erwiderte der Baron: »Sie haben noch nicht das erforderliche Alter, mein Söhnchen. Unmöglich!«

Cisy hatte ihn gebeten, für ihn die Aufnahme in seinen Klub zu erwirken. Offensichtlich tat aber Cisy dem Baron leid, und er setzte, um seine Eitelkeit zu hätscheln, hinzu: »Ach ja, ich vergaß ganz: meine herzlichen Glückwünsche zu Ihrer Wette, mein Lieber!«

»Welche Wette?«

»Die Wette, die Sie beim Rennen abgeschlossen haben! Daß Sie noch am gleichen Abend zu jener Dame gehen werden.«

Frédéric war zumute, als habe er einen Peitschenhieb ins Gesicht erhalten. Doch beruhigte er sich sogleich wieder, als er Cisys fassungslose Miene sah.

Wirklich hatte die Marschallin schon am nächsten Tag ihren unbedachten Schritt bitter bereut, als nämlich Herr Arnoux, ihr erster Liebhaber, ihr Mann, sie ausgerechnet an diesem Tag aufgesucht hatte. Sie hatten beide dem Vicomte zu verstehen gegeben, daß er hier »störe«, und hatten ihn dann ohne viel Umstände einfach vor die Tür gesetzt.

Nun tat er, als verstehe er nicht. Der Baron fuhr fort: »Wie geht's ihr denn, der lieben Rose? ... Hat sie immer noch so schöne Beine?« Mit dieser Bemerkung gab er zu verstehen, daß er sie intim kenne.

Frédéric ärgerte diese Entdeckung.

»Da gibt's gar nichts zu erröten«, fing der Baron wieder an. »Die Sache ist einwandfrei!«

Cisy schnalzte mit der Zunge.

»Na, so einwandfrei auch wieder nicht!«

»Wie meinen Sie das?«

»Du mein Gott, ja. Zunächst einmal finde ich gar nichts Besonderes an ihr, und dann liest man solche Weiber überall auf, so viele man will, denn schließlich ist sie ... ist sie doch für Geld zu haben!«

»Nicht für jeden!« warf Frédéric schneidend ein.

»Er glaubt, er sei mehr wert als alle andern!« höhnte Cisy. »So ein Witz!«

Und die ganze Tafelrunde brach in wieherndes Gelächter aus.

Frédéric spürte, wie sein Herz klopfte, daß er fast erstickte. Er stürzte nacheinander zwei Gläser Wasser hinunter.

Aber der Baron hielt Rosanette in gutem Andenken.

»Hat sie immer noch ihr Verhältnis mit diesem gewissen Arnoux?«

»Das weiß ich nicht«, versetzte Cisy. »Ich kenne den Herrn nicht.«

Nichtsdestoweniger behauptete er gleich darauf, er sei eine Art Hochstapler.

»Halt einmal!« fuhr Frédéric auf.

»Doch, das ist Tatsache! Er hat sogar einen Prozeß gehabt.«

»Das ist nicht wahr!«

Frédéric warf sich zu Arnoux' Verteidiger auf. Er stand für seine Ehrlichkeit ein, glaubte schließlich selbst daran, erfand Zahlen, Beweise. Der Vicomte, der Arnoux den Hinauswurf noch nachtrug und zudem schwer betrunken war, verrannte sich in seine Behauptungen, so daß Frédéric endlich in ernstem Ton zu ihm sagte: »Wollen Sie mich etwa beleidigen, Herr?«

Und dabei starrte er ihn mit Augen an, die glühten wie seine Zigarre.

»Oh, ich denke nicht daran! Ich räume Ihnen sogar ein, daß etwas sehr Gutes an ihm ist: seine Frau nämlich.«

»Sie kennen sie?«

»Das will ich meinen! Sophie Arnoux, die kennt doch alle Welt!«

»Wie bitte?«

Cisy war aufgestanden und lallte noch einmal: »Die kennt doch alle Welt!«

»Halten Sie den Mund! Mit solchen Frauen verkehren doch Sie nicht!«

»Das will ich hoffen!«

Da schleuderte ihm Frédéric seinen Teller ins Gesicht.

Er flog blitzschnell über den Tisch hin, warf zwei Flaschen um, schlug eine Kompottschale in Scherben, zerschellte am Tafelaufsatz in drei Stücke und traf den Vicomte mitten auf den Bauch.

Alle sprangen auf und hielten ihn zurück. Er wehrte sich, schlug wild um sich und brüllte wie ein Tobsüchtiger. Herr des Aulnays redete ihm immer wieder zu: »Beruhigen Sie sich doch! Aber so bleiben Sie doch ruhig, mein Lieber!«

»Aber das ist ja fürchterlich!« tobte der Hauslehrer.

Forchambeaux war aschfahl geworden und zitterte am ganzen Leib. Joseph lachte aus vollem Halse. Die Kellner wuschen den Wein auf und lasen die Scherben auf dem Boden zusammen. Der Baron schloß das Fenster, denn der Lärm hätte trotz dem Gerumpel der Wagen draußen auf der Straße gehört werden können.

Da im Augenblick, als der Teller geworfen wurde, alle durcheinandergeredet hatten, war es unmöglich, den Grund für diese Beleidigung herauszufinden; man wußte nicht, ob sie Herrn oder Frau Arnoux, Rosanette oder sonst wen zum Anlaß hatte. Was außer Zweifel stand, das war Frédérics unerhörte Brutalität, für die es gar keine Worte gab. Er wollte auch nichts davon wissen, sein Bedauern darüber auszusprechen.

Herr des Aulnays suchte ihn zu besänftigen, auch der Vetter Joseph, der Hauslehrer, ja sogar Forchambeaux bemühten sich darum. Unterdessen redete der Baron tröstend und beschwichtigend auf Cisy ein, der, einer nervösen Schwäche nachgebend, wie ein Kind weinte. Frédéric hingegen steigerte sich nur immer mehr in seine Wut hinein, und man wäre wohl noch bis zum Morgen dageblieben, wenn nicht der Baron dem Auftritt ein Ende gesetzt und gesagt hätte: »Der Vicomte wird Ihnen morgen seine Sekundanten schicken.«

»Um welche Zeit?«

»Mittags, wenn's Ihnen recht ist.«

»Sehr wohl, Herr Baron.«

Als Frédéric schließlich draußen auf der Straße stand, atmete er tief auf. Schon allzu lange mußte er sein Herz bezähmen. Endlich hatte er ihm Luft gemacht! Er empfand so etwas wie Stolz auf seine Männlichkeit, eine Überfülle innerlicher Kräfte, die ihn in einen Rauschzustand versetzten. Nun brauchte er zwei Sekundanten. Der erste, an den er dachte, war Regimbart; und er begab sich zu einer Kneipe an der Rue Saint-Denis. Der Laden am Vorderfenster war herabgelassen. Aber durch eine Scheibe über der Tür schimmerte Licht. Sie ging auf, und er bückte sich tief unter den Rolladen und trat ein.

Eine Kerze auf dem Rand des Schanktischs erleuchtete den leeren, öden Raum. Alle Stühle standen mit den Beinen nach oben auf den Tischen. In der Ecke bei der Küche saßen der Wirt, die Wirtin und ihr Schankbursche beim Nachtessen. Regimbart nahm, den Hut auf dem Kopf, an ihrem Mahl teil und machte sich dabei sogar so breit, daß der Kellner jedesmal, wenn er einen Bissen in den Mund stecken wollte, sich ein wenig beiseite drehen mußte. Frédéric erzählte in kurzen Worten, was geschehen war, und bat ihn um seinen Beistand. Der Bürger sagte zunächst gar nichts dazu; er rollte die Augen, schien zu überlegen, ging ein paarmal im Zimmer auf und ab und erklärte schließlich: »Ja, gern.«

Und ein blutdürstiges Lächeln verklärte sein Gesicht, als er vernahm, der Gegner sei ein Adliger.

»Dem werden wir den Marsch blasen! Verlassen Sie sich ruhig drauf! . . . Erstens einmal . . . natürlich auf Degen! . . .«

»Vielleicht aber«, wandte Frédéric ein, »hab ich gar nicht das Recht . . .«

»Ich sage Ihnen, Sie müssen den Degen wählen!« erwiderte grob der Patriot. »Können Sie überhaupt fechten?«

»Leidlich.«

»Aha! Leidlich! So sind sie alle! Und da wollen sie mit aller Gewalt den Paukboden unsicher machen! Was beweist schon der Fechtsaal? Hören Sie auf mich: halten Sie ihn sich vom Leibe, bleiben Sie immer in Deckung und gehen Sie zurück, weichen Sie aus! Das ist erlaubt! Ermüden Sie ihn. Und dann einen blitzschnellen Ausfall, noch und noch, ganz offen und ehrlich. Und vor allem keine Kniffe und Mätzchen, keine Stöße, wie sie La Fougère gern anbringt! Nein, immer nur eins – zwei, Klinge vom Gegner lösen! Sehen Sie, so! Sie drehen das Handgelenk, als wollten Sie einen Schlüssel umdrehen. – Papa Vauthier, geben Sie mir doch einmal Ihren Stock her. Ah, das da tut's auch.«

Er packte das Stäbchen, das zum Anzünden des Gases

diente, hob den gebogenen linken Arm, krümmte den rechten im Winkel und hieb dann wütend auf die Wand los. Er stampfte mit dem Fuß auf, geriet immer mehr in Hitze, tat sogar, als begegne er Widerstand, und schrie dazu: »Hat's dich jetzt? Hab ich dich erwischt?« Sein riesenhafter Schatten zeichnete sich auf der Wand ab, und sein Hut schien an der Decke anzustoßen. Der Wirt sagte von Zeit zu Zeit beifällig: »Bravo! Sehr gut!« Seine Frau war zwar ein wenig aufgeregt, doch sah sie ihm ebenfalls voll Bewunderung zu. Und Theodor, ein ausgedienter Soldat, der zudem ein fanatischer Verehrer Regimbarts war, stand starr vor Staunen daneben.

Am nächsten Morgen in aller Frühe begab sich Frédéric schleunigst in Dussardiers Laden. Er kam durch eine ganze Reihe von Räumen, in denen überall Stoffe lagen, in Regalen aufgestapelt oder auf den Tischen ausgebreitet, während da und dort über pilzförmigen hölzernen Ständern Schals hingen, und endlich sah er ihn in einem käfigartigen Verschlag mitten unter Listen und Verzeichnissen an einem Pult stehen und fleißig schreiben. Der redliche Bursche ließ sofort seine Arbeit liegen und ging mit.

Die Sekundanten kamen Schlag zwölf Uhr. Frédéric hielt es für taktvoll, den Verhandlungen nicht beizuwohnen.

Der Baron und Herr Joseph erklärten, sie würden sich mit denkbar einfachen Entschuldigungen zufriedengeben. Doch Regimbart, der grundsätzlich nie nachgab und dem überdies daran lag, Arnoux' Ehre zu verteidigen – etwas anderes hatte ihm Frédéric nicht gesagt –, verlangte, der Vicomte müsse sich entschuldigen. Herr de Comaing war über eine solche Vermessenheit empört; doch der Bürger hielt verbissen daran fest. Da nun eine Aussöhnung ausgeschlossen war, mußte man sich also schlagen.

Noch andere Schwierigkeiten tauchten auf. Die Wahl der Waffen stand nämlich von Rechts wegen Cisy als dem Beleidigten zu. Aber Regimbart behauptete steif und fest, dadurch, daß er seine Forderung geschickt habe, habe er sich zum Beleidiger gestempelt. Seine Sekundanten wandten entrüstet ein, immerhin sei eine Ohrfeige die tödlichste Beleidigung. Der Bürger behielt jedoch das letzte Wort und blieb dabei, ein Stoß in den Bauch sei keine Ohrfeige. Zuletzt wurde beschlossen, sich dem Urteil von militärischen Sachverständigen zu beugen, und die vier Sekundanten gingen fort, um ein paar Offiziere in einer beliebigen Kaserne um ihre Ansicht anzugehen.

Sie einigten sich auf die Kaserne am Quai d'Orsay. Herr de Comaing sprach kurzerhand zwei Hauptleute an und setzte ihnen die strittige Frage auseinander.

Die beiden Hauptleute begriffen kein Wort davon, so verworren klang sie dank den Zwischenreden des Bürgers. Zu guter Letzt rieten sie den Herren, ein Protokoll aufzusetzen; dann wollten sie gern einen Entscheid fällen. Nun siedelte man in ein Kaffeehaus über, und man ging sogar so weit in der Vertuschung der ganzen Angelegenheit, daß man Cisy mit einem H, Frédéric mit einem K bezeichnete.

Hierauf kehrten alle in die Kaserne zurück. Die Offiziere waren ausgegangen. Nach einer Weile kamen sie wieder und erklärten nun, offensichtlich stehe die Waffenwahl dem Herrn H zu. Daraufhin verfügten sich alle wieder zu Cisy. Regimbart und Dussardier blieben drunten auf der Straße.

Als der Vicomte den Entscheid erfuhr, befiel ihn eine solche Verstörtheit, daß er sich das Gesagte mehrmals wiederholen lassen mußte. Und als Herr de Comaing auf Regimbarts Ansprüche zu reden kam, murmelte er vor sich hin: »Immerhin ...« und war innerlich gar nicht abgeneigt, darauf einzugehen. Dann ließ er sich in einen Lehnstuhl sinken und erklärte, er werde sich nicht duellieren.

»Was? Wieso nicht?« staunte der Baron.

Nun ergoß sich aus Cisys Mund eine Flut wirrer Reden. Er wollte sich auf Blunderbüchsen schlagen, wollte sich aus nächster Nähe schießen, mit einer einzigen Pistole.

»Oder man könnte auch Arsenik in ein Glas schütten und dann das Los ziehen. Das ist schon vorgekommen; ich habe es gelesen.«

Der Baron, der nicht sonderlich langmütig veranlagt war, fuhr ihn grob an: »Die Herren warten auf Ihre Antwort. Das wird nachgerade ungeziemend! Was wählen Sie? Heraus mit der Sprache! Degen?«

Der Vicomte nickte zustimmend mit dem Kopf. Und die Zusammenkunft wurde auf den folgenden Tag Schlag sieben Uhr an der Porte Maillot festgesetzt.

Dussardier mußte wieder an seine Arbeit gehen, und so begab sich Regimbart zu Frédéric, um ihn über alles ins Bild zu setzen.

Man hatte ihn den ganzen Tag ohne Nachricht gelassen, und seine Ungeduld war ins Unerträgliche gewachsen.

»Um so besser!« rief er erleichtert aus.

Der Bürger war von seiner gefaßten Haltung befriedigt.

»Man wollte von uns Entschuldigungen verlangen, würden Sie so was glauben? Eigentlich fast nichts, ein einziges Wort hätte genügt! Aber ich habe ihnen gründlich heimgeleuchtet! Wie es ja meine Pflicht und Schuldigkeit war, oder nicht?«

»Zweifellos«, erwiderte Frédéric und dachte gleichzeitig, er hätte wohl besser daran getan, einen andern Sekundanten zu wählen.

Und als er dann allein war, sagte er mehrmals laut zu sich selber: »Ich werde mich also duellieren! Ich werde mich schlagen! Wie komisch!«

Und als er im Zimmer auf und ab schritt und dabei vor dem Wandspiegel vorbeikam, merkte er, daß er bleich war.

Habe ich am Ende gar Bange?

Da packte ihn eine ungeheuerliche Angst bei dem Gedanken, er könnte auf dem Kampfplatz Furcht zeigen.

Wenn ich getötet würde? Immerhin möglich. Mein Vater ist auf die gleiche Art ums Leben gekommen. Ja, ich werde bestimmt getötet!

Und plötzlich sah er seine Mutter in tiefem Schwarz vor sich. Zusammenhanglose Bilder zogen im Geist an ihm vorüber. Seine eigene Feigheit erbitterte ihn maßlos. Ein Paroxysmus der Tapferkeit packte ihn, ein wahrer blutdürstiger Taumel. Er wäre vor einem ganzen Bataillon nicht gewichen. Als sich dieses Fieber wieder gelegt hatte, fühlte er sich zu seiner großen Freude gefaßt und unerschütterlich. Um sich abzulenken, ging er in die Oper, wo man ein Ballett gab. Er hörte sich die Musik an, sah sich durchs Opernglas die Tänzerinnen an und trank in der Pause ein Glas Punsch.

Doch als er nach Hause kam, befiel ihn beim Anblick seiner Möbel, seines Studierzimmers, in dem er vielleicht zum letztenmal weilte, eine neuerliche Schwäche.

Er ging in den Garten hinunter. Die Sterne funkelten; lange schaute er zu ihnen empor. Der Gedanke, daß er sich für eine Frau duelliere, verlieh ihm in seinen eignen Augen Größe und adelte ihn. Ruhig und getrost ging er dann zu Bett.

Mit Cisy stand es freilich nicht so gut. Nachdem der Baron fortgegangen war, hatte Joseph versucht, ihm den Nacken zu steifen, und als der Vicomte sich nicht dafür erwärmen wollte, sagte er: »Je nun, mein Lieber, wenn du hingegen lieber davon abstehst, gehe ich hin und sage es.«

Cisy wagte nicht, »gewiß, ja doch« zu antworten, aber er nahm es seinem Vetter übel, daß er ihm diesen Dienst nicht ungefragt, und ohne darüber zu sprechen, erwies.

Er wünschte, Frédéric möchte im Laufe der Nacht an einem Schlagfluß sterben, oder es bräche ein Aufstand aus, und am Morgen wären dann genug Barrikaden errichtet, um alle Zugänge zum Bois de Boulogne zu versperren, und irgendein Vorkommnis könnte einen von den Sekundanten abhalten, dorthin zu kommen. Denn wenn keine Zeugen zugegen waren, konnte das Duell nicht stattfinden. Er hatte nicht übel Lust, in einem Expreßzug das Weite zu suchen, gleichgültig wohin. Er bedauerte es, daß er nichts von Medizin verstand, sonst hätte er etwas einnehmen können, das sein Leben zwar nicht gefährdet, aber doch den Anschein erweckt hätte, er sei tot. Ja, es kam so weit mit ihm, daß er wünschte, er wäre schwer krank.

In seiner Not ließ er Herrn des Aulnays zu sich bitten, so sehr verlangte er nach Rat und Beistand. Der treffliche Mann war jedoch in die Saintonge zurückgekehrt; er hatte eine Depesche mit der Mitteilung erhalten, eine seiner Töchter sei unpäßlich. Das faßte Cisy als ein schlimmes Vorzeichen auf. Zum Glück besuchte ihn Vezou, sein Hauslehrer. Ihm schüttete er sein Herz aus.

»Was soll ich nur tun? Mein Gott, was kann man da machen?«

»An Ihrer Stelle, Herr Graf, würde ich so einen kräftigen Lastträger aus der Markthalle anstellen, und der soll ihn windelweich bleuen.«

»Er würde aber jedenfalls erfahren, wer dahintersteckt!« wandte Cisy ein.

Ab und zu stieß er ein herzzerreißendes Stöhnen aus, und schließlich fragte er geradezu: »Hat man eigentlich überhaupt das Recht, sich im Duell zu schlagen?«

»Ein letzter Rest von Barbarei! Was wollen Sie schon?«

Aus purer Gefälligkeit lud sich der Pädagoge selbst zum Essen ein. Sein Zögling aß keinen Bissen, und kaum war das Mahl zu Ende, äußerte er den Wunsch nach einem Spaziergang.

Als sie an einer Kirche vorbeikamen, fragte er: »Wollen wir nicht ein wenig hineingehen ... bloß um zu schauen?«

Herr Vezou wollte nichts lieber und reichte ihm sogar selbst das Weihwasser.

Es war gerade der Marienmonat, der Altar war überreich mit Blumen geschmückt, Gesang ertönte, die Orgel spielte. Aber es war ihm nicht möglich zu beten, das ganze kirchliche Gepränge gemahnte ihn an eine feierliche Beisetzung, und es war ihm, als höre er das Dröhnen des *De Profundis.*

»Kommen Sie, wir gehen. Ich fühle mich nicht recht wohl.«

Die ganze Nacht verbrachten sie mit Kartenspielen. Der Vicomte gab sich alle erdenkliche Mühe, zu verlieren, um so das Unglück zu bannen, und Herr Vezou machte sich das schamlos zunutze. Endlich, als der Morgen graute, war Cisy mit seinen Kräften am Rande und sackte auf dem grünen Teppich zusammen. Er sank in einen Schlaf, in dem ihn allerlei unangenehme Träume heimsuchten.

Wenn jedoch das Tapfersein darin besteht, daß einer seiner Schwäche Herr wird, dann war der Vicomte tapfer und beherzt; denn beim Anblick seiner Sekundanten, die ihn abholten, riß er sich unter Aufbietung aller seiner Kräfte zusammen, weil ihn seine Eitelkeit klar erkennen ließ, daß er erledigt war, falls er sich drückte. Herr de Comaing sagte ihm viel Schmeichelhaftes über seine mannhafte Haltung.

Unterwegs aber machte ihn das Holpern und Wiegen der

Kutsche wieder schlapp. Seine Energie war ihm gründlich vergangen. Er erkannte nicht einmal mehr, wo man war.

Der Baron machte sich einen Spaß daraus, seine Todesangst noch zu steigern, indem er andauernd vom »Leichnam« redete und von der Art, wie man ihn am unauffälligsten in die Stadt schaffen könne. Joseph stimmte in seine Unkenrufe ein. Sie waren beide überzeugt, daß sich die Angelegenheit, die sie für restlos lächerlich ansahen, wieder einrenken werde.

Cisy hielt den Kopf tief auf die Brust gesenkt. Nun hob er ihn langsam und gab zu bedenken, daß man ja keinen Arzt mitgenommen habe.

»Das hat keinen Sinn«, erklärte der Baron.

»Dann besteht also keine Gefahr?«

Joseph entgegnete mit Grabesstimme: »Hoffen wir es!«

Und dann sprach niemand mehr im Wagen.

Zehn Minuten nach sieben Uhr langte man vor der Porte Maillot an. Frédéric und seine Sekundanten waren bereits da; sie waren alle drei schwarz gekleidet. Regimbart trug statt einer Halsbinde einen Roßhaarkragen wie ein altgedienter Soldat. Außerdem hatte er einen Kasten unterm Arm, eine Art länglichen Geigenkasten, wie er bei solchen Anlässen jedesmal zu sehen ist. Sie begrüßten einander frostig und förmlich. Dann ging man tiefer in den Wald hinein und suchte einen passenden Platz.

Regimbart sagte zu Frédéric, der zwischen ihm und Dussardier ging: »Na, wie steht's? Keine Angst? Wenn Sie etwas brauchen, so sagen Sie's ruhig. Nur keine falsche Scham! Ich kenne das. Angst hat jeder, das ist ganz natürlich!«

Dann setzte er leise hinzu: »Rauchen Sie nicht mehr! Das macht schlapp!«

Frédéric warf seine Zigarre weg, da sie ihn doch nur behinderte, und ging festen Schrittes weiter. Der Vicomte kam, auf seine beiden Sekundanten gestützt, hinter ihnen drein.

Vereinzelte Spaziergänger begegneten ihnen. Der Himmel war blau, und manchmal hörte man ein Kaninchen davonhoppeln. An einer Wegbiegung stand eine Frau in einem Umhangtuch und plauderte mit einem Mann, der eine Überbluse trug, und auf dem Hauptweg führten Bediente in Leinenjacken ihre Pferde unter den Kastanienbäumen spazieren. Cisy dachte an die Zeiten zurück, wo er, das Monokel ins Auge geklemmt, auf seinem Fuchs neben den Kaleschen einhertrabte. Diese Erinnerungen machten seine Angst nur noch ärger. Ein unerträglicher, brennender Durst quälte ihn. Das Summen der Fliegen vermengte sich mit dem Pochen seiner Schläfen. Seine Füße versanken im Sand. Es war ihm, als schreite er seit endloser Zeit so dahin.

Die Sekundanten gingen unentwegt weiter und spähten mit forschenden Augen beiderseits der Straße in den Wald. Sie berieten miteinander, ob man bis zur Croix Catelan oder vor die Mauern von Bagatelle gehen wolle. Schließlich bogen sie rechts ab und machten in einer Lichtung zwischen Kiefern halt.

Der Ort wurde so gewählt, daß auf beiden Seiten das Terrain gleichmäßig eben war. Nun wurden die Plätze, wo sich die beiden Gegner hinstellen sollten, bezeichnet. Dann öffnete Regimbart seinen Kasten. Er enthielt auf einem roten Lederpolster vier zierliche Degen mit hohlgeschliffenen Klingen und filigranverzierten Griffen. Ein Lichtstrahl fiel durch das Laub darauf. Und es kam Cisy vor, als blitzten und funkelten sie wie silberne Vipern in einer Blutlache.

Der Bürger zeigte sie vor, zum Beweis, daß sie alle gleich lang waren. Den dritten behielt er selbst, um notfalls die Kämpfenden zu trennen. Herr de Comaing hielt einen Stock in der Hand. Schweigen trat ein. Sie sahen einander stumm an. Alle Gesichter hatten etwas Verstörtes oder Grausames.

Frédéric hatte Rock und Weste abgelegt. Joseph war Cisy behilflich, das gleiche zu tun. Als er seine Halsbinde aufgeknotet hatte, sah man an seinem Hals eine geweihte Medaille. Das entlockte Regimbart ein mitleidiges Lächeln.

Nun wollte Herr de Comaing Frédéric noch Zeit zum Überlegen lassen und suchte alle möglichen Schwierigkeiten zu machen. So beanspruchte er das Recht, einen Handschuh anzuziehen und ferner den Degen seines Gegners mit der linken Hand zu fassen. Regimbart, der es eilig hatte, war mit allem einverstanden. Endlich wandte sich der Baron an Frédéric und sagte: »Alles hängt nun von Ihnen ab, mein Herr! Es ist niemals eine Schande, seine Fehler einzusehen!«

Dussardier nickte zustimmend. Der Bürger fuhr entrüstet auf: »Glauben Sie eigentlich, wir sind hier, um zu tratschen und müßiges Geschwätz anzuhören, zum Donnerwetter! ... Achtung, aufgepaßt!«

Die Gegner standen einander gegenüber, ihre Sekundanten links und rechts von ihnen. Er gab mit weithin vernehmbarer Stimme den Befehl: »Los!«

Cisy wurde totenbleich. Seine Klinge zitterte an der Spitze wie eine Reitgerte. Sein Kopf bog sich hintenüber, er breitete die Arme aus und fiel ohnmächtig zu Boden. Joseph stellte ihn wieder auf die Beine, hielt ihm ein Riechfläschchen unter die Nase und schüttelte ihn kräftig. Da schlug der Vicomte die Augen wieder auf und stürzte mit einem Satz wie ein Rasender zu seinem Degen. Frédéric hatte den seinen in der Hand behalten und erwartete ihn festen Blicks und mit erhobenem Arm.

»Haltet ein! Haltet ein!« schrie da eine Stimme, die von der Straße herübertönte. Gleichzeitig vernahm man den Galopp eines Pferdes, und das Verdeck eines Kabrioletts teilte die Zweige. Ein Mann beugte sich aus dem Wagen und schwenkte ein Taschentuch, während er in einem fort rief: »Halt! Haltet ein!«

Herr de Comaing, der glaubte, die Polizei schreite ein, hob seinen Stock.

»Machen Sie doch Schluß! Der Vicomte blutet.«

»Ich?« verwahrte sich Cisy.

Wirklich hatte er sich bei seinem Sturz den Daumen der linken Hand aufgeschürft.

»Ja, aber nur vom Hinfallen!« höhnte der Bürger.

Der Baron tat, als höre er es nicht.

Arnoux war aus dem Kabriolett gesprungen.

»Ich komme zu spät! Nein! Gott sei gelobt!«

Er hielt Frédéric umschlungen, betastete und tätschelte ihn und bedeckte sein Gesicht mit Küssen.

»Ich weiß den Grund: Sie haben für Ihren alten Freund eintreten wollen! Das ist schön von Ihnen, wirklich, das ist schön! Das werde ich Ihnen nie vergessen! Wie gut Sie sind! Ach, Sie lieber Junge!«

Er betrachtete ihn lange und gerührt, vergoß ein paar Tränen und grinste zugleich vor Glück.

Der Baron drehte sich zu Joseph um und sagte: »Ich glaube, wir sind bei diesem kleinen Familienfest überzählig. Wir sind doch fertig, nicht wahr, meine Herren? – Vicomte, legen Sie Ihren Arm in die Schlinge. Da, nehmen Sie mein Halstuch.«

Dann setzte er mit einer herrischen Gebärde hinzu: »Und jetzt tragen Sie beide einander nichts nach! Das gehört sich so!«

Die beiden Gegner reichten einander die Hand, doch ohne Wärme und nur matt und kraftlos. Der Vicomte, Herr de Comaing und Joseph entfernten sich nach der einen Seite, und Frédéric ging mit seinen Freunden in der entgegengesetzten Richtung weg.

Da das Restaurant Madrid nicht weit war, machte Arnoux den Vorschlag, dorthin zu gehen und ein Glas Bier zu trinken.

»Man könnte sogar zu Mittag essen«, meinte Regimbart.

Da aber Dussardier keine Zeit hatte, begnügten sie sich mit einer Erfrischung im Garten. Alle empfanden das herrliche Wohlgefühl, das man nach dem glücklichen Ausgang einer unangenehmen Sache verspürt. Nur der Bürger war verärgert, weil man das Duell im günstigsten Augenblick abgebrochen hatte.

Arnoux hatte durch einen Freund Regimbarts namens Compain davon erfahren und war im ersten Schrecken voll Angst herbeigeeilt, um den Zweikampf zu verhindern, da er zudem glaubte, er sei der Anlaß dazu. Er bat Frédéric, ihm Näheres darüber zu berichten. Über die Beweise seiner Zuneigung tief gerührt, trug Frédéric jedoch Bedenken, ihn in seiner irrigen Meinung noch zu bestärken.

»Bitte, sprechen wir nicht weiter davon.«

Arnoux fand diese Zurückhaltung höchst zartfühlend.

Dann ging er mit seiner gewohnten Oberflächlichkeit auf andere Dinge über.

»Was gibt's Neues, Bürger?«

Und nun drehte sich ihr Gespräch um Wechsel und Verfallstermine. Um ungestörter reden zu können, gingen sie sogar beiseite an einen andern Tisch und tuschelten dort leise miteinander.

Frédéric konnte vereinzelte Bruchstücke ihrer Unterhaltung aufschnappen: »Sie werden mir das unterschreiben! – Ja, aber Sie, wohlverstanden . . . Ich habe es schließlich für dreihundert getätigt! – Eine nette Provision, das kann man schon sagen.« Kurzum, es war klar, daß Arnoux mit dem Bürger allerlei dunkle Geschäfte betrieb.

Frédéric dachte daran, ihn an seine fünfzehntausend Franken zu mahnen. Aber was er heute getan hatte, schloß jeden, auch den leisesten Vorwurf gänzlich aus. Außerdem fühlte er sich müde, und auch der Ort war denkbar ungeeignet. So verschob er das auf ein andermal.

Arnoux saß im Schatten eines Ligusterbuschs und rauchte in ungetrübt heiterer Laune. Er hob die Augen zu den Türen der Chambres séparées, die alle auf den Garten hinausgingen, und sagte, früher sei er sehr oft hierhergekommen.

»Bestimmt nicht allein?« warf der Bürger ein.

»Das will ich meinen!«

»Was sind Sie doch für ein Liederjahn! Ein verheirateter Mann!«

»Na, und Sie erst!« versetzte Arnoux.

Und dann fuhr er mit einem nachsichtigen Lächeln fort: »Ich bin sogar fest davon überzeugt, dieser Bursche hat irgendwo eine Bude, wo er kleine Mädchen empfängt.«

Der Bürger hob die Brauen und gab so zu, daß es damit seine Richtigkeit habe. Nun ließen sich die beiden Herren aufs offenherzigste über ihre Neigungen aus. Arnoux gab jetzt jugendlichen Weibern, Arbeiterinnen, den Vorzug. Regimbart konnte die »Zieraffen« nicht ausstehen und legte vor allem Wert auf handfeste Genüsse. Daraus zog der Fayencenhändler den Schluß, man dürfe die Frauen eben nicht ernst behandeln.

Und doch liebt er seine Frau! dachte Frédéric auf dem Heimweg. Und er betrachtete ihn als einen Menschen ohne Anstand, auf den kein Verlaß war. Er verübelte ihm dieses Duell, als hätte er vorhin seinetwegen sein Leben aufs Spiel gesetzt.

Dussardier hingegen war er für seine Ergebenheit sehr dankbar; auf sein inständiges Drängen hin besuchte ihn der Kommis bald täglich.

Frédéric borgte ihm Bücher: Thiers, Dulaure, Barante, die *Girondisten* von Lamartine. Der redliche Bursche hörte ihm andächtig zu und eignete sich seine Ansichten wie die maßgeblichen Äußerungen eines Lehrers an.

Eines Abends kam er ganz verstört zu ihm.

Am Vormittag hatte ihn auf dem Boulevard ein Mann angerannt. Er war vom schnellen Laufen völlig außer Atem, und als er in ihm einen Freund Sénécals erkannte, hatte er zu ihm gesagt: »Man hat ihn soeben festgenommen. Ich mache, daß ich fortkomme!«

Es war nur allzu wahr. Dussardier hatte den ganzen Tag Erkundigungen eingezogen. Sénécal saß hinter Schloß und Riegel und war eines politischen Attentats angeklagt.

Als Sohn eines Vorarbeiters in Lyon geboren, hatte er zum Lehrer einen ehemaligen Schüler Chaliers gehabt und sich gleich nach seiner Ankunft in Paris in die *Familiengenossenschaft* aufnehmen lassen. Sein ganzes Tun und Treiben war bekannt; die Polizei überwachte ihn. Er hatte im Mai des Jahres 1839 beim Aufstand mitgekämpft, und seither hielt er sich tunlichst im Hintergrund. Aber er steigerte sich je länger je mehr in seine klassenkämpferischen Ideen hinein, war ein fanatischer Parteigänger Alibauds, verquickte seinen Groll gegen die Gesellschaft mit den Anklagen, die das Volk gegen die Monarchie vorbrachte, und erwachte allmorgendlich mit der Hoffnung auf eine Revolution, die innerhalb von vierzehn Tagen oder höchstens einem Monat die Welt umwandeln würde. Endlich, angewidert von der Untätigkeit und Saumseligkeit seiner Gesinnungsbrüder, außer sich vor Wut über die Hemmnisse, die man der Verwirklichung seiner Träume immer wieder entgegenstellte, und an seinem Vaterland verzweifelnd, hatte er sich als Chemiker an dem Brandbombenkomplott beteiligt. Man hatte ihn erwischt, als er Schießpulver bei sich trug, das er auf dem Montmartre ausprobieren wollte – ein letzter Versuch zur Errichtung der Republik.

Dussardier hing mit nicht geringerer Liebe an ihr, denn sie bedeutete, wie er glaubte, Befreiung und Glück für alle. Eines Tages, als Fünfzehnjähriger, hatte er in der Rue Transnonain vor dem Laden eines Krämers Soldaten mit blutgeröteten Bajonetten gesehen, und an ihren Gewehrkolben hatten Haare geklebt. Seit jener Zeit konnte er die Regierung nicht mehr leiden, er haßte sie als die fleischgewordene Ungerechtigkeit. Er warf die Meuchelmörder und die Gendarmen in einen Topf, ein Spitzel war in seinen Augen genauso schlimm wie ein Vatermörder. Alles Böse, das sich auf Erden breitmachte, schrieb er naiv der Staatsgewalt zu, und er haßte sie mit einem abgründigen, unauslöschlichen Haß, der sein ganzes Herz ausfüllte und seine Reizbarkeit noch verschlimmerte. Sénécals hochtönende Sprüche hatten ihn geblendet. Ob er nun schuldig war oder nicht, ob sein Anschlag verdammenswert war – was verschlug es? Er war ein Opfer der Obrigkeit, und man mußte ihm helfen.

»Die Pairs werden ihn verurteilen, soviel ist sicher! Dann wird er in einem Gefangenenwagen abgeführt wie ein Galeerensträfling und im Mont-Saint-Michel eingesperrt, wo die Regierung sie mit voller Absicht umkommen läßt! Austen ist verrückt geworden! Steuben hat sich das Leben genommen! Als man Barbès in eine andere Zelle überführen wollte, hat man ihn an den Beinen, ja an den Haaren geschleift! Sie sind ihm auf dem Körper herumgetrampelt, und sein Kopf ist die ganze Treppe hinunter auf jeder Stufe aufgeschlagen. So eine Niedertracht! Diese Schurken!«

Zorniges Schluchzen erstickte ihn fast, und er lief im Zimmer herum, wie von einer entsetzlichen Angst gepackt.

»Man müßte doch etwas unternehmen! Aber eben, ich weiß nicht was! Wie wär's, wenn wir ihn zu befreien versuchten? Während man ihn ins Luxembourg überführt, kann man irgendwo in den Gängen über die Wachmannschaft herfallen! Ein Dutzend entschlossene Männer kommen überall durch.«

In seinen Augen flammte eine solche Glut, daß Frédéric zusammenschrak.

Sénécal erschien ihm nun größer, als er ihn bisher gesehen hatte. Er dachte an alles, was er gelitten hatte, an sein Leben voll Selbstzucht und Härte. Zwar brachte er ihm bei weitem nicht die Begeisterung entgegen, die Dussardier für ihn empfand, doch fühlte er jene Bewunderung, die jeder Mensch einflößt, der sich für eine Idee opfert. Er sagte sich, wenn er Sénécal geholfen hätte, so wäre es mit ihm nicht dahin gekommen. Und die beiden Freunde zerbrachen sich die Köpfe nach einem gangbaren Weg, ihn zu retten.

Es war ihnen jedoch unmöglich, bis zu ihm vorzudringen.

Frédéric suchte sich aus den Zeitungen über sein Ergehen Gewißheit zu verschaffen und war drei Wochen lang ständiger Gast der Lesekabinette.

Eines Tages fielen ihm mehrere Nummern der *Leuchte* in die Hände. Der Leitartikel jeder Nummer zielte unabänderlich nur darauf ab, einen berühmten Mann in Verruf zu bringen, ihn regelrecht abzustechen. Dann folgten Nachrichten aus der Gesellschaft und allerlei Klatsch. Hernach mußte das Odeon dran glauben, Carpentras und die Fischzucht wurden mit hämischen Glossen verspottet, ja sogar die zum Tode Verurteilten, sofern es solche gab, wurden nicht verschont. Ein verschollenes Dampfschiff lieferte ein ganzes Jahr lang Stoff zu Witzeleien. In der dritten Spalte bot ein »Kunstkurier« in Form von kurzen Anekdötchen und Ratschlägen allerlei Reklame von Schneidern, vermischt mit Berichten über gesellschaftliche Ereignisse, Ankündigungen von Versteigerungen, Besprechungen literarischer Werke. Mit der gleichen schludrigen Unbekümmertheit wurde da ein Band Verse angepriesen wie ein Paar Stiefel. Ernst zu nehmen war einzig die Kritik der kleinen Theater, worin zwei oder drei Direktoren erbittert auf die Hörner genommen wurden. Und anläßlich der Ausstattung der *Funambules* oder einer Liebhaberin in den *Délassements* wurden die Interessen der hohen Kunst heraufbeschworen.

Gerade wollte Frédéric das Blatt beiseite legen, da fiel sein Blick auf einen Artikel mit der Überschrift: *Ein leichtes Hühnchen zwischen drei lockeren Zeisigen.* Es war ein Bericht über sein Duell, erzählt in einem spritzigen, halb unflätigen, halb witzelnd-anzüglichen Stil. Es kostete ihn nicht viel Mühe, sich darin zu erkennen, denn er war als »ein junger Mann, frisch vom Kollegium zu Sens, dem es daran – das heißt an Verstand (*sens*) – fehle«, bezeichnet, und dieses Wortspiel kam ein paarmal vor. Man stellte ihn sogar als einen armen Teufel aus der Provinz hin, einen hergelaufenen Einfaltspinsel, der alles daransetzte, mit hochmögenden Herrschaften Umgang zu pflegen. Der Vicomte dagegen spielte die Rolle des rührend edlen, jugendlichen Draufgängers und Unschuldslammes. Wie heldenhaft hatte er sich zuerst beim Souper verhalten, zu dem er sich mit Gewalt Zutritt verschaffte, und hernach bei der Wette – ging doch das Dämchen mit ihm heim –, und auch später auf dem Kampfplatz hatte er sich wie ein echter Edelmann benommen. Frédérics tapfere Haltung wurde zwar nicht geradewegs geleugnet, aber man ließ durchblicken, eine Mittelsperson, sein Gönner persönlich, sei just im rechten Augenblick dazwischengetreten. Das Ganze schloß mit dem folgenden, tückisch zweideutigen Satz: »Wie ist also ihre zärtliche Neigung zu erklären? Ein Rätsel, das noch der Lösung harrt! Und – wie Basilio sagt – wer zum Teufel ist hier eigentlich der Betrogene?«

Da war kein Zweifel möglich: es war ein Racheakt Hussonnets, der Frédéric die verweigerten fünftausend Franken heimzahlte.

Was tun? Wenn er den Lumpen zur Rechenschaft zöge, würde er seine Unschuld beteuern, und somit wäre gar nichts gewonnen. Das Ratsamste war, er schluckte den Unglimpf, ohne zu mucksen. Wer las schließlich schon die *Leuchte*?

Als er das Lesekabinett verließ, sah er einen Menschenauflauf vor dem Laden eines Bilderhändlers. Alle betrachteten ein Frauenbildnis, unter dem in schwarzen Lettern geschrieben stand: »Frl. Rose-Annette Bron, im Besitz von Herrn Frédéric Moreau aus Nogent.«

Sie war es wirklich, oder wenigstens sah es ihr ähnlich. Sie war von vorne gemalt, mit entblößten Brüsten, aufgelöstem Haar, in ihren Händen hielt sie eine Börse aus rotem Samt, während ein Pfau von hinten über ihre Schultern seinen Schnabel vorstreckte und mit seinem Rad die Mauer zudeckte.

Pellerin hatte diese Schaustellung veranstaltet, um Frédéric zum Zahlen zu zwingen, denn er war überzeugt, daß er berühmt sei und daß ganz Paris sich seinetwegen leidenschaftlich erregen und mit diesem Schmarren befassen werde.

War das eine abgekartete Sache? Hatten am Ende der Maler und der Schmierfink von der Zeitung diese Lausbüberei miteinander verabredet?

Sein Duell war also völlig zwecklos gewesen. Er wurde zum Gespött, alle Welt machte sich über ihn lustig.

Drei Tage später, gegen Ende Juni, waren die Nord-Aktien um fünfzehn Franken gestiegen, und da er im vergangenen Monat zweitausend Stück gekauft hatte, sah er sich im Besitz eines Gewinns von dreißigtausend Franken. Dieses unverhoffte Glück gab ihm neue Zuversicht. Er sagte sich, er sei ja eigentlich auf niemanden angewiesen, und alle seine Ungelegenheiten habe er nur seiner Schüchternheit, seiner heillosen Unschlüssigkeit zuzuschreiben. Er hätte gleich zu Anfang die Marschallin hart anfassen, Hussonnet schon am ersten Tag abschlägig bescheiden und sich mit Pellerin überhaupt nicht einlassen sollen. Und zum Beweis, daß er sich das Vorgefallene nicht arg zu Herzen nehme, begab er sich an einem ihrer Empfangsabende zu Madame Dambreuse.

Mitten im Vorzimmer wandte sich Martinon, der gleichzeitig angelangt war, zu ihm um.

»Wie? Du hier? Du kommst hierher?« Und er machte ein erstauntes, ja ärgerliches Gesicht, als er seiner ansichtig wurde.

»Warum denn nicht?«

Während Frédéric hineinging, überlegte er hin und her, was ihm wohl einen solchen Empfang eingetragen haben mochte.

Die Beleuchtung war, trotz den Lampen, die in den Ecken aufgestellt waren, nur schwach. Die drei Fenster standen nämlich weit offen und bildeten drei breite, tiefschwarze, viereckige Schattenlöcher. Blumengestelle, die unter den Gemälden standen, füllten in Manneshöhe die Wände zwischen den Fenstern aus, und eine silberne Teekanne auf einem Samowar spiegelte sich in einem Wandspiegel im Hintergrund. Ein Gemurmel gedämpfter Stimmen war zu hören. Man vernahm das Knarren von Lackschuhen auf dem Teppich.

Frédéric sah im Dämmerlicht schwarze Fräcke, einen runden Tisch, auf den unter einem großen Lampenschirm hervor Licht fiel, sieben oder acht Frauen in sommerlichen Toiletten und ein wenig weiter weg Madame Dambreuse in einem Schaukelstuhl. Ihr Kleid aus lila Taft hatte Schlitzärmel, aus denen duftige Musselinbäusche hervorquollen, und der sanfte Farbton des Stoffes war auf das Blond ihres Haars abgestimmt. Sie saß leicht zurückgelehnt und hatte die Fußspitzen auf ein Kissen gestellt, gelassen und ruhig wie ein Kunstwerk voll delikater Anmut, wie eine hochgezüchtete Blume.

Herr Dambreuse und ein alter Herr mit weißen Haaren gingen im Salon auf und ab. Manche Gäste saßen in eifriger Unterhaltung da und dort auf dem Rand der kleinen Polsterbänke; die andern standen in einem Kreis in der Mitte des Raums beisammen.

Sie sprachen von Abstimmungen, von Abänderungsvorschlägen, von Zusatzanträgen zu Abänderungsvorschlägen, von der Rede, die Herr Grandin gehalten, von der Abfuhr, die ihm Herr Benoist erteilt hatte. Die Mittelpartei gehe entschieden zu weit! Das linke Zentrum hätte sich doch ein wenig besser auf seine Anfänge besinnen sollen. Das Ministerium sei schwer erschüttert. Beruhigend wirke immerhin, daß niemand wisse, wer seine Nachfolge übernehmen könnte. Kurzum, die Lage sei genauso wie Anno 1834!

Frédéric langweilten alle diese Erörterungen, und so trat er zu den Frauen. Martinon stand bei ihnen, den Hut unter dem Arm, das Gesicht leicht zur Seite gewandt, so untadelig und wohlerzogen, daß er aussah wie ein Sevres-Figürchen. Er nahm eine Nummer der *Revue des Deux Mondes*, die zwischen einer *Nachfolge Christi* und dem *Gotha* auf dem

Tisch lag, kritisierte höchst abschätzig und von oben herab einen berühmten Dichter und erzählte, er besuche regelmäßig die Vorträge in der Franziskanerkirche. Dann klagte er über seinen Kehlkopf und schluckte von Zeit zu Zeit eine Gummipastille; und währenddessen redete er über Musik und spielte den Salonlöwen. Fräulein Cécile, Herrn Dambreuses Nichte, die an einem Paar Manschetten für sich stickte, staunte ihn verstohlen mit ihren blaßblauen Augen an, und Miss John, die plattnasige Erzieherin, hatte vor lauter Bewunderung ihre Handarbeit weggelegt. Beide schienen innerlich zu schwärmen: Wie schön er ist!

Madame Dambreuse wandte sich zu ihm: »Geben Sie mir doch meinen Fächer. Er liegt dort auf der Konsole. Nein, nicht den! Dort den andern!«

Sie stand auf, und als er zurückkam, begegneten sie einander in der Mitte des Salons. Sie sagte aufgeregt ein paar Worte zu ihm, dem hochmütigen Ausdruck ihres Gesichts nach zu schließen offensichtlich etwas Tadelndes. Martinon lächelte gezwungen; dann mischte er sich unter die ernsthaft beratenden Männer. Madame Dambreuse setzte sich wieder an ihren Platz; dann beugte sie sich über die Lehne ihres Armstuhls und sagte zu Frédéric: »Vorgestern habe ich jemanden gesehen, der mir von Ihnen erzählt hat. Sie kennen doch Herrn de Cisy, nicht wahr?«

»Ja . . . oberflächlich.«

Plötzlich rief Madame Dambreuse: »Herzogin! Ah, welch ein Glück!«

Und sie ging bis zur Tür einer hochbetagten kleinen Dame entgegen, die ein Kleid aus hellbraunem Taft und ein Spitzenhäubchen mit langen Bändern trug. Sie war die Tochter eines Exilgefährten des Grafen von Artois und Witwe eines kaiserlichen Marschalls von Napoleons Gnaden, der im Jahre 1830 zum Pair von Frankreich ernannt worden war; so gehörte sie sowohl zur früheren wie auch zur neuen Hofgesellschaft und hatte großen Einfluß. Die Herren, die plaudernd herumstanden, traten zur Seite und nahmen dann ihr Gespräch wieder auf.

Jetzt drehte es sich um den Pauperismus, um die Verelendung der Massen, die stets maßlos übertrieben geschildert werde, wie die Herren meinten.

»Immerhin«, wandte Martinon ein, »das Elend ist vorhanden, geben wir es ruhig zu! Doch die Abhilfe kann weder von der Wissenschaft noch von der Regierung kommen. Es handelt sich da um eine rein individuelle Frage. Wenn die unteren Klassen sich einmal von ihren Lastern lossagen wollten, würden sie sich auch von ihren Bedürfnissen freimachen. Das Volk soll moralischer leben, dann wird es auch weniger arm sein!«

Nach Herrn Dambreuses Ansicht war ohne einen Überfluß an Kapital gar nichts zu erreichen. Der einzig mögliche Weg war also – wie es im übrigen auch die Saint-Simonisten wollten (mein Gott! sie hatten auch ihr Gutes; man muß gegen jedermann gerecht sein!) –, »der einzig mögliche Weg ist also, sage ich, die Sache des Fortschritts denen anzuvertrauen, die das Volkseinkommen zu mehren in der Lage sind«. Unmerklich kam man auf die großen industriellen Unternehmen, die Eisenbahnen und Kohlenbergwerke, zu sprechen. Herr Dambreuse wandte sich zu Frédéric und sagte leise zu ihm: »Sie sind wegen unseres Geschäfts nicht vorbeigekommen.«

Frédéric gab vor, er sei krank gewesen; da er aber das Gefühl hatte, diese Ausrede sei gar zu läppisch, setzte er hinzu: »Überdies benötigte ich mein Geld.«

»Um einen Wagen zu kaufen?« warf Madame Dambreuse ein, die gerade mit einer Tasse Tee in der Hand vorbeiging, und sie sah ihn einen Augenblick lang, den Kopf leicht über die Schulter zurückgewandt, aufmerksam an.

Sie hielt ihn für Rosanettes Liebhaber; die Anspielung war deutlich. Es wollte Frédéric sogar scheinen, als schauten alle Damen unter angeregtem Getuschel zu ihm herüber. Nun wollte er genauer wissen, was sie eigentlich über ihn dachten, und trat darum nochmals zu ihnen hin.

Auf der andern Seite des Tisches saß Martinon neben Fräulein Cécile und blätterte in einem Album mit Lithographien spanischer Trachten. Er las die erläuternden Texte vor: »Frau aus Sevilla – Gärtner aus Valencia – andalusischer Picador«, und unten auf der Seite angelangt, las er in einem Atemzug weiter: »Jacques Arnoux, Herausgeber und Verleger . . . Einer von deinen Freunden, nicht?«

»Stimmt«, bestätigte Frédéric, von seiner anzüglichen Miene verletzt.

Madame Dambreuse fiel ein: »Ja, natürlich, Sie sind doch eines Morgens vorbeigekommen . . . Was war's nur gleich? . . . Wegen eines Hauses, glaub ich, ja, wegen eines Hauses, das seiner Frau gehört.«

Das wollte besagen: Sie ist Ihre Geliebte.

Er wurde rot bis hinter beide Ohren. Und Herr Dambreuse, der gerade herzutrat, fuhr fort: »Sie schienen sich sogar sehr für die beiden zu interessieren.«

Diese letzten Worte raubten Frédéric vollends alle Fassung. Seine Verwirrung, die man ihm, wie er meinte, ansehen mußte, war durchaus dazu angetan, den Argwohn aller zu bestätigen; da sagte ihm Herr Dambreuse ernst und eindringlich ins Ohr: »Sie machen doch hoffentlich keine Geschäfte zusammen?«

Er verwahrte sich mit mehrfachem Kopfschütteln dagegen, ohne allerdings zu begreifen, daß der Kapitalist ihm nur einen Rat geben wollte.

Am liebsten wäre er jetzt fortgegangen. Doch hielt ihn die Angst, er könnte feige wirken, zurück. Ein Diener räumte die Teetassen ab. Madame Dambreuse plauderte mit einem Diplomaten in blauem Frack. Zwei junge Mädchen steckten die Köpfe zusammen und zeigten sich einen Ring. Die andern Frauen saßen in einem Halbkreis auf Lehnstühlen und bewegten sanft ihre weißen, von schwarzem oder blondem Haar umrandeten Gesichter. Kurzum, kein Mensch kümmerte sich um ihn. Da machte Frédéric rechtsum kehrt; und schon hatte er auf langen Umwegen im Zickzack beinahe die Tür erreicht, da sah er im Vorbeigehen auf einer Konsole, zwischen einer chinesischen Vase und dem Getäfel, eine zusammengefaltete Zeitung liegen. Er zog sie ein wenig hervor und las: *Die Leuchte.*

Wer hatte das Blatt mitgebracht? Cisy natürlich! Er und kein anderer, soviel war klar! Was war übrigens schon dabei! Nun würden sie eben dem Artikel Glauben schenken, ja, sie glaubten wohl jetzt schon alle daran! Warum aber diese gehässige Stimmung? Stummer Hohn umgab ihn von allen Seiten. Er fühlte sich verloren wie in einer öden Wüstenei. Doch da sagte Martinon eben mit erhobener Stimme: »Weil wir gerade von Arnoux reden, ich habe da unter den Angeklagten in der Brandbombenaffäre den Namen eines von seinen Angestellten gelesen. Sénécal heißt er. Ist das unser Sénécal?«

»Ja, der«, bestätigte Frédéric.

Mit weithin vernehmbarer Stimme rief Martinon: »Wie? Unser Sénécal? Unser Sénécal?«

Daraufhin bestürmten ihn alle mit Fragen über das Komplott. In seiner Stellung als Gehilfe bei der Staatsanwaltschaft müsse er doch genauer Bescheid wissen.

Er gestand, daß er auch nichts wisse. Im übrigen kenne er den Kerl nur flüchtig, er habe ihn nur zwei- oder dreimal gesehen, halte ihn aber letzten Endes für einen ausgemachten Lumpen. Frédéric war empört.

»Das ist er ganz und gar nicht!« widersprach er energisch, »er ist ein hochanständiger Mensch!«

»Aber lieber Herr«, wandte nun ein Gutsbesitzer ein, »wenn einer seine Finger in einer Verschwörung hat, dann ist er eben nicht anständig!«

Die meisten anwesenden Männer hatten mindestens vier Regierungen gedient, und sie hätten Frankreich und das ganze Menschengeschlecht verschachert, um ihr Vermögen zu sichern, um sich ein Mißbehagen oder eine Verlegenheit zu ersparen, oder auch einfach aus purer Niedertracht, aus blinder Anbetung der Gewalt. Nun erklärten sie alle, politische Vergehen seien unentschuldbar. Eher noch müßten solche verziehen werden, die aus Not verübt würden! Und man verfehlte nicht, das abgedroschene Beispiel von dem Familienvater anzuführen, der das sattsam zitierte Stück Brot bei dem immer gleichen Bäcker stahl.

Einer, ein Verwaltungsbeamter, beteuerte sogar: »Wenn ich, werter Herr, erführe, daß mein Bruder an einer Verschwörung beteiligt ist, ich würde ihn selber anzeigen!«

Frédéric berief sich auf das Recht eines jeden zum Widerstand, und da ihm ein paar Schlagworte einfielen, die er von Deslauriers aufgeschnappt hatte, zitierte er Desolmes, Blackstone, die Bill über die verfassungsmäßigen Rechte in England und den Artikel 2 der Verfassung von 91. Auf Grund dieses Rechtes sei ja Napoleons Absetzung proklamiert worden; es sei Anno 1830 anerkannt und in der Verfassungsurkunde obenan verzeichnet worden.

»Zudem verlangt, wenn der Herrscher vertragsbrüchig wird, die Gerechtigkeit, daß er gestürzt wird.«

»Aber das ist ja abscheulich!« zeterte die Gattin eines Präfekten.

Alle andern saßen schweigend da, in dumpfem, angstvollem Entsetzen, als hörten sie schon die Kugeln pfeifen. Madame Dambreuse wiegte sich in ihrem Schaukelstuhl und lauschte lächelnd seinen Reden.

Ein Industrieller, ehemaliger Carbonaro, suchte ihm zu beweisen, daß die Orleans eine prachtvolle Familie seien. Fraglos seien da ein paar Mißstände zutage getreten ...

»Ja, und weiter?«

»Aber man darf nicht darüber reden, lieber Herr! Wenn Sie wüßten, wie arg das ganze Zetergeschrei der Opposition den Geschäften schadet!«

»Ich pfeife auf Ihre Geschäfte!« brauste Frédéric auf.

Die innerliche Fäulnis dieser alten Herren machte ihn rasend, und hingerissen von dem tollkühnen Mut, der zuweilen gerade die Schüchternsten befällt, zog er wütend gegen die Finanzleute, die Abgeordneten, die Regierung, den König los, nahm die Araber in Schutz und redete eine Menge törichtes Zeug. Ein paar Herren ermunterten ihn mit ironischen Zwischenrufen: »Nur weiter! Immer zu!« während andere vor sich hinmurmelten: »Teufel auch! Welch überspanntes Benehmen!« Endlich hielt er es für angebracht, sich zurückzuziehen; und als er fortgehen wollte, sagte Herr Dambreuse, auf den Sekretärposten anspielend: »Noch ist nichts entschieden. Aber beeilen Sie sich!«

Und Madame Dambreuse verabschiedete ihn mit den Worten: »Auf recht baldiges Wiedersehn, nicht wahr?«

Frédéric sah in ihren Abschiedsworten einen letzten spöttischen Seitenhieb. Er war fest entschlossen, nie wieder dieses Haus zu betreten, mit allen diesen Leuten nicht länger zu verkehren. Er glaubte sie verletzt zu haben, denn er wußte nicht, welch nie versiegenden Vorrat an Gleichgültigkeit die Gesellschaft besitzt. Die Frauen vor allem brachten ihn auf. Nicht eine einzige hatte zu ihm gehalten, wär's auch nur mit einem Blick. Er nahm es ihnen übel, daß sie sich nicht hatten mitreißen lassen. Was Madame Dambreuse anbetraf, so hatte sie für sein Gefühl etwas zugleich Schmachtendes und doch Kaltes und Empfindungsarmes, jedenfalls war sie nicht so einfach auf eine Formel zu bringen. Hatte sie einen Liebhaber? Wer mochte es sein? War es der Diplomat oder ein anderer? Martinon vielleicht? Unmöglich! Und dennoch empfand er eine leise Eifersucht auf ihn und ihr gegenüber ein unerklärliches Übelwollen.

Dussardier, der, wie sonst immer, auch an diesem Abend gekommen war, erwartete ihn. Frédérics Herz war übervoll; er redete sich alle seine Kümmernisse von der Seele, und so unklar und schwerverständlich seine Klagen auch waren, sie gingen dem Kommis doch zu Herzen. Frédéric beklagte sich sogar über seine Vereinsamung. Da schlug Dussardier, wenn auch nur zögernd, vor, Deslauriers aufzusuchen.

Als der Name des Advokaten erwähnt wurde, packte Frédéric mit einemmal ein zwingendes Verlangen, ihn wiederzusehen. Er fühlte sich geistig tief vereinsamt, und Dussardiers Gesellschaft war nur unzureichend. So stellte er ihm anheim, alles nach seinem Gutdünken ins Lot zu bringen.

Ebenso empfand Deslauriers seit ihrem Zerwürfnis eine Lücke in seinem Leben, und er war gern bereit, sich angesichts so herzlichen Entgegenkommens auszusöhnen.

Beide umarmten einander und fingen dann von gleichgültigen Dingen zu reden an.

Deslauriers' Zurückhaltung rührte Frédéric; und um ihm sozusagen eine Genugtuung zu bieten, erzählte er ihm am nächsten Tag von dem Verlust der fünfzehntausend Franken, ohne ihm freilich zu sagen, daß diese fünfzehntausend Franken ursprünglich ihm zugedacht gewesen waren. Dessenungeachtet zweifelte der Advokat keinen Augenblick daran. Dieses Mißgeschick, das sein Vorurteil gegen Arnoux rechtfertigte, entwaffnete seinen Groll, und er erwähnte das einstmalige Versprechen mit keinem Wort.

Frédéric ließ sich durch sein Schweigen täuschen und glaubte, er habe es vergessen. Ein paar Tage später fragte er ihn, ob es keine Möglichkeit gebe, wieder zu seinem Geld zu kommen.

Man könne die vorgängigen Hypotheken anfechten, gegen Arnoux wegen Hypothekenschwindels klagen, die Beitreibung an ihrem Wohnsitz gegen die Frau einleiten.

»Nein, nein! Nicht gegen sie!« fuhr Frédéric auf.

Und als der frühere Kanzlist nicht locker ließ und ihn mit Fragen in die Enge trieb, gestand er die Wahrheit. Deslauriers war freilich überzeugt, daß er ihm nicht die volle Wahrheit sagte, aus Zartgefühl vermutlich. Dieser Mangel an Vertrauen kränkte ihn schwer.

Trotzdem waren sie befreundet wie ehemals und fanden sogar so großes Gefallen an ihrem Zusammensein, daß Dussardiers Anwesenheit sie störte. Unter dem Vorwand anderweitiger Verabredungen gelang es ihnen nach und nach, ihn loszuwerden. Es gibt Menschen, denen unter ihren Mitmenschen keine andere Aufgabe zufällt, als den Mittelsmann zu spielen. Man schreitet über sie hinweg, wie man über eine Brücke geht, um seines Weges zu ziehen.

Frédéric verbarg seinem alten Freund nichts. Auch von der Vereinigung der Kohlenbergwerke erzählte er ihm und von Herrn Dambreuses Vorschlag.

Der Advokat wurde nachdenklich.

»Sonderbar! Auf diesen Posten gehörte doch jemand, der in Rechtsfragen gut beschlagen ist!«

»Aber du kannst mir ja dann helfen«, meinte Frédéric.

»Ja ... eigentlich schon ... Natürlich! Selbstverständlich.«

In der gleichen Woche zeigte ihm Frédéric noch einen Brief seiner Mutter.

Madame Moreau erging sich darin in Selbstvorwürfen, weil sie Herrn Roque falsch beurteilt habe; er habe für sein damaliges Verhalten vollauf befriedigende Erklärungen gegeben. Dann kam sie auf sein Vermögen zu sprechen und auf die Möglichkeit einer späteren Heirat mit Louise.

»Das wäre vielleicht gar nicht so dumm!« bemerkte Deslauriers.

Frédéric wies diesen Gedanken weit von sich. Übrigens sei Papa Roque ein alter Spitzbube. Das habe hier nichts zu sagen, meinte der Advokat.

Gegen Ende Juli trat ein unerklärlicher Kurssturz ein, und die Nordbahn-Aktien fielen stark. Frédéric hatte die seinen nicht abgestoßen; er verlor auf einen Schlag sechzigtausend Franken. Seine Einkünfte wurden dadurch empfindlich geschmälert. Entweder mußte er seine Ausgaben einschränken oder einen Beruf ergreifen oder gar eine reiche Heirat eingehen.

Da fing Deslauriers wieder von Fräulein Roque an zu reden. Nichts hindere ihn doch, die Sachlage einmal persönlich in Augenschein zu nehmen. Frédéric sei müde und abgespannt; das Landleben und das mütterliche Haus würden ihm die nötige Erholung bieten. So reiste er denn ab.

Der Anblick der Straßen von Nogent, die er im hellen Mondschein hinauffuhr, rief ihm lang entschwundene Erinnerungen zurück. Er empfand eine Art beklommene Angst, wie sie Menschen befallen mag, die nach langen Reisen heimkehren.

Bei seiner Mutter traf er noch alle die altgewohnten Gäste von dazumal: Gamblin, Heudras und Chambrion, die Familie Lebrun, die beiden Fräulein Auger, außerdem den alten Roque und, Madame Moreau gegenüber vor einem Spieltisch, Fräulein Louise. Sie war jetzt erwachsen, eine Frau. Mit einem Schrei sprang sie auf. Alles geriet in Aufregung. Sie war unbeweglich stehengeblieben, und die vier silbernen Leuchter auf dem Tisch ließen sie noch blasser erscheinen. Als sie wieder zu spielen begann, zitterte ihre Hand. Ihre Erregung schmeichelte Frédéric maßlos und hob sein krankes Selbstgefühl. Du wirst mich lieben! sagte er sich, und er übte Vergeltung für alle die Kränkungen, die er in Paris erlebt hatte, spielte sich als Pariser, als Salonlöwe auf, gab Theaterklatsch zum besten, erzählte Anekdoten aus der Gesellschaft, allerlei Tratsch, den er irgendwelchen Skandalblättchen entnommen hatte, kurzum, er blendete seine Landsleute.

Am nächsten Morgen ließ sich Madame Moreau des langen und breiten über Louises Tugenden aus. Dann zählte sie die Waldungen und Pachthöfe auf, die sie einmal besitzen werde. Das Vermögen des alten Roque war beträchtlich.

Er hatte es mit Vermittlungs- und Darlehensgeschäften erworben, die er für Herrn Dambreuse erledigte. Er lieh nämlich Geld an Personen aus, die gute hypothekarische Sicherheiten bieten konnten, was ihm jeweils erlaubte, Provisionen oder Zuschläge zu verlangen. Das Kapital lief, dank einer unablässigen Überwachung, keinerlei Gefahr. Zudem schreckte der alte Roque nie vor einer Pfändung zurück; dann kaufte er zu einem niedrigen Preis die hypothekenbelasteten Güter zurück, und Herr Dambreuse, der sein Geld immer wieder eingehen sah, fand seine Geschäfte aufs beste besorgt.

Doch diese ungesetzlichen Machenschaften hatten ihn seinem Geschäftsführer gegenüber in eine schiefe Stellung gebracht, und er konnte ihm jetzt nichts mehr abschlagen. Dessen Drängen war es auch zuzuschreiben, daß er Frédéric so freundlich empfangen hatte.

Tatsächlich nährte der alte Roque in tiefster Seele einen ehrgeizigen Plan: er wollte seine Tochter zur Gräfin machen, und um dieses Ziel zu erreichen, ohne das Glück seines Kindes aufs Spiel zu setzen, kannte er keinen andern jungen Mann als Frédéric.

Durch Herrn Dambreuses Protektion konnte man ihm den Titel seines Großvaters verschaffen, denn Madame Moreau war die Tochter eines Grafen de Fouvens und überdies mit den ältesten Familien der Champagne, den Lavernade und d'Etrigny, verwandt. Was die Moreau betraf, so erwähnte eine gotische Inschrift unweit der Mühlen von Villeneuve-l'Archevêque einen Jacob Moreau, der sie Anno 1596 wiederaufgebaut hatte. Und das Grabmal seines Sohnes Pierre Moreau, ersten königlichen Stallmeisters unter Ludwig XIV., war in der Saint-Nicolas-Kapelle zu sehen.

Soviel Glanz und Vornehmheit wirkten auf Herrn Roque, den Sohn eines ehemaligen Bedienten, überwältigend. Und würde nichts aus der Grafenkrone, so tröstete er sich eben mit andern Dingen. Denn Frédéric konnte, wenn Herr Dambreuse in den Pairsstand erhoben wurde, Abgeordneter werden, und dann konnte er ihm in seinen Geschäften unter die Arme greifen, ihm Lieferungen und Konzessionen erwirken. Der junge Mann gefiel ihm auch persönlich. Kurz, er wünschte ihn sich zum Schwiegersohn, weil er sich seit langem schon diesen Gedanken in den Kopf gesetzt hatte und nun immer eigensinniger daran festhielt.

Neuerdings war er ein eifriger Kirchgänger geworden. Und Madame Moreau hatte er vornehmlich durch die Hoffnung auf den Titel geködert. Immerhin hatte sie sich wohlweislich gehütet, ihm eine bindende Antwort zu geben.

Acht Tage später galt Frédéric, ohne daß eine förmliche Verlobung stattgefunden hätte, als Fräulein Louises »Zukünftiger«, und der alte Roque, der darin nicht sonderlich ängstlich war, ließ sie zuweilen allein.

5

Deslauriers hatte sich von Frédéric eine Abschrift des Hypothekenvertrags nebst einer Vollmacht, die ihm in aller Form völlig freie Hand bot, mitgeben lassen. Aber als er seine fünf Stockwerke hochgeklettert war und nun allein in seinem trübseligen Arbeitszimmer in seinem Ledersessel saß, ekelte ihn der Anblick des Stempelpapiers an.

Er hatte alles satt, die billigen Wirtschaften, die Fahrten im Omnibus, seine Armut, sein fruchtloses Bemühen. Er nahm den Aktenkram nochmals vor: andere Papiere lagen dabei, die Prospekte der Kohlenbergwerksgesellschaft mit dem Verzeichnis der Gruben und mit nähern Angaben über ihre Fördermengen. Frédéric hatte ihm das alles dagelassen, um seine Ansicht darüber zu hören.

Ein Gedanke schoß ihm durch den Kopf: Er wollte bei Herrn Dambreuse vorsprechen und ihn um den Sekretärposten bitten. Aber diese Stelle war sicherlich an den Erwerb einer gewissen Anzahl Aktien gebunden. Er erkannte die Sinnlosigkeit seines Vorhabens und sagte sich: Nein, das wäre unrecht!

Nun überlegte er hin und her, wie man wohl die fünfzehntausend Franken wieder eintreiben könnte. Eine solche Summe bedeutete für Frédéric nichts; hätte er, Deslauriers, sie aber gehabt, was für einen Auftrieb hätte ihm das gegeben! Und der ehemalige Kanzlist fand es auf einmal empörend, daß des andern Vermögen so groß war.

Er macht einen erbärmlichen Gebrauch von seinem Geld! So ein Egoist! Ach was, ich pfeife auf seine fünfzehntausend Franken!

Warum hatte er sie hergeliehen? Um Madame Arnoux' schöner Augen willen! Sie war seine Geliebte. Daran zweifelte Deslauriers nicht. Wieder etwas, wozu einem Geld verhilft! Gehässige Gedanken beschlichen ihn.

Dann dachte er an Frédérics äußere Erscheinung. Sie hatte auf ihn stets einen nahezu weiblichen Zauber ausgeübt; und es dauerte nicht mehr lange, so bewunderte er ihn um eines Erfolgs willen, dessen er – das sah er wohl ein – nicht fähig war.

War aber ein zielbewußter Wille nicht die Hauptsache bei allen Unternehmungen? Und da man mit seiner Hilfe über alles obsiegte ...

Ach, das wäre schon ein Spaß!

Doch dann schämte er sich wieder einer solchen hinterhältigen Treulosigkeit, und eine Minute später sagte er sich: Ach was, fürchte ich mich am Ende gar?

Von Madame Arnoux war so oft und immer wieder die Rede gewesen, daß er sich schließlich von ihr ein ganz verstiegenes Bild machte. Die Beharrlichkeit und Unwandelbarkeit dieser Liebe beunruhigte ihn wie ein dunkles Rätsel. Seine eigne Sittenstrenge dünkte ihn nun ein wenig theatralisch, und er war ihrer überdrüssig. Zudem stach ihm die Weltdame – oder was er dafür ansah – in die Augen und lockte ihn als Verkörperung und Inbegriff zahlloser ungekannter Genüsse. Er war ein armer Schlucker, und darum begehrte er nach Wohlleben in seiner augenfälligsten Gestalt.

Letzten Endes, wenn er sich darüber ärgern sollte, ist er selber dran schuld! Er hat sich mir gegenüber zu schlecht benommen, als daß ich mir seinetwegen irgendeinen Zwang auferlegen müßte! Nichts beweist mir außerdem, daß sie seine Geliebte ist. Er selbst hat es bestritten. Ich brauche also keinerlei Rücksichten zu nehmen!

Der Wunsch, dieses Vorhaben auszuführen, ließ ihn nicht mehr los. Er wollte damit sozusagen seine Kräfte erproben. Und so putzte er eines Tages plötzlich seine Schuhe spiegelblank, kaufte weiße Handschuhe und machte sich auf den Weg, im Gefühl, an Frédérics Stelle zu treten; ja, dank einer eigenartigen geistigen Wandlung, an der zugleich Rache und Sympathie, Nachahmung und Übermut teilhatten, bildete er sich beinahe ein, er sei Frédéric selber.

Er ließ sich als Doktor Deslauriers anmelden.

Madame Arnoux war erstaunt, da sie keinen Arzt habe rufen lassen.

»Ach, bitte tausendmal um Vergebung! Ich bin Doktor der Rechte und komme in Vertretung der Interessen des Herrn Moreau.«

Dieser Name schien sie zu verwirren.

Um so besser! dachte der ehemalige Kanzlist. Da sie sich mit ihm eingelassen hat, wird sie mich wohl auch mögen! Und der alte Gemeinplatz, daß es leichter sei, einen Liebhaber auszustechen als einen Ehemann, machte ihm Mut.

Er habe schon einmal das Vergnügen gehabt, ihr zu begegnen, damals im Gerichtsgebäude. Er führte sogar das Datum an. Ein so gutes Gedächtnis setzte Madame Arnoux in Verwunderung. In süßlichem Ton fuhr er fort: »Sie hatten schon damals ... Unannehmlichkeiten ... in Ihren Geschäften!«

Sie gab keine Antwort. Also war es richtig.

Nun fing er über dies und das zu plaudern an, über ihre Wohnung, die Fabrik. Als er dann neben dem Spiegel ein paar Medaillons hängen sah, fragte er: »Ah, vermutlich Familienporträts?«

Das Bildnis einer alten Dame fiel ihm auf, es war Madame Arnoux' Mutter.

»Eine treffliche Frau, das sieht man. Ein südländischer Typus.«

Und auf die Einwendung, sie sei aus Chartres, sagte er: »Chartres! Eine hübsche Stadt.«

Er rühmte die Kathedrale und auch die Pasteten, die es dort gab. Dann kam er wieder auf das Porträt zurück, entdeckte an ihm manche Ähnlichkeit mit Madame Arnoux und sagte ihr so durch die Blume allerlei Schmeichelhaftes. Sie nahm daran keinen Anstoß. Da wurde er zutraulich und behauptete, er kenne Arnoux schon lange.

»Er ist ein lieber, guter Kerl! Aber er setzt sich in ein schiefes Licht. Diese Hypothek zum Beispiel! Eine größere Unbesonnenheit kann man sich gar nicht vorstellen ...«

»Ja, ich weiß«, unterbrach sie ihn achselzuckend.

Dieser unwillkürliche Beweis ihrer Mißachtung veranlaßte Deslauriers weiterzufahren.

»Seine Geschichte mit dem Kaolin, Sie wissen es vielleicht gar nicht, wäre ums Haar schiefgegangen, und sogar sein Ruf ...«

Ein Stirnrunzeln ließ ihn innehalten.

Nun erging er sich in allgemeinen Redensarten, beklagte die armen Frauen, deren Männer ihr Vermögen verschleudern ...

»Aber es gehört doch ihm, mein Herr. Ich besitze nichts.«

Das tue hier nichts zur Sache. Man könne ja nie wissen ... Ein Mann mit Erfahrung vermöchte da von Nutzen zu sein. Er bot seine selbstlose Hilfe an, betonte auch seine eigenen Verdienste über Gebühr; und dabei sah er ihr durch seine spiegelnden Brillengläser gerade ins Gesicht.

Eine dumpfe Ratlosigkeit und beklommene Starrheit übermannte sie allmählich. Doch auf einmal faßte sie sich.

»Kommen Sie zur Sache, wenn ich bitten darf!«

Er legte die Akten vor sie hin.

»Hier haben wir Frédérics Vollmacht. Mit einem solchen

Schriftstück in der Hand eines Gerichtsvollziehers, der einen Zahlungsbefehl ausstellt, ist das die einfachste Sache von der Welt: innerhalb vierundzwanzig Stunden ...«

Da sie sich keinerlei Erregung anmerken ließ, änderte er seine Taktik.

»Ich verstehe übrigens nicht, warum er diese Summe zurückverlangt. Denn schließlich braucht er das Geld doch gar nicht.«

»Aber ich bitte Sie! Herr Moreau war so gütig ...«

»Oh, zugegeben!«

Und Deslauriers stimmte ein Loblied auf ihn an, ging dann aber ganz sachte und allmählich dazu über, ihn schlechtzumachen; er stellte ihn als vergeßlich, eigensüchtig und geizig hin.

»Ich glaubte, er sei Ihr Freund!«

»Das hindert mich doch nicht daran, seine Fehler zu sehen! So zum Beispiel weiß er recht wenig Dank für die ... wie soll ich sagen? ... für die Sympathie ...«

Madame Arnoux blätterte in dem dicken Aktenbündel. Nun fiel sie ihm ins Wort und bat um die Erklärung eines Ausdrucks.

Er beugte sich über ihre Schulter und kam ihr dabei so nahe, daß er ihre Wange berührte. Sie errötete. Dieses Erröten entzündete Deslauriers' Lüsternheit, und er küßte ihr gierig die Hand.

»Aber was tun Sie denn, Herr?«

Hoch aufgerichtet lehnte sie an der Wand, und von ihren großen, schwarzen, empörten Augen gebannt, blieb er regungslos stehen.

»Hören Sie mich an! Ich liebe Sie!«

Da lachte sie laut auf, und ihr Lachen klang schrill, schauerlich und hoffnungslos traurig. Deslauriers spürte, wie ihm die Wut die Kehle zuschnürte. Doch beherrschte er sich und knirschte mit der Miene eines Besiegten, der um Gnade winselt: »Ah, das war nicht recht von Ihnen! Ich jedenfalls würde nicht hingehen wie er ...«

»Von wem sprechen Sie eigentlich?«

»Von Frédéric.«

»Ei, um Herrn Moreau mache ich mir wenig Gedanken, das habe ich Ihnen doch schon gesagt!«

»Oh, nichts für ungut! ... Verzeihung!«

Dann setzte er mit schneidender Stimme und in gedehntem Tonfall hinzu: »Ich glaubte, Sie nähmen genug Anteil an seinem Wohlergehen, um mit Vergnügen zu erfahren ...«

Sie wurde totenblaß. Ungerührt fuhr der einstige Kanzlist fort: »Er heiratet demnächst.«

»Er?«

»In einem Monat spätestens, und zwar Fräulein Roque, die Tochter des Verwalters von Herrn Dambreuse. Er ist sogar einzig deswegen nach Nogent gereist.«

Sie griff sich ans Herz, als hätte sie ein furchtbarer Schlag getroffen. Doch dann zog sie mit einemmal die Klingelschnur. Deslauriers wartete gar nicht erst ab, bis man ihn an die Luft setzte. Als sie sich umwandte, war er bereits verschwunden.

Madame Arnoux meinte, sie müsse ersticken. Sie trat ans Fenster und holte tief Atem.

Auf der andern Straßenseite auf dem Trottoir nagelte ein Packer in Hemdsärmeln eine Kiste zu. Dann und wann fuhr eine Mietdroschke vorbei. Sie schloß das Fenster und setzte sich wieder. Die hohen Häuser gegenüber nahmen alle Sonnenwärme weg, kaltes Licht fiel in die Zimmer. Ihre Kinder waren ausgegangen, nichts regte sich rings um sie her. Sie kam sich von Gott und der Welt verlassen vor.

Er will heiraten! Ist es möglich!?

Ein nervöses Zittern befiel sie.

Was habe ich denn? Liebe ich ihn vielleicht?

Und schlagartig wurde ihr klar: Ja! Ja, ich liebe ihn! ... Ich liebe ihn!

Ihr war, als sinke sie in eine Tiefe, die niemals ein Ende nahm. Die Stutzuhr schlug drei. Sie lauschte dem allmählichen zitternden Verhallen des Klangs. Und sie blieb reglos auf der Kante ihres Lehnstuhls sitzen und blickte mit erstarrtem Lächeln vor sich hin.

Am selben Nachmittag und im gleichen Augenblick spazierten Frédéric und Fräulein Louise in dem Garten auf und ab, den Herr Roque am äußersten Ende der Insel besaß. Die alte Catherine paßte von weitem auf; sie gingen Seite an Seite, und Frédéric sagte: »Wissen Sie noch, wie ich Sie mitnahm, wenn ich über Land ging?«

»Wie lieb waren Sie immer zu mir!« antwortete sie. »Sie halfen mir Sandkuchen backen, meine Gießkanne füllen, und schwangen mich auf der Schaukel hin und her.«

»Was ist aus Ihren Puppen geworden? Sie hatten alle Namen wie lauter Königinnen und Marquisen!«

»Mein Gott, keine Ahnung!«

»Und Ihr Hündchen, der Mohr?«

»Er ist ertrunken, der arme Schatz!«

»Und der Don Quijote, in dem wir zusammen die Bilder angemalt haben?«

»Den habe ich noch!«

Er erinnerte sie an den Tag ihrer ersten Kommunion, schilderte ihr, wie niedlich sie beim Vespergottesdienst ausgesehen habe mit ihrem weißen Schleier und der großen Kerze, als die Mädchen alle um den Hochaltar schritten und die Glocke dazu läutete.

Aber diese Erinnerungen hatten offensichtlich für Fräulein Roque nicht sonderlich viel Reiz; jedenfalls wußte sie nichts darauf zu antworten. Nach einer Weile sagte sie: »Sie Böser! Nicht ein einziges Mal haben Sie etwas von sich hören lassen!«

Frédéric schützte seine zahlreichen Arbeiten vor.

»Was treiben Sie denn eigentlich?«

Die Frage brachte ihn erst in Verlegenheit, doch dann sagte er, er studiere die Politik.

»Aha!«

Sie fragte nicht weiter, sondern fuhr fort: »Sie haben wenigstens etwas zu tun, aber ich! . . .«

Und nun erzählte sie ihm, wie kümmerlich und inhaltslos ihr Leben sei; sie habe niemanden, den sie besuchen könne, nie auch nur das bescheidenste Vergnügen, die geringste Zerstreuung. Sie wäre so gerne geritten!

»Der Vikar behauptet, das schicke sich nicht für ein junges Mädchen. So etwas Albernes, diese Schicklichkeit! Früher durfte ich alles tun, was ich wollte; heute gar nichts mehr!«

»Ihr Vater liebt Sie aber doch!«

»Ja, das schon, aber . . .«

Sie seufzte auf; das sollte heißen: Damit allein bin ich noch lange nicht glücklich!

Dann schwiegen sie beide eine Zeitlang. Sie hörten nichts als das Knirschen des Sandes unter ihren Füßen und das Rauschen des Wasserfalls. Denn oberhalb Nogent teilt sich die Seine in zwei Arme. Der eine, der die Mühlen treibt, entleert an dieser Stelle, was er zuviel an Wasser angestaut hat, und vereinigt sich weiter unten mit dem natürlichen Flußlauf. Und wenn man von den Brücken herkommt, erblickt man rechts auf der andern Uferböschung einen Rasenhang, auf dem ganz oben ein weißes Haus steht. Linker Hand auf der Wiese zieht sich eine lange Reihe von Pappeln hin, und gegenüber wird die Sicht von einer Flußbiegung begrenzt. Das Wasser war spiegelglatt, und große Käfer glitten über die stille Fläche hin. Schilf und Binsen wuchsen in dichten Büscheln da und dort am Ufer. Pflanzen aller Art wucherten hier und blühten in goldgelben Blumen auf, ließen gelbe Dolden herabhängen, reckten ihre amarantroten Blütenkolben und blitzten grellgrün überall, wo's gerade kam, aus dem Blättergewirr hervor. In einer kleinen Bucht des Ufers prangten Seerosen auf dem Wasser, und eine Reihe uralter Weidenstrünke, hinter denen Wolfsfallen verborgen waren, bildete auf dieser Seite der Insel den einzigen Schutz des Gartens.

Diesseits schlossen im Innern vier mit Schieferhauben abgedachte Mauern den Gemüsegarten ein, in dem die frisch umgegrabenen Beete braune viereckige Flecke bildeten. Die Glockenblüten der Melonen leuchteten schön ausgerichtet in einer Reihe auf ihrem schmalen Mistbeet. Artischocken, Bohnen, Spinat, Rüben und Tomaten gediehen abwechselnd bis zu einer Spargelpflanzung, die aussah wie ein Wäldchen aus lauter Federn.

Das ganze Grundstück hatte zur Zeit des *Directoire* zu einem *Lustschlößchen* gehört, wie man das damals nannte.

Seither waren die Bäume übermäßig groß geworden. Klematisranken überwucherten die Hagebuchenhecken, die Wege waren mit Moos bewachsen, überall wuchs dichtes, wildes Brombeergestrüpp. Im hohen Gras lagen zertrümmerte Gipsstatuen und verwitterten allmählich. Man verfing sich beim Gehen in den Drähten eines verlotterten Zauns. Von dem Pavillon waren nur mehr zwei Zimmer im Erdgeschoß übriggeblieben; die blaue Papiertapete hing in Fetzen herunter. Vor der Fassade zog sich eine italienische Pergola hin, ein hölzernes Gitter auf Backsteinpfeilern, das von Weinreben überrankt war.

Dorthinein wandten sich die beiden, und da das Licht durch die ungleich großen Lücken des Laubdachs hereinfiel, beobachtete Frédéric, während er an Louises Seite ging und mit ihr redete, den Schatten der Blätter auf ihrem Gesicht.

Sie trug im Knoten ihres leuchtend roten Haars eine Nadel mit einer Glaskugel, einer billigen Imitation eines Smaragdes, und zu ihrer Trauerkleidung – so naiv war ihr schlechter Geschmack! – hatte sie mit rosafarbenem Atlas besetzte Strohpantöffelchen an, billige Ramschware, die sie offenbar auf irgendeinem Jahrmarkt erstanden hatte.

Er bemerkte es und machte ihr ein spöttisches Kompliment darüber.

»Lachen Sie mich nicht aus!« bat sie.

Dann betrachtete sie ihn abschätzend von oben bis unten, von seinem grauen Filzhut bis zu den seidenen Socken.

»Wie gefallsüchtig Sie sind!«

Hierauf bat sie ihn, ihr ein paar Bücher anzugeben, die sie lesen könnte. Er nannte ihr verschiedene, und sie staunte: »Oh, sind Sie aber gelehrt!«

Als ganz kleines Kind hatte sie sich in ihn verliebt, wie es bei Kindern zuweilen der Fall ist, in einem Gefühl, das rein war wie ein frommer Glaube und ungestüm wie eine heftige Leidenschaft. Er war ihr Kamerad gewesen, ihr Bruder und Lehrmeister, er hatte ihren Geist geweckt, ihr Herz höher schlagen lassen und, ungewollt und unbewußt, in ihrem tiefsten Wesen eine heimlich schwelende, nie gestillte Trunkenheit entfacht. Dann hatte er sie verlassen, gerade als sie eine tragische Krise durchmachte und Kummer und Verzweiflung um ihre eben verstorbene Mutter und um sein Fernbleiben in eins zusammenflossen. Die Trennung hatte ihn in ihrer Erinnerung idealisiert; er kehrte gewissermaßen verklärt und mit einem Glorienschein wieder, und sie überließ sich bedenkenlos dem Glück, ihn zu sehen.

Zum erstenmal in seinem Leben fühlte sich Frédéric geliebt; und dieses ungewohnte Glück, das jedoch das Maß angenehmer Empfindungen nicht überstieg, gab ihm ein Gefühl innerer Gehobenheit; er atmete mit geschwellter Brust, breitete beide Arme aus und warf den Kopf zurück.

Eine große Wolke zog gerade am Himmel vorüber.

»Sie zieht nach Paris«, sagte Louise. »Sie möchten gerne hinterherwandern, nicht wahr?«

»Ich? Warum denn?«

»Wer weiß?«

Sie blickte ihn forschend und scharf an. Dann sagte sie: »Vielleicht haben Sie dort . . .« sie suchte nach dem treffenden Wort, ». . . eine Liebe.«

»Ach wo! Ich habe keine Liebe!«

»Wirklich nicht?«

»Wahrhaftig nicht, Fräulein Louise, wirklich nicht!«

In weniger als einem Jahr war mit dem jungen Mädchen eine erstaunliche Wandlung vorgegangen, eine Veränderung, die Frédéric verblüffte. Nach kurzem Schweigen fuhr er fort: »Wir sollten wieder du zueinander sagen wie früher; wollen Sie?«

»Nein.«

»Warum nicht?«

»Ebendarum nicht!«

Er ließ nicht locker. Da blickte sie zu Boden und antwortete: »Ich traue mich nicht!«

Sie waren mittlerweile am Ende des Gartens bis ans Ufer des Livon gelangt. Frédéric begann, übermütig wie ein Schuljunge, Kiesel über das Wasser zu schlittern. Da hieß sie ihn gebieterisch sich hinsetzen. Folgsam tat er es; dann schaute er auf den Wasserfall hin und sagte: »Der ist fast wie der Niagara!«

Er kam auf ferne Länder und weite Reisen zu sprechen. Der Gedanke, sie könnte auch in der Welt herumkommen, begeisterte sie. Sie hätte vor nichts Angst gehabt, weder vor Stürmen noch vor Löwen.

Sie saßen nebeneinander, nahmen Sand in ihre Hände und ließen ihn durch die Finger rieseln, während sie plauderten. Und der warme Wind, der von den ebenen Feldern herüberwehte, trug ihnen ganze Schwaden von Lavendelduft zu, zugleich mit dem Teergeruch, den eine Barke hinter der Schleuse verbreitete. Die Sonne fiel senkrecht auf den Wasserfall; die grünlichen Blöcke der niedrigen Mauer, über die das Wasser hinschoß, flimmerten wie unter einem silbrigen Schleier, der sich unaufhörlich darüber abrollte. Ein breiter Schaumstreifen brandete unterhalb, gischend und auf und nieder rollend, und weiter unten brodelte und wirbelte es, zahllose Strömungen und Gegenströmungen flossen wirr durcheinander und vereinten sich schließlich zu einer einzigen spiegelglatten, durchsichtig klaren Wasserfläche.

Louise flüsterte kaum hörbar vor sich hin, sie beneide die Fische um ihr Dasein.

»Es muß ein herrliches Wohlgefühl sein, sich nach Herzenslust da drin zu tummeln und sich von allen Seiten gestreichelt zu fühlen!«

Und sie schauerte zusammen und räkelte sich wohlig und sinnlich im Gras.

Doch da rief eine Stimme: »Wo bist du?«

»Ihre Magd ruft Sie«, mahnte Frédéric.

»Schon gut. Schon recht.«

Louise ließ sich nicht stören.

»Sie wird aber böse werden«, warnte er.

»Das ist mir gleich! Und überdies ...«

Fräulein Roque gab durch eine Gebärde zu verstehen, das Mädchen müsse nach ihrer Pfeife tanzen.

Sie erhob sich gleichwohl, klagte aber nun über Kopfschmerzen. Als sie bei einem geräumigen Schuppen vorüberkamen, in dem Reisigbündel gelagert waren, sagte sie: »Wie wär's, wenn wir da ein wenig unterstünden, bloß so zum Jux?«

Er tat, als habe er den mundartlichen Ausdruck nicht verstanden und zog sie sogar mit ihrer bäuerlichen Redeweise auf. Immer mehr jedoch kniff sie nun ihre Mundwinkel zusammen, biß sich auf die Lippen und lief endlich schmollend davon.

Frédéric setzte ihr nach, holte sie ein und schwor, er habe ihr nicht weh tun wollen, er habe sie sehr lieb.

»Ist das wahr?« jauchzte sie und blickte ihn mit einem Lächeln an, das ihr ganzes leicht sommersprossiges Gesicht verklärte.

Soviel unverzagtem, unverstellt ehrlichem Gefühl, soviel jugendfrischem Ungestüm konnte er nicht widerstehen, und er setzte hinzu: »Weshalb sollte ich dich belügen? . . . Kannst du daran zweifeln . . . sag?« und er legte ihr den linken Arm um die Hüften.

Ein Schrei, leise und zärtlich wie das Gurren einer Taube, entrang sich ihrer Kehle. Ihr Kopf bog sich hintenüber, und halb ohnmächtig sank sie in seine Arme. Er fing sie auf und stützte sie. Die Bedenken, die er sich in seiner anständigen Denkart gemacht hatte, stellten sich als überflüssig heraus; denn vor diesem unberührten Mädchen, das sich ihm hingabebereit darbot, hatte ihn Furcht befallen. Behutsam half er ihr ein paar Schritte weiter. Er hatte aufgehört, ihr zärtliche Koseworte zuzuflüstern, und da er ihr nur noch unverfängliche Dinge sagen wollte, sprach er nun mit ihr über die Leute der bessern Gesellschaft von Nogent.

Plötzlich stieß sie ihn von sich und sagte mit einem bittern Unterton: »Du hättest ja doch nicht den Mut, mich mit dir fortzunehmen!«

Wie versteinert blieb er stehen und machte ein höchst verdutztes Gesicht. Da brach sie in Schluchzen aus und barg ihren Kopf an seiner Schulter.

»Kann ich denn leben ohne dich?«

Er suchte sie zu beruhigen. Sie legte ihm beide Hände auf die Schultern, um ihm besser ins Gesicht zu sehen, und dann starrte sie ihm mit ihren grünen, feuchten, beinahe wild glänzenden Augen in die seinen und flüsterte: »Willst du mein Mann sein?«

»Aber ...«, stammelte Frédéric, um eine Antwort verlegen, »natürlich ... Mir wäre nichts lieber!«

In diesem Augenblick tauchte hinter einem Fliederbusch Herrn Roques Mütze auf.

Er nahm »seinen jungen Freund« auf eine zweitägige kleine Reise in die Umgegend, auf seine Besitzungen, mit. Und als Frédéric zurückkam, fand er bei seiner Mutter drei Briefe vor.

Der erste enthielt eine kurze Einladung von Herrn Dambreuse zum Diner am vergangenen Dienstag. Welchem Umstand hatte er diese Aufmerksamkeit zu verdanken? Man hatte ihm also sein ausfälliges Auftreten verziehen?

Der zweite kam von Rosanette. Sie dankte ihm dafür, daß er ihretwegen sein Leben aufs Spiel gesetzt hatte. Zunächst begriff Frédéric überhaupt nicht, was sie damit meinte. Schließlich, nach langen Umschweifen, bat sie ihn unter Berufung auf ihre Freundschaft und im Vertrauen auf sein Zartgefühl, kniefällig, wie sie sich ausdrückte, in Anbetracht der drängenden Not, wie man um Brot bettelt, um eine kleine Unterstützung, lumpige fünfhundert Franken. Sein Entschluß war sofort gefaßt: er wollte ihr das Geld zukommen lassen.

Der dritte Brief stammte von Deslauriers. Es war ein langes, verworrenes und unverständliches Schreiben und drehte sich um die Hypothek. Wie der Advokat schrieb, hatte er noch keinen endgültigen Entschluß gefaßt. Er legte ihm nahe, sich ja nicht stören zu lassen. »Es ist sinnlos, daß Du hierherkommst!« schrieb er und legte auffällig großen Nachdruck darauf.

Frédéric verlor sich in allerlei Vermutungen und bekam nun erst recht Lust, nach Paris zurückzufahren. Diese überhebliche Art, ihm sein Verhalten vorschreiben zu wollen, empörte ihn.

Zudem überkam ihn allgemach wieder das Heimweh nach den Boulevards, und dann setzte ihm auch seine Mutter derart drängend zu, scharwenzelte Herr Roque so beflissen um ihn herum und liebte ihn Fräulein Louise so heiß, daß er nicht gut länger bleiben konnte, ohne sich zu erklären. Er mußte noch mit sich zu Rate gehen, und aus der Ferne konnte er die Dinge besser beurteilen.

Um seine Reise glaubhaft zu begründen, erfand er eine Geschichte. Und als er abreiste, sagte er jedermann – und glaubte es auch selbst –, daß er recht bald zurückkehren werde.

6

Seine Rückkehr nach Paris brachte ihm keine Freude. Es war an einem Abend gegen Ende August, der Boulevard kam ihm wie ausgestorben vor; vereinzelte Passanten hasteten mit verdrossenen Mienen vorüber. Da und dort dampfte ein Asphaltkessel. Viele Häuser waren geschlossen, die Fensterläden heruntergelassen. Zu Hause angelangt, fand Frédéric Möbel und Tapeten verstaubt, und als er dann allein und einsam beim Nachtessen saß, befiel ihn eine eigenartige Stimmung, ein Gefühl völligen Verlassenseins. Seine Gedanken wanderten zu Fräulein Roque zurück.

Die Vorstellung, daß er heiraten sollte, dünkte ihn nun nicht mehr so ungeheuerlich. Sie würden zusammen auf Reisen gehen, Italien, den Orient besuchen. Und er sah sie schon leibhaft vor sich, wie sie auf einer Anhöhe stand und in die Landschaft hinausschaute oder auf seinen Arm gestützt in einer Florentiner Bildergalerie vor den Gemälden stehenblieb. Welche Freude würde es ihm bedeuten mitzuerleben, wie dieses seelengute, kindliche Geschöpf sich an den Herrlichkeiten der Natur und der Kunst entfaltete! War sie erst einmal aus ihrer Umgebung fortgenommen, würde sie in kürzester Zeit eine bezaubernde Lebensgefährtin abgeben. Überdies lockte ihn das Vermögen des alten Roque; es widerstrebte ihm jedoch, sich von einer so niedrigen Absicht leiten zu lassen, er empfand es als Schwäche und Niederträchtigkeit.

Doch war er fest entschlossen – was immer er auch unternehmen sollte –, ein anderes Leben zu beginnen, das heißt, sein Herz nicht wieder an unfruchtbare Leidenschaften zu verlieren, und er zögerte deshalb sogar, den Auftrag auszuführen, den ihm Louise mitgegeben hatte. Er sollte für sie bei Jacques Arnoux zwei große bunte Negerfiguren kaufen, die gleichen, die sie in der Präfektur zu Troyes gesehen hatte. Sie kannte die Marke des Fabrikanten und wollte keine andern haben. Frédéric hatte Angst, wenn er wieder *zu ihnen* gehe, könnte er erneut seiner alten Liebe verfallen.

Diese Überlegungen gingen ihm den ganzen Abend im Kopf herum; und er wollte gerade zu Bett gehen, als eine Frau hereintrat.

»Ich bin's!« sagte lachend Mademoiselle Vatnaz. »Ich komme in Rosanettes Auftrag.«

Sie hatten sich also wieder ausgesöhnt?

»Mein Gott, ja. Ich bin ja nicht nachtragend, das wissen Sie recht wohl. Zu alledem hat das arme Ding . . . Doch es würde viel zu weit führen, wenn ich Ihnen das erzählen wollte.«

Kurzum, die Marschallin wünschte ihn zu sehen, sie wartete auf eine Antwort, da ihr Brief von Paris nach Nogent gewandert war. Fräulein Vatnaz wußte nicht, was darin stand. Nun erst erkundigte sich Frédéric nach der Marschallin.

Sie lebe jetzt mit einem schwerreichen Mann zusammen, einem Russen, dem Fürsten Tschernukoff, der sie im vergangenen Sommer beim Rennen auf dem Marsfeld gesehen habe.

»Wir haben drei Kutschen, ein Reitpferd, livrierte Dienerschaft, einen Groom nach echt englischem Chic, ein Landhaus, eine Loge in der Italienischen Oper und dazu noch einen Haufen anderer schöner Dinge. So ist das jetzt, mein Lieber!«

Und als hätte die Vatnaz wunder was bei diesem Umschwung der äußern Umstände profitiert, wirkte sie heiterer denn eh und je; ja, sie sah richtig glücklich aus. Sie zog ihre Handschuhe aus und unterzog die Möbel und Nippsachen im Zimmer einer eingehenden Musterung. Sie schätzte sie, sachkundig wie ein Trödler, auf ihren genauen Wert hin ab. Er hätte sie zu Rate ziehen sollen, dann wäre er billiger dazu gekommen; und sie gratulierte ihm zu seinem guten Geschmack: »Ah, das ist allerliebst, wirklich sehr, sehr hübsch! Solche Einfälle haben doch nur Sie!«

Dann entdeckte sie am Kopfende des Alkovens eine Tür und kicherte: »Aha, hier läßt man die Liebchen verschwinden, wie?«

Und sie faßte ihn freundschaftlich-zutraulich unters Kinn. Er zuckte, als ihn ihre langen, mageren und zugleich weichen Hände berührten, zusammen. Um die Handgelenke trug sie einen Spitzenbesatz und auf dem Mieder ihres grünen Kleides Schnüre wie ein Husar. Ihr schwarzer Tüllhut mit seiner herabgebogenen Krempe verdeckte ein wenig die Stirn, und darunter funkelten ihre Augen hervor. Ein leichter Patschuliduft entströmte ihrem Haar; die Lampe, die auf einem Tischchen stand, beleuchtete sie von unten wie das Licht einer Theaterrampe und ließ ihren Unterkiefer stark hervortreten. – Und mit einemmal verspürte Frédéric vor dieser unschönen Frau, deren Hüften geschmeidig wie ein Pantherleib waren, ein ungeheuerliches Verlangen, eine rasende Gier nach tierischer Wollust.

Nun zog sie aus ihrem Geldbeutel drei Zettel und sagte mit einschmeichelnder Stimme: »Das müssen Sie mir abnehmen!«

Es waren drei Karten für eine Benefizvorstellung Delmars.

»Wie? Er?«

»Freilich!«

Und ohne sich auf weitere Erklärungen einzulassen, setzte sie hinzu, sie liebe ihn abgöttischer denn je. Der Schauspieler zählte, wenn man ihr glauben wollte, nachgerade unbestrittenermaßen zu den »Größten der Zeit«. Und er stellte nicht nur die oder jene Rolle dar, sondern verkörperte den Geist Frankreichs, das Volk! Seine Seele umspanne die ganze Menschheit, er wisse um das Priesteramt der Kunst! Um endlich diese Lobeserhebungen nicht mehr hören zu müssen, gab ihr Frédéric das Geld für die drei Karten.

»Sie brauchen bei ihr nichts davon zu erwähnen! – Mein Gott, wie spät es schon ist! Ich muß Sie nun verlassen. Ach, fast hätte ich vergessen, Ihnen die Adresse zu geben: sie wohnt in der Rue Grange-Batelière 14.«

Und schon unter der Tür flötete sie noch: »Leben Sie denn wohl, geliebter Mann!«

Von wem denn eigentlich geliebt? fragte sich Frédéric. Was für eine überspannte Person!

Und es kam ihm wieder in den Sinn, daß Dussardier eines Tages über sie geäußert hatte: »Oh, mit der ist es nicht weit her!« als wollte er auf allerlei dunkle und ehrenrührige Geschichten anspielen.

Am nächsten Tag begab er sich zur Marschallin. Sie wohnte in einem neuen Haus, dessen Markisen auf die Straße hinausragten. Auf jedem Treppenabsatz hing ein Wandspiegel, vor den Fenstern standen bäurische Blumenkistchen, und die ganze Treppe deckte ein linnener Läufer. Wenn man von außen hereinkam, wirkte die Kühle im Treppenhaus erfrischend und wohltuend.

Ein Diener, ein Mann in roter Weste, öffnete ihm die Tür. Im Vestibül saßen auf einer Polsterbank eine Frau und zwei Männer, offensichtlich Lieferanten, und warteten wie im Vorzimmer eines Ministers. Links stand die Tür zum Eßzimmer halb offen; man sah leere Flaschen auf den Anrichten stehen und Servietten über den Stuhllehnen hängen. Parallel zum Eßzimmer verlief eine Galerie, in der goldfarbene Stäbe ein Rosenspalier trugen. Drunten im Hof rieben zwei Burschen mit nackten Armen einen Landauer blank. Ihre Stimmen drangen herauf, und hier und da hörte man auch, wie jemand einen Pferdestriegel an einem Stein abklopfte.

Der Diener kam zurück und meldete, »die gnädige Frau werde den Herrn unverzüglich empfangen«. Dann führte er ihn durch ein zweites Vorgemach, hierauf durch einen großen Salon, der mit gelbem Brokatell ausgeschlagen und mit gedrehten Kordeln in den Ecken verziert war, die an der Decke in der Mitte zusammenliefen und sich in den gewundenen Strängen des Kronleuchters fortsetzten. Offensichtlich hatte man in der vergangenen Nacht hier getafelt und ein Fest gefeiert. Zigarrenasche lag noch überall auf den Konsolen.

Endlich betrat er eine Art Boudoir, in dem farbige Glasfenster ein schummeriges Licht verbreiteten. In Holz geschnitzte Kleeblätter schmückten die Türsimse; hinter einer Balustrade waren drei purpurrot überzogene Matratzen zu einem Diwan hergerichtet, und darauf lag der Schlauch einer

Wasserpfeife aus Platin. Über dem Kamin war an Stelle des Spiegels eine pyramidenförmige Etagere angebracht, auf deren Fächern eine ganze Sammlung von Kuriositäten zur Schau gestellt war. Da gab es alte silberne Taschenuhren, bunte böhmische Kelchgläser, edelsteinbesetzte Spangen, Knöpfe aus Jade, Emaillearbeiten, Götzenfigürchen aus Porzellan, eine kleine byzantinische Madonna mit einem vergoldeten Mantel, und all dies verschwamm in einem goldschimmernden Dämmerlicht mit der bläulichen Farbe des Teppichs, dem schillernden Widerschein der perlmuttereingelegten Hocker, dem falbroten Ton der mit kastanienbraunem Leder verkleideten Wände. In den Winkeln standen auf Sockeln bronzene Vasen mit mächtigen Blumengebinden, deren betäubender Duft die Luft noch drückender machte.

Nun erschien Rosanette, bekleidet mit einem rosafarbigen Seidenjäckchen, einer weiten Pluderhose aus weißem Kaschmirstoff, einem Halsband aus goldenen Piastern und einem knallroten Käppchen, das mit einem Jasminzweig bestickt war.

Frédéric fuhr überrascht auf; dann sagte er, hier bringe er »die bewußte Sache« mit, und streckte ihr die Banknote hin.

Sie starrte ihn ganz verdutzt an, und da er immer noch den Geldschein in der Hand hielt und nicht wußte, wo er ihn hinlegen sollte, sagte er schließlich: »So nehmen Sie's doch!«

Da nahm sie das Geld, warf es achtlos auf den Diwan und sagte: »Sie sind sehr liebenswürdig.«

Den Betrag brauchte sie als letzte Teilzahlung für ein Grundstück in Bellevue, das sie auf diese Weise in jährlichen Raten bezahlte. Eine solche Unverfrorenheit kränkte Frédéric tief. Im übrigen konnte es ihm nur recht sein! Das entschädigte ihn für alles Vorgefallene.

»Setzen Sie sich!« gebot sie ihm, »da, näher zu mir!«

Und dann fuhr sie in ernstem Ton fort: »Zunächst habe ich Ihnen zu danken, mein Lieber, weil Sie ihr Leben aufs Spiel gesetzt haben.«

»Oh! Das hat nichts zu bedeuten!«

»Wieso? Aber das war doch sehr schön von Ihnen!«

Die Marschallin bezeugte ihm eine geradezu peinliche Dankbarkeit; denn sie mußte doch glauben, er habe sich ausschließlich für Arnoux geschlagen, da dieser, der sich das einbildete, seinem Drang, es weiterzuerzählen, bestimmt nicht hatte widerstehen können.

Sie macht sich vielleicht gar über mich lustig! dachte Frédéric.

Nun hatte er hier nichts mehr zu suchen, und so schützte er eine Verabredung vor und erhob sich.

»Nein, nein, bleiben Sie doch noch!«

Er nahm wieder Platz und sagte ihr allerlei Artiges über ihr Kostüm.

Sie gab ihm mit bedrückter Leidensmiene zur Antwort: »Der Fürst sieht mich gerne so! Und ich muß aus solchen Maschinen da rauchen«, setzte sie hinzu und wies auf die Wasserpfeife. »Wollen wir's einmal versuchen? Halten Sie mit?«

Sie ließ Feuer bringen; und da sich das Tombakgefäß nur schwer entzündete, fing sie vor Ungeduld an, mit den Füßen zu stampfen. Dann befiel sie eine schmachtende, sehnsüchtige Stimmung, und sie blieb regungslos auf dem Diwan liegen, ein Kissen unter der Achselhöhle, den Körper leicht verdreht, ein Knie angezogen und das andere Bein lang ausgestreckt. Die lange rote Saffianschlange, die sich auf dem Boden ringelte, rollte sich um ihren Arm. Sie hielt das Bernsteinmundstück in ihren Lippen und schmachtete augenzwinkernd Frédéric durch den Rauch an, der sie in dichten Schwaden einhüllte. Jedesmal, wenn sie die Luft einatmete, gurgelte das Wasser leise, und ab und zu flüsterte sie vor sich hin: »Der arme Schatz! Der arme Liebling!«

Er zerbrach sich den Kopf nach einem erbaulichen Gesprächsstoff; schließlich fiel ihm die Vatnaz ein.

Sie sei ihm pikfein und hochelegant vorgekommen, meinte er.

»Das will ich meinen!« erwiderte die Marschallin. »Die kann froh sein, daß sie mich hat!« Weiter sagte sie nichts, so sehr waren sie beide in allem, was sie sagten, auf ihrer Hut.

Sie spürten beide etwas Gezwungenes, etwas Hemmendes

zwischen sich. Tatsächlich hatte das Duell, das, wie sie glaubte, ihretwegen stattgefunden hatte, Rosanettes Eigenliebe geschmeichelt. Hernach war sie dann höchst verwundert gewesen, daß er nicht schleunigst herbeigelaufen kam, um sich, auf seine Heldentat pochend, seinen Lohn zu holen; und um ihn zum Wiederkommen zu veranlassen, hatte sie sich die Geschichte mit den dringend benötigten fünfhundert Franken ausgedacht. Wie kam es nur, daß Frédéric als Gegenleistung nicht ein wenig zärtliches Entgegenkommen verlangte? Sie sah darin eine so feinfühlige Rücksichtnahme, daß sie sich nicht genug darüber wundern konnte. Und in einer plötzlichen Aufwallung ihres Herzens sagte sie zu ihm: »Wollen Sie mit uns ins Seebad reisen?«

»Was heißt: *mit uns*?«

»Mit mir und meinem Goldvogel. Ich gebe Sie einfach für meinen Vetter aus, genau wie in den alten Lustspielen.«

»Tausend Dank!«

»Nun, warum denn nicht? Sie nehmen eine Wohnung neben der unsern.«

Die Vorstellung, sich vor einem reichen Mann verstecken zu sollen, hatte für ihn etwas Demütigendes.

»Nein! Das ist ausgeschlossen.«

»Wie Sie wollen!«

Rosanette wandte sich ab; eine Träne perlte an ihren Wimpern. Frédéric sah es, und um ihr wenigstens ein bißchen Anteilnahme zu beweisen, sagte er, wie glücklich er sich schätze, sie nun endlich in einer so überaus annehmbaren Lage zu sehen.

Sie zuckte nur die Achseln. Wer machte ihr denn Kummer? Wurde sie am Ende nicht gebührend geliebt?

»Oh, mich liebt man immer!«

Doch dann setzte sie hinzu: »Fragt sich nur, auf welche Art.«

Auf einmal beklagte sich die Marschallin, sie »ersticke vor Hitze«, und knöpfte ihr Jäckchen auf. Nun hatte sie nichts mehr auf dem Leib als ihr seidenes Hemdchen, und unterwürfig wie eine Sklavin und voll verlockender Verheißungen legte sie den Kopf an seine Schulter.

Ein Mann mit minder überlegter Selbstliebe hätte nicht bedacht, daß der Vicomte, Herr de Comaing oder irgendwer von ungefähr hätte hereinplatzen können. Doch Frédéric war allzuoft auf dieselben schmachtenden Augen hereingefallen, als daß er sich einer neuerlichen Demütigung hätte aussetzen wollen.

Nun wollte sie wissen, mit wem er Umgang pflege und wie er sich die Zeit vertreibe. Sie ging sogar so weit, daß sie sich nach seinen Geschäften erkundigte und ihm anbot, ihm Geld vorzustrecken, wenn er es brauche. Da wurde es Frédéric doch zu bunt. Er nahm seinen Hut und sagte: »Schon gut, meine Liebe! Also viel Vergnügen dort am Meer. Auf Wiedersehen!«

Sie starrte ihn mit weit aufgerissenen Augen an. Dann sagte sie unfreundlich: »Auf Wiedersehn.«

Er ging durch den gelben Salon und das zweite Vorzimmer zurück. Hier stand auf dem Tisch, zwischen einer Schale voller Besuchskärtchen und einem Schreibzeug, ein Kästchen aus ziseliertem Silber. Es war die Schatulle, die Madame Arnoux gehört hatte! Rührung übermannte ihn und zugleich Zorn und Empörung über eine solche Entweihung. Es juckte ihn in den Fingern, am liebsten hätte er es angefaßt, es aufgemacht. Doch fürchtete er, jemand könnte es sehen, und so ging er fort.

Frédéric blieb standhaft seinem Vorsatz treu. Er ging nicht wieder zu den Arnoux.

Er schickte seinen Diener zum Ankauf der beiden Negerfiguren, nachdem er ihm alle unerläßlichen Weisungen erteilt hatte; und die Kiste ging noch am selben Abend nach Nogent ab. Als er sich anderntags zu Deslauriers begeben wollte, stand plötzlich, da, wo die Rue Vivienne in den Boulevard einbiegt, Madame Arnoux vor ihm.

Im ersten Augenblick fuhren beide zurück; doch dann trat auf beider Lippen das gleiche Lächeln, und sie gingen aufeinander zu. Eine Zeitlang sprach keines von ihnen ein Wort.

Sie stand im vollen Sonnenlicht; und ihr ovales Gesicht, ihre langen Wimpern, der schwarze Spitzenschal, unter dem sich die Form ihrer Schultern abzeichnete, ihr taubengraues

Seidenkleid, der Veilchenstrauß an ihrem Kapotthütchen, alles schien ihm von überirdischem Glanz verklärt. Eine unsagbar holde Lieblichkeit strahlte aus ihren schönen Augen, und Frédéric stammelte, jeder Überlegung unfähig, die erstbesten Worte, die ihm einfielen: »Wie geht es Arnoux?«

»Danke.«

»Und Ihren Kindern?«

»Denen geht es sehr gut.«

»Ja . . . Ah! . . . Wie schönes Wetter wir haben, nicht wahr?«

»Prächtiges Wetter, ja, gewiß.«

»Sie machen Besorgungen?«

»Ja.«

Dann neigte sie langsam den Kopf und sagte: »Leben Sie wohl!«

Sie hatte ihm nicht die Hand gereicht, hatte nicht ein einziges liebevolles Wort gesagt, hatte ihn nicht einmal eingeladen, wieder zu ihr zu kommen. Doch was lag schon daran?! Er hätte diese Begegnung nicht für das schönste Abenteuer hergegeben, und noch im Weitergehen kostete er die Süße dieses Wiedersehns genießerisch aus.

Deslauriers war überrascht, ihn zu sehen, ließ sich jedoch seinen Ärger nicht anmerken; er hegte, aus purer Starrköpfigkeit, immer noch eine leise Hoffnung auf Madame Arnoux, und er hatte Frédéric einzig darum geschrieben, er solle noch zu Hause bleiben, damit er bei seinen Machenschaften freie Hand hatte.

Immerhin gab er nun zu, daß er bei ihr vorgesprochen habe, um in Erfahrung zu bringen, ob in ihrem Ehevertrag Gütergemeinschaft vereinbart worden sei. Dann hätte man sich nämlich an das Frauengut halten können.

»Und ein komisches Gesicht hat sie gemacht, als ich ihr von deiner bevorstehenden Heirat erzählte!«

»Nanu! So ein Schwindel!«

»Ich mußte es tun, um ihr glaubhaft zu beweisen, daß du jetzt dein Geld brauchst. Ich muß schon sagen, eine Frau, der du gleichgültig bist, wäre nicht fast in Ohnmacht gefallen wie sie!«

»Ist das wahr?« schrie Frédéric auf.

»Aha! Du Schwerenöter! Da verrätst du dich! Komm, sei aufrichtig, gib's doch zu!«

Eine unsägliche Mutlosigkeit befiel den Anbeter der Madame Arnoux.

»Aber nein doch! ... Ich versichere dir! ... Mein Ehrenwort darauf!«

Diese lahmen Versuche, alles abzustreiten, überzeugten Deslauriers vollends. Er beglückwünschte ihn zu seiner Wahl, wollte Näheres, »Einzelheiten« wissen. Frédéric tat ihm nicht den Gefallen. Er versagte es sich sogar, ihm Märchen aufzubinden.

Hinsichtlich der Hypothek gab er ihm Weisung, vorderhand gar nichts zu unternehmen, sondern abzuwarten. Deslauriers fand, das sei ganz falsch, und wurde sogar sackgrob in seinen Vorhaltungen.

Er war übrigens mißlauniger, übelwollender und reizbarer denn je. In einem Jahr, falls sich das Blatt nicht wende, werde er sich nach Amerika einschiffen oder sich eine Kugel in den Kopf jagen. Kurz, er gab sich so wütend auf alles und jedes und legte einen so unversöhnlichen Radikalismus an den Tag, daß Frédéric sich nicht enthalten konnte zu äußern: »Du bist ja der reinste Sénécal!«

Daraufhin erzählte ihm Deslauriers, daß Sénécal nicht mehr in Sainte-Pélagie sitze; die Untersuchung habe offenbar nicht genügend Beweise ergeben, um ihn vor Gericht zu ziehen.

Aus Freude über seine Freilassung wollte Dussardier einen Punsch spendieren, wie er sagte, und bat Frédéric, dabei mitzuhalten. Er machte ihn allerdings aufmerksam, daß er mit Hussonnet zusammentreffen werde, der sich Sénécal gegenüber hochanständig benommen habe.

Seine Zeitung, die *Leuchte*, hatte in der Tat kürzlich ihrem Betrieb eine Geschäftsstelle angegliedert, die auf ihren Prospekten als *Winzerkontor – Anzeigenvermittlung – Inkasso- und Auskunftsbüro* et cetera figurierte. Da nun aber der entgleiste Literat fürchtete, seine Betriebsamkeit könnte seinem literarischen Ansehen Abbruch tun, hatte er den

Mathematiker als Buchhalter eingestellt. Wenn auch der Posten nur recht mäßig bezahlt war, so wäre Sénécal doch ohne diese Tätigkeit Hungers gestorben. Frédéric, der den wackeren Fuhrhaltergehilfen nicht kränken wollte, nahm seine Einladung an.

Dussardier hatte drei Tage zuvor eigenhändig die roten Dielen seines Dachstübchens gewichst und gebohnt, hatte den Lehnstuhl ausgeklopft und den Kamin abgestaubt, auf dem unter einer Glasglocke eine Alabasterstanduhr zwischen einem Tropfstein und einer Kokosnuß prangte. Da seine beiden Leuchter und sein Kerzenstock nicht ausreichten, hatte er beim Concierge noch zwei Armleuchter geborgt, und diese fünf Lichtquellen strahlten nun auf der Kommode, auf der drei Handtücher ausgebreitet waren, als schicklichere Unterlage für einen Teller mit Makronen, einen mit Biskuits, eine *Brioche* und ein Dutzend Bierflaschen. Gegenüber an der gelb tapezierten Wand hing ein kleines Bücherbord aus Mahagoni; darauf standen nebeneinander die *Fabeln von Lachambeaudie*, die *Geheimnisse von Paris*, der *Napoleon* von Norvins, und mitten in der Bettnische lächelte in einem Palisanderrahmen das Antlitz Bérangers.

Die Gäste waren – abgesehen von Deslauriers und Sénécal – ein frischgebackener Apotheker, der aber noch nicht über das nötige Geld verfügte, um einen eigenen Laden aufzumachen, ferner ein junger Mann aus Dussardiers Betrieb, ein Weinreisender, ein Architekt und ein Herr, der im Versicherungswesen tätig war. Regimbart hatte nicht kommen können. Man bedauerte allgemein sein Fernbleiben.

Alle empfingen Frédéric mit lauten Sympathiekundgebungen, wußten sie doch von Dussardier, was für eine unverblümte Sprache er damals bei Dambreuse geführt hatte. Sénécal begnügte sich damit, ihm mit stummer Würde die Hand hinzustrecken.

Er stand hochgereckt am Kamin. Die andern saßen, ihre Pfeifen im Mund, vor ihm und hörten ihm zu, wie er sich des langen und breiten über das allgemeine Wahlrecht ausließ, das unweigerlich den Sieg der Demokratie und die endliche

Verwirklichung der Grundsätze des Evangeliums bringen mußte. Übrigens sei der Augenblick nahe; die Bankette der Reformisten mehrten sich in den Provinzen; das Piemont, Neapel, die Toskana ...

»So ist es«, fiel ihm Deslauriers ins Wort, »so kann es nicht länger weitergehen!«

Und er begann ein Bild der politischen Lage zu entwickeln. Frankreich habe Holland geopfert, um von England die Anerkennung Louis-Philippes einzuhandeln; und dieses famose englische Bündnis sei nun, dank den spanischen Heiraten, ebenfalls in die Brüche gegangen. In der Schweiz verfechte Herr Guizot, im Schlepptau des Österreichers, die Verträge von 1815. Preußen mit seinem Zollverein halte allerlei Ungelegenheiten bereit, und die Orientfrage sei immer noch in der Schwebe.

»Daß der Großfürst Konstantin Herrn d'Aumale Geschenke übersendet, ist noch lange kein Grund, sich auf Rußland zu verlassen. Was endlich die Innenpolitik angeht, so hat man überhaupt noch nie soviel Verblendung und Dummheit gesehen! Nicht einmal ihre Regierungsmehrheit kann sich länger halten! Kurz, überall ist es, wie man so sagt, nichts! Nichts und wieder nichts! Und angesichts so vieler schmählicher Geschehnisse«, fuhr der Advokat fort und stemmte die Fäuste in die Hüften, »erklären sie sich für vollauf befriedigt!«

Diese Anspielung auf ein berühmt gewordenes Vertrauensvotum rief stürmischen Beifall hervor. Dussardier entkorkte eine Flasche Bier. Der Schaum spritzte an die Vorhänge, er achtete nicht darauf. Er stopfte die Pfeifen, schnitt die Brioche auf, bot reihum an, war auch inzwischen mehrmals hinuntergegangen, um nachzusehen, ob der Punsch nicht bald komme. Und es dauerte nicht lange, so gerieten sie alle in Hitze, denn alle waren sie von der gleichen Erbitterung gegen die Machthaber beseelt. So heftig sich ihre Ablehnung äußerte, so hatte sie doch keinen andern Grund als den Haß gegen Unrecht und Ungerechtigkeit. Und sie warfen denn auch die berechtigten Klagen mit den einfältigsten Anwürfen durcheinander.

Der Apotheker jammerte über den erbärmlichen Zustand der Flotte. Dem Versicherungsmakler gingen die beiden Schildwachen des Marschalls Soult auf die Nerven. Deslauriers zog gegen die Jesuiten los, die sich kürzlich ungescheut in aller Öffentlichkeit in Lille eingenistet hatten. Sénécal hatte vor allem Cousin in der Nase, denn der Eklektizismus lehre, alle Gewißheit aus der Vernunft abzuleiten und leiste somit dem Eigennutz Vorschub und mache das Gemeinschaftsgefühl zunichte. Der Weinreisende, der nicht viel von diesen Dingen verstand, warf lärmend dazwischen, er habe noch so manche Niederträchtigkeit vergessen.

»Der Sonderwagen des Königs auf der Nordbahn soll achtzigtausend Franken kosten! Wer wird das bezahlen?«

»Jawohl, wer wird das bezahlen?« wiederholte der Handelsangestellte wütend, als hätte man dieses Geld aus seiner Tasche genommen.

Daraus ergaben sich eine Menge Anschuldigungen gegen die Börsenspekulanten und die Bestechlichkeit der Beamtenschaft. Da müsse man noch viel höher hinaufgehen, meinte Sénécal, und zuallererst die Fürstlichkeiten anklagen, welche die sittenlosen Zustände der Regentschaftszeit wiederaufleben ließen.

»Habt ihr nicht letzthin die Freunde des Herzogs von Montpensier aus Vincennes zurückkommen sehen? Einer wie der andere zweifellos betrunken! Und haben sie nicht mit ihren Liedern die Arbeiter im Faubourg Saint-Antonie in Harnisch gebracht?«

»Es wurden sogar Rufe laut: ‚Nieder mit den Räubern!'« meinte der Apotheker. »Ich war dabei und habe auch mitgeschrien!«

»So ist's recht! Seit dem Prozeß gegen Teste und Cubières erwacht das Volk endlich!«

»Mir ist dieser Prozeß peinlich«, wandte Dussardier ein, »weil so was einen alten Soldaten in Unehre bringt.«

»Wißt ihr«, fuhr Sénécal fort, »daß man bei der Herzogin von Praslin entdeckt hat ...«

Doch da wurde die Tür mit einem Fußtritt aufgestoßen. Hussonnet trat ein.

»Seid gegrüßt, vieledle und hochmögende Herren!« sagte er und setzte sich aufs Bett.

Niemand spielte auf seinen Artikel an; im übrigen bereute er ihn, denn die Marschallin hatte ihm deswegen tüchtig den Kopf gewaschen.

Er war im Theater gewesen, hatte sich den *Chevalier de Maison-Rouge* von Dumas angesehen und »fand das stinklangweilig«.

Ein solches Urteil erstaunte die Demokraten, denn das Stück schmeichelte durch seine Tendenz und mehr noch durch die Ausstattung ihren Anschauungen. Sie erhoben lebhaft Einspruch. Um dem Streit ein Ende zu machen, fragte Sénécal, ob das Stück die Demokratie fördere.

»Ja ... vielleicht schon ... Aber ein Stil ist das! ...«

»Recht so, dann ist das Stück gut! Was hat schon der Stil zu besagen? Auf die Idee kommt's an!«

Und ohne Frédéric zu Worte kommen zu lassen, fuhr er fort: »Ich sagte also, in der Affäre Praslin ...«

Da unterbrach ihn Hussonnet: »Ah, schon wieder so eine abgedroschene Geschichte! Wie mich der Quatsch anödet!«

»Und ganz andere als Sie ebenso!« versetzte Deslauriers. »Nicht weniger als fünf Zeitungen sind deswegen beschlagnahmt worden. Hört nur einmal diese Notiz.«

Er zückte sein Merkbüchlein und las: »‚Wir haben seit der Errichtung der besten aller Republiken zwölfhundertundneunundzwanzig Presseprozesse über uns ergehen lassen müssen, die unsern Schriftstellern insgesamt dreitausendeinhunderteinundvierzig Jahre Gefängnis nebst der unerheblichen Summe von sieben Millionen hundertzehntausendfünfhundert Franken an Bußen eingetragen haben.' – Neckisch, nicht?«

Alle grinsten bitter und hohnvoll. Frédéric, der genauso erregt war wie die andern, fiel ein: »Die *Démocratie pacifique* hat einen Prozeß auf dem Hals wegen ihres Feuilletons, eines Romans mit dem Titel: *Der Anteil der Frauen.*«

»Immer besser!« feixte Hussonnet. »Wenn man uns auch noch unsern Anteil an den Weibern verbieten will!«

»Aber was ist eigentlich nicht verboten?« tobte Deslauriers,

»es ist verboten, im Luxembourg zu rauchen, verboten, den Hymnus auf Pius IX. zu singen!«

»Und man untersagt das Bankett der Typographen!« stieß eine dumpfgrollende Stimme hervor.

Sie gehörte dem Architekten, der ganz versteckt im dunklen Alkoven saß und bisher beharrlich geschwiegen hatte. Dann erzählte er, vergangene Woche habe man einen Mann namens Rouget* wegen Beleidigung des Königs verurteilt.

»Er ist gesotten, der Rouget!« witzelte Hussonnet.

Dieser Scherz dünkte Sénécal nun dermaßen unangebracht, daß er ihm vorwarf, er verteidige den »Taschenspieler aus dem Stadthaus«, den Freund des Verräters Dumouriez.

»Ich? Ganz im Gegenteil!«

Er finde, Louis-Philippe sei ein langweiliger Spießer und Philister, das Krämerhafteste und Schlafmützigste, was man sich denken könne. Und nun legte der verbummelte Künstler die Hand aufs Herz und knödelte die bis zum Überdruß verzapften königlichen Phrasen herunter: »Es ist mir jedesmal wieder eine Freude ... Die polnische Nationalität wird nicht untergehen ... Unsere gewaltigen Aufgaben werden ihren Fortgang nehmen ... Gebt mir Geld für meine kleine Familie ...« Alle lachten sich halb tot, erklärten, er sei ein unbezahlbarer Spaßvogel, geistvoll und witzig. Die gehobene Stimmung wurde erst recht ausgelassen, als ein Schankwirt die Punschbowle heraufbrachte.

Die Flammen des brennenden Alkohols und die Kerzen erwärmten rasch das Zimmer; und das Licht aus der Dachstube schien über den Hof hinweg auf den Rand des gegenüberliegenden Daches und beleuchtete das Rohr eines Kamins, das schwarz in die Nacht ragte. Sie redeten überlaut, alle zugleich. Ihre Überröcke hatten sie ausgezogen, sie polterten gegen die Möbel und stießen mit ihren Gläsern an.

Hussonnet grölte: »Laßt große Damen heraufkommen. Es soll hier zugehn wie im Hurenhaus! Lokalkolorit und rembrandtisch! Potz Wetter, Strahl und Hagel!«

Und der Apotheker, der, ohne abzusetzen, den Punsch umrührte, stimmte aus voller Kehle an:

* *Rouget* heißt Rotbarsch (Anm. des Übers.).

»Ich hab im Stall zween Ochsen stehn,
zween Ochsen, groß und weiß . . .«

Sénécal hielt ihm die Hand auf den Mund. Er sah es nicht gern, wenn Radau geschlagen wurde. Die Mietsleute waren ohnehin schon an den Fenstern erschienen, erstaunt über den ungewohnten Lärm in Dussardiers Wohnung.

Der wackere Junge war selig und erklärte, das gemahne ihn an ihre früheren Zusammenkünfte am Quai Napoleon; freilich fehlten einige, »Pellerin zum Beispiel . . .«

»Es geht auch ohne ihn«, warf Frédéric ein.

Deslauriers erkundigte sich nach Martinon.

»Was treibt er eigentlich, der unberechenbare Herr?«

Kaum gesagt, machte Frédéric auch schon seinem Groll gegen ihn Luft, äußerte sich abfällig über seinen Geist, seinen Charakter, seine Talmi-Eleganz, überhaupt den ganzen Menschen. Er sei so recht ein Musterexemplar des emporgekommenen Bauern! Die neue Aristokratie, das Bürgertum, könne doch der alten, dem echten Adel, das Wasser nicht reichen! Das behauptete er mit allem Nachdruck, und die Demokraten pflichteten ihm bei, als hätte er zur ersten gehört, und sie hätten mit der zweiten nähern Umgang gepflogen. Alle waren von ihm begeistert. Der Apotheker verglich ihn sogar mit dem Grafen d'Alton-Shée, der zwar Pair von Frankreich sei, sich aber gleichwohl für die Sache des Volks einsetze.

Es war nun Zeit zum Aufbruch. Alle verabschiedeten sich voneinander mit mannhaft kräftigem Händeschütteln. Dussardier begleitete aus anhänglicher Freundschaft Frédéric und Deslauriers noch auf dem Heimweg. Kaum standen sie auf der Straße, setzte der Advokat eine nachdenkliche Miene auf und fragte nach geraumem Schweigen: »Du trägst es ihm also immer noch schwer nach, dem Pellerin?«

Frédéric machte kein Hehl aus seinem Ärger.

Der Maler habe doch immerhin das anrüchige Bild aus dem Schaufenster nehmen lassen. Man dürfe sich doch wegen solcher Lappalien nicht überwerfen! Wozu auch sich einen Feind schaffen?

»Er hat eben einer Anwandlung von Übellaunigkeit nachgegeben, die bei einem Menschen, der keinen roten Heller sein eigen nennt, durchaus entschuldbar ist. Kannst du das denn nicht begreifen?«

Und als Deslauriers dann in seine Bude hinaufgegangen war, hängte sich Dussardier wie eine Klette an Frédéric; er wollte ihn sogar dazu überreden, das Bild doch ja zu kaufen. Wirklich hatte Pellerin, der alle Hoffnung, ihn einzuschüchtern, aufgegeben hatte, die beiden eingeseift, damit Frédéric ihnen zuliebe das Porträt nehme.

Auch Deslauriers kam wieder darauf zu sprechen und ließ nicht locker. Die Ansprüche des Künstlers seien doch recht mäßig.

»Ich bin sicher, mit – sagen wir etwa: fünfhundert Franken ...«

»Ach, gib sie ihm! Da hast du das Geld«, schnitt ihm Frédéric kurz das Wort ab.

Noch am gleichen Abend wurde das Bild gebracht. Es dünkte ihn noch greulicher als das erstemal. Die Halbtöne und Schatten waren unter den allzu vielen Übermalungen nachgedunkelt und wirkten viel zu dunkel im Verhältnis zu den Lichtern, die stellenweise hell geblieben waren und unangenehm von dem Ganzen abstachen.

Frédéric rächte sich für das hinausgeworfene Geld, indem er mit bitteren Schmähungen darüber herfiel. Deslauriers glaubte ihm alles aufs Wort und gab ihm vollständig recht. Sein Ehrgeiz ging nämlich immer noch dahin, eine Kampfschar wagemutiger Männer zu bilden, deren Führer er sein würde. Manche Menschen haben eben ihre Freude daran, wenn sie ihre Freunde zu Schritten verleiten können, die ihnen unangenehm sind.

Unterdessen war Frédéric nicht mehr zu den Dambreuses gegangen. Es fehlten ihm ganz einfach die nötigen Kapitalien, und das hätte dann zu endlosen Auseinandersetzungen geführt. So konnte er sich nicht recht entscheiden. Vielleicht hatte er recht? Nichts war ja heutzutage mehr sicher, das Geschäft mit den Steinkohlen so wenig wie irgendein anderes. Diese Kreise mußte er ein für allemal meiden! Schließlich redete ihm Deslauriers sein Vorhaben aus. Vor lauter

Haß wurde er mit der Zeit gesinnungstüchtig, und zudem war es ihm lieber, Frédéric lebte in mehr oder weniger bescheidenen Verhältnissen. Dabei blieb er ihm ebenbürtig und konnte zwangloser mit ihm verkehren.

Fräulein Roques Auftrag war nur sehr liederlich ausgeführt worden. Ihr Vater berichtete davon unter Beifügung der genauesten Angaben, und seinen Brief schloß er mit der witzigen Wendung: »Auf die Gefahr hin, daß Sie sich wie ein Neger abplacken müssen.«

Frédéric konnte nicht gut anders, er mußte wieder zu Arnoux gehen. Er stieg in den Lagerraum hinauf, fand aber niemanden. Da die Firma vor der Pleite stand, machten es die Angestellten wie ihr Chef und kümmerten sich nicht mehr groß um das Geschäft.

Er ging an dem langen, mit Fayencen vollgestellten Regal vorbei, das mitten durch den Raum in seiner ganzen Länge führte. Als er dann hinten vor dem Kontor anlangte, trat er lauter auf, um sich bemerkbar zu machen.

Die Portiere wurde beiseitegeschoben, und Madame Arnoux stand vor ihm.

»Wie? Sie sind hier? Sie!«

»Ja«, sagte sie, mühsam nach Worten ringend und leicht verwirrt, »ich suchte . . .«

Da sah er ihr Taschentüchlein beim Pult liegen und erriet, daß sie zu ihrem Gatten heruntergekommen war, um über irgend etwas Aufklärung zu verlangen, um etwas, was sie beunruhigte, ins reine zu bringen.

»Aber . . . vielleicht brauchen Sie etwas?« fragte sie dann.

»Ach, eine Kleinigkeit nur, Madame.«

»Diese Angestellten sind doch unausstehlich! Immer laufen sie weg.«

Man dürfe sie nicht tadeln, meinte er, im Gegenteil, er gratuliere sich zu diesem glücklichen Zufall.

Sie sah ihn spöttisch an.

»Ei, und diese Heirat?«

»Welche Heirat?«

»Ihre!«

»Ich soll heiraten?! Nie im Leben!«

Sie zuckte ungläubig die Achseln.

»Und wenn es stimmte, was wäre schon dabei? Man flüchtet ins Mittelmaß, wenn man an dem Schönen, das man erträumt hat, verzweifeln muß.«

»Nicht alle Ihre Träume waren freilich so ... kindlich harmlos!«

»Was meinen Sie damit?«

»Wenn Sie beispielsweise zum Rennen mit ... so Dämchen fahren.«

Er wünschte die Marschallin ins Pfefferland. Da fuhr ihm eine Erinnerung durch den Kopf: »Aber Sie haben mich doch damals selbst gebeten, sie zu besuchen, Arnoux zuliebe und in seinem Interesse!«

Sie schüttelte vorwurfsvoll den Kopf und erwiderte: »Und Sie haben es ausgenützt, um sich zu vergnügen.«

»Du lieber Himmel! Vergessen wir doch alle diese Torheiten!«

»Sie haben recht, zumal Sie ja heiraten wollen!«

Sie kämpfte gegen einen aufsteigenden Seufzer an und biß sich auf die Lippen.

Da brach er fast schreiend los: »Aber ich sage Ihnen noch einmal: es ist nicht wahr! Können Sie glauben, ich mit meinen geistigen Ansprüchen, meinen Gewohnheiten würde hingehn und mich irgendwo auf dem Land vergraben, um dort mit Kartenspielen die Zeit totzuschlagen, irgendwelche Bauarbeiter zu beaufsichtigen und in Holzschuhen herumzulaufen? Wozu denn also? Man hat Ihnen erzählt, sie sei reich, nicht wahr? Ach, was liegt mir schon an Geld?! Ich pfeife drauf! Habe ich mich vielleicht darum so lange nach dem Inbegriff des Schönen, Liebsten, Zauberhaftesten gesehnt, habe ich mir dafür ein Paradies in irdischer Gestalt erträumt? Und nun, da ich's endlich gefunden habe, dieses Ideal, nun, da mir dieses Himmelsbild erschienen ist und alle andern Frauen verdunkelt ...«

Er nahm ihren Kopf zwischen beide Hände, küßte sie immer wieder auf die Augenlider und sagte dabei: »Nein! Nein! Nein! Niemals werde ich heiraten! Nie! Nimmermehr!«

Sie ließ sich seine Liebkosungen gefallen, wie gelähmt vor Überraschung und Entzücken.

Da fiel die Tür, die vom Lagerraum auf die Treppe führte, ins Schloß. Sie fuhr mit einem Satz zurück und blieb mit ausgestreckter Hand stehen, als wollte sie ihm Schweigen gebieten. Schritte kamen näher, dann fragte jemand draußen: »Ist Madame Arnoux da?«

»Herein!«

Madame Arnoux saß mit aufgestützten Ellenbogen am Kontorpult und drehte ruhig, als wäre nichts geschehen, eine Feder in der Hand, als der Buchhalter die Portiere aufschlug.

Frédéric erhob sich.

»Gnädige Frau, ich habe die Ehre, mich von Ihnen zu verabschieden. Das Tafelgedeck, nicht wahr, wird doch bestimmt zur Zeit fertig? Ich kann mich darauf verlassen?«

Sie erwiderte nichts. Aber diese stillschweigende Mittäterschaft ließ ihr Gesicht mit aller Glutröte des Ehebruchs aufflammen.

Am nächsten Tag ging Frédéric wieder zu ihr und wurde empfangen. Um den gewonnenen Vorteil auszunützen, fing er unverzüglich und ohne Umschweife an, sich wegen der Begegnung auf dem Marsfeld zu rechtfertigen. Der Zufall allein habe es so gefügt, daß er mit dieser Frau zusammen dort gewesen sei. Selbst angenommen, sie wäre hübsch – was ja nicht wahr sei –, wie könnte sie auch nur augenblickslang seine Gedanken und Gefühle fesseln, da er doch eine andere liebe!

»Sie wissen es ja recht gut, ich habe es Ihnen doch gesagt!«

Madame Arnoux blickte zu Boden.

»Es tut mir leid, daß Sie mir's gesagt haben.«

»Warum denn?«

»Der einfachste Anstand verbietet mir von nun an, Sie weiter zu empfangen!«

Er beteuerte die Reinheit und Unschuld seiner Liebe. Die Vergangenheit müsse ihr für die Zukunft bürgen. Er habe sich selber gelobt, keinerlei Unruhe in ihr Leben zu bringen, sie niemals mit seinen Klagen zu belästigen.

»Gestern aber ist mir das Herz übergeflossen!«

»Wir dürfen nicht mehr an diesen Augenblick denken, lieber Freund!«

Was wäre denn schon Schlimmes dabei, wenn zwei arme bedrückte Herzen ihre Traurigkeit ineinander ausströmten?

»Sie sind doch auch nicht glücklich! Oh, ich kenne Sie! Sie haben keinen Menschen, der ihrem Verlangen nach Liebe und Hingabe entgegenkäme. Ich will alles tun, was Sie nur wollen. Ich werde Ihnen nie zu nahe treten! ... Das schwöre ich Ihnen!«

Und er fiel vor ihr auf die Knie nieder; er konnte nicht anders, es war, als breche er unter einer allzu schweren inneren Last zusammen.

»Stehen Sie auf!« gebot sie. »Ich will's!«

Und sie erklärte ihm gebieterisch, wenn er nicht gehorche, werde sie ihn nie wiedersehen.

»Ach, das können Sie mir nicht antun!« begehrte Frédéric auf. »Was habe ich denn sonst noch auf der Welt zu tun? Die andern mühen sich ab, streben nach Reichtum, Berühmtsein und Macht. Ich aber habe keinen Beruf und kein Ziel. Sie sind mein ein und alles, nur Ihnen gilt mein ganzes Sinnen und Streben. Sie bedeuten mir Glück, sind Ziel und Mittelpunkt meines Daseins, meiner Gedanken! Ich kann ohne Sie nicht leben, so wenig wie ohne die Luft des Himmels. Spüren Sie denn nicht, wie meine Seele nach der Ihren lechzt, fühlen Sie nicht, daß unsere Seelen ineinander aufgehn müssen und daß ich daran sterbe?«

Madame Arnoux begann an allen Gliedern zu zittern. »Oh, gehen Sie! Gehen Sie jetzt, ich bitte Sie darum!«

Der verstörte Ausdruck ihres Gesichts gebot ihm Einhalt. Dann tat er einen Schritt auf sie zu. Doch sie wich vor ihm zurück und hob die flehend gefalteten Hände.

»Lassen Sie mich! Um Gottes willen, ich bitte Sie, seien Sie barmherzig!«

Und Frédérics Liebe war so groß und selbstlos, daß er ging.

Doch es dauerte nicht lange, so schalt er sich zornig einen blöden Tropf, und vierundzwanzig Stunden später ging er wieder zu ihr.

Madame Arnoux war nicht zu Hause. Halb von Sinnen

vor Wut und Empörung blieb er auf dem Treppenabsatz stehen. Da kam gerade Arnoux und erzählte ihm, seine Frau sei am gleichen Morgen abgereist und habe ein kleines Landhaus bezogen, das sie in Auteuil gemietet hätten, da die Villa in Saint-Cloud nicht mehr ihnen gehöre.

»Wieder so eine von ihren Nücken! Na, mir kann's recht sein, wenn's ihr nur Spaß macht. Mir paßt es übrigens ausgezeichnet in den Kram! Speisen wir heute abend zusammen?«

Frédéric schützte ein dringliches Geschäft vor und fuhr eilends nach Auteuil.

Madame Arnoux stieß unwillkürlich einen Freudenschrei aus. Da war sein ganzer Groll auch schon verflogen.

Er sprach kein Wort von seiner Liebe. Da er ihr Vertrauen gewinnen und noch vertiefen wollte, übertrieb er sogar seine Zurückhaltung; und als er sie fragte, ob er wiederkommen dürfe, antwortete sie: »Aber selbstverständlich«, und reichte ihm die Hand, zog sie jedoch fast augenblicklich wieder zurück.

Von nun an besuchte Frédéric sie immer häufiger. Er versprach dem Kutscher fürstliche Trinkgelder. Oft aber fand er, der Gaul nehme seine Sache zu gemütlich, und dann riß ihm die Geduld; er stieg aus der Droschke und kletterte völlig außer Atem in einen Omnibus. Und wie geringschätzig maß er dann die Gesichter der Leute, die vor ihm saßen und nicht zu ihr fuhren!

Schon von weitem erkannte er ihr Haus an einer riesigen Geißblattstaude, die auf einer Seite die Dachplanken überwucherte. Es war eine Art Schweizer Chalet, rot angestrichen, mit einem Balkon ringsum. Im Garten standen drei alte Kastanienbäume, und in der Mitte auf einer Erderhebung befand sich ein Sonnendach aus Stroh, getragen von einem Baumstrunk. Unter der Schieferhaube der Gartenmauer gedieh eine mächtige Weinrebe, die stellenweise schlecht befestigt war und herunterhing wie ein verfaultes Tau. Die Glocke am Gartentor war nur schwer zu betätigen und gab dann ein langanhaltendes Gebimmel von sich, und es dauerte jedesmal eine gute Weile, bis jemand kam. Bei jedem

Besuch empfand er ein bängliches Gefühl, eine unbestimmte Angst.

Dann hörte er die Pantoffeln der Magd über den Sand schlurfen, oder Madame Arnoux kam selbst ans Tor. Eines Tages trat er von hinten an sie heran, während sie auf dem Rasen kauerte und Veilchen suchte.

Die Ungezogenheit und Launenhaftigkeit ihrer Tochter hatte sie genötigt, sie ins Kloster zu schicken. Ihr Söhnchen war den ganzen Nachmittag in der Schule, Arnoux saß stundenlang mit Regimbart und seinem Freund Compain beim Mittagessen. So konnte kein unberufener Störenfried sie überraschen.

Es war ihnen beiden selbstverständlich, daß sie einander nicht angehören durften. Diese stillschweigende Übereinkunft, die sie gegen jede Gefahr feite, machte es beiden leichter, aus sich herauszugehen und einander ihr Herz aufzuschließen.

Sie erzählte ihm von ihrem früheren Leben, damals in Chartres bei ihrer Mutter, wie sie mit zwölf Jahren fromm und gläubig gewesen war, von ihrer Musikleidenschaft, und daß sie in ihrem Kämmerlein mit dem Ausblick auf die Stadtwälle bis in die Nacht hinein gesungen habe. Er wiederum schilderte ihr seine schwermütigen Stimmungen auf dem Gymnasium, und wie an seinem poesieverklärten Himmel ein Frauenantlitz leuchtete, so daß er sie gleich wieder erkannt habe, als er sie zum erstenmal sah.

Ihre Gespräche umfaßten gewöhnlich nur die Jahre, seit sie einander kannten. Er rief ihr unbedeutende Einzelheiten wieder ins Gedächtnis, erinnerte sie an die Farbe ihres Kleides zu der und der Zeit, welcher Besuch an einem bestimmten Tag hereingeschneit war, was sie ein andermal gesagt hatte. Und sie staunte dann immer in fassungsloser Verwunderung: »Ja, ich erinnere mich noch!«

Ihr Geschmack, ihre Urteile stimmten stets überein. Oftmals rief eins, wenn der andere etwas erzählte, aus: »Ja, auch ich! . . .«

Dann wieder war die Reihe am andern, zu sagen: »Auch ich! . . .«

Hierauf wollten ihre Klagen über die Vorsehung kein Ende

nehmen: »Warum hat es der Himmel nicht haben wollen? Wären wir einander begegnet!...«

»Ach, wenn ich jünger gewesen wäre!« seufzte sie.

»Nein! Ich hätte ein wenig älter sein müssen!«

Und sie malten sich ein Leben aus, das ausschließlich der Liebe geweiht und reich genug war, unermeßliche Einöden und Einsamkeiten auszufüllen, das weit über alle Freuden hinaus beseligte, allem Ungemach Trotz bot, ein Dasein, in dem die Stunden in einem immerwährenden gegenseitigen Sichaussprechen und Ineinanderaufgehen verflogen und das so etwas Strahlendes und Hochhehres hätte sein können wie Sternenfunkeln am Himmelszelt.

Fast immer hielten sie sich im Freien oben an der Stiege auf. Herbstlich gelbe Baumwipfel wogten vor ihren Augen in unebenmäßigen Wellen bis an den Rand des blassen Himmels. Oder sie gingen miteinander bis zum Ende des Baumgangs, in ein Gartenhäuschen, in dem nur ein einziges Möbelstück, ein mit grauem Linnen bezogenes Kanapee, stand. Der Wandspiegel war mit kleinen schwarzen Flecken übersät, die Wände strömten einen leisen Modergeruch aus. Und hier verweilten sie, plauderten voll Entzücken von sich selber, von den andern, gleichgültig worüber. Zuweilen drang das Sonnenlicht durch die Ritzen der Fensterläden, und dann sah es aus, als spannten sich von der Decke bis auf den Fliesenboden die Saiten einer Harfe. Winzige Stäubchen wirbelten in diesen Lichtstreifen. Sie machte sich einen Spaß daraus, sie mit der Hand zu zerteilen. Frédéric ergriff ihre Hand behutsam; und er betrachtete das zarte Netzwerk ihres Geäders, die feinporige Haut, die Form ihrer Finger. Jeder einzelne ihrer Finger war für ihn mehr als bloß ein Ding, war beinahe ein beseeltes Wesen.

Sie schenkte ihm ihre Handschuhe, eine Woche darauf ihr Taschentüchlein. Sie sagte »Frédéric« zu ihm, und er nannte sie »Marie« und liebte diesen Namen abgöttisch, weil er, nach seinem Dafürhalten, eigens geschaffen sei, um in andachtsvoller Verzückung inbrünstig geseufzt zu werden; war ihm doch, als durchzögen ihn Wolken von Weihrauchduft, und Rosen seien darüber ausgestreut.

Schließlich kamen sie so weit, daß sie den Tag, an dem er sie besuchen sollte, im voraus festlegten; und dann ging sie jedesmal wie zufällig an die frische Luft und spazierte ihm auf der Landstraße entgegen.

Sie tat gar nichts, um seine Liebe begehrlicher zu machen, so gänzlich war sie eingesponnen in das sorglose In-den-Tag-Hineinleben, das jedes große Glück kennzeichnet. Den ganzen Sommer über trug sie ein Hauskleid aus braunem Samt mit gleichfarbigen Borten, ein weites Gewand, das gut zu ihren weichen Bewegungen und dem sanften Ernst ihrer Züge paßte. Zudem kam sie nun allmählich in den Spätsommer ihres Frauenlebens, in eine Zeit also der Nachdenklichkeit und des zärtlich-innigen Selbstbesinnens, in der die beginnende Reife den Blick mit tieferer Glut färbt, wenn mit der Kraft des Herzens sich die Lebenserfahrung paart und wenn in ihrem vollen Erblühen die Frau erst ihr eigentlichstes Wesen ausprägt und in der Ausgeglichenheit ihrer reifen Schönheit von innerem Reichtum überströmt. Nie zuvor hatte sie größere Sanftmut und Nachsicht ausgestrahlt. Sie war sicher, daß sie nicht straucheln konnte, und so gab sie sich rückhaltlos einem Gefühl hin, das ihr wie ein wohlerworbenes Recht vorkam, ein Recht, das sie mit viel Kummer und Sorgen verdient hatte. Das alles tat ihr übrigens so wohl und war so ungewohnt! Welch ein Abgrund klaffte zwischen Arnoux' Roheit und Frédérics anbetungsvoller Verehrung!

Er zitterte davor, er könnte durch ein unbedachtes Wort alles wieder verlieren, was er gewonnen zu haben glaubte, und sagte sich in einem fort, eine versäumte Gelegenheit biete sich wohl ein andermal von neuem, eine Dummheit hingegen lasse sich nie wiedergutmachen. Sie sollte sich ihm geben, so wünschte er's, er wollte sie nicht nehmen. Die Gewißheit ihrer Liebe beglückte ihn wie ein Vorgeschmack des Besitzes, und überdies erregte der Zauber ihres Wesens mehr noch sein Herz als seine Sinne. Sie erlebten eine so namenlose Seligkeit, eine solche Glückstrunkenheit, daß er darüber sogar die Möglichkeit eines vollkommenen Glücks vergaß. Fern von ihr jedoch verzehrte ihn rasendes Begehren.

Bald schon gab es in ihren Zwiegesprächen lange Pausen, wo sie stumm beisammensaßen. Mitunter erröteten sie, empfanden im Bewußtsein ihres Geschlechts eine Art Scham voreinander. Alle Bemühungen, ihre Liebe zu verbergen, verrieten sie nur desto deutlicher; je stärker sie anwuchs, um so zurückhaltender wurde ihr Benehmen. Infolge dieses fortgesetzten Sichverstellenmüssens wurde ihre Reizbarkeit fast krankhaft gesteigert. Sie atmeten voll Genuß den Geruch des feuchten Laubes ein, litten unter dem Ostwind, waren grundlos gereizt und hatten unheilvolle Vorahnungen. Das Tappen eines Schrittes, ein Knacken im Getäfel jagten ihnen Todesängste ein, als hätten sie gesündigt. Sie fühlten, wie sie einem Abgrund zugetrieben wurden; eine gewitterschwangere Atmosphäre hüllte sie ein. Und wenn Frédéric Klagen laut werden ließ, erging sie sich in Selbstvorwürfen: »Ja, ich weiß, es ist nicht recht von mir! Ich benehme mich ja wie ein kokettes Frauenzimmer! Kommen Sie doch lieber nicht mehr!«

Dann wiederholte er immer dieselben Schwüre, und sie hörte sie jedesmal voll Freude an.

Ihre Rückkehr nach Paris und der Neujahrstrubel brachten eine zeitweilige Unterbrechung ihrer Zusammenkünfte mit sich. Als er wiederkam, hatte er in seinem ganzen Auftreten etwas ungewohnt Kühnes. Sie ging alle Augenblicke hinaus, um Weisungen zu erteilen, und empfing, trotz seinen Bitten, alle die spießigen Leutchen, die sie besuchten. Nun entspannen sich nicht endenwollende Gespräche über Léotade, Guizot, den Papst, den Aufstand in Palermo und das Bankett der Opposition im XII. Stadtbezirk, das die Gemüter in Unruhe versetzte. Frédéric machte seinem Herzen Luft, indem er gegen die Regierung loszog, denn er wünschte, wie Deslauriers, einen allgemeinen Umsturz herbei, so verbittert war er jetzt. Madame Arnoux ihrerseits wurde sichtlich traurig und mißgestimmt.

Ihr Gatte trieb es mit seinen Liebeleien immer bunter und hielt jetzt ganz offen eine Fabrikarbeiterin aus, eben jenes Mädchen aus Bordeaux. Madame Arnoux erzählte es selber Frédéric. Er wollte daraus ein Argument zu seinen Gunsten ableiten: da man ja auch sie hintergehe, meinte er.

»Oh, darum mache ich mir weiter keine Sorgen!« wehrte sie ab.

Diese Erklärung schien ihm die innige Vertrautheit ihrer Beziehung eindrücklich darzutun. Argwöhnte Arnoux übrigens nichts?

»Nein, jetzt nicht mehr!«

Sie erzählte ihm, er habe sie eines Abends miteinander allein gelassen, sei dann aber zurückgekommen und habe an der Tür gelauscht, und da sie beide gerade von ganz gleichgültigen Dingen gesprochen hätten, wiege er sich seither in völliger Sicherheit.

»Mit Recht, nicht wahr?« warf Frédéric bitter ein.

»Ja, natürlich!«

Diese Antwort hätte sie freilich besser für sich behalten.

Eines Tages traf er sie um die Stunde, zu der er gewöhnlich kam, nicht zu Hause an. Das wirkte auf ihn wie ein Verrat.

Dann wieder ärgerte er sich darüber, daß die Blumen, die er ihr mitbrachte, immer nur in ein Wasserglas gestellt wurden.

»Wo sollen sie denn sonst hin?«

»Oh, jedenfalls nicht dorthin! Übrigens sind sie da weniger kühl und lieblos aufgehoben als an Ihrem Herzen!«

Einige Zeit später machte er ihr Vorwürfe, weil sie am Abend vorher in der Italienischen Oper gewesen war, ohne ihn zu verständigen. Andere hatten sie gesehen, bewundert, vielleicht gar geliebt. Frédéric klammerte sich an seine argwöhnischen Verdächtigungen einzig und allein, um Streit zu suchen und sie zu quälen; denn er fing an sie zu hassen, und da war es ja nur recht und billig, daß sie auch etwas von seinem Leid zu spüren bekam!

Eines Nachmittags, Mitte Februar, überraschte er sie in großer Erregung. Der kleine Eugen klagte über Halsschmerzen. Der Doktor hatte freilich erklärt, es habe nichts zu bedeuten, es handle sich nur um einen argen Schnupfen, eine fiebrige Erkältung. Frédéric war betroffen über das fiebertrunkene Aussehen des Kindes. Gleichwohl beruhigte er die verängstigte Mutter, zählte zum Beweis verschiedene gleichaltrige Kinder auf, die an ähnlichen Erkrankungen gelitten hätten und schnell wieder gesund geworden seien.

»Wirklich?«

»Aber selbstverständlich, ganz gewiß!«

»Oh, wie gut Sie sind!«

Und sie ergriff seine Hand. Er hielt sie mit sanft beharrlichem Druck fest.

»Oh, lassen Sie los!«

»Was macht das schon? Sie reichen sie ja doch nur dem Tröster! ... In solchen Notlagen bin ich Ihnen gut genug, aber wenn ich von meiner Liebe spreche ... zweifeln Sie an mir!«

»Ich zweifle nicht an Ihnen, mein lieber armer Freund!«

»Weshalb dann dieses Mißtrauen, als ob ich ein Schurke wäre, der Ihr Vertrauen mißbrauchen könnte?«

»Oh nein, dazu sind Sie nicht imstande!«

»Wenn ich nur einen Beweis hätte!«

»Was für einen Beweis?«

»Einen, den man dem erstbesten zubilligt, den Sie mir selbst auch schon einmal zugestanden haben.«

Und er erinnerte sie daran, daß sie einmal zusammen an einem nebligen Winterabend in der Dämmerstunde ausgegangen waren. All dies sei jetzt schon so lange her! Was hielt sie denn ab, sich vor aller Welt an seinem Arm zu zeigen, ohne ängstliche Besorgnis ihrerseits, ohne Hintergedanken von seiner Seite, da ja weit und breit kein Mensch sei, der sie belästigen konnte?

»Meinetwegen denn!« sagte sie mit einem plötzlichen tapferen Entschluß, der Frédéric zuerst die Sprache verschlug.

Doch dann drängte er freudig erregt: »Darf ich Sie an der Ecke der Rue Tronchet und der Rue de la Ferme erwarten?«

»Mein Gott, lieber Freund! ...« stammelte Madame Arnoux.

Doch er gönnte ihr keine Zeit zu überlegen, sondern fuhr fort: »Nächsten Dienstag, denk ich?«

»Dienstag?«

»Ja, zwischen zwei und drei Uhr!«

»Gut, ich komme.«

Und sie wandte in einer schamhaften Regung ihr Gesicht ab. Frédéric drückte seine Lippen auf ihren Nacken.

»Oh, das ist nicht recht!« wehrte sie ihm. »Ich könnte es noch bereuen.«

Er trat zurück, denn er fürchtete, sie könnte wie alle Frauen wankelmütig sein. Auf der Schwelle dann sagte er noch einmal leise und als spreche er von einer bindenden Verabredung: »Dienstag also!«

Sie schlug ihre schönen Augen schamvoll und schicksalsergeben nieder.

Frédéric hatte sich einen Plan zurechtgemacht.

Er hoffte, Regen oder Sonnenhitze würden ihm zu Hilfe kommen, und er könne sie unter diesem Vorwand zum Ausruhen in einer Türnische bewegen. Stand sie dann erst einmal vor der Tür, so würde sie wohl auch mit ins Haus hineinkommen. Die Schwierigkeit lag nur darin, ein geeignetes Haus zu finden.

Er machte sich also auf die Suche, und in der Mitte der Rue Tronchet las er auch schon von weitem auf einem Schild: *Möblierte Zimmer zu vermieten.*

Der Hausbursche begriff sogleich, worauf er hinauswollte, und zeigte ihm im Zwischengeschoß ein Zimmer mit einem Nebenraum und zwei Ausgängen. Frédéric mietete es für einen Monat und zahlte im voraus.

Dann ging er in drei Geschäfte und kaufte die ungebräuchlichsten Parfüme ein, erstand ein Stück unechter Gipüre, das er an Stelle des scheußlichen roten baumwollenen Bettüberwurfs hinlegen wollte, und wählte ein paar blaue Atlaspantöffelchen. Einzig die Angst, er könnte unfein und aufdringlich erscheinen, ließ ihn in seinen Einkäufen Maß halten. Mit den eingehandelten Schätzen kehrte er in sein Absteigequartier zurück, und nun ging er ans Werk, andächtiger als die Leute, die einen Weihaltar ausschmücken; er rückte die Möbel von ihren Plätzen, drapierte eigenhändig die Vorhänge und stellte Heidekraut auf den Kamin und Veilchen auf die Kommode. Am liebsten hätte er das Zimmer ganz mit Gold ausgelegt. Morgen kommt sie! sagte er sich immer wieder, ja, morgen! Ich träume nicht! Und er spürte, wie sein Herz rasend klopfte, wie es im Fiebertaumel der Hoffnung hämmerte und pochte. Als dann alles bereit war, steckte er den Schlüssel in seine Tasche, als hätte das Glück, das hier schlummerte, auf und davon fliegen können.

Zu Hause erwartete ihn ein Brief seiner Mutter.

»Warum bleibst du so lange weg?« schrieb sie. »Dein Verhalten wirkt allmählich lächerlich. Ich verstehe ja, daß du anfänglich bis zu einem gewissen Grad dieser Verbindung unschlüssig und zögernd gegenübergestanden hast. Überlege dir's immerhin gründlich!«

Und dann ging sie bis ins einzelne auf die Sachlage ein: fünfundvierzigtausend Franken jährliche Rente! Übrigens »munkle man bereits allerlei«. Und Herr Roque erwarte eine endgültige Antwort. Was die junge Erbin betreffe, so sei sie in einer peinlichen Lage. »Sie liebt dich nämlich von Herzen!«

Frédéric las den Brief gar nicht erst zu Ende, sondern warf ihn unwillig auf den Tisch. Dann riß er einen andern auf, ein kurzes Briefchen von Deslauriers.

»Mein Lieber,

die Birne ist reif. Deinem Versprechen zufolge zählen wir auf Dich. Zusammenkunft: morgen bei Sonnenaufgang auf dem Pantheon-Platz. Geh ins Café Soufflot. Ich muß Dich unbedingt noch vor der Kundgebung sprechen.«

Ach was! Ihre Kundgebungen kenne ich! Verbindlichsten Dank! Ich habe ein angenehmeres Stelldichein.

Am nächsten Morgen war Frédéric schon um elf Uhr unterwegs. Er wollte vorsorglich noch einen letzten Blick auf seine Zurüstungen werfen. Und dann, wer weiß, konnte sie ja aus irgendeinem Zufall schon früher kommen! Als er um die Ecke der Rue Tronchet bog, hörte er hinter der Madeleine ein lautes Gelärme. Er ging näher und erblickte nun zur Linken im Hintergrunde des Platzes Männer in Blusen und bürgerlich gekleidete Leute.

In der Tat hatte ein Manifest, das in den Zeitungen veröffentlicht worden war, alle Subskribenten des Reformistenbanketts an diesen Ort zusammenberufen. Unmittelbar nachher hatte das Ministerium eine Bekanntmachung anschlagen lassen, laut welcher das Bankett verboten wurde. Am Abend vorher hatte es die parlamentarische Opposition abgesagt; doch die Patrioten, die nichts von diesem Beschluß ihrer Führer wußten, waren trotzdem, gefolgt von einer stattlichen Zahl Schaulustiger, zu der anberaumten Zusammenkunft erschienen. Eine Abordnung der Hochschulen hatte sich unlängst zu Odilon Barrot begeben. Sie war jetzt im Außenministerium, und man wußte immer noch nicht, ob das Bankett stattfinden sollte, ob die Regierung ihre Drohung wahrmachen und die Nationalgardisten vorschicken werde. Man schimpfte auf die Abgeordneten und auf die Regierung. Die Menge schwoll mehr und mehr an, und auf einmal erscholl der Refrain der Marseillaise.

Es war der Zug der Studenten, die anmarschiert kamen. Sie gingen im Schritt, in Zweierreihen, in guter Ordnung, mit zornig erregten Gesichtern und bloßen Händen, und von Zeit zu Zeit riefen alle: »Hoch lebe die Reform! Nieder mit Guizot!«

Frédérics Freunde waren dabei, soviel war sicher. Sie würden ihn sehen und mitschleifen. Schleunigst flüchtete er in die Rue de l'Arcade.

Als die Studenten zweimal rund um die Madeleine marschiert waren, zogen sie weiter gegen den Concorde-Platz. Er war gestopft voll Menschen; und die dichtgedrängte Menge sah von weitem aus wie ein schwarzes, wogendes Ährenfeld.

Im selben Augenblick marschierten sturmbereit links von der Kirche Liniensoldaten auf.

Immer noch standen die Gruppen der Manifestanten auf dem Platz. Um dem ein Ende zu machen, packten Polizisten in Zivil die Rädelsführer und führten sie mit roher Gewalt auf die Polizeistation ab. Trotz seiner Empörung blieb Frédéric stumm. Man hätte ihn ja sonst mit den andern zusammen verhaften können, und dann hätte er Madame Arnoux verpaßt.

Nicht lange nachher tauchten die Helme der Munizipalgardisten auf. Sie schlugen mit dem flachen Säbel um sich. Ein

Pferd stürzte; man eilte ihm zu Hilfe, und kaum saß der Reiter wieder im Sattel, rannten alle davon.

Nun trat Totenstille ein. Der feine Sprühregen, der den Asphalt genetzt hatte, hatte aufgehört. Wolken, vom Westwind gemächlich dahingetrieben, zogen am Himmel vorüber.

Frédéric eilte die Rue Tronchet hinunter und hielt dabei vor und hinter sich scharf Ausschau.

Endlich schlug es zwei Uhr.

Ah, jetzt ist es so weit! sagte er sich. Sie verläßt ihr Haus, sie naht! Und eine Minute später dachte er: Sie könnte längst da sein! Bis um drei Uhr suchte er sich zu beruhigen. Nein, sie hat sich nicht verspätet. Nur ein bißchen Geduld!

Weil er nichts anderes zu tun wußte, sah er sich die spärlichen Läden an. Da waren ein Buchhändler, ein Sattler, ein Geschäft mit Trauersachen. Bald kannte er alle Buchtitel, alle Pferdegeschirre, alle Stoffe in- und auswendig. Die Ladenbesitzer, die ihn aber und abermals hin und her gehen sahen, waren zuerst verwundert, dann erschrocken und ließen schließlich ihre Rolläden herunter.

Bestimmt war sie verhindert und litt jetzt ebenso darunter wie er. Doch welche Freude nachher, jetzt gleich! Denn kommen würde sie, das war sicher! Sie hat es mir doch versprochen! Doch nach und nach beschlich ihn ein unerträgliches Angstgefühl.

In einem Anfall kopfloser Ungeduld ging er ins Hotel zurück, als wenn sie dort hätte sein können. Vielleicht aber kam sie im selben Augenblick gerade die Straße herauf. Er rannte hinunter. Niemand! Und wieder ging er rastlos auf dem Trottoir auf und ab.

Er betrachtete die Ritzen zwischen den Pflastersteinen, die Ausflußlöcher der Dachrinnen, die Straßenlaternen, die Nummern über den Haustüren. Die unscheinbarsten Gegenstände wurden ihm zu Gefährten oder vielmehr zu höhnischen Zuschauern, und die eintönig regelmäßigen Fassaden der Häuser starrten ihn, wie er meinte, mitleidlos an. Seine Füße taten ihm vor Kälte weh, und er fühlte sich so niedergeschlagen, daß er meinte, er müsse zusammenbrechen. Bei jedem

Schritt, den er machte, spürte er, wie die Erschütterung ihm fast das Hirn zersprengen wollte.

Als er auf seiner Uhr sah, daß es vier war, befiel ihn ein Schwindelgefühl; es wurde ihm schwarz vor den Augen vor Entsetzen. Er versuchte, sich Verse vorzusagen, irgend etwas auszurechnen, sich eine Geschichte auszudenken. Unmöglich! Madame Arnoux' Bild verfolgte ihn, wo er ging und stand. Am liebsten wäre er ihr entgegengelaufen. Doch welchen Weg sollte er einschlagen, um sie nicht zu verfehlen?

Er winkte einen Dienstmann herbei, drückte ihm fünf Franken in die Hand und gab ihm den Auftrag, in die Rue Paradis zu Herrn Jacques Arnoux zu gehen und sich beim Concierge zu erkundigen, ob die gnädige Frau zu Hause sei. Dann pflanzte er sich an der Ecke der Rue de la Ferme und der Rue Tronchet auf, so daß er gleichzeitig beide Straßen überblicken konnte. Weit hinten auf dem Boulevard, am äußersten Rand seines Blickfeldes, zogen wirre Massen vorüber. Dann und wann konnte er den Federbusch eines Dragoners, einen Frauenhut unterscheiden; und dann strengte er seine Augen an, um die Frau zu erkennen. Ein zerlumptes Bübchen, das in einem Kistchen ein Murmeltier herumzeigte, bettelte ihn lächelnd um eine milde Gabe an.

Der Mann in der Samtjoppe kam zurück. Der Concierge habe sie nicht fortgehen sehen. Was konnte sie wohl abgehalten haben? Wenn sie krank wäre, hätte man es doch gesagt! Vielleicht hatte sie Besuch? Nichts leichter, als sich verleugnen zu lassen! Plötzlich schlug er sich gegen die Stirn.

Ach, bin ich dumm! Der Krawall ist natürlich schuld! Diese naheliegende Erklärung ließ ihn erleichtert aufatmen. Doch auf einmal fuhr ihm durch den Kopf: Ihr Wohnviertel war aber ja ruhig. – Und ein fürchterlicher Argwohn durchzuckte ihn. Wenn sie nun überhaupt nicht kam? Wenn ihr Versprechen nur eine leere Ausflucht war, um mich loszuwerden? Nein, nein, das kann nicht sein! Was sie abhielt, war zweifellos ein unvorhergesehener Zufall, eines jener Geschehnisse, die jede Voraussicht vereiteln. In diesem Fall hätte sie aber geschrieben. Und nun schickte er den Hausburschen des

Hotels in seine Wohnung an der Rue Rumfort; er sollte nachfragen, ob nicht ein Brief für ihn gekommen sei.

Nein, man hatte keinen Brief abgegeben. Dieses Ausbleiben jeglicher Nachricht richtete ihn wieder auf.

Nun verlegte er sich aufs Orakeln und las aus der Anzahl der Geldstücke, die er zufällig in die Hand bekam, aus dem Gesichtsausdruck der Vorüberhastenden, aus der Farbe der vorbeitrottenden Pferde allerhand Vorbedeutungen heraus. Und wenn die Vorzeichen ungünstig ausfielen, gab er sich alle Mühe, einfach nicht an sie zu glauben. Er raste in schäumender Wut gegen Madame Arnoux und schmähte sie mit halblaut hervorgestoßenen Schimpfworten. Dann wieder befiel ihn eine Schwäche, daß er einer Ohnmacht nahe war, und unvermittelt danach flammte seine Hoffnung erneut auf. Jetzt mußte sie gleich kommen. Sie war schon da, hinter seinem Rücken. Er drehte sich um: nichts! Einmal erblickte er, etwa dreißig Schritt vor sich, eine Frau von gleichem Wuchs und in einem ganz ähnlichen Kleid. Er rannte ihr nach: sie war es nicht! Es wurde fünf Uhr, halb sechs, sechs Uhr! Die Gaslaternen wurden angezündet. Madame Arnoux war nicht gekommen.

Sie hatte in der vergangenen Nacht geträumt, sie stehe schon lange Zeit auf dem Trottoir an der Rue Tronchet. Sie wartete auf irgend etwas Unbestimmtes, aber immerhin Bedeutsames und Hochwichtiges. Und ohne daß sie wußte warum, hatte sie Angst, man könnte auf sie aufmerksam werden. Aber ein Hündchen, ein ekelhafter kleiner Kläffer, hatte es auf sie abgesehen; er fuhr immer wieder auf sie los und biß in ihren Rocksaum. Beharrlich kam er immer aufs neue angeschossen und kläffte lauter und lauter. Da wachte Madame Arnoux auf. Das Gebell des Hündchens ertönte weiter. Sie lauschte gespannt. Das Bellen kam aus dem Zimmer ihres Söhnchens. Sie lief mit bloßen Füßen hinüber. Das Kind hustete erbärmlich. Es hatte glühendheiße Händchen, ein krebsrotes Gesicht und eine eigenartig heisere Stimme. Seine Atemnot nahm von Minute zu Minute zu. Bis zum Morgen blieb sie, über sein Deckbett gebeugt, bei dem Kind und beobachtete es.

Um acht Uhr kam der Trommler der Bürgerwehr und meldete Herrn Arnoux, seine Kameraden erwarteten ihn. Er kleidete sich hastig an und ging fort, versprach auch, er werde unverzüglich bei ihrem Hausarzt, Doktor Colot, vorbeigehen. Als Colot um zehn Uhr noch nicht gekommen war, schickte Madame Arnoux ihre Zofe zu ihm. Der Doktor war aufs Land gefahren, und der junge Arzt, der ihn vertrat, war unterwegs.

Eugen hielt sein Köpfchen seitlich abgewendet, lag still auf dem Kissen und zuckte nur immer wieder mit den Brauen, während seine Nasenflügel geweitet bebten. Sein liebes armes Gesicht war so bleich wie seine Bettlaken, und seinem Kehlkopf entrang sich bei jedem Atemzug ein rauhes Pfeifen, das nach und nach immer kürzer wurde und trocken, fast metallisch klang. Sein Husten hörte sich ähnlich wie das Gerassel jener nervenpeinigenden mechanischen Vorrichtungen an, mittels deren die Spielzeughündchen aus Pappe kläffen können.

Madame Arnoux packte Todesangst. Sie riß verzweifelt an den Klingelzügen, rief um Hilfe, schrie: »Einen Arzt! Einen Arzt!«

Zehn Minuten später erschien ein alter Herr mit weißer Halsbinde und grauem, sorgfältig geschnittenem Backenbart. Er stellte eine Menge Fragen über Gewohnheiten, Alter und Temperament des kleinen Patienten, untersuchte dann seinen Hals, horchte ihm den Rücken ab und schrieb ein Rezept aus. Die ungerührte Miene dieses biederen Greises war widerwärtig. Er roch, als wäre er einbalsamiert. Sie hätte ihn schlagen mögen. Er sagte, er werde im Laufe des Abends noch einmal vorbeikommen.

Bald darauf traten die gräßlichen Hustenanfälle erneut auf. Manchmal setzte sich der Kleine plötzlich in seinem Bettchen auf. Seine Brust hob und senkte sich in krampfartigen Zuckungen, und beim Atemholen buchtete sich sein Bäuchlein ein, als müßte er nach einem schnellen Lauf ersticken. Dann sank er in die Kissen zurück, hielt das Köpfchen hintenübergebogen und den Mund weit offen. Mit schonendster Behutsamkeit versuchte Madame Arnoux ihm den Inhalt der

Fläschchen, Brechwurzsirup und ein Kermes enthaltendes Tränklein, einzuflößen. Aber das Kind stieß den Löffel weg und stöhnte nur leise. Seine Worte hörten sich wie ein artikuliertes Röcheln an.

Von Zeit zu Zeit las sie das Rezept wieder durch. Die hingekritzelten Vorschriften auf dem Formular erschreckten sie. Am Ende hatte sich der Apotheker geirrt?! Daß sie so ohnmächtig zuschauen mußte, trieb sie zur Verzweiflung. Da endlich kam der Schüler des Doktors Colot.

Er war ein junger Mensch, bescheiden in seinem ganzen Auftreten, ein Neuling in seinem Beruf, und verhehlte nicht im geringsten, wie beeindruckt er war. Zunächst zögerte er unschlüssig, aus Angst, er könnte sich eine Blöße geben, und schließlich verordnete er das Auflegen von Eisbeuteln. Es dauerte lange, bis man Eis fand. Dann platzte die Blase, in der die Eisstücke waren. Man mußte dem Kind das Hemd wechseln. Diese Störung hatte einen neuerlichen, noch weit gräßlicheren Hustenanfall zur Folge.

Das Kind zerrte sich die Umschlagtücher vom Hals, als wolle es etwas wegreißen, was es am Atmen hinderte, woran es erstickte. Es zerkratzte die Wand, klammerte sich an den Vorhängen seines Betchens fest und suchte nach einem Halt, um freier atmen zu können. Sein Gesicht war jetzt bläulich angelaufen, und sein ganzes Körperchen, das in kalten Schweiß gebadet war, schien sichtlich abzumagern. Seine angstvoll aufgerissenen Augen hefteten sich in bangem Entsetzen auf seine Mutter. Es schlang seine Ärmchen um ihren Hals und hängte sich verzweifelt daran. Sie würgte ihr Schluchzen hinunter und stammelte zärtliche Koseworte: »Ja, mein Liebling, mein Engel, mein Herzensschatz!«

Dann kamen wieder kurze Augenblicke, in denen das Kind ruhiger wurde.

Sie holte ihm Spielsachen, einen Hampelmann und Bilderbücher, und breitete alles auf dem Bett aus, um den Kleinen abzulenken. Sie versuchte sogar ihm etwas vorzusingen.

Sie stimmte ein Liedchen an, das sie ihm früher immer vorgesagt hatte, wenn sie ihn beim Wickeln auf dem gleichen gestickten niedrigen Sessel in den Armen wiegte. Aber das

Kind überlief ein Schauder, sein ganzer Körper zitterte wie eine Welle unter einem Windstoß. Seine Augäpfel traten hervor, und sie glaubte im Ernst, es werde nun gleich verscheiden und wandte sich ab, um das nicht mit ansehen zu müssen.

Einen Augenblick später brachte sie die Kraft auf, wieder hinzuschauen. Das Kind lebte noch. Stunde um Stunde verging, bedrückend, düster, eintönig, endlos dahinschleichend, zum Verzweifeln traurig, und sie zählte die Minuten nur noch am unmerklichen Fortschreiten dieses Todeskampfes. Die krampfartigen Stöße seiner Brust warfen ihn nach vorn, als wollten sie ihn entzweibrechen; zuletzt erbrach er etwas Eigentümliches, das aussah wie ein pergamentartiges Röhrchen. Sie bildete sich zuerst ein, er habe ein Stück von seinen Gedärmen erbrochen. Aber er atmete jetzt frei, in tiefen regelmäßigen Zügen. Dieses scheinbare Wohlbefinden erschreckte sie mehr als alles andere. Wie versteinert saß sie da, mit hängenden Armen und starrem Blick, als Herr Colot unerwartet hereinkam. Seiner Ansicht nach war das Kind gerettet.

Anfangs begriff sie gar nicht, was er sagte, und ließ sich seine Worte wiederholen. War das nicht am Ende nur so ein Trostsprüchlein, wie sie die Ärzte jederzeit bereit haben? Doch der Doktor verabschiedete sich mit gelassener Miene. Da war ihr, als lösten sich mit einemmal die Stricke, die ihr Herz zusammenschnürten.

Gerettet! Ist es möglich?

Plötzlich fiel ihr Frédéric ein, deutlich und erbarmungslos stand sein Bild vor ihren Augen. Das war ein Fingerzeig des Himmels. Aber der Herr hatte sie in seiner Barmherzigkeit nicht bis zum bittern Ende bestrafen wollen! Wie schrecklich würde sie es später büßen müssen, wenn sie weiterhin an dieser Liebe festhielt! Sicherlich würde man ihren Sohn dereinst einmal ihretwegen verunglimpfen. Und Madame Arnoux sah den Jüngling bereits im Zweikampf verwundet vor sich, man brachte ihn auf einer Tragbahre sterbend nach Hause. Sie warf sich über den niedrigen Sessel, und unter Aufbietung ihrer ganzen innerlichen Kraft erhob sie ihre

Seele zum Himmel und bot Gott als Sühnopfer den Verzicht auf ihre erste Leidenschaft, ihre einzige Schwäche dar.

Frédéric war nach Hause gegangen. Reglos saß er in seinem Lehnstuhl und hatte nicht einmal mehr Kraft genug, in Schmähungen gegen sie auszubrechen. Er sank in einen leichten Halbschlummer, und in dem Albtraum, der ihn nun quälte, hörte er den Regen niederplätschern; ihm war, als stehe er immer noch drunten auf dem Trottoir und warte.

Am nächsten Morgen schickte er in einer letzten Anwandlung von Verzagtheit nochmals einen Boten zu Madame Arnoux.

Sei es nun, daß der Savoyarde den Auftrag nicht ausführte oder daß sie ihm zuviel zu sagen gehabt hätte, was sich nicht mit ein paar Worten hätte erledigen lassen, jedenfalls überbrachte der Mann die gleiche Antwort wie tags zuvor. Diese Unverfrorenheit war doch zu stark! Sein Stolz bäumte sich zornig auf, und er nahm sich fest vor, fortan nie wieder mit Verlangen an sie zu denken. Und wie dürres Laub, das ein Sturmwind von dannen trägt, verflog seine Liebe. Er war darüber erleichtert, empfand eine stoische Freude und hernach einen heftigen Tatendrang. Und so ging er, immer der Nase nach, durch die Straßen.

Männer aus den Vorstädten zogen vorüber, mit Gewehren und alten Säbeln bewaffnet, manche trugen rote Mützen, und alle sangen die Marseillaise oder das Girondistenlied. Da und dort sah man einen Nationalgardisten, der es eilig hatte, seinen Sammelplatz zu erreichen. Von fernher hörte man Trommelwirbel. Bei der Porte Saint-Martin wurde gekämpft. Etwas Ungezügeltes und Kriegerisches lag in der Luft. Frédéric ging unentwegt weiter. Die Erregung der großen Stadt stimmte ihn froh.

Gegenüber dem Frascati fiel sein Blick auf die Fenster der Marschallin. Da schoß ihm ein närrischer Gedanke, eine echt jungenhafte Reaktion durch den Kopf. Er überquerte den Boulevard.

Die Einfahrt wurde eben geschlossen, und Delphine, die Zofe, die gerade dabei war, mit einem Stück Kohle anzuschreiben: »Waffen abgegeben!« sagte aufgeregt zu ihm:

»Ach, die Gnädige ist in einer schönen Verfassung! Sie hat heute früh den Groom davongejagt, weil er sie beschimpft hat. Sie glaubt, es werde überall geplündert werden. Sie geht fast drauf vor Angst! Und dazu ist noch der gnädige Herr abgereist!«

»Welcher gnädige Herr?«

»Der Fürst natürlich!«

Frédéric betrat das Boudoir. Die Marschallin kam im Unterrock und mit offenen Haaren, völlig aus dem Häuschen, hereingestürmt.

»Ah! Hab Dank! Du kommst wie ein rettender Engel! Schon zum zweitenmal! Und nie verlangst du deinen Lohn dafür!«

»Bitte tausendmal um Verzeihung!« sagte Frédéric und faßte sie mit beiden Händen um die Hüften.

»Wie? Was machst du da?« stammelte die Marschallin, zugleich überrascht und belustigt von seinem Benehmen.

»Ich mache die Mode mit«, gab er ihr zur Antwort, »ich ändere meine Lebensweise.«

Sie ließ sich auf den Diwan werfen und lachte noch unter seinen Küssen.

Den Nachmittag brachten sie damit zu, daß sie von ihrem Fenster aus dem Volk auf der Straße zuschauten. Dann ging er mit ihr zum Nachtessen in die *Trois-Frères-Provençaux*. Das Mahl war ausgiebig und auf das feinste zubereitet. Dann gingen sie, weil kein Wagen aufzutreiben war, zu Fuß nach Hause.

Auf die Nachricht von einem Wechsel des Ministeriums hin hatte Paris sein Gesicht völlig verändert. Alle Welt war freudig erregt; auf den Straßen herrschte ein frohes Treiben, und an jedem Stockwerk hingen bunte Papierlaternen und verbreiteten taghelles Licht. Die Soldaten rückten langsam, erschöpft und mißmutig wieder in ihre Kasernen ein. Man begrüßte sie mit dem Ruf: »Es lebe die Linie!« Doch sie kehrten sich nicht an das Geschrei und marschierten weiter. Bei der Nationalgarde hingegen schwangen die Offiziere, krebsrot vor Begeisterung, ihre Säbel und brüllten aus voller Kehle: »Hoch lebe die Reform!« und jedesmal mußten die beiden

Verliebten über diesen Ruf lachen. Frédéric trieb allerlei Unsinn und war in ausgelassenster Stimmung.

Durch die Rue Duphot gelangten sie auf die Boulevards. Venezianische Laternen, die an den Häusern aufgehängt waren, bildeten Lichtergirlanden. Darunter bewegte sich ein wirres Menschengewimmel hin. Mitten in dieser dunkeln Masse aber blitzten da und dort weiße Glanzlichter auf: Bajonette. Ein lärmiges Tosen war ununterbrochen zu hören. Die Menge stand zu dicht gedrängt, auf dem kürzesten Weg nach Hause zu gehen war unmöglich. Und sie wollten eben in die Rue Caumartin einbiegen, da brach in ihrem Rücken ein Geknatter los, das sich anhörte wie das krachende Zerreißen eines riesengroßen Stücks Seidenstoff. Es war die Gewehrsalve auf dem Boulevard des Capucines.

»Aha! Da macht man ein paar Spießer kalt!« meinte Frédéric gemütlich.

Denn es gibt Lebenslagen, in denen auch ein gar nicht herzloser Mensch seiner Umwelt so entfremdet ist, daß er, ohne mit der Wimper zu zucken, mit ansehen könnte, wie das ganze Menschengeschlecht untergeht.

Die Marschallin klammerte sich an seinen Arm und klapperte mit den Zähnen. Sie erklärte sich außerstande, auch nur zwanzig Schritte weiterzugehen. Da führte er sie, in einem jähen Ausbruch selbstquälerischen Hasses, um Madame Arnoux in seinem Herzen noch gehässiger, noch abgründiger herabzuwürdigen, in das Hotel an der Rue Tronchet, in die Wohnung, die er für die andere hergerichtet hatte.

Die Blumen waren noch nicht verwelkt. Die Gipüredecke lag auf dem Bett ausgebreitet. Er holte aus dem Schrank die Pantöffelchen. Rosanette fand alle diese Aufmerksamkeiten höchst sinnig und zartfühlend.

Gegen ein Uhr in der Nacht wurde sie durch ein fernes Gerumpel aus dem Schlaf aufgeschreckt, und da sah sie, wie er den Kopf in sein Kissen vergraben hatte und fassungslos schluchzte.

»Was hast du denn, Liebster?«

»Es ist nur das Übermaß des Glücks«, stammelte Frédéric. »Zu lange habe ich mich nach dir gesehnt!«

DRITTER TEIL

1

Das Knattern einer Gewehrsalve riß Frédéric jäh aus dem Schlaf; und Rosanettes inständigen Bitten zum Trotz wollte er unbedingt nachsehen, was da vorging. Er schritt die Champs-Elysées hinab, wo er die Schüsse hatte krachen hören. An der Ecke der Rue Saint-Honoré kamen ihm eine Schar Blusenmänner entgegen und riefen ihm zu: »Nein, nicht dorthin! Zum Palais-Royal!«

Frédéric lief hinter ihnen drein. Man hatte das Gitter um die Assomption-Kirche niedergerissen. Im Weitergehen sah er mitten auf der Straße drei Pflastersteine liegen – offenbar hatte man hier mit der Errichtung einer Barrikade beginnen wollen –, ferner Flaschenscherben und Drahtknäuel, um die Kavallerie aufzuhalten. Plötzlich kam aus einem Seitengäßchen ein junger bleicher Mann hervorgestürzt; sein schwarzes Haar wallte wirr über seine Schultern nieder, die in einem buntgetupften Leibchen steckten. Er hielt ein langes Soldatengewehr in der Hand und lief auf den Spitzen seiner Pantoffeln mit der Miene eines Schlafwandlers und geschmeidig wie ein Tiger dahin. Hier und da hörte man einen Schuß krachen.

Am vergangenen Abend war, nachdem man den Karren mit fünf Leichen zur Schau gestellt hatte, die unter den Gefallenen auf dem Boulevard des Capucines aufgelesen worden waren, die Stimmung im Volk umgeschlagen. Und während in den Tuilerien Adjutant nach Adjutant eintraf, während Herr Molé, der ein neues Kabinett auf die Beine stellen wollte, sich nicht wieder blicken ließ und Herr Thiers ein anderes zu bilden versuchte, indes der König kleinlich feilschte und verhandelte, zauderte und dann Bugeaud den Oberbefehl übertrug, ihm hierauf jedoch wiederum jede Möglichkeit nahm, ihn auch auszuüben, organisierte sich der Aufstand, wie von einem einzigen Arm gelenkt, mit furchterregender Gewalt. Männer hielten mit hinreißender Beredsamkeit an allen Straßenecken Hetzreden an das Volk. Andere drangen in die Kirchen ein und läuteten aus Leibeskräften die Sturmglocken. Man goß Bleikugeln und rollte Kartuschen. Die Bäume auf den Boulevards, die Bedürfnishäuschen, die Bänke, die Gitterzäune, die Gaslaternen, alles wurde kurz und klein geschlagen und das Unterste zuoberst gekehrt. In den frühen Morgenstunden war Paris mit Barrikaden übersät. Der Widerstand hielt nicht lange an; überall trat die Nationalgarde dazwischen, so daß um acht Uhr das Volk, gutwillig oder mit Gewalt, fünf Kasernen besetzt hielt und die Bürgermeisterämter fast aller Stadtbezirke und die sichersten strategischen Punkte im Besitz hatte. Ganz von selber, ohne daß es zu eigentlichen Zusammenstößen gekommen wäre, zersetzte sich die Monarchie und löste sich rasch auf. Und im Augenblick wurde die Wache im Château-d'Eau gestürmt; man wollte fünfzig Häftlinge befreien, die gar nicht dort waren.

Frédéric machte notgedrungen beim Zugang zum Platze halt. Bewaffnete Menschengruppen füllten ihn. Einige Kompanien der Linieninfanterie hielten die Rue Thomas und die Rue Fromanteau besetzt. Eine mächtige Barrikade riegelte die Rue de Valois ab. Der Rauch, der darüber schwebte, teilte sich, Männer liefen mit heftigen Gebärden darauf herum und verschwanden wieder, dann brach das Gewehrfeuer aufs neue los. Der Posten erwiderte die Schüsse, ohne daß im Innern jemand zu sehen war. Die Fenster, durch Eichenläden geschützt, waren mit Schießscharten versehen; und das Gebäude mit seinen zwei Stockwerken, seinen beiden Flügeln, seinem Springbrunnen im Erdgeschoß und dem kleinen Tor in der Mitte sprenkelte sich nach und nach unter dem Aufprall der Kugeln mit weißen Tupfen. Die drei Stufen der Freitreppe blieben leer.

Neben Frédéric stand ein Mann im Hauskäppchen, mit einer Patronentasche über der gestrickten Joppe, und stritt sich mit einem Frauenzimmer, das ein Tuch um den Kopf gebunden hatte. Sie sagte ein Mal übers andere zu ihm: »Komm doch heim! Komm doch jetzt nach Hause!«

»Laß mich in Frieden!« maulte der Mann. »Du kannst deine Portiersloge geradesogut allein hüten. Bürger, ich frage Sie: Ist das gerecht? Ich habe überall meine Pflicht getan, Anno 1830, Anno 32, im Jahr 34 und auch 39! Heute wird gekämpft, und da muß ich auch dabeisein! – Geh jetzt heim.«

Schließlich gab die Portiersfrau nach und fügte sich dem Zureden ihres Mannes und auch eines Nationalgardisten, der neben ihnen stand, eines gutmütig dreinblickenden Vierzigers mit einem blonden Kranzbart. Er lud seinen Schießprügel und feuerte, während er sich mit Frédéric unterhielt, seelenruhig einen Schuß nach dem andern hinüber, so gemütlich und friedlich inmitten des Aufruhrs wie ein Gärtner, der in seinem Garten arbeitet. Ein junger Bursche, der eine Schürze aus grober Sackleinwand vorgebunden hatte, suchte ihm Zündhütchen für sein Gewehr abzuschmeicheln, damit er seine schöne Jagdflinte, die ihm angeblich »ein Herr« geschenkt hatte, auch benutzen konnte.

»Da, nimm dir eine Handvoll, hinten in meiner Rückentasche«, sagte der Mann, »und dann verdrück dich! Sonst wirst du noch totgeschossen!«

Die Trommeln wirbelten zum Angriff. Gellende Schreie, triumphierende Hurrarufe wurden laut. Ein unaufhörliches Wogen brandete durch die Menge. Frédéric sah sich zwischen zwei mächtige Menschenmassen eingekeilt und konnte sich nicht rühren, außerdem war er wie gebannt und fand das Ganze höchst unterhaltend. Die Verwundeten, die hinfielen, und die Toten, die am Boden herumlagen, sahen gar nicht wie richtige Verwundete und wirklich Tote aus. Es kam ihm vor, als wohne er einem Schauspiel bei.

Mitten in der sich drängenden Menge, über ihren Köpfen, gewahrte man einen älteren Mann in einem schwarzen Rock auf einem Schimmel mit einem Samtsattel. In der einen Hand hielt er einen grünen Zweig, in der andern ein Papier, und beides schwenkte er beharrlich. Schließlich gab er es auf, sich Gehör verschaffen zu wollen, und zog ab.

Die Linientruppen waren nicht mehr zu sehen, und die

städtischen Wachsoldaten mußten allein die Stellung halten. Eine Flut von Unerschrockenen stürzte sich auf die Freitreppe. Sie brachen zusammen, andere traten an ihre Stelle, und das Tor erzitterte dröhnend unter den wuchtigen Hieben einer Eisenstange. Die Soldaten wichen nicht. Doch da wurde eine Kalesche, die bis obenhin mit Heu gefüllt war und lichterloh wie eine Riesenfackel brannte, an die Mauern herangezogen. Schnell wurden Reisigbündel, Stroh und ein Fäßchen voll Weingeist herbeigeschleppt. Das Feuer leckte an den Steinen empor; das Gebäude begann überall zu qualmen wie eine Schwefelgrube, und oben, zwischen den Geländerdocken der Terrasse, schlugen mit pfeifendem Zischen mächtige Flammen hervor. Das erste Stockwerk des Palais-Royal hatte sich mittlerweile mit Nationalgardisten bevölkert. Aus allen Fenstern rund um den Platz wurde geschossen; die Kugeln pfiffen, das Wasser des geborstenen Brunnens mischte sich mit dem Blut und bildete Pfützen auf dem Boden. Man glitschte im Kot auf Kleidungsstücken, Tschakos und Waffen aus. Frédéric spürte unter seinem Fuß etwas Weiches; es war die Hand eines Sergeanten, der, mit dem Gesicht im Rinnstein, in seinem grauen Soldatenmantel dalag. Immer neue Scharen strömten herbei und drängten die Kämpfenden gegen den Posten. Das Gewehrfeuer verdichtete sich allmählich. Die Weinkneipen hielten offen; von Zeit zu Zeit ging man hinein, rauchte eine Pfeife, trank einen Schoppen und kehrte dann ins Kampfgewühl zurück. Ein Hund, der sich verlaufen hatte, heulte, und alles lachte.

Frédéric erhielt plötzlich einen Stoß, der ihn beinah umgeworfen hätte. Ein Mann hatte eine Kugel in die Hüften erhalten und fiel röchelnd gegen seine Schulter. Dieser Schuß, der vielleicht ihm gegolten hatte, versetzte Frédéric in wilde Wut, und schon wollte er vorwärts stürmen, als ihn ein Nationalgardist anhielt.

»Es ist sinnlos! Der König ist fort! Wenn Sie mir nicht glauben, gehen Sie doch hin und sehen mit eigenen Augen nach!«

Diese bestimmte Zusicherung stimmte Frédéric wieder sanfter. Die Place du Carrousel lag anscheinend ruhig da.

Das Hôtel de Nantes ragte einsam wie eh und je auf, und die Häuser dahinter, die Kuppel des Louvre gegenüber, die lange Holzgalerie rechts und das offene Gelände, das sich wellig bis zu den Krambuden der Händler hinzog, waren wie eingetaucht in die graufarbene Luft, in der fernes Raunen mit dem Dunstnebel zusammenzufließen schien, während am andern Ende des Platzes grelles Licht, das durch eine Wolkenlücke auf die Fassade der Tuilerien fiel, alle ihre Fenster blendend weiß aufleuchten ließ. Neben dem Triumphbogen lag ein verendetes Pferd hingestreckt. Hinter den Gittern standen Gruppen von fünf und sechs Leuten in angeregtem Gespräch beisammen. Die Tore des Schlosses waren offen, die Diener unter den Türen verwehrten niemandem den Eintritt.

Unten, in einem kleinen Saal, standen noch Schalen voll Milchkaffee auf einem Tisch. Ein paar von den Gaffern setzten sich davor hin und rissen Witze. Die andern blieben stehen, unter ihnen auch ein Droschkenkutscher. Er nahm mit beiden Händen ein mit Staubzucker gefülltes Gefäß, warf einen ängstlichen Blick nach rechts und links und fing dann gierig an zu essen, wobei seine Nase in die enge Öffnung tauchte. Unten an der großen Treppe stand ein Mann und schrieb seinen Namen in ein Register. Frédéric erkannte ihn von hinten.

»Sieh da, Hussonnet!«

»Ja, gewiß«, gab der Bohemien zur Antwort. »Ich führe mich bei Hofe ein. Eine tolle Posse, was?«

»Wie wär's, wenn wir nach oben gingen?«

Und sie gelangten in den Saal der Marschälle. Die Bildnisse dieser erlauchten Herrschaften waren, außer dem von Bugeaud, der ein Loch im Bauch aufwies, sämtlich unversehrt. Da standen sie, auf ihre Säbel gestützt, eine Kanonenlafette hinter sich, in furchtgebietender Haltung, die äußerst schlecht zu den gegenwärtigen Umständen paßte. Eine mächtige Stutzuhr zeigte zwanzig Minuten nach eins.

Plötzlich erklang die Marseillaise. Hussonnet und Frédéric beugten sich über das Geländer. Das Volk rückte an. Es stürmte die Treppe, eine wogende, wirre Flut von barhäuptigen Köpfen, von Helmen, roten Jakobinermützen,

Bajonetten und Schultern, sie rannten so ungestüm an, daß einzelne Leute in dieser brodelnden Masse verschwanden. Immer höher stieg sie, wie ein Fluß, der von einer Sturmflut während der Tag- und Nachtgleiche gestaut wird, mit langgedehntem Brüllen unwiderstehlich vorangetrieben. Oben angelangt, verteilte sich die Masse, und der Gesang brach ab. Man hörte nichts mehr als das Getrampel all der Schuhe und das plätschernde Murmeln der Stimmen. Die Menge verhielt sich keineswegs feindselig und begnügte sich damit, Umschau zu halten. Hier und da freilich drückte ein Ellbogen, der allzu sehr eingeengt war, eine Scheibe ein, oder eine Vase, eine Statue rollte von einer Konsole auf den Boden. Die Täfelungen knarrten und krachten unter dem Druck der andrängenden Leute. Sie hatten alle hochrote Gesichter, und der Schweiß rann ihnen in großen Tropfen herab. Hussonnet meinte geringschätzig: »Gut riechen sie nicht, die Helden!«

»Ah, Sie sind ein ekliger Miesmacher!« gab ihm Frédéric zurück.

Sie wurden, ob sie wollten oder nicht, vorwärts geschoben und betraten einen Saal, in dem sich unter der Decke ein rotsamtener Baldachin hinzog. Auf dem Thron darunter saß ein schwarzbärtiger Proletarier mit offenem Hemd, stumpfsinnig-heiter lächelnd wie ein chinesischer Götze. Andere erstiegen die Estrade und wollten sich auf seinen Platz setzen.

»Wie im Märchen!« grinste Hussonnet. »Da hast du das Volk an der Herrschaft!«

Der Thronsessel wurde aufgehoben und hoch über den Köpfen schwankend durch den Saal getragen.

»Sackerlot! Wie er schaukelt! Das Staatsschiff tanzt auf und ab auf stürmischem Meer! Der reinste Cancan! Wie er Cancan tanzt!«

Man hatte ihn unterdessen zu einem Fenster getragen und warf ihn unter allgemeinem Gejohle hinaus.

»Armer alter Stuhl!« sagte Hussonnet, als er ihn in den Garten hinabfallen sah, wo er augenblicklich wieder aufgehoben, dann im Triumph zur Bastille getragen und dort verbrannt wurde.

Da brach ein frenetisches Jubelgeschrei los, als wäre mit

dem Verschwinden des Thrones eine Zukunft voll unbegrenzten Glückes angebrochen, und der Mob zertrümmerte und zerfetzte, weniger aus Rachsucht, als vielmehr um unmißverständlich kundzutun, daß nun er Besitz ergreife, Spiegel und Vorhänge, Kronleuchter, Wandlichter, Tische, Stühle, Hocker und Schemel, sämtliche Möbel, sogar Mappen mit Zeichnungen und Stickkörbchen. Man hatte doch gesiegt, da wollte man auch seinen Spaß haben! Das Gesindel putzte sich zum Hohn mit Spitzen und Kaschmirtüchern. Goldfransen wanden sich um die Ärmel der Blusen, Hüte mit Straußenfedern zierten die Köpfe von Grobschmieden, Ordensbänder der Ehrenlegion wurden zu Gürteln für Straßendirnen. Ein jeder befriedigte seine ausgefallensten Wünsche. Die einen tanzten, andere tranken. Im Schlafgemach der Königin schmierte ein Weibsbild seine Haare mit Pomade ein, daß sie speckig glänzten. Hinter einem Wandschirm spielten zwei Kerle, ohne sich stören zu lassen, Karten. Hussonnet machte Frédéric auf ein Individuum aufmerksam, das mit aufgestemmten Ellenbogen auf einem Balkon seine kurze Pfeife schmauchte. Und der wahnwitzige Freudentaumel ging mit verdoppelter Wut los, Porzellan zerklirrte, Kristallscherben schepperten beim Aufprallen wie die Metallplättchen einer Mundharmonika.

Dann kam ein düster-drohender Zug in die Volkswut. Eine unzüchtig-geile Neugier trieb die Menschen dazu, in allen Kabinetten zu schnüffeln und zu wühlen, alle Winkel zu durchstöbern, alle Schubfächer aufzuziehen. Galeerensträflinge griffen mit ihren Armen tief hinein in die Betten der Prinzessinnen und wälzten sich darauf herum zum Trost dafür, daß sie sie nicht vergewaltigen konnten. Andere mit noch unheimlicheren Gesichtern irrten stumm durch die Gemächer und suchten etwas zu stehlen. Aber dazu war die Menschenmenge zu groß. Durch die Türöffnungen sah man in der langen Flucht der Gemächer zwischen all den glitzernden Vergoldungen nur die dunkle Masse des Volks in einer Wolke von Staub. Keuchend rangen alle nach Atem, die Hitze wurde immer beklemmender. Die beiden Freunde machten, daß sie hinauskamen, sonst wären sie noch erstickt.

Im Vorsaal stand auf einem Kleiderhaufen ein Freudenmädchen als Freiheitsstatue aufgemacht, reglos, mit weit aufgerissenen Augen, ein gräßlicher Anblick.

Kaum waren sie draußen und hatten noch keine zehn Schritte gemacht, da kam ihnen eine Abteilung Stadtgardisten entgegen. Sie lüfteten ihre Kappen und grüßten, die leicht angekahlten Schädel entblößend, untertänigst das Volk. Angesichts dieser Respektsbezeugung warfen sich die zerlumpten Sieger stolz in die Brust. Sogar Hussonnet und Frédéric konnten sich eines gewissen Hochgefühls nicht erwehren.

Ein glühender Tatendrang beseelte sie. Sie kehrten zum Palais-Royal zurück. Vor der Rue Fromanteau lagen haufenweise Soldatenleichen auf Stroh. Sie gingen kaltblütig und ungerührt an ihnen vorbei und waren sogar stolz auf das Gefühl, daß sie eine gute Haltung wahrten.

Das Palais wimmelte von Menschen. Im innern Hof loderten sieben Scheiterhaufen. Aus den Fenstern wurden Klaviere, Kommoden und Stutzuhren geworfen. Feuerspritzen spien Wasser bis zu den Dächern empor. Ein paar Strolche versuchten mit ihren Säbeln die Schläuche durchzuhauen. Frédéric forderte einen Artillerieaspiranten auf, Abhilfe zu schaffen. Der junge Mann begriff nicht, was er wollte, außerdem schien er dumm zu sein. Ringsumher auf den beiden Galerien tobte sich der Mob, der die Keller geplündert hatte, in wüsten Saufgelagen aus. Der Wein floß in Strömen, bis zu den Knöcheln watete man darin; ein paar Lumpenkerle soffen aus abgebrochenen Flaschenböden und torkelten krakeelend umher.

»Komm, wir gehen«, sagte Hussonnet. »Dieses Pöbelpack ekelt mich an.«

Soweit die Galerie d'Orléans reichte, lagen Verwundete auf Matratzen am Boden, zugedeckt waren sie mit Purpurvorhängen, und Bürgersfrauen aus dem Viertel brachten ihnen Fleischbrühe und Verbandstoff.

»Sag, was du willst!« erwiderte Frédéric, »ich finde das Volk großartig.«

Die geräumige Vorhalle war angefüllt mit einem Gewimmel von rasenden Menschen. Ein paar Männer wollten in die obern Stockwerke vordringen und vollends alles kurz und klein schlagen. Nationalgardisten stellten sich ihnen auf der Treppe entgegen und hatten ihre liebe Not, sie davon abzuhalten. Am ungebärdigsten und aufsässigsten stellte sich ein Jäger an; barhaupt und mit gesträubter Mähne, das Lederzeug in Fetzen, stand er mitten unter den andern, sein Hemd bauschte sich zwischen Hose und Jacke, und er prügelte sich verbissen herum. Hussonnet mit seinen scharfen Augen erkannte von weitem Arnoux.

Nun gingen sie in den Tuileriengarten; sie mußten freier atmen können. Sie setzten sich auf eine Bank und blieben ein paar Minuten mit geschlossenen Lidern sitzen; beide waren sie so benommen, daß sie nicht mehr die Kraft zu einem Gespräch aufbrachten. Um sie herum rotteten sich die Passanten zusammen. Die Herzogin von Orleans sei zur Regentin ernannt worden, hieß es, alles sei vorbei. Und alle verspürten das eigenartige Wohlgefühl, das sich einstellt, wenn etwas unerwartet rasch eine Lösung gefunden hat. Da wurden plötzlich an allen Mansardenfenstern des Schlosses Diener sichtbar, die ihre Livreeröcke zerrissen und sie zum Zeichen, daß sie abschworen, in den Garten hinabwarfen. Das Volk johlte sie aus, und sie verzogen sich.

Frédérics und Hussonnets Aufmerksamkeit wurde von einem baumlangen Kerl abgelenkt, der mit geschultertem Gewehr raschen Schrittes zwischen den Bäumen dahinging. Eine Patronentasche schnürte ihm seine rote Bluse um den Leib zusammen, um die Stirn hatte er unter der Mütze ein Taschentuch gebunden. Da wandte er den Kopf: es war Dussardier. Er warf sich in ihre Arme und keuchte: »Ah, welch ein Glück, meine lieben Freunde!« Mehr brachte er nicht hervor, so war er vor Freude und Ermüdung außer Atem.

Seit achtundvierzig Stunden war er nun auf den Beinen. Er hatte an den Barrikaden im Quartier Latin gearbeitet, hatte in der Rue Rambuteau gekämpft und drei Dragonern das Leben gerettet, war dann mit der Kolonne Dunoyer in die Tuilerien eingerückt und hernach in die Kammer und später zum Rathaus gerannt.

»Ich komme gerade von dort. Alles steht gut! Das Volk triumphiert! Arbeiter und Bürger liegen einander in den Armen! Ah! Wenn ihr wüßtet, was ich gesehen habe! Was für wackere Leute! Wie schön ist das!«

Es fiel ihm gar nicht auf, daß sie keine Waffen hatten.

»Ich wußte doch sicher, daß ich euch hier finden werde! Eine Zeitlang ging's ja hart auf hart, aber das hat nichts zu bedeuten!«

Ein Blutstropfen rann über seine Wange, und auf die Fragen der beiden andern sagte er leichthin: »Oh, das ist nichts, eine Schramme von einem Bajonett!«

»Sie müssen sich aber verbinden lassen.«

»Ach was, ich kann allerhand vertragen! Was liegt schon daran? Die Republik ist ausgerufen! Jetzt bricht für uns alle eine glückliche Zeit an. Ein paar Zeitungsleute, die sich vorhin in meinem Beisein unterhielten, sagten, nun werde man Polen und Italien die Freiheit geben! Keine Könige mehr! Verstehen Sie? Frei die ganze Erde! Frei das ganze Erdenrund!«

Er umfing den ganzen weiten Horizont mit seinem Blick und breitete in sieghafter Haltung die Arme aus. Aber ein langer Menschenstrom wälzte sich über die Terrasse und das Flußufer entlang.

»Ah! Sapperlot! Das hätte ich ja beinah vergessen! Die Forts sind ja besetzt! Da muß ich hin! Lebt wohl.«

Dann wandte er sich noch einmal um, schwang sein Gewehr und schrie: »Es lebe die Republik!«

Aus den Kaminen des Schlosses wirbelten dicke schwarze Rauchsäulen zum Himmel empor und trugen Funken mit in die Höhe. Das Geläute der Glocken klang von ferne wie erschrockenes Blöken.

Links und rechts, überall feuerten die Sieger ihre Gewehre ab. War Frédéric auch alles andere als ein Draufgänger, so fühlte er doch sein gallisches Blut aufwallen. Die magnetische Kraft der begeisterten Volksmassen hatte auch ihn mitgerissen. Wollüstig atmete er die gewitterschwüle, mit Pulvergeruch gesättigte Luft ein. Und zugleich erschauerte er unter den Ausströmungen einer grenzenlosen Liebe, einer überwältigend zärtlichen und weltumfassenden Rührung, als schlüge das Herz der ganzen Menschheit in seiner Brust.

Hussonnet gähnte. Dann brummte er: »Es wird allgemach an der Zeit sein, daß ich die Bevölkerung ins Bild setze.«

Frédéric ging mit ihm in sein Korrespondenzbüro am Börsenplatz. Dort machte er sich daran, einen Bericht über die Ereignisse für das Tagblatt von Troyes abzufassen; es wurde ein schwungvoller Artikel, in gehobenem Stil, ein wahres Prachtwerk, das er mit seinem vollen Namen zeichnete. Hierauf speisten sie zusammen in einer Weinschenke. Hussonnet war nachdenklich; die Ausschreitungen der Revolution überboten denn doch seine eigenen verstiegenen Ideen.

Als sie sich nach dem Kaffee zum Rathaus begaben, um sich nach den neuesten Ereignissen zu erkundigen, brach sein angeborenes übermütiges Lausbubentemperament wieder durch. Er kletterte wie eine Gemse auf die Barrikaden und antwortete auf den Anruf der Schildwachen mit patriotischen Späßen.

Sie hörten, wie beim Schein der Fackeln die provisorische Regierung ausgerufen wurde. Endlich um Mitternacht kam Frédéric, zum Umfallen müde, nach Hause.

»Und jetzt«, sagte er zu seinem Diener, der ihm beim Auskleiden behilflich war, »bist du jetzt zufrieden?«

»Ja, natürlich, gnädiger Herr. Was ich aber nicht mag, das ist dieser zusammengerottete Janhagel.«

Am nächsten Morgen beim Erwachen fiel Frédéric Deslauriers ein. Er ging sofort zu ihm. Doch der Advokat war soeben abgereist, da er zum Kommissar in der Provinz ernannt worden war. Im Lauf des vergangenen Abends hatte er es fertiggebracht, bis zu Ledru-Rollin vorzudringen, und hatte ihm namens der Hochschüler so lange zugesetzt, bis er ihm einen Posten, eine Sendung abgerungen hatte. Übrigens, wußte der Hausbesorger zu berichten, werde er nächste Woche schreiben und seine Adresse angeben.

Daraufhin suchte Frédéric die Marschallin auf. Sie empfing ihn höchst ungnädig, denn sie war böse auf ihn, weil er sie hatte sitzenlassen. Ihr Groll schwand vor seinen wiederholten Versicherungen, daß jetzt Friede herrsche. Alles sei ruhig, und es bestehe kein Grund mehr, Angst zu haben. Er küßte sie, und sie erklärte sich für die Republik, wie es vor ihr schon der hochwürdige Herr Erzbischof von Paris getan hatte und wie es nach ihr auch mit wundersamem, eilfertigem Eifer die hohe Beamtenschaft, der Staatsrat, das Institut, die Marschälle von Frankreich, Changarnier, Herr de Falloux, alle Bonapartisten, sämtliche Legitimisten und eine beachtliche Anzahl von Orleanisten noch tun sollten.

Der Sturz der Monarchie war so rasch gekommen, daß nach der ersten Bestürzung das Bürgertum recht eigentlich erstaunt war, noch am Leben zu sein. Die summarische Hinrichtung einiger Plünderer, die ohne Urteilsspruch erschossen worden waren, wurde allgemein als durchaus gerecht empfunden. Einen Monat lang war Lamartines Ausspruch über die rote Fahne, »die gerade nur einmal rings um das Marsfeld getragen worden war, während die Trikolore« und so weiter, in aller Mund. Und alle scharten sich unter ihren Schutz, denn jede Partei sah von den drei Farben nur ihre eigene und gelobte sich hoch und heilig: sobald sie die stärkste geworden sei, werde sie die beiden andern gewaltsam ausmerzen.

Da alle Geschäfte ruhten, lockten Unruhe und Gafflust alle Welt ins Freie. Die vernachlässigte Kleidung, die allgemein getragen wurde, verwischte die Standesunterschiede, der Haß verkroch sich, Hoffnungen machten sich breit, die Menge war sanft und versöhnlich gestimmt. Der Stolz auf ein erkämpftes Recht strahlte aus allen Gesichtern. Es herrschte eine richtige Karnevalsfröhlichkeit, die Leute benahmen sich ungezwungen wie in einem Feldlager. Man konnte sich nichts Ergötzlicheres denken als den Anblick von Paris in diesen ersten Tagen.

Frédéric hängte sich bei der Marschallin ein und bummelte mit ihr durch die Straßen. Sie hatte ihre helle Freude an den Rosetten, die alle Knopflöcher zierten, an den Flaggen, die aus allen Fenstern hingen, an den Plakaten, die in allen möglichen Farben an den Mauern angeschlagen waren. Von Zeit zu Zeit warf sie ein paar Münzen für die Verwundeten in die Sammelbüchsen, die mitten auf der Straße auf einem

Stuhl standen. Dann blieben sie wieder vor Karikaturen stehen, die Louis-Philippe als Zuckerbäcker, als Hanswurst, als Köter, als Blutegel darstellten. Aber die Leute Caussidières mit ihren Säbeln und Schärpen machten ihr ein wenig bange. Ein andermal wurde ein Freiheitsbaum aufgerichtet, und die Herren Geistlichen wirkten bei der Zeremonie mit und segneten die Republik, eskortiert von goldbetreßten Dienern. Und die Menge fand das wunderschön. Der häufigste Anblick war der Aufzug einer Abordnung irgendwelcher Vereinigungen, die vor das Rathaus zog, um dort ihre Forderungen vorzubringen; denn jedes Gewerbe, jedes Handwerk erwartete von der Regierung eine durchgreifende Abhilfe aller seiner Nöte. Ein paar begaben sich freilich auch hin, um der Regierung gute Ratschläge zu erteilen, ihr Glück zu wünschen oder auch bloß, um ihr einen kleinen Besuch abzustatten und zu sehen, wie die Maschine lief.

Gegen die Mitte des Monats März hatte Frédéric für Rosanette im Quartier Latin eine Besorgung zu erledigen und ging über den Pont d'Arcole; da sah er eine lange Reihe von Männern mit absonderlichen Hüten und langen Bärten auf sich zukommen. An der Spitze marschierte als Trommler ein Neger, ein ehemaliges Künstlermodell, und der Mann, der das Banner trug, auf dem im Winde die Inschrift »Kunstmaler« flatterte – war kein anderer als Pellerin.

Er gab Frédéric durch ein Zeichen zu verstehen, er möge auf ihn warten, und fünf Minuten später tauchte er wieder auf. Er hatte Zeit, denn die Regierung empfing gerade die Steinmetzen. Er hatte vor, mit seinen Gesinnungsgenossen die Schaffung eines Forums der Kunst zu fordern, einer Art Börse, wo die Belange der Ästhetik erörtert würden. Erhabene Kunstwerke mußten so entstehen, steuerten doch alle Künstler gemeinsam ihr Genie bei. Binnen kurzem wäre Paris mit gigantischen Bauwerken überbaut, und er würde sie ausschmücken. Er hatte sogar schon eine Figur der Republik angefangen. Da kam einer von seinen Kameraden und holte ihn, denn die Geflügelhändlerdeputation folgte ihnen dicht auf den Fersen.

»Was für ein Stumpfsinn!« murrte eine Stimme aus der

Menge. »Lauter müßiges Geschwätz! Leeres Stroh gedroschen! Nichts, was Hand und Fuß hat!«

Der Unzufriedene war Regimbart. Er grüßte Frédéric nicht einmal, benützte aber die Gelegenheit, um seiner Verbitterung freien Lauf zu lassen.

Der Bürger brachte seine Tage damit zu, daß er durch die Straßen stromerte, an seinem Schnurrbart zerrte, die Augen rollte und allerhand Schauernachrichten aufschnappte und weiterverbreitete. Es waren immer die gleichen zwei Phrasen: »Gebt acht, wir werden bald wieder in die Patsche geraten!« oder: »Aber, sackerlott! Man prellt uns um die Republik!« Er war mit allem unzufrieden, und am meisten ärgerte ihn, daß wir unsere naturgegebenen Grenzen nicht wieder zurückerobert hatten. Bei der bloßen Erwähnung von Lamartine zuckte er die Achseln. Er fand, Ledru-Rollin sei »der Frage nicht gewachsen«, schimpfte Dupont – aus dem Eure-Departement – einen verkalkten Mummelgreis; Albert sei ein Idiot, Louis Blanc ein Utopist, Blanquet ein äußerst gefährlicher Mensch. Und als ihn Frédéric fragte, was man denn hätte tun sollen, preßte er seinen Arm zusammen, daß er ihn beinahe zerquetschte, und gab zur Antwort: »Den Rhein erobern, sag ich Ihnen, den Rhein erobern! Zum Teufel auch!«

Dann nahm er die Reaktion aufs Korn.

Sie zeige jetzt endlich ihr wahres Gesicht. Die Plünderung der Schlösser von Neuilly und Suresne, die Feuersbrunst in Batignolles, die Unruhen in Lyon, alle Ausschreitungen und alle Mißstände würden jetzt maßlos übertrieben, und hinzukämen das Rundschreiben Ledru-Rollins, der Zwangskurs der Banknoten, die Entwertung der Renten auf sechzig Franken und schließlich als ärgste Ungerechtigkeit, als letzter Schlag und zu allem ohnehin Grauenvollen hinzu die fünfundvierzigprozentige Steuer! Und zu alledem komme nun noch der Sozialismus! Obschon diese Theorien, die nicht neuer seien als das Gänsespiel, seit vierzig Jahren zur Genüge erörtert und abgehandelt worden seien, so daß man ganze Bibliotheken damit füllen könnte, so jagten sie dennoch dem Bürgertum einen Schrecken ein wie ein Hagel von Meteorsteinen. Und man war aus jenem Haß heraus empört, den das Aufkommen jeder Idee hervorruft, weil sie eben eine Idee ist; und aus diesem Haß, auf den sie zunächst stößt, bezieht sie späterhin ihren Ruhm, denn ihm verdankt sie, daß ihre Gegner stets die Unterlegenen sind, sie mag noch so mittelmäßig sein.

Damals stieg das Eigentum in der Achtung der Menschheit zur Höhe einer religiösen Vorstellung und ward eins mit Gott. Jeder Angriff, der dagegen unternommen wurde, galt als Sakrileg, fast als Menschenfresserei. Trotz der humansten Gesetzgebung, die jemals dagewesen war, tauchte das Gespenst von 1793 wieder auf, und das Fallbeil der Guillotine schwang in jeder Silbe des Wortes Republik mit; doch das hielt die Leute nicht ab, sie um ihrer Schwäche willen zu verachten. Frankreich, das keinen Herrn mehr über sich fühlte, fing vor Ratlosigkeit und kopflosem Entsetzen an zu schreien wie ein Blinder, der seinen Stab, wie ein kleiner Knirps, der sein Kindermädchen verloren hat.

Von allen Franzosen schlotterte am allermeisten Herr Dambreuse. Die neue Sachlage bedrohte sein Vermögen, vor allem aber stand sie im Widerspruch zu seiner Welterfahrung. Ein so gutes System, ein so weiser König! War das überhaupt möglich? Die Welt mußte ja einstürzen! Schon tags darauf entließ er drei Dienstboten, verkaufte seine Pferde, schaffte sich zum Ausgehen einen weichen Hut an, ja er dachte sogar daran, sich den Bart wachsen zu lassen. Er blieb zu Hause, saß völlig niedergeschmettert herum, fand immer wieder einen bittern Genuß an der Lektüre gerade der Zeitungen, die seinen Anschauungen am feindlichsten gegenüberstanden, und war derart verdüstert, daß ihm nicht einmal mehr die Witze über Flocons Pfeife ein Lächeln zu entlocken vermochten.

Als eine der Stützen der verflossenen Regierung fürchtete er die Vergeltungsakte des Volks an seinen Besitzungen in der Champagne. Da fiel ihm Frédérics Elaborat, eben jener Artikel im Tagblatt von Troyes, in die Hände. Nun bildete er sich ein, sein junger Freund sei eine sehr einflußreiche Persönlichkeit und könne ihm noch von Nutzen sein oder ihn zumindest verteidigen. So kam es, daß sich eines

Morgens, in Martinons Begleitung, Herr Dambreuse bei ihm einstellte.

Dieser Besuch habe keinen andern Zweck, sagte er, als ihn wieder einmal zu sehen und mit ihm zu plaudern. Im großen und ganzen freue er sich über den Verlauf der Ereignisse und mache freudigen Herzens »unsern erhabenen Wahlspruch: *Freiheit, Gleichheit und Brüderlichkeit«* auch zu dem seinen, sei er doch stets im Grunde republikanisch gesinnt gewesen. Wenn er unter der früheren Regierung mit dem Ministerium gestimmt habe, dann sei das einfach darum geschehen, weil er so dessen unvermeidlichen Sturz habe beschleunigen wollen. Er zeigte sich sogar höchst erbost über Herrn Guizot, »der uns da schön in die Patsche gesetzt hat, geben wir's doch ruhig zu«! Hingegen fand er bewundernde Worte für Lamartine, der sich »prachtvoll benommen hat, mein Ehrenwort darauf, als er anläßlich der roten Fahne ...«

»Ja, ich weiß«, unterbrach ihn Frédéric.

Dann gab er seiner Sympathie für die Arbeiter Ausdruck: »Denn schließlich sind wir doch alle mehr oder weniger Arbeiter!«

Und er trieb seine Unparteilichkeit so weit, daß er sogar anerkannte, Proudhon besitze eine gewisse Logik. »Oh, viel Logik sogar, Teufel auch!« Dann brachte er mit der Wendigkeit eines überlegenen Geistes das Gespräch auf die Gemäldeausstellung, wo er Pellerins Bild gesehen habe. Er finde es originell und gut getroffen.

Martinon verlieh jedem seiner Worte mit zustimmenden Bemerkungen Nachdruck; auch er glaubte, man müsse sich offen und ohne Rückhalt der Republik anschließen, und er sprach von seinem Vater, der daheim sein Land beackerte, spielte den Bauer, den Mann aus dem Volk. Es dauerte nicht lange, so kam man auf die Wahlen zur Nationalversammlung zu reden und auf die Kandidaten im Bezirk La Fortelle. Der Kandidat der Opposition habe keinerlei Aussichten.

»Sie müßten eigentlich seinen Platz einnehmen!« meinte Herr Dambreuse.

Frédéric wehrte lebhaft ab.

Warum auch nicht? Er würde nämlich die Stimmen der

Ultraradikalen mit Rücksicht auf seine persönlichen Überzeugungen erhalten, und die der Konservativen seiner Familie wegen.

»Und vielleicht auch ein wenig dank meinem Einfluß«, setzte der Bankier lächelnd hinzu.

Frédéric wandte ein, er wüßte gar nicht, wie er es anstellen sollte. Nichts leichter als das, er brauche sich bloß den Patrioten des Aube-Departements durch einen politischen Klub der Hauptstadt empfehlen zu lassen. Es handle sich nicht darum, ein Glaubensbekenntnis vorzulesen, wie man's jetzt täglich erlebe, sondern eine ernsthafte Darlegung der Grundsätze zu bieten.

»Bringen Sie mir so etwas. Ich weiß, was in der Gegend zieht! Und Sie könnten – ich wiederhole es Ihnen – dem Lande große Dienste erweisen, uns allen und auch mir selbst.«

In solchen Zeiten müsse man sich gegenseitig helfen, und wenn Frédéric etwas nötig habe, so könnten er und seine Freunde ...

»Oh, verbindlichsten Dank, lieber Herr!«

»Selbstverständlich beruht das auf Gegenseitigkeit!«

Der Bankier war ein wackerer Mann, soviel war sicher.

Frédéric konnte sich nicht enthalten, über seinen Rat nachzudenken; und bald hatte diese Vorstellung für ihn etwas so Blendendes, daß ihm schwindelte.

Die großen Gestalten des Konvents zogen an seinen Augen vorüber. Es war ihm, als breche eine prachtvolle Morgenröte an. Rom, Wien, Berlin waren in hellem Aufruhr, die Österreicher aus Venedig vertrieben, ganz Europa gärte und brodelte. Jetzt war die Stunde gekommen, wo man sich kopfüber in die Bewegung stürzen, sie vielleicht beschleunigen konnte. Und überdies verlockte ihn die Tracht, die, wie es hieß, die Abgeordneten tragen würden. Schon sah er sich im Kamisol mit den Aufschlägen und der dreifarbigen Schärpe, und dieser Kitzel, diese Halluzination wurden so stark, daß er sich Dussardier anvertraute.

Die Begeisterung des treuen Kerls ließ nicht nach.

»Klar! Selbstverständlich! Lassen Sie sich aufstellen!«

Dessenungeachtet wandte sich Frédéric ratsuchend auch an

Deslauriers. Die idiotische Opposition, die dem Kommissar in der Provinz Schwierigkeiten über Schwierigkeiten machte, hatte ihn in seinem Liberalismus nur noch bestärkt. Er schickte ihm postwendend einen Brief voller leidenschaftlicher Ermahnungen.

Doch Frédéric verlangte es nach der Zustimmung möglichst vieler Menschen, und er weihte eines Tages Rosanette in die Sache ein, als gerade Mademoiselle Vatnaz bei ihr war.

Sie war eine von den vielen alleinstehenden Pariser Frauen, die unverheiratet geblieben sind und Abend für Abend, wenn sie ihre Stunden erteilt oder versucht haben, kleine Zeichnungen zu vertreiben oder armselige Manuskripte anzubringen, mit kotbespritzten Röcken nach Hause kommen, ihr Nachtessen kochen und einsam und allein verzehren, hernach aber sich die Füße an einer Wärmflasche wärmen und beim trüben Schein einer schmierigen Lampe von Liebe, Familienleben, eigenem Herd, von Reichtum und allem, was ihnen fehlt, träumen. So hatte sie denn auch, wie viele andere, in der Revolution den Anbruch der längst fälligen Vergeltung begrüßt und ging nun völlig in einer zügellosen sozialistischen Propaganda auf.

Die Befreiung des Proletariats war nach Ansicht der Vatnaz nur durch die Befreiung der Frau möglich. Sie wollte, daß den Frauen alle Ämter offenstünden, forderte die Feststellung der Vaterschaft bei unehelichen Geburten, ein neues Strafgesetz und die Abschaffung oder zumindest eine »vernünftigere Regelung« der Ehe. Dementsprechend sollte jede Französin von Gesetzes wegen gehalten sein, einen Franzosen zu heiraten oder einen Greis in Pflege zu nehmen. Die Ammen und Hebammen sollten vom Staat besoldete Beamtinnen sein, ein Ausschuß zur Prüfung der Werke von Schriftstellerinnen sollte geschaffen werden, besondere Verleger für Frauen, eine polytechnische Hochschule für Frauen, eine Nationalgarde für Frauen, kurz, alles für die Frauen! Und da die Regierung ihre Rechte nicht anerkannte, mußten sie eben die Gewalt mit Gewalt besiegen. Zehntausend Bürgerinnen mit guten Gewehren konnten dem Rathaus schon einen tüchtigen Schrecken einjagen!

Frédérics Kandidatur schien ihr für ihre Ideen günstig. Sie redete ihm zu und malte ihm den Ruhm aus, der ihm in der Zukunft winkte. Rosanette freute sich, daß sie einen Liebhaber hatte, der in der Kammer sprechen würde.

»Und dann gibt man dir vielleicht eine gute Stellung.«

Frédéric, der für alle Schwächen anfällig war, wurde von dem allgemein grassierenden Wahnsinn angesteckt. Er schrieb eine Rede nieder und ging damit zu Herrn Dambreuse, um sie ihm vorzulegen.

Beim Dröhnen des großen Tors, das hinter ihm zufiel, teilte sich der Vorhang an einem Fenster, und eine Frau wurde sichtbar. Er konnte sie in der Eile nicht erkennen. Aber im Vorzimmer hielt ihn ein Gemälde auf, das Bild Pellerins, das da offenkundig provisorisch hingestellt auf einem Stuhl stand.

Der Schinken stellte die Republik dar oder den Fortschritt oder auch die Zivilisation, und zwar in Gestalt Jesu Christi, der eine Lokomotive mitten durch einen Urwald steuerte. Frédéric schaute sich das Bild eine Weile an und rief dann angewidert aus: »Wie schauderhaft!«

»Nicht wahr? Einfach fürchterlich!« pflichtete ihm Herr Dambreuse bei, der gerade dazukam und sich einbildete, der Entrüstungsschrei gelte nicht der Malerei, sondern der Lehre, die auf dem Bilde verherrlicht wurde.

Im gleichen Augenblick kam auch Martinon herein, und sie gingen ins Arbeitszimmer hinüber. Frédéric zog ein Blatt Papier aus seiner Tasche, da trat plötzlich Mademoiselle Cécile ein und fragte mit unbefangener Miene: »Ist meine Tante hier?«

»Du weißt ganz genau, daß sie nicht da ist«, fuhr sie der Bankier an. »Gleichviel, tun Sie, als wären Sie zu Hause, mein Fräulein!«

»Oh, danke! Ich geh ja schon.«

Kaum war sie draußen, so tat Martinon, als suche er sein Taschentuch.

»Ich habe es im Überrock vergessen, entschuldigen Sie mich!«

»Schon gut!« sagte Herr Dambreuse.

Offensichtlich durchschaute er dieses abgekartete Spiel, ja

er schien es sogar zu begünstigen. Weshalb wohl? Doch bald darauf kam Martinon wieder herein, und Frédéric legte mit seiner Rede los. Schon bei der zweiten Seite, wo das Überwiegen der pekuniären Interessen als eine Schande gebrandmarkt wurde, schnitt der Bankier ein Gesicht. Alsdann ging Frédéric auf seine Reformvorschläge ein und forderte Freiheit des Handels.

»Wie? ... Aber erlauben Sie!«

Frédéric überhörte den Einwurf und fuhr fort. Er trat für die Besteuerung der Renten ein, für eine progressive Steuer, für einen europäischen Staatenbund, für Volksbildung und großzügigste Förderung der schönen Künste.

»Wenn das Land Männern wie Delacroix oder Hugo eine Jahresrente von hunderttausend Franken aussetzte, was könnte das schon schaden?«

Das Ganze endete mit Ratschlägen an die oberen Klassen.

»Legt euer Geld nicht auf die Sparkassen, ihr reichen Leute! Gebt es aus! Gebt es her!«

Er hielt inne und blieb stehen. Seine beiden Zuhörer saßen stumm da. Martinon starrte ihn mit weit aufgerissenen Augen an. Herr Dambreuse war ganz bleich. Endlich lächelte er säuerlich, um seine Erregung zu verbergen, und sagte: »Ausgezeichnet ist sie, Ihre Rede!«

Und er äußerte sich höchst lobend über ihre Form, um nicht auf den Inhalt eingehen zu müssen.

Dieses scharfe Draufgängertum von seiten eines harmlosen jungen Menschen hatte für ihn etwas Erschreckendes, vor allem als Symptom. Martinon suchte ihn zu beruhigen. Die konservative Partei werde bestimmt binnen kurzem die Scharte auswetzen; in verschiedenen Städten habe man die Kommissare der provisorischen Regierung davongejagt. Die Wahlen seien erst auf den 23. April angesetzt, man habe ausreichend Zeit vor sich. Kurzum, Herr Dambreuse müsse selber als Kandidat des Aube-Departementes auftreten; und fortan war Martinon stets um ihn, wurde sein Sekretär und umsorgte ihn mit der liebevollen Aufmerksamkeit eines Sohnes.

Frédéric kam, mit sich höchst zufrieden, zu Rosanette.

Delmar war bei ihr; er erzählte Frédéric, er sei jetzt »endgültig« entschlossen, sich als Kandidat bei den Wahlen im Seine-Departement aufstellen zu lassen. In einem Wahlplakat, mit dem er sich an das Volk wandte, redete es der Schauspieler mit Du an und rühmte sich, »er« verstehe seine Wünsche und Nöte und habe sich zu seinem Heil »von der Kunst kreuzigen lassen«, so daß er nun sein fleischgewordenes Ideal verkörpere. Er glaubte tatsächlich allen Ernstes, sein Einfluß auf die Massen sei ungeheuer, ja er schlug später sogar einmal im Büro eines Ministeriums vor, er wolle einen Aufstand ganz allein niederschlagen. Hinsichtlich der Mittel, die er anzuwenden gedachte, gab er zur Antwort: »Seien Sie ganz unbesorgt! Sie brauchen nur meinen Kopf zu sehen!«

Frédéric fand, es gehöre ihm ein tüchtiger Dämpfer, und gab ihm seine eigene Kandidatur zur Kenntnis. Sobald der Schmierenkomödiant sah, daß sein künftiger Kollege nur die Provinz im Auge hatte, bot er ihm seine guten Dienste an und machte sich sogar erbötig, ihn durch die Klubs zu lotsen.

Sie besuchten sie alle oder doch beinah alle, die roten und die blauen, die wutschäumenden und die ruhigen, die puritanischen, die hemmungslos lockeren, die mystischen Schwarmgeister und die Säufer, die Kreise, in denen über die Könige der Tod verhängt wurde, und andere, wo die Unterschleife und Durchstechereien des Spezereihandels angeprangert wurden. Und wohin sie kamen, verfluchten die Mieter die Hauseigentümer, überall schimpfte die Bluse über den Frack, und die Reichen verschworen sich gegen die Armen. Viele verlangten Geldentschädigungen als ehemalige Opfer der Polizeiwillkür, andere bettelten Geld, um damit irgendwelche Erfindungen zu finanzieren, oder dann bekam man wieder Pläne für Gemeinschaftshäuser vorgesetzt, allerlei Projekte für kantonale Marktplätze, mancherlei Weltbeglückungssysteme. Dann und wann zuckte ein Geistesblitz in diesem Gewölk von Dummheit auf, Einwürfe und Zurufe wie jäh auffliegende Kotspritzer, ein Fluch, der einen Rechtsanspruch formulierte, Redeblüten im Munde eines zerlumpten Stromers, der das Wehrgehänge eines Säbels auf der bloßen, hemdlosen Brust trug. Manchmal trat auch ein besserer Herr auf, ein Aristokrat, der sich unterwürfig und kleinlaut gab und dem Pöbel nach dem Munde redete, sich auch die Hände nicht gewaschen hatte, damit sie schwielig aussehen sollten. Dann erkannte ihn irgendein Patriot, die wildesten Eiferer sprangen recht unglimpflich mit ihm um, und er zog, Wut im Herzen, wieder ab. Man mußte augenfällig und beflissen seine volksverbundene Gesinnung zur Schau tragen, bei jeder Gelegenheit gegen die Advokaten losziehen und sooft wie nur möglich Schlagworte auftischen wie »seinen Stein zum Bau beitragen – die soziale Frage – Arbeitsstätte«.

Delmar verpaßte nie eine Gelegenheit, das Wort an sich zu reißen, und wenn er gar nichts mehr zu sagen wußte, dann suchte er sein Heil bei seinem letzten rettenden Effekt: er stemmte die Faust in die Hüfte, steckte den andern Arm vorne in die Weste und drehte der Menge plötzlich das Profil zu, so daß sie seinen Charakterkopf in seiner ganzen Schönheit zu sehen bekam. Dann brach begeisterter Beifall los; Fräulein Vatnaz stand hinten im Saal und klatschte wie besessen.

Trotz aller geistigen Armut der Redner wagte Frédéric nicht, sein Glück zu versuchen. Alle diese Leute dünkten ihn zu ungebildet oder zu feindselig.

Aber Dussardier machte sich auf die Suche und verkündete ihm bald, es bestehe in der Rue Saint-Jacques ein Klub, der sich »Klub der Intelligenz« nenne. Ein solcher Name klang vielversprechend. Außerdem wollte er noch ein paar Freunde mitbringen.

Er brachte die gleichen Leute mit, die er damals schon zu seinem Punschabend eingeladen hatte: den Buchhalter, den Weinreisenden, den Architekten. Sogar Pellerin war gekommen, und vielleicht erschien auch noch Hussonnet. Und draußen vor der Tür auf dem Trottoir wartete Regimbart mit zwei Individuen, von denen einer sein treuer Compain war, ein untersetzter Mensch mit einem pockennarbigen Gesicht und roten Augen, und der andere ein haariger Kerl, halb Affe, halb Neger, von dem er nichts weiter wußte, als daß er ein »Patriot aus Barcelona« war.

Sie schritten durch einen Gang und wurden dann in einen

großen Raum geführt, offensichtlich eine Tischlerwerkstatt, deren frisch verputzte Wände noch nach Gips rochen. Vier parallel aufgehängte Lampen verbreiteten darin ein unangenehm grelles Licht. Auf einem Podium im Hintergrund stand ein Schreibtisch mit einer Glocke, ein zweiter Tisch, etwas unterhalb, stellte die Rednertribüne vor, und auf beiden Seiten standen zwei weitere, niedrigere Tische für die Schriftführer. Die Zuhörerschaft, die die Bänke füllte, bestand aus alten Farbenkleckseren, Hilfslehrern und noch nie gedruckten Schriftstellern. In den Reihen dieser Mäntel mit fettigen Kragen sah man hier und da die Haube einer Frau oder den Kittel eines Arbeiters. Der hintere Teil des Saals war sogar dicht besetzt mit Arbeitern, die offenkundig hierhergekommen waren, weil sie nichts Gescheiteres zu tun hatten, oder von Rednern mitgebracht worden waren, damit sie ihnen Beifall klatschten.

Frédéric sorgte dafür, daß er zwischen Dussardier und Regimbart zu sitzen kam, der, kaum hatte er Platz genommen, seine beiden Hände auf den Stock stützte, das Kinn auf die Hände legte und die Augen schloß, während am andern Ende des Saals Delmar hoch aufgerichtet die Versammlung überragte.

Am Tisch des Vorsitzenden erschien Sénécal.

Diese Überraschung, so hatte der gute Kommis gedacht, würde Frédérics Beifall finden. Aber der ärgerte sich darüber.

Die Zuhörermenge bezeugte ihrem Vorsitzenden große Ehrerbietung. Er war einer von denen, die am 25. Februar die unverzügliche Organisation der Arbeit verlangt hatten, und am nächsten Tag hatte er sich im Prado für den Sturm auf das Rathaus eingesetzt. Und da damals jede führende Persönlichkeit sich nach irgendeinem Vorbild richtete, der eine Saint-Just kopierte, der andere Danton oder Marat, so bemühte sich Sénécal, sich Blanqui zum Vorbild zu nehmen, der seinerseits wieder Robespierre nachahmte. Seine schwarzen Handschuhe und sein bürstenartig kurzgeschnittenes Haar verliehen ihm ein strenges, äußerst korrektes Aussehen.

Er eröffnete die Sitzung mit der Erklärung der Menschen- und Staatsbürgerrechte, dem üblichen Glaubensbekenntnis. Dann stimmte eine kraftvolle Kehle die *Erinnerungen des Volkes* von Béranger an.

Andere Stimmen erhoben sich: »Nein! Nein! Nicht das!«

»Die Mütze!« gröhlten hinten im Saal die Patrioten.

Und sie sangen im Chor das Lied des Tages:

»Hut ab vor meiner Mütze,
Beugt euer Knie vor mir!«

Auf ein Wort des Vorsitzenden verstummte die Zuhörerschaft. Einer von den Schriftführern ging daran, die eingelaufenen Briefe zu verlesen.

»Eine Gruppe von jungen Leuten teilt mit, daß sie jeden Abend vor dem Pantheon eine Nummer der *Nationalversammlung* verbrennen, und sie fordern alle Patrioten auf, ihrem Beispiel zu folgen.«

»Bravo! Angenommen!« antwortete die Menge.

»Der Bürger Jean-Jacques Langreneux, Typograph, wohnhaft Rue Dauphine, fordert die Errichtung eines Denkmals zur Erinnerung an die Märtyrer des Thermidor.«

»Michel-Evariste-Népomucène Vincent, ehemals Professor, spricht den Wunsch aus, daß die europäische Demokratie eine Einheitssprache einführe. Man könnte sich einer toten Sprache bedienen, wie zum Beispiel des vervollkommneten Lateins.«

»Nein! kein Latein!« rief der Architekt dazwischen.

»Warum nicht?« warf darauf ein Lehrer ein.

Und nun entspann sich zwischen den beiden Herren eine Diskussion, andere mischten sich ein, jeder gab seinen Senf dazu und suchte mit seinem Geist zu glänzen, und zuletzt wurde das Ganze so langweilig, daß viele Zuhörer weggingen.

Doch da meldete sich ein altes Männchen, der unter seiner ungewöhnlich hohen Stirn eine grüne Brille trug, zu Wort. Er habe eine dringliche Mitteilung zu machen.

Es handelte sich um eine Denkschrift über die Verteilung der Steuern. Ziffer um Ziffer las er herunter; es wollte kein Ende nehmen. Die Ungeduld der Zuhörer machte sich zuerst in Murren und laut geführten Gesprächen Luft. Nichts konnte ihn aus dem Konzept bringen. Dann fing man an zu pfeifen, einer schrie: »Azor!« Sénécal rüffelte das Publikum. Der Redner sprach unbeirrt weiter wie eine Maschine. Man mußte ihn am Ellbogen schütteln, um ihm Einhalt zu gebieten. Das Männchen schien aus einem Traum zu erwachen. Es schob ruhig seine Brille auf die Stirn und sagte: »Verzeihung, Bürger! Bitte um Verzeihung! Ich gehe schon! Bitte tausendmal um Verzeihung!«

Der Mißerfolg dieses abgelesenen Vortrags brachte Frédéric aus der Fassung. Er hatte seine Rede in der Tasche; aber eine aus dem Stegreif gehaltene Ansprache wäre besser gewesen.

Endlich kündigte der Vorsitzende an, man werde nun zum wichtigsten Punkt, zur Frage der Wahlen, übergehen. Man werde zwar die großen republikanischen Listen nicht anfechten. Indessen habe der *Klub der Intelligenz* unbedingt das Recht, wie jeder andere eine aufzustellen, »wofern die Herren Paschas im Rathaus nichts dagegen haben«; die Bürger, die sich um ein Mandat des Volkes bewerben wollten, könnten jetzt ihre Ansprüche darlegen.

»Los jetzt. Gehen Sie nach vorn!« sagte Dussardier.

Ein kraushaariger Mann in einer Sutane mit einem ungeduldig-wilden Ausdruck hatte schon die Hand aufgestreckt. Er erklärte blubbernd und die Wörter verschluckend, er heiße Ducretot, sei Priester und Agronom, außerdem Verfasser eines Werkes mit dem Titel *Düngemittel.* Man verwies ihn an einen Gartenbauverein.

Dann bestieg ein Patriot im Arbeitskittel die Tribüne, ein plebejisch aussehender breitschultriger Mann mit einem breiten, sehr weich wirkenden Gesicht und langen schwarzen Haaren. Er schaute mit einem fast wollüstigen Blick über die Versammlung hin, warf den Kopf zurück, breitete dann die Arme aus und sprach: »Ihr habt Ducretot von euch gestoßen, o meine Brüder! Und ihr habt wohlgetan. Aber es geschah nicht aus Unglauben, denn wir sind alle fromme Menschen.«

Viele hörten ihm mit offenem Munde zu, mit Gesichtern wie Kinder in der Sonntagsschule, in verzückter Haltung.

»Ihr habt ihn auch nicht fortgewiesen, weil er ein Priester ist, denn auch wir sind Priester! Der Arbeiter ist ein Priester, wie es der Begründer des Sozialismus, unser aller Herr und Meister Jesus Christus, war!«

Nun sei der Augenblick gekommen, das Reich Gottes aufzurichten. Das Evangelium führe geradenwegs zum Jahr 1789. Nach der Abschaffung der Sklaverei komme die Abschaffung des Proletariats. Man habe das Zeitalter des Hasses hinter sich, nun hebe das Zeitalter der Liebe an.

»Das Christentum ist der Schlußstein und das Fundament des neuen Gebäudes . . .«

»Wollen Sie eigentlich mit uns Schindluder treiben?« rief da der Weinreisende. »Wo kommt der Pfaffe her?«

Dieser Zwischenruf hatte einen gewaltigen Radau zur Folge. Fast alle stiegen auf die Bänke und brüllten mit geballten Fäusten: »Atheist! Aristokrat! Schweinehund!« während die Glocke des Vorsitzenden unausgesetzt schellte und immer wieder und immer lauter die Rufe: »Zur Ordnung! Zur Ordnung!« ertönten. Doch unerschrocken und außerdem durch drei Tassen Kaffee gestärkt, die er vorher getrunken hatte, balgte sich der Angegriffene mit seinen Gegnern herum.

»Was? Ich soll ein Aristokrat sein? Geht mir doch weg!«

Als man ihn endlich zu Wort kommen ließ, erklärte er, solange es Priester gebe, werde man nie Ruhe und Frieden haben, und wenn man doch vorhin schon von Einsparungen gesprochen habe, so wüßte er eine ganz ersprießliche und begrüßenswerte: man könnte die Kirchen, die Monstranzen und schließlich sämtliche Gottesdienste abschaffen.

Irgendeiner warf ein, er gehe doch ein wenig weit.

»Jawohl! Ich gehe weit! Wenn aber ein Schiff vom Sturm überrascht wird . . .«

Ohne das Ende seines Gleichnisses abzuwarten, rief ein anderer dazwischen: »Einverstanden! Aber so zertrümmert man doch mit einem einzigen Schlag wie ein sturer Maurer . . .«

»Sie beschimpfen die Maurer!« brüllte nun ein über und über mit Gips bestaubter Mann.

Er ließ sich durch nichts in seinem Glauben, er sei herausgefordert worden, beirren, spie Schimpfworte, wollte unbedingt eine Prügelei anfangen und klammerte sich an seiner Bank fest. Drei Männer wurden kaum mit ihm fertig, bis sie ihn an die Luft gesetzt hatten.

Unterdessen stand immer noch der Arbeiter auf der Tribüne. Die beiden Schriftführer forderten ihn auf herunterzukommen, aber er protestierte gegen diese Zurücksetzung, die man ihm antue.

»Ihr werdet mich nicht daran hindern, auszurufen: Ewige Liebe unserem teuern Frankreich! Ewige Liebe auch der Republik!«

»Bürger!« sagte nun Compain, »Bürger!«

Und als es nach mehrmaligem »Bürger!« Rufen endlich ein wenig still geworden war, stützte er sich mit seinen beiden roten Pratzen, die aussahen wie Stümpfe, auf die Tribüne, beugte den Oberleib weit vor und sagte augenzwinkernd: »Ich glaube, man müßte dem Kalbskopf weitere Verbreitung verschaffen.«

Alle schwiegen; sie glaubten sich verhört zu haben.

»Jawohl, dem Kalbskopf!«

Ein dreihundertstimmiges Gelächter brach los. Die Decke zitterte. Vor all diesen belustigten und hemmungslos lachenden Gesichtern wich Compain zurück. Dann fuhr er wütend fort: »Was? Ihr wißt nicht, was ein Kalbskopf ist?«

Ein Paroxysmus, ein wahres Lachdelirium tobte los. Die Leute hielten sich die Seiten. Manche fielen sogar zu Boden, unter die Bänke. Compain hielt es nicht länger aus; er flüchtete sich in Regimbarts Nähe und wollte ihn mit sich fortziehen.

»Nein, ich bleibe bis zuletzt!« sagte der Musterpatriot.

Diese Antwort machte Frédérics Unschlüssigkeit ein Ende. Und wie er rechts und links nach seinen Freunden, die ihn unterstützen sollten, Ausschau hielt, erblickte er vor sich auf der Rednertribüne Pellerin. Der Künstler behandelte die Menge sehr von oben herab.

»Ich möchte schon gerne wissen, wo bei alledem der Kandidat der Kunst bleibt! Ich jedenfalls habe ein Bild gemalt . . .«

»Wir können mit Bildern nichts anfangen!« unterbrach ihn grob ein hagerer Mann mit roten Flecken auf den Backen.

Pellerin verwahrte sich dagegen, daß man ihm ins Wort falle.

Doch der andere fuhr in tragischem Ton fort: »Hätte die Regierung nicht längst schon durch ein Dekret die Prostitution und das Elend abschaffen müssen?«

Und da ihm diese Worte sogleich die Gunst des Volks eintrugen, donnerte er gegen die Sittenverderbnis der Großstädte los.

»Schmach und Schande! Man müßte die Spießer abfangen, wenn sie aus dem Puff kommen, und ihnen ins Gesicht spukken! Wenn wenigstens die Regierung die Unzucht nicht auch noch begünstigte! Aber die Beamten des Stadtzolls sind gegen unsere Töchter und Schwestern von einer Unanständigkeit! . . .«

Von weit hinten rief eine Stimme: »Das ist ja zum Lachen!«

»Hinaus!«

»Man preßt uns Steuern ab, um damit die Liederlichkeit zu besolden! So sind denn auch die hohen Gagen der Schauspieler . . .«

»Ich verlange das Wort!« rief Delmar.

Er rannte in weiten Sätzen zur Tribüne, schob alle beiseite und stellte sich in Positur. Dann erklärte er, für solche platte Anschuldigungen habe er nichts als Verachtung übrig, und ließ sich nun des langen und breiten über die bildungsfördernde Sendung des Schauspielers aus. Da bekanntlich das Theater der Brutherd der Volksbildung sei, stimme er für die Theaterreform. Und die erste Forderung laute: »Keine Direktoren, keine Vorrechte mehr!«

»Jawohl, keinerlei Vorrechte!«

Das theatralische Getue des Schauspielers setzte die Menge in Brand, und die umstürzlerischen Anträge folgten einander Schlag auf Schlag.

»Weg mit den Akademien und dem Institut!«

»Keine Missionen mehr!«

»Schafft die Prüfungen ab, das Abitur!«

»Was brauchen wir akademische Grade?«

»Behalten wir sie bei«, widersprach Sénécal, »aber sie müssen durch eine allgemeine Abstimmung vom Volk, dem einzig wahren Richter, verliehen werden!«

Das Nötigste sei das übrigens nicht. Zuerst müsse man die Reichen ducken und mit ihnen aufräumen! Und er malte ihnen aus, wie sie sich unter ihren goldstrotzenden Saaldecken an Missetaten und Verbrechen übersättigten, indes die Armen sich in ihren kahlen Dachstübchen in Hungerkrämpfen wanden und in ausbündiger Tugendhaftigkeit ein gottgefälliges Leben führten. Hier brach der Beifall so ohrenbetäubend los, daß er innehalten mußte. Minutenlang blieb er mit geschlossenen Lidern und hochgeworfenem Kopf reglos stehen und wiegte sich gleichsam in dieser Volkswut, die er aufgewühlt hatte.

Dann hob er wieder an zu sprechen, diesmal in lehrhaft-dogmatischem Ton, in Wendungen, die herrisch klangen wie Gesetze. Der Staat müsse die Banken und Versicherungen in seine Hand bringen. Der Unfug des Erbens sei abzuschaffen. Dafür werde man einen Sozialfonds für die Arbeitenden schaffen. Noch viele andere Maßnahmen seien für die Zukunft erforderlich. Die genannten müßten für den Augenblick genügen. Auf die Wahlen zurückkommend, erklärte er: »Was uns nottut, sind unbescholtene Bürger, gänzlich unverbrauchte, unbeschriebene Männer! Will sich jemand melden?«

Frédéric sprang auf. Ein beifälliges Raunen erhob sich, das von seinen Freunden ausging. Doch Sénécal setzte ein Gesicht auf, würdig eines Fouquier-Tinville, und begann ein regelrechtes Verhör über seinen Namen, Vornamen, sein Vorleben, seinen Lebenswandel und Leumund anzustellen.

Frédéric gab ihm kurz angebunden Auskunft und biß sich auf die Lippen. Sénécal fragte daraufhin, ob jemand einen Einwand gegen diese Kandidatur vorzubringen habe.

»Nein! Nein!« tönte es von überallher.

Er aber habe einen gewichtigen Einwand. Alle beugten sich gespannt vor und spitzten die Ohren. Der Bürger, der hier kandidiere, habe eine bestimmte Geldsumme, die er für die Gründung einer demokratischen Zeitung zugesagt habe, nicht gespendet. Überdies habe er, obwohl gebührend benachrichtigt, bei der Versammlung auf dem Pantheonsplatz gefehlt.

»Ich schwöre, daß er in den Tuilerien dabei war!« schrie Dussardier.

»Können Sie beschwören, daß Sie ihn beim Pantheon gesehen haben?«

Dussardier senkte den Kopf. Frédéric schwieg; seine Freunde waren vor den Kopf gestoßen und schauten ihn beunruhigt an.

»Können Sie uns wenigstens einen Patrioten namhaft machen, der uns für Ihre Grundsätze bürgt?« fuhr Sénécal fort.

»Ich!« rief Dussardier.

»Oh! Das sagt nicht genug! Einen andern!«

Frédéric drehte sich zu Pellerin um. Der Künstler gab ihm mit unausgesetztem Achselzucken und Kopfschütteln zu verstehen: »Ach, mein Lieber! Sie haben mich doch abgelehnt! Teufel noch einmal! Was kann ich da schon ausrichten?«

Da stieß Frédéric Regimbart mit dem Ellbogen an.

»Ja, du hast recht, es ist an der Zeit! Ich gehe schon!«

Und Regimbart kletterte auf die Estrade, dann half er dem Spanier hinauf, der ihm nachgegangen war.

»Gestatten Sie mir, verehrliche Bürger, Ihnen einen Patrioten aus Barcelona vorzustellen!«

Der Patriot verneigte sich tief, rollte wie ein Automat seine silberhellen Augen und sprach, die Hand aufs Herz gelegt: »Ciudadanos! mucho aprecio el honor que me dispensais, y si grande es vuestra bondad mayor es vuestra atencion.«

»Ich verlange das Wort!« rief nun Frédéric.

»Desde que se proclamo la constitucion de Cadiz, ese pacto fundamental de la libertades españolas, hasta la ultima revolucion, nuestra patria cuenta numerosos y heroicos martires.«

Noch einmal versuchte sich Frédéric Gehör zu verschaffen.

»Aber, Bürger! . . .« setzte er an.

Doch der Spanier fuhr fort: »El martes proximo tendra lugar en la iglesia de la Magdalena un servicio funebre.«

»Das wird nachgerade absurd! Kein Mensch versteht doch ein Wort von dem, was er sagt!«

Diese Feststellung brachte die Menge gegen ihn auf.

»Hinaus mit ihm! Setzt ihn vor die Tür!« tönte es von allen Seiten.

»Wer? Ich?« fragte Frédéric.

»Jawohl, Sie!« bestätigte Sénécal hochfahrend. »Gehen Sie jetzt!«

Frédéric stand auf und ging hinaus; und die Stimme des Iberiers verfolgte ihn, bis er draußen war: »Y todos los Españoles descarian ver alli reunidas las desputaciones de los clubs y de la milicia nacional. Una oracion funebre, en honor de la libertad española y del mundo entero, sera pronunciada por un miembro del clero de Paris en la sale Bonne-Nouvelle. Honor al pueblo frances, que llamaria yo el primero pueblo del mundo, sino fuese ciudadando de otra nacion!«

»Aristokrat!« kläffte Frédéric ein wenig vertrauenerweckender Strolch nach und drohte ihm mit der geballten Faust. Frédéric stürmte voll Empörung in den Hof hinaus.

Er warf sich seinen Opferwillen vor, ohne zu bedenken, daß die gegen ihn erhobenen Anschuldigungen ja eigentlich berechtigt waren. Was war diese Kandidatur doch für ein abgeschmackter Einfall gewesen! Nein, was waren das für Esel, welch strohdumme Wasserköpfe! Er verglich sich mit diesen Männern, und das Bewußtsein ihrer Dummheit war Balsam für die Wunde, die seinem Stolz geschlagen worden war.

Dann verspürte er plötzlich das Bedürfnis, Rosanette zu sehen. Nach soviel häßlichen Erfahrungen, nach all dem schwülstigen, hohlen Pathos mußte sie mit ihrer liebenswerten Art die richtige Erholung für ihn sein. Sie wußte, daß er sich am Abend in einem Klub hatte einführen müssen. Trotzdem fragte sie ihn mit keinem Wort nach seinen Erlebnissen, als er bei ihr hereinplatzte.

Sie saß am Kamin und trennte das Futter aus einem Kleid. Eine so ungewohnte Tätigkeit überraschte ihn.

»Sieh an! Was machst du denn da?«

»Das siehst du doch«, gab sie ihm schnippisch zur Antwort. »Ich flicke meine Kleider! Das hat man von deiner Republik!«

»Wieso: von meiner Republik?«

»Na, ist es vielleicht meine?«

Und sie schob ihm auf einmal alles in die Schuhe, was in Frankreich seit zwei Monaten vorgegangen war, gab ihm die Schuld an der Revolution, erklärte, er habe es auf dem Gewissen, daß jeder ruiniert sei, daß die reichen Leute aus Paris fortzögen und daß sie eines Tags noch im Armenhaus sterbe.

»Du hast gut reden, du mit deinen Renten! Wenn's übrigens so weitergeht, kannst du sie bald in den Schornstein schreiben, deine Renten.«

»Das kann schon sein«, versetzte Frédéric. »Die Opferwilligsten werden immer am meisten verkannt. Und hätte man nicht sein gutes Gewissen, das einem recht gibt, so könnten einem die Rüpel, mit denen man sich einläßt, die Selbstverleugnung verekeln!«

Rosanette schaute ihn mit gerunzelten Brauen an.

»Was soll das heißen? Wie meinst du das? Was für eine Selbstverleugnung? Der Herr hat, scheint's, nicht viel Erfolg gehabt? Um so besser! Das wird dich lehren, ein andermal keine patriotischen Spenden mehr zu machen. Oh, lüg mir nur nichts vor! Ich weiß, du hast ihnen dreihundert Franken geschenkt. Sie läßt sich nämlich aushalten, deine saubere Republik! Meinetwegen, vergnüge dich jetzt mit ihr, mein Männchen!«

Vor diesen lawinenartig über ihn hereinstürzenden albernen Anzüglichkeiten wich Frédérics heutige Enttäuschung einer noch schwereren Ernüchterung.

Er hatte sich ganz hinten ins Zimmer verzogen. Doch sie ging ihm nach.

»Komm, reden wir einmal vernünftig miteinander! In einem Land, genauso wie in einem Haus, muß einer der Herr sein; sonst bereichert sich jeder, wo er nur kann. Zunächst einmal weiß alle Welt, daß Ledru-Rollin den Buckel voll Schulden hat! Was Lamartine angeht, so sag mir: wie soll ein Dichter etwas von Politik verstehen? Ah, du kannst lange den Kopf schütteln und dir einbilden, du seist gescheiter als alle andern, es ist doch wahr! Aber du bist immer der gleiche Nörgler und Rechthaber; man kann ja kein vernünftiges Wort mehr mit dir reden! Da ist zum Beispiel Fournier-Fontaine, vom Warenhaus Saint-Roch; weißt du, wieviel Schulden er hat? Achthunderttausend Franken! Und Gomer, der Packer im Hause gegenüber, auch so ein Republikaner, der hat die Feuerzange auf dem Kopf seiner Frau entzweigeschlagen, und dann hat er so viel Absinth gesoffen, daß man ihn jetzt ins Irrenhaus stecken muß. So sind sie samt und sonders, die Republikaner! Eine saubere Republik! Jawohl, du kannst stolz darauf sein!«

Frédéric ging fort. Wie kuhdumm dieses Geschöpf war, hatte sich ihm nun unvermutet in ihrem pöbelhaften Gekeife offenbart, und das widerte ihn an. Er fühlte sogar, wie in seinem Herzen leise patriotische Gefühle wieder auflebten.

Rosanettes schlechte Laune wurde immer ärger. Fräulein Vatnaz mit ihrer Begeisterung machte sie immer gereizter. Die Vatnaz war von ihrer Sendung überzeugt und darum von einer wahren Sucht befallen, andauernd das große Wort zu führen und alle Welt abzukanzeln; und da sie in solchen Dingen besser beschlagen war als ihre Freundin, schwatzte sie ihr den Kopf voll mit ihren Beweisgründen.

Eines Tages kam sie höchst aufgebracht an; Hussonnet hatte sich im Frauenklub allerlei anzügliche Bemerkungen herausgenommen. Rosanette billigte sein Benehmen durchaus, ja sie erklärte sogar, sie werde jetzt selbst Männerkleider anziehen und allen diesen Frauenzimmern gehörig ihre Meinung sagen; die Rute müßten sie bekommen. Gerade in diesem Augenblick kam Frédéric dazu.

»Du begleitest mich doch hin, nicht wahr?«

Und sie ließen sich durch seine Anwesenheit nicht im geringsten stören, sondern zankten sich weiter; die eine spielte sich als Wahrerin gutbürgerlicher Ansichten auf, die andere als weltoffene Aufklärerin.

Wenn man Rosanette hörte, waren die Weiber ausschließlich für die Liebe geboren, sie hatten nur einen Zweck: Kinder aufzuziehen und einen Haushalt zu besorgen.

Mademoiselle Vatnaz hingegen war der Ansicht, die Frau müsse ihren Platz im Staat einnehmen. Einstmals hätten die Gallierinnen Gesetze erlassen, desgleichen die Angelsächsinnen, und die Gattinnen der Huronen säßen sogar in der Ratsversammlung. Die zivilisatorische Arbeit sei Sache aller. Alle Frauen müßten daran mitwirken und endlich an Stelle des Eigennutzes die Brüderlichkeit, für den Individualismus die Gemeinschaft und für die Zersplitterung die große Kultur einsetzen.

»So ist's recht! Du verstehst dich also neuerdings auf Kultur!«

»Warum eigentlich nicht? Zudem geht es jetzt um die Menschheit, um ihre Zukunft!«

»Kümmere dich lieber um deine eigene Zukunft!«

»Das geht nur mich etwas an!«

Sie hatten sich in Zorn geredet. Frédéric legte sich ins Mittel. Die Vatnaz geriet immer mehr in Hitze, redete zuletzt sogar dem Kommunismus das Wort.

»Was für ein Unsinn!« fertigte Rosanette sie ab. »Läßt sich so etwas überhaupt durchführen?«

Da führte die Vatnaz zum Beweis die Essäer an, die Mährischen Brüder, die Jesuiten in Paraguay, die Sippschaft der Pingons bei Thiers in der Auvergne; und da sie ihre Beweisführung mit heftigen Gebärden begleitete, verfing sich ihre Uhrkette in der Unmenge von Berlocken an einem Anhänger, einem goldenen Schäfchen.

Auf einmal wurde Rosanette unheimlich bleich.

Die Vatnaz fingerte immer noch an ihrem Anhängsel herum und versuchte es loszuhaken.

»Gib dir nicht so große Mühe«, fauchte Rosanette, »jetzt kenne ich deine politischen Ansichten.«

»Was soll das heißen?« stammelte die Vatnaz und wurde glutrot wie ein Backfisch.

»Oho! Du verstehst mich schon!«

Frédéric wurde daraus nicht klug. Zwischen ihnen war offenbar etwas vorgefallen, etwas weit Wichtigeres, Tiefergehendes als der Sozialismus.

»Und wenn's so wäre?« versetzte die Vatnaz und reckte

sich todesmutig hoch auf. »Ich habe es mir ausgeliehen, Schuld gegen Schuld!«

»Hol's der Kuckuck! Ich streite meine Schulden ja nicht ab! Wegen der paar tausend Franken, was ist da schon dabei! Ich nehme das Geld wenigstens auf Borg. Ich stehle es nicht andern Leuten!«

Die Vatnaz lachte gezwungen auf.

»Oh, dafür würde ich die Hand ins Feuer legen!«

»Sieh dich vor! Sie ist dürr genug und könnte Feuer fangen.«

Da streckte ihr das ältliche Mädchen die Hand gerade unter die Nase und höhnte: »Ein paar von deinen Freunden finden sie immerhin ganz nach ihrem Geschmack!«

»Vermutlich Andalusier? Als Kastagnetten!«

»Hure!«

Die Marschallin machte ihr eine tiefe Verbeugung.

»Allerliebst von Ihnen!«

Mademoiselle Vatnaz gab ihr keine Antwort. Schweißtropfen perlten auf ihren Schläfen. Ihre Augen blickten starr auf den Teppich nieder. Sie keuchte hörbar. Schließlich ging sie zur Tür.

»Gute Nacht! Sie werden noch von mir hören!« keifte sie und knallte die Tür heftig hinter sich zu.

»Soll mich freuen!« rief ihr Rosanette nach.

Der Zwang, den sie sich hatte antun müssen, hatte sie völlig gebrochen. Am ganzen Leibe zitternd, sank sie auf den Diwan, stammelte Schimpfworte und vergoß bittere Tränen. Was quälte sie denn so arg? War's die Drohung der Vatnaz? Ach nein, daraus mache sie sich gar nichts! Schuldete ihr die andere vielleicht noch Geld? Nein, das goldene Schäfchen war der Grund; es sei ein Geschenk. Und unter Tränen entfuhr ihr Delmars Name. Also liebte sie den Schauspieler!

Warum hat sie mich denn bloß genommen? fragte sich Frédéric. Wieso ist er überhaupt wieder aufgetaucht? Wer zwingt sie, mich zu behalten? Was soll das alles bedeuten?

Immer noch schluchzte Rosanette leise in sich hinein. Sie lag wie bisher auf dem Rande des Diwans lang ausgestreckt auf der Seite, hatte die rechte Wange auf ihre beiden Hände gelegt und sah so zart, so kindlich arglos und leidversunken aus, daß er wieder zu ihr herantrat und sie sanft auf die Stirn küßte.

Da beteuerte sie ihm ihre zärtliche Liebe. Der Fürst sei verreist, sie seien völlig ungestört und frei. Aber sie sei augenblicklich ein wenig ... in der Klemme. »Du hast es neulich selber gesehen, als ich mein altes Kleiderfutter wieder verwendete.« Jetzt sei es aus mit den Equipagen! Und das sei noch nicht alles: die Tapezierer drohten, sie würden die Möbel im großen Salon und im Schlafzimmer wieder abholen. Sie wisse nicht mehr aus noch ein.

Frédéric hatte nicht übel Lust, ihr darauf zu antworten: Mach dir keine Sorgen. Ich werde schon bezahlen! Aber möglicherweise war das alles gelogen. Die Erfahrung hatte ihn gewitzigt. So ließ er es bei ein paar tröstlichen Sprüchlein bewenden.

Rosanettes Befürchtungen waren nicht aus der Luft gegriffen. Sie mußte ihre Möbel hergeben und aus der schönen Wohnung an der Rue Drouot ausziehen. Sie bezog eine andere am Boulevard Poissonnière, im vierten Stock. Die Kuriositäten aus ihrem ehemaligen Boudoir reichten aus, um ihren drei Zimmern ein gefälliges Aussehen zu verleihen. Da gab es chinesische Wandbehänge, ein Zelt auf der Terrasse, im Wohnzimmer einen Teppich, einen Gelegenheitskauf, aber noch wie neu, mit rosa Seide bezogene Puffs. Frédéric hatte freigebig zu diesen Erwerbungen beigesteuert; er empfand die Freude eines Neuvermählten, der endlich ein eigenes Haus, eine eigene Frau hat. Und da er sich dort sehr wohlfühlte, kam er fast jeden Abend hin und blieb über Nacht.

Als er eines Morgens aus dem Vorzimmer trat, erblickte er auf der Treppe im dritten Stockwerk den Tschako eines Nationalgardisten, der heraufkam. Wo ging er wohl hin? Frédéric wartete. Der Mann stieg unentwegt höher und hielt den Kopf gesenkt. Nun blickte er auf. Es war Arnoux. Die Situation war klar. Beide bekamen zur gleichen Zeit rote Köpfe, beiden war die Sache im selben Maße peinlich.

Zuerst fand Arnoux die Sprache wieder.

»Es geht ihr doch besser, nicht wahr?« fragte er, als ob Rosanette krank gewesen wäre und er sich nach ihrem Befinden hätte erkundigen wollen.

Frédéric ging bereitwillig auf diese Spiegelfechterei ein.

»Gewiß, ja! Ihr Mädchen hat es mir wenigstens gesagt.« Damit wollte er Arnoux zu verstehen geben, Rosanette habe ihn nicht empfangen.

Dann blieben sie unentschlossen voreinander stehen und beobachteten sich gegenseitig. Jeder wartete, ob nicht der andere zuerst weggehe. Auch diesmal fand Arnoux das erlösende Wort.

»Ach was, ich komme später wieder vorbei. Wo wollten Sie hin? Ich komme mit.«

Und als sie auf der Straße standen, fing er so unbefangen wie immer an zu plaudern. Offenbar war er nicht eifersüchtig veranlagt, oder aber er war zu gutmütig, um sich zu ärgern.

Zudem hatte er nur noch Zeit und Gedanken für das Vaterland. Neuerdings zog er die Uniform überhaupt nicht mehr aus. Am 29. März hatte er die Geschäftsräume der *Presse* mitverteidigt. Als die Menge die Kammer stürmte, zeichnete er sich durch seinen hervorragenden Mut aus und nahm auch an dem Festmahl teil, das zu Ehren der Nationalgarde von Amiens gegeben wurde.

Hussonnet, der stets mit ihm zugleich Dienst hatte, hielt sich mit Vorliebe an seine Feldflasche und seine Zigarren und tat es darin allen andern zuvor; aber er war der geborene Widerspruchsgeist und gefiel sich darin, immer und ewig die gegenteilige Ansicht zu vertreten: unausgesetzt riß er lästerliche Witze über den mangelhaften Stil der Erlasse, über die Konferenzen im Luxembourgpalais, die *Vésuviennes**, die Tiroler, über all und jedes; sogar den Wagen des Ackerbaus verschonte er nicht, weil er von Pferden anstatt von Ochsen gezogen und von häßlichen Mädchen begleitet worden war. Arnoux dagegen trat für die Machthaber ein und erträumte den Zusammenschluß der Parteien. Mittlerweile nahmen

* Ein Amazonenklub.

seine Geschäfte eine schlimme Wendung; doch er machte sich darüber nicht groß Sorgen.

Die Beziehungen, die Frédéric zur Marschallin unterhielt, hatten ihn nicht im geringsten verstimmt. Diese Entdeckung ermächtigte ihn nämlich vor seinem Gewissen, mit der Zahlung der Unterstützung, die er ihr seit der Abreise des Fürsten ausrichtete, Schluß zu machen. Er nahm die gegenwärtige schwierige Lage zum Vorwand, klönte ihr die Ohren voll, und Rosanette war großmütig. Fortan betrachtete sich Arnoux als den um seiner selbst willen geliebten Herzensfreund; das hob ihn auch in seiner Selbstachtung, und er fühlte sich geradezu verjüngt. Da er keinen Augenblick daran zweifelte, daß Frédéric die Marschallin aushalte, bildete er sich im Ernst ein, er »leiste sich da einen gelungenen Spaß«, ja er trieb es schließlich so weit, daß er nur noch heimlich seinen Schäferstündchen nachging und Frédéric das Feld räumte, wenn sie je zusammentrafen.

Diese Teilhaberschaft kränkte Frédéric, und die höfliche Rücksichtnahme seines Nebenbuhlers kam ihm wie eine gar zu weit getriebene Hänselei vor. Hätte er sie aber übelgenommen, so hätte er sich jede Möglichkeit abgeschnitten, jemals wieder Madame Arnoux zu begegnen, und überdies war das der einzige Weg, wie er etwas von ihr hören konnte. Wie es seine Art war, oder vielleicht auch aus berechnender Schlauheit, erwähnte sie der Fayencenhändler gern im Gespräch und fragte ihn sogar hie und da, warum er sie eigentlich nicht mehr besuche.

Als Frédéric gar nichts mehr einfiel, womit er sich herausreden konnte, versicherte er, er habe mehrmals bei Madame Arnoux vorgesprochen, doch jedesmal vergeblich. Arnoux leuchtete das ein, und er blieb bei dieser Überzeugung, denn schon oft hatte er sich ihr gegenüber höchst verwundert über das Fernbleiben ihres gemeinsamen Freundes geäußert, und jedesmal hatte sie ihm geantwortet, sie habe seinen Besuch verpaßt. So lag in ihren beiderseitigen Lügen nicht nur kein Widerspruch, sondern sie bekräftigten einander sogar.

Das verträgliche, nachgiebige Wesen des jungen Mannes und auch die Freude darüber, daß er ihn an der Nase herumführen konnte, hatten zur Folge, daß Arnoux ihn noch mehr ins Herz schloß. Er trieb die Vertraulichkeit bis zu den äußersten Grenzen, nicht etwa aus Mißachtung, sondern aus Vertrauen. Eines Tages schrieb er ihm, ein dringendes Geschäft rufe ihn für vierundzwanzig Stunden in die Provinz ab, und er bitte Frédéric, an seiner Stelle Wache zu stehen. Frédéric wagte nicht, es ihm abzuschlagen, und begab sich in die Wachtstube beim Carrousel.

Er mußte die Gesellschaft der Nationalgardisten über sich ergehen lassen, und außer einem Papierarbeiter – einem Spaßvogel, der unmäßig soff – kamen sie ihm samt und sonders dümmer vor als ihre Patronentaschen. Die Unterhaltung drehte sich hauptsächlich um den Ersatz des bisherigen Lederzeugs durch die Säbelkoppel. Andere schimpften über den nationalen Arbeitsdienst. Einer sagte: »Wo soll das hinaus?« Der Mann, dem der Zuruf galt, schlug die Augen auf und antwortete, als stünde er am Rand eines Abgrunds: »Ja, wo soll das hinaus?« Dann rief ein Beherzterer: »So kann das nicht weitergehen! Man muß dem ein Ende machen!« Und da bis zum Abend immer wieder die gleichen Sprüche aufgetischt wurden, langweilte sich Frédéric tödlich.

Groß war seine Überraschung, als er um elf Uhr Arnoux auftauchen sah. Dieser sagte ihm sofort, er sei so rasch wie möglich hergekommen, um ihn zu erlösen. Sein Geschäft sei erledigt.

Er hatte gar keine Geschäfte zu erledigen gehabt. Das hatte er sich nur ausgedacht, damit er vierundzwanzig Stunden allein mit Rosanette verbringen konnte. Doch der wakkere Arnoux hatte sich zuviel zugetraut, und als er müde und abgekämpft war, hatte ihn das Gewissen geplagt. Nun war er gekommen, um sich bei Frédéric zu bedanken und ihn zum Essen einzuladen.

»Tausend Dank! Ich bin nicht hungrig. Ich sehne mich einzig nach meinem Bett.«

»Ein Grund mehr, daß wir nachher zusammen noch frühstücken! Was sind Sie doch für ein Schlappschwanz! Um diese Zeit kann man nicht mehr heimgehen, es ist zu spät! Das wäre gefährlich.«

Frédéric gab ein weiteres Mal nach. Arnoux, den man nicht so früh schon zurück erwartete, wurde von seinen Waffenbrüdern, namentlich von dem Papierarbeiter, aufs wärmste empfangen und verwöhnt. Alle mochten ihn gern; er war ein so gutherziger Kerl, daß er sogar Hussonnet vermißte. Aber er mußte jetzt unbedingt für eine Minute, nicht länger, die Augen schließen.

»Setzen Sie sich hier neben mich«, sagte er zu Frédéric und streckte sich auf seinem Feldbett aus, ohne zuvor sein Lederzeug abzulegen.

Aus Furcht vor einem möglichen Alarm behielt er sogar, den Vorschriften zum Trotz, sein Gewehr im Arm; dann lallte er mit schwerer Zunge noch: »Mein Schatz! Mein Engelchen!« und schlief sofort ein.

Wer noch redete, verstummte jetzt, und mit der Zeit wurde es im Wachtlokal still. Frédéric wurde arg von Flöhen gepeinigt; er saß da und schaute sich um. In halber Höhe der gelbgestrichenen Wand war ein langes Brett angebracht, auf dem die Tornister wie aneinandergereihte Höcker lagen, während darunter eins neben dem andern die bleigrauen Gewehre lehnten. Da und dort schnarchte einer von den Nationalgardisten, und ihre Bäuche zeichneten sich in der Dunkelheit undeutlich ab. Eine leere Flasche und ein paar Teller standen auf dem Ofen. Rund um den Tisch, auf dem ein Kartenspiel ausgebreitet lag, waren drei Strohsessel hingestellt. Von einer Trommel mitten auf der Bank baumelte der Tragriemen herab. Der warme Wind, der durch die Tür hereinwehte, brachte die Petroleumlampe zum Qualmen. Arnoux schlief mit ausgebreiteten Armen; und da sein Gewehr mit dem Kolben nach unten und ein wenig schräg neben ihm lag, reichte ihm die Mündung gerade unter die Achselhöhle. Frédéric bemerkte es und erschrak.

Ach was! Wie dumm von mir! Es kann ja nichts geschehen ... Und doch, wenn er ums Leben käme ...

Und Bild um Bild zog an ihm vorüber, es wollte kein Ende nehmen. Er sah sich mit ihr nachts in einer Postkutsche sitzen; dann an einem linden Sommerabend am Ufer eines Flusses, und daheim in ihrem Haus beim traulichen Lampenschein. Er verweilte sogar beim Berechnen der Haushaltungskosten, traf bereits allerlei häusliche Anordnungen und sah sein Glück schon greifbar vor sich. Und damit es Wirklichkeit wurde, brauchte er bloß den Hahn des Gewehres zu spannen! Man konnte mit der Zehenspitze daran stoßen, dann ging der Schuß los ... Es wäre ein unglücklicher Zufall, weiter nichts!

Frédéric ging auf diese Vorstellung ein wie ein Dramaturg, der ein Stück aufbaut. Plötzlich war ihm, als fehle nicht mehr viel, daß sie sich zur Tat verdichtete, daß er handelnd eingriff, daß er es gerne getan hätte. Da packte ihn eine entsetzliche Angst. Und trotzdem empfand er bei aller Angst einen leisen Genuß, dem er sich mehr und mehr hingab, und gleichzeitig fühlte er mit Grauen, daß seine Bedenken allmählich verflogen. Vor seinen verstiegenen Träumen versank die übrige Welt, und nur eine unerträgliche Beklemmung, die ihm die Brust einschnürte, brachte ihm sein eigenes Selbst zum Bewußtsein.

»Trinken wir ein Gläschen Weißwein?« fragte der Papierarbeiter, kaum war er erwacht.

Arnoux sprang mit einem Satz auf die Beine; und als der Weißwein heruntergekippt war, wollte er unbedingt an Frédérics Stelle die Wache übernehmen.

Nachher nahm er ihn mit in die Rue de Chartres zum Frühstück bei Parly. Und da er eine Stärkung bitter nötig hatte, bestellte er sich zwei Fleischgerichte, einen Hummer, ein Omelett mit Rum, dazu Salat und so weiter, das Ganze begoß er mit einem Sauterne 1819, dann einem Romanée 42, den Champagner zum Nachtisch und die Liköre gar nicht eingerechnet.

Frédéric ließ ihn gewähren. Er war verlegen, als hätte Arnoux auf seinem Gesicht die Spuren seiner Gedanken ablesen können.

Arnoux hatte beide Ellbogen auf den Tischrand gestützt, beugte sich weit vor und starrte ihm ins Gesicht, so daß es Frédéric nachgerade peinlich und ermüdend wurde; er vertraute ihm seine hochfliegenden Pläne an.

Er trug sich mit dem Gedanken, alle Bahndämme der

Nordbahn zu pachten und darauf Kartoffeln zu pflanzen oder auf den Boulevards einen Riesenumzug zu veranstalten, bei dem sämtliche »Berühmtheiten der Zeit« mitwirken sollten. Er beabsichtigte, alle Fensterplätze zu vermieten, das mußte bei einem durchschnittlichen Preis von drei Franken einen erklecklichen Gewinn abwerfen. Kurz, er träumte davon, mittels eines Wuchergeschäftes auf einen Schlag zum reichen Mann zu werden. Dabei war er ein Moralprediger, verurteilte jedweden ausschweifenden Genuß, jede unsolide Lebensführung, sprach oft und gerne von seinem »armen, lieben Vater« und prüfte allabendlich sein Gewissen, ehe er seine Seele Gott darbot, wie er sich ausdrückte.

»Ein wenig Curaçao, wie?«

»Wie Sie wollen.«

Was nun die Republik anging, so würde sich alles schon wieder einrenken. Kurz und gut: er fühle sich als der glücklichste Mensch auf Erden. Und dann vergaß er sich so weit, daß er Rosanettes Vorzüge zu rühmen anfing, ja er zog sogar Vergleiche zwischen ihr und seiner Frau. Das war freilich etwas anderes! So unvorstellbar schöne Schenkel gab es kein zweites Mal!

»Auf Ihr Wohl!«

Frédéric stieß mit ihm an. Er hatte ihm zuliebe ein bißchen über den Durst getrunken. Außerdem blendete ihn die grelle Sonne. Und als sie zusammen die Rue Vivienne hinaufgingen, berührten sich ihre Achselstücke brüderlich.

Zu Hause angekommen, schlief Frédéric bis um sieben Uhr. Dann ging er zur Marschallin. Sie war mit irgendwem ausgegangen. Vielleicht mit Arnoux? Da er nichts anderes vorhatte, schlenderte er auf dem Boulevard weiter, aber er kam nicht über die Porte Saint-Martin hinaus, so dicht drängten sich dort die Menschen.

Die arge Notlage hatte viele Arbeiter brotlos gemacht, und sie kamen nun jeden Abend hierher, offenbar um sozusagen eine Musterung abzuhalten und in Erwartung eines Signals. Ungeachtet des Gesetzes gegen die Zusammenrottungen mehrten sich diese *Klubs der Verzweiflung* auf eine erschreckende Weise. Nicht wenige bürgerliche Zuläufer fanden sich ebenfalls täglich dort ein, teils aus Großtuerei und zum Hohn, oder auch nur, weil es Mode war.

Unerwartet erblickte Frédéric keine drei Schritt von sich entfernt Herrn Dambreuse mit Martinon. Er schaute zur Seite, denn seit Herr Dambreuse sich zum Abgeordneten hatte wählen lassen, war er ihm immer noch gram. Doch der Kapitalist hielt ihn an.

»Auf ein Wort, lieber Freund! Ich bin Ihnen eine Erklärung schuldig.«

»Ich verlange keine.«

»Hören Sie mich bitte an!«

Ihn treffe da nicht die geringste Schuld. Man habe ihn gebeten, ihn gewissermaßen genötigt. Martinon bekräftigte sogleich seine Worte. Eine Abordnung aus Nogent habe bei ihm vorgesprochen.

»Im übrigen glaubte ich alle Freiheit zu haben, nachdem Sie ...«

Eine Menschenwoge, die auf dem Trottoir vorwärtsdrängte, zwang Dambreuse, beiseite zu treten. Eine Minute später tauchte er wieder auf, und man hörte noch, wie er zu Martinon sagte: »Sie haben mir da einen vorzüglichen Dienst erwiesen! Sie werden es nicht zu bereuen haben ...«

Alle drei lehnten sich mit dem Rücken an einen Laden und machten es sich so zum Plaudern bequemer.

Von Zeit zu Zeit erhob sich ein gröhlendes Gejohle; die Menge schrie: »Hoch Napoleon! Es lebe Barbès! Nieder mit Marie*!« Die unzählbare Menschenmasse redete sehr laut, und alle diese Stimmen, die von den Häuserwänden widerhallten, hörten sich an wie das tosende Branden der Wellen in einem Hafen. Zeitweise verstummte das Geschrei; dann ertönte die Marseillaise. In den Torwegen boten Männer mit geheimnisvollem Getue Stockdegen feil. Ab und zu zwinkerten zwei unheimliche Gestalten einander im Vorübergehen zu und entfernten sich dann schleunigst. Gruppen von Gaffern verstellten den Gehsteig, und dichtgedrängt wogte die Menge auf der Fahrbahn. Ganze Scharen von Polizisten

* Marie hatte das Gesetz gegen die Volkszusammenrottungen eingebracht (Anmerkung des Übers.).

kamen aus den Nebengäßchen hervor und verschwanden im Gewühl, kaum waren sie unter die dahinflutende Menschenmasse geraten. Hier und dort leuchteten rote Fähnchen gleich Flammen. Manchmal sah man einen Kutscher auf seinem Bock wütend mit den Armen fuchteln und dann wieder umkehren. Es war ein heilloses Gedränge, ein höchst unterhaltsames Schauspiel.

»Wie hätte das alles Fräulein Cécile Spaß gemacht!« meinte Martinon.

»Sie wissen doch, meine Frau sieht es nicht gern, wenn meine Nichte mit uns kommt«, versetzte lächelnd Herr Dambreuse.

Er war nicht wiederzuerkennen. Seit einem Vierteljahr schrie er mit: »Es lebe die Republik!« und hatte sogar für die Verbannung der Orleans gestimmt. Aber nun war es Zeit, daß die Zugeständnisse ein Ende nahmen. Er war offenkundig so aufgebracht, daß er einen Totschläger in der Tasche bei sich trug.

Auch Martinon besaß einen. Seitdem die hohen Gerichtsbeamten nicht mehr unabsetzbar waren, hatte er sich von der Staatsanwaltschaft zurückgezogen, und nun überbot er Herrn Dambreuse noch an Gewalttätigkeitsdurst.

Der Bankier haßte ganz besonders Lamartine – weil er für Ledru-Rollin eingetreten war – und mit ihm Pierre Leroux, Proudhon, Considérant, Lamennais, alle diese hirnverbrannten Gesellen, die Sozialisten alle miteinander.

»Denn was wollen sie schließlich? Man hat den Stadtzoll auf das Fleisch und die Schuldhaft abgeschafft. Gegenwärtig studiert man das Projekt einer Hypothekenbank. Neulich ging's um eine Nationalbank! Und im Budget sind fünf Millionen für die Arbeiter vorgesehen! Aber zum Glück ist das vorbei, dank Herrn de Falloux. Gute Reise! Und fort mit Schaden!«

Tatsächlich hatte der Minister für öffentliche Arbeiten, der nicht wußte, wie er die dreißigtausend Männer ernähren sollte, die seit der Aufhebung der staatlichen Notstandsarbeiten brotlos waren, am selben Tag einen Erlaß unterzeichnet, in dem alle Bürger zwischen achtzehn und zwanzig Jahren ersucht wurden, als Soldaten Dienst zu leisten oder sich sonst als Landarbeiter in die Provinz zu verdingen.

Daß man sie einfach so vor die Wahl stellte, empörte die Leute, und sie waren nun überzeugt, daß es der Republik an den Kragen gehen sollte. Ein Leben fern der Hauptstadt dünkte sie trostlos wie eine Verbannung; sie sahen sich schon in unwirtlichen Gegenden am Fieber dahinsterben. Für viele unter ihnen, die an feinere Arbeiten gewöhnt waren, galt der Ackerbau für etwas Erniedrigendes. Kurzum, es war ein Lockköder, ein Hohn und Spott, ein ausdrückliches Ableugnen aller Versprechungen. Wenn sie Widerstand leisteten, würde man Gewalt brauchen. Daran zweifelten sie nicht, und sie rüsteten sich, solchen Gewaltmaßnahmen zuvorzukommen.

Gegen neun Uhr fluteten die Menschenansammlungen, die sich auf dem Bastille-Platz und beim Châtelet gebildet hatten, auf den Boulevard zurück. Von der Porte Saint-Denis bis zur Porte Saint-Martin wogte ein unabsehbares Gewimmel, eine einzige zusammenhängende Masse, ein dunkelblauer, fast schwarzer Menschenstrom. Die Männer, die man vorbeiziehen sah, hatten samt und sonders düster glühende Augen, ihre bleichen Gesichter waren vom Hunger ausgehöhlt, über das erlittene Unrecht grimmig verbissen. Am Himmel türmten sich mittlerweile Wolkenberge übereinander, die Gewitterschwüle lud die ohnehin schon hohe elektrische Spannung der Menge noch auf, und sie kreiste wirbelnd um sich selber, unentschieden und richtungslos, weit hinwogend gleich einer Schlagwelle. Und man spürte in ihren Tiefen eine unberechenbare Kraft, etwas wie die Urgewalt eines Elements. Nun fingen sie alle an zu singen: »Lichter heraus! Lichter heraus!« Ein paar Fenster wurden nicht erleuchtet; da flogen Steine in die Scheiben. Dambreuse hielt es für ratsam, sich zu drücken. Die beiden jungen Männer begleiteten ihn nach Hause.

Er sah große Katastrophen kommen. Der Pöbel konnte ein weiteres Mal die Kammer stürmen, und bei dieser Gelegenheit erzählte er auch, wie er am 15. Mai den Tod gefunden hätte, wenn sich nicht ein Nationalgardist aufopfernd seiner angenommen hätte.

»Aber das war ja Ihr Freund! Wie konnte ich das vergessen? Ihr Freund, der Fayencenfabrikant, Jacques Arnoux!«

Die Aufrührer hätten ihn beinahe erdrückt; da hatte ihn der wackere Bürger in seine Arme genommen und aus dem Gedränge abseits in Sicherheit gebracht. Daraus hatte sich auch seither eine Art Freundschaft ergeben.

»Wir müssen nächsthin einmal zusammen speisen, und da Sie ihn ja oft sehen, richten Sie ihm doch bitte aus, ich schätze ihn sehr. Er ist ein trefflicher Mann, und meiner Ansicht nach hat man ihm zu Unrecht viel Übles nachgeredet. Ein blitzgescheiter Kerl, der Sackerloter! Also nochmals meine Empfehlungen! Gute Nacht!«

Als sich Frédéric von Herrn Dambreuse verabschiedet hatte, ging er wieder zur Marschallin und erklärte ihr mit finster entschlossener Miene, sie müsse nun zwischen ihm und Arnoux wählen. Sie gab ihm freundlich und gelassen zur Antwort, sie verstehe kein Wort von dem ganzen »Gequatsche«. Sie liebe Arnoux ja gar nicht und mache sich nichts aus ihm. Frédéric lechzte danach, Paris zu verlassen. Sie wies diese Laune nicht von der Hand, und so reisten sie schon am nächsten Tag nach Fontainebleau ab.

Das Hotel, in dem sie abstiegen, unterschied sich von anderen Gasthöfen durch einen Springbrunnen, der mitten im Hof plätscherte. Die Zimmertüren gingen auf einen Gang hinaus wie in den Klöstern. Das Zimmer, das man ihnen anwies, war geräumig, mit guten Möbeln ausgestattet, mit Kattun ausgespannt und, da nur wenige Gäste im Hause wohnten, ruhig und still. Die Häuser entlang gingen müßige Leute spazieren; später, als der Tag zur Neige ging, spielten unter ihrem Fenster Kinder und haschten einander. Und diese friedliche Stille nach dem Trubel des Pariser Lebens war für sie eine Überraschung und hatte etwas Beruhigendes.

Früh am Morgen besichtigten sie das Schloß. Gleich als sie durch das Gittertor hereinkamen, überblickten sie die ganze Vorderfront mit den fünf spitzdachigen Pavillons und die hufeisenförmige Treppe hinten im Hof, der links und rechts von zwei niedrigern Gebäuden flankiert ist. Das Moos auf den Pflastersteinen verschwamm von weitem mit dem falben Ton der Backsteine; und der ganze Palast, der rostrot war wie eine alte Ritterrüstung, hatte etwas königlich Unnahbares, eine gewisse militärische und trübselige Größe.

Endlich erschien ein Diener, einen Schlüsselbund in der Hand. Er zeigte ihnen zuerst die Gemächer der Königinnen, den Betraum des Papstes, die Galerie Franz I., den kleinen Mahagonitisch, an dem der Kaiser seine Abdankung unterzeichnete, und in einem der Zimmer, in welche die ehemalige Hirschgalerie aufgeteilt ist, die Stelle, wo Christine den Monaldeschi ermorden ließ. Rosanette hörte sich aufmerksam diese Geschichte an, dann wandte sie sich zu Frédéric und sagte: »Das hat sie aus Eifersucht getan, ganz gewiß! Nimm dich in acht!«

Hernach durchmaßen sie den Ratssaal, den Saal der Garde, den Thronsaal und den Salon Ludwigs XIII. Die hohen vorhanglosen Fenster ließen ein grellweißes Licht hereinströmen. Leichter Staub trübte die Griffe der Fensterriegel und die Messingfüße der Konsolen. Grobe Leinenbezüge verhüllten überall die Armstühle. Über den Türen hingen Jagdbilder aus der Zeit Ludwigs XV., und da und dort waren Wandteppiche mit Darstellungen der olympischen Götter, der Psyche-Sage oder der Schlachten Alexanders aufgehängt.

Sooft Rosanette vor einem der großen Wandspiegel vorbeikam, blieb sie stehen und strich sich den Scheitel glatt.

Nach dem Turmhof und der Saint-Saturnin-Kapelle gelangten sie in den Festsaal.

Geblendet standen sie vor dem Glanz der Decke, die in achteckige Kassetten eingeteilt ist, mit Gold und Silber ausgeschmückt und feiner ziseliert als ein kostbares Schmuckstück, und vor der Überfülle an Gemälden, mit denen die Wände überhängt sind, vom riesigen Kamin, wo zwischen Halbmonden und Köchern das Wappen Frankreichs prangt, bis zur Empore für die Musikanten, die am andern Ende die ganze Saalbreite einnimmt. Die zehn Rundbogenfenster standen weit offen; die Sonne ließ die Malereien aufleuchten, der blaue Himmel setzte das Ultramarin der Gewölbe bis ins

Unendliche fort, und weither aus den Wäldern, deren dunstverschleierte Wipfel ringsum den Horizont abschlossen, schien ein Echo der Halalirufe aus elfenbeinernen Hörnern zu erschallen. Es war wie ein Abglanz der mythologischen Ballette, die unter dem Blätterdach der alten Bäume Prinzessinnen und adlige Herren, als Nymphen und Waldgötter verkleidet, versammelten; ein Nachklang jener Zeit kindlich argloser Erkenntnis, gewalttätiger Leidenschaften und prunkliebender Kunst, als es noch als Ideal galt, die Welt in einen Traum der Hesperiden zu entrücken, als die Buhlen der Könige noch den Gestirnen gleichgeachtet waren. Die schönste unter diesen weitberühmten Damen hatte sich rechts als Jagdgöttin Diana malen lassen, und sogar als Diana der Unterwelt; zweifellos wollte sie damit versinnbildlichen, daß ihre Macht über das Grab hinausreiche. Alle diese Symbole zeugen noch heutigentags von ihrem Ruhm, und es ist hier etwas von ihr lebendig geblieben, eine leise raunende Stimme, ein Strahlenlicht, das bis heute noch nicht erloschen ist.

Frédéric wurde unwillkürlich von dieser sinnlich lüsternen, immer noch lebendigen Vergangenheit angesteckt. Um dieses jähe Verlangen abzulenken, blickte er Rosanette voll Zärtlichkeit an und fragte sie, ob sie nicht diese Frau hätte sein wollen.

»Welche Frau?«

»Diana von Poitiers!«

Und nochmals: »Diana von Poitiers, die Geliebte Heinrichs II.«

Sie ließ nur ein kurzes »Ah!« hören, und das war alles.

Ihr Schweigen bewies deutlich, daß sie keinen blassen Schimmer hatte, daß sie nicht begriff, wovon die Rede war, und so fragte er sie rücksichtsvoll: »Langweilst du dich am Ende?«

»Nein, nein, im Gegenteil!«

Und sie warf den Kopf zurück, ließ einen unsagbar gleichgültigen Blick rundum schweifen und äußerte leichthin: »Das erweckt Erinnerungen!«

Immerhin war ihrer Miene anzusehen, daß sie sich Mühe

gab und sich zu ehrfürchtiger Bewunderung zu zwingen suchte. Und da dieses ernsthafte Aussehen sie noch hübscher machte, nahm ihr Frédéric ihren Ausspruch nicht übel.

Der Karpfenteich machte ihr schon mehr Spaß. Eine volle Viertelstunde lang warf sie Brotbrocken ins Wasser und schaute zu, wie die Fische emporschnellten.

Frédéric hatte sich neben sie unter die Lindenbäume gesetzt. Er dachte an alle die Persönlichkeiten, die in diesen Mauern geweilt hatten: Karl V., die Valois, Heinrich IV., Peter der Große, Jean-Jacques Rousseau und die »tränenseligen Schönen in den vordersten Logen«, Voltaire, Napoleon, Pius VII., Louis-Philippe. Er fühlte alle diese ungebärdigen Toten um sich, spürte ihre Nähe geradezu körperlich. Diese auf ihn einstürmenden Bilder betäubten ihn, wenn er auch einen eigenartigen Zauber darin fand.

Schließlich gingen sie in den Garten hinunter.

Er ist ein weites Rechteck, und mit einem Blick überschaut man seine breiten gelben Wege, seine viereckigen Rasenflächen, die Buchsbaumhecken, die pyramidenförmig zugeschnittenen Taxusbüsche, die niedrigen Sträucher und die schmalen Beete, wo dünngesäte Blumen auf das graue Erdreich bunte Flecken hinzaubern. Da, wo der Garten aufhört, tut sich ein Park auf, der in seiner ganzen Länge von einem Kanal durchzogen wird.

Königliche Residenzen haben alle etwas eigenartig Schwermütiges, das unzweifelhaft von ihren im Verhältnis zur kleinen Zahl ihrer Bewohner viel zu ansehnlichen Ausmaßen herrührt, von der Stille, die man zu seinem Befremden nach schmetternden Fanfaren vorfindet, auch von ihrem toten Prunk, der durch sein Alter von der Vergänglichkeit der Dynastien, der ewigen Vergänglichkeit aller Dinge zeugt. Und dieser Moderhauch der Jahrhunderte, betäubend und leichenhaft wie Mumiengeruch, wird selbst den einfältigen Gemütern spürbar. Rosanette gähnte, daß sie den Mund fast nicht mehr zusammenbrachte. Sie gingen ins Hotel zurück.

Nach dem Mittagessen fuhr ein offener Wagen für sie vor. Sie verließen Fontainebleau über einen großen runden Platz und fuhren dann im Schritt einen sandigen Weg hinan in ein niedriges Kieferngehölz. Die Bäume wurden größer, und von Zeit zu Zeit sagte der Kutscher: »Das da sind die Siamesischen Zwillinge, das der Pharamond, das der Königsstrauß ...« Er ließ keinen der berühmten Punkte aus, zuweilen hielt er sogar an, damit seine Fahrgäste sie gebührend bewundern konnten.

Sie kamen in den Hochwald von Franchard. Der Wagen glitt wie ein Schlitten über den Rasen hin. Man hörte die Tauben gurren, sah sie jedoch nicht. Plötzlich stand ein Kellner vor ihnen, und sie stiegen vor der Umfriedung eines Gartens ab, in dem runde Tische standen. Dann ließen sie die Gemäuer einer verfallenen Abtei links liegen und wanderten auf großen Felsbrocken weiter, bis sie in die Schlucht hinuntergelangten.

Sie ist auf einer Seite mit einem Gewirr von Sandsteinblöcken und Wacholderbüschen bedeckt, während sich auf der andern das nahezu kahle Gelände zur Talsohle hinabsenkt, wo sich im bläulichen Rot des Heidekrauts ein schmaler Pfad wie eine blasse Linie hinzieht. Weit in der Ferne erblickt man einen Hügel, der aussieht wie ein abgeplatteter Kegel, dahinter den Turm eines Telegraphen.

Eine halbe Stunde später stiegen sie nochmals aus und erklommen die Höhen von Aspremont.

Der Weg führt im Zickzack zwischen den gedrungenen Kiefern unter zerklüfteten Felsen empor. Dieser ganze Winkel des Waldes hat etwas Gedämpftes, Leises, etwas ein wenig Wildes, Andachtsvolles. Man dachte unwillkürlich an Einsiedler, die, in Gesellschaft von mächtigen Hirschen mit einem feurigen Kreuz zwischen den Zacken ihres Geweihs, hier lebten und mit väterlichem Lächeln die frommgläubigen Könige von Frankreich, die vor ihrer Höhle knieten, empfingen. Ein würziger Harzgeruch erfüllte die warme Luft, und dicht über dem Boden zeichneten kreuz und quer verlaufende Wurzeln gleichsam ein dichtes Netzwerk von Adern. Rosanette stolperte ein Mal ums andere, war verzweifelt und dem Weinen nahe.

Ganz oben aber fand sie ihre gute Laune wieder, als sie unter einem Dach aus Ästen und Zweigen eine Art kleines

Gasthaus fand, wo man Holzschnitzereien feilbot. Sie trank eine Flasche Limonade und kaufte sich auch einen Stock aus Stechpalmenholz. Der Landschaft, die man von der Hochfläche aus überschaut, gönnte sie kaum einen Blick, sondern ließ sich von einem Buben, der eine brennende Fackel voraustrug, in die sogenannte Räuberhöhle führen.

Der Wagen wartete im Bas-Bréau auf sie.

Ein Maler in einem blauen Kittel arbeitete am Fuß einer Eiche, seinen Farbenkasten auf den Knien. Er blickte auf und schaute ihnen nach, als sie vorbeigingen.

Mitten auf der Steigung zur Anhöhe von Chailly entlud sich plötzlich eine Wolke und zwang sie, das Wagendach hochzuschlagen. Doch gleich darauf hörte der Regen wieder auf, und als sie in die Stadt einfuhren, glänzten die Pflastersteine auf den Straßen im Sonnenschein.

Eben angekommene Reisende erzählten ihnen, in Paris tobe eine fürchterliche, blutige Schlacht. Rosanette und ihr Liebhaber waren darüber nicht sonderlich verwundert. Dann gingen die Leute alle fort, das Hotel wurde wieder friedlich und ruhig, das Gaslicht erlosch, und sie schliefen beim Geplätscher des Springbrunnens im Hof ein.

Am nächsten Tag besuchten sie die Wolfsschlucht, den Feenteich, den Langfelsen, die Marlotte. Am übernächsten Tag fuhren sie aufs Geratewohl los, wie es dem Kutscher gerade behagte, ohne je zu fragen, wo sie waren, und oft sogar ohne die berühmten Sehenswürdigkeiten überhaupt zu beachten.

Sie fühlten sich so behaglich in ihrem alten Landauer, der niedrig wie ein Sofa und mit einem verblichenen gestreiften Leinenstoff bezogen war! Die Gräben, mit wirrem Gestrüpp bestanden, glitten in sanfter, ununterbrochener Bewegung an ihren Augen vorüber. Helle, weiße Strahlen schossen wie Pfeile durch die hohen Farnkräuter; zuweilen tat sich ein verwahrloster, unbegangener Weg vor ihnen auf und zog sich schnurgerade hin; da und dort standen beschaulich mitten darauf hohe Kräuter und Grasbüschel. An den Kreuzwegen streckte ein Kruzifix seine vier Arme aus; anderswo neigten sich Pfosten wie abgestorbene Bäume, und schmale gewundene

Pfade verloren sich im dichten Laub und lockten zu Entdekkungsfahrten. Im selben Augenblick bog auch schon das Pferd in sie ein, der Wagen fuhr darüber hin, und sie versanken tief im Morast. Ein Stück weiter wuchs am Rande der tiefen Wagengeleise Moos.

Sie wähnten sich ganz allein, weit, weit weg von allen andern Menschen. Doch dann kam auf einmal ein Jagdhüter mit seiner Flinte vorbei, oder sie begegneten einem Trupp zerlumpter Weiber, die große Reisigbündel auf ihrem Rükken nach Hause schleppten.

Wenn einmal der Wagen anhielt, war weit und breit alles totenstill. Nichts war zu hören als das Schnauben des Pferdes in der Deichsel und dann und wann ein schwacher, immer wiederkehrender Vogelruf.

An manchen Stellen erleuchtete das Sonnenlicht den Saum des Waldes und ließ das Waldesinnere im Dunkel, oder es war im Vordergrund von einer Art milder Dämmerung gedämpft und warf in der Ferne in rötlichblaue Dunstnebel eine grelle Helligkeit. Um die Mittagszeit fiel die Sonne senkrecht auf das breit ausladende Blätterdach, sprenkelte es mit hellgoldenen Flecken, hing in silbernen Tröpfchen an den Spitzen der Äste, schmückte den Rasen mit smaragdgrünen Bändern, warf goldgelbe Lichttupfen auf das dürre Laub, das in einer dichten Schicht auf dem Boden lag. Wenn man den Kopf hintenüberbog, sah man zwischen den Baumwipfeln hindurch den blauen Himmel. Manche Bäume waren riesengroß und sahen aus wie Patriarchen und Kaiser oder bildeten mit ihren Spitzen, die sich berührten, gleichsam Triumphbogen. Andere wieder, die von der Wurzel auf schräg gewachsen waren, glichen Säulen, die umzustürzen drohen.

Diese Unmenge dicker senkrechter Linien lichtete sich hier und dort ein wenig. Dann ergoß sich ein ungeheures grünes Gewoge in unebenen Wellungen bis hinab in die Talsohle, in die sich die Rücken anderer Hügel vorschoben, hoch über strohgelben Ebenen, die sich in weiter Ferne in einem dunstigen bleichen Schimmer verloren.

Sie standen manchmal nebeneinander auf einer Anhöhe

und atmeten aus tiefster Brust den Wind ein, und dann spürten sie, wie in ihre Herzen ein ungekanntes Hochgefühl eines freieren, ungebundeneren Lebens einzog; eine überschäumende Kraftfülle, eine grundlose Freude durchströmte sie beide.

Die vielgestaltigen Formen der Bäume boten ein wechselvolles Schauspiel. Die Buchen mit ihrer weißen glatten Rinde schoben ihre Kronen ineinander. Eschen bogen weich ihr graugrünes Geäst. Im Jungholz der Weißbuchen wuchsen Stechpalmen wie gesträubte Bronzegewächse. Dann kam eine Reihe schlanker Birken, die sich in wehmütiger Haltung neigten. Und die Fichten, schön symmetrisch wie Orgelpfeifen, wiegten sich unablässig und schienen zu singen. Gewaltige knorrige Eichen gab es da, die sich krampfhaft verzerrt vom Boden aufreckten, sich gegenseitig umschlangen und mit ihren Stämmen, die wie menschliche Leiber aussahen, fest in der Erde wurzelten. Sie gaben sich mit ihren nackten Armen verzweifelt Zeichen und schleuderten einander wütende Drohworte zu, gleich einer Schar im Zorn erstarrter Titanen. Wie eine dumpf drückende Fieberschwüle lag es über den Wassertümpeln, deren regloser Spiegel sich zwischen den Dorngebüschen abzeichnete. Das Moos an ihren Böschungen, wo die Wölfe zum Trinken kamen, war schwefelgelb und verbrannt, als wären Hexen darüber hingeschritten, und das ununterbrochene Quaken der Frösche antwortete dem Krächzen der Krähen, die über ihnen ihre Kreise zogen. Dann kamen sie über öde Lichtungen, auf denen da und dort ein Bäumchen stand. Ein metallenes Dröhnen, schwere, wiederholte Schläge in großer Zahl, war zu hören; am Hang eines Hügels hämmerten eine ganze Schar Steinarbeiter auf die Felsblöcke los. Die Brocken lagen immer zahlreicher herum und füllten zuletzt die ganze Landschaft, würfelförmige wie Häuser, flache, die wie Bretter aussahen, gegeneinander gestützt, überhängend, durcheinanderliegend wie Trümmer, wie ungeheuerliche, unkenntliche Reste einer verschwundenen Stadt. Doch gerade die Wucht, mit der dieses Trümmerchaos hingetürmt war, ließ eher an Vulkanausbrüche, an gewaltige Sintfluten, an irgendwelche unbekannten Naturkatastrophen denken. Frédéric sagte, sie lägen seit Urbeginn hier und würden auch hier liegenbleiben bis ans Ende der Welt. Rosanette wandte den Kopf zur Seite und erklärte, »das mache sie am Ende noch verrückt«; dann ging sie vom Wege ab und pflückte einen Strauß Heidekraut. Die kleinen violetten Blüten, haufenweise eine neben der andern, bildeten ungleich große Flecken, und das Erdreich, das darunter wegbröckelte, besetzte den Rand des mit Glimmerplättchen übersäten Sandes gleichsam mit schwarzen Fransen.

Sie kamen eines Tages auf halbe Höhe eines Hügels, der gänzlich aus Sand bestand. Seine Oberfläche, die noch kein Fuß je betreten hatte, war von symmetrischen Wellenlinien durchzogen, die wie Streifen wirkten. Da und dort ragten, gleich Vorgebirgen auf dem ausgetrockneten Bett eines Ozeans, Felsen auf; tierähnliche Gebilde, die entfernt an Schildkröten mit vorgerecktem Kopf erinnerten oder aussahen wie kriechende Robben, wie Nilpferde oder Bären. Kein Mensch weit und breit. Kein Laut war zu vernehmen. Der Sand, von der Sonne grell beschienen, glitzerte und flimmerte, und auf einmal schienen sich die Tiere in diesem flimmernden Licht zu bewegen. Da machten sie geschwind kehrt, beinah erschrocken vor dem Blendwerk.

Die ernste Stimmung des Waldes steckte sie an, und sie konnten stundenlang schweigend dahinfahren, sich vom Wiegen der Kutsche einschläfern und in lässiger Trunkenheit forttragen lassen. Den Arm um ihre Taille gelegt, hörte er ihrem Geplauder zu, während die Vögel dazu zwitscherten, und beobachtete mit dem gleichen Blick die schwarzen Trauben auf ihrem Kapotthütchen und die Beeren der Wacholdersträucher, den Faltenwurf ihres Schleiers und die Wolkenberge am Himmel. Und wenn er sich über sie beugte, vermischte sich der frische Duft ihrer Haut mit dem würzigen Waldgeruch. Sie hatten an allem ihren Spaß, zeigten einander, als wäre es eine seltene Sehenswürdigkeit, die Marienfäden, die an den Sträuchern hingen, ein wassergefülltes Loch zwischen den Steinen, ein Eichhörnchen auf einem Ast, zwei Falter, die einander nachgaukelten. Ein andermal schritt, keine zwanzig Schritte von ihnen entfernt, ruhig und feierlich eine Hirschkuh edlen, sanften Ganges dahin, und ihr Kälbchen trippelte neben ihr her. Am liebsten wäre Rosanette hinter ihnen dreingelaufen und hätte sie geherzt und geküßt.

Einmal bekam sie aber richtig Angst: als ein Mann plötzlich vor ihnen stand und ihr drei Vipern zeigte, die er in einer Schachtel hatte. Erschrocken flüchtete sie sich in Frédérics Arme. Er aber war glücklich, daß sie so schwach war und er sich stark genug fühlte, sie zu schützen.

An jenem Abend speisten sie in einem Wirtshaus am Ufer der Seine. Der Tisch stand am Fenster; Rosanette saß ihm gegenüber. Und er betrachtete ihr niedliches weißes Näschen, ihre aufgeworfenen Lippen, die klaren Augen, das glattgekämmte kastanienbraune Haar, das sich leicht kräuselte, ihr hübsches ovales Gesicht. Ihr Kleid aus naturfarbener Seide lag dicht angeschmiegt auf ihren leicht abfallenden Schultern, und ihre beiden Hände, die aus den ganz einfachen Manschetten hervorschauten, schnitten vor, schenkten zu trinken ein und bewegten sich auf dem Tischtuch hin und her. Man trug ihnen ein Brathuhn auf, das Beine und Flügel von sich streckte, ein Aalragout in einer irdenen Schüssel, dazu einen rechten Krätzer, altbackenes Brot und schartige Messer. All dies erhöhte noch ihr Vergnügen, ihre Illusion. Es kam ihnen beinahe so vor, als seien sie auf einer Reise in Italien und verlebten dort ihre Flitterwochen.

Bevor sie wieder aufbrachen, machten sie noch einen Spaziergang entlang dem Ufer.

Der zartblaue Himmel wölbte sich wie eine Kuppel über ihnen und ruhte am Horizont auf dem feingezackten Rand der Wälder. Gegenüber, am Ende der Wiesen, sahen sie einen Kirchturm aus einem Dorf aufragen. Und linker Hand, etwas weiter entfernt, stand ein Hausdach wie ein grellroter Fleck über dem Bach, der in seinem ganzen gewundenen Lauf unbeweglich dazuliegen schien. Nur die Binsen bogen sich im leichten Wind, und das Wasser schaukelte leise die Stangen, die am Ufer eingerammt waren und die Netze festhielten. Eine Weidenreuse und zwei oder drei alte Kähne lagen noch da. Beim Wirtshaus zog ein Mädchen mit einem Strohhut

Eimer um Eimer Wasser aus einem Brunnen hoch. Jedesmal, wenn sie heraufkamen, lauschte Frédéric mit unsäglicher Wonne dem Kreischen der Kette.

Er zweifelte nicht daran, daß er bis an sein Lebensende glücklich sein werde, so selbstverständlich dünkte ihn sein Glück, so aufs engste und unlösbar schien es mit seinem Leben und mit dieser Frau verbunden. Es drängte ihn, ihr etwas Zärtliches zu sagen. Sie erwiderte seine Zärtlichkeiten mit freundlichen, lieben Worten, mit einem Klaps auf die Schulter, mit Zutraulichkeiten, die so unerwartet kamen, daß er darüber entzückt war. Er entdeckte zuletzt an ihr eine gänzlich neue Schönheit, die vielleicht nur der Widerschein der Dinge ringsum war, es sei denn, geheime Kräfte hätten die in ihr schlummernden Fähigkeiten erst zur Entfaltung gebracht.

Wenn sie sich draußen im Freien ausruhten, streckte er sich neben ihr im Schatten ihres Sonnenschirms aus und legte seinen Kopf auf ihre Knie; manchmal lagen sie auch beide einander gegenüber auf dem Bauch im Gras und tauchten Blick in Blick, tief und selig, voll Verlangen nacheinander, immerfort auch wieder eines im andern gesättigt und gestillt, und lagen dann mit halb geschlossenen Lidern da und sprachen kein Wort.

Zuweilen hörten sie in weiter Ferne Trommelwirbel. In den Dörfern wurde der Generalmarsch geschlagen zum Zug nach Paris, das verteidigt werden sollte.

»Ach ja, der Aufstand!« sagte dann Frédéric geringschätzig, beinah mitleidig, so erbärmlich kam ihm diese ganze Aufregung neben ihrer Liebe und der ewigen Natur vor.

Und sie plauderten von belanglosen Dingen, über Sachen, die sie längst schon wußten, über Leute, die sie gar nichts angingen, von tausend nichtigen Dummheiten. Sie erzählte ihm von ihrem Stubenmädchen und ihrem Coiffeur. Eines Tags vergaß sie sich so weit, daß sie ihm sagte, wie alt sie war: neunundzwanzig! Sie wurde langsam eine alte Frau!

Mehrmals verriet sie ihm, ohne es zu wollen, Einzelheiten aus ihrem Leben. Sie war Ladenmädchen gewesen, hatte eine Reise nach England gemacht, sich für die Bühne ausbilden wollen. All dies erzählte sie ohne jeden Zusammenhang, und er konnte sich das Ganze nicht so recht zusammenreimen. Eines Tages, als sie am Wiesenrand unter einer Platane saßen, erzählte sie ihm mehr von sich. Unten am Straßenrand ließ ein kleines Mädchen, das mit bloßen Füßen im Staub stand, seine Kuh grasen. Sobald es die beiden Fremden erblickte, kam es und bat um ein Almosen. Mit einer Hand hielt es sein zerlumptes Röckchen zusammen, mit der andern kratzte es sich in seinem rabenschwarzen Haar, das wie eine Perücke aus der Zeit Ludwigs XIV. sein ganzes sonnverbranntes, von strahlenden Augen überleuchtetes Gesichtlein einrahmte.

»Die wird später einmal verflixt hübsch!« meinte Frédéric.

»Was für ein Glück für sie – wenn sie keine Mutter hat!« versetzte Rosanette.

»Wieso? Was sagst du da?«

»Ja doch. Wäre meine Mutter nicht gewesen ...«

Sie seufzte auf und fing an von ihrer Kinderzeit zu erzählen. Ihre Eltern waren Seidenweber in einer Lyoner Vorstadt, der *Croix-Rousse*. Sie hatte bei ihrem Vater als Lehrmädchen gearbeitet. Der arme brave Mann konnte sich schinden und abplacken, wie er wollte, seine Frau keifte und zankte in einem fort mit ihm, machte alles zu Geld und vertrank es. Rosanette sah das elterliche Zimmer noch vor sich, mit den Webstühlen, die der Länge nach ans Fenster gestellt waren, mit dem Kochtopf auf dem Öfchen, dem mahagonifarben gestrichenen Bett, dem Spind, der dem Bett gegenüberstand, und dem Hängeboden, auf dem sie geschlafen hatte, bis sie fünfzehnjährig gewesen war. Dann war einmal ein Herr gekommen, ein fetter Mann mit einem gelbgrünlichen Gesicht und einem ölig-salbungsvollen Auftreten, in feierliches Schwarz gekleidet. Ihre Mutter hatte mit diesem Herrn eine längere Unterredung, und drei Tage später . . . Rosanette hielt inne und fuhr dann mit einem Blick voll Schamlosigkeit und Bitternis fort: »Da war's so weit!«

Frédéric starrte sie fragend an, und sie erzählte weiter: »Er war verheiratet und hätte fürchten müssen, in seinem eigenen Hause erwischt zu werden, und so führte man mich in ein Restaurant ins Chambre séparée. Man hatte mir gesagt, ich werde glücklich sein und obendrein ein schönes Geschenk bekommen.

Schon unter der Tür war das erste, was mir auffiel, ein vergoldeter Armleuchter auf einem Tisch, der für zwei Personen gedeckt war. Ein Spiegel an der Decke ließ mich das alles noch einmal sehen, und die blauseidene Wandbespannung verlieh dem ganzen Raum das Aussehen eines Alkovens. Ich brachte vor Verwunderung kein Wort über die Lippen. Du kannst dir ja denken, ein armes Ding, das noch nie so etwas erlebt hatte! Trotz meinem fassungslosen Staunen hatte ich Angst. Am liebsten wäre ich wieder fortgegangen. Und doch bin ich geblieben.

Die einzige Sitzgelegenheit war ein Diwan vor dem Tisch. Er gab weich unter mir nach. Die Öffnung der Heizung unter dem Teppich wehte mir ihren heißen Atem entgegen, und ich blieb da sitzen, ohne etwas anzurühren. Der Kellner, der dabeistand, nötigte mich zum Essen. Er schenkte mir ohne weiteres ein großes Glas Wein ein. Mir wurde schwindelig im Kopf, ich wollte das Fenster öffnen, doch er erlaubte es nicht. Nein, Fräulein, das ist verboten! sagte er. Dann ließ er mich allein. Der Tisch war mit einer Menge Sachen vollgestellt, die ich nicht kannte. Nichts schmeckte mir. Da machte ich mich über einen Topf mit eingemachten Früchten her und wartete weiter. Ich weiß nicht, warum er nicht kommen konnte. Es war schon sehr spät, mindestens Mitternacht, und ich war so schrecklich schläfrig, ich konnte es fast nicht mehr aushalten. Als ich eines von den Kissen wegschob, um mich bequemer hinlegen zu können, geriet mir eine Art Album, ein Heft in die Hand. Es waren unzüchtige Bilder ... Ich schlief darüber ein und schlief immer noch, als er hereinkam.«

Sie blickte zu Boden und schwieg nachdenklich.

Rings um sie her rauschten und säuselten die Blätter; in einem dichten Gestrüpp von Kräutern und Gras wiegte sich ein hoher Fingerhut, das Licht floß gleich einer flutenden Welle über den Rasen hin; und die schweigende Stille wurde von Zeit zu Zeit vom rupfenden Grasen der weidenden Kuh unterbrochen, die nicht mehr zu sehen war.

Rosanette starrte gedankenverloren, mit bebenden Nüstern, stieren Blicks auf einen Punkt am Boden, drei Schritt vor sich. Frédéric faßte ihre Hand.

»Wie du gelitten hast, mein armer Schatz!«

»Ja«, sagte sie, »mehr als du glaubst! ... Einmal wollte ich sogar Schluß machen. Man hat mich wieder herausgefischt.«

»Wieso das?«

»Ach, denken wir lieber nicht mehr dran! ... Ich liebe dich, ich bin glücklich! Komm, küß mich.«

Und sie zupfte eins um das andere die Distelästchen ab, die sich an ihrem Kleide festgehakt hatten.

Frédéric hing vor allem den Dingen nach, die sie nicht ausgesprochen hatte. Über welche Zwischenstufen war sie wohl aus ihrem Elend herausgekommen? Welchem Liebhaber verdankte sie ihre Erziehung? Was hatte sich in ihrem Leben alles ereignet bis zu dem Tag, wo er zum erstenmal zu ihr gekommen war? Ihr letztes Geständnis verbot ihm, weiter mit Fragen in sie zu dringen. So fragte er sie denn nur, wie sie Arnoux kennnengelernt habe.

»Durch die Vatnaz.«

»Warst nicht du damals dabei, als ich euch dreien einmal im Palais-Royal begegnete?«

Er nannte den genauen Zeitpunkt. Rosanette dachte angestrengt nach.

„Ja, das stimmt! ... Mir war's damals gar nicht zum Lachen.«

Aber Arnoux habe sich hochanständig benommen. Daran zweifelte Frédéric nicht. Trotz allem sei aber ihr gemeinsamer Freund ein komischer Kauz, ein Mensch voller Fehler. Und er wärmte sie alle geflissentlich auf. Sie bestritt es nicht.

»Das macht alles nichts! ... Man muß ihn trotzdem gern haben, den Lump!«

»Auch jetzt noch?« wollte Frédéric wissen.

Sie wurde über und über rot und erwiderte, halb lachend und halb ärgerlich: »Wo denkst du hin?! Das gehört der Vergangenheit an. Ich verberge dir nichts. Selbst wenn es so wäre, so ist das bei ihm etwas ganz anderes! Übrigens finde ich, du benimmst dich gar nicht nett gegen dein Opfer.«

»Mein Opfer?«

Rosanette faßte ihn unterm Kinn.

»Freilich, ja!«

Dann begann sie mit ihm auf einmal wie eine Kinderfrau mit einem kleinen Kind zu reden: »Sind nisst immer artig gewesen! Sind mit seiner Frau ins Bettssen gegangen!«

»Ich? Nie im Leben!«

Rosanette lächelte. Ihr Lächeln kränkte ihn, er hielt es für einen Beweis ihrer Gleichgültigkeit. Doch sie sagte leise und mit einem Blick, in dem eine flehende Bitte lag, er möge doch ja nicht die Wahrheit sagen: »Ist das wirklich wahr?«

»Freilich!«

Frédéric schwor auf sein Ehrenwort, er habe nie an Madame Arnoux gedacht, weil er viel zu verliebt in eine andere sei.

»In wen denn?«

»Aber doch in dich, du meine Allerschönste!«

»Ach, mach dich nicht über mich lustig! Du gehst mir auf die Nerven!«

Da hielt er es für ratsam, sich eine Geschichte einer großen Leidenschaft auszudenken. Er erfand sogar höchst ausführliche und genaue Einzelheiten dazu. Übrigens habe ihn diese Person sehr unglücklich gemacht.

»Du hast entschieden kein Glück«, meinte Rosanette.

»Oho! Vielleicht doch!« womit er ihr zu verstehen geben wollte, es seien da verschiedene Techtelmechtel vorgekommen; dadurch wollte er erreichen, daß sie eine höhere Meinung von ihm bekäme, wie ja auch Rosanette nicht alle ihre Liebhaber eingestanden hatte, damit er von ihr besser dachte. Denn auch bei den intimsten Geständnissen macht jeder gewisse Vorbehalte, aus falscher Scham, aus Zartgefühl oder Mitleid. Man entdeckt in sich oder im andern Abgründe oder Schlammpfuhle, die dem Weitergehen im Wege stehen. Auch spürt man, daß man doch nicht verstanden würde; es ist so schwierig, etwas – es mag sein, was es will – genau auszudrücken. Darum ist auch ein ungetrübtes, rückhaltloses Ineinanderaufgehen so selten anzutreffen.

Die Marschallin, die Arme, hatte nie einen bessern Verehrer gekannt. Oft, wenn sie Frédéric anschaute, traten ihr die Tränen in die Augen. Dann blickte sie in die Höhe oder sah in die Ferne, als hätte sie eine strahlende Morgenröte, die Verheißung einer Glückseligkeit ohne Grenzen erschaut. Eines Tages gestand sie ihm endlich, sie möchte gern eine Messe lesen lassen, »damit das unserer Liebe Glück bringt«.

Woher kam es aber, daß sie ihn so lange nicht erhört hatte? Sie wußte es selbst nicht. Er fragte sie das mehrmals, wieder und wieder. Sie schloß ihn in ihre Arme und gab zur Antwort: »Ich hatte Angst, ich könnte dich zu sehr lieben, mein Schatz!«

Am Sonntagmorgen las Frédéric in der Zeitung auf einer Liste von Verletzten den Namen Dussardiers. Er stieß einen Schrei aus, zeigte Rosanette das Blatt und erklärte, er werde auf der Stelle abreisen.

»Wozu denn?«

»Ich muß ihn sehen, muß ihn pflegen!«

»Du willst mich doch hoffentlich nicht allein lassen?«

»Komm doch mit.«

»Ich soll mich in ein solches Volksgedränge hineinkeilen? Da dank ich schön!«

»Aber ich kann ihn doch nicht ...«

»Papperlapapp! Als ob in den Spitälern Mangel an Krankenwärtern herrschte! Und noch etwas: was brauchte Dussardier auch seine Nase da hineinzustecken? Jeder ist sich selbst der Nächste!«

Dieser Egoismus empörte ihn, und er machte sich Vorwürfe, weil er nicht bei den andern in Paris war. Eine so große Gleichgültigkeit gegen das Unglück des Vaterlandes hatte etwas Schäbiges und Kleinbürgerliches. Seine Liebe bedrückte ihn plötzlich, als wäre sie ein Verbrechen. Eine Stunde lang schmollten sie miteinander. Dann bat sie ihn flehentlich, noch abzuwarten, sich nicht in Gefahr zu begeben.

»Wenn du dabei ums Leben kämst!«

»Dann hätte ich eben nichts weiter als meine Pflicht getan!«

Rosanette fuhr auf. Allem andern gehe die Pflicht vor, sie zu lieben. Er mache sich offenkundig nichts mehr aus ihr. So ein Unsinn! Das schlage ja jeder Vernunft ins Gesicht! Was für eine hirnverbrannte Idee, mein Gott!

Frédéric klingelte und verlangte die Rechnung. Aber es war gar nicht so einfach, nach Paris zurückzukommen. Der Wagen des Leloir-Fuhrdienstes war eben abgefahren, die Lecomteschen Berlinen sollten überhaupt nicht verkehren, die Schnellpost aus dem Bourbonnais kam erst spät in der Nacht vorbei und war vielleicht schon bis auf den letzten Platz besetzt. Das war schwer vorauszusagen. Als er mit diesen Erkundigungen eine Menge Zeit vertrödelt hatte, kam er schließlich auf den Gedanken, er könnte eigentlich die Personenpost nehmen. Der Postmeister weigerte sich, Pferde zu stellen, da Frédéric keinen Passierschein hatte. Endlich mietete er eine Kalesche – die gleiche, in der sie spazierengefahren waren –, und sie langten gegen fünf Uhr in Melun vor dem Hôtel du Commerce an.

Überall auf dem Marktplatz standen Gewehrpyramiden. Der Präfekt hatte den Nationalgardisten verboten, nach Paris hineinzumarschieren. Doch die Leute, die nicht zu seinem Departement gehörten, wollten weiterziehen. Alles schrie durcheinander. Der ganze Gasthof war erfüllt von lärmigem Getümmel.

Rosanette fürchtete sich entsetzlich. Sie erklärte, weiter gehe sie nicht, und flehte ihn noch einmal inständig an, doch zu bleiben. Der Wirt und seine Frau schlossen sich ihren Bitten an. Ein biederer, einfacher Mann, der gerade beim Essen saß, mischte sich ein und beteuerte, die Kämpfe würden binnen kurzem zu Ende sein; überdies müsse jetzt jeder seine Pflicht tun. Daraufhin schluchzte die Marschallin doppelt kläglich wieder los. Frédéric hielt es nicht länger aus. Er gab ihr seine Börse, umarmte sie stürmisch und verschwand.

In Corbeil angelangt, erfuhr er am Bahnhof, die Aufständischen hätten streckenweise die Schienen aufgerissen, und der Kutscher weigerte sich, ihn noch weiterzufahren; seine Gäule seien »erledigt«, behauptete er.

Auf seine Fürsprache hin bekam Frédéric ein lotteriges Kabriolett, das ihn für sechzig Franken, das Trinkgeld ungerechnet, bis zur *Barrière d'Italie* bringen sollte. Doch hundert Schritte vor dem Stadttor hieß ihn der Kutscher aussteigen und kehrte um. Frédéric wanderte auf der Landstraße weiter, da fällte plötzlich eine Schildwache vor ihm das Bajonett. Vier Männer packten ihn und brüllten: »Da ist einer! Aufgepaßt! Durchsucht ihn! Räuber! Lump!«

So groß war seine Verblüffung, daß er sich widerstandslos ins Wachtlokal abführen ließ, das an dem runden Platz lag, wo der Boulevard des Gobelins und der Boulevard de l'Hôpital, die Rue Godefroy und die Rue Mouffetard sich kreuzen.

Vier Barrikaden, riesige Haufen von Pflastersteinen, waren am Eingang der vier Straßen errichtet. Da und dort brannten knisternd Fackeln. Trotz dem aufwirbelnden Staub konnte er Liniensoldaten und Nationalgardisten erkennen, alle hatten rauchgeschwärzte Gesichter, arg mitgenommene, zerlumpte Kleider und verstörte Augen. Sie hatten kurz vorher erst den Platz gestürmt und ein paar Männer erschossen. Ihre Wut war noch nicht verraucht. Frédéric erklärte ihnen, er komme aus Fontainebleau und möchte einem verwundeten Kameraden, der an der Rue Bellefond wohne, Hilfe bringen. Zuerst wollte ihm das niemand glauben. Seine Hände wurden genau untersucht, die Männer schnüffelten sogar an seinen Ohren, um ja sicher zu sein, daß er nicht nach Pulver roch.

Doch da er immer wieder das gleiche aussagte, konnte er schließlich einen Hauptmann überzeugen; dieser befahl zwei Füsilieren, ihn zu dem Posten beim Jardin des Plantes zu führen.

Sie gingen den Boulevard de l'Hôpital hinunter. Eine starke Brise wehte. Sie weckte seine Lebensgeister aufs neue.

Dann bogen sie in die Rue du Marché-aux-Chevaux ein. Rechter Hand lag der Jardin des Plantes wie eine große schwarze Masse, während zur Linken die ganze Fassade des Findelhauses, dessen sämtliche Fenster hell erleuchtet waren, wie eine Feuersbrunst lohte; ab und zu huschten Schatten an den Fenstern vorüber.

Die beiden Begleiter Frédérics verzogen sich, und ein anderer Soldat ging mit ihm bis zur Polytechnischen Schule.

Die Rue Saint-Victor war stockdunkel, keine Gaslaterne brannte, nirgendwo war Licht in den Häusern. Alle zehn Minuten hörte man rufen: »Schildwachen! Aufgepaßt!«

Und dieser Ruf, der in die tiefe Stille klang, pflanzte sich lang hinhallend fort wie das Aufprallen eines Steines, der in einen Abgrund fällt.

Mitunter kam das Stapfen schwerer Schritte näher. Eine Patrouille, mindestens hundert Mann stark, nahte. Flüstern und vages Klirren von Eisen waren aus der undeutlich erkennbaren Masse zu vernehmen; dann entfernte sie sich in wiegendem Schritt und Tritt und verlor sich allmählich in der Dunkelheit.

An jeder Straßenkreuzung stand unbeweglich ein Dragoner zu Pferd. Von Zeit zu Zeit ritt ein Meldereiter im gestreckten Galopp vorbei, dann wurde es wieder still. Weit weg, irgendwo, fuhren Kanonen durch die Stadt und rumpelten dumpf und unheimlich über das holprige Pflaster. Das Herz krampfte sich zusammen bei diesen Geräuschen, die so ganz anders waren als der gewohnte Straßenlärm. Es war, als würde dadurch die Stille noch uferloser, obwohl sie auch so schon tief, beklemmend, ein schwarzes Schweigen war. Männer in weißen Blusen traten zu den Soldaten heran, sagten etwas zu ihnen und verflüchtigten sich wie Gespenster.

Die Wachräume in der Polytechnischen Schule konnten die vielen andrängenden Menschen nicht mehr fassen. Frauen umlagerten die Schwelle und verlangten ihren Sohn, ihren Gatten zu sehen. Man verwies sie ins Pantheon, das in ein Leichenschauhaus verwandelt war; Frédéric konnte sich überhaupt kein Gehör verschaffen. Er ließ sich aber nicht abweisen; er schwor, sein Freund Dussardier erwarte ihn, er liege im Sterben. Endlich gab man ihm einen Korporal mit, der ihn an die obere Rue Saint-Jacques in die Mairie des zwölften Arrondissements führen sollte.

Der Pantheon-Platz war voller Soldaten, die auf Stroh

nächtigten. Der Morgen graute. Die Biwakfeuer erloschen allmählich.

Der Aufstand hatte in diesem Stadtteil fürchterliche Spuren hinterlassen. Die Straßen waren vom einen Ende bis zum andern uneben und aufgerissen. Auf den zusammengeschossenen Barrikaden lagen Omnibusse, Gasrohre, Wagenräder; kleine schwarze Lachen, die noch an manchen Orten standen, waren vermutlich Blut. Die Häuser waren von Geschossen durchsiebt, und ihr Gebälk trat unter dem abblätternden Verputz zutage. Jalousien, die nur noch an einem Nagel hielten, hingen wie Lumpen herab. Wo die Treppen eingestürzt waren, öffneten sich Türen ins Leere. Man sah ins Innere der Zimmer mit den zerfetzten Tapeten; zuweilen waren gerade leicht zerbrechliche Dinge heil geblieben. Frédéric bemerkte eine Stutzuhr, eine Papageienstange, Kupferstiche.

Als er die Mairie betrat, ließen sich die Nationalgardisten des langen und breiten über den Tod der Generäle Bréa und Négrier, des Abgeordneten Charbonnel und des Erzbischofs von Paris aus. Es hieß, der Herzog von Aumale sei in Boulogne gelandet, Barbès aus Vincennes entflohen, die Artillerie rücke aus Bourges heran, und aus der Provinz strömten angeblich Verstärkungen herbei. Gegen drei Uhr brachte jemand gute Nachricht: Unterhändler der Aufständischen seien beim Präsidenten der Nationalversammlung.

Nun herrschte allgemeine Freude. Und da Frédéric noch zwölf Franken bei sich hatte, ließ er ein Dutzend Flaschen Wein kommen, in der Hoffnung, er könne dadurch seine Freilassung beschleunigen. Plötzlich glaubte man eine Gewehrsalve zu hören. Das Zechgelage nahm ein jähes Ende; man maß den Unbekannten mit mißtrauischen Blicken; er konnte ja Heinrich V. sein.

Um jegliche Verantwortung von sich abzuwälzen, überführten sie ihn in die Mairie des XI. Arrondissements, wo man ihn nicht vor neun Uhr morgens entließ.

Er rannte im Laufschritt bis zum Quai Voltaire. An einem offenen Fenster stand ein alter Mann in Hemdsärmeln und weinte mit himmelwärts erhobenen Augen. Die Seine floß friedlich dahin. Der Himmel war tiefblau; in den Bäumen der Tuilerien sangen die Vögel.

Frédéric wollte gerade die Place du Carrousel überqueren, als eine Bahre vorbeigetragen wurde. Der Posten präsentierte schneidig das Gewehr, und der Offizier legte die Hand an den Tschako und sagte: »Ehre dem unglücklichen Heldenmut!«

Diese Redensart war beinahe obligatorisch geworden; wer sie auch im Munde führte, war immer feierlich bewegt. Eine Schar wutschäumender Menschen lief neben und hinter der Bahre her und schrie: »Wir werden euch rächen! Wir werden Rache nehmen!«

Der Wagenverkehr auf den Boulevards hatte wieder eingesetzt, und vor den Türen saßen Frauen und zupften Scharpie. Aber der Aufstand war niedergekämpft oder doch nahezu erstickt; eine soeben angeschlagene Proklamation Cavaignacs verkündete es. Oben in der Rue Vivienne tauchte ein Trupp Mobilgardisten auf. Da brachen die Bürger in ein Begeisterungsgeschrei aus, sie schwenkten ihre Hüte, klatschten in die Hände, tanzten, wollten ihnen um den Hals fallen, ihnen zu trinken geben, und von den Balkonen warfen Damen Blumen herunter.

Um zehn Uhr endlich, als gerade die Kanonen donnerten und der Sturm auf den Faubourg Saint-Antoine begann, langte Frédéric bei Dussardier an. Er fand ihn in seinem Dachstübchen; er lag auf dem Rücken und schlief. Aus dem Nebenzimmer kam mit unhörbaren Schritten eine Frau; es war die Vatnaz.

Sie führte Frédéric beiseite und erzählte ihm, wie Dussardier verwundet worden war.

Am vergangenen Samstag hatte in der Rue Lafayette auf einer Barrikade ein halbwüchsiger Bursche, in eine Trikolore gehüllt, den Nationalgardisten entgegengeschrien: »Wollt ihr auf eure Brüder schießen?« Als sie vorrückten, hatte Dussardier sein Gewehr weggeworfen, die andern beiseite gedrängt, war auf die Barrikade gesprungen und hatte mit einem Fußtritt den Aufständischen niedergestreckt und ihm die Fahne entrissen. Man hatte ihn dann unter den Trümmern gefunden; eine Kupferstange hatte ihm den Schenkel durchbohrt. Man hatte die Wunde aufschneiden und das Wurfgeschoß entfernen müssen. Fräulein Vatnaz war noch am gleichen Abend hergekommen und hatte ihn seither nicht mehr verlassen.

Mit Umsicht und Verständnis bereitete sie alles für die Verbände Erforderliche vor, half ihm beim Trinken, las ihm die leisesten Wünsche von den Augen ab, ging aus und ein, leichter als ein Schatten, und betrachtete ihn mit zärtlichen Augen.

Zwei Wochen lang kam Frédéric unfehlbar jeden Morgen wieder. Als er eines Tages von der hingebungsvollen Pflege der Vatnaz zu reden anfing, zuckte Dussardier nur die Achseln.

»Ach was! Das tut sie aus purem Eigennutz!«

»Glaubst du?«

Er erwiderte: »Ich bin ganz sicher!« wollte sich aber nicht weiter dazu äußern.

Sie verwöhnte ihn, überhäufte ihn mit Aufmerksamkeiten, ja sie brachte ihm sogar die Zeitung, in denen seine Heldentat verherrlicht wurde. Diese Huldigungen schienen ihm Unbehagen zu bereiten. Er gestand Frédéric sogar seine zwiespältigen Empfindungen und Gewissensskrupel.

Vielleicht hätte er sich zur andern Partei schlagen müssen, zu den Blusen, denn schließlich hatte man ihnen eine Menge Dinge versprochen, die man dann nicht gehalten hatte. Ihre Besieger haßten die Republik; und zudem sei man sehr hart mit ihnen verfahren! Sie seien im Unrecht, selbstverständlich, aber doch nicht so ganz. Und der gute Junge stand Höllenqualen aus beim Gedanken, er könnte womöglich gegen die gerechte Sache gekämpft haben.

Sénécal, der in den Tuilerien unter der Uferterrasse eingesperrt war, kannte solche Ängste nicht.

Sie lebten dort, neunhundert Männer, in Schmutz und Unflat kunterbunt zusammengepfercht, schwarz von Pulver und geronnenem Blut, vom Fieber geschüttelt und vor Wut schreiend; nicht einmal die Leichen der Verstorbenen wurden herausgeholt. Manchmal, wenn draußen das Krachen eines

Schusses zu hören war, glaubten sie, man werde sie alle erschießen. Dann rannten sie gegen die Mauern an, taumelten aber alsbald wieder an ihre Plätze zurück; so abgestumpft waren sie durch ihre Leiden, daß ihnen war, sie lebten in einem Albtraum, einer düsteren Sinnestäuschung. Die Lampe, die an der Deckenwölbung hing, sah wie ein Blutfleck aus, und grüne und gelbe Flämmchen, von den Ausdünstungen dieser Kellergruft erzeugt, flackerten da und dort auf. Aus Furcht vor Epidemien wurde eine Kommission ernannt. Schon auf den ersten Treppenstufen prallte ihr Präsident entsetzt zurück, so grauenvoll schlug ihm der Gestank der Exkremente und der Leichen entgegen. Wenn sich die Gefangenen einer Kellerluke näherten, stießen die Nationalgardisten, die draußen Wache hielten, damit die Häftlinge die Gitter nicht lockerten, unbekümmert mit ihren Bajonetten in den Menschenhaufen hinein, wohin sie gerade trafen.

Sie kannten fast alle kein Erbarmen. Wer nicht mitgekämpft hatte, wollte sich jetzt wenigstens hervortun. Die Angst tobte sich hemmungslos aus. Man nahm Rache für die Zeitungen, die Klubs, die Zusammenrottungen, die politischen Doktrinen, für alles, was seit einem Vierteljahr die Gemüter erbittert hatte. Und dem Siege zum Trotz machte sich jetzt – wie zur Züchtigung ihrer Verteidiger und zum Hohn ihrer Feinde – triumphierend die Gleichheit breit, eine viehische, rohe Gleichheit, eine Gleichheit im Verüben blutrünstiger Scheußlichkeiten; denn der Fanatismus der Interessen hielt dem Rasen der Not die Waage, die Aristokratie wütete ebenso schlimm wie der Mob, und die baumwollene Zipfelkappe erwies sich nicht weniger widerwärtig als die rote Jakobinermütze. Die Vernunft des Volkes war verstört wie nach großen umwälzenden Naturereignissen. Es gab gescheite Leute, die darob für ihr ganzes Leben verblödeten.

Der alte Roque war sehr tapfer, ja beinahe tollkühn geworden. Er war am sechsundzwanzigsten mit den Truppen aus Nogent nach Paris gekommen, und anstatt mit ihnen wieder heimzugehen, hatte er sich der Nationalgarde angeschlossen, die in den Tuilerien kampierte. Und als man ihn vor der Uferstraße als Schildwache aufstellte, freute er sich sehr. Da hatte er sie wenigstens unter sich, dieses Diebsgesindel! Er weidete sich an ihrer Niederlage, ihrer tiefen Erniedrigung und konnte es sich nicht versagen, sie zu beschimpfen.

Einer von ihnen, ein blutjunger Mensch mit langen blonden Haaren, preßte sein Gesicht an die Gitterstäbe und bat um Brot. Der alte Roque gebot ihm Schweigen. Doch der junge Mensch bettelte erneut mit kläglicher Stimme: »Brot!«

»Ich hab auch keins!«

Andere Gefangene zeigten sich an dem Kellerloch mit langen Stoppelbärten und flammenden Augen; alle stießen einander beiseite und heulten: »Brot!«

Den alten Roque wurmte es, daß seine Autorität mißachtet wurde. Er wollte ihnen Angst einjagen und legte sein Gewehr auf sie an. Aber von den andrängenden Mitgefangenen, die ihn fast erstickten, bis zur Decke emporgehoben, schrie der junge Mensch mit hintenübergebogenem Kopf noch einmal: »Brot!«

»So, da hast du's!« rief der alte Roque und drückte ab.

Ein gellendes Geheul brach los, dann wurde es totenstill. Am Rande des Latrinenkübels war etwas Weißes kleben geblieben.

Hierauf ging der alte Roque nach Hause; er besaß nämlich in der Rue Saint-Martin ein Haus, in dem er sich ein Absteigequartier ausbedungen hatte. Und die Beschädigungen, die infolge des Aufstands an der Vorderfront seines Hauses entstanden waren, hatten nicht wenig zu seiner Wut beigetragen. Als er es nun wiedersah, schien ihm, er habe den Schaden doch zu hoch eingeschätzt. Seine Tat von vorhin besänftigte ihn, als hätte er eine Entschädigung erhalten.

Seine Tochter öffnete ihm die Tür. Sein allzu langes Fernbleiben habe sie geängstigt, sagte sie ihm sofort, sie habe gefürchtet, es sei ihm etwas zugestoßen, er sei vielleicht verwundet worden.

Dieser Beweis kindlicher Liebe rührte den alten Roque. Er äußerte nur sein Erstaunen darüber, daß sie ohne Catherine gereist sei.

»Ich habe sie auf einen Botengang fortgeschickt«, antwortete Louise.

Sie erkundigte sich nach seinem Befinden, nach dem und jenem. Dann fragte sie ihn mit unbeteiligter Miene, ob er zufällig Frédéric begegnet sei.

»Nein, nicht die Spur!«

Nur seinetwegen hatte sie die Reise gemacht.

Draußen im Hausflur wurden Schritte laut.

»Ach, verzeih ...«

Und sie huschte hinaus.

Catherine hatte Frédéric nicht gefunden. Er sei seit mehreren Tagen abwesend, und sein Freund, Herr Deslauriers, wohne jetzt nicht mehr in Paris.

Als Louise wieder hereinkam, zitterte sie wie Espenlaub und brachte kein Wort heraus. Sie mußte sich an die Möbel lehnen.

»Was hast du denn? Was fehlt dir?« rief ihr Vater erschrocken.

Sie gab ihm mit einer Handbewegung zu verstehen, es habe nichts zu bedeuten, und unter Aufbietung all ihrer Willenskraft vermochte sie sich zu fassen.

Der Speisewirt von gegenüber brachte die Suppe. Aber der alte Roque hatte eine zu heftige Aufregung durchgemacht. Er brachte keinen Bissen herunter, und beim Nachtisch hatte er eine Art Schwächeanfall. Man holte sofort einen Arzt; der verschrieb eine Arznei. Als der alte Roque dann in seinem Bette lag, wollte er möglichst viele Decken haben, damit er schwitzen könne. Er seufzte, ächzte und jammerte.

»Danke, meine gute Catherine. – Gib deinem armen Vater einen Kuß, mein Schätzchen! Ach, diese Revolutionen!«

Und als ihn seine Tochter ausschalt, weil er sich ihretwegen geängstigt und so eine Krankheit geholt hatte, erwiderte er: »Ja, du hast recht. Aber ich kann mir nicht helfen, ich bin eben zu weichherzig!«

2

Madame Dambreuse saß zwischen ihrer Nichte und Miss John in ihrem Boudoir und hörte dem alten Roque zu, der von seinen militärischen Strapazen erzählte. Sie biß sich auf die Lippen und schien leidend zu sein.

»Oh, es ist nichts von Belang. Es geht gleich vorbei.«

Dann setzte sie mit einem liebenswürdigen Lächeln hinzu: »Wir haben heute zum Essen einen Bekannten von Ihnen bei uns: Herrn Moreau.«

Louise zuckte zusammen.

»Sonst nur noch ein paar Hausfreunde, Alfred de Cisy unter andern.«

Und sie wußte viel Rühmliches von seinen Umgangsformen, seinem Aussehen und vor allem von seinem Lebenswandel zu berichten.

Madame Dambreuse kam der Wahrheit näher, als sie glaubte. Der Vicomte dachte ans Heiraten. Er hatte Martinon davon erzählt und hinzugefügt, er sei sicher, daß er Fräulein Cécile gefalle und daß er ihren Eltern genehm sei.

Wenn er schon so vertrauliche Dinge mitzuteilen wagen durfte, hatte er vermutlich über die Mitgift günstige Auskünfte erhalten. Nun hatte aber Martinon den Verdacht, Cécile sei Herrn Dambreuses natürliche Tochter, und es wäre vermutlich höchst schlau gewesen, wenn er auf gut Glück um ihre Hand angehalten hätte. Doch barg dieses kühne Wagnis seine Gefahren; deshalb hatte sich Martinon bisher so verhalten, daß er sich nie bloßstellte. Außerdem wußte er nicht, wie er sich die Tante vom Halse schaffen konnte. Cisys Äußerung gab den Ausschlag. Er hatte seine Werbung bei dem Bankier angebracht, und dieser sah nichts, was dagegensprach; er hatte gerade vorhin seine Frau davon in Kenntnis gesetzt.

Cisy kam. Sie erhob sich und sagte: »Sie vergessen uns ja ganz ... Cécile, shake hands!«

Im selben Augenblick trat Frédéric herein.

»Ah! sieht man Sie endlich!« begrüßte ihn der alte Roque. »Ich bin diese Woche dreimal mit Louise bei Ihnen gewesen.«

Frédéric war ihnen mit Vorbedacht ausgewichen. Nun entschuldigte er sich damit, daß er immer den ganzen Tag bei einem verwundeten Kameraden zubringe. Seit langem schon hätten ihn überdies eine Menge dringlicher Angelegenheiten völlig mit Beschlag belegt; und er erfand allerlei Notlügen. Zum Glück trafen die andern Gäste ein: zuerst Paul de Grémonville, der Diplomat, den er auf dem Ball flüchtig gesehen hatte, dann Fumichon, der Industrielle, dessen konservative Gesinnung ihn eines Abends so empört hatte. Die alte Herzogin von Montreuil-Nantua kam gleich nach ihnen.

Doch da wurden im Vorzimmer zwei Stimmen laut.

»Ich weiß es ganz bestimmt«, sagte die eine.

»Aber verehrte schöne Frau! Verehrte schöne Frau!« begütigte die andere, »bitte, beruhigen Sie sich doch!«

Die beiden waren Herr de Nonancourt, ein alter Geck, der aussah wie eine mit Cold-Cream einbalsamierte Mumie, und Madame de Larsillois, die Gattin eines Präfekten unter Louis-Philippe. Sie zitterte am ganzen Leibe, denn sie hatte eben auf einer Drehorgel eine Polka gehört, die – sagte sie – ein Signal der Aufständischen sei. Viele Bürgerliche hatten solche Angstvorstellungen: man glaubte, in den Katakomben seien Männer versteckt, die den Faubourg Saint-Germain in die Luft sprengen wollten; aus den Kellern waren seltsame Geräusche zu hören, und an den Fenstern gingen verdächtige Dinge vor.

Alle bemühten sich indessen, Madame de Larsillois zu beruhigen. Die Ordnung sei wiederhergestellt, nichts mehr zu befürchten. »Cavaignac hat uns gerettet!« Als hätten die Greuel des Aufstands nicht ausgereicht, übertrieb man sie noch. Es seien dreiundzwanzigtausend Sträflinge auf seiten der Sozialisten mitgezogen, nicht mehr und nicht weniger!

Niemand zweifelte an den Schauergeschichten von vergifteten Lebensmitteln, von Mobilgardisten, die angeblich zwischen zwei Brettern zersägt worden waren, von Inschriften auf den Fahnen, die zum Plündern und Mordbrennen aufriefen.

»Und zu anderem auch noch!« setzte die Expräfektin hinzu.

»Ach, liebe gnädige Frau!« fiel ihr Madame Dambreuse aus

Schamgefühl ins Wort und warf einen bedeutsamen Blick auf die drei jungen Mädchen.

Da kam Herr Dambreuse mit Martinon aus seinem Arbeitszimmer. Sie wandte sich ab und erwiderte den Gruß Pellerins, der auf sie zukam. Der Künstler schaute beunruhigt ringsum auf die Wände. Der Bankier nahm ihn beiseite und machte ihm begreiflich, er habe für den Augenblick sein revolutionäres Gemälde verstecken müssen.

»Natürlich!« pflichtete ihm Pellerin bei, dessen Ansichten sich seit seinem Mißerfolg im *Klub der Intelligenz* merklich gewandelt hatten.

Herr Dambreuse erwähnte zwischenhinein verbindlich, er werde noch andere Arbeiten bei ihm in Auftrag geben.

»Doch entschuldigen Sie mich ... Ach, lieber Freund, welch eine Freude!«

Arnoux und seine Frau standen vor Frédéric.

Ein Schwindel erfaßte ihn. Rosanette mit ihrer Schwärmerei fürs Militär war ihm den ganzen Nachmittag auf die Nerven gegangen; und seine alte Liebe erwachte wieder.

Der Haushofmeister meldete Madame Dambreuse, es sei angerichtet. Mit einem Blick befahl sie dem Vicomte, Cécile den Arm zu reichen, sagte leise zu Martinon: »Schuft!« und dann ging man in den Speisesaal hinüber.

Mitten auf dem Tisch unter den grünen Blättern einer Ananas lag lang hingestreckt ein Karpfen, das Maul einem Rehviertel zugekehrt und mit dem Schwanz eine kunstvoll hergerichtete Schüssel mit Krebsen streifend. Feigen, riesige Kirschen, Birnen und Trauben – lauter Erstlinge der Pariser Treibhäuser – türmten sich in Körbchen aus Meißner Porzellan zu hohen Pyramiden. Da und dort mischte sich ein Blumenstrauß in das helle Funkeln des Tafelsilbers. Die weißseidenen Stores, die vor den Fenstern heruntergelassen waren, erfüllten den Raum mit mildem Dämmerlicht. Zwei kleine Springbrunnen, in denen Eisstücke schwammen, verbreiteten Kühlung. Stattliche Diener in Kniehosen warteten auf. All dies war nach den Aufregungen der vergangenen Tage um so köstlicher. Man durfte sich wieder dem Genuß all der Dinge hingeben, die man zu verlieren gefürchtet hatte; und Nonancourt verlieh den Gedanken aller Gäste Ausdruck, als er sagte: »Ah, hoffentlich erlauben uns die Herren Republikaner zu speisen!«

»Trotz ihrer Brüderlichkeit!« setzte der alte Roque geistreich hinzu.

Diese beiden ehrenwerten Herren saßen zur Linken und zur Rechten von Madame Dambreuse; ihr gegenüber hatte ihr Gatte zwischen Madame de Larsillois, die neben sich den alten Diplomaten hatte, und der greisen Herzogin Platz genommen, neben der Fumichon saß. Dann kamen der Maler, der Fayencenhändler und Fräulein Louise, und dank Martinon, der ihm seinen Platz weggeschnappt hatte, um neben Cécile sitzen zu können, kam Frédéric neben Madame Arnoux zu sitzen.

Sie trug ein Kleid aus schwarzem Barège, einen goldenen Reif um das Handgelenk und wie am ersten Tag, als er bei ihr gespeist hatte, etwas Rotes im Haar, einen Fuchsiazweig, den sie in ihren Haarknoten geschlungen hatte. Er konnte sich nicht enthalten, zu ihr zu sagen: »Wir haben uns lange nicht mehr gesehen.«

»Ah«, erwiderte sie kühl.

Mit einem sanften Unterton in seiner Stimme, der das Anmaßende seiner Frage abschwächte, fuhr er fort: »Haben Sie manchmal an mich gedacht?«

»Warum sollte ich denn an Sie denken?«

Diese Antwort tat Frédéric weh.

»Vielleicht haben Sie schließlich recht.«

Doch taten ihm seine Worte sofort leid, und er beteuerte, er habe keinen einzigen Tag verlebt, an dem ihn nicht die Erinnerung an sie zutiefst aufgewühlt habe.

»Davon glaube ich Ihnen kein Wort, Herr Moreau!«

»Und doch wissen Sie, daß ich Sie liebe.«

Darauf gab ihm Madame Arnoux keine Antwort.

»Sie wissen, daß ich Sie liebe.«

Sie schwieg weiter.

Na schön, dann laß es eben bleiben!

Als er aufschaute, erblickte er am andern Ende der Tafel Mademoiselle Roque.

Sie hatte es für putzig gehalten, sich ganz in Grün zu kleiden, und diese Farbe paßte wie die Faust aufs Auge zu ihrem roten Haar. Ihre Gürtelschnalle saß zu hoch, das Krägelchen ließ ihren Hals zu kurz erscheinen. Diese unelegante Aufmachung hatte wohl nicht wenig zu Frédérics kühlem Verhalten beigetragen. Neugierig betrachtete sie ihn von weitem; und Arnoux, ihr Tischnachbar, verschwendete ganz umsonst seine Liebenswürdigkeiten an sie; er brachte keine drei Worte aus ihr heraus. Schließlich gab er es auf, ihr Eindruck machen zu wollen, und hörte der Unterhaltung zu. Sie drehte sich im Augenblick um die *Ananaspüree* im Luxembourg.

Louis Blanc, so behauptete Fumichon, besitze ein Haus in der Rue Saint-Dominique und weigere sich, an Arbeiter zu vermieten.

»Was mir vor allem komisch vorkommt«, meinte Nonancourt, »ist die Vorstellung, daß Ledru-Rollin auf den Krongütern auf die Jagd geht!«

»Er ist einem Goldschmied zwanzigtausend Franken schuldig!« wußte Cisy zu berichten, »und es wird sogar behauptet ...«

Madame Dambreuse ließ ihn nicht weiterreden.

»Pfui!« sagte sie, »wie häßlich, sich so über Politik zu ereifern! Ein junger Mann wie Sie! Kümmern Sie sich lieber um ihre Tischdame!«

Nun flickten die gesetzteren Herren den Zeitungen am Zeug.

Arnoux warf sich zu ihrem Verteidiger auf. Frédéric mischte sich ein, erklärte, sie seien eben kaufmännische Unternehmungen wie andere auch. Ihre Mitarbeiter seien im allgemeinen Hohlköpfe oder großmäulige Aufschneider. Er spielte sich als gewiegter Kenner auf und bekämpfte die edelmütigen Ansichten seines Freundes mit bissigen Sticheleien. Madame Arnoux sah nicht, daß dies eine Rache war, die ihr galt.

Unterdessen zermarterte sich der Vicomte das Hirn, wie er Cécile erobern könnte. Zuerst prunkte er mit seinem künstlerischen Geschmack und äußerte sich abfällig über die Form der Kristallkaraffen und die Gravuren der Messer. Dann trumpfte er mit seinem Stall, seinem Schneider und dem

Hemdenmacher auf, schließlich schnitt er das Thema Religion an und ließ beiläufig durchblicken, er komme allen seinen Pflichten nach.

Martinon stellte es geschickter an. Ohne ein Auge von ihr zu lassen, sagte er ihr in eintönigem Geflüster allerhand Schmeichelhaftes über ihr Vogelprofil, ihr fadblondes Haar, ihre zu kurz geratenen Hände. Das unhübsche Geschöpf lauschte in seliger Verzückung diesem Schwall von plumpen Schmeicheleien.

Niemand konnte etwas verstehen, denn alle redeten überlaut. Der alte Roque rief nach einer »eisernen Faust«, die Frankreich regieren müsse. Nonancourt bedauerte sogar, daß in der Politik das Schafott abgeschafft sei. Diese Halunken hätte man massenweise hinmachen müssen!

»Sie sind im Grund feige Kerle!« sagte Fumichon. »Was braucht es schon Mut, um sich hinter Barrikaden zu verschanzen?«

»Da fällt mir ein: erzählen Sie uns doch, was Dussardier macht«, bat Herr Dambreuse zu Frédéric gewandt.

Der wackere Kommis war jetzt ein Held, wie Sallesse, die Brüder Jeanson, die Péquillet und andere.

Frédéric ließ sich nicht lange bitten und gab die Geschichte seines Freundes zum besten. Ein Abglanz seines Ruhms fiel dabei auch auf ihn.

Nun ergab es sich ganz von selbst, daß verschiedene beherzte Taten aufgezählt wurden. Der Diplomat war der Ansicht, es sei nicht schwer, dem Tod ins Auge zu blicken; der beste Beweis dafür seien die Leute, die sich duellierten.

»Das kann uns der Vicomte bestätigen!« meinte Martinon.

Der Vicomte wurde rot bis hinter die Ohren.

Alle Gäste schauten zu ihm hinüber, und Louise, die noch erstaunter war als die andern, fragte leise: »Was soll das heißen?«

»Er ist vor Frédéric gekniffen«, flüsterte ihr Arnoux zu.

»Wissen Sie etwas darüber, Mademoiselle?« fragte Nonancourt sofort.

Und dann gab er ihre Antwort an Madame Dambreuse weiter, die sich leicht vorneigte und Frédéric ansah.

Martinon wartete Céciles Fragen gar nicht erst ab; er gab ihr zu verstehen, diese Angelegenheit betreffe eine höchst zweifelhafte Frauensperson. Da rückte das junge Mädchen auf seinem Stuhl leicht von ihm weg, als wollte sie die Berührung dieses Wüstlings fliehen.

Das Gespräch war wieder in Gang gekommen. Die edlen Bordeauxweine wurden herumgereicht; die Stimmung belebte sich immer mehr. Pellerin war der Revolution nicht günstig gesinnt, weil das spanische Museum jetzt für alle Zeit verloren sei. Das tue ihm als Maler am meisten leid. Auf diese Erklärung hin fragte ihn der alte Roque: »Sind Sie vielleicht auch der Schöpfer eines höchst bemerkenswerten Bildes?«

»Möglich. Welches meinen Sie?«

»Es ist eine Dame darauf in einem ... bei Gott! ... in einem ... reichlich leichtgeschürzten Kostüm ... mit einer Börse und einem Pfau dahinter.«

Nun wurde Frédéric purpurrot. Pellerin tat, als verstehe er nicht.

»Es ist aber bestimmt von Ihnen! Unten darauf steht nämlich Ihr Name, und auf dem Rahmen ist ein Vermerk angebracht, es sei das Eigentum des Herrn Moreau.«

Als der alte Roque und seine Tochter eines Tages in seiner Wohnung auf Frédéric warteten, hatten sie das Bild der Marschallin dort hängen sehen. Der Alte hatte es sogar für ein »gotisches Gemälde« gehalten.

»Nein«, sagte Pellerin grob, »es ist ein Frauenporträt!«

»Und zwar einer verflixt lebendigen Frau!« setzte Martinon hinzu. »Nicht wahr, Cisy?«

»Ei, wie soll ich das wissen?«

»Ich glaubte, Sie kennen Sie. Aber wenn es Ihnen peinlich ist, bitte ich tausendmal um Entschuldigung!«

Cisy schlug die Augen nieder und bewies durch seine Verlegenheit, daß er anläßlich dieses Porträts offenbar eine jämmerliche Rolle gespielt hatte. Was nun Frédéric anlangte, so konnte das Modell nur seine Geliebte sein. Solche Überzeugungen bilden sich ja augenblicklich, und die Gesichter der Tafelrunde ließen das auch deutlich erkennen.

Wie er mich belogen hat! sagte sich Madame Arnoux.

Darum hat er mich also verlassen! dachte Louise.

Frédéric bildete sich ein, diese beiden Geschichten könnten ihn kompromittieren; und als man sich nachher im Garten erging, machte er Martinon deswegen Vorhaltungen.

Fräulein Céciles Verehrer aber lachte ihm ins Gesicht.

»Wo denkst du hin! Im Gegenteil, es wird dir von Nutzen sein! Mach nur voran!«

Was wollte er damit sagen? Und zudem, wie kam er zu diesem Wohlwollen, das zu seinen sonstigen Gepflogenheiten im Widerspruch stand? Ohne eine Erklärung ging er nach hinten, wo die Damen saßen. Die Herren standen, und mitten unter ihnen befand sich Pellerin, der seine Ideen entwickelte. Das Günstigste für die Künste wäre eine richtig verstandene Monarchie. Die heutige Zeit ekle ihn an, »und wäre es auch nur wegen der Nationalgarde«; er trauere dem Mittelalter und Ludwig XIV. nach. Roque gratulierte ihm zu seinen Überzeugungen, ja er gab zu, sie würfen alle seine Vorurteile gegen die Künstler über den Haufen. Aber gleich darauf entfernte er sich, von Fumichons Stimme angelockt. Arnoux bemühte sich zu beweisen, es gebe zweierlei Sozialismus, einen guten und einen schlechten. Der Industrielle konnte da keinen Unterschied sehen; wenn er nur das Wort Eigentum hörte, geriet er vor Wut außer sich.

»Es ist ein naturbegründetes Recht! Die Kinder hängen an ihren Spielsachen. Alle Völker sind meiner Meinung, alle lebenden Wesen. Sogar der Löwe, könnte er nur sprechen, würde sich bestimmt zum Eigentum bekennen. Sehen Sie, meine Herren, ich zum Beispiel habe mit fünfzehntausend Franken Kapital angefangen! Dreißig Jahre lang, müssen Sie wissen, bin ich jeden Morgen um vier Uhr aufgestanden. Ich habe mich wie ein Karrengaul abschinden müssen, um mein Vermögen zusammenzurackern. Und da soll mir einer weismachen, ich sei nicht Herr darüber, mein Geld sei nicht mein Geld, kurzum, Eigentum sei Diebstahl!«

»Aber Proudhon ...«

»Lassen Sie mich in Ruhe mit Ihrem Proudhon! Wenn ich ihn hier hätte, ich glaube, ich würde ihn erwürgen!«

Er hätte ihn bestimmt erwürgt! Besonders wenn er ein paar süße Schnäpse im Leib hatte, kannte Fumichon sich nicht mehr. Und sein schlagflußreifes Gesicht war nahe am Platzen wie eine Granate.

»Guten Tag, Arnoux«, sagte Hussonnet, der leichten Schrittes über den Rasen daherkam.

Er brachte Herrn Dambreuse den ersten Bogen einer Broschüre mit dem Titel *Die Hydra;* der verkrachte Künstler vertrat darin die Interessen reaktionärer Kreise, und in dieser Eigenschaft stellte ihn der Bankier seinen Gästen vor.

Hussonnet trug viel zu ihrer Erheiterung bei, indem er zuerst behauptete, die Talglichthändler hätten dreihundertzweiundneunzig Gassenjungen dafür bezahlt, daß sie jeden Abend »Lichter! Lichter her!« schrien, dann zog er die Grundsätze von 89, die Negerbefreiung und die Redner der Linken ins Lächerliche. Er verstieg sich sogar so weit, den Spießer auf der Barrikade zu mimen, vielleicht aus einem naiven Neidgefühl gegen diese Pfahlbürger, die gut gespeist hatten. Die Karikatur fand nur mäßigen Anklang, und es gab lange Gesichter.

Jetzt sei übrigens nicht der rechte Augenblick zum Witzemachen. Nonancourt sagte es unumwunden und erinnerte an den Tod des hochwürdigen Erzbischofs Affre und des Generals de Bréa. Beide wurden bei jedem Anlaß ins Treffen geführt; man erhob sie zu Kronzeugen. Roque erklärte den Tod des Erzbischofs, für »das denkbar Erhabenste«; Fumichon erkannte dem General die Palme zu, und anstatt die beiden Mordtaten einfach zu beklagen, gab es ein langes Hin- und Hergezänk, welche am meisten Empörung hervorrufen müsse. Eine zweite Parallele wurde gleich nachher aufs Tapet gebracht, und zwar zwischen Lamoricière und Cavaignac. Herr Dambreuse hob Cavaignac in den Himmel, und Nonancourt pries Lamoricière. Nicht einer von der ganzen Tischgesellschaft, außer Arnoux, hatte die beiden am Werk sehen können. Dessenungeachtet gaben sie alle ein unumstößliches Urteil über ihre Operationen ab. Frédéric hatte da nicht mitreden wollen; er gestand freimütig, er habe nicht zu den Waffen gegriffen. Der Diplomat und Herr Dambreuse nickten ihm beifällig zu. Wer den Aufstand bekämpft hatte, der hatte ja doch die Republik verteidigt. Der Ausgang des Kampfes war zwar günstig, doch stand sie jetzt fester als zuvor. Und nun, da man die Unterlegenen losgeworden war, wünschte man auch von den Siegern erlöst zu sein.

Kaum war man im Garten draußen, nahm Madame Dambreuse Cisy auf die Seite und schalt ihn wegen seiner Ungeschicklichkeit aus. Als sie Martinons ansichtig wurde, entließ sie ihn; dann aber wollte sie von ihrem künftigen Neffen wissen, was hinter seinen Hänseleien gegen den Vicomte stecke.

»Gar nichts.«

»Das alles geschah also nur zum Ruhme des Herrn Moreau! Was bezweckten Sie damit?«

»Nichts. Frédéric ist ein reizender Kerl. Ich mag ihn sehr gern.«

»Ich auch. Er soll zu mir kommen. Holen Sie ihn her.«

Nach zwei, drei banalen Redensarten fing sie an, leicht abfällig über ihre Gäste zu reden, und gab damit zu verstehen, ihn stelle sie höher. Er seinerseits verfehlte nicht, die andern Frauen ein bißchen herunterzumachen und ihr so auf geschickte Art allerlei schmeichelhafte Dinge zu sagen. Aber von Zeit zu Zeit ließ sie ihn stehen, denn es war ihr Empfangsabend, und immer wieder erschienen neue Damen; dann kehrte sie auf ihren Platz zurück, und die ganz zufällige Anordnung der Sessel gestattete ihnen, unbelauscht zu plaudern.

Sie gab sich heiter, ernst, melancholisch und dann wieder verständig. Die Sorgen des Alltags gaben ihr nur wenig zu denken; es gab da eine ganze Reihe minder vergänglicher Empfindungen. Sie beklagte sich über die Dichter, weil sie die Wahrheit verfälschten; dann hob sie die Augen zum Himmel und fragte ihn nach dem Namen eines Sterns.

Man hatte in den Bäumen zwei, drei chinesische Papierlaternen aufgehängt; der Wind schaukelte sie hin und her, und auf ihrem weißen Kleid schillerten farbige Streifen. Sie saß wie gewöhnlich ein wenig hintenübergeneigt auf ihrem Stuhl, vor ihr stand ein Schemel. Man konnte die Spitze eines schwarzseidenen Schuhs sehen. Ab und zu entfuhr ihr ein lauteres Wort, manchmal sogar ein Lachen.

Diese Koketterien beeindruckten Martinon nicht; er war vollauf mit Cécile beschäftigt. Aber sie fielen der kleinen Roque auf, die mit Madame Arnoux plauderte. Sie war die einzige unter diesen Frauen, deren Benehmen Madame Arnoux nicht hoffärtig dünkte. So hatte sie sich neben sie gesetzt und einem Bedürfnis, ihr Herz auszuschütten, nachgegeben.

»Nicht wahr, er spricht doch gut, Frédéric Moreau?«

»Sie kennen ihn?«

»Oh, sehr gut! Wir sind Nachbarn, er hat mit mir gespielt, als ich noch ganz klein war.«

Madame Arnoux warf ihr einen langen Blick zu, der sagen wollte: Du liebst ihn doch hoffentlich nicht.

Die Augen des jungen Mädchens erwiderten unbefangen: Doch!

»Dann sehen Sie ihn also oft?«

»O nein, nur wenn er bei seiner Mutter auf Besuch ist. Jetzt sind es zehn Monate her, seit er nicht mehr zu Hause war. Und er hatte doch versprochen, pünktlicher wiederzukommen.«

»Man darf den Versprechungen der Männer nicht allzuviel Glauben schenken, mein Kind.«

»Aber mich hat er nicht hintergangen!«

»Wie andere!«

Louise schauderte zusammen. Hat er ihr vielleicht auch etwas versprochen? Und ihr Gesicht war vor Mißtrauen und Haß verzerrt.

Madame Arnoux fürchtete sich fast davor. Sie hätte am liebsten ihre Worte zurückgenommen. Dann versanken beide in Schweigen.

Da Frédéric ihnen gegenüber auf einem Klappstuhl saß, betrachteten sie ihn beide, züchtig und aus den Augenwinkeln die eine, die andere ganz unverhüllt, mit offenem Mund, so daß Madame Dambreuse zu ihm sagte: »Drehen Sie sich doch um, damit sie Sie besser sehen kann.«

»Wer denn?«

»Herrn Roques Tochter. Wer sonst?«

Und sie zog ihn mit der Liebe dieses Provinzgänschens auf. Er wehrte ab und lachte gezwungen.

»Wie können Sie das nur glauben? Ich bitte Sie! Eine solche Vogelscheuche!«

Trotz alledem fühlte er sich in seiner Eigenliebe geschmeichelt. Er erinnerte sich wieder an jenen andern Abend, als er, das Herz zerquält von Demütigungen, fortgegangen war, und er holte tief Atem. Er hatte das Gefühl, jetzt sei er in seinem eigentlichen Bereich, beinah in seinem angestammten Besitz, als ob das alles, mitsamt dem Hotel Dambreuse, ihm gehört hätte. Die Damen saßen in einem Halbkreis um ihn herum und hörten ihm zu, und in seinem Bestreben, so recht vor ihnen zu glänzen, setzte er sich für die Wiedereinführung der Ehescheidung ein; sie sollte so leicht gemacht werden, daß man unbeschränkt auseinandergehen und sich wieder zusammenfinden konnte, sooft es einem paßte. Die Damen erhoben lauten Einspruch, andere tuschelten miteinander. Im Schatten am Fuß der mit Osterluzei bewachsenen Mauer war unterdrücktes Geraune zu vernehmen. Es klang wie das Gakkern übermütig gewordener Hühner. Er entwickelte seine Theorie mit der ganzen Selbstsicherheit, die einem das Bewußtsein des Erfolgs verleiht. Ein Diener brachte ein Tablett mit Fruchteis in die Laube. Die Herren traten herzu. Sie sprachen gerade von den Verhaftungen.

Nun rächte sich Frédéric am Vicomte. Er machte ihm weis, man werde ihn womöglich als Legitimisten verfolgen. Dieser wandte ein, er habe sich nicht aus seinem Zimmer gerührt; sein Gegner malte ihm alles in den schwärzesten Farben aus, so daß sich sogar Herr Dambreuse und Herr de Grémonville darüber amüsierten. Dann machten sie Frédéric Komplimente, bedauerten es allerdings, daß er seine Fähigkeiten nicht auf die Verteidigung der Ordnung verwende. Sie drückten ihm herzlich die Hand; er konnte in Zukunft auf sie zählen. Endlich, als alle aufbrachen, verneigte sich der Vicomte sehr tief vor Cécile und sagte: »Gnädiges Fräulein, ich habe die Ehre, Ihnen einen guten Abend zu wünschen.«

Sie gab ihm kurz angebunden zur Antwort: »Guten Abend!«

Und dann lächelte sie zu Martinon hinüber.

Der alte Roque wollte sein Gespräch mit Arnoux noch nicht abbrechen und schlug ihm darum vor, er wolle ihn »wie auch die Gnädige« nach Hause begleiten, da sie ja den gleichen Weg hätten. Louise und Frédéric gingen voraus. Sie hatte ihn untergefaßt, und als sie die andern ein Stück zurückgelassen hatten, sagte sie: »Ah, endlich! Endlich! Was habe ich den ganzen Abend ausgestanden! Wie böse sind diese Frauen! Und wie hochnäsig!«

Er wollte sie in Schutz nehmen.

»Zunächst einmal hättest du ruhig mit mir reden können, als du hereinkamst. Du bist doch schon seit einem Jahr nicht mehr heimgekommen!«

»Es ist noch kein Jahr her«, wandte Frédéric ein; er war glücklich, daß er sie in dieser Einzelheit zurechtweisen und damit allen andern Erörterungen ausweichen konnte.

»Meinetwegen. Mir ist die Zeit schrecklich lang vorgekommen. Aber während dieses ganzen gräßlichen Diners hätte man glauben können, du schämest dich meiner! Ach, ich kann's ja verstehen. Mir fehlt eben alles, womit die andern Gefallen erregen.«

»Du irrst dich«, beteuerte Frédéric.

»Wirklich?! Schwöre mir, daß du keine von ihnen liebst!«

Er schwor.

»Und du liebst nur mich allein?«

»Bei Gott!«

Diese Versicherung stimmte sie fröhlich. Am liebsten hätte sie sich in den Straßen verirrt, um die ganze Nacht mit ihm spazierengehen zu können.

»Ich habe mich zu Hause fast zu Tode geängstigt! Von nichts als von Barrikaden war die Rede. Ich sah dich rücklings blutüberströmt umfallen. Deine Mutter lag mit ihrem Rheumatismus zu Bett. Sie wußte von nichts. Ich mußte schweigen. Ich hielt es nicht länger aus! Da habe ich Catherine mitgenommen.«

Und sie erzählte ihm von ihrer Abreise, berichtete, wo sie überall durchgereist war und wie sie ihren Vater angelogen hatte.

»Er bringt mich in zwei Tagen wieder nach Hause. Komm morgen abend wie zufällig zu uns und benütze die Gelegenheit: halte um meine Hand an.«

Nie hatte Frédéric der Gedanke an eine Heirat ferner gelegen! Überdies kam ihm Fräulein Roque wie ein recht lächerliches Gänschen vor. Welch ein Unterschied im Vergleich mit einer Frau wie Madame Dambreuse! Ihm war eine ganz andere Zukunft vorgezeichnet. Diese Gewißheit hatte er seit heute. So war denn auch nicht der Augenblick, sich aus reiner Gutmütigkeit auf eine Entscheidung von solcher Wichtigkeit einzulassen. Jetzt hieß es nüchtern überlegen. Und außerdem hatte er Madame Arnoux wiedergesehen. Immerhin setzte ihn Louises Offenherzigkeit in Verlegenheit. Er hielt ihr entgegen: »Hast du dir diesen Schritt auch wohl überlegt?«

»Hör mal!« rief sie ganz starr vor Staunen und Empörung. Da sagte er, jetzt zu heiraten wäre eine Verrücktheit.

»Du willst mich also nicht?«

»Aber du verstehst mich nicht!«

Und er erging sich in einem wortreichen und höchst verworrenen Gerede, um ihr begreiflich zu machen, daß ihn jetzt noch höhere Erwägungen abhielten, daß er mit Geschäften überlastet und sein Vermögen gefährdet sei – all dies tat Louise mit einem unverblümten Wort ab –, schließlich machte er geltend, die politische Lage stehe einer Heirat im Wege. Das Allervernünftigste sei also, sich noch einige Zeit zu gedulden. Ohne Zweifel werde sich alles wieder einrenken; er hoffe es wenigstens. Und da ihm keine weiteren Gründe mehr einfielen, tat er, als erinnere er sich plötzlich, daß er ja seit zwei Stunden hätte bei Dussardier sein müssen.

Er verabschiedete sich von den andern, bog in die Rue Hauteville ein, ging um das Gymnase herum, kam wieder auf den Boulevard zurück und rannte die vier Treppen zu Rosanette hinauf.

Das Ehepaar Arnoux trennte sich vom alten Roque und seiner Tochter am Eingang zur Rue Saint-Denis. Sie gingen schweigend nach Hause; er war vom vielen Schwatzen völlig erledigt, sie fühlte sich müde und wie zerschlagen. Sie stützte sich sogar auf seine Schulter. Er war der einzige Mensch, der den Abend über ehrlich zu seinen Gefühlen gestanden hatte. Sie konnte ihm jetzt vieles verzeihen. Dafür aber trug er Frédéric sein heutiges Benehmen noch immer nach.

»Hast du sein Gesicht gesehen, als von dem Bildnis die Rede war? Habe ich dir nicht gesagt, er sei ihr Geliebter? Du wolltest mir ja nie glauben!«

»Ja, ja, das war falsch!«

Hochbefriedigt von seinem Triumph bohrte Arnoux weiter.

»Ich möchte sogar wetten, er hat uns vorhin nur stehen lassen, weil er zu ihr gehen wollte. Jetzt ist er bei ihr! Da kannst du sicher sein. Und er bleibt über Nacht dort.«

Madame Arnoux hatte ihre Kapuze tief ins Gesicht gezogen.

»Aber du zitterst ja!«

»Mich friert«, erwiderte sie.

Kaum war ihr Vater eingeschlafen, ging Louise in Catherines Kammer und rüttelte sie an den Schultern.

»Steh auf! ... Geschwind! Schneller doch! Und hol mir eine Droschke.«

Um diese Zeit gebe es keine mehr, gab ihr Catherine zur Antwort.

»Dann mußt du mich selber hinbegleiten!«

»Wohin denn?«

»Zu Frédéric.«

»Nicht möglich! Weswegen?«

Sie müsse mit ihm sprechen und könne nicht länger warten. Sie wolle ihn sofort sehen.

»Wo denkst du hin?! Einfach so mitten in der Nacht in ein fremdes Haus einzudringen! Außerdem schläft er jetzt.«

»Dann weck ich ihn eben!«

»Das schickt sich aber doch nicht für ein Fräulein.«

»Ich bin kein Fräulein! Ich bin seine Frau! Ich liebe ihn! Komm, nimm deinen Schal um.«

Catherine stand vor ihrem Bett und überlegte. Schließlich sagte sie: »Nein, ich will nicht.«

»Na schön, dann bleib da. Ich jedenfalls gehe hin!«

Louise glitt natterngleich die Treppe hinunter. Catherine rannte ihr nach und holte sie auf dem Trottoir ein. Alle ihre Vorhaltungen fruchteten nichts. Und so ging sie mit und nestelte im Gehen ihre Jacke zu. Der Weg dünkte sie endlos lang. Sie klagte über ihre alten Beine.

»Schließlich plagt mich ja nicht das heiße Blut so wie euch, weiß Gott!«

Dann wurde sie gerührt.

»Armes Herzchen! Siehst du, am Ende ist doch immer noch deine Catau da.«

Von Zeit zu Zeit kamen ihr wieder Bedenken.

»Ja, Sie nötigen mich da zu schönen Sachen! Wenn nun Ihr Vater aufwacht? Herrgott! Wenn nur kein Unglück geschieht!«

Vor dem Variétés-Theater hielt sie eine Patrouille der Nationalgardisten an. Louise erklärte sofort, sie gehe mit ihrer Dienstmagd in die Rue Rumfort, sie müsse einen Arzt holen. Man ließ sie weitergehen.

An der Ecke der Madeleine begegneten sie einer zweiten Patrouille, und als Louise die gleiche Erklärung abgegeben hatte, grinste einer von den Bürgern: »Etwa wegen einer neunmonatigen Krankheit, mein Luderchen?«

»Gougibaud!« wetterte der Hauptmann, »keine Zoten im Dienst! – Weitergehen, meine Damen.«

Trotz diesem ausdrücklichen Befehl gingen die Witzeleien weiter.

»Recht viel Vergnügen!«

»Empfehlung an den Doktor!«

»Hütet euch vor dem bösen Wolf!«

»Lachlustige Mannsbilder«, bemerkte Catherine laut. »Sie sind eben jung.«

Endlich langten sie vor Frédérics Wohnung an. Louise riß ein paarmal aus Leibeskräften an der Klingel. Da ging die Haustür einen Spalt weit auf, und der Concierge antwortete auf ihre Frage: »Nein.«

»Aber er muß doch längst zu Bett sein!«

»Ich sag Ihnen doch, er ist nicht daheim! Seit bald drei Monaten schläft er nicht mehr zu Hause.«

Und das kleine Schiebefenster der Pförtnerloge schnappte herab wie ein Fallbeil. Die beiden Frauen blieben in der Finsternis unter dem Gewölbe des Hauseingangs stehen. Eine wütende Stimme schrie sie an: »So gehen Sie doch!«

Die Tür tat sich wieder auf, sie verließen das Haus.

Louise mußte sich auf einen Prellstein setzen; und dann barg sie das Gesicht in ihren Händen und weinte fassungslos, aus tiefstem Herzen. Der Morgen graute, Karren rumpelten vorüber.

Catherine brachte sie wieder nach Hause; sie stützte sie und sagte ihr unter Küssen allerlei tröstliche Dinge, die ihre Lebenserfahrung ihr eingab. Man dürfe sich nicht soviel Kummer um einen Liebsten machen. Wenn's mit dem da nicht klappe, so werde sie dafür andere finden!

3

Als Rosanettes Begeisterung für die Mobilgardisten sich gelegt hatte, wurde sie reizender denn je, und Frédéric machte es sich unmerklich zur Gewohnheit, ganz bei ihr zu leben.

Das Beste am Tag war der Morgen auf ihrer Terrasse. Im Batistmiederchen, mit bloßen Füßen in den Pantöffelchen, ging sie geschäftig aus und ein, säuberte den Käfig ihrer Kanarienvögel, gab ihren Goldfischen frisches Wasser und gärtnerte mit einer Kohlenschaufel in einer mit Erde gefüllten Kiste, aus der sich ein Spalier von Kapuzinerkresse emporrankte und die Mauer überwuchs. Dann schauten sie, auf das Geländer gelehnt, den Wagen und Passanten zu, wärmten sich an der Sonne und machten Pläne für den Abend. Er ging höchstens für zwei Stunden fort; dann besuchten sie zusammen irgendein beliebiges Theater, wo sie eine Proszeniumsloge nahmen. Und Rosanette, einen großen Blumenstrauß in der Hand, hörte den Instrumenten zu, während sich Frédéric zu ihrem Ohr niederbeugte und ihr lustige oder verliebte Dinge zuflüsterte. Andere Male nahmen sie eine Kutsche und fuhren ins Bois de Boulogne; dort gingen sie bis spät in der Nacht spazieren. Schließlich kehrten sie über den Arc de Triomphe und die große Avenue zurück, genossen in vollen Zügen die frische Luft, die Sterne zu ihren Häupten und vor sich, soweit man sah, die Gaslaternen in langen Reihen wie eine doppelte Schnur leuchtender Perlen.

Frédéric mußte immer auf sie warten, wenn sie ausgehen wollten. Sie brauchte jedesmal sehr lange, bis sie die beiden Bänder ihres Kapotthütchens unterm Kinn schön zurechtgezupft hatte; und dabei lächelte sie ihrem Bild im Spiegelschrank wohlgefällig zu. Dann faßte sie ihn unter dem Arm und zwang ihn, sich mit ihr zusammen im Spiegel zu betrachten.

»Wir nehmen uns doch gut aus, so nebeneinander! Ach, Liebster, ich könnte dich vor Liebe auffressen!«

Nun war er ihre Sache, ihr Eigentum. Ihr Gesicht strahlte unausgesetzt darüber; gleichzeitig schien sie in ihrem ganzen Wesen weicher und hingebender, und ihre Formen waren rundlicher geworden. Ohne daß er gewußt hätte weshalb, fand er sie verändert.

Eines Tages erzählte sie ihm als höchst wichtige Neuigkeit, Arnoux habe kürzlich einer ehemaligen Arbeiterin seiner Fabrik ein Weißwarengeschäft eingerichtet. Er komme jeden Abend hin, gebe viel Geld aus, und erst vergangene Woche habe er ihr sogar Möbel aus Palisanderholz geschenkt.

»Woher weißt du das?« fragte Frédéric.

»Oh, da bin ich ganz sicher!«

Delphine habe auf ihre Anweisung hin Erkundigungen eingezogen. Also liebte sie Arnoux, da sie sich so stark mit ihm beschäftigte! Er begnügte sich, ihr zu antworten: »Was kann dir das schon ausmachen?«

Rosanette schien über diese Frage erstaunt.

»Aber der Lump ist mir Geld schuldig! Ist es nicht eine Schande, wenn man mit ansehen muß, wie er so hergelaufenes Geschmeiß aushält?«

Dann setzte sie mit einem Ausdruck triumphierenden Hasses hinzu: »Im übrigen tanzt sie ihm schön auf der Nase herum! Sie hat nämlich noch drei andere feste Herren. Geschieht ihm ganz recht! Soll sie ihn bis zum letzten Heller kahlrupfen, mir kann's nur recht sein!«

In der Tat ließ sich Arnoux mit der ganzen alles verzeihenden Schwachheit verliebter alternder Männer von der Dirne aus Bordeaux ausbeuteln.

Seine Fabrik ging nicht mehr; seine geschäftliche Lage war derart heillos verfahren, daß er, um wieder flottzuwerden, sich mit dem Gedanken trug, ein Tingeltangel aufzumachen, wo ausschließlich patriotische Lieder gesungen werden sollten. Hätte ihm der Minister einen Zuschuß bewilligt, so wäre dieses Lokal zugleich ein Herd der Propaganda und eine Einnahmequelle geworden. Da jedoch eine andere Regierung ans Ruder gekommen war, konnte nichts daraus werden. Jetzt träumte er von einer großen Fabrik für militärische Kopfbedeckungen. Aber dazu fehlten ihm die nötigen Mittel.

In seinem häuslichen Leben war er nicht glücklicher. Madame Arnoux behandelte ihn weniger duldsam, zuweilen sogar ein wenig hart. Marthe nahm immer für ihren Vater Partei. Das machte die Unstimmigkeiten noch schlimmer, und das häusliche Leben wurde unerträglich. Oft ging er schon früh am Morgen fort, unternahm tagsüber lange Wanderungen, um sich zu betäuben, aß dann in einem Bauernwirtshaus, blies Trübsal und hing seinen Gedanken nach.

Daß Frédéric so lange fernblieb, störte ihn in seinen Gepflogenheiten. So erschien er eines Nachmittags und lag ihm mit dringenden Bitten in den Ohren, er müsse ihn wieder besuchen wie ehedem, und Frédéric versprach es ihm.

Frédéric wagte jedoch nicht, sich wieder bei Madame Arnoux zu zeigen. Er kam sich vor, als habe er sie verraten. Doch war dieses Verhalten richtig feige. Er hatte keine Entschuldigung dafür. Schließlich mußte er ja doch einmal hingehen. Und eines Abends machte er sich auf den Weg.

Es regnete, und er war darum eben in der Passage Jouffroy untergestanden, als ihn im Lichtschein der Schaufenster ein dicker kleiner Mensch mit einer Mütze ansprach. Frédéric erkannte sofort Compain wieder, den Redner, dessen Antrag damals im Klub so große Heiterkeit erregt hatte. Er stützte sich auf den Arm eines Individuums mit einer roten Zuavenmütze, mit einer übermäßig langen Oberlippe, einem apfelsinengelben Gesicht und einem Bärtchen am Kinn. Der Mann glotzte ihn mit großen Augen an, die vor Bewunderung feucht glänzten.

Compain war sichtlich stolz auf ihn, denn er sagte: »Ich stelle Ihnen da einen tollen Kerl vor! Er ist ein Freund von mir, Schuster und Patriot. Trinken wir etwas zusammen?«

Als Frédéric dankend ablehnte, donnerte er gleich gegen den Antrag Rateau los, der eine Machenschaft der Aristokraten sei*. Um mit denen ein Ende zu machen, müsse man 1793 noch einmal von vorne anfangen! Dann erkundigte er sich nach Regimbart und ein paar anderen ebenso famosen Burschen wie Masselin, Sanson, Lecornu, Maréchal und einem gewissen Deslauriers, der in die Geschichte mit den letzthin in Troyes beschlagnahmten Karabinern verwickelt sei.

Das alles war neu für Frédéric. Compain wußte auch nichts Näheres darüber. Er verließ ihn mit den Worten: »Auf baldiges Wiedersehn, nicht wahr? Sie sind doch auch dabei?«

»Bei was?«

»Beim Kalbskopf!«

»Bei was für einem Kalbskopf?«

»Oh, Sie Spaßvogel!« erwiderte Compain und gab ihm einen Klaps auf den Bauch.

Dann verzogen sich die beiden Terroristen in ein Café.

Zehn Minuten später dachte Frédéric nicht mehr an Deslauriers. Er stand auf dem Trottoir der Rue Paradis vor einem Haus und schaute zum zweiten Stockwerk empor, wo er hinter den Vorhängen den Schein einer Lampe sah.

Endlich ging er die Treppe hinauf.

»Ist Arnoux zu Hause?«

* Rateau, Abgeordneter der Charente, hatte beantragt, die konstituierende Nationalversammlung aufzulösen und eine gesetzgebende Versammlung zu wählen. Der Antrag wurde am 29. Januar 1849 angenommen (Anm. des Übers.).

Das Stubenmädchen antwortete: »Nein, aber kommen Sie bitte herein.«

Dann riß sie eine Tür auf und meldete: »Madame, Herr Moreau ist da!«

Madame Arnoux erhob sich, bleicher als ihre weiße Halskrause. Sie zitterte.

»Was verschafft mir die Ehre ... eines so unerwarteten Besuches?«

»Nichts weiter. Nur die Freude, meine alten Freunde wieder einmal zu sehen.«

Und während er sich setzte, fragte er: »Wie geht es dem wackeren Arnoux?«

»Ausgezeichnet. Er ist ausgegangen.«

»Ah, ich verstehe. Immer noch seine alten Gewohnheiten! Abends muß er sich ein wenig Zerstreuung gönnen.«

»Warum nicht? Nach einem Tag mit all den Rechnereien hat der Kopf das Bedürfnis auszuruhen.«

Sie rühmte sogar ihren Mann; er sei so arbeitsam.

Dieses Lob ging Frédéric auf die Nerven, und er deutete auf ein Stück schwarzes Tuch mit blauen Litzen auf ihren Knien und fragte: »Was machen Sie denn da?«

»Ein Jäckchen, das ich für meine Tochter zurechtmache.«

»Ja, richtig, ich sehe sie ja gar nicht. Wo ist sie denn?«

»In einem Pensionat«, erwiderte Madame Arnoux.

Tränen traten ihr in die Augen. Sie kämpfte dagegen an und stichelte eifrig drauflos. Er hatte, um seine Fassung nicht zu verlieren, eine Nummer der *Illustration* vom Tisch neben ihr genommen.

»Die Karikaturen von Cham sind sehr lustig, nicht?«

»Ja.«

Dann fielen sie wieder in ihr Schweigen zurück.

Ein Windstoß rüttelte plötzlich an den Fenstern.

»Was für ein Wetter!« sagte Frédéric.

»Es ist wirklich sehr liebenswürdig von Ihnen, daß Sie bei diesem greulichen Regenwetter gekommen sind.«

»Oh, daraus mache ich mir nichts! Ich gehöre nicht zu denen, die ein Regen daran hindern kann, ihre Verabredungen einzuhalten!«

»Was für Verabredungen?« fragte sie arglos.

»Sie wissen es nicht mehr?«

Da schauerte sie zusammen und ließ den Kopf sinken.

Er legte ihr sanft die Hand auf den Arm.

»Sie haben mir bitter weh getan, das kann ich Ihnen versichern!«

Sie erwiderte mit einem schmerzlich klagenden Beben in der Stimme: »Ich hatte doch solche Angst um mein Kind!«

Nun erzählte sie ihm, daß der kleine Eugène erkrankt sei, und was für Ängste sie an diesem Tage ausgestanden hatte.

»Dank! Innigen Dank! Jetzt zweifle ich nicht länger! Ich liebe Sie wie seit jeher!«

»Nein, das ist nicht wahr!«

»Warum nicht?«

Sie blickte ihn kalt an.

»Sie vergessen die andere! Die Frau, die Sie beim Rennen spazierenfahren! Die Frau, deren Bildnis Sie besitzen, Ihre Geliebte!«

»Nun denn, ja!« bekannte Frédéric fast schreiend. »Ich leugne nichts! Ich bin ein Schuft! Hören Sie mich an!«

Wenn er diese Frau genommen habe, so habe er es aus Verzweiflung getan, wie man Selbstmord begehe. Übrigens habe er sie sehr unglücklich gemacht, habe sich an ihr für seine eigene Schande rächen wollen.

»Welch eine Todesqual! Können Sie das nicht begreifen?«

Da wandte ihm Madame Arnoux ihr schönes Gesicht zu und streckte ihm die Hand hin. Sie schlossen die Augen, völlig versunken in eine Trunkenheit, die wie ein sanftes Wiegen ohne Ende war. Dann saßen sie einander gegenüber, Auge in Auge, schauten sich an und waren glücklich, weil sie eines des andern Nähe spürten.

»Konnten Sie wirklich glauben, ich hätte Sie nicht mehr lieb?«

Sie antwortete mit leiser Stimme voller Zärtlichkeit: »Nein! Trotz allem fühlte ich tief in meinem Herzen, daß das unmöglich war und daß eines Tags alles, was uns beide trennte, dahinschwinden werde!«

»Ich auch! Und manchmal hatte ich solche Sehnsucht nach Ihnen, daß mir war, als müsse ich sterben, wenn ich Sie nicht wiedersehe!«

»Einmal«, sagte sie, »bin ich im Palais-Royal ganz nahe an Ihnen vorbeigegangen!«

»Wirklich?«

Und dann erzählte er ihr, wie glücklich er gewesen sei, als er ihr bei Dambreuse wiederbegegnet sei.

»Aber wie habe ich Sie gehaßt, als ich am Abend von dort wegging!«

»Armer Bub!«

»Mein Leben ist so freudlos!«

»Und meines erst! ... Wären nur die Sorgen, die Unruhe, die Demütigungen, alles, was ich als Gattin und Mutter erdulde, ich würde nicht klagen, da man ja doch einmal sterben muß. Das Gräßlichste ist meine Vereinsamung, ohne einen Menschen ...«

»Aber ich bin doch da!«

»Oh, ja!«

In überwallender Zärtlichkeit schluchzte sie auf. Sie war aufgesprungen, hatte unwillkürlich die Arme ausgebreitet, und nun standen sie da, hielten sich in einem langen Kuß umschlungen.

Da knarrte der Parkettboden. Eine Frau stand neben ihnen: Rosanette. Madame Arnoux hatte sie erkannt; mit weit aufgerissenen Augen, aus denen Staunen und Entrüstung sprachen, starrte sie die Frau prüfend an. Endlich sagte Rosanette zu ihr: »Ich habe mit Herrn Arnoux geschäftlich zu sprechen.«

»Er ist nicht da. Sie sehen es ja.«

»Ach ja, richtig!« erwiderte Rosanette. »Ihr Mädchen hatte also recht. Bitte tausendmal um Entschuldigung.«

Dann wandte sie sich zu Frédéric: »Wie? Du bist hier?«

Dieses Du in ihrer Gegenwart ließ Madame Arnoux erröten, als hätte sie einen Schlag mitten ins Gesicht erhalten.

»Er ist nicht da, hab ich Ihnen doch schon gesagt!«

Da sagte die Marschallin, die sich überall umgeschaut hatte, gelassen: »Gehn wir heim? Ich habe eine Droschke unten.«

Er tat, als höre er nicht.

»So komm doch schon!«

„Ja, natürlich! Das trifft sich günstig. Gehen Sie. Gehen Sie jetzt!« drängte Madame Arnoux.

Sie gingen. Sie beugte sich über das Treppengeländer und schaute ihnen nach. Und dann gellte ein schrilles, herzzerreißendes Lachen oben auf der Treppe zu ihnen herab. Frédéric stieß Rosanette in die Droschke, setzte sich ihr gegenüber und sprach auf dem ganzen Heimweg kein Wort.

Diese Gemeinheit, die auf ihn zurückfiel und ihn wie ein Schimpf traf, hatte er selbst verschuldet. Er empfand zugleich die Scham über eine tiefe, tödliche Demütigung und Trauer um sein Glück. Nun, da er es endlich mit Händen fassen konnte, war es ihm unwiderruflich versagt, und zwar durch die Schuld dieser Frau, dieser Dirne, dieser Metze! Er hätte sie erwürgen mögen! Er rang nach Luft. Zu Hause angelangt, schmiß er seinen Hut auf einen Stuhl und riß seine Halsbinde ab.

»Ja, da hast du vorhin etwas Schönes angerichtet! Gib's nur zu.«

Sie pflanzte sich herausfordernd vor ihn hin.

»Na und? Was ist schon dabei?«

»Was soll das heißen? Du spionierst mir nach?«

»Bin ich vielleicht schuld daran? Warum suchst du deine Zerstreuung bei anständigen Frauen?«

»Ganz gleich. Ich will nicht, daß du sie beleidigst!«

»Womit habe ich sie denn beleidigt?«

Darauf wußte er keine Antwort. Doch nun schrie er in erst recht haßerfülltem Ton: »Aber letzthin auf dem Champ de Mars . . .«

»Ach, du ödest einen nachgerade an mit deinen Verflossenen!«

»Metze!«

Er hob die Faust.

»Bring mich nicht um! Ich kriege doch ein Kind!«

Frédéric wich zurück. »Du lügst!«

»So schau mich doch bloß an!«

Sie nahm einen Leuchter und hielt ihn vor ihr Gesicht.

»Verstehst du was davon?«

Kleine gelbe Flecken sprenkelten ihre Haut, die eigenartig aufgedunsen war. Frédéric stellte die unleugbare Tatsache nicht in Abrede. Er trat ans Fenster, öffnete es, ging ein paarmal im Zimmer auf und ab und ließ sich dann in einen Lehnstuhl fallen.

Was er eben erfahren hatte, war ein Schicksalsschlag, der erstens den Bruch zwischen ihnen hinausschob und außerdem alle seine Pläne über den Haufen warf. Die Vorstellung, er könnte Vater werden, dünkte ihn überdies geradezu grotesk, undenkbar. Aber warum eigentlich? Wenn an Stelle der Marschallin ... Und so tief war er in seine Träumerei versunken, daß er eine Art Halluzination erlebte. Er sah vor sich auf dem Teppich beim Kamin ein kleines Mädchen. Es glich Madame Arnoux und ein wenig auch ihm selbst; brünett und weißhäutig, mit schwarzen Augen, dichten, langen Brauen und einem rosa Band in den lockigen Haaren. Oh, wie er es geliebt hätte! Und es war ihm, als höre er seine Stimme: Papa! Papa!

Rosanette hatte sich entkleidet und trat nun zu ihm; sie sah eine Träne an seinen Wimpern glänzen und küßte ihn ernst auf die Stirn. Da stand er auf und sagte: »Herrgott! Es kann meinetwegen am Leben bleiben, das Balg!«

Auf das hin geriet sie in ein munteres Drauflosschwatzen. Ein Bub werde es sein, ganz bestimmt! Und Frédéric müsse er heißen. Es sei höchste Zeit, an die Ausstattung zu denken! Und als er sah, wie glücklich sie war, erfaßte ihn Mitleid. Da er im Augenblick nicht mehr im geringsten zornig war, wollte er von ihr wissen, was sie vorhin zu ihrem unbedachten Schritte bewogen habe.

Die Sache sei die, daß ihr die Vatnaz am gleichen Tag einen seit langem protestierten Wechsel geschickt habe; da sei sie zu Arnoux gelaufen und habe Geld holen wollen.

»Ich hätte dir schon Geld gegeben!« wandte Frédéric ein.

»Es war doch viel einfacher, bei ihm zu nehmen, was mir gehört, und der andern ihre tausend Franken zurückzuzahlen.«

»Ist das wenigstens alles, was du ihr schuldest?«

Sie antwortete: »Gewiß.«

Anderntags um neun Uhr abends, um die Zeit, die ihm der Concierge angegeben hatte, begab sich Frédéric zu Mademoiselle Vatnaz.

Im Vorzimmer stieß er gegen aufgestapelte Möbel. Doch ein Stimmengewirr und Musik wiesen ihm den Weg. Er öffnete eine Tür und platzte mitten in eine Gesellschaft hinein. Am Klavier saß ein Fräulein mit einer Brille, und neben ihr stand Delmar und rezitierte, ernst wie ein Hoherpriester, ein von Menschenliebe triefendes Gedicht über die Prostitution. Seine hohle Grabesstimme grollte, untermalt von den kurz angeschlagenen Akkorden. An der Wand entlang saßen eine Reihe Frauen, durchweg in dunkle Farben gekleidet und ohne die üblichen Hemdkragen und Manschetten. Fünf oder sechs Männer, samt und sonders Denkergestalten, hockten da und dort auf Stühlen. In einem Großvaterstuhl döste ein vormals vielgelesener Fabeldichter, eine menschliche Ruine. Und der beißende Geruch zweier Lampen vermischte sich mit dem aromatischen Duft der Schokolade in den großen henkellosen Tassen, mit denen der Spieltisch vollgestellt war.

Die Vatnaz stand, eine orientalische Schärpe um die Hüften, an einer Ecke des Kamins. Dussardier lehnte ihr gegenüber am andern Ende. Er sah aus, als sei ihm dabei nicht ganz geheuer. Auch schüchterte ihn die betont künstlerische Umgebung sichtlich ein.

Hatte die Vatnaz mit Delmar Schluß gemacht? Wohl kaum. Indessen schien sie den wackeren Kommis eifersüchtig zu hüten, und als Frédéric sie um eine kurze Unterredung bat, winkte sie ihm, er solle mit ihnen in ihr Schlafzimmer hinüberkommen. Nachdem die tausend Franken auf den Tisch gezählt waren, verlangte sie noch die Zinsen.

»Das ist doch nicht der Rede wert!« wandte Dussardier ein.

»Halt doch den Mund!«

Dieses feige Sichfügen eines sonst so mutigen Mannes war Frédéric willkommen und angenehm als eine Rechtfertigung seiner eigenen Feigheit. Er brachte den Wechsel mit nach Hause, und von dem skandalösen Auftritt bei Madame

Arnoux sagte er nie wieder ein Wort. Doch von da an fielen ihm die Fehler der Marschallin erst recht auf.

Sie hatte einen heillos schlechten Geschmack, war unvorstellbar faul und ungebildet wie eine Wilde. Das ging so weit, daß sie den Doktor Desrogis für einen berühmten Mann hielt und stolz darauf war, ihn und seine Gattin bei sich zu empfangen, weil sie »richtig verheiratete Leute« waren. Immer und ewig hatte sie etwas an der kleinen Irma herumzunörgeln und erteilte ihr in schulmeisterlichem Ton allerlei Verhaltensregeln fürs Leben. Irma war ein armes winziges Geschöpf mit einem dünnen Stimmchen; sie hatte einen Gönner, einen »feinen« Herrn, ehemaligen Zollbeamten, der wunderbare Kartenkunststücke konnte. Rosanette sagte »Dickerchen« zu ihm. Was Frédéric auch nicht ausstehen konnte, waren die immer wiederkehrenden einfältigen Redensarten wie: »Ja, Schmarren! Hol dich der Teufel! Man kann nie wissen!« und so weiter. Und sie ließ sich nicht davon abbringen, allmorgendlich ihre Nippsachen mit einem Paar alter weißer Handschuhe abzustauben. Vor allem empörte ihn ihr Benehmen gegen das Dienstmädchen; sie war stets mit der Löhnung im Rückstand und borgte sich sogar Geld von ihr aus. An den Tagen, wo sie abrechneten, keiften sie einander an wie zwei Fischweiber, und dann söhnten sie sich unter Küssen und Umarmungen wieder aus. Das Alleinsein mit ihr wurde freudeleer und öde. Es war eine Erlösung für ihn, als die Abendgesellschaften bei Madame Dambreuse wieder stattfanden.

Sie wenigstens amüsierte ihn! Sie kannte alle Intrigen der guten Gesellschaft, die Veränderungen in den Gesandtschaften, das Personal der Schneiderinnen, und wenn sie manchmal Gemeinplätze von sich gab, dann stets in einer so althergebrachten Formulierung, daß sie für eine Höflichkeitsfloskel oder einen spöttisch gemeinten Hieb gelten konnten. Man mußte nur sehen, wie sie sich mitten unter zwanzig Personen, die miteinander im Gespräch waren, benahm, wie sie keinen vergaß, die Antworten, die sie wünschte, herbeiführte und den gefährlichen auszuweichen verstand! Ganz einfache Dinge wirkten, wenn sie sie erzählte, wie anvertraute Heimlichkeiten. Ihr leisestes Lächeln erweckte allerhand Träume, kurz, der Zauber, den sie ausübte, war – wie der erlesene Duft, den sie stets um sich verbreitete – eigenartig, vieldeutig und unfaßbar. In ihrer Gesellschaft empfand Frédéric jedesmal das Glück einer Neuentdeckung. Und doch fand er sie immer in der gleichen heiteren Gelassenheit, die wie das Spiegeln eines klaren Gewässers war. Warum aber lag in ihrem Benehmen gegen ihre Nichte soviel Kälte? Manchmal warf sie ihr sogar ganz eigentümliche Blicke zu.

Sobald von einer Verheiratung die Rede war, hatte sie Herrn Dambreuse gegenüber die schwache Gesundheit des »lieben Kindes« vorgeschützt und es sofort in die Bäder von Balaruc entführt. Nach ihrer Rückkehr waren neue Vorwände aufgetaucht: der junge Mann habe noch keine Stellung, die große Liebe sei anscheinend doch nicht so ernst gemeint, man riskiere nichts, wenn man noch abwarte. Martinon hatte geantwortet, dann werde er eben warten. Er benahm sich großartig. Er strich Frédéric mächtig heraus, ja er tat noch mehr: er sagte ihm, wie er sich bei Madame Dambreuse beliebt machen könne, und ließ sogar durchblicken, er sei durch ihre Nichte über die Gefühle der Tante im Bilde.

Herr Dambreuse dachte nicht im Traum daran, sich eifersüchtig zu zeigen. Er umgab seinen jungen Freund mit allen erdenklichen Rücksichten, holte in verschiedenen Angelegenheiten seinen Rat ein, kümmerte sich sogar um seine Zukunft, und als eines Tages das Gespräch auf den alten Roque kam, sagte er ihm mit pfiffiger Miene ins Ohr: »Recht so. Das haben Sie gut gemacht.«

Und Cécile, Miss John, die Dienerschaft, der Concierge, alle waren ausnahmslos reizend zu ihm in diesem Hause. Er kam Abend für Abend hin und ließ Rosanette allein. Ihre kommende Mutterschaft machte sie ernster, sogar ein wenig traurig, als quälten sie allerlei Ängste. Auf alle seine Fragen gab sie ihm zur Antwort: »Du irrst dich. Es geht mir gut.«

Sie hatte seinerzeit fünf Wechsel unterschrieben. Und da sie nicht gewagt hatte, Frédéric, der den ersten bezahlt hatte, das einzugestehen, war sie wieder zu Arnoux gegangen, und der hatte ihr schriftlich das Versprechen gegeben, sie bekomme den dritten Teil seines Gewinnes aus der Gasbeleuchtung der Städte im Languedoc – ein großartiges Unternehmen! –, doch hatte er ihr dringend nahegelegt, von diesem Brief vor der Aktionärsversammlung keinerlei Gebrauch zu machen. Die Versammlung wurde von Woche zu Woche hinausgeschoben.

Allein die Marschallin brauchte Geld. Lieber wäre sie gestorben, als daß sie Frédéric um Hilfe gebeten hätte. Von ihm wollte sie kein Geld. Das hätte ihrer Liebe Abbruch getan. Er kam wohl für die Kosten des Haushalts auf; aber ein kleiner Wagen, den er monatweise mietete, und andere unerläßliche Opfer, die er bringen mußte, seit er bei den Dambreuses verkehrte, machten es ihm unmöglich, mehr für seine Geliebte zu tun. Zwei- oder dreimal, wenn er zu ungewohnten Zeiten nach Hause kam, schien ihm, er habe einen Männerrücken in einer der Türen verschwinden sehen; auch ging sie öfters aus, wollte ihm aber nicht sagen wohin. Frédéric versuchte gar nicht, der Sache auf den Grund zu gehen. Irgendwann würde er schon einen endgültigen Entschluß fassen. Er träumte von einem neuen, einem andern Leben, das unterhaltsamer und vornehmer sein sollte. Ein solches Ideal machte ihn nachsichtig gegen das Hotel Dambreuse.

Hier befand sich eine intimere Zweigstelle der Rue Poitiers. Er traf da den großen A., den berühmten B., den tiefsinnigen C., den redegewaltigen D., den überragenden Y., die alten Heldentenöre des linken Zentrums, die Paladine der Rechten, die engstirnigen Zopfbürger des Juste-Milieu, die ewiggleichen Hohlköpfe der Komödie. Er war baß entsetzt über ihren haarsträubend ungebildeten Umgangston, ihre kleinlichen Gaunereien, ihre Ehrabschneidereien, ihre Verlogenheit; alle diese Leute, die seinerzeit für die Verfassung gestimmt hatten, mühten sich nun emsig ab, sie wieder aus der Welt zu schaffen. Sie waren ungemein rührig, erließen Manifeste, veröffentlichten Pamphlete und Biographien. Fumichons Lebensbild, von Hussonnet verfaßt, war ein Meisterwerk. Nonancourt nahm sich der Propaganda auf dem Lande an, Herr de Grémonville bearbeitete den Klerus, Martinon wirkte unter der bürgerlichen Jugend. Jeder legte sich seinen

Fähigkeiten entsprechend ins Zeug, sogar Cisy. Er hatte nur noch ernste Dinge im Kopf und fuhr den lieben langen Tag für die Partei in seinem Kabriolett umher.

Herr Dambreuse zeigte wie ein Barometer immer den letzten Stimmungsumschwung an. Man konnte Lamartine nicht erwähnen, ohne daß er alsbald den Ausspruch eines Mannes aus dem Volk anführte, der gesagt hatte: »Geht mir weg mit euren süßlichen Himmelsklängen!« Cavaignac war in seinen Augen nichts weiter als ein Verräter. Der Präsident, den er ein Vierteljahr lang bewundert hatte, begann auch in seiner Achtung zu sinken; er fand, es fehle ihm an der »nötigen Tatkraft«. Und da er immer einen Retter brauchte, gehörte seit den Vorfällen im Kunst- und Gewerbe-Konservatorium seine ganze Dankbarkeit Changarnier. »Gott sei Dank, Changarnier ... Hoffen wir, daß Changarnier ... Oh, keine Angst, solange Changarnier* ...«

Man hob vor allem Thiers wegen seines Buchs gegen den Sozialismus in alle Himmel; er hatte sich darin sowohl als Denker wie auch als Schriftsteller bewährt. Man machte sich maßlos über Pierre Leroux lustig, weil er in der Kammer Stellen aus philosophischen Werken zu zitieren liebte. Man riß Witze über die letzten Anhänger des Fourierismus. Man beklatschte im Theater die *Foire aux Idées* und verglich die Verfasser mit Aristophanes. Wie alle andern ging auch Frédéric hin.

Das politische Gewäsch und das gute Essen stumpften sein Gefühl für Anstand und Ehre ab. So mittelmäßig ihm alle diese Persönlichkeiten auch vorkamen, so war er doch stolz auf ihre Bekanntschaft und wünschte innerlich nichts so sehnlich wie ein gutbürgerliches Ansehen. Eine Geliebte wie Madame Dambreuse müßte ihm Geltung und Gewicht verschaffen.

Von nun an tat er alles, was seinen Absichten förderlich sein konnte.

Er lief ihr in den Weg, wenn sie spazierenging, er ver-

* Kommandant der Nationalgarde, die Hoffnung der Rechten, der Mann mit der eisernen Faust, der den Aufruhr im Konservatorium niedergeschlagen hatte.

säumte nie, sie im Theater in ihrer Loge zu begrüßen, und als er in Erfahrung gebracht hatte, um welche Zeit sie in die Kirche ging, pflanzte er sich jedesmal in weltschmerzlicher Pose hinter einem Pfeiler auf. Über das Stöbern nach irgendwelchen Raritäten, Auskünfte über ein Konzert, das Ausleihen von Büchern und Zeitschriften fand zwischen ihnen ein dauernder Austausch von Briefchen statt. Außer seinem Besuch am Abend machte er ihr zuweilen noch am späten Nachmittag seine Aufwartung, und er durchlebte eine ganze Stufenleiter von Vorfreuden, während er nacheinander durch die Toreinfahrt, den Hof, das Vorzimmer, die beiden Salons schritt. Endlich langte er in ihrem Boudoir an, das verschwiegen wie ein Grab und mollig warm wie ein Alkoven war, wo man an die Polster der Möbel stieß vor lauter herumstehenden Sachen. Da waren Nähtischchen aufgestellt, Ofenschirme, Schalen und Tablette in Lackarbeit oder aus Schildpatt, Elfenbein oder Malachit, kostspielige Kleinigkeiten, die oft erneuert wurden. Auch einfache Dinge waren zu sehen: drei Strandkiesel aus Étretat, die als Briefbeschwerer Verwendung fanden, eine friesische Haube, die an einem chinesischen Wandschirm hing. Alle diese Dinge paßten jedoch gut zusammen; man war sogar beeindruckt von der vornehmen Wirkung des Ganzen. Das lag vielleicht an der Höhe des Plafonds, der prunkvollen Pracht der Portieren und an den langen seidenen Fransen, die über die vergoldeten Beine der Taburette niederhingen.

Fast immer lag sie auf einem kleinen Sofa neben dem Blumentischchen, das die Fensternische zierte. Dann saß er auf dem Rand eines großen Polsterhockers, den er sich herangerollt hatte, und machte ihr möglichst wohl angebrachte Komplimente, und sie neigte den Kopf leicht schief und schaute ihn mit lächelndem Mund an.

Er las ihr seitenlange Gedichte vor und legte seine ganze Seele in seinen Vortrag, um sie weich zu stimmen und sich bewundern zu lassen. Dann und wann gebot sie ihm mit einer abschätzigen Äußerung oder einer nüchtern-praktischen Bemerkung Einhalt; und ihr Gespräch kreiste wieder und wieder um das ewige alte Thema: die Liebe. Sie fragten sich, wie sie eigentlich entstehe, ob Frauen sie stärker empfänden als Männer, was für Unterschiede darin zwischen ihnen beständen. Frédéric bemühte sich, seine Ansicht zu äußern, ohne dabei in plumpes Geschwätz oder schales Süßtun zu verfallen. Es entspann sich daraus eine Art Wettstreit, der zeitweise anregend, manchmal aber auch langweilig war.

Er empfand im Zusammensein mit ihr nicht jene Verzückung seines ganzen Wesens, die ihn mit übermächtiger Gewalt zu Madame Arnoux hinzog, auch nicht jenen fröhlichen Übermut, in den ihn Rosanette in der ersten Zeit versetzt hatte. Aber er begehrte sie wie etwas Ausgefallenes und schwer Erreichbares, weil sie vornehm war, weil sie reich war und auch weil sie frömmelte, und er stellte sich vor, ihr Gefühlsleben müsse überfeinert sein und erlesen wie die Spitzen, die sie trug, mit Amuletten auf der bloßen Haut und schamhaften Regungen noch im selbstvergessensten Sinnestaumel.

Er machte sich seine alte Liebe zunutze. Er erzählte Madame Dambreuse, als hätte sie es ihm eingegeben, alles, was Madame Arnoux ihn einst hatte empfinden lassen, alle seine sehnsüchtigen Gefühle, sein angstvolles Bangen, seine Träume. Sie nahm es auf wie eine Frau, die an solche Dinge gewöhnt ist, wies ihn zwar nicht förmlich zurück, räumte ihm aber auch nicht das leiseste Zugeständnis ein. Und es glückte ihm ebensowenig, sie zu verführen, wie es Martinon gelang, mit seiner Heirat voranzukommen. Um mit dem Verehrer ihrer Nichte ein für allemal Schluß zu machen, warf sie ihm vor, er habe es ausschließlich auf ihr Geld abgesehen, und bat ihren Gatten, ihn auf die Probe zu stellen. Herr Dambreuse erklärte also dem jungen Mann, Cécile habe, als Waise und Kind armer Eltern, keinerlei Erbschaft oder Mitgift zu erwarten.

Sei es nun, daß Martinon einfach nicht glaubte, dies entspreche der Wahrheit, oder war er schon zu weit gegangen, als daß er hätte sein Wort zurücknehmen können, vielleicht auch aus einer idiotenhaften Halsstarrigkeit heraus, die sich ja zuweilen als Geniestreich entpuppt: jedenfalls erklärte er, sein väterliches Erbteil, fünfzehntausend Franken jährliche Rente, werde ihnen ihr Auskommen gewährleisten. Diese unerwartete Uneigennützigkeit rührte den Bankier. Er versprach ihm die Kautionssumme für eine Steuereinnehmerstelle und verbürgte sich dafür, daß er ihm das Amt verschaffen könne. Und im Mai 1850 heiratete Martinon Fräulein Cécile. Es fand kein Ball statt. Das junge Paar verreiste noch am gleichen Abend nach Italien. Am nächsten Tag besuchte Frédéric Madame Dambreuse. Sie kam ihm bleicher vor als gewöhnlich, auch widersprach sie ihm in zwei, drei unwesentlichen Dingen sichtlich gereizt aufs schärfste. Im übrigen seien die Männer samt und sonders Egoisten!

Es gebe immerhin auch selbstlose und treue Männer, hielt ihr Frédéric entgegen, und wäre auch nur er ein solcher.

»Ach was, Sie sind wie alle anderen!«

Ihre Lider waren gerötet; sie weinte. Dann zwang sie sich zu einem Lächeln.

»Entschuldigen Sie mich. Ich hätte das nicht sagen sollen, es ist mir gerade etwas Trauriges eingefallen.«

Er wurde nicht klug aus ihr.

Ist ja gleichgültig! dachte er. Jedenfalls ist sie nicht halb so überlegen, wie ich glaubte.

Sie klingelte und ließ sich ein Glas Wasser bringen, trank einen Schluck, schickte es wieder hinaus und beklagte sich dann, man bediene sie haarsträubend nachlässig. Um sie zu erheitern, trug er sich als Diener an und behauptete, er verstehe sich darauf, Teller hinzustellen, Möbel abzustauben, Besucher anzumelden, kurzum, er wäre ein mustergültiger Kammerdiener oder noch eher ein Leibjäger, obwohl die aus der Mode gekommen seien. Er wäre gar zu gern hinten auf ihrem Wagen abgesessen, mit einem Federhut auf dem Kopf.

»Und wie würdevoll würde ich Ihnen auf dem Fuße folgen und Ihnen Ihr kleines Schoßhündchen auf dem Arme nachtragen!«

»Sie haben gut lustig sein«, seufzte Madame Dambreuse.

Sei es denn nicht pure Narrheit, alles so ernst zu nehmen, wandte er ein. Es gebe ohnehin übergenug Quälendes im Leben, und man brauche sich wahrhaftig nicht noch mehr dazu zu schaffen. Nichts sei es wert, daß man sich darüber das

Herz schwer mache. Madame Dambreuse zog die Brauen hoch und schien – gleichsam zaghaft – zuzustimmen.

Diese Übereinstimmung in ihrem Fühlen und Denken ermutigte Frédéric zu einem kühneren Vorgehen. Seine früher begangenen Fehlgriffe verhalfen ihm jetzt zu größerem Klarblick. So fuhr er fort: »Unsere Vorfahren hatten mehr vom Leben. Warum nicht dem Impuls nachgeben, der uns treibt?«

Letztlich sei doch die Liebe an sich keine so wichtige Sache.

»Aber was Sie da sagen, ist ja unmoralisch!«

Sie hatte sich wieder auf das Ruhebett gelegt. Er setzte sich zu ihren Füßen auf den Rand.

»Sehen Sie denn nicht, daß ich es nicht ernst meine? Wenn man den Frauen gefallen will, muß man sich doch entweder wie ein Luftikus oder Hanswurst aufführen oder aber in hochtragischer Leidenschaft rasen! Sie lachen uns aus, wenn wir ihnen ganz einfach sagen, wir hätten sie lieb! Ich empfinde all dieses übertriebene Getue, an dem sie ihre Freude haben, als eine Entweihung der wahren Liebe. Man weiß schon gar nicht mehr, wie man ihr Ausdruck verleihen soll, zumal Frauen gegenüber ... die ... geistvoll sind.«

Sie schaute aus halbgeschlossenen Lidern zu ihm auf. Er sprach nun ganz leise und neigte sich zu ihrem Gesicht herab.

»Ja, Sie schüchtern mich ein! Beleidige ich Sie vielleicht? ... Verzeihung! ... Ich wollte das alles gar nicht sagen! Es liegt nicht an mir! Sie sind so schön!«

Madame Dambreuse schloß die Augen, und er war erstaunt, wie leicht ihm der Sieg wurde. Die mächtigen Bäume im Garten, die leise rauschten und sich im Winde wiegten, standen reglos da. In langen roten Streifen hingen die Wolken unbewegt am Himmel, und es war, als stehe die ganze Welt auf einmal still. Da kamen ihm wie im Traum ähnliche Abende in den Sinn, in denen auch alles so still gewesen war ... Wo hatte er das nur schon erlebt? ...

Er sank vor ihr in die Knie, faßte ihre Hand und schwor ihr ewige Liebe. Und als er gehen wollte, winkte sie ihn noch einmal zurück und sagte ganz leise: »Kommen Sie zum Nachtessen wieder! Wir werden allein sein!«

Als Frédéric die Treppe hinabging, war ihm, als sei er ein

anderer Mensch geworden, als umkose ihn die dufterfüllte Luft eines Treibhauses, als betrete er endgültig die höhere Welt, in der Aristokraten die Ehe brachen und ihre hochzielenden Ränke spannen. Wollte man darin den ersten Platz einnehmen, genügte eine Frau wie diese. Machtgierig und tatendurstig, wie sie fraglos war, und mit einem durchschnittlich begabten Mann verheiratet, den sie mächtig gefördert hatte, sehnte sie sich nach einem starken Menschen, der sie lenken konnte. Jetzt war nichts mehr unmöglich! Er fühlte sich fähig, zweihundert Meilen weit zu reiten, mehrere Nächte hintereinander durchzuarbeiten, ohne müde zu werden. Sein Herz quoll über von Stolz.

Vor ihm auf dem Trottoir ging ein Mann in einem alten Überzieher, gesenkten Hauptes und so unverkennbar niedergeschlagen, daß sich Frédéric umwandte, um ihm nachzusehen. Da hob der andere den Kopf. Es war Deslauriers. Er zögerte sichtlich. Frédéric fiel ihm um den Hals.

»Ach, mein Lieber! Was? Du bist's?«

Und er schleppte ihn mit zu sich nach Hause und bestürmte ihn mit Fragen.

Der gewesene Kommissar Ledru-Rollins erzählte zuerst, was für Leiden er durchgemacht habe. Da er den Konservativen Brüderlichkeit und den Sozialisten Achtung vor dem Gesetz predigte, hatten die einen auf ihn geschossen und die andern einen Strick geholt, um ihn aufzuknüpfen. Nach den Juniereignissen hatte man ihn rücksichtslos abgesetzt. Daraufhin hatte er sich unüberlegt in eine Verschwörung eingelassen, eben jene Geschichte mit den beschlagnahmten Waffen in Troyes. Man hatte ihn wieder laufen lassen, weil ihm nichts nachgewiesen werden konnte. Hierauf hatte ihn das Aktionskomitee nach London geschickt, wo er sich mit seinen Brüdern auf einem Bankett ohrfeigte. Nach Paris zurückgekehrt ...

»Warum bist du nicht zu mir gekommen?«

»Du warst ja immer fort. Dein Portier tat so geheimnisvoll, ich wußte nicht, was ich denken sollte. Und dann wollte ich auch nicht als Unterlegener wieder vor dich hintreten.«

Er habe an die Türen der Demokratie geklopft, habe sich

anerboten, ihr mit seiner Feder, mit Wort und Tat zu dienen. Überall sei er abgewiesen worden; man traue ihm nicht. Und er habe seine Uhr, seine Bücher, seine Wäsche verkauft.

»Besser noch auf den Kriegsschiffen von Belle-Isle verrecken, zusammen mit Sénécal!«

Frédéric, der gerade seine Halsbinde zurechtzupfte, schien durch diese Neuigkeit nicht sonderlich erschüttert.

»Ah, er ist deportiert, der gute Sénécal?«

Deslauriers ließ neidvoll seine Blicke über die Wände hinwandern und erwiderte dann: »Es hat nicht jeder solches Glück wie du!«

»Entschuldige mich«, sagte Frédéric, ohne auf die Anspielung einzugehen, »aber ich speise heute in der Stadt. Ich lasse dir etwas zu essen machen. Bestelle, was du magst. Nimm auch mein Bett!«

Vor einer so rückhaltlosen Herzlichkeit schwand Deslauriers' Verbitterung.

»Dein Bett? Aber ... das würde dich doch stören!«

»Nein, nein! Ich komme schon anderswo unter!«

»Aha, ausgezeichnet!« versetzte der Advokat lachend. »Wo dinierst du denn?«

»Bei Madame Dambreuse.«

»Ist sie ... vielleicht ... zufällig ...?«

»Du bist zu naseweis!« meinte Frédéric lächelnd, und sein Lächeln bestätigte Deslauriers seine Vermutung.

Dann schaute er auf die Uhr und setzte sich wieder.

»So ist es nun einmal! Man darf nie verzweifeln, du alter Verteidiger des Volks!«

»Hilf, Himmel! Das können von mir aus andere besorgen!«

Der Advokat haßte die Arbeiter, weil er in seiner Provinz, einem Steinkohlengebiet, viel unter ihnen zu leiden gehabt hatte. Jede Grube hatte eine provisorische Regierung ernannt, die ihm Weisungen erteilte.

»Übrigens haben sie sich überall reizend benommen, in Lyon, in Lille, Le Havre und Paris! Denn nach dem Vorbild der Fabrikherren, die alle ausländischen Erzeugnisse nicht hereinlassen möchten, begehren diese Herren auf, man müsse alle englischen, deutschen, belgischen und savoyardischen

Arbeitskräfte ausweisen. Und mit ihrer Einhelligkeit ist es auch nicht weit her! Was haben ihnen unter der Restauration ihre famosen Arbeitervereine genützt? Anno 1830 sind sie in die Nationalgarde eingetreten und haben nicht einmal so viel Grips aufgebracht, daß sie darin die erste Geige spielten. Sind nicht schon gleich nach 48 die Zünfte wieder mit ihren Bannern aufmarschiert? Sie verlangten sogar eigene Volksvertreter, die nur für sie sprechen sollten! Genau wie die Abgeordneten der Runkelrübenpflanzer sich ausschließlich um die Runkelrüben kümmern! Ah, ich habe sie satt, diese Spitzbuben, die nacheinander vor Robespierres Schafott, den Stiefeln des Kaisers und dem Regenschirm Louis-Philippes auf dem Bauch kriechen, dieses Lumpenpack! Ewig läuft es einem jeden blindergeben nach, der ihm Brot ins Maul wirft! Da wettert man immer gegen Talleyrands und Mirabeaus Käuflichkeit. Aber der Dienstmann auf der Straße würde das Vaterland für fünfzig Centimes verkaufen, wenn man ihm verspräche, für seinen Botengang einen Tarif von drei Franken anzusetzen! Ah, wie falsch haben wir das gemacht! Wir hätten Europa an allen vier Ecken anzünden müssen!«

Frédéric antwortete ihm: »Es fehlt der zündende Funke! Ihr wart einfach Kleinbürger, und die besten unter euch waren Schulmeister! Die Arbeiter allerdings können sich mit Recht beklagen; denn wenn man absieht von einer Million, die man von der Zivilliste gestrichen hat und die ihr ihnen mit der erbärmlichsten Speichelleckerei aufgedrängt habt, sind sie von euch immer nur mit leeren Phrasen abgespeist worden! Das Arbeitsbuch bleibt in den Händen des Brotgebers, und der Lohnempfänger ist und bleibt – sogar vor dem Gesetz – seinem Meister unterlegen, da man seinem Wort ja keinen Glauben schenkt. Kurz: die Republik, so will mir scheinen, ist veraltet. Wer weiß, der Fortschritt läßt sich vielleicht nur verwirklichen durch eine Aristokratie oder einen Mann allein. Die Initiative kommt immer von oben. Das Volk ist unmündig, was man auch behaupten mag!«

»Vielleicht hast du recht«, meinte Deslauriers.

Nach Frédérics Ansicht sehnte sich die große Masse der Bürger nach nichts als nach Ruhe – Frédéric hatte bei Dambreuse allerhand gelernt –, und so hätten die Konservativen alle Aussichten. Dieser Partei fehle es jedoch an neuen Männern.

»Wenn du eine Kandidatur annähmest, ich bin sicher ...«

Er sprach den Satz nicht zu Ende. Deslauriers begriff sofort. Er strich sich mit beiden Händen über die Stirn; dann fragte er unvermittelt: »Und du? Dir steht ja nichts im Wege! Weshalb solltest du nicht Abgeordneter werden?«

Infolge einer Doppelwahl sei im Aube-Departement eine Kandidatur frei. Herr Dambreuse, der wiederum in die Gesetzgebende Versammlung gewählt worden sei, gehöre zu einem andern Bezirk.

»Soll ich mich darum kümmern?«

Er kenne viele Wirte, Volksschullehrer, Ärzte, Kanzleischreiber und deren Vorgesetzte.

»Übrigens kann man den Bauern weismachen, was man nur will!«

Frédéric fühlte, wie sein Ehrgeiz aufs neue entfacht wurde.

»Du müßtest mir freilich eine Stelle in Paris verschaffen«, setzte Deslauriers hinzu.

»Oh, das wird nicht schwer sein. Herr Dambreuse kann das deichseln.«

»Da wir eben von Kohlen sprachen«, fuhr der Advokat fort, »was ist eigentlich aus seiner großen Gesellschaft geworden? Eine Betätigung dieser Art würde mir zusagen, und ich könnte mich ihnen nützlich machen und dabei doch meine Unabhängigkeit wahren.«

Frédéric versprach, ihn in den nächsten drei Tagen einmal zu dem Bankier mitzunehmen.

Das Nachtessen zu zweit, nur Madame Dambreuse und er allein, wurde ein köstliches Mahl. Sie saß ihm gegenüber auf der andern Tischseite und lächelte ihm im Schein der Hängelampe über den Blumenkorb hinweg zu. Und da das Fenster offen war, konnte man ein Stück Sternenhimmel sehen. Sie sprachen nur wenig miteinander, beide waren befangen und trauten sich selber wohl noch nicht recht. Doch kaum hatte die Dienerschaft den Rücken gekehrt, schickten sie einander verliebte Küßchen zu. Er erzählte ihr von seiner Absicht zu kandidieren. Sie war sehr dafür und erbot sich sogar, bei Herrn Dambreuse durchzusetzen, daß er darauf hinarbeite.

Am Abend erschienen ein paar Freunde, um ihr Glück zu wünschen oder sie zu bedauern. Sie müsse doch sicher traurig sein, weil sie jetzt ihre Nichte nicht mehr bei sich habe. Im übrigen sei es sehr vernünftig von dem jungen Paar, daß sie jetzt auf Reisen gegangen seien; später kämen doch so manche Abhaltungen, Kinder und ähnliche Hindernisse. Freilich entspreche Italien nicht den Vorstellungen, die man sich davon mache. Aber schließlich seien sie noch im Alter der Illusionen, und dann sei ja in den Flitterwochen ohnehin alles verschönt. Herr de Grémonville und Frédéric blieben als die beiden letzten. Der Diplomat wollte und wollte nicht gehen. Endlich, um Mitternacht, stand er auf. Madame Dambreuse gab Frédéric zu verstehen, er möge mit ihm fortgehen, und dankte ihm, als er sich folgsam verabschiedete, mit einem Händedruck, der ihn süßer dünkte als alles heute abend.

Die Marschallin stieß einen Freudenschrei aus, als sie ihn wiedersah. Sie wartete seit fünf Uhr auf ihn. Er gab als Entschuldigung eine unaufschiebbare Besorgung an, die er Deslauriers zuliebe habe machen müssen. Sein Gesicht strahlte so sieghaft, so selig verklärt, daß Rosanette geblendet war.

»Vielleicht ist dein schwarzer Frack daran schuld; er steht dir so gut! Aber ich habe dich noch nie so schön gefunden! Wie schön du bist!«

In überströmender Zärtlichkeit schwor sie sich innerlich, nie wieder wolle sie andern Männern angehören, was auch geschehen möge, und müßte sie im bittersten Elend verkommen!

Ihre hübschen, feucht schimmernden Augen funkelten in einer so übermächtigen Leidenschaft, daß Frédéric sie auf seine Knie zog und sich sagte: Was bin ich doch für ein erbärmlicher Schuft! während er sich auf seine Verderbtheit allerhand zugute hielt.

4

Als Deslauriers bei Herrn Dambreuse vorsprach, dachte dieser eben daran, sein großes Steinkohlengeschäft wieder in Schwung zu bringen. Doch wurde diese Fusion sämtlicher Gesellschaften in eine einzige nur ungern gesehen. Man erhob ein großes Zetergeschrei und bezichtigte ihn, ein Monopol errichten zu wollen, als ob für solche Betriebe nicht ein riesenhaftes Kapital benötigt würde.

Deslauriers, der eigens zu diesem Zweck das Werk von Gobet und die Aufsätze von Chappe im *Journal des Mines* gelesen hatte, kannte sich in dieser Frage gründlich aus. Er wies nach, daß das Gesetz von 1810 zugunsten des Konzessionsinhabers ein unanfechtbares Recht geschaffen habe. Außerdem könne man dem Unternehmen einen demokratischen Anstrich geben. Die Bildung des Steinkohlentrusts zu verhindern bedeute jedenfalls einen Willkürakt gegen das Prinzip freier Vereinigung.

Herr Dambreuse vertraute ihm Notizen zur Abfassung einer Denkschrift an. Hinsichtlich der Art, wie seine Arbeit bezahlt werden sollte, machte er ihm Versprechungen, die um so großartiger klangen, als sie nichts Greifbares besagten.

Deslauriers ging von dort wieder zu Frédéric und berichtete ihm über seine Unterredung. Überdies war er unten an der Treppe Madame Dambreuse begegnet, als er fortging.

»Na, da kann ich dir nur gratulieren, Donnerwetter!«

Dann besprachen sie die Wahl. Es galt, irgend etwas auszuhecken.

Drei Tage später erschien Deslauriers wieder mit einem Schriftstück, das für die Zeitungen bestimmt war, einem vertraulichen Brief, in dem Herr Dambreuse die Kandidatur ihres Freundes billigte. Von einem Konservativen unterstützt und von einem Roten herausgestrichen, konnte sie ja nicht fehlgehen. Wieso aber unterzeichnete der Kapitalist einen solchen Erguß? Sehr einfach: der Advokat hatte ihn ganz von sich aus und ohne die geringste Hemmung Madame Dambreuse vorgelegt, und da sie ihn ausgezeichnet fand, hatte sie alles weitere auf sich genommen.

Dieses Vorgehen überraschte Frédéric. Doch hatte er nichts dagegen einzuwenden. Da Deslauriers nun auch mit dem alten Roque verhandeln sollte, schilderte er ihm seine Stellung Louise gegenüber.

»Sag ihnen alles, was du willst, daß meine Verhältnisse zerrüttet seien. Ich werde sie in Ordnung bringen. Sie ist jung genug und kann warten!«

Deslauriers reiste ab. Und Frédéric kam sich ungeheuer überlegen vor. Außerdem empfand er ein Gefühl der Befriedigung, eine tiefe Genugtuung. Seine Freude, eine reiche Frau zu besitzen, wurde ihm durch keine Widerwärtigkeit vergällt. Was er fühlte, stand im Einklang mit der Umwelt. Sein Leben bot ihm jetzt allenthalben Annehmlichkeiten.

Die köstlichste Freude war es vielleicht, Madame Dambreuse in ihrem Salon im Kreis ihrer Gäste zu beobachten. Das sittsam Wohlerwogene ihres damenhaften Benehmens erinnerte ihn zwanghaft an ganz andere Haltungen; während sie unbeteiligt und kühl plauderte, mußte er unwillkürlich an ihre gestammelten Liebesworte denken. Alle Achtung, die ihrer Unnahbarkeit gezollt wurde, genoß er als eine Huldigung, die auch ihm galt. Und mitunter kam ihn die Lust an zu schreien: Aber ich kenne sie besser als ihr! Sie gehört mir!

Es dauerte auch nicht lange, und ihr Verhältnis galt als etwas Selbstverständliches und allgemein Anerkanntes. Den ganzen Winter über schleifte Madame Dambreuse Frédéric mit sich in alle Gesellschaften.

Fast immer erschien er früher als sie, und dann sah er sie hereinkommen, mit bloßen Armen, den Fächer in der Hand und Perlen im Haar. Sie blieb stets auf der Schwelle stehen, die Türeinfassung umgab sie wie ein Rahmen, und dann stand sie unschlüssig eine Weile da, zwinkerte mit den Augen und schaute sich um, ob er schon da war. Später nahm sie ihn in ihrem Wagen mit; der Regen peitschte gegen die Scheiben, die Passanten hasteten Schatten gleich durch den Straßenkot. Und eng aneinandergeschmiegt sahen sie das alles mit gelassener Geringschätzung undeutlich an sich vorbeiziehen. Unter verschiedenen Vorwänden blieb er nachher eine gute Stunde in ihrem Zimmer.

Madame Dambreuse hatte sich ihm vor allem aus Langerweile hingegeben. Doch durfte dieses letzte Wagnis nicht umsonst unternommen worden sein. Sie wollte eine große Liebe erleben und begann ihn mit zarten Aufmerksamkeiten und Liebesbeweisen zu überhäufen.

Sie schickte ihm Blumen, stickte ihm einen Stuhl, verehrte ihm eine Zigarrentasche, ein Schreibzeug, tausend kleine Geschenke für den täglichen Gebrauch, damit er bei allem, was er tat, an sie denken sollte. Diese sinnigen Angebinde entzückten ihn anfänglich, aber bald schon fand er sie ganz selbstverständlich.

Sie stieg in eine Droschke, schickte sie an einem Durchgang wieder weg und ging zum andern Ausgang hinaus; dann huschte sie mit einem doppelten Schleier vor dem Gesicht die Wände entlang und gelangte so schließlich in die Straße, wo Frédéric schon auf sie wartete und nun rasch ihren Arm nahm, um sie in seine Wohnung zu führen. Seine beiden Bedienten hatte er spazieren geschickt, der Concierge machte Besorgungen. Sie blickte sich rings um; nichts zu befürchten! Und sie seufzte auf wie ein Verbannter, der seine Heimat wiedersieht. Da immer alles glatt ablief, wurden sie kühner. Ihre Zusammenkünfte häuften sich. Eines Abends erschien sie sogar plötzlich in großer Balltoilette. Solche unerwarteten Besuche konnten jedoch gefährlich werden, und er tadelte sie wegen ihrer Unvorsichtigkeit. Übrigens gefiel sie ihm so auch nicht; der offene Ausschnitt entblößte zu tief ihre magere Brust.

Nun entdeckte er auch, was er sich bisher verhehlt hatte: die Enttäuschung seiner Sinne. Dessenungeachtet heuchelte er leidenschaftliche Glut. Um sie aber wirklich zu empfinden, mußte er dabei Rosanettes oder Madame Arnoux' Bild heraufbeschwören.

Während sein Gefühlsleben solchermaßen verkümmerte, behielt er den Kopf völlig frei, und mehr denn je strebte er nach einer hohen gesellschaftlichen Stellung. Da er ja nun ein solches Sprungbrett zu Gebote hatte, war es wohl das mindeste, daß er es benützte.

Eines Morgens um die Januarmitte trat Sénécal in sein

Arbeitszimmer, und auf Frédérics erstaunte Frage gab er zur Antwort, er sei jetzt Sekretär bei Deslauriers. Er überbrachte sogar einen Brief. Er enthielt gute Nachrichten, tadelte Frédéric aber wegen seiner Nachlässigkeit; er müsse unbedingt kommen.

Da versprach der künftige Abgeordnete, er werde am übernächsten Tag abreisen.

Sénécal verlor kein Wort über diese Kandidatur. Er erzählte von sich selbst und von dem, was im Lande vorging.

So jammervoll auch die Zustände augenblicklich seien, so erfreulich seien sie für ihn andererseits. Man gehe nämlich dem Kommunismus entgegen. Vor allem führe die Verwaltung ganz von selbst dazu, da ja mit jedem neuen Tag mehr Dinge von der Regierung in Regie genommen würden. Was das Eigentum anlange, so sei die Verfassung von 48, trotz ihren Schwächen, nicht gerade schonend damit umgegangen. Im Namen des Gemeinwohls könne der Staat in Zukunft alles beschlagnahmen, was ihm beliebe. Sénécal erklärte sich für die Autorität, und Frédéric erkannte in seinen Reden seine eigenen Worte wieder, die er zu Deslauriers geäußert hatte, freilich in übertriebener Form. Der Republikaner wetterte sogar gegen die Unzuständigkeit der Massen.

»Robespierre hat in Wahrung der Rechte eines kleinen Klüngels Ludwig XVI. vor den Konvent gebracht und damit das Volk gerettet. Der Zweck heiligt die Mittel. Manchmal kommt man eben um die Diktatur nicht herum. Es lebe die Tyrannei, wofern der Tyrann Gutes schafft.«

Ihre Auseinandersetzung dauerte lange, und als Sénécal wieder gehen wollte, gestand er – und das war vielleicht überhaupt der Zweck seines Besuchs –, Deslauriers sei höchst ungehalten über Herrn Dambreuses Stillschweigen.

Aber Herr Dambreuse war krank. Frédéric sah ihn täglich; in seiner Eigenschaft als Hausfreund wurde er vorgelassen.

Die Abberufung des Generals Changarnier hatte den Kapitalisten sehr aufgeregt. Noch am selben Abend befiel ihn eine große Hitze in der Brust, dazu eine arge Beklemmung, so daß er nicht mehr liegenbleiben konnte. Blutegel bewirkten eine sofortige Linderung. Der trockene Husten verschwand, er atmete ruhiger, und acht Tage später, als er eine Fleischbrühe schlürfte, sagte er: »Ah, es geht besser! Aber beinah hätte ich die große Reise angetreten.«

»Nicht ohne mich!« rief Madame Dambreuse und bekundete damit, daß sie ihn nicht hätte überleben können.

Statt jeder Antwort schaute er sie und ihren Geliebten mit einem sonderbaren Lächeln an, in dem zugleich Entsagung, Nachsicht, Spott und sogar etwas wie eine Pointe, ein fast heiterer Hintergedanke lagen.

Frédéric wollte nach Nogent reisen, doch Madame Dambreuse widersetzte sich seinem Plan. Und er packte seine Koffer je nach dem wechselnden Befinden des Kranken ein und wieder aus.

Plötzlich spuckte Herr Dambreuse reichlich Blut. Die wissenschaftlichen Größen, die konsultiert wurden, sahen darin nichts Auffälliges. Seine Beine schwollen auf, und seine Schwäche nahm zu. Mehrmals hatte er den Wunsch geäußert, Cécile noch einmal zu sehen, die mit ihrem Mann – er war seit einem Monat zum Steuereinnehmer ernannt – am andern Ende von Frankreich wohnte. Er befahl ausdrücklich, sie herkommen zu lassen. Madame Dambreuse schrieb drei Briefe und zeigte sie ihm.

Sie verließ sich nicht einmal mehr auf die geistliche Schwester, wich keine Sekunde von seiner Seite und ging nicht mehr zu Bett. Die Leute, die sich beim Concierge einschreiben ließen, erkundigten sich voll Bewunderung nach ihr, und die Passanten wurden von Ehrfurcht gepackt angesichts der dicken Strohschicht, die auf der Straße vor den Fenstern ausgebreitet lag.

Am 12. Februar gegen fünf Uhr trat ein grauenhafter Bluthusten ein. Der Arzt, der bei ihm wachte, erklärte, es bestehe Gefahr, und man holte sogleich einen Priester.

Während Herr Dambreuse beichtete, beobachtete ihn seine Frau gespannt von weitem. Dann legte der junge Arzt ein Zugpflaster auf und wartete.

Der Lichtschein der Lampen, der von davorstehenden Möbeln abgeschirmt wurde, erleuchtete das Krankenzimmer ungleichmäßig. Frédéric und Madame Dambreuse standen am

Fußende des Bettes und betrachteten den Sterbenden. In einer Fensternische unterhielten sich der Priester und der Arzt mit gedämpfter Stimme. Die Krankenschwester lag auf den Knien und murmelte Gebete vor sich hin.

Endlich entrang sich dem Kranken ein Röcheln. Seine Hände erkalteten, das Antlitz wurde allmählich immer bleicher. Zuweilen holte er tief Atem, aber seine Atemzüge wurden spärlicher und spärlicher; zwei, drei wirre Worte kamen aus seinem Mund. Er schnaufte einmal kurz aus, verdrehte gleichzeitig die Augen, und dann sank sein Kopf seitlich auf das Kissen hin.

Alle blieben minutenlang regungslos stehen.

Madame Dambreuse trat zu dem Toten und drückte ihm die Augen zu, ohne daß sie sich dazu überwinden mußte, in selbstverständlicher Erfüllung ihrer Pflicht.

Dann breitete sie beide Arme aus, wand sich wie im Krampf einer verhaltenen Verzweiflung und verließ, auf den Arzt und die fromme Schwester gestützt, das Sterbezimmer. Eine Viertelstunde später ging Frédéric zu ihr in ihr Schlafzimmer hinauf.

Man roch hier einen unbestimmbaren Duft, den alle die zarten Dinge ausströmten, mit denen das ganze Gemach angefüllt war. Mitten auf dem Bett war ein schwarzes Kleid hingebreitet und stach scharf von der rosa Decke ab.

Madame Dambreuse stand am Kamin. Zwar nahm Frédéric nicht an, daß sie tiefes Leid empfinde, doch glaubte er immerhin, sie werde ein wenig traurig sein. So fragte er mit schmerzlich bebender Stimme: »Geht es dir sehr zu Herzen?«

»Mir? Nicht im geringsten!«

Als sie sich umwandte, sah sie das Kleid und betrachtete es prüfend. Dann bat sie ihn, sich ja keinen Zwang anzutun.

»Rauche nur, wenn du willst. Du bist hier bei mir!«

Dann seufzte sie tief und sagte: »Ah! Heilige Mutter Gottes, welch eine Erlösung!«

Frédéric war starr über einen solchen Ausbruch. Er küßte ihr die Hand und erwiderte: »Wir hatten aber doch immer alle Freiheit.«

Diese Anspielung auf ihre ungestörten Zusammenkünfte schien Madame Dambreuse zu verletzen.

»Du weißt ja nicht, was ich ihm für Dienste erwiesen und in welchen Ängsten ich gelebt habe!«

»Wieso?«

»Jawohl! War das vielleicht ein sorgloses Dasein, wenn man die ganze Zeit diesen Bankert um sich haben mußte, ein Kind, das er nach fünfjähriger Ehe ins Haus gebracht hat? Wäre ich nicht dagewesen, so hätte sie ihn totsicher zu irgendeiner Dummheit verleitet!«

Dann setzte sie ihm ihre Verhältnisse auseinander. Sie hatten bei der Heirat Gütertrennung vereinbart. Ihr eingebrachtes Erbe belief sich auf dreihunderttausend Franken. Herr Dambreuse hatte ihr im Ehekontrakt im Falle des Überlebens fünfzehntausend Franken Jahresrente nebst dem Haus als Eigentum zugesichert. Kurze Zeit später hatte er jedoch ein Testament geschrieben und ihr darin sein gesamtes Vermögen vermacht. Sie schätzte es, soweit man das im Augenblick wissen konnte, auf mehr als drei Millionen.

Frédéric machte große Augen.

»Das war doch der Mühe wert, nicht wahr? Ich habe übrigens das Meine dazu beigetragen! Wofür habe ich mich denn gewehrt? Für mein Geld! Cécile hätte mich ungerechterweise um alles gebracht.«

»Warum ist sie nicht gekommen, um ihren Vater noch zu sehen?« fragte Frédéric.

Auf diese Frage hin warf ihm Madame Dambreuse einen prüfenden Blick zu. Dann sagte sie trocken: »Was weiß ich?! Vermutlich aus Lieblosigkeit. Oh, ich kenne sie! Sie wird auch keinen roten Heller von mir bekommen!«

Sie sei ihr doch kaum im Weg gewesen, zumindest seit ihrer Heirat nicht!

»Ha! Ihre Heirat!« fauchte Madame Dambreuse mit einem bösen Lächeln.

Sie könne es sich nicht verzeihen, daß sie diese Gans, dieses eifersüchtige, selbstsüchtige, scheinheilige Ding viel zu gut behandelt habe. »Sie hat alle Fehler ihres Vaters!« Sie machte ihn immer ärger herunter. So abgründig falsch wie er sei niemand sonst, zudem habe er kein Erbarmen gekannt, habe ein Herz von Stein besessen, »ein schlechter Mensch! ein grundschlechter Mensch«!

Auch den klügsten Menschen unterlaufen zuweilen Fehler. Madame Dambreuse hatte mit ihrem überschäumenden Haßausbruch soeben einen begangen. Frédéric saß ihr gegenüber auf einem Lehnstuhl, machte sich seine Gedanken darüber und fühlte sich abgestoßen.

Da stand sie auf und setzte sich sanft auf seine Knie.

»Du allein bist gut! Nur dich liebe ich!«

Während sie ihn so anschaute, wurde ihr Herz weich, eine nervöse Reaktion trieb ihr die Tränen in die Augen, und sie flüsterte: »Willst du mich heiraten?«

Zuerst glaubte er, er habe sich verhört. Soviel Reichtum machte ihn schwindlig. Da fragte sie noch einmal lauter: »Willst du mich heiraten?«

Nun endlich sagte er lächelnd: »Kannst du daran zweifeln?«

Dann aber schämte er sich plötzlich vor sich selbst, und im Bedürfnis, dem Toten gewissermaßen Abbitte zu leisten, bot er sich an, bei ihm zu wachen. Weil er sich aber dieser frommen Regung schämte, fuhr er leichthin fort: »Es wäre am Ende schicklicher.«

»Ja, vielleicht schon«, meinte sie, »schon wegen der Dienerschaft.«

Man hatte das Bett ganz aus dem Alkoven hervorgezogen. Die Barmherzige Schwester saß am Fußende, und zu Häupten des Toten stand ein Priester, ein anderer als zuvor, ein großer, hagerer Mann mit einem Gesicht wie ein fanatischer Spanier. Auf dem Nachttisch, der mit einem weißen Tuch bedeckt war, brannten drei Wachslichter.

Frédéric nahm einen Stuhl und betrachtete den Toten.

Sein Gesicht war strohgelb, ein wenig blutiger Schaum stand in seinen Mundwinkeln. Man hatte ihm ein seidenes Tuch um den Kopf gebunden, er trug eine gestrickte Weste, und zwischen den verschränkten Armen lag auf seiner Brust ein silbernes Kruzifix.

Nun war es zu Ende, dieses Dasein voller Betriebsamkeit!

Wie oft war dieser rührige Mann zu den Ämtern gelaufen, wie viele Zahlenreihen hatte er zusammengerechnet, wie viele Geschäfte gefingert, wie manchen Bericht angehört! Und alle die jovialen Sprüche, die lächelnden Mienen und Bücklinge! Er hatte Napoleon gehuldigt, den Kosaken, Ludwig XVIII., 1830, den Arbeitern, allen Regierungen diensteifrig zugejubelt, denn er liebte die Macht so leidenschaftlich, daß er noch dafür bezahlt hätte, um sich verkaufen zu können.

Dafür aber hinterließ er das Gut La Fortelle, drei Fabriken in der Pikardie, den Wald von Carancé im Yonne-Bezirk, einen Hof in der Nähe von Orleans und ansehnliche bewegliche Werte.

Frédéric überschlug so noch einmal das Vermögen Dambreuses; das alles sollte nun wirklich ihm gehören! Zuerst dachte er daran, »was man sagen werde«, an ein Geschenk für seine Mutter, an seine künftigen Wagenpferde, an einen alten Kutscher seiner Familie, den er als Portier einstellen wollte. Natürlich mußte er eine neue Livree wählen. Er wollte den großen Salon als seinen Arbeitsraum einrichten. Wenn er drei Wände einreißen ließ, konnte er ohne weiteres im zweiten Stock eine Bildergalerie unterbringen. Auch bestand vielleicht die Möglichkeit, unten ein türkisches Bad anzulegen. Und das Arbeitszimmer Dambreuses, ein ungemütlicher Raum, wozu ließ sich der verwenden?

Dann und wann schneuzte sich der Priester, oder die Barmherzige Schwester schürte das Feuer, und das schreckte ihn jedesmal roh aus seinen Phantasien auf. Aber die Wirklichkeit bestätigte sie; der Leichnam lag immer noch da. Seine Lider hatten sich wieder geöffnet, und die Pupillen, obwohl sie in klebrige Finsternis getaucht waren, hatten einen rätselhaften, unerträglichen Ausdruck. Frédéric glaubte in ihnen so etwas wie ein über ihn gefälltes Urteil zu lesen, und er verspürte beinahe Gewissensbisse, denn er hatte sich über diesen Mann nie zu beklagen gehabt, im Gegenteil ... Ach was, ein alter Gauner! Und er faßte ihn näher ins Auge, um sich wieder Mut zu machen, und schrie ihm im Geiste ins Gesicht: Was hast du mich anzustieren? Hab ich dich vielleicht umgebracht?

Unterdessen las der Priester sein Brevier; die Nonne saß regungslos da und schlummerte; die Dochte der drei Wachskerzen wurden immer länger.

Zwei Stunden lang war das Gerumpel der Karren zu hören, die zu den Markthallen vorbeifuhren. Die Fenster wurden hell, eine Droschke rollte vorbei, dann trappelte eine Herde Eselinnen vorüber, man vernahm Hammerschläge, Straßenverkäufer riefen ihre Waren aus, Trompeten schmetterten. All das ging schon unter in der lauten Stimme des erwachenden Paris.

Frédéric machte sich auf den Weg und besorgte die nötigen Formalitäten. Er begab sich zuerst ins Bürgermeisteramt und erstattete die Todesanzeige. Als dann der Amtsarzt den Totenschein ausgestellt hatte, ging er abermals hin und gab an, welchen Friedhof die Familie gewählt hatte. Hierauf setzte er sich mit dem Beerdigungsinstitut ins Einvernehmen.

Der Beamte legte ihm eine Liste und eine Zeichnung vor. Das Verzeichnis führte die verschiedenen Beerdigungsklassen auf, die Zeichnung zeigte den Trauerzug in allen Einzelheiten. Wünschte man einen Leichenwagen mit Galerie oder einen mit Federbüschen, Pferde mit Tressen, Leichendiener mit Reiherbüschen, Initialen oder Wappen, Trauerleuchter, einen Mann zum Tragen der Ehrenzeichen, und wie viele Wagen sollten es sein? Frédéric knauserte nicht. Madame Dambreuse hielt darauf, an nichts zu sparen.

Dann begab er sich in die Kirche.

Der Vikar, der die Leichenbegängnisse betreute, bemängelte sofort die Ausbeuterei des Bestattungsinstituts. So sei beispielsweise der Träger der Ehrenzeichen gänzlich unnötig; es wäre besser, statt dessen einen größeren Aufwand an Kerzen vorzusehen! Man einigte sich auf eine stille Messe, die mit Musik verschönt werden sollte. Frédéric unterzeichnete die Vereinbarung mit der solidarischen Verpflichtung, für alle Kosten aufzukommen.

Hernach verfügte er sich ins Stadthaus zum Ankauf der

Begräbnisstätte. Eine Grabstelle, zwei Meter lang und einen Meter breit, kostete fünfhundert Franken. Handelte es sich um eine Konzession auf fünfzig Jahre oder für alle Zeiten?

»Für immer natürlich!« erklärte Frédéric.

Er nahm die Sache ernst und gab sich die größte Mühe. Im Hof des Hotel Dambreuse erwartete ihn ein Steinmetz, der ihm Kostenvoranschläge und Entwürfe für griechische, ägyptische und maurische Grabmäler vorlegte. Aber der Architekt des Hauses hatte bereits mit Madame Dambreuse darüber verhandelt. Und auf dem Tisch im Vestibül lagen einige Prospekte über Reinigung der Matratzen, Desinfektion der Zimmer und verschiedene Einbalsamierungsverfahren.

Nach dem Essen ging er zum Schneider wegen der Trauerkleidung der Dienerschaft. Und er mußte noch eine letzte Besorgung erledigen, denn er hatte Buckskinhandschuhe bestellt, während solche aus Flockseide schicklich waren.

Als er am nächsten Morgen um zehn Uhr hinkam, füllte sich der große Salon allmählich mit Menschen, und fast alle begrüßten einander mit tiefbetrübten Gesichtern und sagten: »Ich habe ihn doch erst vor einem Monat noch gesehen! Mein Gott, es wird uns alle einmal treffen!«

»Ja, aber möglichst spät erst!«

Daraufhin lachten sie glucksend und schadenfroh, weil sie noch lebten. Und es entspannen sich sogar Gespräche, die mit dem traurigen Anlaß gar nichts zu tun hatten. Endlich trat der Zeremonienmeister in schwarzem Frack mit Stehkragen und kurzer Kniehose, mit Mantel, Trauerbinde, den Degen an der Seite und den Dreispitz unter dem Arm vor und sagte, sich verneigend, die herkömmlichen Worte: »Meine Herrschaften, wenn es Ihnen gefällig ist.«

Man brach auf.

Es war an dem Tag gerade Blumenmarkt auf der Place de la Madeleine. Das Wetter war klar und mild, und der leichte Wind rüttelte ein wenig an der Leinwand der Buden und blähte die riesige am Kirchenportal herabwallende schwarze Draperie auf. Darauf prangte dreimal das Wappenschild Herrn Dambreuses in einem Samtviereck. Es zeigte auf schwarzem Grund einen goldenen Arm mit geballter Faust in silbernem Handschuh, dazu die Grafenkrone und den Wahlspruch: Allerwege.

Die Träger trugen den schweren Sarg bis oben auf die Treppe, und man betrat die Kirche.

Die sechs Kapellen, das Halbrund des Hochaltars und die Stühle waren schwarz verhangen. Der Katafalk unterhalb des Chors bildete mit seinen langen Kerzen ein einziges lohendes Meer von gelben Lichtern. An seinen beiden Ecken brannten auf Kandelabern Spiritusflammen.

Die angesehensten Trauergäste nahmen im Altarraum Platz, die übrigen im Schiff. Und dann begann die Totenfeier.

Bis auf einige wenige waren alle in religiösen Bräuchen so unbewandert, daß ihnen der Zeremonienmeister von Zeit zu Zeit ein Zeichen gab, wenn sie sich erheben, niederknien oder sich wieder hinsetzen mußten. Die Orgel und zwei Kontrabässe wechselten mit den Singstimmen ab. In den Pausen vernahm man das Gemurmel des Priesters vor dem Altar; dann setzten die Musik und der Gesang wieder ein.

Mattes Licht fiel aus den drei Kuppeln nieder. Aber durch das weit offene Tor flutete waagerecht ein Strom von grellweißer Helligkeit herein, der alle die entblößten Köpfe traf; und in der Luft, in halber Höhe des Schiffs, schwebte ein dunkelverschattetes Dämmerlicht, aus dem das Glitzern der Vergoldung an den gerippten Strebebogen und das Blattwerk der Kapitelle durchschimmerten.

Frédéric suchte sich abzulenken und hörte dem *Dies Irae* zu, er musterte die Trauerversammlung und bemühte sich, die allzu hoch angebrachten Malereien zu erkennen, die das Leben der Magdalena darstellten. Zum Glück setzte sich Pellerin neben ihn und fing auch gleich mit einem langen Vortrag über Fresken an. Die Glocke bimmelte. Man verließ die Kirche.

Der Leichenwagen, mit herabwallenden Draperien und hohen Federbüschen geschmückt, setzte sich nach dem Père-Lachaise in Bewegung, gezogen von vier Rappen mit Tressen in den Mähnen und wallenden Federbüschen auf den Köpfen, und bis hinab zu den Hufen in weite silberbestickte Decken eingehüllt. Der Kutscher in hohen Schaftstiefeln trug einen Dreispitz mit einem lang herabhängenden Trauerflor. Die Schnüre des Bahrtuchs wurden von vier Herren gehalten: einem Quästor der Abgeordnetenkammer, einem Mitglied des Generalrates der Aube, einem Delegierten des Steinkohlentrusts und von Fumichon als dem Freund des Verstorbenen. Die Kutsche des Hingeschiedenen und zwölf Trauerwagen folgten. Hinterdrein schritten, die ganze Mitte des Boulevards einnehmend, die Trauergäste.

Die Passanten blieben stehen, um sich den Leichenzug anzusehen. Frauen mit ihren Kindern auf dem Arm stiegen auf Stühle, und Männer, die in einem Café ihren Schoppen tranken, traten an die Fenster, einen Billardstock in der Hand.

Der Weg war lang. Und wie bei feierlich steifen Festmählern, wo man zuerst zurückhaltend abwartet, später aber aus sich herausgeht, lockerte sich die gezwungene Haltung bald. Die Unterhaltung drehte sich ausschließlich um die Gehaltszulage, die dem Präsidenten von der Kammer verweigert worden war. Piscatory sei allzu scharf ins Zeug gegangen, Montalembert »großartig wie immer« gewesen, und Chambolle, Pidoux, Creton, kurz, die ganze Kommission hätte vielleicht eher dem Rat der Herren Quentin-Bauchard und Dufour folgen sollen.

Diese Gespräche gingen in der Rue de la Roquette weiter, wo sich zu beiden Seiten der Straße Laden an Laden reiht und man nichts sieht als buntfarbige Glasketten und runde schwarze, mit Zeichnungen und Goldbuchstaben bedeckte Schilder, so daß sie aussehen wie Tropfsteinhöhlen und Töpfereiläden. Doch vor dem Gittertor des Friedhofs verstummte mit einem Schlag jedes Gespräch.

Die Grabmäler ragten mitten unter den Bäumen auf: da gab es geborstene Säulen, Pyramiden, Tempel, Dolmen, Obelisken und etruskische Gräber mit Türen aus Erz. In manchen war eine Art Trauerkämmerchen mit ländlichen Sesseln und Klappstühlen zu sehen. Spinnweben hingen wie Tuchfetzen an den Kettchen der Urnen, und dicker Staub lag auf den

Büscheln aus Seidenbändern und den Kruzifixen. Allerorten zwischen den Geländereinfassungen lagen Immortellenkränze auf den Grabplatten, standen Leuchter, Vasen, Blumen, schwarze Scheiben mit goldenen Aufschriften oder Gipsstatuetten: Bübchen und kleine Fräulein oder Engelchen, die an Messingdrähten in der Luft schwebten. Mehrere hatten sogar ein Zinkdächlein über dem Kopf. Lange Schnüre aus schwarzem, weißem und blauem gesponnenem Glas zogen sich in langen Windungen, Riesenschlangen gleich, von den Grabsteinen hinab auf die Fliesen. Die Sonne stach auf sie hernieder und ließ sie zwischen den schwarzen hölzernen Kreuzen aufblitzen. Und der Leichenwagen fuhr über die breiten Wege, die gepflastert sind wie die Straßen einer Stadt. Ab und zu knarrten die Achsen. Hier und dort kniete eine Frau vor einem Grab, ihr Kleid lag über das Gras hingebreitet, und so hielt sie stille Zwiesprache mit einem Toten. Weißliche Rauchschwaden stiegen zwischen den grünen Taxushecken auf. Es wurden abgeräumte Blumenspenden und andere Abfälle verbrannt.

Das Grab Herrn Dambreuses lag in der Nähe von Manuel und Benjamin Constant. Das Gelände senkt sich hier in einem steilen Abhang. Man hat zu seinen Füßen grüne Baumwipfel, weiter hin Schlote von Dampfmaschinen, dann die ganze große Stadt.

Frédéric konnte die Landschaft bewundern, während die Grabreden gehalten wurden.

Der erste Redner sprach im Namen der Deputiertenkammer, der zweite namens des Generalrats der Aube, der dritte für die Kohlenbergwerke Saône-et-Loire, der vierte als Vertreter der Landwirtschaftlichen Genossenschaft des Yonne-Bezirks. Und dann sprach noch ein weiterer Redner im Auftrag einer philanthropischen Gesellschaft. Endlich, als man schon aufbrechen wollte, las noch ein Unbekannter eine sechste Ansprache vom Blatt, im Namen der Altertumsforscher von Amiens.

Alle Redner benützten die Gelegenheit und zogen gegen den Sozialismus los, der Herrn Dambreuses Tod auf dem Gewissen habe. Der Anblick der Anarchie und sein aufopferndes Wirken für die Ordnung hätten sein Leben abgekürzt. Man pries seine bedeutenden Geistesgaben, seine Rechtschaffenheit, seine Großmut und sogar seine Schweigsamkeit als Volksvertreter, denn wenn er auch kein Redner gewesen sei, so habe er dafür andere zuverlässige Eigenschaften besessen, die tausendmal vorzuziehen seien und so weiter. Und dazu brachte man die abgedroschenen üblichen Redensarten an: Vorzeitiges Ableben – stetes Gedenken – die ewige Heimat – leb wohl, oder nein: auf Wiedersehen!

Die Erde, mit Kies vermischt, fiel auf den Sarg. Und fortan war von Herrn Dambreuse nicht mehr die Rede auf der Welt.

Man sprach noch kurz über ihn, während man vom Friedhof in die Stadt hinunterging, und man nahm kein Blatt vor den Mund, sondern äußerte unverblümt seine Meinung über den Verstorbenen. Hussonnet, der über die Beerdigung in den Zeitungen berichten sollte, nahm noch einmal alle Reden durch und höhnte weidlich darüber; denn schließlich war der biderbe Dambreuse doch einer der hervorragenden Schmiergeldbezieher während der verflossenen Regierungszeit gewesen. Dann führten die Trauerkutschen die Gäste wieder zu ihren Geschäften zurück. Die Feier hatte nicht allzu lange gedauert; alle waren froh darüber.

Todmüde kam Frédéric nach Hause.

Als er sich am nächsten Morgen im Hotel Dambreuse einstellte, teilte man ihm mit, die gnädige Frau arbeite unten im Büro. Mappen und Schubladen waren in wirrem Durcheinander aufgerissen, die Geschäftsbücher links und rechts hingeworfen. Eine Rolle vergilbter Papiere mit der Aufschrift: »Uneinbringliche Außenstände« lag am Boden. Er stolperte darüber und hob sie auf. Madame Dambreuse saß völlig versunken in dem mächtigen Armstuhl und war nicht zu sehen.

»Nanu, wo sind Sie denn? Was gibt's?«

Mit einem Satz sprang sie auf.

»Was es gibt? Ich bin ruiniert! Ruiniert! Verstehst du?«

Herr Adolphe Langlois, der Notar, habe sie in seine Kanzlei gebeten und ihr von einem Testament Kenntnis gegeben, das ihr Mann vor ihrer Heirat abgefaßt hatte. Er vermache alles Cécile. Und das andere Testament sei verschwunden. Frédéric wurde totenbleich. Wahrscheinlich habe sie nicht recht gesucht?

»Aber so schau doch nur!« ächzte Madame Dambreuse und wies auf das Zimmer.

Die beiden Kassenschränke gähnten weit offen, mit Stemmeisen erbrochen, und sie hatte im Schreibpult das Unterste zuoberst gekehrt, die Schränke durchstöbert, die Strohmatten ausgeschüttelt. Da stieß sie plötzlich einen gellenden Schrei aus und rannte in eine Ecke, wo sie eine kleine Kassette mit kupfernem Schloß erblickt hatte. Sie öffnete sie. Leer!

»Ha, der Schuft! Wo ich ihn so aufopfernd gepflegt habe!«

Dann brach sie in wildes Schluchzen aus.

»Vielleicht ist es woanders!« begütigte Frédéric.

»Nein, nein! Es war da, in diesem Kassenschrank! Ich habe es erst letzthin noch gesehen. Es ist verbrannt! Davon bin ich fest überzeugt!«

Eines Tages, ganz im Anfang seiner Krankheit, sei Herr Dambreuse einmal hier unten gewesen und habe ein paar Unterschriften gegeben.

»Damals hat er es getan!«

Und sie sank gänzlich gebrochen auf einen Stuhl. Eine trauernde Mutter kniet nicht so jammervoll vor ihrer leeren Wiege wie jetzt Madame Dambreuse vor den ausgeräumten, offenen Geldschränken. Aber ungeachtet des niedrigen Beweggrundes war ihr Schmerz offenkundig so tief, daß Frédéric sie zu trösten suchte und ihr sagte, schließlich sei sie ja nicht bettelarm.

»Freilich bin ich bettelarm, da ich dir doch nicht ein großes Vermögen bieten kann!«

Sie besaß nur noch dreißigtausend Franken Jahresrente, das Haus nicht eingerechnet, das vielleicht zwischen achtzehn- und zwanzigtausend wert war.

Obschon das für Frédéric Reichtum und Wohlleben bedeutete, empfand er deswegen doch eine gelinde Enttäuschung. Nun war es aus und vorbei mit seinen Träumen und dem Herrenleben, das er geführt hätte! Seine Ehre gebot ihm, Madame Dambreuse zu heiraten. Er dachte eine Weile nach, dann sagte er zärtlich: »Ich habe doch immer noch dich!«

Sie warf sich in seine Arme, und er drückte sie an seine Brust, von Rührung übermannt, in der nicht wenig Selbstbewunderung enthalten war. Madame Dambreuse, deren Tränen versiegt waren, hob ihr glückstrahlendes Gesicht, faßte seine Hand und hauchte: »Oh, ich habe nie an dir gezweifelt! Ich zählte darauf!«

Daß sie von vornherein bestimmt erwartete, was er für eine edle Handlungsweise ansah, mißfiel dem jungen Mann.

Dann nahm sie ihn mit in ihr Zimmer, und sie schmiedeten Pläne. Frédéric müsse jetzt daran denken, vorwärtszukommen. Und sie gab ihm sogar für seine Kandidatur ganz ausgezeichnete Ratschläge.

Der wichtigste Punkt sei, daß er zwei oder drei volkswirtschaftliche Schlagworte und Phrasen kenne. Er müsse sich eine Spezialität zulegen, die Gestüte beispielsweise, müsse ein paar Denkschriften über eine Frage von lokalem Interesse verfassen, jederzeit Posthalterstellen und Tabakläden zu vergeben haben und eine Menge kleiner Gefälligkeiten erweisen. Darin sei Herr Dambreuse mustergültig gewesen. So habe er einmal auf dem Lande seinen mit Freunden vollbesetzten Break vor der Bude eines Schusters halten lassen, habe für seine Gäste ein Dutzend Paar Schuhe gekauft und für sich selbst schauerliche Stiefel und habe sie sogar heldenmütig vierzehn Tage lang getragen. Diese Geschichte stimmte sie beide heiter. Daraufhin erzählte sie noch andere, und sie war wie neubelebt, voll Anmut, Jugendreiz und Witz.

Mit seiner Absicht, unverzüglich nach Nogent zu reisen, war sie einverstanden. Sie nahmen zärtlich Abschied; dann, als er schon auf der Schwelle stand, flüsterte sie noch einmal: »Du liebst mich, ja?«

»Immer und ewig!« antwortete er.

Zu Hause erwartete ihn ein Dienstmann mit einem bleistiftgeschriebenen Briefchen, das die Mitteilung enthielt, Rosanette stehe vor ihrer Niederkunft. Er war in den letzten Tagen so beschäftigt gewesen, daß er daran gar nicht mehr gedacht hatte. Sie hatte sich in ein Entbindungsheim nach Chaillot bringen lassen.

Frédéric nahm eine Droschke und fuhr los.

An der Ecke der Rue de Marbeuf las er auf einer Tafel in großen Lettern: Krankenhaus und Entbindungsheim von Madame Alessandri, Hebamme erster Klasse, ehemalige Schülerin der Frauenklinik, Verfasserin mehrerer Werke et cetera. Mehr in der Mitte der Straße war an einer Tür, einer kleinen Pforte, ein weiteres Schild angebracht mit der gleichen Inschrift, nur ohne das Wort Entbindungsheim: Krankenhaus von Madame Alessandri, und dann folgten wieder ihre sämtlichen Titel.

Frédéric pochte mit dem Türklopfer gegen die Pforte.

Ein Stubenmädchen, das wie eine Soubrette aufgeputzt war, führte ihn in den Empfangssalon, in dem ein Mahagonitisch, granatrote Plüschsessel und eine Stutzuhr unter einer Glasglocke standen.

Gleich darauf kam auch Madame Alessandri herein. Sie war eine stattliche brünette Vierzigerin, schlank gewachsen, mit schönen Augen und weltgewandten Umgangsformen. Sie teilte Frédéric die glückliche Niederkunft der jungen Mutter mit und führte ihn in ihr Zimmer hinauf.

Rosanette lächelte unsagbar selig, und als schlügen die Fluten der Liebe über ihr zusammen und ließen sie nicht mehr zu Atem kommen, flüsterte sie hauchleise: »Ein Knabe! Da, sieh nur, da!« und deutete auf eine Wiege, die neben ihrem Bett hing.

Er schob die Vorhänge auseinander und sah mitten in dem Bettzeug etwas Gelblichrotes, abscheulich Verhutzeltes, ein übelriechendes, quäkendes Wesen.

»Küß ihn!«

Er antwortete, um seinen Widerwillen zu verbergen: »Aber ich habe Angst, ich könnte ihm weh tun!«

»Nein, nein!«

Da küßte er mit spitzen Lippen sein Kind.

»Wie er dir gleicht!«

Und sie hing sich mit ihren schwachen Armen an seinen

Hals, in einem überströmenden Gefühl, wie er es noch nie erlebt hatte.

Da fiel ihm Madame Dambreuse wieder ein. Er warf es sich wie eine Ungeheuerlichkeit vor, dieses arme Geschöpf zu verraten, das mit der ganzen freimütigen Ursprünglichkeit ihres Wesens liebte und litt. Mehrere Tage lang leistete er Rosanette bis zum Abend Gesellschaft.

Sie fühlte sich glücklich in diesem verschwiegenen Haus. Sogar die Fensterläden zur Straße blieben stets geschlossen. Ihr Zimmer war mit hellem Zitz bespannt und ging auf einen großen Garten hinaus. Madame Alessandri, deren einziger Fehler darin bestand, daß sie die berühmtesten Ärzte als ihre guten Freunde anführte, umsorgte und verwöhnte sie. Ihre Leidensgenossinnen, fast alle junge Mädchen vom Lande, langweilten sich fast zu Tode, da sie niemanden hatten, der sie besuchte. Rosanette merkte, daß man sie beneidete, und sagte es Frédéric voll Stolz. Allerdings mußte man leise sprechen; die Zimmerwände waren nur dünn, und alle Insassinnen spitzten unentwegt die Ohren und versuchten, trotz dem unaufhörlichen Klaviergeklimper etwas zu erlauschen.

Schließlich wollte er gerade nach Nogent abreisen, da erhielt er einen Brief von Deslauriers.

Zwei neue Kandidaten seien aufgetaucht, ein Konservativer und ein Roter. Ein dritter, er mochte nun sein, wer er wollte, habe keinerlei Aussichten mehr. Frédéric sei selber schuld. Er habe den günstigen Augenblick verpaßt, hätte früher kommen und sich rühren müssen. »Du hast dich nicht einmal im landwirtschaftlichen Verein blicken lassen!« Der Advokat rügte insbesondere, daß er keine Beziehungen zu den Zeitungen unterhalte. »Ah, hättest du seinerzeit meinen Rat befolgt! Wenn wir jetzt ein eigenes Blatt hätten!« Darauf kam er immer wieder zurück. Überdies würden viele Leute, die aus Rücksicht auf Herrn Dambreuse für ihn gestimmt hätten, ihn jetzt im Stiche lassen. Zu ihnen gehörte auch Deslauriers. Da er von dem einflußreichen Kapitalisten nichts mehr zu erwarten hatte, ließ er dessen Schützling fallen.

Frédéric ging mit seinem Brief zu Madame Dambreuse.

»Du bist also nicht in Nogent gewesen?« fragte sie.

»Wie kommst du darauf?«

»Ich habe Deslauriers vor drei Tagen gesehen.«

Als der Advokat das Hinscheiden ihres Gatten erfahren hatte, war er zu ihr gekommen und hatte ihr verschiedene Notizen, die Steinkohlengeschäfte betreffend, zurückgebracht und ihr gleichzeitig seine Dienste als Berater in geschäftlichen Angelegenheiten angeboten. Das mutete Frédéric sonderbar an. Und was treibe sein Freund eigentlich dort?

Madame Dambreuse wollte wissen, wie er seine Zeit verbracht habe, seit sie einander nicht mehr gesehen hätten.

»Ich bin krank gewesen«, gab er ihr an.

»Du hättest es mich wenigstens wissen lassen können!«

»Oh, das lohnte sich nicht!«

Zudem habe er eine Menge Abhaltungen gehabt, Unterredungen, Besuche.

Von nun an führte er ein Doppelleben, nächtigte gewissenhaft bei der Marschallin und verbrachte jeden Nachmittag mit Madame Dambreuse, so daß ihm untertags kaum eine freie Stunde blieb.

Das Kind war auf dem Land, in Andilly. Jede Woche fuhren sie hin und besuchten es.

Das Haus der Amme stand im oberen Dorf, hinten in einem Hof, der finster war wie ein Sodbrunnen; Stroh war auf dem Boden verzettelt, Hühner scharrten darin herum, und unter dem Schuppen stand ein Gemüsekarren. Zuerst einmal küßte Rosanette wild und stürmisch ihr Kindchen; und dann packte sie jedesmal eine Art Fiebertaumel, sie lief dahin und dorthin, versuchte die Ziege zu melken, aß Schwarzbrot, roch begeistert am Misthaufen und wollte unbedingt ein Häufchen Dung in ihrem Schnupftuch mitnehmen.

Dann unternahmen sie weite Spaziergänge; sie ging hinein zu den Gärtnern in die Baumschulen, riß die Fliederzweige ab, die über die Mauern heraushingen, rief: »Hü! Eselein!« wenn ein Esel ein Wägelchen vorbeizog, blieb vor den Gartentoren stehen und schaute in die schönen Gärten hinein. Oder manchmal nahm auch die Amme das Kind mit, man legte es unter einem Nußbaum in den Schatten, und dann erzählten die beiden Frauen einander stundenlang den haarsträubendsten Unsinn.

Frédéric saß bei ihnen und sah über die Weingärten auf den Hängen hin, in denen hier und da eine Baumkrone aufragte, auf die staubigen Wege, die sich wie graugelbliche Bänder hinzogen, auf die Häuser, die wie weiße und rote Flecken im Grün der Matten und Bäume leuchteten. Mitunter schwebte die langgezogene Rauchfahne einer Lokomotive waagrecht zu Füßen der laubbewachsenen Anhöhen hin wie eine riesengroße Straußenfeder, deren flaumleichte Spitze im Wind zerflockte.

Dann fielen seine Augen auf sein Söhnchen. Er stellte ihn sich als jungen Mann vor, nahm sich fest vor, ihn später wie seinen Freund und Gespielen zu behandeln. Doch wer weiß? Vielleicht wurde einmal ein Dummkopf aus ihm, sicherlich aber ein unglücklicher Mensch. Seine uneheliche Geburt mußte ja sein Leben lang auf ihm lasten. Es wäre für ihn besser gewesen, er wäre nicht geboren worden. Und Frédéric flüsterte vor sich hin: »Du armes Kind!« und sein Herz war übervoll von einer unfaßbaren Traurigkeit.

Oft verpaßten sie den letzten Zug. Dann schalt ihn Madame Dambreuse wegen seiner Unpünktlichkeit aus. Er erzählte ihr dann irgendein Märchen.

Auch Rosanette gegenüber mußte er das ab und zu tun. Sie konnte nicht begreifen, wo er alle seine Abende zubrachte, und sooft man zu ihm schickte, war er nie zu Hause. Als er eines Tages noch daheim war, erschienen sie beide fast zu gleicher Zeit. Da schickte er die Marschallin fort und versteckte Madame Dambreuse unter dem Vorwand, seine Mutter werde jetzt gleich kommen.

Bald machten ihm diese Schwindeleien Spaß. Er schwor der einen mit den gleichen Worten Liebe und Treue, mit denen er es eben vorher der andern getan hatte, schickte ihnen die gleichen Blumengebinde, schrieb ihnen zur gleichen Zeit, und dann stellte er zwischen ihnen Vergleiche an. Eine dritte Frau war in seinem Geiste stets gegenwärtig. Die Unmöglichkeit, sie zu besitzen, gab ihm das Recht zu seinen

Treulosigkeiten, die doppelt lustvoll waren, weil sie ihm Abwechslung boten. Und je mehr er eine von beiden, gleichgültig welche, hintergangen hatte, um so mehr liebte sie ihn. Es war, als entbrenne die Liebe der einen Frau nur noch heißer an der Glut der andern und als hätte in einer Art Wetteifer jede ihr möglichstes getan, damit er die andere vergesse.

»Staune nur über mein Vertrauen!« sagte eines Tages Madame Dambreuse zu ihm und entfaltete ein Blatt Papier, auf dem man sie warnte, Herr Moreau lebe in ehelicher Gemeinschaft mit einer gewissen Rose Bron zusammen.

»Ist das vielleicht zufällig das Fräulein vom Rennen?«

»Was für ein Unsinn!« gab er zurück. »Zeig her!«

Der Brief war in großen Druckbuchstaben geschrieben und nicht unterzeichnet. Anfangs hatte Madame Dambreuse diese Geliebte geduldet, weil sie ihren Ehebruch deckte. Doch als ihre Leidenschaft stärker wurde, hatte sie auf einem Abbruch dieser Beziehungen bestanden. Das war, wie Frédéric behauptete, längst geschehen. Und als er mit seinen Beteuerungen zu Ende war, erwiderte sie mit zusammengekniffenen Augen, in denen ein Blick funkelte, so scharf wie die Spitze eines Stiletts unter zartem Musselin: »Na schön, und die andere?«

»Welche andere?«

»Die Frau des Fayencenhändlers.«

Er hob verächtlich die Achseln. Da fragte sie nicht weiter.

Aber einen Monat später, als sie einmal über Ehre und Aufrichtigkeit sprachen und er – vorsichtshalber allerdings nur so nebenbei – seine Zuverlässigkeit rühmend hervorhob, sagte sie zu ihm: »Es ist wahr, du bist anständig. Du gehst nicht mehr hin.«

Frédéric glaubte, sie meine die Marschallin, und stammelte: »Wohin denn?«

»Zu Madame Arnoux.«

Er bat sie inständig, sie möge ihm doch sagen, woher sie diese Auskunft habe. Ihre Hausschneiderin, Frau Regimbart, habe ihr das gesagt.

So wußte sie also über sein Leben Bescheid, und er hatte keine Ahnung, was sie alles erlebt hatte!

Zwar hatte er in ihrem Ankleidezimmer die Miniatur eines Herrn mit einem langen Schnurrbart entdeckt. War das am Ende der gleiche, von dem man ihm seinerzeit eine düstere Selbstmordgeschichte erzählt hatte? Mehr aber war unmöglich in Erfahrung zu bringen. Wozu übrigens auch? Die Herzen der Frauen sind wie die allbekannten Geheimschränkchen: voller ineinandergeschachtelter Schubfächer. Man müht sich, man bricht sich die Fingernägel ab, und dann findet man zuunterst irgendeine vertrocknete Blume, ein paar Staubkörner oder gar nichts! Und vielleicht fürchtete er auch, er könnte zuviel erfahren.

Sie brachte ihn dazu, Einladungen abzusagen, wenn sie nicht mit ihm gehen konnte, ließ ihn nicht von ihrer Seite und hatte Angst, sie könnte ihn verlieren. Und trotz diesem mit jedem Tag engeren Verhältnis taten sich plötzlich anläßlich nichtssagender Vorfälle, bei einem Werturteil über einen Menschen oder ein Kunstwerk, zwischen ihnen Abgründe auf.

Sie hatte eine bezeichnende Art, Klavier zu spielen, untadelig und hart. Ihr Spiritualismus – Madame Dambreuse glaubte an ein Hinüberwandern der Seelen in die Sterne – hinderte sie nicht im mindesten daran, ihre Kasse bewundernswert in Ordnung zu halten. Sie war hochnäsig zu ihrer Dienerschaft; beim Anblick zerlumpter Bettler blieben ihre Augen trocken. Ein unbekümmerter Egoismus trat in ihren stehenden Redensarten zutage: »Was macht mir das schon aus? Da wär ich schön dumm! Hab ich das nötig?« und auch in tausenderlei beiläufigen unerklärlichen und abstoßenden Handlungen. Sie war ohne weiteres imstande, an den Türen zu horchen; bestimmt belog sie ihren Beichtvater. Aus lauter Herrschsucht verlangte sie, Frédéric müsse sie sonntags in die Kirche begleiten. Er gehorchte und trug ihr das Gebetbuch.

Der Verlust ihrer Erbschaft hatte sie beachtlich verändert. Die unverkennbaren Spuren des Kummers, den man dem Tod ihres Mannes zuschrieb, erweckten allgemeine Anteilnahme, und wie vormals empfing sie viele Gäste. Seit Frédérics mißglückter Kandidatur ging ihr ehrgeiziges Streben nach einem Gesandtenposten in Deutschland für sie beide. So war denn auch das erste, was zu tun war, sich den herrschenden Ideen anzupassen.

Die einen wünschten das Kaiserreich wieder herbei, andere die Orleans, noch andere den Grafen von Chambord. Alle aber waren sich einig darin, daß eine Dezentralisation dringend notwendig sei, und es wurden die verschiedensten Wege und Möglichkeiten dazu vorgeschlagen, unter anderm auch folgende: Paris mit einer Menge von großen Straßen zu zerschneiden und so in Dorfschaften aufzuteilen, den Sitz der Regierung nach Versailles zu verlegen, mit den Hochschulen nach Bourges überzusiedeln, die Büchereien abzuschaffen und alles vertrauensvoll in die Hände der Divisionsgeneräle zu legen. Und man schwärmte vom Landleben, da ja der ungebildete Mensch naturgemäß mehr Verstand besitze als die andern. Überall schwelte Haß: Haß gegen die Volksschullehrer und gegen die Weinhändler, gegen die obersten Gymnasialklassen, den Geschichtsunterricht, gegen die Romane, die roten Westen, die langen Bärte, gegen jede Art Unabhängigkeit und jedwede individuelle Äußerung. Denn es galt, dem Autoritätsprinzip wieder Geltung zu verschaffen; gleichgültig, in wessen Namen auch immer die Autorität ausgeübt wurde, gleichgültig, von welcher Seite sie kam: wenn es nur eine Kraft, eine Autorität war. Die Konservativen redeten jetzt wie Sénécal. Frédéric wurde nicht mehr klug daraus; und bei seiner alten Geliebten bekam er, von den gleichen Männern vorgebracht, die gleichen Äußerungen zu hören.

Die Salons der käuflichen Kokotten – aus dieser Zeit datiert ihre Bedeutung – waren neutrales Gebiet, wo sich die Reaktionäre aller Schattierungen trafen. Hussonnet, der nun das Heruntermachen berühmter Zeitgenossen gewerbsmäßig betrieb – fürwahr, ein treffliches Mittel zur Wiederaufrichtung der Ordnung! –, brachte Rosanette auf den Gedanken, sie müßte eigentlich wie jede andere auch ihre Empfangsabende haben. Er würde dann darüber Berichte schreiben. Und er brachte gleich am Anfang einen ernst zu nehmenden Mann mit, Fumichon. Dann erschienen Nonancourt, Herr de Grémonville, der Expräfekt de Larsillois und Cisy, der neuerdings Agronom, Niederbretone und frömmer denn je war.

Es kamen überdies auch ehemalige Liebhaber der Marschallin, so der Baron de Comaing, der Graf de Jumillac und ein paar andere. Ihre ungezwungenen Allüren verletzten Frédéric.

Um sich als Herr und Meister im Hause aufzuspielen, lebte er von nun an auf größerem Fuß. Es wurde ein Groom eingestellt, eine andere Wohnung bezogen und neues Mobiliar gekauft. Diese Geldverschwendung half mit, das Mißverhältnis zwischen seiner bevorstehenden Heirat und seinem Vermögen weniger kraß erscheinen zu lassen. Es nahm denn auch geradezu erschreckend ab; und Rosanette konnte sich das einfach nicht erklären!

Wie viele deklassierte gutbürgerliche Frauen kannte sie nichts Schöneres als ein trautes Heim, ein glückliches, friedliches Familienleben. Aber sie war doch stolz darauf, daß sie einen »Empfangstag« hatte, sagte »diese Weibsbilder«, wenn sie über ihresgleichen redete, wollte eine »Weltdame« sein und hielt sich auch allen Ernstes dafür. Sie bat ihn, doch nicht mehr im Salon zu rauchen, versuchte, ihn zum Einhalten der Fasttage zu bewegen – alles um des guten Tones willen.

Sie war nicht mehr die alte, denn sie bekam etwas Ernst-Gesetztes, und wenn sie zu Bett ging, lag jedesmal sogar etwas Schwermütiges über ihrem Wesen, wie etwa vor der Tür einer Kneipe Zypressen stehen.

Bald fand er den Grund heraus: auch sie träumte vom Heiraten. Frédéric war außer sich. Zu alledem hatte er ihr den Auftritt bei Madame Arnoux noch nicht vergessen, und auch ihr langes Sprödetun trug er ihr nach.

Dessenungeachtet wollte er von ihr wissen, wer ihre Liebhaber gewesen waren. Sie stritt sie alle ab. Da packte ihn ein eifersuchtsähnliches Gefühl. Er ärgerte sich über die Geschenke, die sie erhalten hatte und noch erhielt. Und je mehr ihn ihr innerstes Wesen reizbar machte und aufbrachte, desto wilder trieb ihn eine rohe und tierische Sinnlichkeit immer wieder in ihre Arme. Solche kurzen, trügerischen Augenblicke schlugen allemal zuletzt in Haß um.

Was sie sagte, ihre Stimme, ihr Lächeln, alles ging ihm allmählich auf die Nerven, insbesondere ihr Blick, diese ewig klaren, törichten Frauenaugen. Manchmal waren sie ihm so gräßlich verleidet, daß er gänzlich ungerührt hätte zuschauen können, wenn sie gestorben wäre. Aber wie hätte er sich mit ihr überwerfen können? Ihre Sanftmut konnte einen zur Verzweiflung treiben.

Da tauchte Deslauriers wieder auf und erklärte seinen Aufenthalt in Nogent mit Verhandlungen über den Erwerb einer Anwaltskanzlei. Frédéric war glücklich, daß er ihn wieder hatte. Er war doch jemand! Er nahm ihn als Dritten in den Bund auf.

Der Advokat speiste von Zeit zu Zeit bei ihnen, und wenn sich kleine Meinungsverschiedenheiten ergaben, nahm er stets für Rosanette Partei, so daß Frédéric einmal zu ihm sagte: »Von mir aus kannst du auch mit ihr schlafen, wenn es dir Spaß macht!« So sehnlich wünschte er einen Zufall herbei, der sie ihm vom Halse schaffte.

Um die Mitte des Monats Juni erhielt sie einen Zahlungsbefehl, durch den Maître Athanase Gautherot, Gerichtsvollzieher, sie aufforderte, viertausend Franken, die sie Mademoiselle Clémence Vatnaz schuldete, einzuzahlen, widrigenfalls er sie am nächsten Tag pfänden müsse.

Tatsächlich war von den vier Wechseln, die sie damals unterschrieben hatte, nur ein einziger bezahlt worden. Das Geld, das sie seither in Händen gehabt hatte, war für andere Bedürfnisse draufgegangen.

Sie lief zu Arnoux. Er wohnte jetzt im Faubourg Saint-Germain; aber die Straße wußte der Concierge nicht. Da ging sie zu mehreren befreundeten Bekannten, traf aber niemanden und kehrte verzweifelt nach Hause zurück. Sie wollte Frédéric nichts davon sagen, denn sie hatte Angst, diese neuerlichen Ungelegenheiten könnten ihre Heirat in Frage stellen.

Am nächsten Morgen stellte sich Maître Athanase Gautherot ein, begleitet von zwei Gehilfen; der eine hatte ein käsig bleiches, verschlagenes Neidhammelgesicht, der andere trug einen Stehkragen, sehr straff gespannte Hosenstege und einen schwarzen Taftfingerling am Zeigefinger. Alle beide waren widerlich schmutzig und hatten fettig glänzende Rockkragen und viel zu kurze Ärmel an ihren Gehröcken.

Ihr Vorgesetzter hingegen war ein auffallend schöner Mann; er entschuldigte sich zunächst wegen seines peinlichen Auftrags und schaute sich unterdessen in der Wohnung um, die – wie er sagte – »voll schöner Sachen, auf mein Wort!« sei. »Abgesehen von denen, die man nicht pfänden kann!« setzte er hinzu. Auf einen Wink machten sich die beiden Pfändungsgehilfen unsichtbar.

Daraufhin wurde er immer zudringlicher und deutlicher in seinen dick aufgetragenen Komplimenten. War's denn menschenmöglich, daß eine so . . . bezaubernd schöne Dame keinen ernsthaften Freund hatte? Eine Zwangsversteigerung sei ein wahres Unglück! Davon erhole man sich nie mehr! Er ängstigte sie mit Absicht; als er dann sah, wie aufgeregt sie war, schlug er unvermittelt einen väterlich-gütigen Ton an. Er kenne die Welt, habe schon mit allen diesen Damen zu tun gehabt. Und während er sie aufzählte, musterte er die Bilder an den Wänden. Es waren ausgediente Bilder des biederen Arnoux, Skizzen von Sombaz, Aquarelle von Burieu, drei Landschaften von Dittmer. Rosanette kannte offensichtlich ihren Wert nicht. Gautherot drehte sich zu ihr um und sagte: »Wissen Sie was? Zum Beweis, daß ich es gut mit Ihnen meine, machen wir's so: Sie überlassen mir die drei Dittmer, und ich zahle alles. Abgemacht?«

In diesem Augenblick kam Frédéric, der von Delphine im Vorzimmer ins Bild gesetzt worden war und auch die beiden Gehilfen gesehen hatte, mit dem Hut auf dem Kopf und mit bitterböser Miene ins Zimmer. Maître Gautherot fand alsbald seine Würde wieder, und da die Tür offen geblieben war, rief er hinaus: »Also meine Herren, schreiben Sie! Im zweiten Zimmer, ein harthölzerner Tisch mit zwei Ausziehbrettern, zwei Anrichten . . .«

Frédéric unterbrach ihn mit der Frage, ob es keine Möglichkeit gebe, die Pfändung zu verhindern.

»Oh, selbstverständlich. Wer hat die Möbel bezahlt?«

»Ich.«

»Gut. Dann setzen Sie ein Gesuch zur Rückerstattung der Sachen auf. Damit ist schon wieder Zeit gewonnen.«

Maître Gautherot erledigte schleunig seine Schreiberei, vermerkte im Protokoll den Antrag für eine vorläufige Entscheidung gegen Mademoiselle Bron und verabschiedete sich dann.

Frédéric äußerte keinerlei Vorwurf. Er starrte auf die Schmutzspuren, die von den Schuhen der Pfändungsgehilfen auf dem Teppich zu sehen waren, und sagte dann wie zu sich selber: »Da werde ich Geld beschaffen müssen!«

»Ach, Herrjeh, wie dumm bin ich!« rief da auf einmal die Marschallin.

Sie kramte in einer Schublade, nahm einen Brief heraus und begab sich eilends zur Gesellschaft für die Beleuchtung des Languedoc, um sich dort ihre Aktien aushändigen zu lassen.

Eine Stunde später kam sie wieder nach Hause. Die Wertpapiere waren an einen andern verkauft worden! Der Angestellte hatte ihren Brief, das schriftliche Versprechen, das ihr Arnoux gegeben hatte, eingehend gelesen und ihr dann erklärt: »Dieses Schriftstück gibt Ihnen kein Eigentumsrecht. Die Gesellschaft erkennt so etwas nicht an.«

Kurzum, er hatte sie heimgeschickt. Sie schnappte vor Wut nach Luft. Und Frédéric sollte sich auf der Stelle zu Arnoux verfügen und die Sache klären.

Aber Arnoux mochte vielleicht glauben, er komme zu ihm, um auf Umwegen die fünfzehntausend Franken seiner verlorenen Hypothek einzutreiben. Und zudem kam ihm diese Forderung einem Manne gegenüber, der immerhin der Geliebte seiner Mätresse gewesen war, wie eine Gemeinheit vor. So wählte er einen Mittelweg und ging ins Hotel Dambreuse, holte dort die Adresse von Madame Regimbart, schickte einen Dienstmann zu ihr und erfuhr auf diese Weise, in welchem Café der Patriot gegenwärtig verkehrte.

Es war ein kleines Café auf dem Bastilleplatz. Dort saß er den ganzen Tag hinten rechts in der Ecke und rührte sich nicht, als wäre er ein Stück des Inventars.

Nachdem er hintereinander dem Kaffee, dem Grog, dem Bischof, dem Glühwein und sogar dem mit Wasser gepanschten Rotwein gefrönt hatte, war er nun wieder beim Bier angelangt, und alle halbe Stunde ließ er das Wort »ein Helles!« fallen, da er nur noch das unumgänglich Notwendige sprach. Frédéric fragte ihn, ob er Arnoux noch manchmal sehe.

»Nein.«

»Sieh an! Warum denn nicht?«

»Ein Schafskopf!«

Vielleicht hatte sie die Politik auseinandergebracht. Frédéric hielt es für ratsam, sich nach Compain zu erkundigen.

»So ein Rindvieh!« brummte Regimbart.

»Wieso denn?«

»Mit seinem Kalbskopf!«

»Ach, sagen Sie mir doch, was eigentlich mit diesem Kalbskopf gemeint ist!«

Regimbart lächelte mitleidig.

»Dummheiten.«

Nach längerem Schweigen fing Frédéric wieder an: »Er ist also umgezogen?«

»Wer?«

»Arnoux.«

»Ja, Rue de Fleurus.«

»Welche Nummer?«

»Verkehre ich etwa mit Jesuiten?«

»Wieso Jesuiten?«

Da brauste der Bürger wütend auf: »Mit dem Geld eines Patrioten, mit dem ich ihn bekannt gemacht habe, hat dieses Schwein einen Rosenkranzladen aufgemacht!«

»Nicht möglich!«

»Gehen Sie doch hin und schauen Sie selbst nach!«

Es war nur allzu wahr. Arnoux hatte einen Schlaganfall erlitten und war in seinem geschwächten Zustand fromm geworden. Übrigens »sei er im Grunde seines Herzens immer ein gläubiger Mensch gewesen«. Und so hatte er – in der ihm eigenen Mischung von Geschäftstüchtigkeit und naivem Draufgängertum – zur Sicherung seines Seelenheils und seines irdischen Wohlstands einen Handel mit religiösen Gebrauchsgegenständen eröffnet.

Frédéric brauchte nicht lange, bis er seinen Laden gefunden hatte. Auf dem Schild prangte die Aufschrift: *Zur Gotischen Kunst* – Wiederbelebung des Gottesdienstes – Kirchenschmuck – Farbige Statuen – Weihrauch der Heiligen Drei Könige – et cetera.

In den beiden Ecken der Auslage standen zwei klatschig bunt bemalte, in Gold, Zinnober und Azurblau prangende Holzstatuen, ein Johannes der Täufer mit seinem Lammfell und eine heilige Genoveva mit Rosen in ihrer Schürze und einem Spinnrocken unter dem Arm. Ferner gab es da kitschige Gipsgrüppchen: eine fromme Schwester, die ein Mädelchen unterwies, eine Mutter, die vor einem Bettchen kniete, drei halbwüchsige Schüler vor dem Tisch des Herrn. Das Herzigste war eine Art Schweizerhäuschen, das Innere der Krippe darstellend, mit dem Esel, dem Ochsen und dem Jesuskind, das auf Stroh, auf echtes Stroh gebettet war. Die Gestelle waren von oben bis unten mit dutzendweise vorrätigen Medaillen und Rosenkränzen jeder Art überhängt, daneben hingen muschelförmige Weihwassergefäße und die Bilder der kirchlichen Größen; unter ihnen glänzten der Erzbischof Affre und der Heilige Vater, beide lächelnd, besonders hervor.

Arnoux saß halb schlafend, mit vornübergeneigtem Kopf hinter seinem Ladentisch. Er war auffallend gealtert, hatte sogar um die Schläfen einen Kranz roter Pickel, und der Widerschein der goldenen Kreuze, die von der Sonne beschienen wurden, fiel darauf.

Angesichts dieses Verfalls überkam Frédéric eine tiefe Traurigkeit. Doch im Wunsch, der Marschallin einen Dienst zu erweisen, überwand er sich und trat näher. Da erschien hinten im Laden Madame Arnoux, und er machte kehrt. »Ich habe ihn nicht finden können«, log er beim Nachhausekommen.

Aber er konnte noch so oft beteuern, er werde sogleich an seinen Notar in Le Havre schreiben, damit er ihm Geld schicke, Rosanette schäumte trotzdem vor Wut. Ein solcher Waschlappen sei ihr noch nicht unter die Augen gekommen, ein solcher Schwächling wie er. Während sie darbe und sich tausend Dinge versagen müsse, ließen die andern es sich wohl ergehen!

Frédéric mußte an die arme Madame Arnoux denken und malte sich die herzbeklemmende Ärmlichkeit ihres Heims aus. Er hatte sich vor seinen Sekretär gesetzt, und als Rosanette mit kreischender Stimme weiterkeifte, schrie er sie an: »Ach, um Himmels willen, halt doch endlich den Mund!«

»Willst du sie vielleicht noch in Schutz nehmen?«

»Wenn du's schon wissen willst: ja! Wie kommst du eigentlich zu dieser gehässigen Rachsucht?«

»Und du? Warum willst du nicht, daß sie blechen müssen? Aus lauter Angst, du könntest deiner alten Flamme weh tun! Gib's doch zu.«

Da hätte er sie am liebsten mit der Stutzuhr erschlagen. Er fand keine Worte und verstummte. Rosanette ging aufgeregt im Zimmer auf und ab und keifte weiter: »Ich häng ihm einen Prozeß an, deinem Arnoux! Oh, dich brauch ich gar nicht!«

Und mit verkniffenen Lippen setzte sie hinzu: »Ich frage einen Advokaten!«

Drei Tage später kam Delphine hereingestürmt.

»Madame, Madame, draußen steht ein Mann mit einem Kleistertopf! Ich fürchte mich vor ihm!«

Rosanette ging in die Küche hinaus und sah dort einen unheimlichen Kerl mit einem pockennarbigen Gesicht; er hatte einen gelähmten Arm, war stark angetrunken und lallte etwas Unverständliches.

Es war der Zettelkleber des Maître Gautherot. Da der Einspruch gegen die Pfändung abgewiesen worden war, kam es nun natürlich zur Versteigerung.

Zum Lohn für die Mühe, daß er die Treppen heraufgestiegen war, verlangte er zuallererst ein Gläschen Schnaps; dann bettelte er um eine weitere Gefälligkeit, um Theaterkarten nämlich, weil er des Glaubens war, Rosanette sei eine Schauspielerin. Hierauf zwinkerte er mehrere Minuten lang vielsagend und geheimnisvoll mit den Augen und erklärte schließlich, für vierzig Sous wolle er die Ecken an dem Anschlagzettel, den er unten an der Tür bereits angeklebt habe, wieder abreißen. Rosanettes Name stand vollausgeschrieben darauf, eine sonst nicht übliche Härte, die den ganz unbändigen Haß der Vatnaz deutlich erwies.

Früher einmal war sie ein feinfühliges Geschöpf gewesen und hatte sogar einmal in einer seelischen Bedrängnis an Béranger geschrieben und ihn um Rat gebeten. Aber dann hatten sie die Stürme des Daseins verbittert, sie hatte nacheinander Klavierstunden erteilt, Kostgänger angenommen, an Modezeitschriften mitgearbeitet und sich als Zimmervermieterin betätigt; hernach hatte sie in der leichtlebigen Damenwelt mit Spitzen gehandelt, und hier erlaubten ihr die angeknüpften Beziehungen, vielen Leuten Gefälligkeiten zu erweisen, unter anderm auch Arnoux. Vorher hatte sie in einem Handelshaus gearbeitet.

Dort hatte sie den Arbeiterinnen ihre Löhnung auszuzahlen; für jede von ihnen waren zwei Lohnbücher vorhanden, von denen eines immer in ihren Händen blieb. Dussardier, der aus Gefälligkeit das einer gewissen Hortense Baslin führte, erschien eines Tages an der Kasse, als Fräulein Vatnaz gerade das Konto dieses Mädchens vorlegte; es lautete auf 1682 Franken, die ihr der Kassier auch ausbezahlte. Nun hatte aber Dussardier tags zuvor nur 1082 in das Buch der Baslin eingetragen. Er verlangte es unter irgendeinem Vorwand zurück; dann hatte er, im Wunsch, diese Unterschlagungsgeschichte aus der Welt zu schaffen, angegeben, er habe es verloren. Die Arbeiterin erzählte diesen Schwindel ganz arglos der Vatnaz. Diese wollte wissen, woran sie war, ging zu dem wackeren Kommis und brachte, als wäre nichts geschehen, die Rede darauf. Er antwortete nur: »Ich habe es verbrannt«, sonst nichts. Bald nachher gab sie ihre Stelle auf; daß das Lohnbuch vernichtet sei, wollte sie nicht glauben, bildete sich vielmehr ein, Dussardier bewahre es auf.

Als sie von seiner Verwundung erfuhr, war sie sofort zu ihm gegangen, in der festen Absicht, es wieder an sich zu bringen. Doch hatte sie keine Spur davon finden können, trotz allen ihren genauesten Nachforschungen, und da hatte sie Achtung und bald auch Liebe zu diesem so redlichen, ausgeglichenen, so heldenmütigen und starken Burschen ergriffen.

Ein solches Liebesglück in ihrem Alter kam unverhofft. Sie stürzte sich denn auch mit der Gier eines Menschenfresserweibchens darauf. Sie hatte darüber alles andere aufgegeben, die Literatur, den Sozialismus, die »tröstlichen Lehren und hochherzigen Utopien«, die Vortragsreihe, die sie über »die Befreiung der Frau aus Not und Unterdrückung« hielt, alles, sogar Delmar. Schließlich schlug sie Dussardier vor, sich mit ihm ehelich zu verbinden.

Obschon sie seine Geliebte war, fühlte er doch kein Fünkchen Liebe zu ihr. Außerdem hatte er ihr den damaligen Diebstahl nicht vergessen. Schließlich war sie ihm auch zu reich. So schlug er ihren Antrag aus. Da erzählte sie ihm unter Tränen die schönen Träume, die sie gehegt hatte: sie wollte mit ihm zusammen ein Konfektionsgeschäft eröffnen. Sie verfügte über das unbedingt erforderliche Anfangskapital, das nächste Woche noch um viertausend Franken vermehrt werden sollte, und dann erzählte sie ihm von dem Pfändungsverfahren gegen die Marschallin.

Dussardier nahm es sich seines Freundes wegen sehr zu Herzen. Er mußte wieder an die Zigarrentasche denken, die er ihm damals im Wachtlokal hatte schenken wollen, an die Abende am Quai Napoléon, an so manches angeregte Gespräch, an die Bücher, die ihm Frédéric geliehen hatte, und alle die vielen Gefälligkeiten, die er ihm erwiesen hatte. Er bat also die Vatnaz, davon abzustehen.

Sie lachte ihn wegen seiner Gutmütigkeit aus und legte dabei gegen Rosanette eine geradezu unbegreifliche gehässige Rachsucht an den Tag. Sie wünschte sich einzig darum Reichtum und großen Aufwand, um sie später mit ihrer Kutsche ausstechen und demütigen zu können.

Soviel bodenlose, abgründige Niedertracht erschreckte Dussardier; und als er den Tag der Versteigerung bestimmt in Erfahrung gebracht hatte, ging er fort. Schon am nächsten Morgen erschien er mit verlegener Miene bei Frédéric.

»Ich muß mich bei Ihnen entschuldigen.«

»Weswegen denn?«

»Sie müssen mich für undankbar halten. Sie ist doch meine ...«

Dann stammelte er: »Oh, ich werde sie nie wiedersehen, ich will nicht mit schuld sein!«

Und als ihn Frédéric ganz verwundert anstarrte, fragte er: »Werden denn nicht in drei Tagen die Möbel Ihrer Geliebten versteigert?«

»Wer hat Ihnen das gesagt?«

»Sie selbst! Die Vatnaz. Aber ich fürchte, ich könnte Sie verletzen ...«

»Ausgeschlossen, lieber Freund!«

»Ach, es ist ja wahr! Sie sind so gut!«

Und er reichte ihm verschämt eine kleine schaflederne Brieftasche.

Darin waren viertausend Franken, seine gesamten Ersparnisse.

»Was soll das?! Ah, nein! – Nein! ...«

»Ich wußte ja, ich würde Sie kränken!« erwiderte Dussardier mit Tränen in den Augen.

Frédéric drückte ihm die Hand. Und da bat der wackere Junge mit schmerzerstickter Stimme noch einmal: »Nehmen Sie's doch! Tun Sie mir den Gefallen! Ich bin so verzweifelt! Ist denn nicht alles zu Ende? Als die Revolution kam, hatte ich geglaubt, wir würden alle glücklich sein. Wissen Sie noch, wie schön das war, wie frei man atmete? Jetzt aber sind wir tiefer gesunken als je zuvor!«

Er starrte zu Boden.

»Jetzt machen sie unserer Republik den Garaus, wie sie auch schon die andere, die römische, umgebracht haben! Und das arme Venedig, das arme Polen, das arme Ungarn! Was für Schändlichkeiten! Zuerst hat man die Freiheitsbäume umgelegt, dann das Wahlrecht eingeschränkt, die Klubs geschlossen, die Zensur wieder eingeführt und die Schule den Pfaffen ausgeliefert, bis die Stunde für die Inquisition reif ist. Warum auch nicht? Es gibt genug Konservative, die uns die Kosaken auf den Hals wünschen! Man verknurrt die Zeitungen, wenn sie gegen die Todesstrafe schreiben, Paris strotzt von Bajonetten, über sechzehn Departements ist der Belagerungszustand verhängt worden, und die Amnestie ist ein weiteres Mal verworfen worden!«

Er griff sich mit beiden Händen an die Stirn; dann breitete er die Arme wie in unsäglicher Qual aus.

»Wenn man nur ernstlich wollte! Wenn alle es ehrlich und aufrichtig meinten, könnte man sich bestimmt verständigen! Aber es kann nicht sein! Die Arbeiter sind keinen Deut besser als die Bürgerlichen, sehen Sie! In Elbeuf haben sie jüngsthin bei einem Schadenfeuer glatt ihre Hilfe verweigert. Ein paar Lumpen schimpfen Barbès einen Aristokraten. Um das Volk so recht zum Gespött zu machen, wollen sie Nadaud zum Präsidenten ernennen, einen Maurer! Was sagen Sie dazu?! Und es gibt keinen Ausweg, keine Abhilfe! Alle sind gegen uns! Ich habe nie etwas Schlechtes getan, und doch lastet es mir wie ein schweres Gewicht auf dem Magen. Ich werde noch verrückt, wenn das so weitergeht! Am liebsten möchte ich mich umbringen lassen! Ich sag Ihnen doch: ich brauche mein Geld nicht! Sie können es mir ja wiedergeben, Teufel nochmal, ich borge es Ihnen bloß!«

Frédéric, durch seine Notlage dazu gezwungen, nahm zuletzt die viertausend Franken an. So hatten sie nun von seiten der Vatnaz nichts mehr zu fürchten.

Bald darauf verlor jedoch Rosanette ihren Prozeß gegen Arnoux und wollte aus purer Rechthaberei gegen das Urteil Berufung einlegen.

Deslauriers redete sich heiser, um ihr begreiflich zu machen, daß Arnoux' Versprechen weder eine Schenkung noch eine rechtskräftige Besitzübertragung darstelle. Sie hörte ihm überhaupt nicht zu und fand, das Gesetz sei ungerecht. Sie sei eben eine Frau, und darum hielten die Männer gegen sie zusammen! Zuletzt tat sie dann aber doch, was er ihr geraten hatte.

Deslauriers tat sich im Hause so wenig Zwang an, daß er mehrmals Sénécal zum Essen mitbrachte. Dieses schamlose Benehmen verdroß Frédéric. Er schoß ihm nämlich immer wieder Geld vor und ließ ihn sogar bei seinem Schneider neu einkleiden. Und dann verschenkte der Advokat seine alten Überröcke an den Sozialisten, von dem kein Mensch wußte, wovon er eigentlich lebte.

Hingegen hätte er sich Rosanette gerne nützlich gemacht.

Als sie ihm eines Tags zwölf Aktien der Kaolingesellschaft zeigte – des gleichen Unternehmens, um dessentwillen Arnoux zu dreißigtausend Franken Schadenersatz verurteilt worden war –, erklärte er ihr: »Aber da ist etwas faul! Großartig!«

Sie habe das Recht, Arnoux zur Rückzahlung ihrer Forderung gerichtlich anzuhalten. Zuerst müsse sie beweisen, daß er solidarisch für die gesamten Passiva der Gesellschaft hafte, da er persönliche Schulden als Kollektivschulden ausgegeben habe, schließlich, daß er der Gesellschaft mehrere Wertpapiere unterschlagen habe.

»All dies macht ihn des betrügerischen Bankrotts schuldig, Artikel 586 und 587 des Handelsgesetzbuchs. Und wir werden ihn einspinnen lassen, darauf können Sie sich verlassen, mein Kindchen.«

Rosanette fiel ihm um den Hals. Er empfahl sie am nächsten Tag dem Anwalt, bei dem er früher gearbeitet hatte; er könne sich nicht persönlich mit dem Prozeß befassen, da er dringend in Nogent zu tun habe. Notfalls solle Sénécal ihm schreiben.

Seine Verhandlungen über den Ankauf einer Anwaltskanzlei waren ein bloßer Vorwand. Er brachte seine ganze Zeit beim alten Roque zu, wo er von allem Anfang an nicht nur das Lob ihres gemeinsamen Freundes gesungen, sondern ihn auch so gut wie möglich in seinem ganzen Benehmen und seiner Redeweise nachgeahmt hatte. Das hatte ihm Louises Vertrauen eingetragen, während er das ihres Vaters dadurch erwarb, daß er wütend über Ledru-Rollin loszog.

Wenn Frédéric nicht wieder nach Hause komme, so liege das daran, daß er in der großen Gesellschaft verkehre. Und ganz allmählich brachte Deslauriers ihnen bei, daß er eine andere liebe, daß er ein Kind habe und ein Frauenzimmer aushalte.

Louises Verzweiflung kannte keine Grenzen. Madame Moreaus Entrüstung war nicht minder heftig. Sie sah ihren Sohn im Strudel der Welt einem unklar geahnten Abgrund zutreiben, war in ihrem frommen Glauben an Anstand und Herkommen verletzt und empfand Frédérics Verhalten als eine persönliche Entehrung. Da veränderte sich mit einmal ihr ganzes Wesen. Wenn man sich bei ihr nach Frédéric erkundigte, sagte sie mit verschmitzter Miene: »Es geht ihm gut, sehr gut sogar.«

Sie hatte von seiner Heirat mit Madame Dambreuse gehört.

Der Zeitpunkt war bereits festgesetzt. Und er überlegte sogar schon, wie er Rosanette die bittere Pille beibringen konnte.

Um die Herbstmitte gewann sie ihren Prozeß um die Kaolinaktien. Frédéric erfuhr es, als er Sénécal vor der Tür begegnete. Er kam eben von der Verhandlung.

Das Gericht hatte Arnoux der Beihilfe zu allen Unterschlagungen schuldig befunden. Und der ehemalige Einpauker war darüber so offenkundig erfreut, daß ihn Frédéric nicht ins Haus ließ, sondern ihm versicherte, er werde alles Rosanette ausrichten. Mit wutverzerrtem Gesicht trat er bei ihr ein.

»So, bist du jetzt zufrieden?«

Doch sie achtete gar nicht auf seine Worte, sondern sagte nur: »Schau doch.«

Und sie zeigte auf ihr Kind, das in einer Wiege beim Feuer lag. Sie hatte es am Morgen so krank bei der Amme vorgefunden, daß sie es mit nach Paris genommen hatte.

Alle seine Gliedmaßen waren gräßlich abgemagert und seine Lippen mit weißen Pünktchen überstreut, die in der Mundhöhle wie geronnene Milch aussahen.

»Was hat der Arzt gesagt?«

»Ach, der Arzt! Er behauptet, die Reise habe seine ... ich weiß nicht mehr was, irgend so ein Name auf *itis* ... noch verschlimmert. Kurzum, er hat die Mundfäule. Weißt du, was das ist?«

Frédéric antwortete ohne Zögern: »Natürlich!« und setzte hinzu, das sei weiter nichts Schlimmes.

Doch im Laufe des Abends erschreckte ihn nun doch das entkräftete Aussehen des Kindes und die Zunahme der weißlichen Flecken, die aussahen wie Schimmel, als sei das Leben bereits aus dem armen Körperchen gewichen und habe nichts übriggelassen als einen Nährstoff, auf dem diese wuchernde Vegetation gedeihen konnte. Seine Händchen waren kalt, und es konnte jetzt nicht mehr trinken. Die Amme – eine andere, die der Concierge auf gut Glück in einer Vermittlungsstelle geholt hatte – jammerte in einem fort: »Es steht bös, sehr bös mit ihm!«

Rosanette blieb die ganze Nacht auf.

Am Morgen holte sie Frédéric.

»Komm doch und schau ihn dir an! Er rührt sich nicht mehr.«

Das Kind war tot. Sie nahm es in die Arme, schüttelte es, drückte es an sich und gab ihm die zärtlichsten Kosenamen, bedeckte es unter Schluchzen mit Küssen, drehte sich wie irrsinnig um sich selber, raufte sich die Haare aus, stieß ein gellendes Jammergeschrei aus und sank zuletzt auf den Rand des Diwans hin, wo sie mit offenem Mund sitzen blieb, während ein Strom von Tränen aus ihren starren Augen floß. Dann versank sie in eine stumpfe Empfindungslosigkeit, und alles wurde still im Zimmer. Die Möbel waren unordentlich durcheinandergerückt. Zwei, drei Handtücher lagen herum. Es schlug sechs Uhr. Das Nachtlämpchen erlosch.

Frédéric starrte auf dieses jammervolle Bild, und es war ihm, als träume er. Sein Herz krampfte sich vor Angst zusammen. Es wollte ihm scheinen, dieser Tod sei nur ein Anfang, und dahinter lauere ein noch schwereres Unglück und breche demnächst über ihn herein.

Plötzlich sagte Rosanette weich und innig zu ihm: »Nicht wahr, wir geben ihn nicht her?«

Sie wünschte das Kind einbalsamieren zu lassen. Vielerlei Gründe sprachen dagegen. Der triftigste war nach Frédérics Ansicht, daß dies bei so kleinen Kindern gar nicht möglich sei. Ein Porträt wäre besser. Dieser Gedanke leuchtete ihr ein. Er schrieb ein paar Worte an Pellerin, und Delphine trug das Briefchen auf der Stelle hin.

Pellerin kam sofort, da er durch seinen Eifer jede Erinnerung an sein früheres Benehmen verwischen wollte. Zuerst sagte er: »Armer kleiner Engel! Ach, großer Gott, welch ein Unglück!«

Doch nach und nach brach bei ihm der Künstler durch, und er erklärte, er könne mit diesen schwärzlich angelaufenen Augen und dem leichenfahlen Gesichtlein nichts anfangen; es sei das reinste Stilleben und erfordere viel Talent; und er brummte ein paarmal vor sich hin: »Oh, nicht einfach, gar nicht einfach!«

»Wenn es nur ähnlich wird!« warf Rosanette ein.

»Ach was, auf die Ähnlichkeit pfeif ich! Hol der Teufel den Realismus! Den Geist malt man! Laßt mich nur machen. Ich will versuchen, mir vorzustellen, was daraus werden kann.«

Er dachte, die Stirn in die linke Hand gestützt, den Ellbogen in die rechte, lange nach. Dann rief er plötzlich: »Ah, ich hab's! Ein Pastell! Mit farbigen Halbtönen, beinah flach und nur außen an den Umrissen aufgetragen, kann man eine schöne Modellierung herauskriegen.«

Er schickte die Stubenmagd nach seinem Farbkasten. Als er dann einen Stuhl unter die Füße und einen zweiten neben sich gestellt hatte, fing er an, in schmissigen Strichen eine Skizze zu entwerfen, so seelenruhig, als hätte er nach einem Gipsmodell gearbeitet. Er äußerte sich begeistert über die verschiedenen Fassungen des kleinen Johannes des Täufers von Correggio, die Infantin Rosa von Velasquez, die milchig weißen Fleischtöne von Reynolds, die vornehme Malart eines Lawrence und insbesondere über das Kind mit den langen Haaren, das auf den Knien der Lady Glower sitzt.

»Kann man sich übrigens etwas Reizvolleres denken als diese kleinen Krabben?! Der Inbegriff des Erhabenen – wie Raffael mit seinen Madonnen bewiesen hat – ist eine Mutter mit ihrem Kind!«

Rosanette, die einer Ohnmacht nahe war, wankte hinaus. Kaum war sie draußen, sagte Pellerin: »Ja, ja, Arnoux! ... Sie wissen doch, was geschehen ist?«

»Nein. Was denn?«

»Es mußte ja übrigens einmal ein solches Ende mit ihm nehmen!«

»Was ist denn los?«

»Er ist jetzt vielleicht ... Verzeihung.«

Der Künstler stand auf, um das Köpfchen der kleinen Leiche höher zu betten.

»Sie sagten vorhin ...« begann Frédéric wieder.

Pellerin kniff die Augen zusammen, um besser Maß nehmen zu können; dann fuhr er fort: »Ich sagte eben, unser Freund Arnoux sitzt jetzt vielleicht im Loch!«

Dann fuhr er in selbstzufriedenem Ton fort: »Schauen Sie her. Ist's recht so?«

»Ja, sehr gut! Aber Arnoux?«

Pellerin legte den Bleistift hin.

»Soviel ich verstanden habe, wird er von einem gewissen Mignot gerichtlich verfolgt, einem Freund von Regimbart. Auch ein rechter Gimpel, der Regimbart, was? So ein Trottel! Stellen Sie sich vor, eines Tages ...«

»Aber jetzt ist ja gar nicht die Rede von Regimbart!«

»Stimmt. Gut denn, Arnoux mußte also bis gestern abend zwölftausend Franken auftreiben, sonst war er geliefert.«

»Oh, das ist vielleicht übertrieben«, sagte Frédéric.

»Nicht im geringsten! Mir sah die Sache sehr bedenklich aus, sehr bedenklich!«

In diesem Augenblick kam Rosanette wieder herein. Sie hatte rote Flecken unter den Lidern, so brennend rot wie Schminkekleckse. Sie setzte sich neben den Entwurf und schaute ihn an. Pelerin gab Frédéric zu verstehen, er könne nicht weitersprechen, solange sie da sei. Doch Frédéric beachtete das gar nicht, sondern fuhr fort: »Ich kann aber doch nicht glauben ...«

»Ich sag Ihnen noch einmal, ich bin ihm gestern begegnet«, beharrte der Künstler, »um sieben Uhr an der Rue Jacob. Er hatte sogar seinen Paß bei sich, für alle Fälle. Und er sprach davon, er gedenke sich mit Kind und Kegel in Le Havre einzuschiffen.«

»Was? Mit seiner Frau?«

»Natürlich. Er ist ein so guter Familienvater und kann doch nicht allein leben!«

»Und Sie wissen das ganz bestimmt? ...«

»Herrgott! Wo soll er denn zwölftausend Franken hergenommen haben?«

Frédéric ging zwei-, dreimal im Zimmer auf und ab. Er jappte nach Luft, biß sich auf die Lippen und nahm schließlich seinen Hut.

»Wo willst du denn hin?« fragte Rosanette.

Er gab ihr keine Antwort und verschwand.

5

Er mußte zwölftausend Franken auftreiben, sonst sah er Madame Arnoux nie wieder. Bis zum heutigen Tag war ihm immer noch eine unzerstörbare Hoffnung geblieben. War sie nicht gleichsam das Lebenselement seines Herzens, der eigentliche Inhalt seines Daseins? Minutenlang stand er taumelnd auf dem Trottoir, von Todesängsten gequält und doch glücklich, weil er nicht mehr bei Rosanette war.

Wo Geld hernehmen? Frédéric wußte aus eigener Erfahrung, wie schwierig es ist, sofort Geld zu beschaffen, einerlei um welchen Preis. Ein einziger Mensch konnte ihm helfen: Madame Dambreuse. Sie verwahrte jederzeit in ihrem Schreibtischchen mehrere Banknoten. Er ging also zu ihr und fragte sie unverfroren: »Kannst du mir zwölftausend Franken leihen?«

»Wozu?«

Das dürfe er nicht sagen; er brauche das Geld für einen andern. Sie wollte es trotzdem wissen. Er gab nicht nach. Beide blieben starrsinnig bei ihrem Vorsatz. Schließlich erklärte sie, solange sie nicht wisse zu welchem Zweck, gebe sie nichts. Frédéric bekam einen hochroten Kopf. Einer von seinen Freunden habe einen Diebstahl begangen. Die Summe müsse noch heute zurückerstattet werden.

»Wie heißt er? Sein Name? Komm, sag mir doch seinen Namen!«

»Dussardier.«

Und er sank vor ihr auf die Knie und bat sie inständig, nichts weiterzusagen.

»Wofür hältst du mich eigentlich?« erwiderte Madame Dambreuse. »Man könnte ja glauben, du seist der Dieb. Hör doch auf mit deinem tragischen Getue! Da, nimm; möge es ihm wohlbekommen.«

Er lief schleunig zu Arnoux. Der aber war nicht in seinem Laden. Er wohne jedoch immer noch in der Rue Paradis, denn er habe zwei Wohnungen.

In der Rue Paradis schwor der Portier hoch und heilig, Herr Arnoux sei schon seit gestern nicht mehr zu Hause. Was seine Frau betreffe, so könne er nichts Bestimmtes sagen. Frédéric stürmte pfeilgeschwind die Treppe empor und preßte sein Ohr ans Schlüsselloch. Endlich ging die Tür auf. Die gnädige Frau sei mit dem Herrn verreist. Das Dienstmädchen wußte nicht, wann sie wieder zurückkämen. Sie sei entlohnt worden und gehe gleichfalls fort.

Auf einmal hörte man eine Tür schlagen.

»Aber da ist doch jemand?«

»O nein. Das war nur der Wind.«

Da ging er. Doch was auch geschehen sein mochte, ein so überstürztes Verschwinden blieb ihm unerklärlich.

Regimbart war doch Mignots guter Freund. Vielleicht konnte der ihm Aufschluß geben. Und so ließ sich Frédéric zu ihm auf den Montmartre in die Rue de l'Empereur fahren.

Sein Haus stand in einem Gärtchen, von einem Gitter umschlossen, dessen Zwischenräume mit Eisenblech ausgefüllt waren. Eine Freitreppe – drei Stufen – verlieh der weißen Fassade etwas Herrschaftliches, und wenn man auf dem Trottoir vorbeiging, konnte man in die beiden Zimmer im Erdgeschoß hineinsehen. Das erste war ein Empfangsraum, in dem überall auf den Möbeln Kleider herumlagen; das zweite war die Werkstätte, in der sich die Arbeiterinnen der Frau Regimbart aufhielten.

Sie waren alle davon überzeugt, daß Regimbart sich mit hochwichtigen Geschäften befasse und vornehme Beziehungen unterhalte, daß er jedenfalls ein ganz überragender Mensch sei. Wenn er mit seinem hochgekrempten Hut, seinem langen, ernsten Gesicht und in seinem grünen Gehrock durch den Flur ging, ließen sie ihre Näharbeit ruhen. Zudem versäumte er nie, ihnen ein aufmunterndes Wort zuzurufen, irgendeine

Liebenswürdigkeit in Form eines Sinnspruches. Und später, wenn sie erst verheiratet waren, fühlten sie sich todunglücklich, weil sie in ihm immer noch ihr Ideal sahen.

Keine von ihnen aber liebte ihn so wie seine Frau, eine kleine gescheite Person, die ihn mit ihrer Hände Arbeit ernährte.

Sobald Herr Moreau seinen Namen genannt hatte, kam sie eilends heraus und empfing ihn, denn sie hatte von der Dienerschaft gehört, in welchen Beziehungen er zu Madame Dambreuse stand. Ihr Mann könne jeden Augenblick nach Hause kommen, und während Frédéric hinter ihr herging, bewunderte er die blitzsauber gehaltene Wohnung und staunte über das verschwenderisch überall ausgebreitete Wachstuch. Dann wartete er ein paar Minuten in einer Art Büro, in das sich der Bürger zum Nachdenken zurückzuziehen pflegte.

Er empfing ihn diesmal weniger mürrisch als sonst.

Dann erzählte er, was sich mit Arnoux zugetragen hatte. Der frühere Fayencenfabrikant hatte Mignot, einen Patrioten, Besitzer von hundert Aktien des *Siècle,* auf den Leim gelockt, indem er ihm weismachte, vom demokratischen Standpunkt aus sei ein Wechsel in der Geschäftsleitung und in der Redaktion der Zeitung unerläßlich. Und unter dem Vorwand, er könne so in der nächsten Aktionärversammlung seine Ansicht durchdrücken, hatte er ihm fünfzig Aktien abgeschwatzt und ihm gesagt, er werde sie ein paar verläßlichen Freunden weitergeben, die sein Votum unterstützen würden. Mignot trage keinerlei Verantwortung und werde sich mit niemandem überwerfen. Habe er dann seinen Antrag durchgebracht, werde er ihm in der Verwaltung eine gute Stelle verschaffen, fünf- bis sechstausend Franken zum mindesten. Die Aktien waren ihm ausgehändigt worden. Aber Arnoux hatte sie unverzüglich verkauft, und mit dem Geld hatte er sich mit einem Kaufmann zusammengetan, der mit religiösen Gebrauchsartikeln handelte. Daraufhin hatte Mignot Einspruch erhoben, Arnoux aber hatte ihn mit allerlei Ausflüchten hingehalten. Schließlich hatte ihm der Patriot mit einer Klage wegen Betrugs gedroht, wenn er nicht seine Wertpapiere oder den entsprechenden Geldeswert, fünfzigtausend Franken, umgehend zurückerstatte.

Frédéric machte ein verzweifeltes Gesicht.

»Das ist noch nicht alles«, fuhr der Bürger fort. »Mignot ist ein anständiger Kerl, er ist auf ein Viertel heruntergegangen. Neuerliche Erklärungen des andern, natürlich lauter leere Versprechungen. Kurz und gut, vorgestern früh hat ihn Mignot gerichtlich auffordern lassen, ihm binnen vierundzwanzig Stunden zwölftausend Franken zurückzuzahlen, unbeschadet seiner übrigen Forderungen.«

»Aber ich habe ja das Geld!« rief Frédéric.

Da wandte sich der Bürger langsam um.

»Aufschneider!«

»Nur nicht so voreilig! Es ist hier in meiner Tasche. Ich wollte es eben herbringen.«

»Wie Sie ins Zeug gehen, Himmeldonnerwetter! Außerdem ist es zu spät. Die Klage ist eingereicht, und Arnoux ist verduftet!«

»Allein?«

»Nein, mit seiner Frau. Man hat sie am Bahnhof gesehen.«

Frédéric wurde totenbleich. Frau Regimbart glaubte, er werde gleich ohnmächtig umfallen. Aber er riß sich zusammen, ja er brachte sogar die Kraft auf, zwei, drei Fragen über die jüngsten Vorkommnisse zu stellen. Regimbart tat die ganze Geschichte leid, denn alles das schade letzten Endes der Demokratie. Arnoux sei schon immer liederlich und haltlos gewesen.

»Ein rechter lockerer Zeisig! Seit jeher hat er die Kerze an beiden Enden angebrannt! Die Weiber haben ihn zugrunde gerichtet. Er tut mir ja nicht leid, aber seine arme Frau!«

Der Bürger hegte nämlich große Bewunderung für tugendhafte Frauen und hielt große Stücke auf Madame Arnoux.

»Sie hat sicher viel Schweres durchgemacht!«

Frédéric war ihm dankbar für dieses Mitgefühl, und als hätte ihm Regimbart einen Dienst erwiesen, drückte er ihm in überströmender Herzlichkeit die Hand.

»Hast du alle notwendigen Besorgungen erledigt?« fragte ihn Rosanette, als sie ihn wiedersah.

Er habe es nicht übers Herz gebracht, antwortete er, und da sei er aufs Geratewohl durch die Straßen geirrt, um sich zu betäuben.

Um acht Uhr gingen sie ins Eßzimmer; aber sie saßen sich schweigend gegenüber, seufzten von Zeit zu Zeit tief auf und schoben ihre Teller zurück. Frédéric trank Branntwein. Er fühlte sich wie gerädert, völlig zerrüttet, gänzlich zerschlagen, und empfand nur noch eine unsagbare Müdigkeit.

Sie holte das Porträt herein. Rot, Gelb, Grün und Indigo stießen darauf in harten, grellen Flecken aneinander und machten das Ganze zu einem scheußlichen, beinah lächerlichen Gekleckse.

Der kleine Tote war übrigens jetzt bis zur Unkenntlichkeit entstellt. Die violette Verfärbung seiner Lippen erhöhte noch die fahle Weiße seiner Haut. Die Nasenlöcher waren noch enger geworden, die Augen noch tiefer eingesunken. Sein Köpfchen ruhte auf einem blauseidenen Kopfkissen zwischen Kamelienblüten, Herbstrosen und Veilchen. Auf diesen Gedanken war das Stubenmädchen gekommen; die beiden Frauen hatten ihn andächtig so zurechtgemacht. Der Kamin, mit einer Gipürdecke verhangen, trug vergoldete Leuchter, die mit Sträußen von geweihtem Buchs abwechselten. An den Ecken brannten in den beiden Vasen Räucherkerzen. All dies bildete mit der Wiege eine Art Altar, und Frédéric mußte wieder an seine Nachtwache bei Herrn Dambreuse denken.

Alle Viertelstunden etwa zog Rosanette die Vorhänge auf und betrachtete ihr Kind. Sie sah es leibhaftig vor sich, wie es in einigen Monaten die ersten Gehversuche unternommen hätte, dann im Schulhof des Gymnasiums beim Spiel, dann als zwanzigjährigen jungen Mann. Und alle diese Bilder, die sie sich schuf, waren für sie ebenso viele Söhne, die sie verloren hatte. Im Übermaß ihres Leides erlitt ihr Mutterherz den Tod ihres Söhnchens nicht nur einmal, sondern aber und abermals.

Frédéric saß regungslos in dem andern Lehnsessel und dachte an Madame Arnoux.

Sie fuhr jetzt wohl in der Eisenbahn, das Gesicht ans

Fenster des Wagens gepreßt, und blickte in die Landschaft hinaus, die hinter ihr, gegen Paris zu, dahinschwand. Oder sie stand auf dem Deck eines Dampfschiffs wie damals, als er sie zum erstenmal gesehen hatte. Dieser Dampfer aber fuhr ohne Halt fernen Ländern entgegen, von wo sie nie wieder zurückkehrte. Dann wieder sah er sie in einem Gasthofzimmer; Koffer standen auf dem Boden umher, die Tapete hing in Fetzen herunter, die Tür rüttelte im Winde. Und dann? Was wurde wohl aus ihr? Lehrerin? Gesellschaftsdame, Zimmermädchen, wer weiß? Sie war allen Zufälligkeiten des Elends preisgegeben. Diese Ungewißheit über ihr Schicksal quälte ihn. Er hätte sich ihrer Flucht entgegenstellen oder hinter ihr herreisen müssen. War er nicht ihr eigentlicher Gatte? Und wenn er daran dachte, daß er sie nie wiederfinden werde, daß jetzt alles aus sei, daß sie für ihn unwiderruflich verloren war, fühlte er, wie ein Riß durch sein ganzes Sein ging. Seine seit dem Morgen aufgestauten Tränen flossen über.

Rosanette sah es.

»Ach, du weinst wie ich! Tut dir das Herz auch weh?«

»Ja. Ja, es tut weh! ...«

Er drückte sie an sein Herz, und beide hielten sich schluchzend umschlungen.

Auch Madame Dambreuse weinte. Sie lag auf dem Bauch in ihrem Bett und hatte den Kopf in die Hände vergraben.

Olympe Regimbart war am Abend zur Anprobe ihres ersten farbigen Kleides gekommen, hatte von Frédérics Besuch erzählt und sogar erwähnt, er habe zwölftausend Franken in barem Geld bei sich gehabt, die er Arnoux habe bringen wollen.

Also war dieses Geld, ihr Geld, dazu da, um die Abreise der andern zu verhindern, um sich eine Geliebte zu erhalten!

Zuerst bekam sie einen Wutanfall. Sie war entschlossen, ihn wie einen Lakaien fortzujagen. Ein Strom von Tränen ließ sie ruhiger werden. Es war ratsamer, alles für sich zu behalten und nichts zu sagen.

Am nächsten Tag brachte Frédéric die zwölftausend Franken zurück.

Sie bat ihn, sie zu behalten, für den Fall, daß sein Freund sie brauchen sollte, und dann fragte sie ihn lange über diesen saubern Herrn aus. Wer hatte ihn denn zu einem solchen Vertrauensmißbrauch getrieben? Bestimmt eine Frau! »Die Weiber verleiten euch Männer zu allen Verbrechen!«

Dieser hänselnde Ton brachte Frédéric gänzlich aus der Fassung. Er empfand tiefe Reue wegen seiner Verleumdung. Was ihn jedoch beruhigte, war die Gewißheit, daß Madame Dambreuse die Wahrheit nicht kennen konnte.

Doch sie ritt beharrlich auf dem Thema herum. Denn am übernächsten Tag erkundigte sie sich noch einmal nach seinem Freund, dann nach einem andern, nach Deslauriers.

»Ist der ein zuverlässiger und kluger Mensch?«

Frédéric strich ihn mächtig heraus.

»Bitten Sie ihn doch, nächstens einmal bei mir vorbeizukommen. Ich möchte ihn gern in einer bestimmten Angelegenheit um Rat fragen.«

Sie hatte eine Rolle alter Papiere gefunden, die regelrecht zu Protest gegangene Wechsel Arnoux' enthielt; sie waren auch von Madame Arnoux unterschrieben. Ihretwegen war Frédéric einmal während des Mittagessens zu Herrn Dambreuse gekommen; und wenn der Kapitalist auch die Rückzahlung nicht hatte eintreiben wollen, so hatte er gleichwohl durch das Handelsgericht nicht nur gegen Arnoux, sondern auch gegen seine Frau ein Urteil erwirkt. Sie hatte das jedoch nicht gewußt, denn ihr Mann hatte es nicht für richtig gehalten, es ihr mitzuteilen.

Das war eine wirksame Waffe! Daran zweifelte Madame Dambreuse keinen Augenblick. Aber ihr Anwalt würde ihr vielleicht davon abraten. Sie hätte darum lieber irgendeinen obskuren Berater genommen, und da war ihr dieser schlaksige lange Teufel mit dem frechen Gesicht eingefallen, der ihr seinerzeit seine Dienste angeboten hatte.

Frédéric führte nichtsahnend ihren Auftrag aus.

Der Advokat war hocherfreut, daß er mit einer so vornehmen Dame in Beziehungen treten sollte.

Er kam auf der Stelle.

Da teilte sie ihm mit, der Nachlaß gehöre ihrer Nichte,

ein Grund mehr, diese Guthaben zu liquidieren. Sie möchte sie gern auszahlen, denn es liege ihr viel daran, das Ehepaar Martinon mit größtem Entgegenkommen zu verwöhnen.

Deslauriers wurde es sofort klar, daß dahinter ein Geheimnis stecke. Gedankenverloren betrachtete er die Wechsel. Madame Arnoux' Name, eigenhändig hingeschrieben, brachte ihm ihr Bild leibhaft vor Augen und auch den Schimpf, den er von ihr hatte einstecken müssen. Da sich nun eine Gelegenheit zur Vergeltung bot, warum sollte er sie nicht ergreifen?

Er riet also Madame Dambreuse, die aussichtslosen Guthaben, die zur Erbmasse gehörten, versteigern zu lassen. Ein Strohmann würde sie dann unter der Hand aufkaufen und einklagen. Diesen Mann ausfindig zu machen, wolle er schon übernehmen.

Gegen Ende November ging Frédéric einmal durch die Straße, in der Madame Arnoux gewohnt hatte, und blickte zu ihren Fenstern empor. Da sah er an der Tür einen Anschlag, auf dem in großen Lettern geschrieben stand:

»Versteigerung eines reichen Mobiliars, bestehend aus Küchengeschirr, Leib- und Tischwäsche, Hemden, Spitzen, Unterröcken, Beinkleidern, französischen und indischen Kaschmirtüchern, einem Erardflügel, zwei eichenen Renaissance-Truhen, venezianischen Spiegeln, chinesischem und japanischem Porzellan.«

Das ist ihre Wohnungseinrichtung! sagte sich Frédéric, und der Portier bestätigte seine Vermutung.

Wer die Versteigerung durchführen ließ, wußte er nicht. Aber vielleicht könne der Auktionator, Herr Berthelmot, darüber Auskunft erteilen.

Zunächst wollte der Beamte nicht Aufschluß geben, welcher Gläubiger die Versteigerung veranlaßt hatte. Doch Frédéric gab nicht nach. Es sei ein Herr Sénécal, Geschäftsagent. Und Maître Berthelmot trieb seine Dienstbeflissenheit sogar so weit, daß er ihm sein Anzeigenblatt lieh.

Als Frédéric Rosanettes Wohnung betrat, warf er das Blatt offen auf den Tisch.

»Lies nur!«

»Was denn?« fragte sie mit einem so gemütsruhigen Gesicht, daß er empört auffuhr.

»Spiel nur weiter die Unschuldige!«

»Ich weiß gar nicht, was du willst!«

»Steckst du hinter der Versteigerung bei Madame Arnoux?«

Sie las die Anzeige nochmals.

»Wo steht denn ihr Name?«

»Ach was! Es ist ihr Mobiliar! Das weißt du besser als ich!«

»Was geht das mich an?« fragte Rosanette achselzuckend.

»Was das dich angeht? Du rächst dich eben, das ist es ja! Das hast du mit deiner Rachsucht fertiggebracht! Hast du nicht deine gehässige Zudringlichkeit so weit getrieben, daß du ihr bis ins Haus nachgestellt hast? Ein hergelaufenes Frauenzimmer wie du, und sie, die makelloseste, die bezauberndste, die beste Frau auf Erden! Warum bist du nur so darauf versessen, sie zugrunde zu richten?«

»Du irrst dich. Wenn ich dir's doch sage! . . .«

»Geh mir doch weg! Als ob du nicht Sénécal vorgeschoben hättest!«

»Was für ein Unsinn!«

Da packte ihn eine besinnungslose Wut.

»Du lügst! Du lügst, du elendes Weibsbild! Du bist eifersüchtig auf sie! Du hast einen Strafbefehl gegen ihren Mann in Händen! Sénécal hat schon einmal mit dir unter einer Decke gesteckt! Er haßt Arnoux, und ihr habt euch in eurem Haß gefunden. Ich habe gesehen, wie er frohlockte, als du deinen Prozeß um die Kaolinaktien gewonnen hattest. Willst du das vielleicht auch ableugnen?«

»Ich gebe dir mein Wort . . .«

»Oh, ich weiß, was es wert ist, dein Wort!«

Und nun hielt ihr Frédéric alle ihre Liebhaber vor, nannte sie bei Namen und erwähnte die ausführlichsten Einzelheiten. Rosanette wurde kreidebleich und wich vor ihm zurück.

»Ja, da staunst du! Hast wohl geglaubt, ich sei blind, weil ich immer beide Augen zudrückte! Jetzt habe ich's satt! Man stirbt nicht an der Untreue von Frauen deines Schlags! Wenn sie allzu ungeheuerlich wird, geht man ihnen aus dem Weg. Es hieße ja sich erniedrigen, wenn man das ahnden wollte!«

Sie rang die Hände, wimmerte: »Gott, mein Gott! Was hat dich denn so verändert?«

»Nur du allein, wer denn sonst?«

»Und alles wegen Madame Arnoux!...« schluchzte Rosanette.

Er entgegnete kalt: »Ich habe immer nur sie geliebt.«

Bei dieser Kränkung versiegten ihre Tränen.

»Das beweist deinen guten Geschmack! Eine Person gereiften Alters, mit einer Haut wie ein Negerweib, dick und plump, mit Augen so groß wie Kellerlöcher und ebenso leer! Wenn du daran Gefallen findest, na, so geh doch zu ihr!«

»Darauf habe ich nur gewartet! Danke.«

Rosanette stand unbeweglich, starr über dieses sonderbare Benehmen. Sie regte sich nicht, bis die Tür hinter ihm ins Schloß fiel. Dann aber holte sie ihn mit einem Satz im Vorzimmer ein, umschlang ihn mit den Armen und keuchte: »Aber du bist ja wahnsinnig! Du bist verrückt! Das kann doch nicht sein! Ich hab dich doch lieb!«

Flehend hing sie ihm an: »Großer Gott! im Namen unseres kleinen Kindes!«

»Gib zu, daß du's gewesen bist!« drängte Frédéric.

Sie beteuerte abermals ihre Unschuld.

»Du willst nicht gestehen?«

»Nein!«

»So leb denn wohl! Für immer!«

»Hör mich an!«

Frédéric wandte sich um.

»Wenn du mich besser kenntest, dann wüßtest du, daß mein Entschluß unwiderruflich ist!«

»Oh, du wirst schon wieder zu mir zurückkommen!«

»Nie im Leben!«

Und er schlug krachend die Tür hinter sich zu.

Rosanette schrieb an Deslauriers, sie müsse ihn unbedingt sofort sehen.

Er kam fünf Tage später an einem Abend. Und als sie ihm

von ihrem Bruch mit Frédéric erzählte, sagte er nur: »Weiter nichts? Das ist doch kein Unglück!«

Sie hatte zuerst geglaubt, er könne ihr Frédéric wieder zurückholen. Aber jetzt war alles aus. Sie hatte nämlich durch seinen Concierge von seiner bevorstehenden Heirat mit Madame Dambreuse erfahren.

Deslauriers hielt ihr eine Standrede, ja er gab sich sogar eigentümlich ausgelassen und war zu allerlei Späßen aufgelegt. Und da es schon reichlich spät geworden war, bat er um die Erlaubnis, die Nacht auf einem Lehnstuhl verbringen zu dürfen. Am nächsten Morgen reiste er wieder nach Nogent und sagte ihr noch, er wisse nicht, wann sie sich wiedersehen könnten. Vielleicht werde binnen kurzem eine große Veränderung in seinem Leben eintreten.

Zwei Stunden nach seiner Ankunft war die ganze Stadt in Aufruhr. Es hieß, Herr Frédéric werde demnächst Madame Dambreuse heiraten. Endlich hielten es die drei Fräulein Auger nicht länger aus und begaben sich zu Madame Moreau, die voll Stolz diese Kunde bestätigte. Der alte Roque ärgerte sich krank darüber. Louise schloß sich ein. Es ging sogar das Gerücht, sie sei verrückt geworden.

Frédéric konnte indessen seine Traurigkeit nicht verhehlen. Madame Dambreuse wollte ihn offenkundig davon ablenken und war doppelt rücksichtsvoll und liebenswürdig. Jeden Nachmittag fuhr sie mit ihm in ihrem Wagen spazieren. Und als sie einmal über den Börsenplatz kamen, bekam sie plötzlich Lust, spaßeshalber in das Versteigerungslokal hineinzugehen.

Es war am 1. Dezember, gerade der Tag, an dem Madame Arnoux' Hausrat unter den Hammer kommen sollte. Er wußte das Datum noch und gab darum seinem Widerwillen unverhohlen Ausdruck; der Ort sei wegen der vielen Menschen und des Lärms unerträglich, erklärte er. Sie wünschte nur einen kurzen Blick hineinzuwerfen. Das Coupé hielt, und so mußte er wohl oder übel mitgehen.

Im Hofe sah man Waschtische ohne Becken, Holzgestelle von Lehnstühlen, alte Körbe, Porzellanscherben, leere Flaschen, Matratzen, und Männer in Blusen oder schmierigen

Gehröcken, ganz grau vor Staub, und mit gemeinen Gesichtern, manche mit leinenen Säcken über der Achsel, standen gruppenweise im Gespräch beisammen oder riefen einander über den Hof hinweg mit lärmiger Stimme Bemerkungen zu.

Frédéric wies auf die Unannehmlichkeiten hin, die ihnen erwachsen konnten, wenn sie weitergingen.

»Ach was!«

Und sie stiegen die Treppe hinauf.

Im ersten Saal rechts standen Herren mit einem Katalog in der Hand und besichtigten Gemälde. In einem andern Raum versteigerte man eine Sammlung chinesischer Waffen. Madame Dambreuse wollte wieder hinuntergehen. Sie schaute nach den Nummern über den Türen und führte ihn ganz hinten im Gang zu einem Raum, der gedrängt voller Menschen war.

Er erkannte sofort die beiden Etageren aus dem *Kunstgewerbe,* ihr Nähtischchen, alle ihre Möbel! Sie waren im Hintergrund der Größe nach aufgestapelt und bildeten vom Fußboden bis zu den Fenstern einen breiten, dachförmig ansteigenden Wall; auf der anderen Seite des Zimmers hingen die Teppiche und Vorhänge von den Wänden herab. Darunter standen stufenweise erhöhte Bänke, auf denen, halb eingenickt, ein paar alte Männer duselten. Zur Linken erhob sich eine Art Ladentisch, hinter dem der Auktionator in weißer Halsbinde mit leichter Hand einen kleinen Hammer schwang. Neben ihm saß ein junger Mann und schrieb. Und weiter unten stand ein kräftiger Bursche, der halb wie ein Geschäftsreisender, halb wie ein Saaldiener aussah, und rief die Möbel zur Versteigerung aus. Drei Angestellte trugen sie auf einen Tisch, vor dem in einer langen Reihe eine Anzahl Trödler und Altwarenhändlerinnen saßen. Hinter ihnen bewegte sich der Strom der Kauflustigen vorbei.

Als Frédéric hereinkam, waren gerade die Unterröcke, die Busentücher, die Taschentücher, ja sogar die Hemden von Hand zu Hand gegangen und hin und her gewendet worden; manchmal wurden sie über die Köpfe hinweg jemandem zugeworfen, und dann flitzte plötzlich etwas

Weißes durch die Luft. Hierauf versteigerte man ihre Kleider, dann einen ihrer Hüte, dessen Feder geknickt herunterbaumelte, hernach ihre Pelze, darauf drei Paar Stiefelchen; und dieses Verzetteln ihrer Reliquien, in denen er noch undeutlich die Rundungen ihrer Glieder wahrnahm, kam ihm wie eine frevelhafte Schändung vor, als hätte er mit ansehn müssen, wie Raben ihren Leichnam zerfleischten. Die Luft im Saal war mit Atemdünsten verpestet und erregte ihm Übelkeit. Madame Dambreuse bot ihm ihr Riechfläschchen an; sie unterhalte sich glänzend, sagte sie.

Nun wurden die Möbel des Schlafzimmers ausgeboten.

Maître Berthelmot setzte einen Preis an. Der Ausrufer gab ihn sofort mit lauter Stimme weiter. Und dann warteten die drei Dienstmänner gemütsruhig, bis der Hammer fiel, und trugen hierauf den Gegenstand in ein anstoßendes Zimmer. So verschwanden nacheinander der große blaue Teppich mit dem Kamelienmuster, über den sie ihm so oft leichtfüßig entgegengeschritten war, das kleine gestickte Ruhebett, auf dem er ihr immer gegenübergesessen hatte, wenn sie allein waren, die beiden Kaminschirme, deren Elfenbeinleisten durch die Berührung ihrer Hände noch weicher getönt waren, ein samtenes Nähkissen, das mit Nadeln vollgesteckt war. Es war, als ob mit diesen Sachen ganze Stücke seines Herzens fortgetragen würden, und das eintönige Gemurmel der Stimmen und die immer wieder gleichen Gebärden hatten etwas Ermüdendes, Lähmendes; er fühlte sich tieftraurig und sterbenselend.

Ein Knistern von Seide traf sein Ohr. Rosanette streifte ihn.

Sie hatte von dieser Versteigerung durch Frédéric selber Kenntnis erhalten. Als sich nun ihr Kummer gelegt hatte, war sie auf den Gedanken gekommen, sie könnte eigentlich daraus Nutzen ziehen. Jetzt war sie gekommen, um sich den Rummel anzusehen, und stand mit Siegermiene, in einer weißen Atlasjacke mit Perlenknöpfen, einem Rock mit Falbeln und in enganliegenden Handschuhen, neben ihm.

Er wurde blaß vor Zorn. Sie starrte die Frau an, die in seiner Begleitung war.

Madame Dambreuse hatte sie wiedererkannt, und gut eine Minute lang maßen sich die beiden Frauen vom Scheitel bis zur Sohle mit abschätzenden Blicken und suchten einen Fehler, einen Makel aneinander zu entdecken; die eine neidete der anderen vielleicht ihre Jugendfrische, und diese wiederum ärgerte sich über das unnachahmlich vornehme Auftreten und die aristokratische Selbstsicherheit ihrer Rivalin.

Endlich wandte Madame Dambreuse mit einem unsagbar hochmütigen Lächeln den Kopf weg.

Der Ausrufer hatte einen Flügel geöffnet, ihren Flügel! Im Stehen spielte er mit der rechten Hand eine Tonleiter und bot das Instrument für zwölfhundert Franken aus, ging dann aber auf tausend, auf achthundert und zuletzt auf siebenhundert herunter.

Madame Dambreuse machte sich mit übermütigen Witzeleien über den alten Klimperkasten lustig.

Nun stellte man vor die Trödler ein Kästchen mit Medaillons und silbernen Ecken und Schließen hin, das gleiche, das er bei seinem ersten Besuch in der Rue Choiseul gesehen hatte, das nachher zu Rosanette gewandert und schließlich wieder zu Madame Arnoux zurückgekehrt war. Oftmals im Verlauf ihrer Gespräche war sein Blick darauf gefallen; es gehörte aufs engste zu seinen liebsten Erinnerungen, und sein Herz zerfloß in Rührung. Da auf einmal sagte Madame Dambreuse zu ihm: »Weißt du was? Das kaufe ich mir!«

»Aber es ist doch gar nichts Besonderes dran«, wandte er ein.

Sie fand es hingegen recht hübsch; und der Ausrufer strich rühmend die feine Arbeit heraus.

»Ein Kleinod aus der Renaissance! Achthundert Franken, meine Herren! Fast ganz aus Silber! Ein bißchen Putzkreide drauf, und es glänzt wie neu!«

Und als sie sich durch die Menge drängte, sagte Frédéric zu ihr: »Was für eine ausgefallene Idee!«

»Ärgert es Sie?«

»Nein! Aber was kann man schon mit so einem Spielzeug anfangen?«

»Wer weiß? Vielleicht Liebesbriefe hineinlegen!«

Sie warf ihm einen Blick zu, der die Anspielung mehr als deutlich machte.

»Ein Grund mehr, den Toten ihre Geheimnisse zu lassen!«

»Für so tot halte ich sie nun doch nicht!«

Dann bot sie mit deutlich vernehmbarer Stimme: »Achthundertachtzig Franken!«

»Was Sie da tun, ist nicht recht!« murmelte Frédéric.

Sie lachte nur.

»Liebste, das ist die erste Gunst, um die ich Sie bitte.«

»Sie werden aber kein liebenswürdiger Ehemann sein, wissen Sie!«

Jemand hatte eben ein höheres Angebot gemacht; sie hob die Hand und rief: »Neunhundert Franken!«

»Neunhundert Franken!« wiederholte Maître Berthelmot.

»Neunhundertzehn ... fünfzehn ... zwanzig ... dreißig!« schrie der Ausrufer mit sich überschlagender Stimme, während er seine Augen über die Versammlung hinwandern ließ und bei jedem neuen Angebot kurz und ruckartig mit dem Kopf nickte.

»Beweisen Sie mir, daß ich eine vernünftige Frau bekomme!« sagte Frédéric und führte sie mit sanftem Zwang zur Tür.

Der Auktionator fuhr in der Versteigerung fort.

»Weiter, meine Herren, weiter! Neunhundertdreißig sind geboten! Bietet niemand mehr als neunhundertdreißig?«

Madame Dambreuse stand schon auf der Schwelle; nun hielt sie ein und rief mit lauter Stimme: »Tausend Franken!«

Ein Raunen ging durch die Menge, dann wurde es still.

»Tausend Franken, meine Herrschaften! Tausend Franken! Kein höheres Angebot? Reiflich erwogen? Tausend Franken! – Zugeschlagen!«

Der Elfenbeinhammer fiel.

Sie gab ihre Karte durch, und man ließ ihr das Kästchen zukommen.

Sie stopfte es in ihren Muff.

Frédéric fühlte, wie eine eisige Kälte sein Herz durchfuhr.

Madame Dambreuse hatte seinen Arm nicht losgelassen,

und sie wagte nicht, ihm ins Gesicht zu schauen, bis sie draußen auf der Straße standen, wo ihr Wagen wartete.

Sie warf sich hinein wie ein Dieb, der sich davonschleicht, und als sie sich zurechtgesetzt hatte, drehte sie sich zu Frédéric um. Er hielt den Hut in der Hand.

»Sie steigen nicht ein?«

»Nein, gnädige Frau!«

Dann grüßte er kühl, schloß den Wagenschlag und winkte dem Kutscher, er möge abfahren.

Anfangs empfand er ein freudiges Gefühl, die Freude über die wiedererrungene Freiheit. Er war stolz darauf, daß er Madame Arnoux gerächt hatte, indem er ihr ein Vermögen opferte. Dann staunte er über seine Tat, und eine unsägliche Müdigkeit überkam ihn.

Am nächsten Morgen erfuhr er von seinem Diener die neuesten Ereignisse. Der Belagerungszustand war erklärt und die Nationalversammlung aufgelöst worden, und ein Teil der Volksvertreter befand sich in Mazas in Haft. Die öffentlichen Angelegenheiten ließen ihn gleichgültig, so stark nahmen ihn seine persönlichen Belange in Anspruch.

Er schrieb an verschiedene Lieferanten und machte eine Anzahl Einkäufe rückgängig, die er im Hinblick auf seine Heirat getätigt hatte. Diese Heirat kam ihm jetzt beinahe wie eine gemeine Spekulation vor; und er verabscheute Madame Dambreuse, weil er ihretwegen fast eine Niederträchtigkeit begangen hätte. Er vergaß darüber die Marschallin, machte sich nicht einmal mehr Gedanken wegen Madame Arnoux; er konnte nur noch an sich, an sich allein denken, so weltverloren kam er sich mitten im Trümmerhaufen seiner Träume vor, so krank, leiderfüllt und tief entmutigt war er. Und er haßte die ganze unnatürliche Umwelt, in der er soviel Schweres durchgemacht hatte, und sehnte sich nach frischer Luft, nach grünen Wiesen, der Ruhe des Landlebens, nach einem beschaulichen Dasein unter dem schützenden Dach des Vaterhauses, umgeben von Herzen ohne Arg und Falsch. Am Mittwochabend ging er endlich wieder aus.

Überall auf den Boulevards standen Menschen in Gruppen beisammen. Von Zeit zu Zeit trieb eine Patrouille sie auseinander; doch kaum war sie fort, rotteten die Leute sich wieder zusammen. Man nahm kein Blatt vor den Mund, man grölte den Truppen Hänseleien und Schimpfwörter nach, aber es kam zu keinen Tätlichkeiten.

»Was ist? Wird man nicht kämpfen?« fragte Frédéric einen Arbeiter.

Der Mann in der Bluse gab ihm zur Antwort: »So dumm sind wir nicht, daß wir uns für die Bürgerlichen totschießen lassen! Sollen sie selbst sehen, wie sie zu Rande kommen!«

Und ein Herr, der neben ihnen stand, brummte mit einem schiefen Blick auf den Mann aus der Vorstadt: »Dieses Sozialistengesindel! Wenn man sie diesmal austilgen könnte!«

Soviel Rachsucht und Dummheit war Frédéric unverständlich. Sein Ekel vor Paris wuchs dadurch noch; und zwei Tage später reiste er mit dem ersten Zug nach Nogent ab.

Bald verschwand das Häusermeer, und das offene Land dehnte sich weit vor ihm aus. Er war allein in seinem Abteil, hatte beide Füße auf die Sitzbank gelegt und ließ noch einmal die Begebenheiten der letzten Tage und sein ganzes Leben an sich vorüberziehen. Die Erinnerung an Louise stieg wieder in ihm auf.

Sie jedenfalls liebte mich! Wie töricht von mir, daß ich dieses Glück nicht beim Schopf gepackt habe! ... Ach was, denken wir nicht mehr dran!

Fünf Minuten nachher sagte er sich: Wer weiß? ... Später vielleicht, warum nicht?

Seine Gedanken schweiften, wie seine Blicke, weithin in verdämmernde Fernen.

Sie war unverdorben und naiv, eine Unschuld vom Lande, fast eine Wilde, aber so gutherzig!

Je näher er Nogent kam, desto lebendiger, greifbarer stand sie vor ihm. Als der Zug durch die Wiesen bei Sourdun fuhr, sah er sie leibhaft vor sich wie einstmals, als sie am Rande der Wassertümpel Binsen schnitt. Der Zug hielt. Er stieg aus.

Auf das Brückengeländer gestützt, schaute er zu der Insel und zu dem Garten hinüber, wo sie damals an einem sonnigen Tag miteinander spazierengegangen waren. Die Benommenheit von der Reise und von der frischen Luft und die

Schwäche, die er von den jüngsten Erlebnissen her noch verspürte, versetzten ihn in einen rauschhaften Erregungszustand, und er sagte sich: Vielleicht ist sie ausgegangen. Wenn ich ihr nun begegnete!

Die Glocke von Saint-Laurent schlug. Auf dem Platz vor der Kirche hatte sich eine Schar armer Leute versammelt, eine Kutsche stand dort – die einzige im Lande, sie fand bei Hochzeiten Verwendung –, da auf einmal erschien unter dem Portal in einem Schwarm von gutgekleideten Herren mit weißen Halsbinden ein neuvermähltes Paar.

Erst glaubte er an eine Sinnestäuschung. Doch nein! Sie war es, Louise im weißen Schleier, der von ihrem roten Haar bis zu ihren Füßen niederwallte! Und der Bräutigam war Deslauriers! Deslauriers in einem blauen, silberbestickten Frack, der Amtstracht eines Präfekten. Warum nur?

Frédéric verbarg sich hinter einer Hausecke und ließ den Hochzeitszug vorübergehen.

Schamrot, geknickt und tief niedergeschlagen ging er zum Bahnhof zurück und fuhr nach Paris.

Dort nahm er eine Droschke. Der Kutscher versicherte ihm, vom Château-d'Eau bis zum Gymnase seien Barrikaden errichtet, und fuhr durch den Faubourg Saint-Martin. An der Ecke der Rue de Provence stieg Frédéric aus und ging zu Fuß zu den Boulevards weiter.

Es war fünf Uhr; ein feiner Sprühregen fiel. Bürgerliche Parteigänger hielten das Trottoir auf der Seite der Oper besetzt. Die gegenüberliegenden Häuser waren geschlossen. Niemand war an den Fenstern zu sehen. Über den Boulevard in seiner ganzen Breite galoppierten Dragoner mit verhängten Zügeln, über ihre Pferde gebeugt, mit gezogenem Säbel. Und die Roßschweife ihrer Helme und ihre weiten hinter ihnen herwehenden weißen Mäntel fegten im Licht der Gaslaternen dahin, die sich im Winde krümmten und im dichten Nebel flackerten. Die Menschen schauten ihnen stumm und schreckensstarr nach.

Zwischen den Kavallerieattacken rückten Trupps von Polizeileuten an, die die Menge in die Seitenstraßen zurückdrängen sollten.

Doch auf den Stufen des Café Tortoni stand ein Mann. Es war Dussardier, von weitem schon kenntlich an seiner hochgewachsenen Gestalt; er blieb regungslos wie ein Steinbild stehen.

Einer der Polizisten, der an der Spitze marschierte und den Dreispitz tief in die Stirn gedrückt hatte, zog drohend mit dem Säbel auf.

Da trat der andere einen Schritt vor und rief: »Es lebe die Republik!«

Er fiel rücklings um, beide Arme weit ausgebreitet.

Ein Entsetzensgeheul erhob sich in der Menge. Da blickte sich der Polizist im Kreis um, und starr vor Grauen erkannte Frédéric Sénécal.

6

Er ging auf Reisen.

Nun lernte er die Schwermut der Dampfboote kennen, das fröstelnde Erwachen unter Zelten, das verwirrende und ermüdende Einerlei der Landschaften und Ruinen, die Bitternis jäh zerrissener Freundschaften.

Er kam zurück.

Er verkehrte in der Gesellschaft und hatte noch manches Liebeserlebnis. Aber die Erinnerung an seine erste große Liebe machte sie allesamt schal und reizlos. Zudem war die Leidenschaft des Verlangens, der eigentliche Zauber der Empfindung unwiederbringlich dahin. Auch mit seinen geistigen Ambitionen war es nicht mehr weit her. Jahre vergingen so. Und er ergab sich dem untätigen Dösen seines Geistes und der stumpfen Trägheit seines Herzens.

Als er gegen Ende März des Jahres 1867 bei einbrechender Nacht allein in seinem Arbeitszimmer saß, kam eine Frau herein.

»Madame Arnoux!«

»Frédéric!«

Sie faßte ihn bei den Händen, zog ihn sanft zum Fenster und konnte sich an ihm nicht satt sehen. Immer wieder sagte sie: »Er ist es! Er ist es wirklich!«

Im Halbdunkel der abendlichen Dämmerung sah er nur ihre Augen unter dem schwarzen Spitzenschleier, der ihr Gesicht verdeckte.

Sie legte eine kleine granatrote Samtbrieftasche auf den Kaminsims und setzte sich dann. So verharrten sie beide und lächelten einander an und brachten beide kein Wort heraus.

Schließlich bestürmte er sie mit zahllosen Fragen über ihr eigenes Ergehen und das Befinden ihres Mannes.

Sie wohnten jetzt im hintersten Winkel der Bretagne, denn sie mußten sparsam leben und ihre Schulden abzahlen. Arnoux war fast ununterbrochen krank und sah jetzt wie ein alter, sehr alter Mann aus. Ihre Tochter war in Bordeaux verheiratet und ihr Sohn in Mostaganem in Garnison. Dann hob sie den Kopf und flüsterte: »Jetzt aber sehe ich Sie wieder! Ich bin so glücklich!«

Da erzählte er ihr, auf die Nachricht von ihrem Unglück hin sei er sofort zu ihnen geeilt.

»Ich wußte es.«

»Wieso?«

Sie habe ihn im Hof gesehen und sich dann versteckt.

»Warum denn?«

Da erwiderte sie mit zitternder Stimme und langen Pausen zwischen jedem Wort: »Ich hatte Angst! Ja ... Angst vor Ihnen ... vor mir!«

Dieses Geständnis durchfuhr ihn wie ein wollüstiger Krampf. Sein Herz schlug wild und laut. Da fuhr sie fort: »Es tut mir leid, daß ich nicht früher gekommen bin.«

Dann deutete sie auf die granatrote, mit goldenen Palmen bestickte Brieftasche.

»Ich habe sie für Sie gestickt, eigens für Sie. Sie enthält die Summe, für die das Grundstück in Belleville haften sollte.«

Frédéric dankte ihr für das Geschenk, machte ihr aber Vorwürfe, weil sie sich soviel Mühe gemacht habe.

»Nein, deswegen bin ich nicht gekommen! Mir lag an diesem Besuch. Nachher gehe ich wieder ... dorthin zurück ...«

Und dann erzählte sie ihm von dem Ort, wo sie wohnte.

Es sei ein niedriges Haus, nur einstöckig, mit einem Garten voller mächtiger Buchsbäume, und eine Kastanienallee ziehe sich bis hinauf zur Anhöhe, von der man das Meer sehen könne.

»Dorthin gehe ich oft und setze mich auf eine Bank. Ich habe sie ›Frédérics Bank‹ getauft.«

Sie hatte sich erhoben und betrachtete mit wahrer Gier die Möbel, die Nippsachen und Bilder, um sie ihrem Gedächtnis gut einzuprägen und so mit sich heimzunehmen. Das Bild der Marschallin war durch einen Vorhang halb verdeckt. Aber die Goldlichter und Weißtöne, die aus dem Dunkel hervorschimmerten, zogen sie an.

»Mir scheint, ich kenne diese Frau?«

»Ausgeschlossen!« wehrte Frédéric ab. »Es ist ein altes italienisches Bild.«

Nun gab sie ihm zu verstehen, sie möchte gern an seinem Arm einen Gang durch die Straßen machen.

Sie gingen zusammen aus.

Der Lichtschein der Läden beleuchtete von Zeit zu Zeit ihr blasses Profil, dann hüllte es die Dunkelheit wieder ein. Und so gingen sie mitten durch den Wagenverkehr, das Volksgewühl, den Straßenlärm dahin, hatten nur Augen und Gedanken füreinander, hörten und sahen nichts sonst, wie zwei Menschen, die zusammen über Land gehen auf einer Schicht welken Laubs.

Sie erzählten sich von längstvergangenen Tagen, von den Gastereien aus der Zeit des *Kunstgewerbes*, von Arnoux' Eigenheiten und Marotten, von seiner Art, an den Ecken seines Kragens zu zupfen, Pomade oder Bartwichse auf seinen Schnurrbart zu verstreichen, und noch von andern, intimeren und tiefergehenden Dingen. Wie hingerissen hatte er gelauscht, als er sie zum erstenmal hatte singen hören! Wie schön sie doch an ihrem Geburtstag war, damals in Saint-Cloud! Er erinnerte sie an den kleinen Garten in Auteuil, an manchen Abend im Theater, an eine Begegnung auf dem Boulevard, an frühere Dienstboten, ihre Negerin.

Sie staunte über sein Gedächtnis. Doch dann gestand auch sie ihm: »Manches Mal kommen mir Ihre Worte wie ein fernes Echo wieder in den Sinn, wie der Klang einer Glocke, den mir der Wind zuträgt, und wenn ich eine Liebesgeschichte in einem Buch lese, ist mir, als wären Sie da, bei mir.«

»Alles, was man darin als verstiegen bemängelt, habe ich um Ihretwillen durchlebt!« beteuerte Frédéric. »Wie gut verstehe ich, daß Werther an Lottes Butterbroten keinen Anstoß nahm!«

»Armer, lieber Schatz!«

Sie seufzte tief auf, schwieg eine Zeitlang und sagte dann leise: »Trotz allem ... Wir haben uns doch sehr geliebt!«

»Ohne daß wir einander angehörten!«

»Vielleicht ist es besser so!« erwiderte sie.

»Nein! Nein! Wir hätten so glücklich sein können!«

»Ja, ich glaube es auch. Mit einer Liebe wie der Ihren!«

Und wie tief und stark mußte sie sein, wenn sie eine so große Trennung überdauert hatte!

Frédéric wollte wissen, wie sie entdeckt habe, daß er sie liebe.

»Einmal am Abend, als Sie mir das Handgelenk zwischen Handschuh und Ärmel küßten. Da sagte ich mir: Er liebt mich ja! ... Er liebt mich! – Mir war jedoch bange vor der Gewißheit ... Ihre Zurückhaltung hatte etwas so Reizendes, daß ich sie genoß wie eine ungewollte und unablässige Huldigung.«

Nun bereute er gar nichts mehr. Er fühlte sich für alle seine vergangenen Leiden reich belohnt.

Als sie wieder nach Hause kamen, nahm Madame Arnoux ihren Hut ab. Die Lampe, die auf einer Konsole stand, beleuchtete ihr weißes Haar. Es traf ihn wie ein Schlag vor die Brust.

Um ihr diese Enttäuschung zu verbergen, hockte er sich zu ihren Füßen auf den Boden, faßte ihre Hände und sagte ihr zärtliche Worte.

»Ihr ganzes Wesen, Ihre leisesten Regungen schienen mir auf der Welt eine über alles Menschliche hinausgehende Wichtigkeit zu haben. Mein Herz war wie Staub und wirbelte hinter Ihren Schritten auf. Sie wirkten auf mich wie der Vollmondschein in einer Sommernacht, wenn alles nur Duft ist und linder Schatten, silbrige Helle, unendliche Weite. Und alles, was unser Fleisch und unsere Seele Köstliches kennen, war für mich in Ihrem Namen einbeschlossen, und ich sagte ihn immer wieder vor mich hin und suchte ihn zu küssen, wenn er über meine Lippen trat. Darüber hinaus erträumte ich nichts! Meine Sehnsucht galt der Madame Arnoux, so wie Sie waren, mit Ihren beiden Kindern, zärtlich, ernsthaft, blendend schön und herzensgut! Dieses Bild löschte alle andern aus! Wie hätte ich je an etwas anderes denken können! Immerfort lebte ja in meinem innersten Herzen der Wohllaut Ihrer Stimme und der strahlende Glanz Ihrer Augen!«

Sie nahm in seligem Entzücken diese anbetende Verehrung hin, die einer Frau galt, die sie nicht mehr war. Frédéric berauschte sich an seinen eigenen Worten und glaubte schließlich, was er sagte. Madame Arnoux saß mit dem Rücken zum Licht und neigte sich zu ihm herab. Er spürte auf seiner Stirn den kosenden Hauch ihres Atems, durch ihre Kleider hindurch die leichte Berührung ihres ganzen Körpers. Ihre Hände faßten sich in einem innigen Druck. Die Spitze ihres Stiefelchens lugte ein wenig unter ihrem Rock hervor, und er sagte, einer Ohnmacht nahe, zu ihr: »Wenn ich nur Ihren Fuß sehe, wird mir ganz wirr und sonderbar.«

Eine schamhafte Regung ließ sie auffahren. Dann blieb sie, ohne sich zu bewegen, stehen und sprach leise und verhalten, fast wie eine Nachtwandlerin: »In meinem Alter! Er! Frédéric! ... Keine Frau ist je so geliebt worden wie ich! Nein, nein, wozu jung sein?! Ich mache mir nichts draus! Sie können mir leid tun, alle die Frauen, die hierherkommen!«

»Oh, es kommen nur ganz selten Frauen zu mir!« antwortete er, im Wunsch, ihr etwas Liebes zu sagen.

Da strahlte ihr Gesicht auf, und sie wollte wissen, ob er heiraten werde.

Er beteuerte hoch und heilig, er werde es nie tun.

»Bestimmt nicht? Warum denn nicht?«

»Ihretwegen!« sagte Frédéric und schloß sie in seine Arme.

So blieb sie, den Oberleib hintenübergebogen, mit halb geöffnetem Mund, die Augen zu ihm aufgeschlagen. Plötzlich stieß sie ihn mit einem verzweifelten Gesicht zurück; und als er sie flehentlich bat, ihm zu antworten, ließ sie den

Kopf sinken und flüsterte: »Ich hätte Sie so gerne glücklich gemacht!«

Da stieg in Frédéric der Gedanke auf, Madame Arnoux sei vielleicht gekommen, um sich ihm hinzugeben; und ein wildes Begehren, stärker denn je zuvor, packte ihn, eine wütende, rasende Gier. Und dennoch spürte er etwas Unerklärliches, etwas, das ihn abstieß, dem Entsetzen vor einer Blutschande ähnlich. Noch eine andere Angst hielt ihn ab: er fürchtete, später einmal könnte es ihn anwidern. Was konnten außerdem nicht alles für Unannehmlichkeiten daraus entstehen! Und sowohl aus Vorsicht wie auch, um sein Ideal nicht zu entweihen, wandte er sich schroff von ihr ab und fing an, eine Zigarette zu drehen.

Sie staunte ihn in seliger Verwunderung an.

»Wie feinfühlig Sie sind! Nur Sie sind so zartbesaitet! Nur Sie!«

Es schlug elf Uhr.

»Schon elf!« sagte sie. »Schlag ein Viertel nach elf gehe ich.«

Sie setzte sich wieder, behielt aber die Uhr im Auge, und er ging rauchend im Zimmer auf und ab. Beide wußten einander nichts mehr zu sagen. Es kommt bei jedem Abschiednehmen ein Augenblick, wo der geliebte Mensch schon nicht mehr bei uns weilt.

Endlich, als der Zeiger schon weiter als fünfundzwanzig Minuten nach elf Uhr gerückt war, nahm sie langsam und widerstrebend ihren Hut an den Bändern.

»Leben Sie wohl, mein Freund, mein liebster Freund! Ich werde Sie nie wiedersehen! Das heute war mein letzter Gang, den ich als Frau getan habe. Meine Seele wird immer, immer um Sie sein. Aller Segen des Himmels ruhe auf Ihnen!«

Und sie küßte ihn auf die Stirn wie eine Mutter.

Doch dann schien sie auf einmal etwas zu suchen und bat ihn um eine Schere.

Sie zog ihren Kamm heraus, und ihr weißes Haar fiel ihr herab.

Sie schnitt sich dicht an der Wurzel eine lange Locke ab, unbekümmert und schonungslos.

»Behalten Sie das! Leben Sie wohl.«

Als sie hinausgegangen war, riß Frédéric das Fenster auf. Madame Arnoux stand drunten auf dem Trottoir und winkte eine vorbeifahrende Droschke heran. Sie stieg ein. Der Wagen verschwand.

Und das war alles.

7

Zu Beginn dieses Winters saßen Frédéric und Deslauriers plaudernd beisammen am Kaminfeuer. Sie hatten sich wieder einmal ausgesöhnt, dank einer schicksalhaften Verwandtschaft ihres Wesens, die sie einander immer wieder nahebrachte und ihre gegenseitige Zuneigung stets aufs neue aufleben ließ.

Frédéric erzählte in großen Zügen von seinem Zerwürfnis mit Madame Dambreuse, die sich mit einem Engländer wieder verheiratet hatte.

Deslauriers ging zwar nicht darauf ein, wie er Fräulein Roque geheiratet hatte, erzählte aber, daß seine Frau eines schönen Tages mit einem Sänger durchgebrannt sei. Um sich daraufhin ein wenig von dem Makel der Lächerlichkeit reinzuwaschen, hatte er sich in seinem Amt durch übereifrige Maßnahmen zugunsten der Regierung unbeliebt gemacht. Man hatte ihn abgesetzt. Dann war er Leiter der Kolonisation in Algier, Sekretär eines Paschas, Geschäftsführer einer Zeitung und Inseratenvermittler gewesen und zu guter Letzt als Sachwalter und juristischer Berater bei einer Industriegesellschaft gelandet.

Was Frédéric anlangte, so hatte er zwei Drittel seines Vermögens durchgebracht und lebte jetzt in kleinbürgerlichen Verhältnissen.

Dann erkundigten sie sich wechselseitig nach ihren Freunden.

Martinon war jetzt Senator.

Hussonnet bekleidete eine hohe Stellung, in der er alle Theater und die gesamte Presse unter sich hatte.

Cisy ging völlig in seiner kirchentreuen Frömmigkeit auf; er war Vater von acht Kindern und bewohnte das Schloß seiner Ahnen.

Pellerin hatte nacheinander dem Fourierismus angehangen, sich mit Homöopathie, mit Tischrücken, der gotischen Kunst und der menschheitsbeglückenden Malerei abgegeben und war zuletzt Photograph geworden. Jetzt sah man ihn an allen Hauswänden in ganz Paris angeschlagen, im schwarzen Frack und mit einem winzigen Körper und einem übermäßig großen Kopf.

»Und dein Busenfreund Sénécal?« fragte Frédéric.

«Verschollen! Keine Ahnung wo. Und deine große Leidenschaft, Madame Arnoux?«

»Ist vermutlich jetzt in Rom bei ihrem Sohn, dem Jägerleutnant.«

»Und ihr Mann?«

»Ist im vorigen Jahr gestorben.«

»Was du nicht sagst!« brummte der Advokat.

Dann schlug er sich auf einmal an die Stirn und sagte: »Da fällt mir ein: neulich bin ich in einem Laden der guten Marschallin begegnet; sie hatte ein kleines Bübchen an der Hand, das sie an Kindes Statt angenommen hat. Sie ist Witwe, hatte einen gewissen Oudry geheiratet und ist jetzt unförmig dick. Was für ein Abstieg! Früher war sie doch so schlank!«

Deslauriers machte kein Hehl daraus, daß er sich einst ihre Verzweiflung zunutze gemacht und sich mit eigenen Augen davon überzeugt hatte.

»Wie du mir's übrigens selbst nahegelegt hattest!«

Dieses Geständnis war ein Ausgleich für das Stillschweigen, das er hinsichtlich seines Überrumpelungsversuchs bei Madame Arnoux bewahrte. Frédéric hätte ihm diesen ohne weiteres verziehen, da er ja fehlgeschlagen war.

Obwohl ihn diese Entdeckung ein wenig ärgerte, tat er, als erheitere sie ihn. Und die Vorstellung der Marschallin erinnerte ihn an die Vatnaz.

Deslauriers hatte sie seither nie mehr gesehen, so wenig wie andere, die bei Arnoux aus und ein gingen. Aber an Regimbart erinnerte er sich noch sehr gut.

»Lebt er eigentlich noch?«

»Leben kann man das kaum nennen! Abend für Abend schleppt er sich regelmäßig von der Rue de Grammont bis zur Rue Montmartre an den Kaffeehäusern vorbei, entkräftet, zusammengekrümmt, abgezehrt, das reinste Gespenst!«

»Soso. Und Compain?«

Frédéric stieß einen Freudenschrei aus und bat den ehemaligen Vertrauensmann der provisorischen Regierung, ihm das Geheimnis des Kalbskopfs zu enthüllen.

»Das ist ein Import aus England. Um die Feierlichkeiten, die die Royalisten jeweils am 30. Januar veranstalteten, zu verhöhnen, hatten eine Anzahl Unabhängiger ein jährlich stattfindendes Bankett eingeführt, bei dem man Kalbsköpfe verspeiste, Rotwein aus Kalbsschädeln trank und Trinksprüche auf die Ausrottung der Stuarts ausbrachte. Nach dem Thermidor gründeten einige Terroristen eine genau gleiche Brüderschaft, was beweist, daß die Dummheit ansteckend wirkt.«

»Du scheinst mir über die Politik recht abgeklärt zu denken?«

»Das kommt vom Alter«, meinte der Advokat.

Und dann hielten sie prüfende Rückschau auf ihr Leben.

Beide hatten es verpfuscht, der eine mit seinem Traum von wahrer Liebe so gut wie der andere mit seinen Machtträumen. Was trug daran die Schuld?

»Vielleicht das Fehlen einer geradlinigen Zielstrebigkeit«, meinte Frédéric.

»Bei dir möglicherweise. Ich hingegen habe aus übermäßiger Geradlinigkeit gesündigt, weil ich nicht mit tausend nebensächlichen Dingen rechnete, die ja stärker sind als alles. Ich war zu logisch, du warst zu empfindsam.«

Nun gaben sie dem Zufall die Schuld, den Umständen, der Zeit, in die sie hineingeboren worden waren.

Frédéric sinnierte weiter: »Es ist alles ganz anders gekommen, als wir damals in Sens glaubten. Du wolltest eine kritische Geschichte der Philosophie schreiben und ich einen umfänglichen mittelalterlichen Roman über Nogent, dessen Stoff ich bei Froissart gefunden hatte: wie der edle Herr Brokars de Fénestranges und der Bischof von Troyes den Ritter Eustache d'Ambrecicourt berannten. Weißt du's noch?«

Und während sie so ihre Jugendzeit wieder heraufbeschworen, fragten sie bei jedem Satz: »Weißt du noch?«

Sie sahen alles wieder vor sich; den Schulhof, die Kapelle, das Sprechzimmer, den Fechtsaal unten an der Treppe, die Gestalten von Paukern und Schülern, einen gewissen Angelmarre aus Versailles, der sich Hosenstege aus alten Stiefeln zuschnitt, Mirbal mit seinem roten Backenbart, die beiden Lehrer für geometrisches und freihändiges Zeichnen, Varaud und Suriret, die dauernd miteinander Händel hatten, und den Polen, einen Landsmann von Kopernikus, mit seinem Planetarsystem aus Pappdeckel, einen herumziehenden Astronomen, dem man seinen Vortrag mit einer Mahlzeit im Refektorium bezahlt hatte. Dann kamen sie auf eine schaurige Kneiperei während eines Ausflugs zu sprechen, die ersten Pfeifen, die sie geraucht hatten, die Preisverteilungen, die Freude, wenn die Ferien da waren.

Während der Schulferien 1837 waren sie bei der Türkin gewesen.

So nannte man ein Frauenzimmer, das mit seinem wahren Namen Zoraide Turc hieß. Manche Leute hielten sie allen Ernstes für eine Muselmanin, eine Türkin, was viel zur Anziehungskraft ihres Unternehmens, das am Ufer des Flusses hinter den Stadtwällen lag, beitrug. Sogar mitten im Hochsommer war es rings um das Haus schattig. Es war leicht zu erkennen an einem Glas mit Goldfischen, das neben einem Resedastock auf einem Fensterbrett stand. Dämchen in weißen Unterjacken, mit geschminkten Wangen und langen Ohrringen, klopften an die Fensterscheiben, wenn Männer vorbeigingen, und am Abend standen sie unter der Tür und sangen leise und gefühlvoll mit heiseren Stimmen.

Dieser Ort der Verderbnis erfüllte den ganzen Bezirk mit einem zauberhaft lockenden Schein. Man sprach nur in vorsichtigen Umschreibungen davon, nannte ihn »den bewußten Ort«, »ein gewisses Gäßlein«, »unten bei den Brücken«. Die Pächtersfrauen weit und breit bangten um ihre Männer, die Bürgersfrauen zitterten um ihre Dienstmädchen, weil die

Köchin des Herrn Unterpräfekten dort erwischt worden war. Und selbstverständlich hatten auch die halbwüchsigen Jünglinge im Wachen und im Träumen nichts anderes im Sinn.

Eines Sonntags nun, während alles in der Vesper war, pflückten Frédéric und Deslauriers, die sich zuvor die Haare schön hatten kräuseln lassen, im Garten der Madame Moreau jeder einen mächtigen Blumenstrauß, verließen dann den Garten durch die Hinterpforte, machten einen weiten Umweg durch die Weinberge, kamen an der Fischerei vorbei und stahlen sich, immer noch mit ihren Blumensträußen in der Hand, ins Haus der Türkin.

Frédéric bot den seinen dar, wie ein Verehrer seiner Braut etwas überreicht. Aber die Hitze, die Bangnis vor dem Unbekannten, etwas wie Gewissensbisse und sogar das Vergnügen darüber, mit einem einzigen Blick so viele Frauen zu seiner Verfügung zu sehen, erregten ihn so stark, daß er kalkweiß wurde und reglos, wortlos stehenblieb. Da mußten alle die Frauenspersonen lachen und hatten ihre Freude an seiner Befangenheit. Er aber war überzeugt, daß sie ihn auslachten, und lief davon. Und da Frédéric das Geld hatte, mußte auch Deslauriers notgedrungen mitgehen.

Man sah sie herauskommen. Es entstand eine heillose Geschichte, die drei Jahre später noch nicht vergessen war.

Dieses Erlebnis wärmten sie in allen Einzelheiten wieder auf, und jeder ergänzte die Erinnerungen des andern.

»Das war doch das Schönste, was wir erlebt haben!« meinte Frédéric.

»Ja, vielleicht schon. Doch, es war wohl wirklich das Schönste, was wir erlebt haben!« pflichtete ihm Deslauriers bei.